上海交大 · 全球人文学术前沿丛书

王　宁/总主编　祁志祥/执行主编

中国现代文学的历史还原和视域拓展

张中良学术历程文选

张中良　著

商务印书馆
创于1897
The Commercial Press

商務印書館（上海）有限公司　出品
The Commercial Press (Shanghai) Co. Ltd.

　　张中良，曾用名秦弓，1955年2月生于黑龙江省哈尔滨市。先后毕业于吉林大学、武汉大学、中国社会科学院研究生院，1991年获文学博士学位。1991年4月至1992年3月，留学日本，任东京大学东洋文化研究所外国人研究员。曾任中国社会科学院文学研究所现代文学研究室主任、研究员，中国社会科学院重点学科现代文学学科负责人，文学所学术委员会委员、学位委员会委员、职称评审委员会委员，博士研究生导师；现任上海交通大学人文学院特聘教授、博士研究生导师。学术兼职有：中国现代文学研究会副会长、《文学评论》编委、《中国现代文学研究丛刊》编委、《抗战文化研究》主编（与李建平并列）。

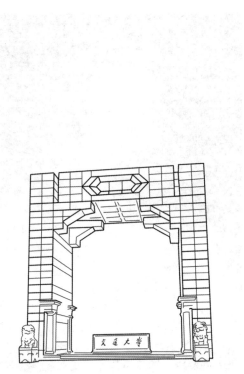

总序

经过各位作者和编辑人员的努力和在疫情期间的细心打磨，这套"上海交大·全球人文学术前沿丛书"很快就要问世了，我作为这套丛书的总策划和上海交通大学人文学院院长，应出版社要求特写下这些文字，权且充作本丛书的总序。

读者也许已经注意到这套丛书题目中的两个关键词：上海交大、全球人文。这正好涉及这套丛书的两个方面：学术机构的支撑和学术理论的建构。这实际上也正是我在下面将要加以阐释的。我想还是从第二个方面谈起。

"全球人文"（global humanities）是近几年来我在国内外学界提出和建构并且频繁使用的一个理论概念，它也涉及两个关键词："全球（化）"和"人文（学科）"。众所周知，全球化的概念进入中国可以追溯到20世纪90年代，我作为中国语境下这一课题的主要研究者之一对于全球化与中国文化和人文学科的关系也做了极大的推进。全球化这个概念开始时主要用于经济和金融领域，很少有人将其延伸到文化和人文学科。我至今还记得，1998年8月18—20日，时任北京语言大学比较文学研究所所长的我，联合了美国杜克大学、澳大利亚墨朵大学以及中国社会科学院共同在北京举行了"全球化与人文科学的未来"国际研讨会，那应该是在中国举行的首次从人文学科的角度探讨全球化问题的一次国际盛会。出席会议并做主旨发言的中外学者除了我本人外，还有时任美国杜克大学历史系教授、全球化研究的主要学者之一德里克，欧洲科学院院士、国际比较文学协会名誉主席佛克马，中国科学院哲学社会科学学部委员、北京大学教授季羡林，中国社会科学院外国文学研究所所长吴元迈。会议的各位发言人对于全球化用于描述经济上出现的一体化现象并无非议，而对于其用于文化和人文学科则产生了较大的争议，甚至有人认为提出文化全球化这个命题在某种程度上就是为文化的西方化或美国化而推波助澜。但我依然在发言中认为，我们完全可以将文化全球化视作一个共同的平台，既然西方文化可以借此平台进入中国，我们也完全可以借此将中国文化推介到全世界。那时我刚开始在头脑中萌生全球人文这个构想，并没有形成一个理论概念。在后来的二十多年里，全球化问题的研究在国内外方兴未艾，这方面的著述日益增多。我也有幸参加了由英美学者罗伯逊和肖尔特主编的劳特里奇《全球化百科全书》的编辑工作，恰好我的任务就是负责人文学科的词条组织和审稿，从而我对全球化与人文学科的密切关系有了新的认识。特别是近十多年来中国文化以及中国的人文学术加速了国际化的进程，我便在一些国际场合率先提出"全球人文"这一理论构想。当然，我在全球化的语境下提出"全球人文"的概念，主要是基于以下几方面的考虑。

首先，在全球化的进程日益加快的今天，人文学科已经不同程度地受到了影响和波及，在文学界，世界文学这个话题重新焕发出新的活力，并成为21世纪比较文学学者的一个前沿理论话题。在语言学界，针对全球化对全球英语之形成所产生的影响，我本人提出的复数的"全球汉语"（global Chineses）之概念也已初步成形，而且我还指出，在全球化的时代，世界语言体系将得到重新建构，汉语将成为仅次于英语的世界第二大语言。在哲学界，一些有着探讨普世问题并试图建立新的研究范式的抱负的哲学家也效法文学研究者，提出了"世界哲学"（world philosophy）这个话题，并力主中国哲学应在建立这一学科的过程中发挥奠基性作用。而在一向被认为是最为传统的史学界，则早有学者在世界体系分析和全球通史的编撰等领域内做出了卓越的贡献。因此，我认为，我们今天提出"全球人文"这个概念是非常及时的，而且文史哲等人文学科的学者们也确实就这个话题有话可说，并能在这个层面上进行卓有成效的对话。面对近年来美国的特朗普和拜登两届政府高举起反全球化和逆全球化的大旗，我认为中国应该理直气壮地承担起新一波全球化的领军角色。在这方面，中国的人文学者也应该大有作为。

其次，既然"全球人文"这个概念的提出具有一定的合法性，那么人们不禁要问，它的研究对象是什么？难道它是世界各国文史哲等学科简单的相加吗？我认为并非如此简单。就好比世界文学绝非各民族文学的简单相加那样，它必定有一个评价和选取的标准。全球人文也是如此。它所要探讨的主要是一些具有普遍意义的话题，诸如全球文化（global culture）、全球现代性（global modernity）、超民族主义（transnationalism）、世界主义（cosmopolitanism）、全球生态文明（global eco-civilization）、世界图像（world picture）、世界语言体系（world language system）、世界哲学、世界宗教（world religion）、世界艺术（world art）等。总之，从全球的视野来探讨一些具有普适意义的理论课题应该就是全球人文的主旨；也即作为中国的人文学者，我们不仅要对中国的问题发言，同时也应对全世界、全人类普遍存在并备受关注的问题发出自己的声音。这就是我们中国人文学者的抱负和使命。可以说，本丛书的策划和编辑就是基于这一目的。

当然，任何一个理念概念的提出和建构都需要有几十部专著和上百篇论文来支撑，并且需要有组织地编辑出版这些著作。因而这个历史的重任就落到了上海交通大学人文学院各位教授的肩上。当然，对于上海交通大学在自然科学和工程技术领域的领军角色和影响力，国内外学界早已有了公认的评价。而对于其人文学科的成就和广泛影响则知道的人不多。我在这里不妨做一简略的介绍。实际上，上海交通大学历来注重人文教育。早在1908年，学校便开设国文科，时任校长唐文治先生亲自主讲国文课，其独创的吟诵诗文之唐调已成为宝贵的文化遗产。在这所蜚声海内外的学府，先后有辜鸿铭、蔡元培、张元济、傅雷、李叔同、黄炎培、邵力子等人文学术大师在此任教或求学。这里也走出了江泽民、陆定一、丁关根等中国共产党的领导人或高级干部。因此我们说这所大学具有深厚的人文底蕴并不算夸张。

新中国成立后，上海交通大学曾一度成为一所以理工科为主的高校，在改革开放的年代里，学校意识到了重建人文学科的重要性和必要性。经过多次调整与改革，学校于1985年新建社会科学及工程系和文学艺术系，在此基础上于1997年成立了人文社会科学学院。2003年，以文、史、哲、艺为主干学科的人文学院宣告成立，上海交通大学基础文科由此进入新的发展时期，并在近十多年里取得了跨越式的发展。其后，又有两次调整使得人文学院的学科布局和学术实力更加完整：2015年5月12日，人文学院与国际教育学院合并为新的人文学院，开启了学院发展的新篇章；2019年，学校决定将有着国际化特色的高端智库人文艺术研究院并入人文学院，从而更加增添了学院的国际化人文色彩。

21世纪伊始，学校发力建设世界一流大学，在弘扬"人文与理工并重""文理工相辅相成"优秀学统的同时，强化人文学科建设，落实国家"人才兴国""文化强国"和"建设创新型国家"的战略目标。经过近二十年的建设，人文学院现已具备了从大学本科到博士研究生的完整的培养体系，并设有中国语言文学一级学科博士后流动站。学院肩负历史重任，成为学校"双一流"学科建设的重点。

人文学院以传承中华文化为核心，围绕"造就人才、大处着笔"的理念，将国家意志融入科研教学。人为本、学为根，延揽一流师资，培养一流人才，以学术促教学；和为魂、绩为体，营造和谐，团队协作，重成绩，重贡献；制度兴院，创新强院，规范有序，严格纪律，激励创新，对接世界。人文学院将从世界竞争、国家发展、时代要求、学校争创一流的大背景、大格局中不断求发展，努力成为人文学术和文化的传承创新者，一流人文素质教育和国际学生教育的先行者，学科基础厚实、学术人才聚集、人文氛围浓郁的学术重镇，建设"特色鲜明、品质高端、贡献显著、国际知名"的人文学院。

人文学院下设中文系、历史系、哲学系、汉语国际教育中心、艺术教育中心，国家大学生文化素质教育基地挂靠学院。世界反法西斯战争研究中心、中华创世神话研究基地作为省部级学术平台，人文艺术研究院、战争审判与世界和平研究院、神话学研究院、欧洲文化高等研究院、上海交通大学—鲁汶大学"欧洲文化研究中心"和东京审判研究中心等作为校级学术平台，挂靠人文学院管理。学科布局涵盖中国语言文学、中国历史、哲学、艺术等四个一级学科。可以说，今天的人文学科已经萃集了一大批享誉国内外的院士、长江学者、文科资深教授和讲席/特聘教授。为了集中体现我院教授的代表性科研成果，我们组织编辑了这套全球人文学术前沿丛书，其目的就是要做到以全球的视野和比较的方法研究中国的问题，反过来又从中国的人文现象出发对全球性的学术前沿课题做出中国人文学者的贡献。我想这就是我们编辑这套丛书的初衷。至于我们的目标是否得以实现，还有待于国内外同行专家学者的评判。

本丛书第一辑出版五位学者的文集。分别是王宁教授的《全球人文视野下的中外文论研究》、杨庆存教授的《中国古代散文探奥》、陈嘉明教授的《哲学、现代性与知识论》、张中良教授的《中国现代文学的历史还原和视域拓展》和祁志祥教授的《中国美学的史论建构及思想史转向》。通过它们，读者可以了解这五位学者的学术历程、标志性成果、基本主张及主要贡献。欢迎学界批评指正。

是为序。

王　宁
2022年5月于上海

— 目录 —

自序

我的学术历程

俶忽之间，从1982年春到武汉大学读硕士研究生至今，我进入中国现当代文学专业竟有四十年了。第一篇公开发表的论文是《浅谈老舍〈离婚〉的喜剧特色》(《中国现代文学研究丛刊》1984年第2期)。之所以从老舍研究起步，直接动因是入学试卷中有一道15分的题——"老舍早期三部长篇小说的特色"，我一个字也答不出，因为那时没读过《老张的哲学》《赵子曰》《二马》。入学以后，为了弥补遗憾，先读这三部长篇小说，老舍悲喜剧交融的幽默和京味儿语言让我产生了兴趣，遂一路读下去，硕士论文选题为《老舍长篇小说风格研究》。作家作品研究使我进入文学史之门，硕士生阶段的学术训练为我后来撰述文学史与讲授"中国现代小说选读"等课打下了基础。

上大学之前，艰难的岁月里读到《野草》，感受到莫名的共鸣与强劲的鼓舞，所以，读吉林大学77级本科时，我选修了刘中树教授的鲁迅研究课，又在刘柏青教授指导下以《阿Q的革命》与《〈阿Q正传〉人物谈》为题作学年论文与毕业论文；考中国现当代文学研究生的重要动因也在于鲁迅魅力的感召。进武汉大学后，选修易竹贤教授的鲁迅课，爱读导师毕奂午教授、陆耀东教授的鲁迅研究著述。在西北大学工作期间，我参与编撰张华教授主编的《中国现代杂文史》(西北大学出版社，1987年)，承担鲁迅中后期杂文与左翼杂文等章节。1988年考入中国社会科学院研究生院，在林非教授指导下攻读博士学位。题为《五四文学启蒙主义思潮》的博士论文通过答辩之后，到日本留学一年，在东京大学丸尾常喜教授指导下做中日文学比较研究，成果为1995年由东方出版社出版的《觉醒与挣扎——20世纪初中日"人的文学"比较》。丸尾常喜教授的主要学术建树在鲁迅研究，著有《为了花而甘当腐草——鲁迅传》等，我在翻译丸尾教授的博士论文《"人"与"鬼"的纠葛——鲁迅小说论析》（人民文学出版社，1995年）、早期论文与东京大学东洋文化研究所研究报告合集《耻辱与恢复——〈呐喊〉与〈野草〉》（北京大学出版社，2009年）的过程，也是仔细体会的契机。1997年前后，参与林非教授主持的《鲁迅著作全编》（中国社会科学出版社，1999年）编校，我撰写《呐喊》《彷徨》《故事新编》《朝花夕拾》《野草》《中国小说史略》《汉文学史纲要》的导读。在诸位先生的指导与影响下，我对鲁迅的认识在学习、研究、翻译中不断深化，这样，近年在上海交通大学讲授"鲁迅研究"课才不至于很吃力，在社会科学文献出版社2017年出版的《走近鲁迅：由崇拜到对话》也才多少有一点新意。

鲁迅是中国现代文学的巅峰，是中国文化从传统走进现代最具代表性的典型，如果不能深刻认识鲁迅，恐怕很难准确把握现代文学史。鲁迅之重要，值得若干专家倾其毕生之力去研究。但是，鲁迅不是孤峰，只关注鲁迅，显然不够；就学术生态而言，多数学者恐怕也难以终其一生仅仅研究鲁迅。陆耀东教授从鲁迅研究起步，后来在新诗研究领域投入了更多的精力，继《二十年代各流派诗人论》《徐志摩评传》《冯至传》之后，晚年有三卷本《中国新诗史》。林非教授除了《鲁迅前期思想发展史略》、《鲁迅小说论稿》、《鲁迅传》（与刘再复合著）、《论〈故事新编〉的思想艺术及历史意义》、《鲁迅和中国文化》、《中国现代小说史上的鲁迅》等专著之外，还有《现代六十家散文札记》《中国现代散文史稿》《散文论》等著述。对我启迪与引领作用颇大的杨义教授，从《〈呐喊〉〈彷徨〉综论》出发，步步为营，不断"开疆拓土"，在《京派海派综论》、《中国现代小说史》（三卷本）之后，又有《中国古典小说史论》《中国叙事学》《楚辞诗学》《李杜诗学》《重绘中国文学地图》《中国古典文学图志——宋、辽、西夏、金、回鹘、吐蕃、大理国、元代卷》《重绘中国文学地图通释》《感悟通论》《现代中国学术方法通论》等，近年进而推出《老子还原》《庄子还原》《墨子还原》《韩非子还原》《论语还原》等。几位先生都曾提醒我既应拓展视野，也要由博返约，找到自己的学术"根据地"，做出独创性的建树。四十年来，我的学术研究大致从以下五个方面展开：一、经典作家研究，如《荆棘上的生命——20世纪三四十年代中国小说叙事》《走近鲁迅：由崇拜到对话》；二、五四文学研究，如《五四文学：新与旧》、《五四文学通论》（因属12卷本《20世纪中国文学史通论》之第二卷，其他三卷因故搁浅，获得国家出版基金资助的整套书尚未问世）；三、比较文学研究，如《艺术与性》（弗洛伊德艺术观批判）、《觉醒与挣扎——20世纪初中日"人的文学"比较》、《五四时期的翻译文学》；四、文学史研究，如《中国现代杂文史》《中国现代文学图志》《中华文学发展史》《中国文学通史》（文学史均为合著）；五、民国文学与抗战文学研究，如《民族国家概念与民国文学》《抗战文学与正面战场》。

改革开放以来，实事求是的民族文化优秀传统与马克思主义的历史精神得以恢复，我们赶上了一个好时代；加之我所就教的先生都很重视史料的历史背景、历史内涵与历史意义，让我明确了历史还原的学术路径。中国现当代文学研究从海外学术界受益颇多，但盲信盲从、生拉硬扯也带来了不少问题。如民族国家概念、想象共同体观点的运用，有时严重脱离中国历史与现实，用西方民族国家历史中产生的概念来阐释源远流长的多元一体的中国历史与现实，结论荒谬。中国是像千岛之国印度尼西亚一样靠报刊等近现代媒介才使人民意识到是一个"想象共同体"吗？秦始皇死于东巡途中，他的巡游并非游山玩水，而是宣示大一统的皇权与国威。如果中国到了现代才成为一个"想象共同体"的民族国家，唐代的边塞诗怎么解读呢？抗战时期的"抗战建国"，本来是边抗战边建设国家，以工业、农业、军事、文化、教育、精神等全方位建设来促使抗战早日胜利，抗战是为了维护国家主权，更好地建设国家，而在有的论者那里，"建设"被置换成"建立"，"建国"变成建立民族国家。中国未投降，作为民族国家的中国没有亡，怎么还要"建立"呢？我花了十年时间思考这些问题，写成《中国现代文学的民族国家问题》，发表于《文学评论》2014年第4期，《新华文摘》全文转载。

以历史眼光来看，现代文学领域有许多问题都需要重新审视。2005年，中国社会科学院文学研究所举办纪念抗战胜利六十周年国际学术研讨会，这成为我进入抗战文学研究领域的契机。当时，我作为现代文学学科负责人遴选与会代表，发现研究抗战文学的论文很少，与抗战十四年所占现代文学史几乎近半的时段不匹配，于是想在会上发言分析这一问题。可是，快要编印会议议程了，我的发言提纲还没有形成。反省自己进入现代文学领域20余年，一篇抗战文学论文也没有写过，现在有什么资格与能力分析这个问题呢？我到文学所图书馆去查阅原始报刊，十分感念50年代文学研究所初创时期，主持工作的何其芳先生派人从全国各地搜集大量民国报刊图书，我这才发现抗战文学犹如汪洋大海，而此前我与我的许多同行对此竟浑然不知，文学史著述谈及的抗战文学不仅少得可怜，而且褊狭可叹。抗战文学研究过少，固然与战时出版发行困难重重、纸张质量差、发行渠道少、传播空间小且不易保存等有关，但更为重要的原因是在历史认知上。20世纪80年代以来，抗日正面战场的作用逐步得以公正评价，这为抗战文学的全面、准确评价奠定了基础。我在这次学术讨论会上的发言中第一次提出了正面战场文学的概念，在海峡两岸均有积极的反响，《抗战文学与正面战场》（社会科学文献出版社，2014年）还获得了教育部第八届高等学校科学研究优秀成果奖（人文社会科学）三等奖。原以为只是正面战场文学关注不够，后来发现敌后战场文学也有很大的研究空间。2017年，在上海交通大学愈来愈浓郁的人文氛围中，我申报了新的课题——

"抗战时期敌后战场文学研究"，获准立项为国家社科基金重点项目，现在课题即将完成。之后，我拟写一部《中国抗战文学史》，再下一步的计划是沿着历史还原的路径向前探寻，写一部视角新鲜而贴近历史的中国现代文学史。历史还原，前景无限。

第一章

五四文学与传统文学

第一节　论五四时期的传统文学观

"五四"作为中国现代文学乃至现代思想文化的起点，以其重要性与复杂性曾经被无数次描述与阐释。但由于种种缘故，有些描述与阐释却同历史真相之间存在着不小的距离，且影响较大，有待澄清，五四时期的传统文学观即是其中一个重要问题。自20世纪50年代至70年代末，学术界对"反传统"的过分强调，掩盖了五四时期传统文学观的复杂性。改革开放以来，实事求是的思想路线得以逐步恢复，给这一问题的重新审视带来了契机。有的学者看到了"五四""反传统"的态度与继承传统的实践之间的矛盾性①；有的学者注意到发难者与创作者之间的差异性②；有的学者指出，所谓五四新文化运动全盘否定中国传统文化的判断与历史事实不相吻合③；有的学者用"价值重估"来概括"五四"传统文学观④。然而，这种几乎进入了文学史常识层面的"反传统"指认还有相当大的惯性，无论是正面阐扬五四精神，还是清算"五四全盘反传统主义"⑤，都少不了以此作为前提。直到世纪之交，在有的学者探究五四文学与传统的内在联系的著述中，仍能见出"反传统"指认的延续性⑥。"五四"的确具有鲜明的反传统色彩，但问题在于："五四"作为一个多元复合的历史时期，旭日初生，

---

① 参见杨义：《"五四"文学革命者群体的文化气质》，收中国现代文学研究会编《在东西古今的碰撞中——对"五四"新文学的文化反思》，中国城市经济社会出版社1989年版，第49页。

② 参见刘纳：《"五四"新文学创作者对于发难者的偏离与超越——兼与辛亥革命时期进步文学比较》，收中国现代文学研究会编《在东西古今的碰撞中——对"五四"新文学的文化反思》，第117—141页。

③ 参见孙玉石：《反传统与先驱者的文化选择意识》，收中国现代文学研究会编《在东西古今的碰撞中——对"五四"新文学的文化反思》，第144页；李怡：《论"学衡派"与五四新文学运动》，《中国社会科学》1998年第6期。

④ 参见王瑶：《"五四"时期对中国传统文学的重新估价》，收《中国现代文学史论集》，北京大学出版社1998年版，第340—341页。

⑤ 参见秦川：《"五四"全盘反传统主义与郭沫若的文化观》，收中国现代文学研究会编《在东西古今的碰撞中——对"五四"新文学的文化反思》，第158—163页。

⑥ 参见高旭东：《五四文学与中国文学传统》，山东大学出版社2000年版，第64页。

瞬息万变，新旧杂陈，犬牙交错，其传统文学观用"反传统"怎么能够予以准确的概括？本节拟从新文学阵营的内部差异和前后变化及其与整理国故的关系、多种派别对五四历史的共同参与等方面，力求对历史原生态的复杂性予以深入的复原与细致的辨析，并对"反传统"的本质观的形成及因袭的原因进行探寻。

一、新文学阵营内部的复杂性

在五四文学革命中，前驱者对传统文学确有激烈的一面。但前驱者何以如此？我们应把问题置于当时的历史背景下来思考。新文学要以白话文取代文言文，让"人"在文学殿堂升帐挂帅，这对于文言文学占据正统地位有几千年之久的文学史来说，的确是一场深刻的革命。肩负着庄严而沉重的历史使命，面对着巨大的传统压力，前驱者的焦虑可想而知，在此情势下，难免态度偏激、主张激烈，行文中用一些"死文学""选学妖孽""桐城谬种""文妖"等语汇，这种语言暴力色彩与丑化对手的倾向，是革命时期极易产生的思维特点与语言风格，古今中外并不鲜见。当年，一位北大学生就曾为新文学前驱者的偏激辩护道："偏激，恶德也，然使偏激能成事，则偏激为有功矣。……此二三之士，非不知其所主张者之近于偏激也，亦非不知其偏激之主张，必为时俗所诟病也。而顾不惮冒时俗所大不韪，而出为偏激之论者，则亦深知非如此必不能有大裨于国家也。"① 试想当年若不是出之以千钧霹雳般的气势与力度，怎么会给人以振聋发聩的影响，文言文学的正统天下怎么会那样快就土崩瓦解，新文学又怎么会那样快就开辟出一片立足之地，并取得迅猛的发展？白话语体和人性、个性堂而皇之地主宰文坛，就此而言，"五四"的确造成了传统文学中部分链条的断裂，但这种"断裂"无疑是历史的划时代进步，是对中国文学传统的调整与更新。它对于中国文学的自身发展及其同世界文学的平

---

① 胡哲谋：《偏激与中庸》，《新青年》第3卷第3号，1917年5月1日。

等对话乃至中国现代化进程的意义，已经为历史所证明。

更为重要的问题在于，五四时期个性张扬，流派纷呈，众声喧哗，前驱者的传统文学观不是一种偏激的态度所能全权代表，我们应该充分注意五四时期的历史复杂性，着力于历史还原式的澄清，而不应是脱离历史语境的清算。

前驱者的激烈言辞是革命时期的论战话语，有浓郁的激情色彩，有急不择言的匆迫风格，往往是在特定语境就某一点而下的判断，而非经过严格界定的学术话语，主要是表明一种态度，未必是一种深思熟虑的观点。譬如"旧文学"这一基本概念，并没有一个清晰明了的界定，蔡元培在《〈北京大学月刊〉发刊词》中泛指周秦至唐宋文学，且并不置之于排斥之列[1]，而陈独秀在《本志罪案之答辩书》中则是泛指传统文学。《文学革命论》尽管气势咄咄逼人，但从学理上论，"三大主义"所要推倒的对象，只是藻饰、铺张、艰涩的文体风格，而并不能涵盖一般意义上的古典文学；"十八妖魔"（明之前后七子及八家文派之归方、刘、姚）也仅仅是古典文学的末流，而远非其整体。文中对《国风》、《楚辞》、魏晋、中唐、宋元、明清文学，就有所保留甚至首肯。钱玄同在《尝试集序》中提出"对于那些腐臭的旧文学，应该极端驱除，淘汰净尽，才能使新基础稳固"。但从前后的论述看，对《诗经》，《楚辞》，汉魏的乐府歌谣，潜合于语言之自然的诗，白居易的新乐府，韩愈、柳宗元的散文，宋人的词，元明人的曲等，均有积极的评价。他在1917年2月25日《寄陈独秀》[2] 信中，在否定旧小说的十分之九的同时，也有对《红楼梦》《水浒传》《儒林外史》等价值的确认。这就说明他之所谓"腐臭的旧文学"并非指认所有古典文学的全称判断。传统文学的丰富性本来就给后人认知的歧异性提供了前提；何况前驱者在急于打破传统的樊篱时，心理深层与知

---

[1] 《北京大学月刊》第1卷第1号，1919年1月。

[2] 《新青年》第3卷第1号，1917年3月1日。

识结构上对传统文学有着割不断的依恋与认同。所以，他们在不同文章，甚至在同一篇文章中，对传统文学往往会有不同的评断。如周作人在《人的文学》中对十大书类即使在思想的评断上十分决绝，但也承认"这宗著作，在民族心理研究上，原都极有价值。在文艺批评上，也有几种可以容许"。胡适称用文言写的作品都是"死文学"；但又赞誉陶潜的诗，虽不是白话，却很合于语言之自然；"蒲松龄虽喜说鬼狐，但他写鬼狐却都是人情世故，于理想主义之中，却带几分写实的性质"。[①]他强调一时代有一时代之文学，以文学进化论为白话文学升帐挂帅奠定理论基础；但是这等于认可了文言文学在当时的价值，恰恰与他自己所主张的文言文学是"死文学"的判断发生了冲突。鉴于前驱者话语的复杂性，应该将其回归到具体语境中去认识，联系其相关话语来把握，而不应抓住某些片言只语，将其孤立出来，加以放大，以偏概全。

　　由于性格特征、知识构成等方面的不同，新文学阵营内部的传统文学观呈现出丰富的差异性。陈独秀、钱玄同态度比较偏激，而胡适、鲁迅、周作人、傅斯年等则要多一点回旋的余地，多一些具体的分析，多一些公允的评价。钱玄同关于废汉语"这种用石条压驼背的医法"[②]，即使在新文学阵营内部，也没有得到多数的认同。连陈独秀都表示怀疑，认为倘若"国家""民族"等观念"悉数捐除，国且无之，何有于国语？"[③]胡适虽然否定文言，但也承认"文学史与他种史同具一古今不断之迹，其承前启后之关系，最难截断"[④]。1918年9月15日，胡适在《附答黄觉僧君〈折衷的文学革新论〉》中说："外面有许多人误会我们的意思，以为我们既提倡白话文学，定然反对学者研究旧文学。于是有许多人便以为我们竟要把中国数千年的旧文学都丢弃了。"他认为，应把创作与研究、教科书等

---

① 胡适：《论短篇小说》，《新青年》第4卷第5号，1918年5月15日。
② 陈独秀：《本志罪案之答辩书》。
③ 《新青年》第4卷第4号，1918年4月15日。
④ 胡适：《寄陈独秀》，《新青年》第3卷第3号，1917年5月1日。

问题分开来看，用现在的中国话做文学，用国语编教科书，国民学校全习国语，不妨碍高等小学除国语读本之外，另加一两点钟的"古文"，中学"古文"与"国语"平等，大学中，"古文的文学"列为专科，古文文学的研究，作为专门学者的事业。[①] 前驱者传统文学观的差异性与多元性，对偏激的情绪与偏颇的观点，具有一种新文学阵营内部自我调整、自我修复的功能。

这种功能还表现在传统文学观的变化上面。在急需大刀阔斧地进行文学革命的历史语境中，一些前驱者曾经发表过不无偏激的观点，而后随着时代的演进，其观点自然而然地发生了程度不同的变化。钱玄同1922年4月8日致信周作人时说："我们以后，不要再用那'必以吾辈所主张者为绝对之是而不容他人之匡正'的态度来作'愢愢'之相了。前几年那种排斥孔教，排斥旧文学的态度很应改变。若有人肯研究孔教与旧文学，鳃理而整之，这是求之不可得的事。即使那整理的人，佩服孔教与旧文学，只是所佩服的确是它们的精髓的一部分，也是很正当，很应该的。但即便盲目地崇拜孔教与旧文学，只要是他一人的信仰，不波及社会——波及社会，亦当以有害于社会为界——也应该听其自由。"[②] 1927年8月2日，他在给胡适的信中说："我近来思想稍有变动，回想数年前所发谬论，十之八九都成忏悔之资料。"[③]《新青年》第7卷第1号《本志宣言》中说："我们因为要创造新时代新社会生活进步所需要的文学道德，便不得不抛弃因袭的文学道德中不适用的部分。"同《本志罪案之答辩书》中"反对国粹和旧文学"的笼统提法相比，已显示出分析的眼光。陈独秀为胡适作长篇导言的亚东版《水浒》写了一篇短序，指出"《水浒》传的长处，乃是描写个性十分深刻，这正是文学上重要的"。此后，他又相继为《儒林外史》《红楼梦》等写序，对各自的特点予以肯定。胡适在五四文学革命初

---

① 《新青年》第5卷第3号。

② 《鲁迅研究资料》（第9辑），天津人民出版社1982年版。

③ 转引自耿云志：《胡适年谱》，四川人民出版社1989年版，第158—159页。

期，认为文言文学整体上无足可观，后来他在口述自传中谈到整理国故的收获时，则说建立了双线文学的新观念：一条是古文文学，另一条是白话文学。这显然比当初只强调白话主导线索更符合历史了。这些变化再次证明，当一种新生事物破土而出时，争取生存权利是其第一要务，倘若传统成为障碍，急风暴雨式的冲击便势不可免；而当取得生存权利、进入正常生长阶段之后，传统作为重要资源的作用则突显出来，因而，新生事物的创造者对传统的态度会变得冷静起来，分析与评断会变得更为理性化与系统化。文学革命的倡导者尚且发生了变化，投身新文学营垒的年轻一代，传统的认同更多一些。闻一多在《女神之地方色彩》中，批评新诗在打破陈陈相因的旧诗格局时，"一变而矫枉过正，到了如今，一味的时髦是骛，似乎又把'此地'两字忘到踪影不见了。现在的新诗中有的是'德谟克拉西'，有的是泰果尔，亚坡罗，有的是'心弦''洗礼'等洋名词。但是，我们的中国在那里？我们四千年的华胄在那里？那里是我们的大江，黄河，昆仑，泰山，洞庭，西子？又那里是我们的《三百篇》，《楚骚》，李，杜，苏，陆？"为了纠正缺乏"地方色彩"，即民族色彩的弊端，他认为："一桩，当恢复我们对于旧文学底信仰，因为我们不能开天辟地（事实与理论上是万不可能的），我们只能够并且应当在旧的基础上建设新的房屋。二桩，我们更应了解我们东方底文化。东方的文化是绝对美的，是韵雅的。东方的文化而且又是人类所有的最彻底的文化。哦！我们不要被叫嚣犷野的西人吓倒了！"[①] 同一期《创造周报》刊出的郭沫若的《论中德文化书》，也提出"要救我们几千年来贪懒好闲的沉痼，以及目前利欲熏蒸的混沌，我们要唤醒我们固有的文化精神，而吸吮欧西的纯粹科学的甘乳"。他把"我们固有的文化精神"源头上溯到先秦的庄骚传统。[②]

---

① 　闻一多：《女神之地方色彩》，《创造周报》第5号，1923年6月10日。

② 　参见陈方竞：《鲁迅与浙东文化》，吉林大学出版社1998年版，第108页。

　　且不说新文学与传统文学无法割裂的内在关联，即使就文化态度而言，五四时期新文学阵营的"反传统"也是有条件的而非无条件的，有保留的而非彻底的，有差别的而非一致的，相对化的而非绝对化的，有变化的而非一成不变的。对此，应有历史的、全面的、辩证的认识。

二、整理国故问题

　　论及五四时期的传统文学观，不能回避整理国故问题。以往的文学史著述中，大多对整理国故持消极性的评价，将其视为胡适等"退婴"的表现或保守派对抗新文学的策略，即或有所肯定，对新文学阵营整理国故的成绩及其意义的评价也不够充分。实际上，整理国故是民族文化传统生命力的顽强展现，也是新文学发展战略的积极调整。无论是就民族心理而言，还是从文化演进来说，整理国故都有其历史必然性。章太炎几十年锲而不舍地坚持研究并讲述国学，因为在他看来，"国粹"可以激发民族精神，不管革命如何剧变，文化传统必须保存。[①] 当五四文学革命高潮过去后，人们在获得解放的快意之余，会感受到失根似的痛苦与惶惑，需要通过整理国故来安慰心灵；人们也渐渐意识到新文学不可能平地起高楼，而是须有深厚牢固的地基，于是要向民族传统回溯。因为一个民族的文学虽然可以在外来文学的刺激与启迪下发生革命性的飞跃，但不可能离开传统底蕴的支持，有着深厚历史积淀的中国文学尤其如此。国内外形势的发展也给整理国故提供了契机。第一次世界大战之后西方文化界的反思，促使中国人重新审视西方文化与中国文化自身。1918年以后，一些重要报刊陆续改文言为白话；1920年，教育部顺应时代潮流，颁令国民学校一、二年级起用白话文为国语教材。文坛与学校里语体正统地位的确立，是文学革命成功的重要标志。在这种情

---

① 参见汪荣祖：《章炳麟与中华民国》，收《章太炎生平与学术》，生活·读书·新知三联书店1988年版，第63页。

况下，新文化阵营才有余裕提出并解决整理国故的课题。

　　1919年1月，《新潮》创刊伊始即有对"国故"及国故研究的评介。之所以要关注"故书"，编者说明是"一般的人对于故书，总有非常的爱情"，"所以不得不'因利乘便'，就读故书的方法讨论一番了"（第1卷第4号）。在《清代学问的门径书几种》（第1卷第4号）里，傅斯年把"整理中国历史上的一切学问"，以便给"大家晓得研究"视为兴办起来的事业。胡适敏锐地注意到整理国故的价值，堂而皇之地将其纳入"新思潮的意义"，并指出，"整理就是从乱七八糟里面寻出一个条理脉络来；从无头无脑里面寻出一个前因后果来；从胡说谬解里面寻出一个真意义来；从武断迷信里面寻出一个真价值来"。[①]后来，他又提出，要用历史的眼光来扩大国学研究的范围，把中国一切文化历史纳入国故学的视野；用系统的整理来部勒国学研究的材料；用比较的研究来帮助国学的材料的整理与解释。[②]这位文学革命的发难者，也是整理国故的躬身实践者，他先后完成《水浒传考证》（1920年）、《红楼梦考证》（1921年）、《水浒传后考》、《老残游记序》（1925年）、《儿女英雄传序》（1925年）等文，对白话文学传统的梳理做出了重要贡献。此外，他也推进了史学界"疑古思潮"的发展。

　　整理国故并非一路顺风。1923年春，胡适应清华学生之约拟出了《一个最低限度的国学书目》[③]，列出书目183种，一时引起了强烈的反响。成仿吾认为国学"不能说它没有研究之价值"，但现在研究"为时过早"。而此时兴起的国学运动，"只不过是要在死灰中寻出火烬来满足他们那'美好的昔日'的情绪，他们是想利用盲目的爱国的心理实行他们倒行逆

---

① 《"新思潮"的意义》（《新青年》第7卷第1号，1919年12月1日）将新思潮的意义概括为"研究问题，输入学理，整理国故，再造文明"。

② 《〈国学季刊〉发刊宣言》，《国学季刊》第1期，1923年1月。

③ 《读书杂志》第7期，1923年3月4日。

施的狂妄"①。1924年1月17日，鲁迅在北京师范大学附属中学校友会讲演时，指出老先生整理国故与青年追求活学问、新艺术，"各干各事，也还没有大妨害的，但若拿了这面旗子来号召，那就是要中国永远与世界隔绝了。倘以为大家非此不可，那更是荒谬绝伦！"②1925年1月，《京报副刊》刊出启事，征求"青年爱读书"与"青年必读书"各十部的书目，鲁迅撰文说："我以为要少——或者竟不——看中国书，多看外国书。"③后者引起了一些读者的误解，以为鲁迅竟如此的"浅薄无知识"，殊不知鲁迅不过是借题发挥，提醒青年毋忘社会使命，注意传统中的负面效应，岂会真如质疑者所想那样的不堪？实际上，鲁迅在"五四"前就辑录过《古小说钩沉》、谢承《后汉书》等，五四时期，他以分析的眼光审视传统文学，既不放过"团圆主义""瞒与骗"之类的精神糟粕，予以猛烈的抨击，同时，也不因噎废食，而是做了大量的资料工作与研究工作。比起胡适的只重白话文学，鲁迅的眼界更为开阔，胸襟也更为博大。1924年完成《嵇康集》的校订，1926年由北新书局出版《小说旧闻钞》（辑录），1927年出版《唐宋传奇集》（辑录）；从1920年起，在北京大学等校讲授中国小说史，在此基础上，于1923、1924年相继出版《中国小说史略》上下册，填补了中国小说无史的空白；1926年起在厦门大学等校讲授《中国文学史略》④等，后者溯源的历史更早，涵盖的文体更多，表现出鲁迅别致而深邃的文学史观。

　　从作为新文学重镇的《小说月报》上，也可以看出新文学阵营对整理国故的认识与举措。第12卷第1号刊出的《改革宣言》中，认为"中国文学变迁之过程则有急待整理之必要"，因而把它与介绍西洋文学变迁过

---

① 《国学运动的我见》，《创造周报》第28期，1923年11月18日。
② 鲁迅：《未有天才之前》，北京师范大学附属中学《校友会刊》，1924年第1期。
③ 鲁迅：《青年必读书》，《京报副刊》1925年2月21日。
④ 1927年在中山大学讲授时改题为《古代汉文学史纲要》，1938年编入《鲁迅全集》时改称《汉文学史纲要》。

程并列为"研究"栏目的内容。在后面提出的"二三意见"中，进一步强调说"中国旧有文学不仅在过去时代有相当之地位而已，即对于将来亦有几分之贡献，此则同人所敢确信者，故甚愿发表治旧文学者研究所得之见，俾得与国人相讨论"。但在最初两年，《小说月报》整理传统文学的内容并不多，到了1923年才有了明显的变化。第14卷第1号除了在头条位置发表郑振铎的长篇文章《读毛诗序》之外，还开设了"整理国故与新文学运动"栏目，内收6篇文章。郑振铎的《新文学之建设与国故之新研究》提出整理国故的两个理由：一是改革社会的文艺观念，使人们认识到新旧文学的差异；二是要告诉人们，"新文学运动，并不是要完全推翻一切中国固有的文艺作品，这种运动的真意义，一方面在建设我们的新文学观，创作新的作品，一方面却要重新估定或发现中国文学的价值，把金石从瓦砾堆中搜找出来，把传统的灰尘，从光润的镜子上拂拭下去"。顾颉刚在《我们对于国故应取的态度》中，批评一些人"以为新与旧的人截然两派，所用的材料也截然两种：研究了国故就不应再有新文学运动的气息；做新文学运动的也不应再去整理国故。所以加入新文学运动的人多了，大家就叹息痛恨于'国粹沦丧'了。他们不知道新文学与国故并不是冤雠对垒的两处军队，乃是一种学问上的两个阶段。生在现在的人，要说现在的话，所以要有新文学运动。生在现在的人，要知道过去的生活状况，与现在各种境界的由来，所以要有整理国故的要求。……国故里的文学一部分整理了出来，可以使得研究文学的人明了从前人的文学价值的程度更增进，知道现在人所以应做新文学的缘故更清楚"。这一期《小说月报》仿佛是在整理国故舞台的亮相，此后，在"读书杂记""研究""国内文坛消息""选录"等栏目，传统文学方面的内容明显多了起来。从第15卷第1号（1924年1月）开始，郑振铎发表《中国文学者生卒考》（附传略），介绍秦代以来中国作家的生卒年、史料出处、身份、出身、经历、性格、主要作品、艺术风格、文学史上的地位及影响等，改变了以往只有外国作家传略和"文学家研究"栏目中只对外国开放的偏枯现象。与整个编辑思想的变化相关，第15卷第1号的插图中有《现存一千二百年前的杨惠之的塑像》四幅，这是《小说月报》改革以来第一次刊出中国古代艺术图像资料。第15卷第6号屈原像上了封面。第16卷第1号有沈雁冰的《中国神话的研究》，第15卷第1号开始连载的郑振铎《文学大纲》二十九章中，中国传统文学占了十一章。1926年6月，读者早有呼声、编辑部筹划多时的《中国文学研究》专号，作为《小说月报》第17卷的号外出刊。这是五四时期新文学杂志规模最大的一次对传统文学的整理，分上下两册，80余万字。作者阵容强大，既有国学大师梁启超、陈垣，又有新文学作家郑振铎、沈雁冰、郭绍虞、俞平伯、朱湘、刘大白、台静农、滕固、许地山、欧阳予倩、汪仲贤、钟敬文等，还有新进学者陆侃如，以及外国学者盐谷温、仓石武四郎等。研究范围宽广，时代从先秦直到晚清；类别有文学史研究、作家批评家研究、方法论研究、文体研究；研究方法有对乾嘉学派传统的继承，更有对西方现代科学方法的借鉴与生发，可谓是整理国故成绩的深度展示。

在整理国故上面，新派与旧派的界限模糊起来，二者对待国故的态度与方法虽然有别，但对民族传统的重视却达成了一致。1921年11月，新文化运动的策源地北京大学成立研究所国学门，招收研究生做专题研究，先后设考古、歌谣、风俗等研究室，编辑出版《国学季刊》。保守派活跃的南京东南大学，也于1922年10月成立国学研究会，出版《国学丛刊》《国学研究会讲演录》及国学丛书。国学院于1923年制定了"整理国学计划书"，规定成立"以科学理董国故"的"科学部"和"以国故理董国故"的"典籍部"。1923年5月，由柳亚子、叶楚伦及邵力子、陈望道、曹聚仁等发起组织的新南社，在发起宣言中表示，"对于国学，从今以后，愿一弃从前纤靡之习，先从整理入手"。整理国故成为20世纪20年代遍及大江南北的文化潮流，取得了可观的成绩，仅据良友版《中国新文学大系·史料索引集》等，文学方面的专著就有二十余种。整理国故在现代文学史上的效应，不可低估，至少有如下几点值得充分肯定：一、确立了对待传统的价值重估意识，澄清了旧文学的混乱观念，给优秀作品以应得的地位。二、使新文学作家增强了继承与发扬传统的自觉性，给新文学的发展提供了内在的动力。三、促成了新红学、文学史等新学科的建立。[1]

整理国故不是几个人偶发思古之幽情的个人行为，而是新文学阵营积极参与的不同文化派别的共同行为，不是什么人借此来阻碍新文学乃至社会改革的消极性策略，而是文学发展进程中对外来影响与民族传统关系的自行调整。它的提出及其成绩的取得，是五四时期传统文学观的重要表征。

三、新与旧的对立统一

在过去的五四文学研究中，有新文学派、折衷派、保守派的划法，通常把新文学派视为主流，以其激进的观点作为"五四"的代表性观点，对其予以褒扬，而对折衷派、保守派，则视而不见，或轻描淡写，或不分青红皂白打入逆流予以彻底否定。今天看来，对这种做法应该质疑。

关于新与旧、激进与保守的折衷调和的问题，五四新文学阵营就曾有过不同意见。李大钊在《青年与老人》中，把理想的现代社会视为"协力与调和"的社会，认为"群演之道，乃在一方固其秩序，一方促其进步。无秩序则进步难期，无进步则秩序莫保"。他赞同古里天森关于急进与保守"不可相竞以图征服或灭尽其他，盖二者均属必要，同为永存，其竞立对抗乃为并驾齐驱以保世界之进步"的观点，阐发说："世界之进化，全为二种观念与确信所驱驰以行。正如车之有两轮，鸟之有双翼，二者缺一，进步必以废止。此等观念，判于人之性质者，即进步与保守。"[2] 这种调和进化的观点，注意到新与旧、激进与保守的中和与互补作用，在"五四"

---

[1] 参见王瑶：《"五四"时期对中国传统文学的价值重估》；罗检秋：《"整理国故"与五四新文化》，收郝斌、欧阳哲生主编《五四运动与二十世纪的中国——北京大学纪念五四运动80周年国际学术研讨会论文集》(上)，社会科学文献出版社2001年版，第708页。

[2] 《新青年》第3卷第2号，1917年4月1日。

当时未能得到普遍认同。陈独秀在《青年与老人》"编后语"中，虽然先是肯定社会需进步与保守之力，但紧接着便提醒青年"吾国社会，自古保守之量，过于进步。今之立言者，其轻重宜慎所择"。在《今日中国之政治问题》里，说得更加明确：政治学术道德文章，新旧两种法子，"好像水火冰炭，断然不能相容"[①]。钱玄同也不同意李大钊关于在新的发展中可以包容旧者的观点，主张新的只能征服旧的。[②] 这种革命式的思维方式将复杂的问题简单化、绝对化，在革命之时虽有其产生的理由，也有其特定的作用，但如果任其发展，必将有碍于历史的进程，对于学术研究来说，也无益于历史真相的还原与历史规律的把握。今天，当我们探讨五四时期的传统文学观时，应该将折衷派与保守派纳入视野，实事求是地评价其历史价值。

　　折衷派之所以被称为折衷派，是因为他们虽然赞同文学革命倡导者的某些主张，但对文学革命的现实性持有保留意见，主张改良式的渐变而非飞跃式的剧变。历史已经证明，折衷派看待文学革命进程的眼光过于拘谨（其实，新文学的进程之速也超出胡适的预料），对"急进反缓"的担心属于过虑。但在被称为"趋于凡庸的折衷论"[③]里，其实包含着一些合理的成分。如曾毅主张"吾国陈旧之物之存于今者，取其足以与新机迎合，而牖之培之化之大之；其诸不适于现世界之生存，可视同历史之古物，一切束置高阁"。为了得知新文学的标准，"莫妙于取古今人之诗文，与吾宗旨稍近者，诗如李陵陶潜及古诗二十九首之类，文如黄太冲《原君》、王守仁《祭瘗旅文》之类，选为课本，使人知有宗向。由是以趋于改进，似更易为功也"[④]。这一建议得到新文学阵营的认同。但在有的文学史家眼里，这一建设性意见却是"趋于凡庸"的、"可笑"的。余元濬主

①　《新青年》第5卷第1号，1918年7月15日。

②　《新青年》第4卷第5号，1978年5月15日。

③　本段关于折衷派的否定性评价引自郑振铎：《中国新文学大系·文学论争集·导言》，良友图书公司1935年版。

④　曾毅：《致陈独秀》，《新青年》第3卷第2号，1917年4月1日。

张"对于小学生，则授以普通应用之文字，文理与白话二者可精酌而并取。中等以上之学者，则取纯一的文言，而示以深邃精奥之所在。如此则庶几无人不识应用之文字，而所谓邃奥文理者，亦自有一般专门之学者探讨，而使古来本有之经理艺术不因是而火其传也"[①]。主张中等以上教育专用文言，这固然不可取，但其担心各级学校统统用白话文而使传统文学失其薪传，这种顾虑是可以理解的。前文所引胡适对学校课程的设计便与此有异曲同工之概。事实上，后来的教育的确采取了这种折衷的办法，中等以上学校的语文教材选取了适量的文言文。折衷论者关于"如何可以豫杜改革之流弊"[②]的提醒对文学革命倡导者有所启发，不用典不讲对仗，"确有矫枉过正之弊"的观点，与新文学阵营也有切合之处。"这些折衷派的言论，实最足以阻碍文学革命运动的发展"，这种结论与事实不尽相符。

不只折衷派，而且保守派参与五四文学史的建构也不都是负面性的。在"五四"这样发生重大变革的历史时期，无论是从保持与争夺话语权的个性心理层面来看，还是就民族文化的承传与更新而言，保守派的出现并参与对历史进步的推动，都是历史的必然。这里所关注的是：保守派在怎样的意义上向新文学质疑，新文学派又是从中受到怎样的刺激与启发，才对传统文学观与新文学发展战略进行调整的。

文学革命必然会有反对派，也确实需要反对派，中外文学史都不乏这方面的例证。当文学革命揭竿而起之初，国粹派一时萎靡不振，反应无力，前驱者难免有寂寞之感。林纾在1919年3月18日《公言报》发表《致蔡鹤卿太史书》，对"尽废古书，行用土语为文字"加以挞伐，才引起了新文学阵营的关注。蔡元培在《答林琴南君函》中，在申明"思想自由、兼容并包"时，并未取与陈独秀同样的激进态度，而是力辩本校并非如林纾所责备的"覆孔、孟，铲伦常"，"尽废古书，行用土语为文字"，强调

---

① 余元濬：《读胡适先生文学改良刍议》，《新青年》第3卷第3号，1917年5月1日。

② 李澄镗：《致胡适》，《新青年》第3卷第2号。

传统文学在北大教学中的重要位置与新文学主张者的深厚古文造诣。比较一下蔡元培的《答林琴南君函》与陈独秀的《本志罪案之答辩书》，二者传统文学观的差异便一目了然。以往论者多将此视为蔡元培论辩的策略，其实未尽然，林纾的挑战与蔡元培的应战，对先驱者后来调整传统文学观与新文学战略未尝没有关联。1919年3月，北京大学刘师培、黄侃等创办《国故》月刊，以"昌明中国固有之学术"为由，抨击新文学。要批判其抱残守缺的态度自然不在话下，但新文学如何对待传统，这的确是一个绕不开的问题。文学革命之初，前驱者急于斩将擎旗，难免有矫枉过正之处，现在，要安营扎寨，发展壮大，就不能不冷静下来，对传统文学予以重新审视、重新估价。正是在保守派揭起国故这面旗帜的背景下，才有了1919年4月《新潮》的敏锐反应，有了新文学阵营积极调整传统文学观，以科学的态度与方法整理国故。

学衡派对新文学倡导者施以人格攻击[1]，显然掺杂着个人意气；否定以白话取代文言的文学革命目标，也为历史所证明确属迂执冥顽之举。但是，在传统文学观与新文学建设的思路上，学衡派并非一无是处。至少如下几个方面的观点是值得肯定或应该引起思考的，对新文学的发展有所助益。一、语言工具不能代表整个文学，文学之死活，以其自身价值来决定，而不能以其所用之文字的古今来决定。[2] 这种观点为给予历史上的文言文学以应有的地位奠定了基础，也为新文学汲取文言优长提供了前提。二、文言文不尽是艰涩难懂之文，也有痛快淋漓纤悉必达之作，因而不能笼而统之地一棍子打倒，而是应该区别对待，有些文言文学自有其不可替代的审美价值。三、新与旧、文言与白话不能壁垒森严，二者有交叉，有互补；"真正之文学乃存在于新旧之外，以新旧之见论文学者，非妄即讹也"[3]。四、文学发展自有其历史承传性，"前人之著作，即后人之遗产

---

① 梅光迪：《评提倡新文化者》，《学衡》第1期，1922年1月。

② 胡先骕：《评尝试集》，《学衡》第1、2期。

③ 吴芳吉：《吾人眼中之新旧文学观》，《湘君》创刊号，1922年6月。

也。若尽弃遗产，以图赤手创业，不亦难乎。……故欲创造新文学，必浸淫于古籍，尽得其精华，而遗其糟粕，乃能应时势之所趋，而创造一时之新文学，如斯始可望其成功"①。五、文学进化论只知有历史的观念，而不知有艺术的道理②，文学史的复杂现象并不能完全用直线的文学进化论来解释。学衡派有些观点其实是与新文学阵营相通的，譬如，"论究学术，阐求真理，昌明国粹，融化新知"这一《学衡》宗旨，与胡适对新思潮的概括颇有相似之处；西谛的《新与旧》③与学衡派关于新旧的看法几无二致。相通之处自不必说，即使逆耳忠言，新文学派也是有所汲取的。如新文学前驱者传统文学观的变化，便不能说与学衡派等的讦难无关；关于新诗的音调、格律等问题的具体见解，后来也获得了新月派等诗派的认同与尝试。至于文学进化论的局限性，则过了许多年才被文学史界认识到。只是当时学衡派对新文学采取了对垒的态度，以意气性的言辞掩盖了学术性，与其"不激不随"的主张发生了矛盾。新文学派的应战姿态，多少妨碍了对学衡派的全面认识。

　　冯友兰在《中国现代哲学史》中谈到"新文化运动内部的派别"时，将陈独秀、李大钊划为"左翼"，将胡适、梁漱溟划为"右翼"④。当然，将胡、梁划归一翼，大可商榷，但把像梁漱溟这样的"异议人士"⑤纳入到新文化运动的框架中予以正面考察，这种历史主义态度应该说是可取的，对于我们考察五四时期的传统文学观问题同样适用。其实，周作人在五四时期即认识到学衡派"只是新文学的旁支，决不是敌人"，"不必去

① 胡先骕：《中国文学改良论》（上），《南京高等师范日刊》，收《中国新文学大系·文学论争集》；吴芳吉：《再论吾人眼中之新旧文学观》，《学衡》第21期，1923年9月。

② 梅光迪：《评提倡新文化者》，《学衡》第1期；吴芳吉：《三论吾人眼中之新旧文学观》，《学衡》第31期，1924年7月。

③ 《文学周报》第136期，1924年8月25日。

④ 参见冯友兰：《中国现代哲学史》，香港中华书局1996年版，第68—69页。

⑤ 参见欧阳哲生：《在传统与现代性之间》，《五四运动与二十世纪的中国——北京大学纪念五四运动80周年国际学术研讨会论文集》，第457页。

太歧视他的"。① 只是后来由于形而上学思想方法作怪，才在几十年间将学衡派作为反对派排除于五四新文学建构的框架之外。时至今日，我们应该突破主观主义的历史观与形而上学思想方法的束缚，也应该超越五四时期论战思维的模式，将学衡派回归到历史情境中去，给它以应有的评价。

综上所述，五四时期是一个多声部合唱的历史舞台，新文学派与折衷派、保守派共同参与了这段文学史建构。"反传统"只是新文学前驱者的重要表征之一，而非其本质特征，因而不足以概括这一历史时期的传统文学观；"全盘反传统主义"，更是后人强加于历史的想象，而非历史的真相。至于五四时期的传统文学观，可以用一句话来表述，这就是：以科学的态度与方法重新估定传统文学的价值。以往论者对于五四传统文学观中"反传统"成分的过分强调与夸大，究其原因，除了对于历史悠久的传统来说，反传统易于惹人注意之外，在弘扬者方面，有革命式思维方式的惯性作用；在否定者方面，大有借历史清算来为新儒家招摇之嫌。无论哪方面，在方法论上都陷入了本质论与非此即彼的两极对立论的陷阱。蔡元培当年在《〈北京大学月刊〉发刊词》中批评"吾国承数千年学术专制之积习，常好以见闻所及，持一孔之论"，借用此语批评关于五四时期对传统文学观的模糊认识，亦无不可。时至今日，这种"一孔之论"与耳食之见到了应该抛弃的时候了。

五四时期传统文学观的复杂性，牵涉到革命与建设、现代性与民族性的关系问题。革命是短促而简捷的，而建设则是长期而繁难的，革命要对传统有所清理，而建设则需要从传统汲取资源；对于一个民族来说，现代性可以借鉴，但无法移植；真正的现代性，必须在深厚的民族文化基础上融会域外新知加以创新才能确立。以"五四"为起点的中国现代文学史证实了这一点。"五四"的历史经验对于今天在全球化语境中思考与调整中国文化战略应该有所启迪。

---

① 周作人：《恶趣味的毒害》，《晨报副刊》1922年10月9日，

第二节　五四时期文坛上的新与旧

中国文学史上，文体的更迭与文风的转换多非突变，即使是颇有影响的文学运动，诸如以新题乐府表现时事的新乐府运动，力求摆脱骈文靡丽之风的唐代古文运动，倡导平易自然文风的宋代诗文革新运动，锐意革新的近代诗界革命、文界革命与小说界革命，也都是采取较为温和的渐变方式。五四文学革命则迥然不同，欲以白话文学取代文言文学的正统地位，以舶来的现代之道取代本土传统之道，这对于历史悠久的中国文学来说，不啻于天翻地覆的巨变，必然激起强烈的反响。新文学与旧文学，高低优劣，正宗旁支，就足以让人论辩不休，何况关乎生死存亡的命运，更是争得大有地动山摇之概。革命成功之后的文学史叙述，五四文学的革命性得到浓墨重彩的渲染。因而，在一般的现代文学史知识体系中，新与旧成为两个壁垒森严的敌对阵营、一对水火不相容的矛盾。当历史进入21世纪，回首"五四"，烽烟散去，我们发现新与旧固然有着尖锐的矛盾冲突，但也不尽是你死我活的关系，二者相互依存自不必说，而且新的不是绝对正确，旧的也不是一无是处，你中有我，我中有你，互渗互动，相融相生。①

一、新旧体认的矛盾

新文学与旧文学看似边界清晰，实则没有明确的界定，看似壁垒森严，实则没有不可逾越的鸿沟。在新文学的前驱者黄远生那里，新旧文学的差异主要在于表现的内涵。而胡适在《文学改良刍议》提出的"八事"——须言之有物、不摹仿古人、须讲求文法、不作无病之呻吟、务去烂调套语、不用典、不讲对仗、不避俗字俗语——其实并非均为新文学

---

① "五四时期文坛上的新与旧"所涉及的其他内容请参见拙文《论五四时期的传统文学观》，《中国社会科学》2001年第6期；《五四时期反对派的挑战对新文学的意义》，《中国社会科学院研究生院学报》2007年第3期。

所独有，"不用典"当时在新文学阵营内部就受到质疑，在他的反复申说中，文言与白话倒是成为区别新旧文学的本质特征之一。但在文学研究会眼里，鸳鸯蝴蝶派的小说即便用的是白话，宣泄的是人间的感伤，也进入不了新文学的殿堂。周作人把新文学阐释为"人的文学"，对新文学的立足与发展起到了重要作用，然而他也承认"新旧这名称，本来很不妥当……思想道理，只有是非，并无新旧"，而且他把《西游记》《聊斋志异》《水浒》等当作"妨碍人性的生长，破坏人类的平和的东西，统应该排斥"[1]，是非判断出现了瑕疵。管豹则认为，"新旧"之分有时间意义和空间意义两方面，前者以"现在"为基准、"过去"为旧而"未来"为新；后者则以本地前所未有之外来者为新。由此角度看，"吾国今日新旧之争，实犹是欧化派与国粹派之争"，基本属于空间意义的新旧。[2] 实际上，空间意义的新旧与时间意义的新旧仍颇有关联。[3] 白屋诗人吴芳吉的"新歌行体"，新派嫌其旧，旧派责其深。新与旧，难以找到整齐划一的边界；无论怎样划分，二者之间都有着千丝万缕的联系。

新旧营垒之间并不是像后来一些文学史著述描述的那样剑拔弩张。北京大学进德会首次投票选举评议员，刘师培与蔡元培、陈独秀等4人一道入选，共同主持该会。1919年1月，北大教员组织旨在"联络感情、商兑学术"的学余俱乐部，黄侃与胡适、李大钊一并列为发起人。1919年3月18日，《公言报》刊发《请看北京学界思潮变迁之近状》，文中说北大有刘师培、黄侃等主持《国故》的旧派与陈独秀、钱玄同、胡适等主持《新青年》的新派相对垒。对此，刘师培在《北京大学日刊》发表致《公言报》公开信予以澄清："十八日贵报北京学界思潮变迁一则，多与事实不符。鄙人虽主大学讲席，然抱病岁余，闭门谢客，于校中教员，素鲜接

---

① 周作人：《人的文学》，《新青年》第5卷第6号，1918年12月15日。
② 管豹：《新旧之冲突与调和》，《东方杂志》第17卷第1号，1920年1月10日。
③ 参见罗志田：《国家与学术：清季民初关于"国学"的思想论争》，生活·读书·新知三联书店 2003年版，《自序》第11页。

洽，安有结合之事。又《国故》月刊由文科学员发起，虽以保存国粹为宗旨，亦非与《新潮》诸杂志互相争辩也。祈即查照更正。"文化态度的差异，并不影响社会正义感。1919年6月11日，陈独秀因在北京前门外新世界游艺场散发传单《北京市民宣言》，要求政府免除徐树铮、曹汝霖等6人的官职并驱逐出京，同时要求取消步军统领及警备司令两机关等，结果被军警拘捕。联名写给京师警察总监要求保释陈独秀的呈文中，列名为第一位的即是刘师培。[①] 章士钊亦在上海致函北京政府代总理龚心湛，要求释放陈独秀。1932年10月15日陈独秀再度在上海被捕后，章士钊慨然为陈独秀做辩护律师。1919年11月20日，刘师培去世，身后萧条，历二日始入殓，由陈独秀出资代为料理后事。林纾于1924年10月病逝，11月，胡适、郑振铎就分别写出《林琴南先生的白话诗》《林琴南先生》，以表纪念，后面一篇的评价尤其全面、公允。

　　吴宓的折衷守成观可谓由来已久，持之以恒。早在1916年，他与吴芳吉、黄华、汤用彤诸友发起"天人学会"时，就以"尚气节，知廉耻，明天职，励正谊，折中新旧中外，发扬祖国固有文明"为宗旨。文学革命兴起之后，他虽然坚信文言文不可战胜、旧体诗自有其难以替代的魅力，而且自己始终坚持旧体诗创作，但在文学表现人生、文学具有时代性、文学与政治相辅相成等文学观念上，与新文学却不乏相通之处，对新与旧愈来愈表现出通达的态度。他在《马勒尔白逝世三百年纪念·绪论》中认为，"今日中国文字文学上最重大急切之问题人人所深切感受察觉者乃为'如何用中国文字，表达西洋之思想。如何以我所有之旧工具，运用新得于彼之材料'。旧指中国固有者而言，新指由西洋传来者而言。非今古之谓，亦无派别之见。此问题如何解决，言人人殊。今正在试验时期。今日中国新旧各派作者，其行文选词，甚至标点符号，各自别异，千类万殊，每一作者，皆正行此种试验"。易言之，"则可曰'今欲以中国文学表达

----

① 参见陈方竞：《多重对话：中国新文学的发生》，人民文学出版社2003年版，第93页。

西洋之思想及材料，而圆满如意，则应将中国原有之文字文体解放至何种程度，改变至何种程度'。其必须解放、必须改变，乃人人所承认。适可而止之义，亦众意金同。然其所谓可，所谓最适宜之程度，则今日国中新旧各派作者，千类万殊，各异其辞，各异其法。是故（一）有主张用纯粹之唐宋八家古文或魏晋六朝文者。（二）有主张用明畅雅洁之文言，只求作者具有才力，运用得宜，固无须更张其一定之文法，摧残其优美之形质者。《学衡》杂志简章（三）有主张用中国式之白话者。（四）有主张非用完全模仿欧西文字句法之白话不可者。（五）有主张废汉字而以罗马拼音代之者。而于标点之使用，由极旧至极新，由右端至左端，亦有无穷之阶级焉。孰为适中？孰为得当？今难遽断，且看后来"①。既然认为是试验时期，就允许尝试与竞争，因而吴宓对新文学既有批评，亦有肯定。徐志摩遇难于飞机失事，吴宓作《挽徐志摩君》："牛津花国几经巡，檀德雪莱仰素因。殉道殉情完世业，依新依旧共诗神。曾逢琼岛鸳鸯社，忍忆开山火焰尘。万古云霄留片影，欢愉潇洒性灵真。"他在1931年12月14日《大公报·文学副刊》第205期刊载此诗时，还在《挽徐志摩诗附识》中说："但丁亦富热情，其性则较雪莱为严正深刻。但丁亦言爱，然非如雪莱之止于人间，失望悲丧。而更融合天人，归纳宇宙，使爱化为至善至美之理想，救己救人之福音。则其爱更为伟大、更为高尚。此但丁为雪莱所莫及之处。使雪莱而得永年，使徐君而今不死，二人者，必将笃志毅力，上企乎但丁，可知也。"吴宓对徐志摩的称许，固然有他对徐志摩浪漫爱情如愿以偿的羡慕，更在于徐志摩崇尚自由的精神与其诗内在的声韵旋律，由此可见吴宓对新诗并非绝对排斥。1933年4月10日，吴宓在天津《大公报·文学副刊》第275期发表《茅盾著长篇小说:〈子夜〉》，批评诚然有之，但对这位曾经激烈批评过他的新文学作家的作品也颇多首肯之处："吾人所谓最激赏此书者，第一，以此书乃作者著作中结构最佳之书。

---

① 《大公报·文学副刊》第40期，1928年10月8日。

盖作者善于表现现代中国之动摇，久为吾人所习知。其最初得名之'三部曲'即此类也。其灵思佳语，诚复动人，顾犹有结构零碎之憾。吾人至今回忆'三部曲'中之故事与人物，但觉有多数美丽飞动之碎片旋绕于意识，而无沛然一贯之观。此书则较之大见进步，而表现时代动摇之力，尤为深刻，不特穿插激射，且见曲而能直、复而能见之匠心"，"第二，此书写人物之典型性与个性皆极轩豁，而环境之配置亦殊入妙"，"茅盾君之笔势具如火如荼之美，酣恣喷薄，不可控搏，而其微细处复能宛委多姿，殊为难能而可贵。尤可爱者，茅盾君之文字系一种可读可听近于口语之文字"。吴宓认为《子夜》验证了他关于"近于口语而有组织锤炼之文字为新中国文艺之工具，国语之进步于兹亦有赖焉"的主张。[①]

吴宓的包容态度也表现在他的翻译上。英国赖慈女士有"The Spires of Oxford"，吴宓曾于1922年译为旧体[②]：

（一）牛津古尖塔，我行认崔嵬。黝黝古尖塔，矗立青天隈。忽念行役人，忠骨异国埋。

（二）岁月去何疾，韶华不少待。广场恣跳掷，人间绝忧痗。一旦胡笳鸣，从征无留恋。

（三）浅草供蹴鞠，清流容艇桴。舍此安乐窝，趋彼血泥淖。事急不顾身，为国为神效。

（四）神兮能福汝，就义和慨慷。戎衣荷戈去，不用儒冠裳。永生极乐国，勿念牛津乡。

1936年，吴宓将其重译为新体，发表于当年的《清华周刊》第21期：

---

① 吴宓:《茅盾著长篇小说:〈子夜〉》,《大公报·文学副刊》第275期，1933年4月10日。
② 吴宓:《英诗浅释》,《学衡》第9期，1922年9月。

我看见牛津的许多尖塔

　　当我偶然走过那边，

那些牛津的灰白尖塔

　　直映在高穹的青天。

我心中想念着牛津的学生

　　他们战死在异国的郊原。

在牛津，一年一年如飞的过去，

　　那个快乐的黄金时代，

头白的学院层楼俯首下窥

　　看无愁的学生们欢呼竞赛。

但悲笳忽然吹起了军声

　　立刻解散他们的球队。

他们离开了那平静的河流，

　　那宿舍和球场的方圆部位，

那绿草剪得平整的校园，

　　去找寻一块浴血的土地——

他们毅然牺牲了快乐的青春

　　为着国家，为着上帝。

愿上帝保佑你们，幸福的诸君，

　　你们殉国殉道，一死争光，

你们穿上黄色军服，肩起铁枪，

　　代替了学士的黑袍方冠。

上帝一定护送你们到一个极乐世界里

　　比这座牛津城更为美丽庄严。

　　新体翻译与旧体翻译相较，不仅通俗易懂，而且更忠实原作。吴宓一定从自身的翻译实践中体味到了白话文学的魅力。他发愿要用白话文写一部题为《新旧因缘》①的长篇小说，可惜未能实现，但其文学观念与文学实践倒是充满了新与旧的因缘。不独吴宓如此，整个学衡派亦然。学衡派反对激进派判定文言文学为死文学的观点，竭力维护文言在文学中的正统地位，努力发掘文言的魅力与潜力，然而并不意味着绝对排斥白话与现代新词。《学衡》上的小说与戏剧翻译已有白话色彩，有的诗歌翻译也汲取了白话养分，显得相当通俗，大有散曲风格，如第41期（1925年5月）所载李惟果译M.安诺德《鲛人歌》：

（一）

　　来，来，亲爱的孩子，远去莫久留。　不留，远去。　去，沈，沈，沈到深海悠悠。　呀，岸边兄弟唤我莫留。　呀，狂风卷沙飔飔，呀，洪潮澎湃海中流。　呀，野马银白，雪浪拍长空，浪花里正浮游。　亲爱的孩子，远去莫久留。　不留，远去。　去，沈，沈，沈到深海悠悠。

（二）

　　孩子，你去呵，唤她莫逡巡。　唤她一声"母亲，母亲"。　孩子，声柔动娘心，孩子，唤她莫逡巡。　孩子声惨情思迸，她归也，一定，一定。　唤她了，远去莫逡巡，来，来，海宫幽且深。　"母亲，母亲，我等不能久逡巡，野马银白怒目嗔，母亲，母亲。"

（三）

　　不再唤了，临去目波过白城，回岩上礼堂灰沈。　不多看了，她不归我海王庭。　断肠泣血何足论，来来，海宫幽且深。

---

① 吴宓：《介绍与自白》（拟撰《新旧因缘》，"文体拟用中国式之白话，采取西文之情味神理，而不直效其句法，亦不强纳其词字，总之，力求圆融通适，而避烦琐生硬"），《国风》月刊第8卷第6期，1936年。

（四）

亲爱的孩子，是也昨天，钟波幽渺发岸边，我等岩间正闲眠，风波吹渡银钟声声远。　此间沙岩气啖寒，此间风息，万籁凝烟。　此间残蜡火颤颤，此间海藻荡流泉。　此间海兽连肩晏，觅食往来沼泽间。此间海蛇共盘桓，晒甲出入绕盐田。　巨鲸张目往复还，往复大地千万年。　亲爱的孩子，是也昨天，海波起落和鸣弦。

（五）—（八）略

此诗写本为人间之女的鲛人（神话中的人首鱼身族）王之妻复归人世之后，鲛人之王率领儿女登陆招之而不得的哀伤。吴宓在刊发此诗时，加按语道："此篇译笔力求质直流畅，以传原诗语重心急、呼之欲出之情，逐字逐句而译。中留一字空处，即示原诗一句之起结也。"可见在吴宓眼里，翻译时保留原诗形态与传达原诗神韵比起形式的中国化要重要得多。

在文学观念上反对简单化地以语体、形式区分新旧、衡量价值者大有人在。胡汉民《不匮室诗钞》中《与协之谈中山先生之论诗二十五叠至字韵》之后附记说："民国七年时，执信偶为新白话诗，中山先生辄诏吾辈曰：'中国诗之美，逾越各国，如《三百篇》以逮唐宋名家，有一韵数句，可演为彼方数千百言而不能尽者。或以格律为束缚，不能以是益见工巧。至于涂饰无意味，自非好诗，然如"床前明月光"之绝唱，谓妙手偶得则可，唯决非常人能道也。今倡为粗率浅俚之诗，不复求二千余年吾国之粹美，或者人人能诗，而中国已无诗矣。'"[①] 1923年12月，武昌师大赣籍同学会主编的《学光》杂志第1卷第2期上，李之春《我之中国文学谭》认为，文学没有固定的古今，古文并非"古文学"；没有绝对的新旧，白话文不是新文学。白话文、文言文的名称，不是死文学、活文学的区别。对仗能够增进文章的美感；用典是文章的自然趋势。陈言烂语是新旧文

---

① 转引自胡迎建：《民国旧体诗史稿》，江西人民出版社2005年版，第133页。

学所有的通病，不是旧文学独有的。[①] 1924年12月1日，山西铭贤学校半年刊《铭贤校刊》第1卷第2期刊有王明道的《我对于新文学的意见》，文章认为，"旧文学的短处在太重形式，但辞句之概括、文学之富丽，立意之高超、韵调之不苟，远超过新文学"，若以它的一点短处来批评它是死文学，"欲用新文学来完全代替，实舍本求末，自失国粹"。两全之策应是"新旧并存，旧文学让专门学识者研讨；新文学让普通知识者讲求，这样一方面保存数千年的国粹，一方面可以促进新文学的应用"。1925年4月20日《晨报副刊·艺林旬刊》上，蒋鉴璋的《诗的问题》认为，提倡新诗的人必须对于旧诗有研究，能熔新诗、旧诗于一炉，才能够产生比一般高明的新诗来。[②] 据郑振铎《新旧文学的调和》[③] 披露，黄厚生给《文学旬刊》寄了一篇题为《调和新旧文学谭》的文章，里面说："'一般非议新文学，自命为保存国粹者和积极进行新文学的人都是想不亏国体，不失国魂，不过方法有些不同，实质上还是异道同归呀！'又说：'我看现今新旧文学家都像各走极端……'又说，如果他们知道新文学的目的在给各民族保存国粹，必定要觉悟了好些，不至同室操戈。"刘贞晦的《中国文学变迁史略》一方面肯定新文学的历史合理性："文化进步，要在通便制宜，现在种种新思想，须叫一般人民共同了解，若用古文去发表，不但著述的人不易图功，就是受读的人也难领悟。所以近一二年来，有人提倡改用白话文，传达文化。可以收个因利乘便的功效。这算民国文学变迁的一种动机。"另一方面也批评文学革命中的偏激现象："可不免有火色太过的人，因此排诋古文，说旧文学简直可以废了。但是旧文学的本身，实有种种不可废的功能。单就译书一方面说，从前译著出来天演论群学肄言种种书，学理虽是新的，文词原来是旧的，一般读过这书的人，何尝不用旧文学的功能，得新学理的感化。现在已经有用白话文译的书，却不见得那译笔就

---

①　参见胡迎建：《民国旧体诗史稿》，第139页。

②　胡迎建：《民国旧体诗史稿》，第140页。

③　《文学旬刊》第4期，1921年6月10日。

一定比用旧文词好。"刘贞晦对新旧文学均有理解之同情，并进而希望新旧互动："不过新文学现在还是个草创的，原也不可求全责备罢了。谈旧文学的人说，文章要有理趣，有情味，有音节。新文学何独不然。做到好的地步，那理趣、情味、音节也自然都有了。要在有志文学的人，下一番切实研究的功夫，或是旧文学本有根柢的人，来参预这新文学的改造，拿旧的蜕化出新的，或是主张新文学的人，去摘发那旧文学的弊病，拿新的去矫正了旧的，能够这样并力向前做去，民国的新文学就有完全成立的希望了。"① 这种观点在五四时期被激进的文学革命派视为"折衷派"。

新文学阵营内部，关于新与旧的体认并非都像陈独秀那样带有绝对化色彩。有时矛盾也表现在同一个人身上。譬如郑振铎在《新旧文学的调和》里说："无论什么东西，如果极端相反的就没有调和的余地。……新与旧的攻击乃是自然的现象，欲求避而不可得的。除非新的人或旧的人舍弃了他们的主张，然后方可以互相牵合。"②《新旧文学果可调和么？》对黄厚生"帮助现在的旧文学家而使之新文学化"的想法表示质疑，强调"'迁就'就是堕落"，"至于调和呢，我们实是不屑为的"。③ 两年多以后的《新与旧》④ 一文，虽然对"新的思想不妨装在旧的形式里"的说法予以绝对化地否定："我们要知道旧的形式既已衰敝而使人厌倦，即使有天才极高的人，有意境极高的想象，而一放在旧的形式中，亦觉的拘束掣肘，蒙上了一层枯腐的灰色尘，把好意境好天才都毁坏无遗。"但另一方面也认识到："文艺的本身原无什么新与旧之别，好的文艺作品，譬若清新的朝曙，皎洁的夜月，翠绿的松林，澄明的碧湖，今天看他是如此的可

① 收刘贞晦、沈雁冰：《中国文学变迁史》，上海新文化书社1921年12月初版，1933年10月第11版，第71页；参见谢泳：《北大中文系的文学史传统——从刘景晨的〈中国文学变迁史〉说起》，《博览群书》2004年第7期。

② 《文学旬刊》第4期，1921年6月10日。

③ 《文学旬刊》第6期，1921年6月30日。

④ 《文学》第136期，1924年8月15日。

爱，明天看他也是如此的可爱，今天看他是如此的美丽，明年乃至无数年之后看他，也仍是如此的美丽。""所谓'新'与'旧'的话，并不用为评估文艺的本身的价值，乃用为指明文艺的正路的路牌。"这种历史与哲学层面的辨证认识显然对现实层面的偏激有所超越。蔡元培支持新文学，断定在白话与文言的竞争中，"白话派一定占优胜"。但他又说："文言是否绝对的被排斥，尚是一个问题。照我的观察，将来应用文，一定全用白话，但美术文，或者有一部分仍用文言。""旧式的五七言律诗，与骈文，音调铿锵，合乎调适的原则，对仗工整，合乎均齐的原则，在美术上不能说毫无价值。就是白话文盛行的时候，也许有特别传习的人。"[①] 闻一多从这种"新文学兴后，旧文学亦可并存"的观点推延开去，认为"律诗亦未尝不可偶尔为之"。[②] 1922年，梁实秋在《读〈诗的进化的还原论〉》中也反省说："自白话入诗以来，诗人大半走错了路，只顾白话之为白话，遂忘了诗之所以为诗，收入了白话，放走了诗魂。"[③] 这些认识与学衡派的反对意见颇有相通之处。

不只折衷派，而且反对派参与五四文学史的建构也不都是负面性的。在"五四"这样发生重大变革的历史时期，无论是从保持与争夺话语权的个性心理层面来看，还是就民族文化的承传与更新而言，折衷派与反对派的出现并参与对文学现代化的推动，都是历史的必然。

台湾、香港地区的语境与大陆（内地）不同，关于文言文学与白话文学的新旧体认与是非判断具有特殊意义。台湾1895年沦入日本殖民统治之下，殖民当局逐步以日语压制、排挤汉语，企图通过语言空间的占领来维系与巩固其殖民统治。在这种背景下，文言文学寄托着认同中华与回归祖国的理念与情思，具有对抗殖民统治的特殊意义。如赖和1924年所作的旧体诗《饮酒》：

---

① 蔡元培：《国文之将来》，《北京大学日刊》第490号，1919年11月19日。
② 闻一多：《律诗底研究》，《闻一多全集》（第10卷），湖北人民出版社2004年版，第166页。
③ 《晨报副刊》1922年5月27—29日。

仰视俯蓄两不足，

沦为马牛膺奇辱。

我生不幸为俘囚，

岂关种族他人优？

弱肉久已恣强食，

致使两间平等失。

正义由来本可凭，

乾坤旋转愧未能。

眼前救死无长策，

悲歌欲把头颅掷。

头颅换得自由身，

始是人间第一人。

慷慨悲歌中传达出台湾同胞沦为日本殖民之"马牛"的奇辱、剧痛与争取自由的无畏精神。

在香港，中文地位虽然不似台湾那样凄楚，但由于官方语言是英语，中文难免受到歧视，因此，香港同胞为争取中文地位而进行过多次抗争，港英当局也不得不有所让步。鲁迅在《略谈香港》①等文中对港英当局的批评，固然注意到港英当局提倡国粹借以维系现存秩序的一面，表明了新文学前驱者的文化立场，但却忽略了文言文学在香港其实具有维护民族自尊以对抗殖民统治的特殊意义，当局做提倡国粹的表面文章实有其不得已而为之的苦衷。这一悖论，不仅当时鲁迅未能洞察，而且后来的文学史叙述也多有误解。直到进入21世纪以后，才有学者注意到所谓新与旧的意义因香港与内地历史语境的不同而不同："中国古典文学是香港历史上中文文化承传的主要形式，担当着中国文化认同的重要角色。如果说中国古典

---

① 《语丝》周刊第144期，1927年8月13日。

文化在大陆象征着封建保守势力，那么它在香港却是抗拒殖民文化教化的母土文化的象征。如果说大陆的文言白话之争乃新旧之争、进步与落后之争，那么同为中国文化的文言白话在香港乃是同盟的关系，这里的文化对立是英文与中文。香港新文学之所以不能建立，并非因为论者所说的旧文学力量的强大，恰恰相反，是因为整个中文力量的弱小。在此情形下，香港文学史以新旧文学的对立作为论述的逻辑起点，批判香港的中国旧文化，这不能不说具有一定的盲目性。"①

　　不同地区、不同时段、不同流派，甚至同一个人对新与旧的体认都有差异、变化，至于创作上更是新旧交织，互动相生。

二、新诗人的旧诗缘

　　从反对派的挑战与折衷派的建言中，新文学派不能不受到刺激与启发，况且新文学派自身也曾经承领过传统文学的熏陶浸染，不可能割断与传统的血脉联系，所以新文学在批判、澄清传统的同时，也自觉不自觉地从传统中汲取营养。

　　新诗前驱者胡适在《尝试集·再版自序》中坦言，《尝试集》第一编的诗，除了《蝴蝶》和《他》之外，"实在不过是一些刷洗过的旧诗"，多用旧诗的音节；"第二编的诗，虽然打破了五言七言的整齐句法，虽然改成长短不整齐的句子，但是初做的几首，如《一念》《鸽子》《新婚杂诗》《四月二十五夜》，都还脱不了词曲的气味与声调"。《送叔永回四川》第二段的三句出自于三种词调，1918年12月的《奔丧到家》的前半首，"还只是半阙添字的《沁园春》词"，1919年2月26日的译诗《关不住了》才是他"'新诗'成立的纪元"。即使是可以算作白话新诗的《应该》，用一个人的"独语"写三个人的境地，也与古诗《上山采蘼芜》略为相像。在1922年所作《尝试集·四版自序》中，胡适又说："我现在回

---

①　赵稀方：《小说香港》，生活·读书·新知三联书店2003年版，第6—7页。

头看我这五年来的诗，很像一个缠过脚后来放大了妇人回头看他一年一年的放脚鞋样，虽然一年放大一年，年年的鞋样上总还带着缠脚时代的血腥气。"这也难怪，胡适自幼受过传统文学的熏陶，早年曾经作过一些文言诗词，1914年还曾用文言翻译过拜伦《哀希腊歌》的全篇十六章等外国诗歌。新诗中留有旧体诗词基因与胎记的现象，不独胡适自己，而且旧体诗词的作用并非仅有"血腥气"，其形体、音韵、节奏等也给新诗提供了营养。胡适在《谈新诗》[①]说，"自己也常用双声叠韵的法子来帮助音节的和谐"，如《一颗星儿》等。"这种音节方法，是旧诗音节的精采（参看清代周春的《杜诗双声叠韵谱》），能够容纳在新诗里，固然也是好事。但是这是新旧过渡时代的一种有趣味的研究，并不是新诗音节的全部。新诗大多数的趋势，依我们看来，是朝着一个公共方向走的。那个方向便是'自然的音节'。"所谓"节"，是指诗句里面的顿挫段落；所谓"音"，是指诗的声调。"平仄要自然，用韵要自然，有韵固然好，无韵也不妨。"时人及后人多有批评胡适白话诗不讲诗的艺术的，其实不尽然。我们可以据实批评《尝试集》的稚嫩、粗糙，甚至说他缺少诗歌天分，但没有理由指责胡适不讲艺术。他在用词、声韵、节奏、意境、结构诸方面可谓用心良苦。他肯定胡思永的诗"第一是明白清楚，第二是注重意境，第三是能剪裁，第四是有组织，有格式"，并说"如果新诗中真有胡适之派，这是胡适之的嫡派"。[②]当然，为了打破传统的桎梏，他在自由的路上走得较远，其意义不在他的尝试多么成功、完美，而是在于告诉人们方向正确，但要"小心地雷"。饶有意味的是，胡适在诗歌方向的战略选择上坚决否定旧体诗词，而在具体创作中则自觉不自觉地从旧体诗词汲取资源。1928年6月7日，胡适还应邀为友人之母陶太夫人旧体诗集《绣馀草》作序，称赞《癸卯秋日寄怀外子》等篇"都是很缠绵亲切的抒情诗"[③]。

----

① 胡适：《谈新诗》，《星期评论》1919年双十节纪念号。
② 胡适：《〈胡思永的遗诗〉序》，《胡思永的遗诗》，亚东图书馆1924年版。
③ 胡适：《〈绣馀草〉序》，收《胡适遗稿及秘藏书信》（第12册），黄山书社1994年版。

　　早期新诗多有传统印痕，正如胡适在《谈新诗》所说："除了会稽周氏兄弟之外，大都是从旧式诗，词，曲里脱胎出来的。沈尹默君初作的新诗是从古乐府化出来的。"如《人力车夫》即得力于《孤儿行》一类的古乐府。"新体诗中也有用旧体诗词的音节方法来做的，最有功效的例是沈尹默君的《三弦》。"① "新潮社的几个新诗人——傅斯年、俞平伯、康白情——也都是从词曲里变化出来的，故他们初做的新诗都带着词或曲的意味音节。"

　　俞平伯文言旧体诗创作早于白话新诗创作，现存者即有1916年所作旧体诗。他的第一部新诗集《冬夜》（亚东图书馆1922年3月初版）里所收作品，最早的为1918年12月15日所作的《冬夜之公园》，此后几年新诗创作高潮期，相继推出新诗集《雪朝》（上海商务印书馆1922年6月初版，朱自清、周作人、俞平伯、徐玉诺、叶绍钧、郭绍虞、刘延陵、郑振铎新诗合集）、《西还》（上海亚东图书馆1924年4月初版）、《忆》（北京朴社1925年12月初版）等，与此同时，并未完全放弃旧体诗创作，1923年有《太平洋归舟》二首、《题重印"俞曲园携曾孙平伯合影"》，1924年有《绝句》《芝田留梦行》，1925年有仿歌行体的《西关砖塔塔砖歌》等。除了旧体诗之外，还有赋、词、曲、小调，如1921年7月用传统文体作《吴声恋歌十首》；1924年所作诗剧《鬼劫》的唱词中，既有白话，也有文言；1925年《自从一别到今朝》用民谣体，但守平仄格律，如："斜日归船过断桥，双燕来时误旧巢。江南草长飞蝴蝶，堤上萋萋绿不消。"后来，他在《荒芜〈纸壁斋集〉评识》中说："五四以来，新诗盛行而旧体诗不废。或嗤为骸骨之恋，亦未免稍过。譬如盘根老树，旧梗新条，同时开花，这又有什么不好呢？"② 作为当年叱咤风云的新诗人，这番话语的确是有感而发，对诗友的理解中不无自己的切身体验。俞平伯在新文化氛围

---

① 可参见朱伟华：《中国新诗创始期的旧中之新与新中之旧——沈尹默〈月夜〉〈三弦〉的重新解读》，《贵州社会科学》2002年第1期。

② 《读书》1982年第1期。

与自身新文学追求的双重压抑下仍然不能完全克制旧体诗词创作的冲动，但新诗人的旧体诗词难于或羞于面世，作于1945年的五言长诗《遥夜闺思引》，1948年3月才由北平彩华印刷局付梓，而后作者对此诗题诗6首、写序跋共有18篇之多，倾情之深可见一斑。至于其他旧体诗词，或者自订，或者他人辑录，到20世纪80年代始得出版。

尽管俞平伯在《冬夜·自序》中表白"不愿顾念一切做诗底律令"，但旧体诗词修养在其新诗创作中不可避免地打上鲜明的烙印。朱自清在《冬夜》初版《序》中称赞俞平伯新诗的特色之一为"精炼的词句和音律"，"他诗里有种特异的修辞法，就是偶句。偶句用得适当时，很足以帮助意境和音律底凝练。平伯诗里用偶句极多，也极好"，"平伯诗底音律似乎已到了繁与细底地步；所以凝练，幽深，绵密，有'不可把捉的风韵'"。之所以用韵自然，"因为他不以韵为音律底唯一要素，而能于韵以外求得全部词句底顺调。平伯这种音律底艺术，大概从旧诗和词曲中得来。他在北京大学时看旧诗、词、曲很多；后来便就他们的腔调去短取长，重以己意熔铸一番，便成了他自己的独特的音律。我们现在要建设新诗底音律，固然应该参考外国诗歌，却更不能丢了旧诗、词、曲。旧诗、词、曲底音律底美妙处，易为我们领解，采用；而外国诗歌因为语言底睽异，就艰难得多了。这层道理，我们读了平伯底诗，当更了然"。[1]朱自清肯定俞平伯新诗风格的多样化与情景相融的写法，也或多或少与传统文学的熏陶有关。

俞平伯在《冬夜·自序》里自认为第一辑大多幼稚，第二辑"似太烦琐而枯燥了，且不免有些晦涩之处"，第三、四辑里摆脱贵族气、追求"平民化"的作品才稍许满意。闻一多在《〈冬夜〉评论》[2]中则说"前两辑未见得比后两辑坏得了多少，或许还要强一点"，"若让我就诗论诗，

---

① 　收俞平伯：《冬夜》，亚东图书馆1922年版。

② 　闻一多、梁实秋：《冬夜草儿评论》，清华文学社1922年版。

我总觉得第四辑里没有诗"。闻一多之所以做出这样的判断，是因为他用传统诗词的艺术标准来衡量。他肯定俞平伯新诗的音节"凝练，绵密，婉细"，"兼有自然与艺术之美"，并指出"这种艺术本是从旧诗和词曲里蜕化出来的"，"俞君能熔铸词曲的音节于其诗中，这是一件极合艺术原则的事，也是一件极自然的事，用的是中国的文字，作的是诗，并且存心要作好诗，声调铿锵的诗，怎能不收那样的成效呢？"闻一多指出俞平伯部分诗作步入"言之无物"的"魔道"，其中有传统意象"粗率简单"的不良影响，但另一方面批评"破碎""罗嗦""幻象缺乏""情感底质素也不是十分地丰富""意境上的亏损""得了平民的精神，而失了诗的意识"时，所用以参照的标准表面上是西方诗歌及其影响下的中国新诗，而实际上传统的意境、境界、性灵、童心诸说与文学经典则参与其中，且具有支撑作用。

闻一多中西兼通，然而始终对民族传统怀有极大热情。他自小打下了深厚的国学根底，在清华学校读书期间，曾在《清华学报》《清华周刊》《辛酉镜》上发表旧体诗，如《拟李陵与苏武诗三首》《读项羽本纪》《春柳》《月夜遣兴》《七夕闺词》《清华图书馆》《清华体育馆》《寻桃源、石屋二涧皆涸》《昆山午发》《辛峰亭远眺》等。第一次世界大战结束的消息传来，北京万余学生于1918年11月14日夜提灯游行庆贺，闻一多作《提灯会》：

> 朔云荡高天，风雷鸷隼资。
> 半世望三台，时乱枭雄愫。
> 剑龙夜叫丞，千烽赤海湄。
> 流星骇羽檄，涌雾腾旌旗。
> 摇戈叩四邻，待食决雄雌。
> 鸣喑致云雨，践踏滋疮痍。
> 遂使五国师，望风频觊窥。

……

豺貔本同类，猜意肇残呰。

失性沸相噬，绝脰决肝脾。

觊觎慰饥豹，任待涎已垂。

两伤饱强狼，祸迫岂不知？

……

以五言古体诗表现青年学子对战后局势的关注与对国运民生的焦心。[①] 耐人寻味的是此时的新诗情愫虽真，但视野反倒不如《提灯会》开阔。

　　但如火如荼的文学革命不能不使闻一多受到感染，他以新诗与评论加入新文学阵营。他在《敬告落伍的诗家》[②]里呼吁"要做诗，定得做新诗"。然而，他对胡适在《尝试集·自序》里关于"诗体的大解放就是把从前一切束缚自由的枷锁镣铐，一切打破；有什么话，说什么话；话怎么说，就怎么说"的观点并不认同，认为既然是诗，就不可能绝对自由。他在新诗批评中重视幻象、情感、声韵、色彩等因素，并于1921年12月2日在清华文学社以《诗歌节奏的研究》为题做报告。[③] 翌年作《律诗底研究》，文中认为，抒情之作，"宜短练""宜紧凑""宜整齐""宜精严"，"律诗实是最合艺术原理的抒情诗文"，"律诗底体格是最艺术的体格。他的体积虽极窄小，却有许多的美质拥挤在内。这些美质多半是属于中国式的"。[④] 在充分肯定律诗价值的前提下，他对新诗一味弃古表示了强烈不满："如今做新诗的莫不痛诋旧诗之缚束，而其指摘律诗，则尤体无完肤。唉！桀犬吠尧，一唱百和，是岂得为知言哉？若问处于今世，律诗当仿作

---

① 参见胡迎建：《民国旧体诗史稿》，第203—204页。

② 《清华周刊》第211期，1921年3月11日。

③ 参见闻一多著、聂文杞译：《诗歌节奏的研究》，收武汉大学闻一多研究室编《闻一多论新诗》，武汉大学出版社1985年版，第17—23页。

④ 闻一多：《律诗底研究》，《闻一多全集》（第10卷），第159页。

否，是诚不易为答。若因其不易仿作，便束之高阁，不予研究，则又因噎废食之类耳。夫文学诚当因时代以变体；且处此二十世纪，文学尤当含有世界底气味；故今之参借西法以改革诗体者，吾不得不许为卓见。但改来改去，你总是改革，不是摈弃中诗而代以西诗。所以当改者则改之，其当存之中国艺术之特质则不可没。""无论如何，律诗之艺术的价值，历万代而不泯也。"① 为表示对此项研究的自得心情，闻一多还赋诗《蜜月著〈律诗底研究〉稿脱赋感》：

> 春绾香闺镇彩霓，东莱贷笔漫灾梨——
> 杖摇藜火兼燃梦，管秃龙须半扫眉。
> 手假研诗方剖旧，眼光烛道故疑西。
> 洛阳异代疏泉出，谁订"黄初二月"疑！

《律诗底研究》当时虽未见刊，但反映出闻一多对以律诗为代表的中国传统诗歌的基本认识。这一认识为几年以后新格律诗的主张与创作奠定了基础。就性情而言，闻一多属于多血质的热情型性格，但就文化构成与审美趣味来说，新与旧在他身上始终交织在一起。在写了几年新诗之后，1925年4月，他在美国致梁实秋的信中又录下四首旧体诗，其中有：

> 六载观摩傍九夷，吟成缺舌总猜疑。
> 唐贤读破三千纸，勒马回缰作旧诗。
>
> ——《废旧诗六年矣，复理铅椠，纪以绝句》

> 艺国前途正杳茫，新陈代谢费扶将——
> 城中戴髻高一尺，殿上垂裳有二王。

---

① 闻一多：《律诗底研究》，《闻一多全集》（第10卷），第166页。

求福岂堪争弃马，补牢端可救亡羊。

神州不乏他山石，李杜光芒万丈长。

——《释疑》

从中可以看出闻一多对传统诗词的眷顾、对中西融会的探索。经过几年的新诗创作、批评实践与观察思考，闻一多关于新格律诗的思路臻于成熟，于1926年5月13日《晨报副刊》发表《诗的格律》，提出了"音乐的美"（音节）、"绘画的美"（词藻）、"建筑的美"（节的匀称和句的均齐）的新格律主张，并指出新诗的"格式"区别于律诗之处在于：律诗格式具有一定的规定性，而新诗的格式层出不穷；律诗的格律与内容不发生关系，新诗的格式因内容而异；律诗的格式由别人决定，新诗的格式则"可以由我们自己的意匠来随时构造"。收在《死水》（新月书店1928年版）里的新诗，便是闻一多诗歌主张的创作结晶。从传统中汲取营养，创造新格律诗，并非闻一多的独家主张。如果说刘半农"重造新韵""增多诗体"与赵元任推出《国音新诗韵》还不明确的话，那么，陆志苇相信"长短句是最能表情的做诗的利器"，主张"舍平仄而采抑扬"，倡导"有节奏的自由诗"和"无韵体"，可以说是新格律诗主张的先声。新月派诗人饶孟侃等也参与了新格律诗的理论建构与创作实践。①

　　新文学作家在投身新文学建设的途程中，很难忘情于自己从小耳濡目染的旧体诗词。前面所举的俞平伯、闻一多绝非个案。《草儿》（亚东图书馆1922年3月版）的作者康白情，新旧体诗双管齐下，1919年作《寄家内》："半年莫怪无消息，南北奔驰为国忙。爱得国来家亦弃，更从何处认他乡？啜羹唯觉莲心苦，涉世空夸鹤胫长。拍案几番歌杜宇，即今犹此女儿肠。"朱自清在1922年以后，新诗的创作热情逐渐让位于旧体诗，辑有《敝帚集》，其中有拟古、七律、七古等，古调新意，颇得方家称道。

------

① 参见朱自清：《中国新文学大系·诗集导言》。

曾在《创造》季刊发表不少新诗的邓均吾，五四运动之后不久，便恢复了旧体诗写作。[①] 进入30年代，不少新文学作家不约而同地向旧体诗复归，以纯熟的传统形式表达深沉的感情思绪。高张"文学革命军"大旗的陈独秀，虽然在观念上对旧文学横刀立马，也曾经做过几首新诗，但是，"他旧诗技术娴熟自如，旧诗中他能从容地、优雅地抒发自己的思想感受和心态情绪，又能在一个传统的心理层面上显示磨练、修养与文化趣味"[②]，因而《文学革命论》发表之后仍有旧体诗，如1917年7月20日《中华新报》"谐著"栏上有《水浒吟》六首，1927年"四·一二"后有四言诗《国民党四字经》。30、40年代，其旧体诗创作量与艺术性进入高峰期，如1934年系身南京老虎桥监狱时有七言绝句《金粉泪五十六首》，1937年有五言诗《和斠玄兄赠诗原韵》，1939年有古风体《告少年》，七绝《对月忆金陵旧游》《与孝远兄同寓江津出纸索书辄赋一绝》，1940年流落江津之后，有七绝《郊行》《漫游》《春日忆广州绝句》，七律《病中口占》《寒夜醉成》，五言诗《挽大姊》等，或疾恶讽世、嬉笑怒骂，或言志怀人、感人肺腑。曾经为新诗敲过几响边鼓的鲁迅，到了30年代，情不自禁地重吟旧体。收入《集外集》《集外集拾遗》与《集外集拾遗补编》的旧体诗有55首，其中38首作于30年代。如1931年8月10日《文艺新闻》第22号在短讯《鲁迅氏的悲愤——以旧诗寄怀》中一次就刊出《送O.E.君携兰归国》、《无题》（"大野多钩棘"）、《湘灵歌》等三首。鲁迅同年所作最著名者当属写于听到柔石等遇难噩耗后的悲愤之作《无题》[③]：

> 惯于长夜过春时，挈妇将雏鬓有丝。
>
> 梦里依稀慈母泪，城头变幻大王旗。
>
> 忍看朋辈成新鬼，怒向刀丛觅小诗。

---

① 邓均吾情况，参见胡迎建：《民国旧体诗史稿》，第175页。

② 胡明：《试论陈独秀的旧诗》，《文学评论》2001年第6期。

③ 录自《为了忘却的记念》，《现代》第2卷第6期，1933年4月1日。

吟罢低眉无写处，月光如水照缁衣。

1932年所作《自嘲》[①]后来亦影响广泛：

运交华盖欲何求，未敢翻身已碰头。
破帽遮颜过闹市，漏船载酒泛中流。
横眉冷对千夫指，俯首甘为孺子牛。
躲进小楼成一统，管他冬夏与春秋。

鲁迅寥寥可数的几首新诗只是表明了他为新诗"敲边鼓"的热情，透露出思想革命初期前驱者的几缕情思，也见证了新诗草创期的稚嫩；而其旧体诗则历史价值与艺术价值兼备，充分显示了鲁迅深得诗之三昧的诗思、诗情、诗才，而且更能体现出鲁迅复杂的内心世界。

周作人1918年12月提出的"人的文学"主张成为新文学的一面旗帜，1919年所作新诗《小河》名噪一时，其散文更是一方重镇。到了30年代，周作人在坚持散文创作的同时，借古体创作语言通俗、形式活泼的"杂体诗"，其中1934年50岁生日时所作自寿诗《偶作打油诗二首》可为其代表：

前世出家今在家，不将袍子换袈裟。
街头终日听谈鬼，窗下通年学画蛇。
老去无端玩骨董，闲来随分种胡麻。
旁人若问其中意，请到寒斋吃苦茶。

半是儒家半释家，光头更不着袈裟。
中年意趣窗前草，外道生涯洞里蛇。

---

① 初收鲁迅：《集外集》，上海群众图书公司1935年版。

徒羡低头咬大蒜，未妨拍桌拾芝麻。

谈狐说鬼寻常事，只欠工夫吃讲茶。

此诗谐趣中见深沉，蕴涵着周作人由五四时期的"浮躁凌厉"到后来日渐消沉的苦涩自省、对黑暗现实既不能委曲认同又无力抗争的心理矛盾、苦中作乐的自嘲与机锋暗寓的讽世。诗作由林语堂冠以《五十秩自寿诗》之题，以手迹影印形式，并配发周作人大幅照片刊载于1934年4月5日《人间世》创刊号。自寿诗引起了自由主义知识分子的强烈共鸣，同期刊物上即有沈尹默、刘半农、林语堂的和诗，《人间世》创刊号问世之后，钱玄同、沈兼士、王礼锡、胡适等亦纷纷唱和，就连平素很少写诗的蔡元培也寄来三首和诗。饶有意味的是，即使是对自寿诗持反对态度的左翼青年，也颇有几位选择了以旧体诗为讨伐的武器。如埜容（即廖沫沙）在1934年4月14日《申报·自由谈》上发表的《人间何世？》文中，就有和诗一首；胡适给周作人信中抄录的广西"巴人"的《和周作人先生五十自寿诗原韵》，竟有五首之多。[①]"以其人之道还治其人之身"，说明左翼青年于旧体诗之道并不隔膜，在引弓放箭之际也许不无一显身手的快意。

郭沫若早在1913年5月即作有古风体诗《休作异邦游》："阿母心悲切，送儿直上舟。泪枯惟刮眼，滩转未回头。流水深深恨，云山叠叠愁。难忘江畔语，休作异邦游。"赴日本留学后，最初也是用旧体作诗，如1915年的《新月》："新月如镰刀，斫上山头树。倒地却无声，游枝亦横路。"1916年开始新诗创作后，亦未完全放弃旧体诗，同年有《寻死》《与成仿吾同游栗林园》《夜哭》，1918年有《十里松原四首》，1919年有《春寒》。新诗创作第一个高潮过后，也仍有《过汨罗江感怀》（1926年8月）、《悼德甫》（1926年9月）等旧体诗。全面抗战爆发，郭沫若毅然别妇抛子，归国抗战。《归国杂吟》其二用鲁迅《无题》（"惯于长夜"）原

---

① 　参见钱理群：《周作人传》，北京十月文艺出版社1990年版，第372—378页。

韵①，这位曾经以惠特曼式的自由歌喉"立在地球边上放号"的五四时代的"号手"，此时以旧体诗的古琴，弹奏出感天动地的乐章：

> 又当投笔请缨时，别妇抛雏断藕丝。
>
> 去国十年余泪血，登舟三宿见旌旗。
>
> 欣将残骨埋诸夏，哭吐精诚赋此诗。
>
> 四万万人齐蹈厉，同心同德一戎衣。②

全面抗战爆发以后，新文学作家纷纷写起旧体诗来，因为一则这种人们熟稔的文体易于传达感情和叙写社会，二则古老的文体具有民族传统的感召力。曾经激烈反对作旧体诗的茅盾，此时写有多首旧体诗，有的清新活泼，如《新疆杂咏》（1938年）："纷飞玉屑到帘栊，大地银铺一望中。初试爬犁呼女伴，阿爹新卖玉花骢。"也有的喜欢用典，如《无题》（1942年）："偶遣吟兴到三秋，未许闲情赋远游。罗带水枯仍系恨，剑铓山老岂剿愁。搏天鹰隼困藩溷，拜月狐狸戴冕旒。落落人间啼笑寂，侧身北望思悠悠。"老舍的旧体诗，则既有以灵秀清俊之笔写出一派天然的景物诗，如《过乌纱岭》："大浪重阴雪作花，千年积冻玉乌纱。白羊赫壁荒山艳，红叶青烟孤树斜。村女无衣骑牛掩，相山覆石草微遮。周秦文物今何在？牧马悲鸣劫后沙！"也有以幽默笔调传达人间温情和日常谐趣的生活诗，如《久许冰心、文藻兄登山奉访，疏懒至今，犹未践诺，昨为小诗致歉》："中年喜到故人家，挥汗频频索好茶。且共儿童争饼饵，暂忘兵火贵桑麻。酒多即醉临窗睡，诗短偏邀逐句夸。欲去还留伤小别，门前指点月钩斜。"叶圣陶、田汉、王统照、卢冀野等此时亦多有旧体诗作。

---

① 胡适：《五十年来中国之文学》，收上海申报五十周年纪念专集《最近之五十年》，上海书店出版社2015年版。

② 收郭沫若：《战声》，战时出版社1938年版。

　　至于郁达夫、王礼锡等作家，与旧体诗的缘分甚深，在从事新文学创作的同时，始终未曾割断过与旧体诗的情缘。郁达夫从《沉沦》创作前后直到1945年在印尼苏门答腊遇难，作有大量旧体诗，用以描写家事国事天下事、抒发爱情友情民族情。郁达夫诗多姿多彩，清秀俊逸、雄浑沉郁、慷慨悲壮、缠绵悱恻等风格均有佳作；用典自然，语调流畅，如行云流水，挥洒自如。其中影响较大者有《毁家诗纪》等。王礼锡有《困学集》《流亡集》《风怀集》《市声集》《去国草》等，始终如一地以旧体诗表现新的社会生活与现代情思，于传统形式中自然而然地融入了现代视角、现代口语和外来词语，态度执着而诗风灵动。

　　旧体诗之于新诗人，非但没有给这些时代的弄潮儿抹黑，反而给他们表现纷纭复杂的社会人生与幽曲深邃的心灵世界提供了得心应手的艺术手段，也在现代与传统之间搭起了联结沟通的桥梁；新诗人在给传统诗歌体式输入新鲜养分的同时，也为新诗的发展获得了丰富的资源。

三、旧体诗词的生命力

　　中国是有数千年历史的诗歌大国，拥有璀璨的珍品与悠久的传统，因而文学革命发难的突破口选择了诗歌，希冀攻克最为坚固的古诗堡垒，以便为新文学的全面登场开路。从1916年胡适尝试新诗创作，到1918年1月《新青年》开始刊载新诗，1920年胡适《尝试集》、许德邻编《分类白话诗》问世，再到1921年郭沫若《女神》出版，1922年叶圣陶、朱自清、俞平伯、刘延陵等主持的《诗》月刊创刊，俞平伯《冬夜》，康白情《草儿》，汪静之、潘漠华、应修人、冯雪峰《湖畔》，文学研究会诗人合集《雪朝》，汪静之《蕙的风》，徐玉诺《将来之花园》等新诗集接踵而至，散见于报刊的新诗更如满天星斗，文言诗称孤道寡的一统天下已被打破，以白话作为语体的新文学全面登场。而在1920年1月，教育部就颁令全国国民学校一、二年级国文教材改用语体文，这意味着民间发动的文学革命之成果被官方所认可。1922年冬前后，作为文学革命发难者的胡适，在《五十年来中国之文学》①中自豪地宣布："文学革命已过了议论的时期，反对党已破产了。从此以后，完全是新文学的创造时期。"诚然，文学革命取得了决定性的胜利，白话文学堂而皇之地坐上了中国文学的帅椅。但是，主流并非全部，实际上的情况却要复杂得多。中国诗歌历经变迁，除了格律严整的七绝、五律、七律等之外，亦有相对自由的排律、古风，还有诗的变体——词、散曲等。对于深受古典诗词浸染者来说，古典体式并非障碍，而是信手拈来的利器，所以，在新文学如火如荼的同时，旧体诗词亦脉息不绝，且不乏视野的拓展与艺术的创新，其珍品足以入藏中国文学乃至世界文学宝库。

新文学作家对旧体诗的眷恋已如前述，新文学阵营之外执着于旧体诗词创作者更是难以数计。在新文学刊物如雨后春笋般破土而出的同时，专门刊载文言诗词与文言小说的刊物，以及文言、白话兼收的刊物，仍如晋祠唐柏，倾而不死，苍劲的虬枝年年生发嫩绿的新叶。诗人结社的悠久传统并未中断，那边新诗社团生龙活虎，这边旧诗结社雅趣横生。1924年1月，傅熊湘在长沙发起南社湘集。1925年3月，北京梯园诗社雅集于江亭（陶然亭），在京百余人参加分韵赋诗。北京还有以中华大学教授彭醇时、罗超凡等人为主的漫社。同年，谭篆青发起聊园词社。郭曾炘在北京结瓶花簃词社，张伯驹为社中中坚。在台湾，据连横《台湾诗社纪》载，1924年全岛有诗社66个。他主编的《台湾诗荟》于1923年创刊，共发行22期。其时黄水沛创刊《台湾诗报》，鼓吹诗学。他所作的诗主要从民生问题着眼，而别有童心。活跃在台湾吟坛的有蔡彦清、陈沧玉、郑长庚、郭涵光、郑香谷等，均一时才俊。②

就流派而言，对旧体诗词的命运最为关注的当属学衡派。《学衡》杂

---

① 初收上海申报馆五十周年纪念特刊《最近之五十年》，商务印书馆刊行，未标出版时间，史量才《自序》写于1922年冬，抱一《编辑余谈》写于1923年2月。

② 此处诗社情况参见胡迎建：《民国旧体诗史稿》，第15页；黄修己主编：《20世纪中国文学史》中胡迎建执笔《附录一 "五四"后中华诗词概述》，中山大学出版社2004年版，第328页。

志"文苑""文艺"专栏设有"诗录""词录"栏目，发表诗词多达2000余首，作者有王国维、陈寅恪、黄节、吴宓、胡先骕、华焯、汪国垣、王易、王浩、邵祖平、王瀣、陈衡恪、柳诒徵、杨铨、曾朴、张铣、陈涛、吴芳吉、周岸登、张鹏一、蔡可权、杨增荦、熊家壁、杨赫坤、刘永济、林学衡、梁公约、毛乃庸、李佳、周燮煊、熊冰、李思纯、郭延、缪钺、顾随、陈光焘、王荫南、张尔田、邓之诚、潘式、叶公绰、陈三立、朱自清、张友栋、庞俊、刘盼遂、姚华、胡文豹、胡步川、马浮、朱祖谋、曾习经、林损、陈曾寿、陈寂、郭文珍、钱基博、郭斌龢、胡士莹、陈闳慧、姜忠奎、方世立、陆维钊、方守敦、林思进、赵万里、徐震堮等。文体有律诗、绝句、古风、排律与多种词牌。

学衡派并非一味守成，而是力图在继承古典诗词传统的前提下有所创新。1926年3月，吴宓在编订《雨僧诗稿》所作的《编辑例言》[①]里说："旧诗之堆积词藻，搬弄典故，陈陈相因，千篇一律；新诗之渺茫晦昧，破碎支离，矫揉作态，矜张弄姿；皆由缺乏真挚之感情，又不肯为明显之表示之故。予所为诗，力求真挚明显。此旨始终不变。"[②]而后，他在《评顾随〈无病词〉〈味辛词〉》中又说："文学创作之事綦难，而诗词为尤甚。大率格律稳健者，每伤情薄而事空。情真而事实者，又往往于格律缺乏研究与训练。若夫斟酌于二者之间，得中道之至美，以新材料入旧格律，合浪漫之感情与古典之艺术，此乃惟一之正途，而亦至难极罕之事。"他称赞顾随循此正途，在词中既能熔铸爱国伤时之心、生活劳忙之苦、浪漫之情趣、现代人之心理等新材料，又能精熟而灵活地运用词之体制格律，加之能够化用现代流行新名词，诸如补救、颓废、单调、"不作超人莫怕沉沦"、"爱神烦恼诗神病"、"脑海"与"心苗"、"死神"等，因而"所作大有成功"。与此相照，吴宓批评说："今国中之从事创造者，盈千累万，

---

① 初收《吴宓诗集》，中华书局1935年版，引自商务印书馆2004年版，第2页。

② 转引自《吴宓诗集》，第2页。

多犯轻率油滑之病。所谓新派，以诗词各体格律繁难作成匪易也，则倡为解放之说，欲举中国旧文学之种种格律规矩而悉行铲除之、破坏之，不知此实大背文学公例。盖（一）文学作品之美，在形式与材料并佳。二者融合为一体而相助相成。（二）凡文学之形式体制，必有所因袭，逐渐蜕变而来。征之任何国家时代之文学史，昭昭可见。（三）形式格律之可贵，即在其强迫作者精心苦思，而不至率尔成章，敷衍了事。……故若全弃形式，或铲除旧日文学中之体制与格律，而从事于极端狂放自由之创作，则所成者，皆毫无一读之价值而徒沾沾自喜之劣下作品耳。新派失败之机既伏于此，而所谓旧派老辈作家，知格律体制形式之要，且曾经长久之练习研究，所作悉能合拍按律叶韵谐声，然亦以天才缺乏与不肯苦心精思之结果，其材料意旨则陈陈相因，其字句词藻则互相抄袭，千篇一律，曾何足贵。遭人攻讦，理固宜然。是故新旧二派，其行事方向相反，而同犯油滑轻率之病。新派以破除格律恣意乱写而油滑轻率。旧派以但知步武格律剿袭摹仿而亦油滑轻率，其失相等。以上乃就大多数作者而言。新旧派中各有能手真才，非敢一概抹杀。"新派之失，在不肯摹仿，便思创造，故唾弃旧格律。旧派之失，在仅能摹仿，不能创造，故缺乏新材料。欲救其弊而归于正途，只有熔铸新材料以入旧格律之一法。"①

　　对新文学的批评虽然不无苛刻偏颇之处，但"真挚明显"的追求却与新文学有异轨同奔之概，发扬古典之优长也合乎艺术发展的规律。吴宓援引白璧德新人文主义作为理论支柱，构建典雅整饬的现代诗词大厦，不仅见之于理论阐发、批评倡导，而且也身体力行、孜孜创作。1935年，中华书局出版了诗人自编的《吴宓诗集》，收诗991首、词25阕；2004年，商务印书馆推出其女儿吴学昭整理的《吴宓诗集》，新增1934至1973年的诗600余首、词12阕。战乱人祸几十年间，流失或恐见讥致谤而亲手焚毁的，不

---

① 原载《大公报·文学副刊》第73期，1929年6月3日，转引自吴学昭整理《吴宓诗话》，商务印书馆2005年版，第150—151页。

知多少。幸而留存者，不乏佳作，有写景的清丽之作，如《荷花池即景》中有"密圆荷叶是新栽，冉冉鲜花带露开。浓柳垂金隔岸拂，淡云衔翠远山来"；也有直面社会现实的诗篇，如1927年作《西征杂诗》（三十五）写山西农村凋敝景象：

> 寒风瑟瑟夜难温，破屋无棚尚有门。
>
> 芦席土床随意寝，草烟马矢触人昏。
>
> 充肠幸得新炊饼，涤面惟馀老瓦盆。
>
> 寄语京华游倦客，此间滋味已消魂。

《西征杂诗》（六十一）歌颂救援解围的国民联军冯玉祥将军，《西征杂诗》（八十一）批评政党政治对高等教育的过多干涉。这些诗篇大有唐人杜甫、白居易、李绅写实、讽世、悯农、忧国之遗风，可见吴宓并非专事在象牙之塔吟风弄月或故作风雅之辈。他从传统文化中所承传的不仅有精致的艺术形式，也有刚正的民族良知；他从西方汲取的不仅有新人文主义的文化守成态度，更有追求个性自由、维护个性权利的个人主义精神。而如此复杂的内涵，实在难以用新与旧来评判。

1959年，曾经领时代风气之先的新诗诗人几乎异口同声地以新诗为"大跃进"高唱赞歌，而在当时的文学史教科书中被视为逆历史潮流而动的学衡派主将吴宓，却默默地在看似古老的诗行中发出了富于民族良知与独立个性的知识分子的心声：

> 旱荒水涝见天心，暴雨终风喻政淫。
>
> 长夏禾枯人克病，平原堤坏水漫深。
>
> 急耕密植怜枵腹，芒履敝衣劝积金。
>
> 强说民康兼物阜，有谁思古敢非今？
>
> 　　　　　　　　　　　　——《感时》

　　1959年9月19日所作的这首诗，控诉了"大跃进"带来的恶果，抒发了心中的积郁和愤慨。在这里，关乎艺术生命的要害并非形式之新与旧，而是内涵之真与伪、善与恶。

　　学衡派吟诗填词人才济济，最能代表创新水平的是被吴宓称为"真能熔合新诗旧诗之意境材料方法于一炉"的"中华第一大诗人"[1]吴芳吉。吴芳吉，别号白屋吴生，1909年考选游美，入清华学校中等科一年级，1912年秋在学校风潮中以言论狂激受到除名处分，因不肯"悔过"而彻底离开清华—留美之常轨。而后，在中学、大学任英文教员、国文教员，并兼职编辑。吴芳吉传统文化基础深厚，外文与西方文化修养亦佳，思想观念与艺术手法持重而开放。他在《白屋吴生诗稿自叙》中说："国家当旷古未有之大变，思想生活，既以时代精神，咸与维新，则自时代所产之诗，要亦不能自外。"诗的旧体制之所以要变，是因为"今世事变之繁，人情之异，必非简单之体所能尽纳""民国之诗，当有民国之风味，以异于汉魏唐宋者""处今之世，应有高尚优美之行，适于开明活泼之际"的意境，辞章要能"明体达用"而非炫耀卖弄。"余恋旧强烈之人，然而不得不变者，非变不通，非通无以救诗亡也。""余所理想之新诗，依然中国之人，中国之语，中国之习惯，而处处合乎新时代者。"他将变通的观念贯彻于诗歌创作实践之中，在体式方面对传统多有突破，在语言上，较之同时代其他旧体诗词作者更愿意并善于运用新词语和日常用语。

　　《婉容词》写一女子因无法接受丈夫留学美国之后另娶他人的选择而投水自杀的悲剧。诗人把中国传统诗、词、散曲与西方自由诗、散文诗等多种体式融汇一体，通过女主人公生动传神的自语、转述，将中西文化观念的冲突与女子内心的痛苦及其性格悲剧与社会悲剧渲染得淋漓尽致。如：

---

[1]　分别引自吴宓:《白屋诗人吴芳吉逝世》(《大公报·文学副刊》第229期，1932年5月23日)；《寄答碧柳》(《吴宓诗集》，第126页)。

二

自从他出国，几经了乱兵劫。

不敢冶容华，恐怕伤妇德；

不敢出门闾，恐怕污清白；

不敢劳怨说酸辛，恐怕亏残大体成琐屑。

牵住小姑手，围住阿婆膝。

一心里，生既同衾死共穴。

那知江浦送行地，竟成望夫石。

江船一夜语，竟成断肠诀！

离婚复离婚，一回书到一煎迫。

九

我心如冰眼如雾。

又望望半载，音书绝归路。

昨来个，他同窗好友言不误。

说他到，绮色佳城，欢度蜜月去。

十

我无颜，见他友。

只低头，不开口。

泪向眼包流，流了许久。

应半声："先生劳驾，真是他否？"

十四

喔喔鸡声叫，哐哐狗声咬。

铛铛壁钟三点渐催晓。

如何周身冰冷，尚在著罗绡？

> 这簪环齐抛，这书札焚掉。
>
> 这妈妈给我荷包，系在身腰。
>
> 再对镜一瞧瞧，可怜的婉容啊，你消瘦多了。
>
> 记得七年前此夜，洞房一对璧人娇。
>
> 手牵手，嘻嘻笑。
>
> 转瞬今朝，与你空知道！
>
> ……

　　社会生活与文化观念的巨大变化，给20世纪初叶中国的婚姻状态带来了剧烈的动荡。新文学作家绝大多数从新观念出发，表现包办婚姻桎梏下的痛苦与打破牢笼的欢欣，至于牢笼打破之后包办婚姻的"另一半"会怎样，则很少有人关注。《婉容词》从人道主义的角度揭示"另一半"的痛苦，丰富了现代文学的内涵。此诗酝酿一年多，1919年8月一个夜里一气呵成，感情饱满，声韵婉转，结构开阖有度，语言文白交织，诗词意境、散曲风姿与小说细节刻画功夫熔铸一炉，因而不胫而走。

　　吴芳吉不仅具有把微妙心理刻画得丝丝入扣的工笔细描功夫，而且富于驾驭社会题材的遒劲笔力。如1919年所作《明月楼词》，描叙《独立宣言》的签名者、"三一运动"发起人之一的朝鲜独立党领袖孙秉熙受审时的情景：

> ……军府门，旭旗照；侍卫堂，剑光耀。一声车笛虏囚到。看警兵，叱与笑；夹街衢，枪与炮。喇叭阵阵喧，检查汹汹闹。问虏囚，囚已耄；麻鞋肃儒冠，青衣渲道貌，昂头阔步雍容眺。正日色冥冥，风声浩浩。想定是贲志先皇天上诏，殉难先贤云中啸。铅弹钢刀，早早在意料。"久仰你，今日方能屈驾你。法堂上，本官看看你。""谢先生，说那里？为同胞请命情而已。""既已十年安，一朝胡叛起？敢问一朝胡叛起？你非叛乱起？你非叛乱起？即看门前人

如蚁，正赤手空拳敢与帝国军相抵？""先生误矣！先生误矣！是民族自决耳，是民族自决耳。非与你仇雠，非与你排挤。只还我二千万生灵，洗刷我二千年国耻。""日报待你宽无比。""宽无比？天下有公言，不烦我费唇齿。""青年团，谁唆使？""国民之心天之志。""宣言书，谁主拟？""由我署名由我始。""你真大胆妄为无法纪！""我不知甚么法与纪。去强权，伸公理。""汝党徒，人有几？何处藏，何处徙？""有精诚，与上帝，远在天，近在咫。""尔曹独立乌可恃？奈何不将成败计？""天所兴，谁能蔽？天所施，谁能替？昔已独立千年，今当独立万世！不管成不成，但求磨与砺！""鄙夫莽无忌，枪毙！生死关头临汝际，知利不知利？""我命在天天所畀。枪毙枪毙，不算一回事！""念你自首明大势，怜你六旬残命地，可将悔状备。""未亏心，未犯罪，胡用悔为？胡用签字？世安有爱国转雁刑，自戕遭禁例？倘见怜耶，把无辜赦赦赦，莫向我狺狺吠。老夫感无既。""唉！犹嚣嚣，无回避，我为你义尽仁至，恨不得本官薄情谊。押他下西门大牢去。"

　　一牢郁阴宵，民命贱如草。数千国士人中矫，刀头空鬼雄，地上空饿殍。想他涕泪黄泉昏，须眉赤血搅。问人间福星诸贤豪：和平会上谁得晓？又明月楼头明月好，明月年年，此恨何时了？

　　据吴宓在《白屋诗人吴芳吉逝世》中透露，吴芳吉"久拟辞世务而隐居，以十年或二十年之力，撰作中华民族之史诗"[1]。虽然天不假年，吴芳吉以36岁英年早逝，未能完成创作史诗的夙愿，但也留下了一批表现社会现实、重大事变与民族精神的力作，如《护国岩词》（1919年）刻画了蔡锷将军在反袁战争中临危不惧的铮铮风骨，《巴人歌》歌颂了黑龙江马占山抗战与十九路军"一·二八"淞沪抗战的英雄事迹与爱国精神，《西

① 《大公报·文学副刊》第229期，1932年5月23日。

安围城诗录》则描叙了1926年西安被围的惨状。

北洋军阀为了集中力量对付国民革命军的北伐，吴佩孚授命刘镇华率镇嵩军近十万人于1926年4月15日攻进关中，合围西安，杨虎城、李虎臣将军率领军民殊死抵抗，坚持到冯玉祥援军的到来，于同年11月28日始得解围。西安被困235日，城内病、饿、战死的军民达4万余人，惨烈异常。吴芳吉、胡文豹、胡步川等人时处危城，以旧体诗"各写其闻见感想，而同著民生之疾苦，丧乱之景况"。吴宓"得三君之诗，惊喜逾望，乃急谋集抄"而以《西安围城诗录》为总题刊发于《学衡》第59期（1926年11月）。吴芳吉有多篇描写饿殍横陈街头的惨象，如《长安野老行》：

> 朝逢野老不能言，但垂清泪似烦冤。
> 面瘦深知绝食久，路旁倒傍酒家垣。
> 向午归来野老死，头枕树根沾马屎。
> 半身裸露骨斑斑，市儿偷去破襦子。
> 黄昏重过血泥糊，腿肉遭割作鲜脯。
> 酒家人散登车去，垣头眈眈来饥乌。

吴宓在同时刊出的《西安围城诗录序》中说："香山乐府，杜陵诗史，实近之矣。三君于予，为近亲密友。予今集录其诗，不惧私人标榜之讥者，则以予夙知三君赋性皆温柔敦厚，围城八月，几濒于死。其所处固穷愁之境，而忧患之思甚深。其所为诗，虽有精粗高下之别，而皆能不失其性情之正。于以知中国诗尚未亡，而诗之前途大可为也。""夫以中国之大，年来战祸绵延，民生创巨痛深，岂止丙寅一岁之西安？而海内耆宿名贤文人雅士，其为诗较三君为工且多者，何可胜数！容当续为搜集刊布之，借传中国此日之真景，而树立诗之根本二义焉。今之所录，其嗫失耳。"① 吴宓把《西安围城诗录》与白居易、杜甫联系起来，确为深具历史眼光的评价。从诗经到汉乐府再到唐代白居易、杜甫直至近代黄遵宪，征实、讽世、哀民、忧国、伤情的叙事诗传统源远流长。五四时期，个性解放、人性解放思潮高涨，新文学的叙事诗多写小人物生活与命运，而重要的社会事件——如五四运动、五卅运动等——则尚未进入叙事诗题材，这或许因为新诗人还不习惯于用新诗来表现重大的历史事件（30年代情况始有好转）。而在被新文学视为落伍的旧体诗中，却留下了不少"征实"的诗章。诸如，刘成禺写成于1918年的《洪宪纪事诗》，绝句百余首，给袁世凯称帝的丑剧留下了一幅幅真实而生动的连环漫画。后来孙中山为之作叙辞："鉴前事之得失，示来者之惩戒。国史庶有宗主，亦吾党之光荣也。"钱仲联称之为"敢于呵天之诗史也"②。1918年冯国璋为代理总统时，以皇城内北海、中南海之鱼出售获利，美国公使购得后特地送还，一时舆论哗然。叶玉森作《打鱼词》予以讥刺："正是群飞海水时，奈何殃及池鱼日。碧眼相逢忍割鲜，垂头翻乞外臣怜。零星缀尾金牌字，嘉靖遥遥四百年。生鱼幸返还珠浦，赢得远人腾笑语。"③ 古典诗词的"史诗"与讽喻传统在五四时期主要承传于旧体诗词而非新诗，这是一个值得认真反思的问题。

旧体诗词的脉息不仅有学衡派等社团、流派倾力维系，而且在社会各界拥有广泛而深厚的基础。艺术界、学术界、教育界、工商界、金融界、新闻界、政界、军界等，从莘莘学子到各界名流，吟诗填词者数不胜数，其人数之多、分布之广远非新文学所能比。

政治上最为激进的革命者中，也不乏旧体诗词创作者。1923年12月22日刊出的《中国青年》第10期上，邓中夏在《贡献于新诗人之前》一

---

① 文中所说"诗之根本二义"，系前文中所说"一曰温柔敦厚，是为诗教。诗之妙用，乃在持人性情之正，而使归于无邪。二曰作诗者必有忧患，诗必穷愁而后工也"。

② 转引自胡迎建:《民国旧体诗史稿》，第127—128页。

③ 转引自胡迎建:《民国旧体诗史稿》，第14页。

文中，为了说明只有"投身实际活动"，才能写出"深刻动人"的作品，引述了自己作于1920年的"颇有朋辈为之感动"的两首旧体诗："莽莽洞庭湖，五日两飞渡。雪浪拍长空，阴森疑鬼怒。问今为何世？豺虎满道路。禽狝歼除之，我行适我素。""莽莽洞庭湖，五日两飞渡。秋水含落晖，彩霞如赤炷。问将为何世？共产均贫富。惨淡经营之，我行适我素。"1926年，国民革命军北伐击败吴佩孚，据说吴佩孚乘火车败走时，曾吟唐诗"洛阳亲友如相问"，以酒自遣。谢觉哉作《吴佩孚败走》："白日青天尽倒吴，炮声送客火车孤。洛阳亲友如相问，一片雄心在酒壶。"此诗仿拟唐代王昌龄《芙蓉楼送辛渐》："寒雨连江夜入吴，平明送客楚山孤。洛阳亲友如相问，一片冰心在玉壶。"作者对古诗可谓烂熟于心，从吴佩孚败走时犹附庸风雅的传闻中品出了幽默，遂戏拟唐诗，嘲讽败将。行伍出身的八路军总司令朱德，早年即有诗，抗战戎马倥偬中亦时有诗作，如《寄语蜀中父老》："伫马太行侧，十月雪飞白。战士仍衣单，夜夜杀倭贼。"毛泽东少年时代即有诗篇，正值五四文学革命高潮的1919年，作四言诗《祭母文》，1920年有《虞美人·枕上（赠杨开慧）》，而后时有旧体诗词创作，如《贺新郎·赠杨开慧》（1923年）、《沁园春·长沙》（1925年），即使在武装斗争的紧张岁月，尤其是艰苦卓绝的长征途中，也留下了流光溢彩的旧体诗词，如《西江月·秋收起义》（1927年9月）、《西江月·井冈山》（1928年秋）、《清平乐·蒋桂战争》（1929年秋）、《减字木兰花·广昌路上》（1930年2月）、《渔家傲·反第一次大"围剿"》（1931年春）、《渔家傲·反第二次大"围剿"》（1931年夏）、《菩萨蛮·大柏地》（1933年春）、《清平乐·会昌》（1934年夏）、《忆秦娥·娄山关》（1935年2月）、《七律·长征》（1935年10月）、《念奴娇·昆仑》（1935年10月）、《清平乐·六盘山》（1935年10月）、六言诗《致彭德怀同志》（1935年10月）、《临江仙·赠丁玲》（1936年）、四言诗《祭黄帝陵》（1937年）、四言诗《妇女解放——题〈中国妇女〉之出版》（1939年6月1日）、五律《挽戴安澜将军》（1942年）、七律《有田有地吾为主》（1945年）、七律《人民解放军占领南京》（1949年4月）等，其中1936年所作的《沁园春·雪》尤为气势磅礴：

> 北国风光，千里冰封，万里雪飘。望长城内外，惟余莽莽，大河上下，顿失滔滔。山舞银蛇，原驰蜡象，欲与天公试比高。须晴日，看红装素裹，分外妖娆。江山如此多娇，引无数英雄竞折腰。惜秦皇汉武，略输文采；唐宗宋祖，稍逊风骚。一代天骄，成吉思汗，只识弯弓射大雕。俱往矣，数风流人物，还看今朝。

20世纪下半叶，旧体诗词似断还续。80年代以后，在"全球化"浪潮冲击下"国学热"应运而生，文化呈现出多元化的趋势，旧体诗词创作及其相关活动更为活跃。据报道，中华诗词学会已有15000名会员，许多省、市、县甚至乡镇都有诗词学会或诗社，总人数超过200万人，《中华诗词》杂志发行25000余份，成为海内外发行量第一的诗刊。[①] 现代文学研究界对旧体诗词从视而不见到纳入视野、重新评价，已有几种文学史著作将旧体诗词列为专章或作为附录。文学革命以来，经过将近一个世纪的风风雨雨，旧体诗词文体仍然展现出动人的魅力，而且显示出可以不断拓展的广阔空间。未来的诗坛，将是新诗、民歌体、旧体诗词与新旧"杂交"型以及外国移植型等多种诗体百花争艳的园地。

五四时期是一个多声部合唱的历史舞台，新文学激进派与折衷派、守成派及复古派共同参与了文学史建构。五四时期新与旧的错综，是文化转型期历史传统与现实需求、异域文化与本土文化碰撞、交织乃至现代性重构中的必然现象。

---

① 据李树喜：《中华传统诗词呈复兴趋势》，《光明日报》2007年1月19日。

第三节　五四时期反对派的挑战对于新文学的意义

在中国现代文学史关于五四文学革命的叙述中，林纾、章士钊等反对派始终扮演着白鼻梁的丑角，学衡派也被戴了几十年的复古派帽子，至今仍未完全摘下。实际上，历史是复杂的，林纾、章士钊与学衡派的文学观和文学史意义差异颇大，不可一概而论；反对派对于新文学来说也并非只有负面意义，文学史研究不应以成败论英雄，而是应该还原历史，做出实事求是的评价。

一、守旧派的挑战

当文学革命在《新青年》上揭竿而起之初，创作较之激进的主张还处在滞后状态，白话文学远未显示出必胜的态势，所以并无多少反对之声。急于制造声势、扩大影响的文学革命前驱，"颇以不能听见反抗的言论为憾"，于是，《新青年》第4卷第3号（1918年3月15日）上演了一出由刘半农与钱玄同扮演的"双簧"。钱玄同化名为王敬轩作《文学革命之反响》，汇集了想象中反对新文学者的主要观点：1. 新式标点不合汉字"字字匀整"之形；2. 新文学的经典推崇施耐庵、曹雪芹、李伯元、吴趼人为代表的白话作品，而排斥归震川、方望溪、林琴南、陈伯严所代表的文言文学，"目桐城为谬种，选学为妖孽"；3. "内动词止词诸说"，"是拾马氏文通之余唾"；4. 林琴南的文言翻译典雅，而周作人的新式翻译粗劣；5. 俗字入新诗，不成体统；6. 不珍惜汉字之优长，洋文任意嵌入文章；7. 以小说为正宗。刘复（半农）的《复王敬轩书》逐一驳斥上述观点，可谓嬉笑怒骂，皆成文章。这段典故向来为新文学阵营所自得，也为后来的现代文学史叙述所乐道，值得玩味的是，一则从中可以看出新文学是多么迫切地需要在回应传统文学阵营阻击的过程中向前发展，二则拟设反对派的观点中固然多数站不住脚，但有的却也不无合理之处。

这次"双簧"只是一次对假想前哨战的预演，当文学革命渐次进入高潮时，就迎来了反对派的实际挑战。也许与新文学阵营的"双簧"拿林纾开刀不无关系，林纾成为最先向新文学叫板的具有代表性的反对者。1919年3月18日，林纾在北京《公言报》发表《致蔡鹤卿书》，对新文化运动表示担忧。后又发表《论古文之不当废》《论古文白话之相消长》等文，竭力捍卫文言文学的正统性。本来，近代以来福州的开放氛围使林纾得风气之先，早在戊戌维新之前即作有通俗易懂的新乐府50首，主张改革儿童教育、兴办女子教育、弘扬爱国精神，批评不良的社会制度。诗作以《闽中新乐府》为题印行1000册。庚子年（1900年）客居杭州时，他还曾经写过白话道情，发表于《白话日报》，颇风行一时。辛亥革命后，发表百余篇《讽喻新乐府》。其小说《京华碧血录》《金陵秋》《官场新现形记》等叙庚子义和团、辛亥革命及袁世凯称帝之事较为详实，开启现代小说写实之先河，而且打破了章回小说的传统体裁；其传奇对以往传奇必有旦角，且动辄四五十出的传统模式有所革新，不只白话道白，而且唱词也通俗易懂。最让他享誉文坛的是自1897年始与合作者共同翻译外国文学作品，总共译出184种，多数当时即已刊行，在读者中影响甚广。林纾的翻译，使国人多了一个观察域外新鲜世界的窗口，也认识到原来外国文学竟有如此广阔的天地，相比之下，见出中国文学的优长与弱点。林纾翻译所用语体"是他心目中认为较通俗、较随便、富于弹性的文言"[1]，诸如"梁上君子""土馒头""夜度娘""小宝贝"等"佻巧语"、口语和"普通""幸福""社会""个人""团体""苦力""俱乐部"等译自日语的新词也夹杂其中，从而加速了文言的松动。林译小说提升了小说在国人心目中的地位，也提供了小说创作的新型范式，为20世纪中国文学格局中小说地位的确立立下了汗马之功。可以说，林纾的文学翻译事实上为新文学的登场间接地起到了铺路作用。[2] 但是，当新文学要取代文言文学的正统

① 参见钱锺书：《林纾的翻译》，商务印书馆1981年版，第39页。
② 参见郑振铎：《林琴南先生》，《小说月报》第15卷第11号，1924年11月10日。

地位时，林纾却变成了保守力量的代表。究其动机，固然同维护其文坛领军地位有关，但更为重要的恐怕还是在于他对文言文学的深深留恋，代表了文言文学几千年传统的心理强势惯性，也隐约显示出白话与文言不是简单的替代关系，二者之间实有其内在的血脉联系。饶有意味的是，林纾的公开信与文章的语调都相当温暾，而蔡元培的复信倒是强化了林纾的观点。在林纾的公开信中，所谓"必覆孔孟，铲伦常为快"，只是去科举、废八股、扑专制之后，新文化启蒙者寻求强国之路的一种想象逻辑；"若尽废古书，行用土语为文字，则都下引车卖浆之徒，所操之语，按之皆有文法，不类闽广人为无文法之啁啾，据此则凡京津之稗贩，均可用为教授矣"，也只是一种假设的推论。但在蔡元培发表于1919年3月21日《北京大学日刊》的《答林琴南书》里，则将其坐实为林纾对北京大学的具体指责，一一据实驳讦。质疑与辩驳，并非完全对等，恂恂君子蔡元培，为了新文化启蒙事业开疆拓土，竟有一点堂吉诃德的好斗姿态，或许这本来就是蔡元培这位革命前驱者性格的另一面，更是革命者群体的共性。林纾攻讦新文化阵营的小说《荆生》《妖梦》毫无水准，大失风度，是可悲复可笑的败笔。他对于新文学前途的判断也终究受到历史的否定。然而，林纾的担忧并非全是多余，后人就尝到了文化失衡、道德滑坡的种种苦涩；他关于"非读破万卷，不能为古文，亦并不能为白话"的论断，至今也不能不承认其具有一定的真理性。林纾对于新文学并无实质性的阻击，更谈不上破坏，他只是流露出文坛前辈风光不再的怨艾和对传统失传的担忧。新文学阵营尽管表面上对这种担忧不屑一顾，但实际上，对白话文学的一再反思，对整理国故的大力倡导，都不能不说与林纾的诘难有关。林纾于1924年10月病逝，11月，胡适、郑振铎就分别写出《林琴南先生的白话诗》《林琴南先生》，全面、公允地评价这位卸了任的老园丁。

　　另一个同新文学对阵的代表人物是章士钊。本来，章士钊在近代政论散文上的建树，为新文学散文的诞生做了铺垫。作为陈独秀、李大钊早期启蒙活动的同道，章士钊曾经对新文化抱有开明宽容的态度。譬如发表在《东方杂志》第14卷第12号的1917年讲演整理稿《欧洲最近思潮与吾人之觉悟》，就认为"创造新知与修明古学，二者关联极切，必当同时并举"。其夫人吴弱男翻译易卜生《小爱友夫》（始刊于1918年6月15日《新青年》第4卷第6号"易卜生号"，1918年9月15日第5卷第3号续完），分明有章士钊润色的痕迹。① 但他对新文化阵营的激进主义态度，却始终持保留态度。1917年12月17日，北京大学举行建校二十周年校庆，在法科大讲堂开演讲会。章士钊应邀在会上以调和论为题做了长篇演说，指出"凡政治之冲突，文学之辩争，以及社会宗教之种种乖途，由表面观之，恍若彼仆此起，甲兴乙替，其中有绝对不相容者存，不知由里面侧之，即恃有多少调和之妙用，行乎其间"。1919年9月，他在上海环球学会以《新时代之青年》为题，发表演说，重申新旧调和论："新机不可滞，旧德亦不可忘，挹彼注此，逐渐改善。"② 1923年8月21至22日，章士钊在《新闻报》发表《评新文化运动》，从三个方面批评新文化运动：一是文化具有"人地时之三要素"，每一民族自有其历代相传之特性，"毁弃固有之文明务尽"，事事追求与西方"毕肖"，所得必然"至为肤浅"。二是新与旧本是犬牙交错的关系，而胡适视新与旧"崭然离立。两不相混"，"乃大滑稽而不可通"。一味仇旧，"而惟渺不可得之新是骛"，必然导致"精神界大乱"。三是文化精英"乃为最少数人之所独擅"，一旦变成运动，必然"以不文化者为其前茅"，"欲进而反退。求文而得野。陷青年于大阱。颓国本于无形"。《甲寅》于1925年7月18日复刊后，章士钊除了将《评新文化运动》在第1卷第9期重刊之外，又发表《文俚平议》（第1卷第13期，1925年10月10日）、《评新文学运动》（第1卷第14期，1925年10月17日）等文，坚持其文言文在现代社会生活中仍有生命力的观点。

---

① 参见白吉庵：《章士钊传》，作家出版社2004年版，第126页。

② 参见白吉庵：《章士钊传》，第128页。

在高歌猛进的新文学阵营看来，章士钊已成明日黄花。1922年，胡适在为《申报》五十周年纪念所作的《五十年来中国之文学》中，继严复、林纾的翻译文章，谭嗣同、梁启超的议论文，章太炎的述学文章之后，谈到章士钊一派的政论文章，称其"注重论理，注重文法，既能谨严，又颇能委婉，颇可以补救梁派的缺点"，但因其不能通俗，在实用的方面，不能不归于失败。至于章士钊对新文化运动的批评，胡适认为出之于"一个时代落伍者对于行伍中人的悻悻然不甘心的心理"[①]，根本不值一驳。1925年，章士钊与胡适有一次同席进餐后合影。章士钊在照片背后题白话诗一首送给胡适，并附信希望胡适作一旧体诗相酬。胡适遵嘱奉答旧体诗七绝一首："'但开风气不为师'，龚生此言吾最喜。同是曾开风气人，愿长相亲不相鄙。"[②]

章士钊确为曾开风气之人。1903年5月任《苏报》主笔，宣传反清与反对保皇党。7月7日，《苏报》被查封，章士钊因查办大员江苏候补道陆师学堂总办俞明震当年特别欣赏这位高才生而幸免于难。8月，他与张继、陈独秀等创刊《国民日日报》，号召国人打破专制、风俗、教育、学术重重桎梏，由奴隶觉醒、解放而为国民。11月，与黄兴等在长沙创建革命组织华兴会。在留学日本、英国期间，常为国内报刊撰稿，介绍西欧学说。1911年辛亥革命成功之后，为了报效祖国，应孙中山之鼓励，放弃将要得到的硕士学位，携妻儿回国。1912年春，任同盟会机关刊物《民立报》主笔。先后在二次革命、反对帝制的武装斗争中任讨袁军、护国军秘书长等要职。1914年春，与陈独秀、杨永泰等人在东京创办《甲寅》月刊。黄远生最早倡导新文学的通信，即是寄给时任《甲寅》杂志主编的章士钊。他除了办报刊来宣传新知识、新思想之外，还向国人翻译介绍外国哲学逻辑学、政治学与新兴的心理分析学著作。1917年1月，在北京出版《甲寅》

[①]　胡适：《老章又反叛了！》，《京报副刊·国语周刊》第12期，1925年8月30日。

[②]　转引自白吉庵：《章士钊传》，第197—198页。

（先为日刊，后改为周刊），请李大钊、高一涵参加编辑。同年11月，应陈独秀之邀到北京大学任教，讲授逻辑学。1920年支持毛泽东、蔡和森等发起组织的留法勤工俭学活动。

这位曾开风气者到了新文化运动中，却"又反叛了"，究其原因，颇为复杂：一则出于其一而贯之的文化调和观；二则在反清与反对袁世凯复辟的革命历史上，章士钊与各派军阀结下了复杂的关系，入阁担任过司法总长、教育总长、秘书长等要职。此起彼伏的学潮与新文化运动密切相关，章士钊作为站在学潮对立面的政府要员，对新文化运动自然难以认同。

对于章士钊及其代表的白话文学否定论，新文化阵营纷纷发表文章予以反击，如郁达夫的《咒甲寅十四号评新文化运动》，鲁迅的《十四年的"读经"》，吴稚晖的《友丧》《章士钊——陈独秀——梁启超》，成仿吾的《读章氏〈评新文学运动〉》，唐钺的《文言文的优胜》《告恐怖白话文的人们》，徐志摩的《守旧与"玩"旧》，健孟的《打倒国语运动的拦路"虎"！》等。后来的文学史叙述认同新文化阵营的批评立场，将章士钊定性为新文化运动的"拦路虎"。至于章士钊关于文化的民族主体性、新与旧、雅与俗的辩证关系的观点，无论是五四文坛，还是后来的绝大多数文学史叙述，则均予以回避。只有陈子展《最近三十年中国文学史》注意到章士钊的一二独到价值："平心论之，章士钊的'前甲寅'，使人知道中国文学在'古文范围以内的革新'，最好的成绩不过如此，为后来的文学革命，暗示一个新的方向，自有其时代上的价值。他的'后甲寅'，若是仅从文化上文学上种种新的运动而生的流弊，有所指示，有所纠正，未尝没有一二独到之处，可为末流的药石。但他想根本推翻这种种新的生机，新的势力，仍然要维持四千年来君相师儒续续用力恢弘的一些东西。所以他努力的结果，似乎一方面只能表示这是他最后一次的奋斗，他的生命最终的光焰；另一方面只能代表无数的学士大夫之流在文字上在学术思想上失去了旧日权威的悲哀，代表无数的赶不上时代前进的落伍者思古恋旧的悲哀，为新潮卷没的悲哀！"① 即便是这一比较温和的评价，也还是带有胜利者的几分傲慢。

实际上，章士钊与林纾同新文学的对阵，表面上是不无个人色彩的话语权威之争，而其实质则是民族文化传统的韧性表现。值得注意的还在于，章士钊关于新旧调和的观点在一定程度上揭示了历史演进的规律。譬如他说"时代相续，每一新时代起，断非起于孤特，与前时代绝不相谋"，故"今日之社会乃由前代之社会嬗蜕而来；前代之社会，乃由前代之前代嬗蜕而来；由古及今，乃一整然之活动，其中并无定畛可以划分前后"，"旧者将谢而未谢，新者方来而未来，其中不得不有共同之一域，相与融化，以为除旧开新之地；此共同之域，即世俗所谓调和。不有此共同之域，世界决无由运行，人类决无由进化"。顾颉刚当年在日记中录下这段话语时自认章氏此语"若在吾心中发出"，甚感知音。当时，有此同感的不仅有新文化阵营认定为保守落伍的知识分子，也有像顾颉刚这样的新文化追随者，甚至包括蔡元培等新文化运动领军人物。② 历史是复杂的，把错综复杂的历史简化为壁垒森严的新旧阵营，把所谓旧派画上白鼻梁加以嘲弄，无助于历史的真实再现与准确认识。

二、学衡派的挑战

比起林纾与章士钊来，对新文学的挑战更为严峻的是学衡派。学衡派因《学衡》杂志而得名，主张在继承传统的基础上会通中西，渐行改革。学衡派代表了源远流长的民族文化传统的强韧生命力，也反映出第一次世界大战爆发以后世界范围内重新认识东方文化价值的思潮，同时也或多或少包含着一点争夺文坛话语权的意味。一同或先后留学，而胡适因

---

① 陈子展：《最近三十年中国文学史》，太平洋书店1930年版，第253—254页。

② 顾颉刚日记，1919年1月17日、1月13日，录在王煦华《〈中国近来学术思想界的变迁观〉后记》，《中国哲学》（第11辑），人民出版社1984年版，第328—329页，转引自罗志田《国家与学术：清季民初关于"国学"的思想论争》，第246页。

为主张文学革命暴得大名，27岁即被聘为北京大学教授，这不能不让其留学时代的友人倍尝羡慕与嫉妒的苦涩；况且胡适在《文学改良刍议》里以胡先骕在美国所作的一首词作为文言文学的"烂调套语"的例证来加以批评，在《尝试集·自序》等场合再三批评对他的新诗创作表示质疑的"守旧党"，这不能不激起昔日学友的愤怒与复仇心理。个人意绪与维护民族文化尊严的正义感交织在一起，成为他们批评新文化运动的巨大动力。《学衡》杂志的宗旨为："论究学术，阐求真理，昌明国粹，融化新知，以中正之眼光，行批评之职事，无偏无党，不激不随。"虽说"无偏无党"，但实际上带有浓厚的文化保守主义色彩，梅光迪、吴宓、胡先骕等人更是表现出明显的白璧德式的新人文主义倾向，同新文学的激进主义姿态形成尖锐的矛盾。梅光迪、胡先骕等早在留美期间就同尝试新诗创作的胡适开始了论争，即使新文学胜局已定，学衡派也仍然执着地坚持批评立场，学衡派的核心刊物《学衡》从1922年1月一直坚持到1933年7月，此外还有《湘君》（1922—1924年）、《文哲学报》（1922年创刊）、《国风》（1932年9月1日创刊）、《大公报·文学副刊》（1928年1月2日—1934年1月1日）等。学衡派大多有留学经历，中西兼通，视野开阔，他们对新文学的批评除了个别人的部分文章掺杂着个人意气之外，多数则出于学理之争，尽管其不愿承认白话文学取代文言文学正统地位的历史必然性，已经受到历史的否定，但其强调文化传统的观念则具有厚重的中国文化背景与经得起推敲的逻辑，一些观点对新文学狂飙突进时的偏激不失为一种补正。

　　学衡派认为：一、语言工具不能代表整个文学，文学之死活，以其自身价值来决定，而不能以其所用之文字的古今来决定。[①]这种观点为给予历史上的文言文学以应有的地位奠定了基础，也为新文学汲取文言优长提供了前提。二、文言文不尽是艰涩难懂之文，也有痛快淋漓纤悉必达之作，因而不能笼而统之地一棍子打倒，而是应该区别对待，有些文言文学

---

① 胡先骕：《评尝试集》，《学衡》第1、2期。

自有其不可替代的审美价值。三、文言在几千年的发展历程中不断汲取白话成分，新与旧、文言与白话并非壁垒森严的关系，二者有交叉，也有互补；"真正之文学乃存在于新旧之外，以新旧之见论文学者，非妄即诬也"[①]，"岂知文学之可贵端在其永久性，本无新旧之可分。古人文学之佳者，光焰万丈，行且与天壤共存"[②]。四、中国的文言与白话的关系不能用英法德诸国文字与拉丁文的关系来比附，表面上看，拉丁文与英法德诸国文字的关系和文言与白话的关系相似，前者是共同语、书面语，后者是地方语、口头语，实际上则有着根本性的区别。中国的文言自古一脉相承，是国家统一的标志与工具，现代仍然使用；白话则与文言同为中华民族所用。文言与白话之别在于一个是书面语，一个是日常使用的与被部分小说、戏曲采用的口头语。而拉丁文是罗马帝国的共同语，罗马帝国瓦解之后，欧洲政治中心多元化，英法德抛弃拉丁文，转而使用寄寓着本民族历史、思想、感情的民族文字，为的是民族国家的独立与发展。五、汉字承载着国家统一、民族传统与国民精神，断然不可以拼音取代。[③] 六、声调、格律、音韵乃诗之本能，而胡适欲"打破一切束缚自由之枷锁镣铐"，所以《尝试集》之价值及其效用只在如陈胜、吴广一样"创乱"，而不是像汉高祖那样成就大业。"他日中国哲学科学政治经济社会历史艺术等学术逐渐发达，一方面新文化既已输入，一方面旧文化复加发扬，则实质日充，苟有一二大诗人出，以美好之工具修饰之，自不难为中国诗开新纪元。宁须故步自封耶？然不必以实质之不充，遂并历代几经改善之工具而弃之也。"[④] 七、文学发展自有其历史传承性，"前人之著作，即后人之遗产也。若尽弃遗产，以图赤手创业，不亦难乎。……故欲创造新文学，必浸淫于古籍，尽得其精华，而遗其糟粕，乃能应时势之所趋，而创造一时

---

① 吴芳吉：《吾人眼中之新旧文学观》，《湘君》创刊号，1922年6月。
② 缪凤林：《文德篇》，《学衡》第3期，1922年3月。
③ 吴宓：《再论新文化运动》，《留美学生季报》第10年第4期。
④ 胡先骕：《评尝试集》，《学衡》第1、2期。

之新文学，如斯始可望其成功"①。八、文学不能绝对排除模仿，模仿与创造有矛盾的一面，也有相谐的一面，二者相反相成。② 文学创作者应虚心苦练，从模仿入手。③ 创造脱胎于模仿。④ 九、文学进化论只知有历史的观念，而不知有艺术的道理⑤，文学史的复杂现象并不能完全用直线的文学进化论来解释。十、同是认可文学表现人生⑥，但在"人的文学"的理解上，新文学主张灵与肉、兽性与神性二元一致的人道主义人性观，肯定人性权利与个性价值，强调解放与自由；而学衡派则坚持善恶、高下二元对立的新人文主义人性观，强调的是节制自由、引导人性向善。

学衡派对新文学采取的挑战姿态，妨碍了当时新文学阵营对学衡派的全面认识，也为20世纪80年代中期以前的文学史叙述将学衡派视作"为旧势力保镳，以遂其反动复古的目的"之"复古派"⑦ 种下了根由。实际上，学衡派决非复古派，也不是一般意义上的保守派，而是渐进改革派，或曰广义新文化运动之内部的反对派。学衡派在维系并发扬中国文化传统的同时，也积极译介外国文化，《学衡》杂志第1期插图页正面为孔子像、背面为苏格拉底像，就是一个绝妙的象征。从内容来看，梳理与研究传统文化固然占有重要篇幅，但译介方面也颇为用心。除了系统地介绍白璧德的新人文主义之外，还刊载沙克雷、伏尔泰等人的小说翻译，西洋文学精要书目，希腊宗教、希腊哲学、希腊精神、希腊历史、希腊文学史，亚里士多德的伦理学与哲学，苏格拉底的自辩文，柏拉图语录，安诺德之

---

① 胡先骕：《中国文学改良论》（上），《南京高等师范日刊》，收《中国新文学大系·文学论争集》；吴芳吉：《再论吾人眼中之新旧文学观》，《学衡》第21期，1923年9月。

② 刘永济：《论文学中相反相成之义》，初载《湘君》季刊创刊号，1922年6月，《学衡》第15期转载。

③ 吴宓：《论今日文学创造之正法》，《学衡》第15期，1923年3月。

④ 胡先骕：《评〈尝试集〉》，《学衡》第1、2期，1922年1、2月。

⑤ 梅光迪：《评提倡新文化者》，《学衡》第1期；吴芳吉：《三论吾人眼中之新旧文学观》，《学衡》第31期，1924年7月。

⑥ 吴宓：《通论》，《大公报·文学副刊》第2期，1928年1月9日。

⑦ 唐弢主编：《中国现代文学史》（一），人民文学出版社1979年版，第70—72页；唐弢主编《中国现代文学史简编》（人民文学出版社1984年版，第15—16页）仍称学衡派为"复古派"。

文化论，卢梭《忏悔录》，世界文学史的译介或研究，英诗翻译及阐释，等等。插图有但丁、莎士比亚、弥儿（尔）顿、迭（狄）更斯、沙（萨）克雷、威至威斯（华兹华斯）、辜律己（柯勒律治）、摆（拜）伦、薛雷（雪莱）、丁尼生、白朗宁、乔塞、斯宾塞、荷马、亚里士多德、西塞罗、毛（莫）里哀、拉（莱）辛、狄德罗、福禄特尔（伏尔泰）、毛柏（莫泊）桑、嚣俄（雨果）、夏土布良（夏多布里昂）、都德、柏格森、达尔文、葛（歌）德、托尔斯泰等人的像，还有米勒《拾谷图》（《拾麦穗》）等西方名画，其数量远远超过表现传统文化的插图。

学衡派不是铁板一块，内部有着种种差异。比较而言，梅光迪的态度有嫌执拗、刻板，其文体风格也是古雅有余，灵动不足；而吴宓、刘伯明等人的态度则较为开放豁达，文体风格愈到后来愈加活泼。学衡派的核心人物之一刘伯明就曾对新文化运动予以相当的肯定：

> 　　盖共和精神非他，即自动的对于政治及社会生活负责任之谓也。数年以来，国人怵于外患之频仍，及内政之日趋腐败，一方激于世界之民治新潮，精神为之舒展，自古相传之习惯，缘之根本动摇。所谓五四运动，即其爆发之表现。自是以还，新潮浸溢，解放自由之声，日益喧聒。此项运动，无论其缺点如何，其在历史上必为可纪念之事，则可断言。盖积习过深之古国，必须激烈之振荡，而后始能焕然一新。此为必经之阶级而不可超越者也。在昔法德两国，亦经同类之变动。今日吾国主新文化者，即法之百科全书派也。今之浪漫思潮，即德之理想主义运动也。其要求自由，而致意于文化之普及，藉促国民之自觉，而推翻压迫自由之制度，则三者之所共同。惟今日之世界，民治潮流，较为发达，其影响之及于吾国者，亦较深且钜，斯则同中之不同也。由是观之，新文化之运动，确有不可磨灭之价值。[①]

---

① 　刘伯明：《共和国民之精神》，《学衡》第10期，1922年10月。

吴宓等人的文言远比梅光迪浅近生动。并且，学衡派成员在坚持文言创作的同时，并非绝对排斥白话文。《学衡》第一期吴宓译英国沙克雷小说《钮康氏家传》就颇有一些白话成分，如第一回开篇：

话说有一乌鸦。口啣乳酪。由牛乳房窗口飞出。直到树上栖止。望着树下池中一只大蝦蟆。蝦蟆头上。堆起两只凶恶的眼睛。左顾右盼。这乌鸦见那蝦蟆四脚扁平。满身灰泥。便忍不住哼哼冷笑。离开蝦蟆不远。一只肥牛。在地上吃草。又几只绵羊。亦在那场上。跳来跳去。慢慢的啮着花草吃。（文中译注略）草场那边。远远的一只狼。蒙着羊皮。斯文大摆的走来。这一般绵羊。不知那狼适才已将其母杀却。食其肉而衣其皮。反将此凶仇。认作母亲。跑上去迎接。维时。蝦蟆垂涎乌鸦口中的乳酪。一面又骂那大吃大嚼的肥牛。……

《时代公论》1922年第4、6、113号上分别发表的柳诒徵的《唤起民众》《教育民众》和景昌极的《政论平议》等文，都是白话文。吴宓为《每周妇女》撰写的《文学与女性》，为《大公报》的《国闻周报》文艺译稿作校改，用的也是白话文。1932年1月11日的《大公报·文学副刊》第209期的声明，更是见出了学衡派的开阔胸襟与执着态度："对于中西文学，新旧道理，文言白话之体，新旧写实各派，亦及其他凡百分别，亦一例平视，毫无畛域之见，偏袒之私，惟美为归，惟真是求，惟善是从。"

对于新文学作家作品，学衡派一方面敢于批评，另一方面也不吝于肯定。1925年《学衡》第39期上，吴宓发表《评杨振声〈玉君〉》，称赞其"注重理想，以轻描淡写，表平正真挚之情，又能熟读石头记等书，运用中国词章，故句法不乏整炼修琢之美，文体亦有圆转流畅之致。就此诸端而论，《玉君》一书，在今世盛行之欧化文法短篇写实小说中，是极为矫然特异，殊有可取"。学衡派有些观点与新文学有暗合之处，如郑振铎

《新与旧》①关于旧皮袋不宜装新酒的论断固然与学衡派有别，但"文艺的本身无什么新与旧之别"、优秀作品具有永恒的艺术魅力的观点，则与学衡派一致。学衡派有些观点对新文学不无启迪与裨益，如新文学前驱者传统文学观的变化，便不能说与学衡派等反对派的挑战无关，整理国故则是共同参与的事业；再如关于诗歌应有声调格律音韵的观点，后来获得了新月派等新诗流派的认同。至于学衡派所指出的文学进化论的局限性，则是过了半个多世纪年之后才被文学史界认识到。

　　早在五四时期，周作人就认识到学衡派"只是新文学的旁支，决不是敌人"，"不必去太歧视他的"。②梦华也说："近来评学衡的很多，虽不无中的之语，却不能和他们表十分同情。因为他们都是谩骂学衡主张太旧，甚至咒他夭亡。这或是中国人的天然猜忌恶习，与迷新的心理。但人类的信仰既各不同，主张尽可各异。……此则我对于学衡的主张——反潮流的主张，未敢稍加批评，虽然我的个性，偏于浪漫，和他们的主张，不相融洽，我却相信学衡里面所提倡的人文主义，确有存在之价值与一部分之信仰者。这种人文主义对于现在一般受了时代潮流和浪漫思想的影响之青年，自然是格格不入。但不能因为一般人的不赞成，便以为这种主义不好。其实历来攻击反对人文主义的人都对于人文主义未作研究；而人文主义所以不受人欢迎，则亦因无善于提倡的人。……（否则）广大而发挥之，则人文主义亦颇多是。"③梦华对学衡派可谓有理解之同情，但最后的结论却失之简单。新人文主义的不被广泛认可，主要原因并非提倡不力，而是在于20世纪上半叶中国社会剧烈动荡，文化急剧转型，带有强烈感情色彩的激进主义容易深得人心，而带有浓厚理性意味的新人文主义则难以被认可。在这种背景下，二元对立的形而上学思想方法得势，长期将学衡派作

---

① 《文学周报》第136期，1924年8月25日。

② 周作人：《恶趣味的毒害》，《晨报副刊》1922年10月9日，

③ 梦华：《评学衡之解释并答缪凤林君》，《学灯》1922年6月3日，转引自郑师渠《在欧化与国粹之间——学衡派文化思想研究》，北京师范大学出版社2001年版，第407页。

为反对派排除于五四新文学建构的框架之外。直到80年代中期以来，学术界逐渐超越论战与革命思维的模式，将学衡派回归到历史情境中去，才认识到学衡派实际上是新文化运动中态度持重的一翼。

无论是林纾、章士钊，还是学衡派，他们的挑战非但没有挡住新文学的前进步履，反而使得新文学的步履更加矫健。这一方面反映出新文学代表了中国文化发展的正确方向，另一方面也见出挑战者与新文学其实并非势同水火。他们有的曾是序幕的主角，有的是则是另类的参与者，其质疑、诘难、否定、批评从不同方面推进了五四新文学的历史进程。

第二章

历史脉络上的现代小说

第一节　李劼人：为巴山蜀水作传

五四时期影响较大的乡土文学作家，主要是鲁迅及他的浙江同乡王任叔、许钦文、王鲁彦、许杰，还有湖南的彭家煌、黎锦明，贵州的蹇先艾，安徽的台静农，湖北的废名等。他们虽然以绵绵乡愁描写了浙、湘、黔、皖、鄂等地的风土，但在当时的启蒙主义主潮的影响下，主要笔墨或写宗法制社会的弊端，或揭露国民性弱点，意在唤起人的觉醒，乡土题材的历史与文化的深度开掘还只是刚刚起步，笔致也偏于凝重一路。进入20世纪30年代后，乡土文学无论是题材视野还是文体风格都有了更为宽广的展开，其中四川作家的乡土意识、题材的乡土色彩、作品的乡土风格、小说的创作成就均十分突出。如果说郭沫若、巴金、阳翰笙（华汉）、沈起予等人，还只是较多地禀赋了巴蜀文化的反叛精神与青春激情的话，那么，李劼人、沙汀、艾芜、周文（何谷天）、罗淑、王余杞等人，则在题材与文体等方面更能代表巴蜀特色，尤其是以往没有得到足够关注的资深作家李劼人。

李劼人，早年家境穷困，16岁时，由于一个亲戚的资助，他才能够到四川高等学堂分设中学堂读书。在中学时，他喜欢看《民报》《神州日报》《民呼报》《民立报》等宣扬民主思想的报纸，加上师长中同盟会人的影响，以及王光祈、曾琦、郭沫若、周太玄等激进同学的相互影响，李劼人成为热心社会工作的激进青年。1911年四川铁路风潮发生之时，他以四川高等学堂分设中学堂学生代表的资格参加了保路同志会。李劼人早就嗜读小说，中学毕业后开启文学创作生涯。以《儿时影》为题在《娱闲录》半月刊上发表的五则短篇小说，以儿童视角观照私塾生活，描写残忍的"蛮子"老师对学生苛责虐待，精神折磨自不必说，动辄挥起木戒尺和毛竹板子，一个年龄最小的学生每天都要挨几次老师的毛竹板子，终日都在号哭，落得一个"哭生"的别号。"蛮子"老师对学生施之以"独木桥"（跪在酒杯粗的连皮青杠木棍上）、"梅花落地跪法"（跪在坚硬锋利的炭渣上）等野蛮的处罚，一个学生有了过失，全班都要受到责罚，每人三十大板，打个"满堂红"。清明节老师回乡扫墓也不放过学生，留下一大堆作业……残忍的老师，刻板的背书，使学生视学堂为畏途，叙事主人公大病三月竟不记病苦，反而庆幸自己逃脱"蛮子"老师淫威的轻松自由。作品以写实与夸张兼而有之的笔触，写出了封建礼教和与之相适应的教育体制对学生的严重戕害，对老师的人格弱点也有俏皮的讽刺，描写道貌岸然的老师在课堂上一边督促着学生读书，一边"伸手在衣领上捉住了一个大肥虱子，递到鼻尖上去赏玩"。学生不觉一阵恶心，口里停止了文章诵读，老师反倒登时怒气满脸，伸手拧着学生的脸皮斥道："心到哪里去了？"随又抓起戒尺，打在学生的脑袋上。在作品的情境里，挨打的是可怜的学生，而在读者的审美视野里，看到的则是作者对那可鄙复可笑的老师的鞭挞。几年以后，鲁迅发表短篇小说《孔乙己》（1919年4月）、《白光》（1922年7月），从科举制度的结果——扭曲人格——的角度来批判封建教育制度，而李劼人的《儿时影》则是从启蒙教育的过程批判封建教育制度，二者在题材、主题、叙事态度及文体形式上是一脉相通的。经历了游宦、办报、留学、办厂、办学与百余篇短篇小说的探索之后，李劼人的创作个性走向成熟，《死水微澜》《暴风雨前》《大波》即是其创作个性成熟的标志。

一、"小说的近代《华阳国志》"

　　早在1925年一面教书、一面写短篇小说时，李劼人就打算像巴尔扎克的《人间喜剧》、左拉的《卢贡·马卡尔家族史》一样，"把几十年来所生活过，所切感过，所体验过，在我看来意义非常重大，当得起历史转捩点的这一段社会现象，用几部有连续性的长篇小说，一段落一段落地把它反映出来"[①]。此时，他拟定了具体的写作计划，以1911年辛亥革命为中

---

① 李劼人：《死水微澜·前记》。

点，前后各分三小段。到1937年，辛亥革命前的三个阶段的历史描写基本
完成，即《死水微澜》（中华书局1936年7月初版）、《暴风雨前》（中华书
局1936年12月初版）、《大波》（上、中、下卷，中华书局1937年1月、4月、
7月）。1937年5月，正在日本的郭沫若一口气读完三部曲中已出版的大部
分（当时他尚未读到《大波》中、下卷），于6月7日写成热情洋溢的长文
《中国左拉之待望》，称赞李劼人小说"规模之宏大已经相当地足以惊人，
而各个时代的主流及其递禅，地方上的风土气韵，各个阶层的人物之生活
样式，心理状态，言语口吻，无论是男的还是女的老的少的，都亏他研究
得那样透辟，描写得那样自然。他那一支令人羡慕的笔，自由自在地，写
去写来，写来写去，时而浑厚，时而细腻，时而浩浩荡荡，时而曲曲折
折，写人恰如其人，写景恰如其景，不矜持，不炫异，不惜力，不偷巧，
以正确的事实为骨干，凭藉着各种各样的典型人物，把过去了的时代，活
鲜鲜地形象化了出来"。因此，他"想称颂劼人的小说为'小说的近代
史'，至少是'小说的近代《华阳国志》'"，并据此认为"伟大的作品，
中国已经是有了的"①。由于抗日战争的爆发，辛亥革命之后的三小段未能
写出，已出的三部曲也未能像郭沫若所期待的那样，引起多大的反响。

　　李劼人是一个做事十分认真的人，在中学时即因讲究精致而有"精
公"的雅号，对待创作从来一丝不苟，1954年11月起，应作家出版社之
约，他动手修改三部曲。《死水微澜》1955年新版，只是在1936年初版本
的基础上做了少许字词及注释方面的修订。《暴风雨前》更动较大，"抽
去几章，补写几章，另外修改的也有四分之一"②。《大波》篇幅最长，初
版本中的问题最多，改动也最大，有些地方等于重写。改写得很苦，总共
废掉三次重写的几十万字，第四次重写的才算是定稿。上中下三卷的格局
改为四部，第四部直到他病倒的前一天，写了12万字，大约还有30万字没

---

① 《中国文艺》第1卷第2期，1937年6月15日。
② 李劼人：《死水微澜·前记》。

有写完。尽管改写本有些人物的性格失去了原有的丰富性，诸如开会之类的社会场景的描写在艺术性上仍有欠缺，但由于作者又下了大量的资料调查功夫，加上历史认识的深化等缘故，从整体看来，历史的视野更为广阔，对历史的反映更为真实，对历史脉络的把握也更为准确。[①]

　　三部曲的历史品格，首先表现在社会场景的真实描绘上。《死水微澜》以成都近郊天回镇兴顺号女主人蔡大嫂的性爱纠葛为主线，显示出庚子事变前后中国社会的重大变迁。精灵能干而姿色撩人的邓幺姑，之所以能被父母许配给貌不惊人的兴顺号蔡掌柜，除了他有一个铺底殷实的杂货铺与老实本分的性格之外，他那身为袍哥的老表罗歪嘴的声名势力，更把蔡傻子抬高了几倍。罗歪嘴担当哥老会本码头舵把子朱大爷的大管事，"能够走官府，进衙门，给人家包打赢官司，包收滥帐"，"纵横八九十里，只要以罗五爷一张名片，尽可吃通"。凭借罗歪嘴的护法力量，镇上那些涎涎欲滴的登徒子谁也不敢对蔡大嫂轻举妄动。哥老会，四川俗称袍哥，原是清初以"反清复明"为宗旨的民间秘密结社，会众有农民、破产农民、失业手工业者、游民，也有地主，还有在编的军人及散兵游勇。[②] 袍哥继承了中国的武侠传统，有行侠仗义、与官府对峙、反抗贪官污吏的一面，在太平天国运动、义和团运动与辛亥革命等革命斗争中，曾经发挥过积极的作用，但也有其恃强凌弱、敲诈勒索、吃喝嫖赌等消极、落后的一面。罗歪嘴讲述的余树南的事迹就代表了袍哥的光荣。余树南十五岁就敢在省城大街提刀给人报仇，把左手大拇指砍断。武举人王立堂做"浑水生意"（打家劫舍）时犯了人命官司，余树南使了个调包计，将王立堂放走，而凭自己远播蜀中的声名找了个李老九顶替人犯上了县衙，然后疏通师爷，将李老九保出，一桩人命案化为乌有。然而，鸦片战争以

---

① 因改写本不属于那种习见的因政治形势的变化而拔高的情况，而是更为接近历史真实的认真负责的修订乃至重写，所以本章在作品分析时所依据的对象均为修订本。出自初版本的将在注释中说明。

② 参见隗瀛涛:《四川保路运动史》，四川人民出版社1981年版。

来，洋教的势力仗着洋枪洋炮的威力愈来愈盛，其势直逼官府，也令袍哥节节败退。一个城里粮户因五斗谷子的小事将其佃客送到县里，一关就是几个月。佃客有个亲戚是码头上的兄弟，托罗歪嘴说情，已准保提放。粮户不服，立递一呈，连罗歪嘴也告在内。县大老爷签差将这粮户锁去，正欲用刑，那粮户却忽然大喊，自称他是教民，结果吓倒了满堂官卒。后来，即使查明了这人并未奉教，县官也不敢追究粮户咆哮公堂、欺骗父母官的罪愆，因为他担心粮户当真去奉教，等洋人走来，自己要因此丢掉官帽。如果说这还是袍哥与洋教的间接交锋，就已经扫了袍哥的脸面的话，那么等八国联军把慈禧太后和光绪皇帝吓得远逃西安后，袍哥的脸面才真是扫了个精光。此前，色迷心窍的绅粮顾天成在天回镇陷入了罗歪嘴布下的迷魂阵，原本用来捐官的和在成都赢来的银子输个精光，又遭了一顿毒打。因为牧师的洋药治愈了重病，更是为了复仇，他奉了天主教。顾天成奉教后，忽然飞来了义和拳杀到京城，且有官军相助攻打使馆的消息，妨碍了他的复仇大计。皇太后电谕叫把这里的洋人统统杀完，教堂统统毁掉。四川将军建议以折中的办法对待电谕，派兵驻扎在教堂周围，并将洋人接到衙门里，优礼相待，静观局势发展。顾天成的遭遇恰恰反映了一波三折的形势发展。他4月初奉教，4月底就被顾幺伯通知亲族，在祠堂里告祖，将他撵出祠堂。5月中，义和拳的风声更紧，他怕被当作二毛子杀掉，跑到城里藏身，家里的田地农庄连同一条水牛全被幺伯以充公的名义占了去。就连埋在祖坟埂子外的老婆的棺材，竟也被破土取出，抛在水沟旁边。等到局势翻了过来，幺伯当面赔礼、认错，"充公"的财产尽数奉还，又格外奉送五十亩良田，说是给他老婆做祭田，老婆的棺材，也已端端正正葬在祖坟埂子内。另外还赔付了一封老白锭等。县官为了替教民复仇，不惜捉拿无辜、制造冤案，罗歪嘴等星散逃亡，蔡大嫂与蔡掌柜也受到连累。先前顾天成只能在花会上趁乱挤挤摸摸的蔡大嫂，终于如愿以偿地娶进家中。袍哥罗歪嘴的大势已去与教民顾天成的翻身发迹，透露出满清统治摇摇欲坠的态势，也反映了庚子事变给中华民族带来的严重危机。

《暴风雨前》表现的时代为1901年至1909年。义和团虽被镇压下去，但华与洋、官与民之间的矛盾仍未得到缓解，反而更趋紧张。成都北门外红灯教盛极一时，二十几个乡下小伙子呐喊着"红灯教来了"，冲向制台衙门，但腰刀宝剑毕竟敌不住官军的洋枪，以死伤惨败告终。半个月后，不仅省城的红灯教烟消火灭，就连石板滩的那个顶负盛名的廖观音，也被生擒活捉，斩首示众。由盲目的仇恨与发洋财心理激起的砸抢四圣祠教堂的行动，只是带来了酷烈的清算。时代在向前发展，红灯教之类的造反已经渐渐地失去了历史的光荣，取而代之的是一浪高过一浪的新潮。大批有志青年赴海外留学，归国后，开创报纸与出版业，兴办新式教育，开启民智，为宦者也顺应时潮推行新政，如开办劝业场，实行警察制度、卫生管理等，连令官老爷头疼的谘议局，也在光绪皇帝与慈禧太后相跟着归天之后，终于设立了起来。革命党人奔走呼号，激烈无畏，但不免有幼稚、浮躁之处。涪州一个党人一支手枪，就敢喊拢一百多个船夫，扑进城去。叙永试做炸弹失败，险些被官府发现。江安县预定放火为号的戴氏父女被告发，起义失败，革命党人惨遭杀害。成都起义拖延既久，走漏风声，起义未遂。然而，在这群山环抱之中的四川盆地，水已不再是巨石只能激起几丝涟漪的死水，山也不再是沉睡不起的醉汉，官吏昏庸，营伍腐败，人有思乱之心，官无防御之术，一种腐朽僵化的社会制度到了崩溃的边缘，只待时机到来，便会掀起滔天大波。确如作品里的王中立所感叹：世道大变，好看的戏文，怕还在后头。《死水微澜》里，变法维新与义和团还只是作为远景来处理，到了《暴风雨前》，政治性的人物与事件便走上了前台，党人的起义虽然相继失败，但革命党人的激烈言辞与震天动地的爆炸声已经预示出山雨欲来风满楼的紧张态势。

《大波》接下来描写了辛亥时期川江上下的历史巨澜：保路同志会宣告成立，罢市罢课，省谘议局正副议长蒲殿俊、罗纶等六人被拘，四川总督衙门前发生枪杀和平请愿群众的"开红山"血案，革命党人发"水电报"传播消息，同志军、学生军揭竿而起，龙泉驿兵变，三渡水陈锦江部惨遭屠杀，重庆反正，湖北新军起义杀死钦命接替总督大任的端方，赵尔丰假独立，东校场点兵发饷银时巡防军哗变、洗劫省城，少壮派川籍军官尹昌衡乘机夺权，改组军政府，自任都督，成立四川军政府……四川从保路风潮初兴到同志军风起云涌，再到革命结出果实的历史进程，及其对武昌首义所起的契机作用，被真实清晰地再现出来。在这一历史演进中，立宪党人、革命党人等各种政治力量的矛盾冲突与相依相生，革命党与袍哥对军事力量的渗透与争取，同志军、团防、义军、陆军、巡防军等多种军事力量的分化、重组、联合或冲突，官场上的尔虞我诈、钩心斗角，满清官吏在四面楚歌之际的垂死挣扎，各种社会关系犬牙交错的复杂局面，不同社会力量在历史舞台的登场表现，都得到相当充分的展示。

　　历史在这里，呈现出接近原生相的丰富性，也就是说，没有为教科书式的揭示必然性而忽略偶然性的事件，而是如实地表现出当社会怨愤积累到一定程度，只要一点火星的偶然迸发就能引起燎原大火。彭县风潮的发生，其导火索缘于营务处总办的女儿田小姐的妖冶招摇。田小姐是两任总督太太的干女儿，又是两个总督公子的相好。她在把一个制台衙门搅成一塘浑水后，尊干妈之命嫁给一个光杆候补知县，于是那候补知县被派到彭县得了个经征局局长的肥差。风流成性的田小姐在彭县土地会看戏时，故意在看台上扭来扭去，被一些人当作监视户（妓女），要她陪酒烧鸦片，局长命局丁开枪，激怒百姓，上千人冲进经征局，见人就打，见东西就抢，抢不走的砸得稀烂。新繁县知县余慎在步出衙门要上街巡查时，忽闻一声震耳爆响，循声逮到一个约摸十二岁的又脏又烂的放爆竹恶作剧的娃娃，知县不愿在一个调皮娃娃面前失去威风，命人用刑，打得皮开肉绽，一个当地袍哥的舵把子挺身而出，知县要把他拿进衙门去重办，结果激起民变，百姓跟着袍哥一起动手，打跑了官吏，索性抬出了同志军的招牌，趁势招兵买马，霸占了城池。叙事者评论说："新繁县的乱子，几乎同好多州县的乱子一样，都是由于一二桩小事情闹起来的。"作品在偶然性事件的生动描写中，揭示了从保路到革命的历史必然性，也写出了个体由于共同或相近的利益要求，怎样由自发无为的行动汇成汹涌澎湃的时代激流。作品中的人物王文炳对立宪派召开的市民大会的感受，就是一个象征："大家坐在一堂，你一言，我一语，三下两下，人的话就变成了一股风。风一起，人的感情就潮动了。风是越来越大，潮是越动越高。于是潮头一卷……连自己也不知不觉随波逐流起来。"

保路风潮有旗帜鲜明的进击，也有不无狡黠的策略，譬如所谓"郭烈士"跳井的"壮举"，就是"借鸡下蛋"式的变形张扬。四川提法使江毓昌开办了一所法官养成所，各州县遵命保送人员竟达千余人，引起司法学堂方面的抗议，向谘议局弹劾。新任提法使周善培要搞甄别考试，32岁的秀才郭焕文因担心自己被筛选下来而忧心忡忡，再加上在周善培点名接见时，他从门旁缺口爬进去，受到周善培一顿尖酸刻薄的讥刺，便患上了被迫害狂，不管白天黑夜，老是找同乡重复他的执见："卖国"的奸臣盛宣怀与"卖川"的奸臣周善培勾结起来，就只为了害他一个人。他一连两三天没吃过东西，两三夜没上床睡过觉，在考试前一夜闹得格外厉害，跑遍每个同乡的房间，嘴里不停地吵着。两天后在井里发现了他的尸体。为了扩大宣传的声势，学生在传单上说他是为了爱国而死，还煞有介事地编出一段烈士殉难的动人故事："郭君闻盛宣怀卖路事，愤极大病。二十八夜，出大厅哭且呼曰，吾辈今处亡国时代，幸我蜀同志诸君具热忱，力争破约保路！但恐龙头蛇尾，吾当先死，以坚诸同志之志！"此计果然奏效，使原本对国事川事不感兴趣的一些市民被深深打动，也都情绪亢奋地投身到风潮中去。

作品没有一味渲染革命的势如破竹，而是尊重历史，还原历史，真实地表现革命过程中的波折与盲目。如龙泉驿兵变，一般记载说是出于夏之时有计划的领导，而据作者的深入调查与研究，认为"也只是因缘凑合，并非出于夏之时的预定计划"[1]，于是描写了这一人物不期然而然地被

---

[1] 《〈大波〉第三部书后》。

推上了英雄位置的历史实情，以及他在紧要关头的惶惑与振作。立宪党人与革命党人在推进中国近代化的进程中，有矛盾冲突，也有携手共进，不少历史著作与文学作品在突出革命党人作用的同时，往往贬低立宪党人的影响，李劼人在《大波》里，本着历史主义的态度，如实反映两种力量在历史上的作用。肯定了立宪党人顺应民心、体察民意、发动并领导保路运动的功绩，也对其幼稚与软弱有所批判，如东校场发饷银激起兵变，就与立宪党人有着直接的关联。对四川革命党人也没有去刻意拔高，而是既写出他们的勇敢无畏精神，又写出他们的"一盘散沙"与准备不足、仓促上阵。

《大波》充分揭示了从保路风潮到辛亥革命的正义性，也没有回避革命过程中常常不甘缺席的残酷性。譬如陈锦江遇害事件，有些回忆录和历史著作把这件事说成是同志军的战绩，宣扬"伏兵一齐突出，清军投江和被击毙者八九十人，军官全被打死，无一幸存"，"革命声威从此大振"。[①]李劼人则在下了一番扎扎实实的调查功夫之后，再现出历史的真实。六十八标督队官陈锦江率领陆军第十七镇第三十四协第六十七标第一营第二队130余名官兵和400多名脚夫，运送40万颗子弹，前往崇庆州接济被同志军围困的官军，渡过一条大河之后，刚要整队前行，便传来了一片惊人的过山号声与倒海翻江的呼啸声。陈锦江急忙亮出自己的革命党身份，向袭来的同志军提出"和平交涉"，对方要其投降，陈锦江以保全全队生命，然后一道攻打赵尔丰为条件，率队缴械投降。同志军首领孙泽沛却为了获取武器装备与炫耀"战果"而背信弃义，并且在明知陈锦江的革命党人身份的情况下，大开杀戒。作品渲染了三渡水河岸边那幅残酷的景象："三株老黄桷树的四周，几乎遍地都是用马刀，用腰刀，用各种刀，斫得血骨令当的死尸。绝大多数的死尸都被剥光衣服，有的尚穿着黄咔叽布的军裤，有的却是把裤脚拽到腿弯上的大裤管蓝布裤。而且都是用各种找得

---

① 转引自李士文：《李劼人的生平和创作》，四川省社会科学院出版社1986年版，第240页。

到的绳子——麻的、棕的、裹腿布一破两开扭成的，把两只手臂结结实实反剪在背上。就这样，也看得出临死时的那种挣扎斗争痕迹。因为每个死尸都不是一刀丧命的，从致命的脑壳、肚腹、两胁、腰眼这些地方，无一具死尸不可数出十几处刀伤，或者梭镖戳的窟窿。因此，流的血也多，到处都看得出一洼一洼尚未凝结的鲜红的人血。"疯狂的杀戮之中，五十多名挑子弹匣和挑行李的精壮民夫一并罹难。甚至同志军中的冯继祖，也被杀得眼红的自家人两刀斫死。新军中的革命党人姜登选等，奉命进攻新津，本想虚应其事，以佯攻援助同志军，但因陈锦江及所部遇害激起义愤，猛烈攻击，攻陷了新津城，使同志军遭受了本来可以避免的损失。叙事者以陈部横遭屠戮的惨象与新津的战局，揭露孙泽沛的凶狠残暴与目光短浅尚嫌不够，还借学生彭家骐之口，直指"草莽英雄"之流的要害："孙泽沛、吴庆熙这般袍哥，到底不是革命党。所以这般人要是得了势，当然不会有啥子文明举动的。"

　　初版本对武装起义的评价偏于冷静："全川的乱事，诚然以争路事件做了火药，以七月十五日逮捕蒲、罗事件做了信管，但是在新津攻下的前后，变乱性质业已渐渐变为与争路与蒲、罗不大有关的匪乱……及至武昌举义，自太阳历十月十日、太阴历七月十九之后，革命消息传将进来，四川乱事的性质，又为之一变。这一变就太复杂了，仔细分析起来：正宗革命者，占十分之一；不满现状而想借此打破，另外来一个的，占十分之一；趁火打劫，学一套成则为王、败则为寇的旧把戏的，占十分之二；一切不顾，只是为反对赵尔丰，并无别的宗旨的，占十分之二；纯粹是土匪，其志只在打家劫舍，而无丝毫别的妄念的，占十分之三；天性喜欢混乱，唯恐天下太平，而于人于己全无半点好处的，又占十分之一。"新版本对这种略嫌消极性的分析做了消减，但对革命的复杂局面的分析性描写仍有保留与发展，反映了当时客观存在的假革命之名、行利己之实的情形。那边同志军正与官府的巡防军苦战之际，却也有"一些流氓痞子便乘机而起，公然宣称为同志军借粮借饷，挨家挨户地搜米派款，一次未了，二次又来，把一般二簸簸粮户吓得都朝省城内搬"。有些乡镇先前潜伏的袍哥公开亮相，夺得了当地的事权，一时间地方秩序大乱，"赌博不消说是公开了；看看快要禁绝的鸦片烟，也把红灯烟馆恢复起来；本已隐藏了的私娼，也公然打扮得妖妖娆娆招摇过市"。即便是同志军，也是鱼龙混杂，周兴武就不是真正的同志军，而是棒老二。他本是威远一带出名的浑水袍哥大爷，平日就派出弟兄四处抢劫，提起他来，无论是住家人户，还是行商坐贾，抑或地方绅粮，各个害怕。七月十五以后，他忽然打出同志军旗号，人们希望他改邪归正，反对赵尔丰。于是，大家都尽力支持他，出钱出粮出人。可是，队伍扩大、钱粮备足之后，他却不肯同赵尔丰的巡防军打仗，甚至更其明目张胆地干着他那打家劫舍、横不讲理的勾当。忠于赵尔丰的巡防军趁着蒲都督发放饷银之机，骤然兵变。半天一夜的暴动，使得成都面貌全非。十一营巡防军带头哗变，四营才由雅洲开到不久的边防军继起哗变，跟着哗变的还有几营陆军、千余名武装巡警和治安警察。消防队、衙门差役和散住在各庙宇、各公共场所的同志军，也有不少人卷入了这场风暴。一伙游手好闲、掌红吃黑，茶坊出、酒馆进，打条骗人、专捡魁头的流痞和哥老会的弟兄，也像嗅到腥气的苍蝇，成群结队地涌到藩库，前去"沾光"的还有难以计数的穷苦人、男女老少，甚至连一些疲癃残疾和卧病在床的男女，也带起宁可不要命的架势，拖着两腿爬了起来。暴动后首先遭殃的，是几家新式银行及三十七家银号、捐号和票号。遭殃最烈的，是藩库与盐库，被抢得精光，分别损失五百多万元、二百万元，连同各银行、银号、捐号、票号，公私共损失的现金，达八百多万元，还不计入十余家金号的金叶子、金条子、金锭子，以及正待熔铸的若干袋沙金。遭殃轻重不等的，还有十多条繁华街道上的商家。接着从繁华街道扩展到寻常街道，从商号扩展到大公馆、大住宅，及至抢到当铺，才算登峰造极。与抢者有积怨的公馆，损失更惨，能拿走的，一件不留，不能拿走的，如穿衣镜、楠木家具等，便用石头砸碎、用马刀斫破，连壁上悬挂的时贤字画，也撕成碎片。藩库和十来家当铺的火光照红了天空。

作品描写了半天整夜的兵变与洗劫给这个历史上素有富庶安乐之称的锦官城造成的惨样，其意义远远超出了对哗变军队及其背后的腐败官僚集团的抨击，而且寓含着对历史根源与现实基础十分深厚的盲目暴乱的清算。作者于1949年着手写的《说成都》中，痛心而又愤懑地评述了张献忠的屠城史，其意旨与《大波》相通，都是反对美其名曰"乱中制胜""以乱达治"的破坏性与劫掠性的暴乱。三部曲所展示的社会场景，不是经过意识形态化了的历史，而是作者亲身经历过的并且以历史理性与个人思考烛照过的历史。

三部曲也不是一般政治史的演义，而是在历史长卷中包含着"清明上河图"式的风俗场景。作者在谈到《大波》的创作时这样说道："你写政治上的变革，你能不写生活上、思想上的变革么？你写生活上、思想上的脉动，你又能不写当时政治、经济的脉动么？必须尽力写出时代的全貌，别人也才能由你的笔，了解到当时历史的真实。"[①] 的确，作者是把风俗场景作为时代全貌的有机组成部分来予以描写的。在作品里，由风土人情构成的风俗场景提供了历史事件发生的背景。譬如，正是由于描写了群山环抱、交通不便的自然环境，才能够使人理解川人何以对修路抱有那么大的热情与执着精神，四川的哥老会何以那样山头林立，总督的兵马何以调动不灵。再如，由于山高皇帝远，吏治更加腐败，哥老会才有深厚的群众基础，以致形成如此强大的势力，敢于同官府分庭抗礼，保路风潮一起，更是一呼百应，顿成翻江倒海之势。

风俗场景的变换也是历史变迁的标志。成都的皇城，唐代本为节度使府，前后蜀辟为宫室苑囿，宋元废圮荒芜，明代为蜀王的藩王府，张献忠辟为大西国皇宫，清康熙年间，改建成考试的贡院，清末光绪三十一年（1905年）废止科举，成为一个百戏杂陈、无奇不有的场所，后借此来开办学堂，再后成为庆祝革命成功的会场，人山人海，好不热闹。一部皇

---

① 《〈大波〉第二部书后》。

城沿革史，仿佛千余年历史的缩影。成都的戏园开始于1906年吴碧澄设于忠烈祠北街的咏裳茶社（可园），此前只有逢年过节由会馆主办的连台本戏。[①] 因而，《暴风雨前》只有江南会馆里的名旦演出与新泰厚票号的堂会，《大波》则写到戏园里的"京班""川班"的演出，既显示出新政的一点业绩，也通过人物的活动及其感受反映出新的气象——戏园已成为编织情网的好去处。

　　婚丧嫁娶的仪式，是民俗的一个窗口，既能窥见地方特色，又能看出时代的演进。蔡大嫂与顾天成、王四姑儿与伍平的婚礼，均为虚写。郝又三与叶文婉的婚礼则是实写，从婚期前两天的过礼、回礼，到婚日头一晚男家热闹的花宵，再到迎娶之日的花轿迎亲、拜堂、撒帐、揭盖头、老长亲传授性知识、谢客、婚宴、闹房，写出了20世纪初四川官绅之家婚礼的热闹与烦琐、礼数与野蛮。到了辛亥年间，周宏道与龙幺妹的婚礼，则除了不得不安慰龙老太太，新娘子坐了花轿，花轿前后打着飞凤旗、飞龙旗、红日照与黑油掌扇之外，其他全是新式：介绍人演说、来宾致辞、新郎演说等，免去了那些繁文缛节，一派新气象，而且法政学堂监督带来了人们关注的时政消息，人们的话题很快从私人空间转向了社会生活，显示了社会变革对日常生活的激荡。

　　士风也是社会的一面镜子，过去唯科举是正途，戊戌维新后留学成为一批有志青年的选择，郝又三没有跟上出国留学的潮流，大有落魄之感，后来进了成都的新学堂，才算弥补了一点落伍之憾。考试作文，从前讲古雅、方正，现在讲时髦、趋新，田伯行告诉老友郝又三作文的秘诀是："不管啥子题，你只顾说下些大话，搬用些新名词，总之，要做得蓬勃，打着'新民丛报'的调子……随便引几句英儒某某有言曰，法儒某某有言曰，哪怕你就不通，就狗屁胡说，也够把看卷子的先生们麻着了！"

---

① 　参见艾芦：《"过去的成都活在他的笔下"——李劼人三部曲的地方色彩与生活情调》，成都市文联编研室《李劼人作品的思想与艺术》，中国文联出版公司1989年版。

这些看起来滑稽可笑的"秘诀"，却是维新时代替换"子曰"之类作为走进新门槛的切实有效的敲门砖。其实，何止20世纪初期，这种唯洋是听的学风在整个20世纪不是盛行了许多年吗？至今尚未绝迹。文风的荒唐，折射出民族文化的窘境与民族自信心的缺失。

世风的种种变化反映出时代的递嬗。先前，女学生走在街上看见有趣事情，不当心开口笑一笑，立刻就谣言蜂起。小姐逛庙会被男人看时，窘得不知如何是好。随着社会风气的逐渐开放，女学生的一颦一笑不再成为谣言紧盯不放的目标，郝家小姐逛庙会再有人看时，也变得镇定自若起来。革命党人尤铁民到郝家避难，香芸小姐大有相见恨晚之意。龙幺妹为了牢牢地拴住留学生周宏道，没等结婚便与意中人共效于飞之乐，让她那多情的姐姐在讪笑中好不羡慕。四川远离中原，自古以来礼教的钳制相对弛缓，但像三部曲里罗歪嘴与蔡大嫂，郝又三、吴金廷与伍大嫂，黄太太与楚用等那样开放，到底得益于西风的东渐。

日常生活起居，如照明的工具从菜油灯到洋油灯，留影的方式从画像到照相，也传达出历史进步的信息。再如作息时间，往昔成都人以总督衙门头门外的醒炮、起更炮等炮声为准则，反映了专制统治对社会生活无孔不入的渗透；1905年开办警察后取消夜禁，机器局上下工的汽笛开始成为相当标准的报时，待保路风潮起来后，放炮报时完全取消。百姓日常生活减少了一些整齐划一、刻板沉闷，多了一些个性色彩、自由活泼。

风俗场景除了社会意义与历史价值之外，也自有其丰富的文化意义与审美价值。如吃，城市里有官绅之家名目典雅的丰盛宴席，乡镇上有赶场日子红红火火的红锅饭铺，四城门外有专门卖给一般穷人乞丐的"十二象"；为了庆祝成都独立，皇城被允许人们进去参观的短短几天，成都人就把那里变成了小吃的天堂：凉粉担子、莜面担子、抄手担子、蒸蒸糕担子、豆腐酪担子、鸡丝油花担子、马蹄糕担子、素面甜水面担子、茶汤摊子、鸡酒摊子、油茶摊子、烧腊卤菜摊子、蒜羊血摊子、虾羹汤、鸡丝豆花摊子、牛舌酥锅块摊子，此外还有卖各种零食的篮子，瓜子、花生自不必说，另有糖酥核桃、橘子青果、糖炒板栗、黄豆米酥芝麻糕、白糖蒸馍、三河场姜糖、熟油辣子大头菜、红油莴笋片等，独立后人们的兴奋心情可见一斑，也表现出成都小吃文化的强大生命力。再如衣与行，清末官服，新娘子妆，当时时兴衣着的衣料、色彩、款式，出行所乘的拐子轿等，又如生育送至亲好友报喜的红蛋，小殓、大殓、成服、葬礼，中元祀祖烧袱子，正月牌坊灯，青羊宫花会等民俗活动，以及乡镇的猪市、米市、家禽市、家畜市、沿街摆设杂货摊的小市，等等，都具有史料价值与审美价值。作者尤其对几乎每一条街都有的茶铺格外青睐，描写了大小不等、布局相异、家什茶具和吃茶方式各有千秋的种种茶铺，并不避冗赘地介绍了茶铺的多种功能：一是各业交易的市场；二是集会和评理的场所；三是普遍地作为中等以下人家的客厅或休息室。坐在茶铺里，可以无拘无束地畅谈，也可以借那个地方剃头、修脸、打发辫，还可以听隔座闲谈，消磨时光。同为四川作家的沙汀也写到过茶馆，如《在其香居茶馆里》，主要是把茶馆作为人物活动的场景，虽说反映了川人的生活方式，但在对茶馆本身的文化意味的揭示与品味上，不如李劼人来得这样深入而醇厚。李劼人对四川的风土人情怀有简直超乎血缘关系之上的亲情。成都平原的秋夜景色与冬日景色的描写，洋溢出浓郁的乡情。青羊宫等名胜古迹的描写，流露出作者对四川的挚爱与熟稔。写同志军四处蜂起之际，他都忘不了忙里偷闲写上一笔麻婆豆腐的来历。作者写三部曲，不仅是为了记下历史的轨迹，而且是为了慰藉乡情。他对家乡的一切，始终抱有浓厚的兴趣。1949年初夏动笔、1960年前后定稿、约十六七万字的《说成都》，是其巴蜀情结的进一步对象化。1981年，巴金在一封信中称赞李劼人："只有他才是成都的历史家，过去的成都活在他的笔下。"[1]

风俗包容着丰富的心理内涵。当保路风潮乍起时，同志会通知每家须在门首显著处供奉先皇牌位，后来几百个平民百姓聚到总督衙门口去请

---

[1]　谢扬青：《巴金同志的一封信》，《成都晚报》1985年5月23日。

愿，每个人都拿着一片黄纸——各家贴在铺门上的先皇牌位。这一带有地方色彩的奇特举措，暴露出民众心理深层还保留着怎样的愚昧。当初满清统治者以杀头（"留发不留头，留头不留发"）为要挟，在制造了无数因不从满俗而人头落地的惨剧之后，使男人留起了辫子（四川俗称"帽根儿"）。这种习俗一旦形成，便与保守、因袭的传统心理发生了黏合作用，变得相当固着，留学生归国以后为了生活的方便与生存的安全，不得不装上了假辫子。辛亥革命发生之后，一部分学生率先剪去了"帽根儿"，还要受到一般民众的惊异甚至嘲笑。就连对革命拍手称快的制伞铺主傅隆盛，尽管知道"帽根儿"早晚都要剪，但"觉得在自己身上生长了六十几年的东西，一下把它去掉，虽然不痒不痛，但心上总有点不大自在"，所以还是"想等大家都剪掉了，再剪不迟"。为了能进皇城开会，聪明的傅隆盛想出了一个万全之策——拿簪子把"帽根儿"别在脑顶上，用帽子一扣。这很像《阿Q正传》里未庄人的"聪明"之举，也许他们的动机并不完全相同[①]，但保守这一点则别无二致。社会的进步从来都是伴随着风俗的演化与心理的变革，并且后者往往更为艰难与缓慢，因而李劼人在大幅度地展开社会场景与风俗场景的同时，也探入了幽深曲折的心理场景。

　　社会心态所反映的国民性弊端是作者关注的重要方面。在作品中，人们乐于相信并传播红灯教廖观音法力无边的现代神话，然而一旦廖观音被抓，人们却期待着照大清律例与世俗相传的活剐：将女犯人脱得精赤条条，一丝不挂，反绑着手，跨坐在一头毛驴背上；然后以破锣破鼓，押送到东门外莲花池，绑在一座高台的独木桩上；先割掉两只奶子，然后照额头一刀，将头皮割破剥下，盖住两眼，然后从两膀两腿一块一块地肉割，割到九十九刀，才当心一刀致死。等到用刑那天，果然是人山人海，人潮相激相荡。眼看着年轻女人赤着上身，露出半段粉白的肉，两只大奶子挺

---

① 赵秀才大概主要是为了留后路，赵司晨、赵白眼与阿Q、小D则大半是模仿，而傅隆盛恐怕更是缘于保守。

在胸前，在看客们的呼喊中人头落地，看客的心理得到了极大的满足。这场面很容易使人想到鲁迅的《药》《示众》《阿Q正传》及王鲁彦的《柚子》等篇里所描写的斩首或枪毙的场面，而且更为惨烈。喜欢围观而不论是非，说重了是残忍，至少也是无聊。专制统治严重压抑了人的个性发展与创造性的发挥，却大批量地孳生无聊的社会心态。成都下莲池的人们，哪怕各人有自己的正经事待做，但只要一听见谁家出了一桩豆大的事，大家总必赶快把手上的事丢下，呼朋唤友，一齐跑去，"一以表示他们被发缨冠的热忱，一以满足他们探奇好异的心理"。何况伍家新媳妇过门还不到一月，就同婆婆如此吵起，加以婆婆的一张利嘴，简直把新媳妇半个多月的性生活，巨细无遗地全盘抖落出来。所以，拥在门前的一般姑姑、嫂嫂们，各个都在脸上摆出了一副衷心欢乐的笑容，少年男子也趁机合不拢嘴地连向女人们挤眼睛、歪嘴。这幅"观战图"，生动地再现出那时的四川乃至中国日常生活中随处可见的无聊围观。

作品也触及了无特操与缺乏爱国心的文化心态。顾天成当初皈依洋教，并非出于多么崇高的信仰要求，而是出于报仇雪恨的个人动机。蔡大嫂先前对洋教恨之入骨、义愤填膺，后来为了生存嫁给顾天成，丝毫不顾忌新夫正是她所痛恨过的洋教的教民。底层社会的人们如此，郝达三等绅士也是首鼠两端，先前慷慨激昂地咒骂洋人，称许义和团的威风，颂扬电谕杀洋人毁教堂的太后圣明，一旦形势翻转过来，便痛骂起敢犯教案的愚民来了。衣食无虑的郝家姑太太听到八国联军打进了北京城的消息，非但不恐惧气愤，竟然大笑起来，视之莫若麻脚瘟之严重，照样打她们的牌。至于皇太后和皇帝都向山西逃跑了，觉得更"与我们啥相干"。就连一度参加过学生军并负伤的楚用，当他伤好以后，对社会事物也失去了曾有的热情，而是沉浸在个人的感情生活之中。作者在不同的社会阶层都发现了无特操与缺乏爱国心的文化心态，冷静的表现中蕴涵着无言的愤慨与焦灼的期待。

作品还对两性心理世界做了深入的挖掘，如通过罗歪嘴表现男性的占有欲和多变性，通过郝又三表现男性在婚姻道德感、社会责任感与本能占有欲、感情冒险欲之间的徘徊，通过蔡大嫂、伍太太等人的生存方式揭示女性的依附心理，通过黄太太的大胆宣言——你男人可以有三妻四妾，女人为啥不可以多有几个相好的——来显示女性的个性觉醒。对性心理的微妙处，作品多有生动传神的表现。如《死水微澜》里，罗歪嘴最初与蔡大嫂接触时，以保护神自居，待到看出这位表弟媳妇的气概真不大像乡坝里的婆娘们时，虽然在意识上仍保持着居高临下的姿态，但从不经意的动作中已经透露出别样的心思。罗歪嘴"无意之间，一眼落在她那解开外衣襟而露出的一件汗衣上，粉红布的，还是新嫁娘时候穿的喜衣，虽是已洗褪了一色，但仍娇艳地衬着那一只浑圆饱满的奶子，和半边雪白粉细的胸脯。他忙把眼光移到几根生意葱茏，正在牵蔓的豆角藤上去"。他"不经意地伸手将豆角叶子摘了一片，在指头上揉着"，一片被揉烂了，又摘第二片。心头仍旧在想着："这婆娘！……这婆娘！……"在这里，豆角叶子就成了蔡大嫂的替代物，揉叶子的动作带上了隐喻的意义。再如郝达三娶姨太太时，太太难过了一阵，但恰巧这时，在外冶游的小叔子尊三回到家来。太太要他帮她管家，倒也风平浪静。后来尊三要往外跑，太太大为恼怒，骂他没良心。后来，为了留住他，强把自己的丫头春秀嫁给了尊三，但看见春秀，太太就气不打一处来。又如伍大嫂给魏三爷当了干女儿之后，每每会无中生有地叹气，问她，说是想丈夫伍平，还是年轻丧夫、寡居多年的伍太婆深知儿媳叹气的真正原因，是三爷年纪偏大了的缘故。为了生计，她半是怂恿半是默许地看着儿媳走上了"半开门"的生涯。黄太太比丈夫小将近二十岁，不知不觉地对丈夫的表侄——比她年轻八岁的楚用——产生了一丝微妙的感情。她以长辈的身份格外关注这个诚恳朴实的小伙子，虽然表面上遵规守矩，但心里未尝不有些乱了方寸。在戏园看戏时，黄太太向楚用的微笑点头引起服务女宾的一个老妈子的误会，来献殷勤，愿意为黄太太传递纪念品，黄太太悄悄地把这故事告诉给楚用，让他笑得满脸通红，她也未尝不从中获得快感。她几日不见楚用，就担心楚用被下流痞子勾引下水，于是想把自己的三妹说给楚用为妻，潜意识里是想把他拴在自己的身边。刚刚还在为楚用没跟她打招呼就外出而愤怒，可是当她似乎无意中发现了楚用藏在枕头底下的宝物竟是她的绣有兰花的抽纱编花白洋纱手巾时，她为自己已经年过俗念中花儿盛开的季节却能得到青年男子的青睐而兴奋与自豪，她在意识表层想教训他几句，内心深处却不愿伤了人家的一片感情，当小伙子突然进来看见了她手里握着的手巾时，她便打破了一切心理障碍，品尝了冲破禁忌后的欣悦。而后，为此而品味忽晴忽雨、又甜又辣的情好滋味。当得知楚用受伤的消息时，像挨了闷棒一样，许多天没露出过笑脸。派人接回楚用，她那触电一样的感觉，对他不告而辞的嗔怪，问他是否想家的一语双关的探询，思念难耐的心理溢于言表。楚家来信要楚用回乡结婚，她开始劝楚用回乡成亲的一番话语，乍听起来是反语，但其实是其内心深处的另一方面。她在道德层面，深知自己与表侄的恋情的悖伦性与危险性，何尝不想真的借此一刀两断。但接下来的嗔怪就表露出更为强烈的爱情一面，经过一夜的辗转反侧，她终于拿定了主意，要楚用回去结婚，但须遵守两个条件：一是保守他俩之间的秘密，即使对妻子也绝对不能泄露；二是成亲几天之后必须赶回成都来。这的确是一个万全之策，既可继续发展侄婶恋情，又不至于露出蛛丝马迹。大家少妇既要红杏出墙品尝禁果又要维持婚姻保住脸面的复杂心理，写得深致细腻、曲尽其妙。

　　三部曲以近140万言的篇幅，在社会场景、风俗场景与心理场景的交织中，全面地展示了19世纪末到20世纪初四川的历史风貌，就其宏大的规模、真切的写实与丰富的内涵而言，确实当得起郭沫若所称赞的"小说的近代《华阳国志》"[1]。

---

① 《华阳国志》，东晋常璩撰。十二卷，附录一卷，包括巴、汉中、蜀、南中等十二志，记远古到东晋穆帝永和三年（347年）期间巴蜀史事。作者系蜀郡江原（今四川崇庆）人，对蜀事见闻亲切，所述蜀汉事迹及蜀中晋代史事较详。

二、历史小说与川味叙事的独创性

抗战爆发以后，李劼人积极投身于抗日救亡运动，担任中华全国文艺界抗敌协会成都分会常务理事。1947年创作长篇小说《天魔舞》。新中国成立以后，他改变了早年曾表示不再入仕的决心，出任成都市副市长等职。1954年加入中国作家协会。原拟在《大波》完稿后，还要写一部反映五四前后知识分子动态的长篇小说《急湍之下》，并改写《天魔舞》，但这位老作家于1962年12月日因坏血性肠炎在成都去世，壮志未酬。终其一生，从21岁发表小说处女作，到71岁搁笔辞世，断断续续半个世纪的创作生涯中，共发表了四种长篇小说、一部中篇小说、百余篇短篇小说，共约200余万言；各种著译近600万字。由于社会动荡不安，所写又多为历史题材，也由于作者不拉圈子、不事张扬的朴厚性格，他的作品在很长时间里没有得到应有的评价。① 而实际上，李劼人富于独创性的历史小说与川味叙事，在20世纪小说史上应占有一席重要的地位。

中国本来不乏史传文学传统，《左传》《战国策》《史记》《汉书》等，虽为史书，但有许多文学笔法，如《左传》记叙历史事件与描写战争场面的善于剪裁，《战国策》刻画人物的婉妙生动与文笔的清新流丽，尤其是《史记》中的部分篇章，简直可以当作出色的历史小说来读，它所创造的纪传体，可以视为英雄传奇小说的直接源头。就史传叙事传统而言，中国的小说与史乘有着渊源关系。《西京杂记》序言中说，此书是"以裨《汉书》之阙"的，刘知几也主张小说应该"自成一家，而能与正史参行"②。这种小说补史的观念虽有功利化之嫌，但也从一个侧面反映了小说与历史

---

① 从《死水微澜》初版的1936年到1981年间，专题评论只有一篇，即羊路由的《谈李劼人的〈死水微澜〉》，发表于《草地》1956年12月号。内地出版的文学史著作连李劼人的名字都未曾谈及。大约从1982年起才有文学史著作把李劼人写了进去。1988年由人民文学出版社出版的杨义《中国现代小说史》第2卷为李劼人立了一节。1983年春，在成都召开首届"李劼人创作学术讨论会"。海外倒是早有较为热烈的反响（请参见李士文《李劼人的生平和创作》）。

② 《史通·杂述》。

的渊源关系。能为历史"补阙""参行"的"小说"，在当时还只是那种半史半文、亦史亦文的作品。作为一种独立文体的历史小说，肇始于宋代讲史话本，其基本面貌，从《新编五代史平话》《宣和遗事》等便可窥见一斑。元末明初的《三国志演义》是第一部文体成熟的历史演义小说，而后有《徐文长批评隋唐演义》《两汉开国中兴传志》《三宝太监西洋记通俗演义》《东周列国志》《说唐演义全传》等。近人蔡东藩自1916年起，十年间陆续推出《中国历代通俗演义》[①]，共11种，以600万言叙述汉代至民国初年的两千余年历史。其规模与跨度均不可谓不大，但内容偏重于政治史，叙述方式和语体带有较多的传统痕迹，性格描写与人性探询明显不足，与文学的现代性尚有相当的距离。现代小说登场以后，目光主要集中在现实题材上，一时无暇在历史题材上做大文章。李劼人的《死水微澜》要算是第一部现代长篇历史小说，到20世纪70年代为止，《死水微澜》《暴风雨前》《大波》三部曲仍是现代文学史上规模最大的历史小说。李劼人三部曲的文学史意义不止于此，更在于其对历史小说的创新性价值。

　　传统的历史小说，从类别来看，大致可以分为两类：一类是以朝代演进更迭的历史为叙事线索的历史演义，还有一类是以人物（历史上实有其人，或传说中的古代英雄）的经历为叙事线索的英雄传奇。历史演义的主要笔墨放在政治史上，直接描写宫廷之变、权力更迭、军事征讨、靖边平乱等重大事件。英雄传奇的主要旨趣则在于渲染人物经历的传奇色彩，历史背景往往被淡化，这种倾向致使英雄传奇渐渐淡出历史小说。《死水微澜》则开创了以民间生活的风俗画来反映重大历史变迁的先河。作品没有直接写八国联军打进北京的血腥恐怖，也没有写慈禧太后与光绪皇帝的仓皇西逃，而是通过蔡大嫂的依傍对象由罗歪嘴向顾天成的转移，表现本土权威向异域权威的不得已的让步，从而折射出愈益加重的民族危

---

① 《中国历代通俗演义》，会文堂书局1916年后陆续出版，1935年改印，总书名为《历朝通俗演义》。

机。《暴风雨前》以半官半绅的郝家为窗口，展示新思潮给社会文化带来的一系列变化。《大波》虽然有对保路风潮及其走向革命的历史脉络的勾勒，但并非单一的政治运动史，而是也以丰富的风俗场景、幽曲的心理场景参与历史的再现。沙汀注意到三部曲"不是一般的历史小说。他不去就历史事件写历史事件，而是把历史事件作为人物活动的条件和背景，多方面地展示整个社会生活，表现各阶层人物在历史转折关头的地位、心理、反应"①。李劼人三部曲的这一新颖的历史叙事，得益于西方文学的影响。司各特的历史小说，在选择题材时就常常避开重大政治事件，而擅长于以风土人情的细腻描写和社会生活与私生活的广阔展开来反映历史。巴尔扎克对司各特有所扬弃，减少了浪漫的成分，加强了写实色彩，在《人间喜剧》里写出了更为广阔、更为真切的风俗史。托尔斯泰的《战争与和平》弱化了以个人命运为叙事中心的欧洲长篇小说模式，在更为开放的结构框架里表现历史的全景。② 正是在西方文学的启迪下，李劼人成功地进行了以风俗场景、心理场景与社会场景的交织来表现历史的尝试。

与风俗画的切入点密切相关，李劼人的三部曲不像传统的历史小说那样以少数英雄人物为中心，而是主要以平民形象为载体来再现历史。蔡大嫂、罗歪嘴、顾天成、伍太太、郝又三、黄太太、楚用等本属虚构的平实小人物自不必说，即使是在保路运动与辛亥革命中实有其人的风云人物蒲殿俊、罗纶、夏之时、尹昌衡等，作品也没有去渲染其英雄色彩，历史小说不再是传统式的英雄传奇，而是显示出人民群众参与创造的历史的本来面目。值得注意的是，《死水微澜》里的蔡大嫂、《暴风雨前》里的伍太太、《大波》里的黄太太，颇似司各特小说里的"中间人物"③，她们并

---

① 沙汀：《为川坝子人民立传的李劼老》，收《李劼人作品的思想与艺术》。

② 参见杨继兴：《长篇历史小说传统形式的突破——论李劼人历史小说的独创性及其在文学史上的地位》，收《李劼人作品的思想与艺术》。

③ 参见杨继兴：《长篇历史小说传统形式的突破——论李劼人历史小说的独创性及其在文学史上的地位》，收《李劼人作品的思想与艺术》。

未直接参与重大历史事件，只是同参与者有着千丝万缕的联系，但却在作品中占有重要位置，不仅是联结多种力量的枢纽，而且是冷眼旁观历史变迁的审视者。这种人物设定，未尝不可以看作是对中心人物型或英雄传奇型的传统历史小说模式的消解。

从写法的倾向来看，传统的历史小说有以《东周列国志》为代表的写实派，也有以《三国志演义》为代表的虚实结合派。[①] 写实派作品主要情节根据史实，自有其所长，但往往过于拘泥，历史与文学的融会尚欠圆融；而虚实结合派作品虽然能够自由地驰骋于历史与文学之间，挥洒自如，引人入胜，但有一些基本的史实却经不起推敲。正如论者已经注意到的那样，《三国志演义》其实具有很大的传奇色彩，历史细节自不必说，就连一些重要的历史事件发生的时间、背景等都与史实有较大的出入。李劼人的三部曲有大胆而别出机杼的艺术虚构，但在写实性上做了艰辛的努力，真正确立了历史小说的现代品格。了解他的创作过程的老友张秀熟说："辛亥革命虽然是他的亲身经历，又有直接的闻见，但他为了资料真实，仍尽力搜集档案、公牍、报章杂志、府州县志、笔记小说、墓志碑刻和私人诗文。并访问过许多人，请客送礼，不吝金钱。每修改一次，又要搜集一次，相互核实。"[②] 沙汀也曾回忆说，李劼人为了更全面地掌握四川保路运动的情况，"采访了许多置身事变中心的人物。抗战期间，他在重庆北岸农村就和杨沧白谈过多次，当时饱经风霜，年已老迈，素又多病的杨沧白，有时放了紧急警报，也等闲视之，从不转移；而他也甘冒敌机轰炸的危险，让杨沧白乘兴畅谈下去。此外，他还搜集了不少早年的书画资料，包括一些家族的族谱、祭文，乃至流水账等，以及外国传教士向本国宗教团体介绍四川乡土民情的信件"[③]。后来在修订过程中，他又做了大量的访问当事人与查阅研究文献资料的工作。有时，为了一个细节就翻阅几

①　参见宁宗一主编：《中国小说学通论》，安徽教育出版社1995年版，第449—481页。

②　张秀熟：《李劼人选集·序》。

③　沙汀：《为川西坝人民立传的李劼老》。

十万字的文件，拜访十几个人，用在书里，只有一句话。正是在亲身经历与体验、扎扎实实的调查和研究的基础之上，作品的历史真实性才有了确凿的保证，正面涉及的立宪派召集的重要会议、赵尔丰的各种策划、学生军的第一次战斗（犀浦之战）、陈锦江部遇害、龙泉驿陆军起义、重庆蜀军政府成立、端方被杀、大汉四川军政府成立、成都兵变等重要事件的时间、地点与史实基本吻合。官方的告示、呈文等历史文献的直录，使小说具有了实录性，就连诸如戏园里的茶价（因在茶社演戏）、当红的演员与上演的剧目等细节，也具有历史真实性，成为珍贵的史料。作者还以注释的形式，为读者提供了进入作品语境的历史资料，如职官（道台、布政使等）、地理（成绵龙茂道等）、经济活动（官当、签捐彩票等）、军队编制（巡防军、陆军）、历史事件（东乡惨案），等等。这样看来，文学史家曹聚仁说《三国演义》"看起来便像历史，其实是小说，而《战争与和平》、《大波》，看起来是小说，其实是历史"[1]，可以说是的当的评价。

　　李劼人能够创作出如此规模宏大、面貌一新的历史小说，首先应该溯源到中国的史家传统，尤其是巴蜀重史的文化积淀。因地理偏远且风俗殊异等缘故，巴蜀之地格外注意修撰地方志，据统计，我国现存历代方志共8273种，按方志所属省区划分，四川672种，位居第一。[2]《华阳国志》就是中国现存的最早讲究体例的一部方志。特定的地理环境以及悠久丰厚的史传传统，带给川人一种强烈的"方志意识"。[3] 这种文化氛围潜移默化地涵养了李劼人的历史兴趣。其次，西方文学，尤其是法国左拉、福楼拜等人的自然主义小说、司各特的历史小说、巴尔扎克的《人间喜剧》、托尔斯泰的《战争与和平》等，打开了李劼人的艺术视野。李劼人从中外文化、文学中广博地汲取营养，加上自身富于悟性与才情的熔铸、坚持不懈的探索，促成了历史小说从古代品格向现代品格的转换。

---

① 曹聚仁：《小说新语》，第90页。

② 参见刘纬毅：《中国地方志》，新华出版社1991年版，第17—18页。

③ 参见李怡：《现代四川文学的巴蜀文化阐释》，湖南教育出版社1995年版，第175—176页。

在小说叙事上，李劼人也颇有建树，其中最富于独创性的，就是地方色彩浓郁的川味叙事。

叙事结构汲取了摆龙门阵的一些特点。川人摆龙门阵（聊天、讲故事）有三个特点，一是讲究故事的来龙去脉，二是不时夹进相关的插曲，三是众人对同一主题或氛围的参与。李劼人的三部曲里，从保路风潮的兴起到辛亥革命的发生，来龙去脉勾勒得清晰明了，其中的不少情节就是在众人团团围坐摆龙门阵中讲出来的。作品在展开叙事主线时，常有相关的插曲，有的是补叙，有的则是隐喻。后者如《死水微澜》第四部分里，罗歪嘴被刘三金一席话搔到了痒处，一晚上没有睡好，大清早起来，不知不觉地去了兴顺号。这中间，说到上官房的陕西客人要起身了，就顺便写了一段轿夫抬陕西客人的规矩。表面上看，这与罗歪嘴没有什么关联，实则轿夫的最初强忍着绝不说重，等到走了二十里快要黄昏了，才向客人要求加挑子减重量，同罗歪嘴与蔡大嫂的最初矜持正经、后来终于打得火热有着内在的相似之处。但摆龙门阵也有一定的限制，转述能够以第一人称的亲见加强真实性，但也容易失去生动性，显得单调、枯涩而且重复。为此，作者不时地变换视角，在限知视角与全知视角的交替中推进情节，并且后来较多地将转述变成直接描写，效果较好。叙事者有时似在场景之中，有时则像说书人那样，有一点超越与调侃，如《大波》里，楚用向黄太太剖白心迹，刚巧黄澜生进了家门，黄太太赶忙将手足无措的楚用与翌日的事情做好了安排，"楚用尚没有完全平静下来，黄太太脸颊上的酒涡业已露出"，叙事者紧接着忍不住做了一个评价："光这一点，这小伙子就非输不可！"这种笔法，有点类乎川剧的帮腔，对人物刻画有一种加强的效果，也是一种气氛的调侃。

也许与巴蜀自古较之中原要少一些儒家礼教的羁绊有关，抑或那块土地本来就适于幽默心态的生长，喜幽默、爱讽刺成为川人文化性格的显著特点。无论是在茶馆庭院的龙门阵里，还是在舞台上的川剧里，抑或在川人的日常话语中，这一川味都能扑鼻而来。为巴山蜀水作传的李劼人，自然而然地把幽默与讽刺作为小说的叙事语调。细分起来，有修辞的诙谐，如《死水微澜》写罗歪嘴走进蔡兴顺夫妇的卧室，"看见床铺已打叠得整整齐齐，家具都已抹得放光，地板也扫得干干净净；就是柜桌上的那只锡灯盏，也放得颇为适宜，她的那只御用的红漆洗脸木盆，正放在架子床侧面的一张圆凳上"。"御用"一词，准确地表达出罗歪嘴对蔡大嫂的仰慕与爱恋之意，简直如同女皇一样，个中含有一点调侃的意味。再如《大波》里，黄太太在悦来戏园看戏时，给前来献殷勤的老妈子开了个玩笑，"逗得那坏东西连屁股上都是笑"。也有不动声色的反讽，如《暴风雨前》说王四姑儿使落魄的王大爷深感麻烦，并非因她一天到晚在邻居家走动，并同着一伙所谓不甚正经的妇女们打得火热，而是因其脾气不好，动辄抱怨吃穿不好。后来，伍太婆到王家去相亲，四姑儿假装不晓得，不过举动之间，终免不了有点忸怩。这在伍太婆眼里，"偏偏认为是并不曾下流过的姑娘，才能如此"。于是，王四姑儿一顶花轿抬进了伍家，当上了伍大嫂。后来丈夫去当巡防兵，她在丈夫走后三天，"便拜给魏三爷做了他第十七名干女，而规规矩矩受了干爹的接济供养了"。这些地方，用的都是"欲擒故纵"法，表面上是一本正经的肯定，实际上却具有反讽的意味。上述的幽默与讽刺，是借助于描叙语言的色彩同描叙对象的实情的强烈反差达成的，而还有一些幽默与讽刺则是通过人物性格的矛盾性与荒谬性来实现的。如《大波》第三部第一章写华阳县知县史九龙正在与姨太太打麻将，手里一副好牌，不巧一个亲信小跟班进来报称：管监狱的高老爷便衣禀见，报了一遍，不见理睬，不像往日那样见机退出，而是提高嗓门吆喝道："回老爷，高老爷来禀见，为的是兵备处总办王大人亲身来到监狱，看老爷过不过去伺候一下！"史九龙听见是王大人，立刻扑地把牌往桌上一推，大骂小跟班不早禀告。前后的表现构成对比性的讽刺。接下来写史九龙听了典狱官高老爷细说详情后，不由得又气又笑，气是因为好牌被搅，笑则是因为在他看来，"这个初出茅庐的乡坝佬，何事不可为，挑葱卖蒜，大小也是职业，却偏偏要来作官！"他"故意轻言细语问道：'王大人真是胡闹。依你老兄意思，要我兄弟怎样办呢？莫非要兄弟坐堂签差，去把王大人抓来，办他一个知法犯法，打三十大板取保开释不成？'"史九龙以世故的老官僚自居，自以为聪明得意，看着法律界中那伙才出山的新毛猴好笑，其实养成这种老油条的官场才真正荒谬可笑。在现代文学的喜剧风格作家中，李劼人的笑声显得清淳流畅，而不像老舍那样把悲剧作为喜剧的底色，生成一种抑扬顿挫美；也偏重于超越性的审美，而不像张天翼那样对审丑倾注着冷峭的激情；同是川味的讽刺，又不像沙汀那样峻急而辛辣，而是透露出一种从容的机智与婉转的深刻。

李劼人对外国文学的阅读与翻译，不能不给他的小说语言留下痕迹，譬如欧化的长句子。长句子在表现特定事物时有一种特殊的韵味，如《死水微澜》里，蔡大嫂受伤后，回到娘家养伤，父亲进城去探望女婿归来，担心地劝坐在院子里的女儿回堂屋去，"她摇摇头，直等她父亲进房去把雨伞放下，出来，拿了一根带回的鸡骨糖递与金娃子，拖了一根高板凳坐着，把生牛皮叶子烟盒取出，卷着烟叶时，她才冷冷地、有阳无气地说了一句：'还是那样吗？'似乎是在问他，而眼睛却又瞅着她的儿子在"。长句子及其缓慢节奏，表现了蔡大嫂对她本来就毫无爱情可言的丈夫的冷漠与断念。有时长句式加进一些说明性的内容，如《大波》第三部第一章第二段，说到黄澜生尚在制台衙门没有公退，便加进了关于制台衙门的描述近150个字。稍后括号内关于楚用学堂的说明性文字更多，竟达360多字。这是一种从外国文学借鉴来的方法，丰富了语境层次与内涵。

然而，从整体上看来，李劼人小说的语言更能见出民族特色，尤其是巴蜀韵味。最突出的特点是选用了不少充满活力与生趣的四川方言。从方言本身的类别来分，主要有两种：一、哥老会术语，其中有些已经进入日常话语，如对识（介绍）、撒豪（恃强仗势、胡乱行为）、搭手（帮助）、水涨了（风声紧急或是什么危险临头）、戳到锅铲上（碰上硬东西，不但抢不到手，反而有后患）。二、四川通用的成语、俗语等语汇，如油大（荤腥菜肴）、伸抖（丰姿出众）、苏气（称道一个人态度大方、打扮漂亮，由苏州气象简化而来，与土气、苫气、土头土脑相反）、苫果儿（土气）、煮屎（说臭话，背地道人是非）、巴适（巴结，合适，适应）、羝皮（伤了面子）、扁毛儿（毛病）、打捶（打架）、角逆（相争、相骂，也有斗殴之意）、散谈子（开玩笑）、整倒注（整得彻底）、烫毛子（以非游戏规则把别人的银钱弄光，又叫整猪，亦与剥狗皮、被人拔了萝卜缨同义）、装蟒吃象（假装糊涂）、不撇火（不畏惧、不怯懦）、开红山（见人就杀）、地皮风（耸人听闻、使人茫然奔避的谣言）、袍皮老儿（成都人以前称呼袍哥的名称，在口齿间含有一种鄙薄之意）、大天四亮、默道（暗想）、门限汉儿（只在家里对自己人称好汉，却不敢对外人称豪杰）、瓜瓜（老实人）、言子（方言、土语、谚语、歇后语、某一些术语都叫作言子）、冲壳子与冲天壳子（说大话、夸海口，无中生有）、"癞疙疤躲端午，躲得过初五，躲不过十五"。作者在初版本与修订本中对一些方言加上了简明扼要的解释，有的还对方言的字词音义予以缜密的考证，为川外人提供了理解方言的钥匙，其实有些方言词语即使没有注释，在特定的语境中也能悟得其意。

　　方言用于人物语言，自然、贴切，既能见出说话者的川人身份，更能传达出四川文化背景下的人物性格。方言用于描叙语言，与描写对象谐调一致，使语境生动、活泼，洋溢着巴蜀文化氛围。如《死水微澜》里，描写蔡大嫂对镜梳妆的一段："于是，把眼眶睁开，将那黑白分明最为罗歪嘴恭维的眼珠，向左右一转动，觉得仍与平常一样的呼灵；复偏过头去，斜窥着镜中，把翘起的上唇，微微一启，露出也是罗歪嘴常常恭维的细白齿尖，做弄出一种媚笑，自己觉得还是那么迷人。再看镜中人时，委实是自然地在笑，而且眼角上自然而然像微微染了些胭脂似的，眼波更像清水一般，眉头也活动起来。……心想：'难怪罗哥那样地癫狂！难怪男人家都喜欢盯着我不转眼！'但是镜中人又立刻回复到眼泡浮起微青，脸色惨白微瘦的样子。她好象警觉了，口里微微叹道：'还是不能太任性，太胡闹了！这样下去，不到一个月，不死，也不成人样了！死了倒好，不成人样，他们还能像目前这样热我吗？不见得罢？那才苦哩！'"这段既有描写语言，又有人物自语的文字，用了"呼灵""做弄""热"等方言词，将一个在过度性爱中有所自省的少妇自怜自爱也有几分担忧的复杂心理点染得活灵活现。

　　在现代小说家中，李劼人是选用方言较多的一位。个中动机，自然有加强乡土色彩的因素，但更是为了使叙事语言贴近生活、贴近人物。为此，他的选择视野就远远不止于四川方言，四川及外地的鲜活的口语、文言与古代白话小说中有生命力的语汇与句式等，均为广收博取，融合化用，形成了自然、生动、传神的语言风格。《死水微澜》里，罗歪嘴布下迷魂阵，让妓女刘三金在好色的顾天成面前走过，又顺便向这边窗子上一望，仿佛是故意送来的一个眼风，张占魁将顾天成引到刘的面前，刘"正拿着一张细毛葛巾在揸手，笑泥了"。一个"泥"字，何等的生动，妓女的形象特点与此时她将顾天成引入圈套的得意心情尽在其中。《暴风雨前》里，伍家婆媳吵骂，最初点起战火来的邻居朱家姆与张嫂前来劝架，年老的朱家姆劝媳妇："泰山之高，也压不下公婆。你是媳妇，说完一本《千字文》，总是小辈子，又是才过门的新媳妇，咋好不让她一步呢？你就让她多说两句，人家也不会笑你。……"年轻的张嫂劝伍太婆："你也是啦！才过门的新媳妇，懂得啥子？就说昏天黑地的贪要，不做事，也是当新人的本等呀！你做老人的，还该望他们小夫妇老是这样恩恩爱爱的方对！大家都当过新媳妇，大家都昏过来，新婚新婚，越昏越好。你做老人的，凡事担待一些，不就算了么？要教哩，好好地教，何犯着去揭铺盖。人就说昏，也是要脸的，年轻人自然气性大点，让她吵两句，不就完了？知道的，谁不说你当老人婆的大量，能容人，尽斗着吵些丑话，做啥子？"话虽显得有点唠叨，但既符合劝架的特定情境，又能见出两个劝架者不同的角度、倾向和语调。其自然、生动、传神，完全可以同老舍《离婚》《骆驼祥子》里纯熟的北京话媲美。饶有意味的是，这两位小说语言老道而鲜活的作家，心中都装着自己家乡的风土人情、色彩声调，也许这正应了朱熹的那句诗：“问渠哪得清如许，为有源头活水来。”

第二节　丁玲：男权传统的勇敢挑战者

1927年12月10日出刊的《小说月报》第18卷第12号，以头条位置刊出丁玲的处女作《梦珂》。翌年2月至7月，署名丁玲的小说《莎菲女士的日记》《暑假中》与《阿毛姑娘》，同样在这家重要的文学期刊上以头条位置陆续刊出。丁玲的这些作品，“好似在这死寂的文坛上，抛下一颗炸弹一样，大家都不免为她的天才所震惊了”[①]。敏感的编辑家与出版家纷纷询问这位“新进的一鸣惊人的女作家”的情况，一些陷入时代转换期苦闷的青年读者给作者写信，倾吐抑郁的心声。丁玲初登文坛的不同凡响，与整个文坛的女性创作背景有关。五四时期，新文化启蒙运动高涨，女性的身心才智得到一次大解放，一批有才华的女作家迅速崛起，其绰约多姿的创作成为新文学的一道亮丽的风景。启蒙运动落潮后，尤其是1927年政治风云突变之后，一则知识女性参与社会活动的渠道多样化，有的沉潜入书斋，有的投身于革命，二则女性所擅长的个性解放题材和温婉阴柔的风格一时受到冲击，所以女性创作一度走向低谷。丁玲在女性创作的低谷中骤然闯进文坛，便格外引人注目。然而，丁玲的作品之所以能让当时执编《小说月报》的名作家叶圣陶从众多自然来稿中慧眼识珠，并且一经问世便产生轰动效应，当然最重要的是作品本身所具有的冲力与魅力。人们看到的是一位泼辣勇敢、一扫温柔羞怯之风的男权传统挑战者：她不像冰心那样用理想的彩虹衬出现实的晦暗，而是径直表现郁闷氛围中年轻女性的痛苦挣扎，她不仅描写传统社会同女性命运的对立，而且更揭示了觉醒女性内心世界的多重纠葛；她也不像庐隐、石评梅那样挥洒热泪叫出女性的悲哀，而是用艺术的利刃剖析着悲哀的根源，进而发出粗犷的战叫。在

---

① 毅真：《几位当代中国女小说家》，《妇女杂志》第16卷第7期，1930年7月1日。

她身上，仿佛秉承了几千年女性世界的全部苦痛记忆与难以泯灭的解放希冀，于是，她不仅在风云骤变之际大胆地袒露与咀嚼着女性的体验，而且即使在汇入社会革命大潮之后，仍然难以忘怀女性解放的历史使命，敢于发出锋镝作响的激烈言辞，其女性话语是五四文学女性强音的集中体现与自然发展。

一、挑战之一：性爱主角

丁玲从翠绿的武陵山走来，她带来了武陵"芳草鲜美、落英缤纷"的自然律动，而用女性生存的苦闷与挣扎以及彻底解放的憧憬取代了五柳先生幻想中的世外桃源。丁玲从屈原曾经溯流而上的沅江走来，她带来了三闾大夫的痴情与执着，而平添几分刚烈与粗犷。这种扬弃与变异，固然由于丁玲是今人，但更由于她首先是女人。

女人与男人一样是自然造化，性之欲求乃是发乎自然本能，并且由于生理结构、历史角色以及在此基础上形成的心理特征，女人对性爱更为关注，体验更为内在，热情更为持久。但由于男权传统的严重束缚，女性本来就被扼杀了文学天赋，剥夺了发表权利，少得可怜的女性文学，也极少正面表现女人的性爱欲求。至于在男性主宰的文学世界里，通常情况下，女性要么被表现为目不斜视的贞淑典范，要么被描写成妖冶惑人的狐精鬼怪，女性的性欲是满足男性欲求的盘中餐，或是毒害男人的蛇信子。元代以前，像《西厢记》那样对崔莺莺欲求的肯定性描写，简直如凤毛麟角。明代中后期与清末，伴随着思想启蒙思潮的几度高涨，对女性性爱的肯定性描写也曾有过几缕熹微的晨光，然而，毕竟是男性的笔触、男性的视角，不经意间还是流露出传统的阴影。到了五四时期，女性写爱情，已经不足为奇，而一旦触及性爱，免不了羞涩闪避。丁玲不愧为沅江、澧水养大的湘西辣妹子，缠绵多情颇有屈原笔下的"山鬼"遗风，且比经过屈原"纯化"了的"山鬼"更多山野的清新、真率。

在丁玲笔下，性爱中选择的主动权通常让女性来掌握。在传统社会里，选择权一般紧紧攥在家长手里，或有年轻人掌握自己命运的，也必是由男性来选择女性。《西游记》里西梁国主与《聊斋志异》里狐女鬼妹的凤求凰，不过是神魔鬼狐世界里的浪漫奇想，寄托了作者对男权传统的反感与现实生活中的落寞。一旦像曹雪芹那样展开现实主义画卷，必然出现探春备受欺凌、魂漂异乡与尤三姐空怀奇志、以死明心的悲剧结局。五四文学革命揭开了新的一页，但在先驱者的男性视野里，触目皆是的郭沫若式的热烈追寻的火焰和郁达夫式的无可寄托的凄冷。只有从女营杀出来的骁将庐隐，才叫出无可选择的悲哀，但那悲哀之深令人怀疑是否仍有男性的传统惰性在作祟。丁玲笔下的女主人公不甘像市场的货物一样被人挑来拣去，而是用至少是平等的甚至是居高临下的眼光挑剔异性，借此来维护女性的尊严。梦珂面对三个追求她的男人：一个是澹明，他那局促、动火的态度，含糊的表白、举动，还有那双常常追赶着女性的眼睛，都使她觉得可怕，尤其是他竟敢写来一封伤她女性自尊的信；另一个是表哥晓淞，一面对她温情脉脉，一面却与那个娼妓似的女人厮混，得知晓淞的虚伪之后，她感到受辱的痛楚；第三个是远在家乡的姨表哥祖武，祖武的粗野样儿，以及家族中的陈规陋俗，令她望而生畏。不管是乡间老父亲来信的暗示，还是城里摩登青年不加掩饰的欲求，梦珂都以逃避拒之门外。她深信并且维护着选择的自由，因为只有她本人才是自己的主人。《莎菲女士的日记》的女主人公，内心燃烧着爱的渴求与被爱的希冀。女性的生理特征决定了女性在性爱中通常更注重心理体验，少女阶段还表现出热衷于感情投入而排斥性爱行为的"美人鱼性"。一则由于上述心理机制，二则由于几千年女人要依靠男人过活的历史原因，女性在性爱对象的择取上表现得相当犹豫，内心矛盾和身心冲突较之男性更为复杂、更为隐秘、更为持久。苇弟对她倒是一往情深，但他那温存有余而刚性不足的性格，那带有女性色彩的言谈举止，那朴拙近乎愚笨的童贞，那因痴情而生的女人式的嫉妒，如何能够征服莎菲的心？轻视，至少是无法喜欢女性化的男人，这是一般女性的通例。更何况莎菲是一个女性味十足、要寻找真正男子汉的人。莎菲的真诚在于：对苇弟，她不爱就是不爱，没有用甜言蜜语去欺骗，也没有虚与委蛇用怜悯取代爱情。自然，当她尚在孤独与苦闷中煎熬时，苇弟的到来仍不失为一种异性的慰藉，而且苇弟的眼泪也使莎菲感受到强者似的骄傲与征服者的快意。南洋人凌吉士的出现改变了莎菲的心理优势，那颀长的身躯、白嫩的面庞、薄薄的小嘴唇、柔软的头发，还有那一种说不出、捉不到的丰仪，使她第一次感觉到男性的美，身心深处涌起了欲夺与被夺的冲动。但距离接近后，她却发现这个南洋人诱人丰仪下掩饰的竟是卑劣的灵魂。他所需要的，只是金钱和会应酬的年轻太太与穿着标致的白胖儿子，他的爱情不过是拿金钱去妓院买来的肉感享受。这与莎菲美丽的憧憬相去多么遥远，然而她一时还无法割舍对那白脸庞、红嘴唇的渴求与依恋。她身边有两个追求者，一个可靠而不可爱，一个可爱而不可靠，并且那可爱也因了灵魂的卑污而大打折扣。这就难怪莎菲彷徨犹疑了。个性被五四春风唤醒，尚未投身于社会解放大潮，社会苦闷与性苦闷交相作用，加之肺病的病理机制及其心理影响，爱情就成为她的唯一寄托。爱情之箭一旦无的可放，岂不要烦恼丝缠成乱麻团？最后为了从自然欲求与精神欲求的冲突中解脱出来，她决计搭车南下求学，去开始新的寻觅。

这篇作品以女性的真切体验细致入微地剖露女主人公的心曲，笔致泼辣而真率，作者的女性立场，也较之五四作家更为鲜明。茅盾说，《莎菲女士的日记》的发表，使人们"更深切地认识到一位新起的女作家，在谢冰心女士沉默了的那时，以一种新的姿态出现于文坛。在《莎菲女士的日记》中所显示的作家丁玲女士是满带着'五四'以来时代的烙印的：如果谢冰心女士作品的中心是对于母爱和自然的颂赞，那么，初期的丁玲的作品全然和这'幽雅'的情绪没有关涉，她的莎菲女士是心灵上负着时代苦闷的创伤的青年女性的叛逆的绝叫者。莎菲女士是一位个人主义者、旧礼教的叛逆者。她要求一些热烈的痛快的生活；她热爱着而又蔑视她的怯弱的矛盾的灰色的求爱者，然而在游戏式的恋爱过程中，她终于从腼腆拘束的心理摆脱，从被动的地位到主动的，在一度吻了那青年学生的富于诱惑性的红唇以后，她就一脚踢开了这位不值得恋爱的卑琐的青年。这是大胆的描写，至少在中国那时的女性作家中是大胆的。莎菲女士是'五四'以后解放的青年女子在性爱上的矛盾心理的代表者！"①

　　莎菲即使一时成为自己欲求的降卒，也决不肯屈尊俯就为凌吉士的鼓惑的奴隶，莎菲始终处在性爱角逐的制高点。丽嘉之于韦护（《韦护》），玛丽之于望微，贞贞之于夏大宝（《我在霞村的时候》），莫不如此。玛丽年轻、貌美，自然为好多男人所瞩目，她知道自己的青春荣耀，乐于接受朋友们臣仆似的逢迎殷勤，她要永远保持着这王位，随心所欲地支配异性，而不是被任何人攫取，即使像望微这样使她看到男性不可侮的爱人，一旦违逆她的"旨意"，也会毅然抛开去。这种"王位"意识可以说是丁玲女主角的共同特征。它与个性觉醒、妇女解放的时代思潮密切相关，似乎也是远古母系社会女性主宰的原始图景的重现。莎菲、玛丽们以"女王"自居，未始不是对男权传统的挑战与复仇。

　　丁玲对女性的性爱欲望，敢于直接表现，并认可其自然合理性。莎菲自不必说，即便是《一九三〇春上海（之二）》革命与恋爱冲突的题材中，丁玲也没有像有些作家那样简单地以革命贬低恋爱。与望微从事的革命事业对比，玛丽希冀的爱情乐园未免狭小，但并非没有存在的价值。当她风尘仆仆远道而来，却在一顿匆迫的晚饭后被望微甩在宽大床上孤独地守候。女性对于爱情的期待本来就更为执着，况且玛丽天生是一个多情的女子，她对望微有着更高的性爱要求。她无法抓住望微常在身边，无法摆脱寂寞与闲愁，于是出走就成了必然。最后，望微透过囚车的铁丝网发现玛丽正被一个漂亮青年揽着从商店里购物出来，非但没有憎恶以及男性本能的嫉妒，反而在内心给予宽厚的理解与祝福。这一结局的描写，与其说

①　茅盾：《女作家丁玲》，《文艺月报》第2号，1933年7月15日。

表现了男主人公的宽容大度，并借以衬出女主人公的自私渺小，毋宁说投射着作家对女性选择的权利与爱情的存在价值的默默首肯。

从女性视角切入，使丁玲得以势所必然而又独到别致地揭示出女性的性爱特征。女性的性欲较之男性，要来得缓慢，一旦被调动起来，持续时间也较长。这一生理特征决定了女性在性爱中通常更注重心理体验，两性相处，往往男性已经燃起情欲，甚或急不可耐，而女性则还在细细品味温馨的氛围、言语的韵致。梦珂与表哥晓淞同去看电影，表哥已被激动的感情带来了不少苦痛，而这边表妹却只是沉浸在对影片中茶花女命运的哀怜之中。同是一句"真动人"，出自两人之口，却有不同的含义：梦珂指的是影片，表哥说的则是表妹。男女两性心理差异可就一斑。《庆云里中的一间小房子里》，借着妓女的特殊生活，将女性的性敏感、性体验表现得异常大胆。妓女题材的作品，古往今来可谓多矣，有旧文人狎弄的轻慢与浅薄的玩味，也有从社会角度，尤其是"五四"以来从人道主义视角切入的哀怜与悲愤，而丁玲则从女性的本色体验着眼，揭示出风尘女子生存的另一面——性本能的恣意活跃，抛夫的离愁与被老鸨盘剥的愤慨都掩映在刺眼的性欲张扬之中，以至于许多年里这篇作品蒙受了道德名义的责难，殊不知它正是以非道德化的视角揭示了女性的某种生命体验。如果说庆云里阿英们的兴奋确实渗入了屈折枯涩的话，那么《阿毛姑娘》的女主人公一旦从性无知中觉醒，那性感便发乎自然地灼人："近来小二更爱她，她也更乐于接受那谑浪。……小二的手虽粗，放在她胸上，像有电一样，她在发烧，想把这手拿开，而身子反更贴紧小二了。"待到心中燃起对未来的幻想，阿毛的举措便愈加张狂起来，夜晚"忍不住便抱着小二的脸乱吻，或者还吻他身上！觉得那身体异常热，自己也就发起烧来，希望小二醒来同她玩一下"。《韦护》里男女主人公的性爱描写更赋予了纯情的色彩与春意的缱绻："丽嘉常为一些爱情的动作，羞得伏在他身上不敢抬一下头，但却因为爱情将她营养得更娇媚更惹人了。"

如实表现女人性欲的自然性，充分肯定其欲求满足的合理性，大胆张扬其生命体验的甜蜜性，这是丁玲带给新文坛乃至中国女性文学史的一股早春的晨风。冯沅君为了回击封建卫道士将自由恋爱污蔑为道德沦丧的攻讦，在小说《旅行》中描写一对热恋的情侣外出旅行，在旅馆十天，"夜夜同衾共枕，拥抱睡眠"，却"秋毫无犯"。在今人看来不合情理的行为，在20世纪前二三十年，由于传统礼法的禁锢也许有其历史必然性吧。问题在于作家的叙事态度，冯沅君显然认同了她的人物的行为逻辑，或者反过来说人物的行为逻辑正是作家心理逻辑的投射。她如实地表现了历史发展中欲进还退的尴尬，而没有再勇敢地跨进一步，做浪遏飞舟的弄潮儿。这是冯沅君的局限，但并非她个人的遗憾。丁玲则要勇敢得多，她虽然较之第一代女作家晚出将近十年，但在女性解放的道路上赶到了最前沿。丁玲在20年代结识的朋友中，曾经有过一对青年男女因为害怕成家、生孩子而分居，《莎菲女士的日记》里选用了这一素材。但在叙事中借莎菲的视角予以善意的嘲讽："这禁欲主义者！为什么会不需要拥抱那爱人的裸露的身体？为什么要压制住这爱的表现？为什么在两人还没有睡在一个被窝里以前，会想到那些不相干足以担心的事？我不相信恋爱是如此的理智，如此的科学！"当然理智者可以骄傲他们的"纯洁"，但早醒者也完全有理由坚持自家追求身心高度吻合的自然合理性。道德意志永远是人之所以成为人的重要因子，但正因为人要成为真正的人，就需要以适于人性发展的新道德取代束缚人性发展的旧道德，性道德的革故鼎新正是社会发展的题中应有之义。

在《暑假中》里，丁玲对女性的关注深入到了同性恋的隐秘角落。一般说来，性爱的对象应该指向异性，但在人间生活实际中，由于社会的或自然的、外在的或内在的、强迫的或不知不觉的、单一的或多重的原因，女性同性恋与男性同性恋一样也是无庸讳言的客观存在。植根于遗传的原发性的状况姑且不论，就出于后天原因的继发性情形而言，包办婚姻，多妻制，寡妇再嫁禁忌，严重的性别歧视，战争、劳役、渔猎使男性长期外出不归或伤亡过重造成的男女比例严重失调等社会原因，少女心理未能与性成熟一道向成年女性顺利过渡等心理原因，都可能使女性的性本能极度压抑、性心理发生扭曲，有的走向同性恋。古往今来，在文学题材中，女性同性恋较之男性同性恋要少得多，并且叙事态度也有明显差别。甚至到了20世纪上半叶，在一些新文学作品里，也仍然是一张"男尊女卑"面孔：叙及男性同性恋，给予充分的理解，甚或不无欣赏的因子；说到女性同性恋，则是显而易见的鄙夷或居高临下的怜悯。女作家本来就不多，笔涉女性同性恋的更是屈指可数。庐隐在《海滨故人》里若隐若现地有所表现，作为一种时代的负效应浸透了苦汁。丁玲对于同性恋的表现则较之庐隐更大胆、直露，并且取一种平等的视角与自然的叙事态度。梦珂对匀珍、莎菲对剑如、珊珊对丽嘉（《韦护》），是一种深深的追慕与依恋，它由少女之间的友情发展而来，但较之一般的女性友情要专注而执着，带有一点精神恋爱色彩。作者对此丝毫没有侧目之意，反而给予善意的理解，甚至宽厚的肯定。《暑假中》描写了一群刚刚走出校门不久的年轻姑娘的暑假生活，虽是速写似的简练明快，但却真实地展现出女性生活的另一面。她们正值韶光华年，身心奔涌着爱与被爱的渴求，但环境是闭塞的县城，男女社交尚未完全公开，心灵又未除尽传统的阴影，不能无畏地去争取异性之爱，于是便有了郁郁的苦闷，苦闷无以排解之时，便有了向同性寻求慰藉的倾向。春芝与德珍相好，不料德珍竟有了男友，春芝的讥讽、怨艾以及禁止的命令都无济于事，反而把德珍更快地推向了与明哥的婚姻。春芝越发伤感，向众人哭诉，甚至说出了从前两人在枕头边发过的誓言。虽说留下诀别信后春芝又返回，两个人又亲热得当着人非常随便地在一个碗里吃起面来，但大雁失侣的哀痛直到春芝又找到一位相好的女友才得以慰藉。承淑与嘉瑛两情甚笃，以至于志清批评一些女性独身主义者"搂抱住女友，互相给予一些含情的不正经的眼光，狎昵的声音，做得没有一丝不同于一对新婚夫妇所做的"，承淑闻此谩骂讥弹之语不仅脸红，心里承认"你当面在骂我呀！"同性恋人，如同异性情侣，时晴时雨，并且稍有疏忽，便有第三者插足。嘉瑛外出打牌散心的空当，先前教训承淑的志清，在苦闷至极时，现在也从承淑身上"找到另外一种可以混去时日的方法"，从此不再孤独，而嘉瑛却感到了无边的寂寞。无论是相谐的欢乐，还是失侣的惆怅，在丁玲笔下都犹如山涧小溪，跳宕清澈。丁玲在为女儿国写真时，并没有忽略社会背景。作品借志清之口批评她们母校的风气——"只要进了武陵女子师范学院两个月，便学会了许多家庭在别的学校三年也学不到的一些课本以外的知识，忘了进学校是为了什么，一天到晚只颠倒于接吻呀，拥抱呀，写一封信悄悄丢在别人的床头呀，还有那些怨恨，眼泪，以至于那些不雅的动手动脚都全学会了"。这实际上提出了一个新式教育所面临的问题：仅仅开办女学还不够，必须切实关心少女的身心健康。作品还写出：婚姻不自由，被父母嫁给她们自己所不情愿的商人或军官的前景，加重了少女们的心灵阴影，使她们因恐惧那种前景而易于寻求变态满足。作者以心理剖析与背景追溯取代了简单化的道德批判，委婉的批评掩映在温馨的关爱之中，并通过德珍终于去异性爱中寻找福乐预示出女儿家私生活的前景。对于少女世界的同性恋的这种处理方法，与男作家的道德贬抑和猎奇窥秘迥然有别，充分显示出作者的女性立场。这篇作品并非无源之水，作者在桃源女子师范预科读书时，同学大都是来自沅水上游的山地女儿，她们单纯而热情，生命力旺盛，由于家乡风俗的影响，加上远离青年男子的寂寞，还有集体宿舍居住的拥挤等缘故，同学之间不知不觉地弥漫起同性相好的风气。女孩子们当时是"不识庐山真面目，只缘身在庐山中"，《暑假中》为她们写真，不啻于立起了一面镜子，难怪年轻的女读者读到此篇时感到强烈的震撼。①

二、挑战之二：贞操质疑

贞操作为人类性爱进入一定历史阶段的道德规范，本应由男女两性

---

① 同性恋现象本身及其原因均十分复杂，全面分析与评价既非本篇任务，亦非笔者能力所能完成，这里只是就丁玲在《暑假中》的描写与叙事态度做一点分析。

共同遵守。但事实上，由于它是父权社会的伴生物，就传统社会一般情况而言，对它的承诺与实行，男女两性从来就没有对等过。不仅如此，而且它逐渐成为扼杀女性生命力、压抑女性人格的巨大阴影，造成了无数惨烈的悲剧。男人三妻六妾，是尊贵富有的象征，可以夸耀于世；烟花柳巷嫖妓宿娼，是风流倜傥的标志，可以卖弄于人。而对女人则要求所谓贞节，不仅严厉限制女性婚前与婚外的性自由，而且后来苛酷到了要求夫死守节、遇暴殉身的地步，以至于出现了女性为夭折的未婚夫而枯守一生甚至殉死的惨剧。据《明史·烈女传》载，明代节妇烈女"著于实录及郡邑志者，不下万余人"，"姓名湮灭者尚不可胜计"。清代上半叶，节烈之风愈盛，同治以前，仅上海一地受表彰的节烈者就达三千余人。

对于片面贞操观的虚伪与残忍，古代进步思想家就已经开始了揭露与批判。明末李贽旗帜鲜明地反对宋代理学家程颐提出的"饿死事极小，失节事极大"的谬论，充分肯定寡妇改嫁的合情合理性。清代俞正燮认为片面的贞操是"苛求妇人，遂为偏义"，男子可以"七事出妻""妻死再娶"，可谓"义理无涯矣"，而另一方面，"深文以罔妇人，是无耻之论也"[1]。他在《贞女说》中征引一诗，借以抨击片面贞操观："闽风生女半不举，长大期之作烈女。婿死无端女亦亡，鸩酒在尊绳在梁。女儿贪生奈逼迫，断肠幽怨填胸臆。族人欢笑女儿死，请旌籍以传姓氏。三丈华表朝树门，夜闻新鬼求返魂。"他愤而诘问："妇女贞烈，岂是男子荣耀也？"[2]

明清思想家的批判虽已闪耀出近代精神的锋芒，但由于时代所限，一则批判本身尚未达到剔骨见髓的深度与力度，二则还只是前驱者的孤独战叫，而未形成波澜壮阔的阵势。五四时期，才到了向陈腐的片面贞操观总攻击、总清算的时候。《新青年》等报刊特辟专栏讨论贞操问题，把女性从传统道德的枷锁中解放出来，成为新文化阵营的共识。胡适在《贞

---

① 俞正燮：《癸巳类稿》，商务印书馆1957年版，第493页。
② 俞正燮：《癸巳类稿·贞女说》。

操问题》[1]一文中痛斥鼓噪节烈的谬论为"全无心肝的贞操论",对道学家的谬论与将片面贞操观上升为法律的荒唐条例逐一加以批驳。他认为,"贞操是男女相待的一种态度","是双方交互的道德,不是偏于女子一方面的",因而他反对褒扬女子的"节烈贞操",更反对褒扬贞操的法律。翌年,胡适在《论女子为强暴所污——答萧宜森》[2]中,针对原信提出的三个问题明确答复道:"女子为强暴所污,不必自杀";"这个失身的女子的贞操并没有损失";若有人敢娶一个被污了的女子,应该得到社会的敬重。比起胡适从容不迫的析理,鲁迅的《我之节烈观》显得分外激烈,批判也更加犀利、深刻,从感性与理性层面深入到历史与无意识层面。鲁迅对女性解放始终如一地予以关注,对封建节烈观穷追不舍地加以抨击。"五四"高潮过后,他仍在小说《祝福》里面,通过祥林嫂痛彻骨髓的恐惧与孤苦凄绝的惨死,强烈地控诉了传统贞操观对女性生命与心灵的摧残。

丁玲是沐浴着五四新文化的甘霖成长起来的作家,女性的生命本能与时代养成的价值取向,使她自然而然地摒弃陈腐贞操观。也许是由于母亲年轻守寡、含辛茹苦地将她带大的缘故,丁玲作品看不到孙俍工《家风》那样对守节的否定性表现,与其说她没有看到守节的残酷性,毋宁说她有意地回避这一恐怕伤及母亲感情的敏感问题。也许由于她登上文坛之际,血泪控诉已成为翻过去的一页,她对贞操问题的表现,更多的是正面的抗争。

在丁玲作品的性爱世界里,女性的贞操只对自己的感情负责,而不是对他人负责。只要情有所钟,便不惮于爱的奉献,情丝扯断,也对曾有的无怨无悔。玛丽携着春风从北京来到上海,重温她与望微初恋时的温馨之梦,待到分道扬镳,玛丽无须自责,望微也在痛苦之后付之以理解与祝福,而没有丝毫道德上的蔑视。莎菲的心灵痛苦不是因为自己一度陶

---

[1] 《新青年》第5卷第1号。

[2] 《胡适文存》(卷四),上海亚东图书馆1921年版。

醉于凌吉士的爱抚却终竟不能与他携手同行，也就是说，不是由于失去贞操的道德自谴，而是缘自所遇非人，壮美的外貌与高贵的心灵集于一身的理想遥遥无期。《夜》里的妇联委员侯桂英，不喜欢小她五岁的丈夫青联主任，曾提出过离婚，她喜欢乡指导员何华明，白天见了，她总是笑眼相望，晚上何华明起来喂牲口，她也跟过来搭讪。何华明厌恶比自己年长一轮而且保守、落后的妻子，分明感受到了侯桂英的青春活力与柔情蜜意，他为侯桂英的魅力而"讨厌她，恨她，有时就恨不得抓过来把她撕开，把她压碎"。在那半个月亮倒挂山顶上边的夜晚，当侯桂英第三次还是第四次来到他身边，牙齿轻轻地咬着嘴唇望着他时，他感到了一种强烈的意劫，他本可以无所畏惧地去做那件侯桂英热切期待、他也内心渴求的事情，可以让一个和谐幸福的婚姻取代早已无爱可言的家庭，然而他忽然被"另一个东西"牢牢攫住，冷酷地推开了侯桂英，头也不回地回到老婆身边。那"另一个东西"是什么？是因为身为干部，怕受批评，还是所谓男子汉的家庭责任感？也许二者兼而有之，但更为深层的恐怕还是根深蒂固的封建伦理观。这是一个强烈的反讽，本来最受贞操观桎梏的是女性，但现在女性觉醒了、解放了，而男性却萎靡不振、龟缩回去。半个月亮爬上来，光辉熠熠的是女性，而男性还在用种种名目掩饰着人性的阴影，沉入半睡眠状态之中。这篇小说题名为《夜》，不仅取自结构上高潮所处的场景，更象征着主人公心灵的昏昧晦暗。作者情不自禁地褒扬了女性，而批评了男性的世故与保守。

封建贞操观对女性的摧残，不仅在于和平时期以片面的贞操要求扼杀女性的生命活力与爱情追求，而且还在于战争年代对饱受蹂躏的女性又雪上加霜地施以心灵的折磨。古往今来，不知有多少女性在惨遭强暴之后不堪失贞的轻蔑而含恨死去。日本发动的侵华战争，给中华民族带来了巨大的灾难，中国女性尤其不幸。据第二次世界大战结束之后远东国际军事法庭对日本主要战犯进行审判的《远东国际军事法庭判决书》指出，仅南京一地，在被日军占领后的最初几个星期之内，"全城中无论幼年的少女或老年的妇人，多数都被奸污了"。神州大地，凡被侵略者铁蹄践踏之处，被糟蹋者难以数计。抗战作品涉及这类事件时，绝大多数都只是作为控诉日寇的背景材料，未做深入的发掘。最初以热切关注女性命运、擅长表现女性心灵的姿态登上文坛的丁玲，在抗战中惊奇地发现了女性贞操观念的变化，努力发掘并表现女性在残酷的战争环境中焕发出来的新生机。

《泪眼模糊中的信念》（后改题为《新的信念》）里的陈奶奶，凭着本能的生命意志，在野狗贪欲地跟随下，终于挣扎着回到了自己的家。她恢复了知觉，恢复了记忆。她一生看见的罪恶也没有鬼子打进村这十天来的多。她目睹一位中国姑娘被三个鬼子蹂躏致死的惨象，甚至眼睁睁看着13岁的孙女被两个鬼子糟蹋得只剩下一口气，看着孙子活活被刺死，就连年将花甲的她自身也没有逃脱遭受凌辱的厄运。农家妇女哪里能够承受如此重创，以至于她的心理、性格都发生了巨大的变化。过去不爱饶舌的老太婆，现在变得喋喋不休起来，从前羞于在人前启齿的话题，如今竟敢在大众面前滔滔不绝了。然而，如同凤凰涅槃一样，身陷魔窟的厄运竟使这位白发妇女的贞操观发生了根本的变化。她的愤怒激情与复仇欲望完全压倒了羞耻之心，不无变态的痛苦宣泄是对她女性自尊的最好慰藉与重新修复，她终于确立了新的信念、新的人格，成为一位出色的抗战宣传员。

传统的贞操观自有一套特殊的逻辑：在男女两性上，贞操几乎全是针对女性而设的道德要求；在女性世界里，贞操的要求对处女强于已婚者，对寡妇严于有夫者。西柳村的陈奶奶的女性尊严终于被家人乃至村里村外的民众所重新认可，固然因为侵略者的大规模暴行激起了民众整体性的义愤，也因为陈奶奶没有被苦难所压倒，而是以仇恨向羞耻感挑战，但个中还有一个微妙的原因，这就是她已年将花甲。倘若被强暴的厄运在一定范围内不是落在众人头上而只是落在个别人头上，这一个体又是待字闺中的处女，情况也许就会变得复杂起来，因为传统贞操观实在是根深蒂固。《我在霞村的时候》里的贞贞，在人们的喊喊嚓嚓声中走来。她的身上盯满了形形色色的目光，这不仅因为她是一个18岁的姑娘，更因为她是从日本人那里回来的，她被掠到"慰劳所"一年多了。她经受了太多的折磨，如今跛着脚回来治病。她回到了生于斯长于斯的故土，回到了父老乡亲的身边，被魔鬼劫走到地狱去的女儿回到了人间，应该多么值得庆幸，应该受到怎样热烈的欢迎！然而，迎接贞贞的是什么呢？慈母是悲悯与羞耻交织的哭泣，宣传科的女同志是"我们女人真作孽呀"的慨叹，还有人是看西洋景般的好奇，最让贞贞难以承受的是冷酷的蔑视与恶毒的诅咒，而那蔑视与诅咒不外乎什么"不要脸面""缺德""比破鞋还不如""怎么好意思见人""这种破铜烂铁，还搭臭架子"之类，连贞贞的二婶也认同了传统的逻辑——"小老板的那头亲事，还不吹了，谁还肯要鬼子用过的女人！""那一些妇女们，因为有了她才发生对自己的崇敬，才看出自己的圣洁来，因为自己没有被敌人强奸而骄傲了。"被野兽强暴，尤其是被强行当作群兽的泄欲工具，这已是被强暴者的极大不幸，是女性的莫大耻辱。但这不幸与耻辱岂是个人所独有，实应由整个民族来承受。然而，拿他人的不幸来赏玩的国民劣根性与片面而荒谬的贞操观相互渗透，形成了一种可怕之物，令人不寒而栗。叙事者眼里的那两个很有些历史的黑如墙壁的粮食篓子，还有划在那死寂的铅色的天上的几株枯枝，似乎就是这种东西的象征。偌大一个霞村，真正能够理解并尊重贞贞的又有几人？就连贞贞自己不是也难以完全摆脱封建贞操观的束缚？的确，贞贞具有坚韧的个性，当父母包办要她舍弃倾心相恋的磨坊小伙计夏大宝而嫁给素不相识的米铺小老板时，她跑到天主教堂去要当"姑姑"。鬼子蹂躏了她的身体，却征服不了她的意志，她利用身在敌营的条件为我方搜集、递送情报，她以自己的痛苦与屈辱为代价向敌人复仇。血与火的洗礼也使这位山村姑娘的灵魂得到了升华，对自身的生存价值有了不同寻常的体认，甚至对命运有了一种超然的态度。她面对轻视而自信如故，面对诧异而不显拘束，身染病患而精神乐观，泼辣而不粗野，旷达而不夸饰。然而，她最后拒绝夏大宝求婚的重要原因之一，竟是认为自己"是一个不干净的人了。既然已经有了缺憾，就不想再有福气"。由此可见，传统贞操观的根子何等之深。叙事者赞美贞贞的洒脱、明朗、愉快，另一方面也为她身上传统的阴影而感到惋惜。叙事者希望看见贞贞的光明前途，其中自然希冀贞贞乃至整个女性世界从封建贞操观的桎梏下彻底解放出来。

如果说对贞操问题的别具慧眼的关注出自丁玲的性别立场与时代意识的话，那么持之以恒的关心与雪耻复仇的强化，则可以说同她被绑架的经历相关。中国文化有一种道德偏执，崇尚杀身成仁，被俘仿佛是一种不光彩的事情，若是活着从敌人魔掌下出来，就更有了被怀疑、指责的嫌疑。还是在丁玲被幽禁时，就已经有了种种与传统观念相关的揣测、传言。丁玲满怀激情奔赴延安之后，流言仍在暗中涌动。就连当时担任中共情报工作主要负责人的康生也口出恶言。一次，中央党校集会的场合，一些同志以为丁玲到了党校，欢迎她唱歌，康生走到台上说，丁玲是没有资格到党校来的。① 丁玲知道此事后，自然感到十分委屈与愤慨，她找到毛泽东，"责问康生有什么根据说她是'叛徒'，她要求党中央审查她在南京的这段历史，给她做出书面结论。毛泽东听了丁玲的陈述，对她说，我相信你是一个忠实的共产党员，可是要作书面结论，你得找中央组织部长陈云同志"。经过一番认真、严格的审查，1941年元旦，中组部将陈云、李富春审定签名的审查结论通知了丁玲本人。结论认为，丁玲"自首的传说不能凭信"，"丁玲同志仍然是一个对革命忠实的共产党员"。丁玲此前动笔、见到这一结论后才写成的《我在霞村的时候》，自然投入了她的痛苦、担忧、愤激、挣扎与自信。贞节问题伴随了丁玲大半生，有人在政治上做文章，有人从生活上找罅隙，甚至到了80、90年代闲言碎语仍未绝迹，有的竟出自权威人士。由此也可以见出丁玲《我在霞村的时候》的意义是深远的。贞节问题成为丁玲的一个情意结。"文革"后复出，丁玲一再以无怨无悔来表白自己在政治上的忠贞不渝，一方面固然表现出她政治信念的坚定不移和个性品格的一以贯之，另一方面也折射出一点对贞操泛

---

① 参见周良沛：《丁玲传》，北京十月文艺出版社1993年版，第425页。

化的恐惧。丁玲创造了贞贞，是一种超越，但贞贞活在丁玲心中，她不可能完全走出贞贞的世界。

三、挑战之三：归宿何在

在丁玲的不少作品里，都有一个出走的叙事模式：从早期的梦珂、莎菲，到中期的贞贞、陆萍，再到后期的杜晚香等，都以左冲右突后的出走告终。

无论走向何方，女性的自由出走本身就是对男权传统的反叛。自从进入父系社会，即男性权威确立之后，女性从整体上来说一直处于附庸的地位。求学无门，请缨无路，女性的最高理想是所适宜人，有一个得以相夫教子的稳定家庭。"三从四德"①将女性的活动范围限定在家庭，裹足的陋习一方面将女性的天性美扭曲为畸形美以满足男性的病态欣赏趣味，另一方面也包藏着画地为牢扼杀女性远足能力的阴暗心理。家庭是女性赖以生存的栖身之所，也是女性施展才能的活动舞台，将妻子逐出家门，无异于断其生存之道，是男权对女性的严酷惩罚。②被休者活着觉得无脸见人，死去也被看作孤魂野鬼。在传统社会，无论是择门适人，还是被扫地出门，权力始终牢牢地掌握在男性手里（母亲在这种场合亦是父系的代表）。所以，新旧社会交替之际，争取自由出走的权利就成为女性解放的重要任务，勇于自由出走也成了新女性的鲜明标志。田女士（胡适《终身大事》）只给反对她自由恋爱的父母留下一张纸条就出走了，这在今天看来显得多么微不足道，但在这部中国最早的创作话剧问世的1919年却是了不起的惊人之举，以致连一班领风气之先的女学生都不敢演这个叛逆的角色。不管因袭力量多么顽固，反抗父母包办、争取婚姻自主的潮流已经势

---

① 《仪礼·丧服》："妇人有三从之义，无专用之道。故未嫁从父，既嫁从夫，夫死从子。"《周礼·天官·九嫔》："掌妇学之法，以教九御妇德、妇言、妇容、妇功。"

② "七出"亦作"七去"。《大戴礼记·本命》："妇有七去：不顺父母去，无子去，淫去，妒去，有恶疾去，多言去，窃盗去。"

不可挡了。

　　男权社会派定给女性的归宿是家庭，五四新文学最初推出的女性觉醒者也是以家庭为归宿，只不过她们不是被动地接受男权给她们指定的家庭，而是要自主地择取心心相印的伴侣一道构筑和谐的爱巢。随着易卜生热的兴起，娜拉成为已婚女子反抗夫权的楷模，但她们所要挣脱的不是家庭本身，而是缺乏平等的家庭，她们所要寻求的还不是女性整体的彻底解放，而只是一己能够得到起码的尊重的温馨家庭。

　　丁玲笔下的女性对家庭缺少一般女人那样的兴趣，更谈不上归宿感。《梦珂》里的退职太守送女儿梦珂到上海读书，是为了重振家声，而梦珂则想的是开阔视野，她乐得离开出生以来便相依为命的父亲，也不安心于托管她的姑母之家，她曾有过朦胧的爱情，梦境幻灭之后便不再对爱情与家庭抱有希冀，而是走向社会，要去寻找一片女性可以自由飞翔的清澄的空间。然而在男权传统壁垒森严的社会，这只能是一个不切实际的幻想。她去圆月剧社报考演员，被人家像查验商品一样审视、评议之后，又饱领了男女演员或导演间的粗鄙的俏皮话，或是那大腿上被扭后发出的细小的叫声，以及种种互相传递的眼光，等到试镜头时竟至惊骇晕倒。后来她终于走红了，但她付出了自尊严重受挫、屈辱隐忍不发的代价。梦珂所遭逢的"黑暗"，并非阶级压迫、分配不公之类的一般意义上的黑暗，而是男权传统对女性的司空见惯的压迫。主人公的不断出走，正是对传统的抗争，而她的终于隐忍不发，也正见出传统的强大。如果说梦珂的抗争终究有几分软弱的话，那么莎菲女士的反抗则刚烈得令人感到灵魂震撼了。已经涉足爱河的莎菲，所遇非人固然使她一时难以走向家庭，但从根本上来说，她在与男性的交往中，并不以婚姻家庭为目标，而只是想咀嚼爱的体验，品尝女王似的甘味。

　　《阿毛姑娘》的视野从以往的城市知识女性转向了农村女性，从未婚女性转向了已婚女性。从叙事表层来看，作品描写了村妇阿毛向往城市生活而不得、最后自杀身亡的故事，叙事者对阿毛的爱慕虚荣、想入非非颇有讥刺。但在深层还潜藏着一个探询女性命运与生存状态的精神结构。照传统眼光看来，阿毛之死，似乎不值。成千上万农村妇女都在乡下的苦日子里煎熬，为何单单你不耐煎熬，且以死相抗呢？然而换一个角度来看，阿毛向往城市所代表的工业文明，希冀改变自身贫困的生活面貌，何过之有？男人尽可以做金榜题名、仕途得意、财运亨通、远走高飞、壮志凌云的梦，天性比男人更富于幻想的女人，为什么不可以做一做鲲鹏展翅的梦呢？"心比天高，命比纸薄"，不过是男权传统斩断女人幻想翅膀的利斧。爱慕虚荣本是人之自尊的曲折反映，男女皆有，为何偏要作为一种恶名强加在女人头上？若说阿毛的过失，那是她曾有的把自己的命运系于丈夫身上的因袭思想，一旦无望，便颓唐、慵懒起来。但这是几千年的生活模式与心理积淀，岂是阿毛一人之过？假如时代进步到阿毛可以劳动致富，足以同城市女人在穿衣、美容、休闲等方面一比高低，而不至于因自己是乡下女人而羞惭，假如社会开放到阿毛可以自由择取模特职业，以便为自己寻找到一块不须依赖丈夫的立足之地，而不是仅仅因为表达了要去当模特的愿望就遭到婆婆与丈夫的毒打与公公的咒骂，假如丈夫了解女人天生爱做梦的禀赋，能够体会妻子隐秘的心理，而不是简单认定一切都是妻子的不对，用冷淡、蔑视甚至拳脚折磨妻子的身心，她还会冒雨跑到山上痴望痴想吗？她还会苦恼得发呆发病直至吃火柴辞别人世吗？作品表层讥刺的是阿毛，深层的锋芒直指扼杀女性生机的传统社会。

《母亲》带有很强的人物传记色彩，连主人公的名字都取的是丁玲母亲的真名曼贞，只是把姓由余改为于，夫姓由蒋改为江。作品不是一般意义上的表现母亲的慈爱、宽厚等，而是着意描写辛亥革命前后一位母亲在女性解放道路上的艰辛跋涉。传统社会的性别歧视与压迫，在作品里得到多方面的揭示。曼贞比弟弟大一岁，小时候什么都不弱于他。可是后来，弟弟读书了，而她只能关在房子里学绣鞋上的花，弟弟成了有思想、有学问、有事业的人，而她只能在屏风后羡慕弟弟的成功，自己则不得不卖田还债，维持生计。弟弟在外潇洒地干事业，而年轻聪颖的弟媳则只能在家带四个孩子，挣得一个"贤惠"的好名。弟媳还只是不能出去上学，曼贞的大姐、三姐更要忍受丈夫纳妾的屈辱。曼贞以年轻寡妇的身份去上学，碰到了重重阻力：大姐担心江家不肯放，也唯恐为此玷污了她的名声；向来同情、支持曼贞的女仆么妈，也不赞同她的选择。在这种氛围中，曼贞的选择才更见出开风气之先的意义。丁玲以往的小说，也许与多为短篇体制有关，人物性格大多是平面展示或深层剖析，而少有长度可观的发展。《母亲》则描写了主人公性格的成长史。曼贞刚出场时，还沉浸在丧夫的悲凄之中，是要将幼小的儿女带大的责任感使她的忍耐力增强起来。女学的开办唤起了她压抑多年的求学欲望，女先生的开导坚定了她的信心，她终于勇敢地迈出了上学的第一步，艰难地放脚，坚毅地上体育课，在女性解放的道路上一步一个脚印地向前迈进，并进而对社会革命也产生了兴趣。母亲寡居抚孤，未曾再醮，个中缘由，固然有传统贞操观的束缚，另一方面也未尝没有她对家庭的失望与恐惧——丈夫在世时，一副公子哥脾气，成年在外面陪朋友玩耍、喝酒、抽大烟。待到撒手归天，不仅让曼贞饱尝了孤儿寡母的辛酸悲苦，而且使她领略了夫家大家族的无情。不幸的际遇消泯了她曾有的家庭美梦，时代的变迁恰好为女性提供了一展英姿的契机，于是她便全身心奉献于社会事业，一方面舒解了为何女人不如男人的不平之气，另一方面也聊补独身的孤独与寂寞。《母亲》原拟写成30万字的三部曲，从清宣统末年一直写到20世纪30年代初普遍于农村的土地骚动。然而丁玲被特务秘密绑架打断了她的创作计划，大体上只完成了原计划的三分之一即就此搁浅。

在《一九三〇年春上海（之一）》里，美琳因为对子彬的作品有着极端的爱好，对他的坎坷经历又是极端的同情，所以一年前两人便同居一处了。体贴与崇拜相应，爱心与爱心相通，又有一套安静、舒适的住房和足以支付优裕生活开销的收入，按说他们该陶醉于幸福感之中了。然而，当子彬因跟不上时代急骤的脚步而苦恼时，美琳也对幸福的生活起了反省之心，感到不满足起来。她悟出自从她与子彬结合在一起以后，便失去了她在社会上的地位，现在除了爱人之外，她已一无所有。她原以为只要有爱情，便什么都可以捐弃，现在才明白更为重要的是要保持自己的独立人格、独立地位。于是，她从爱她的人身上感到了无形的压力，甚至比旧式家庭还要厉害的爱的专制，在温柔名义下的对思想与行动的稀有的剥夺。美琳毕竟是五四哺育成长起来的新女性，一旦从爱情幻影中觉醒过来，便不甘心局限在家庭的狭小空间，终于投身到社会革命的洪流之中去了。尽管这篇作品带有30年代初的公式化通病，对美琳内心世界的展开不够充分，结局来得突兀，但是对新式家庭的男权专制阴影的揭示应该说是相当深刻的。男性作家因为身为男性，男权的集体无意识使他们很难体察妻子在家庭重轭下的沉重喘息与心灵叹息。所谓"一个成功的男人身后必定有一位伟大的妻子"，仿佛是对女人奉献的最高奖赏，是安慰，也是鼓励，而女性的自尊、女性的巨大潜能、女性的独立地位却被一片褒扬声淹没了。这无疑是女性的悲剧，其辛酸苦涩只有女人才有最深切的体味。所以，丁玲才要对新式家庭里的男权进行宣战吧。这一主题一直延伸到1965年始作、1977年重写的《杜晚香》里面，可见她对女性解放的执着。

　　家庭不是女性的归宿，即使新式家庭也不应成为女性解放的终点站。女性解放是社会解放的重要组成部分，女性也只有投身于社会解放中去，才有助于自身的彻底解放。但男权的阴影无处不在，走向社会的女性还要面临着种种挑战。

　　梦珂走向了社会，她要去演艺界争得一席之地，然而那种庸俗而柔感的演艺圈能给她提供怎样的发展机会，实在是难以乐观。第一次试镜时她的晕倒似乎可以看作她前途的象征。《在医院中》的陆萍要比梦珂幸运得多，她曾沐浴过"八一三"战火，又一如当时许多进步青年所做的那样，满怀憧憬地辗转来到延安，上抗日军政大学，还入了党。当她准备将来在自己喜欢的工作中施展才华时，却被派到一所新开办的医院，从事她本来希望摆脱的医务工作。在这里，她遇到了未曾预料到的困境。作为承受过五四精神雨露与经过现代医学训练的知识分子，她的个性意志与科学见解，遇到了长官意志与保守、愚昧的小农经济氛围的强大阻力。医院院长是个外行，管理工作混乱，多数医务人员责任感欠缺，陆萍以足够的热情与很少的世故，指出她所见到的一些不合理的事情，可是非但问题得不到解决，她还受到种种误解、非议。在一次手术中，由于管理部门不听她的建议，致使她与几个同事中了一氧化碳，身体大伤元气。她不但得不到应有的同情，反而成为背后流言与会上指责的众矢之的，出于负责精神的爱提意见，引来了"小资产阶级意识，知识分子的英雄主义、自由主义等等的帽子"。作为一个自尊、自信、自立的新时代女性，她敏锐地感受到男权传统的无形压力，也为女同胞的种种弱点而痛心。管理科长自不必说，一副居高临下的男性眼光，而缺少男子汉应有的负责精神，就连院长也"以一种对女同志并不需要尊敬和客气的态度接见陆萍，像看一张买草料的收据那样懒洋洋的神气读了她的介绍信，又盯着她瞪了一眼：'唔，很好！留在这里吧。'"外科医生郑鹏能够在工作之余倾听一点她的直抒胸臆，而在工作上则以男性权威将她的合理建议拒之门外。无论是不加掩饰的轻蔑，还是无意流露的骄傲，它们形成一种合力，要摧垮陆萍的自信心。女人的世界，除了好友黎涯之外，几乎都有明显的瑕疵。张医生的老婆与总务处长的老婆，对看护工作既没有兴趣，也没有认识，更缺乏看护技能。她们出来工作，仿佛是为了减轻可能被丈夫抛弃的恐慌，而不是什么为了工作。十足的架子、粗鄙的言辞，同徒有其名的工作一样，不过是为了掩饰依赖型心理的软弱与内在的空虚。淳厚质朴的村妇视野有限得可怜，在她们眼里，女人来到医院必是来养娃娃的。化验员林莎与文化教员张芳子倒是有些文化教养，但未用到正地方，一个柔媚而傲慢，逗人的眼光好似在等着什么爱抚；另一个温柔得没有骨头，来者不拒却很少朋友。现代科学文化只是把她们引上了职业女性的道路，她们自身却没有独立人格的自觉。女性的空虚、狭隘与柔弱，一方面是男权治下的产物，另一方面也反过来强化了男权中心的既定秩序。置身于这样一个环境里，陆萍是孤独、苦闷的。这种孤独苦闷较之梦珂、莎菲更为深刻，莎菲们是苦于找不到出路，盲目乱撞，陆萍则是明明看到了辉煌的前景，踏上了正确的道路，却苦于荆棘丛生，步履维艰。作品第一节的环境描写是耐人寻味的："白天的阳光，照射在那些夜晚冻了的牛马粪堆上，散发出一股难闻的气味。"陆萍的搏击对象——小农经济意识与男权传统相辅相成的精神氛围，正像这种难以捕捉而又无处不在的"难闻的气味"，令搏击者困惑、疲惫。

陆萍的遭际不仅反映出边区男权传统依然存在，女性解放任重道远，而且揭露了保守落后的小农经济意识是如何妨碍着革命事业的发展。表层的忧愤是集体主义的革命大家庭里为什么容不得独立个性的存在，深层的迷惘则在于女性解放的归宿究竟该向何处寻求。困顿时，她每每想起母亲，觉得自己虽然"刚强了许多，但在什么秘密的地方，却仍需要母亲的爱抚"。在她的潜意识里，只有母亲才能给她以女性的支撑。但在现实中，意志坚韧的陆萍还要迎着新的荆棘向前走去。

陆萍的体验投射着丁玲的感受，陆萍的挣扎奋斗其实正是丁玲对新形势下女性价值与命运的探索。这种探索在1942年3月9日《解放日报》文艺副刊发表《三八节有感》达到了一个新的制高点。文章从"妇女"一词仍然需要特别地被提出看到妇女问题的严重性。"延安的妇女是比中国其他地方的妇女幸福的"，但她们仍未能避开男权的阴影。女同志的交友与择偶成为男同志讥讽的话题，嫁谁都有错，嫁人带孩子也有错，他人讥刺为"回到家庭了的娜拉"，丈夫往往又以"落后"为口实提出离婚。而离婚的主动权多半操在男子手里，假如女人提出离婚，必定受到道德方面的怀疑，受到诅咒。面对种种不公正的现象，丁玲动情地说："我自己是女人，我会比别人更懂得女人的缺点，但我却更懂得女人的痛苦。她们不会是超时代的，不会是理想的，她们不是铁打的。她们抵抗不了社会一切的诱惑，和无声的压迫，她们每人都有一部血泪史，都有过崇高的感情（不管是升起的或沉落的，不管有幸与不幸，不管仍在孤苦奋斗或卷入庸俗），这对于来到延安的女同志说来更不冤枉。"所以，她主张对女性应有更多的宽容与理解，把"女人的过错看得与社会有联系些"；社会应该尽可能多地解决一些实际问题，减轻女性家务与心理等方面的负担；女性自身也得"首先强己"，自尊，自爱，使自己充实、愉快，勤于思索，拒斥蒙蔽、利诱，不畏苦难，坚持到底。丁玲不仅通过文学创作，而且也以亲身实践孜孜矻矻地探索着女性的归宿，走出家庭——孤独抗争——投身社会——汇入时代大潮中的人格自立，最后她认定的人格自立，已经超出了早期个性独立的单一文化层面，而将女性的自立与为人类的大抱负联系起来。可以说，丁玲是20世纪上半叶呼吁女性解放最为热切、反抗男权最为激烈的女性作家。

第三节　路翎《财主底儿女们》：苦吟知识分子的心灵史诗

全面抗战时期，流派色彩最为鲜明、坚持时间最为长久、成就与影响也十分突出的文学流派，首推七月派。七月派肩负着救亡与启蒙的双重使命，以强烈的主观战斗精神向现实突进，体验、拥抱并表现广阔的社会生活与复杂的精神世界。其中，小说创作量最大[①]，气势凌厉，格局宏阔，颇能代表七月派风骨的当属路翎。

路翎，1923年1月23日生于苏州仓米巷35号[②]，从母姓，起名徐嗣兴。生父赵振寰，是一位毕业于河北保定医学院的外科医生，入赘徐家，在岳母娘家蒋园挂牌行医。赵振寰多才多艺，吹拉弹唱，无所不能，擅长讲故事。由于当时苏州人多信中医，西医外科少有用武之地，挣不来钱，加之上门女婿的微妙地位，他几度要回保定开业，而终未成行。1925年春夏之交，赵振寰不幸故去，蒋氏族谱记载为"自戕"。不久，母亲徐菊英携一

---

① 从1939年至1954年，路翎创作的小说有长篇3部、中篇4部、短篇集6部，约300万字；此外，还有大量的剧本、诗歌、散文和评论等。

② 关于路翎的出生地、笔名的由来等生平资料与出狱后的创作及其父死因等，均参见朱珩青：《路翎》，中国华侨出版社1997年版。

子一女搬去了南京，再嫁湖北汉川人张济东。继父虽然读过大学，但家道中落，没有什么背景可以依靠，时逢社会连年动荡，加之性格耿直而有些急躁，只能在小职员的生涯中辗转颠簸。外面兵荒马乱，流氓特务在光天化日之下行凶作恶，警察欺压无辜的平民，贪官污吏招摇过市，自家时因继父的失业恐慌而难以安宁，生计困窘，这些都给徐嗣兴幼小的心灵罩上了灰暗的沉重的阴影，培育了一种凄凉、孤独的心境，使他有些敏感多思、少年老成。后来，这种心境几乎伴随了他的一生，也自然渗透到他的创作中去。3岁时，即由母亲开始进行启蒙教育，4岁考入南京莲花桥小学幼稚园高级班，半年后，升入小学，12岁入江宁中学。抗战爆发后，他随家人逃难，先到汉口、汉川，1938年经宜昌到重庆，被分配到四川省国立二中学习，下半年跳级升入高中二年级。由于他在课堂上看课外书，并课余为民营的《大声日报》编辑副刊《哨兵》，引起了校方的不满，又同一个思想反动的国文教员发生冲突，于是被学校以"左倾"的罪名开除学籍。他本人对要求学生循规蹈矩的学校生活也没有什么留恋，从此告别了学生生涯，乐得直接投身于社会生活中去。但社会生活比学校生活更为复杂、艰难，他开始像继父一样为生计而到处求职，参加过三民主义青年团宣传队，任过育才学校"小先生"、国民政府经济部矿冶研究所会计科办事员、国民党中央政治学校图书馆助理员等职。与继父所不同的是，他在求职谋生的同时，走上了奇崛瑰丽的文学生涯。

路翎的许多小说初发于胡风主编的《七月》《希望》等刊物上，《饥饿的郭素娥》《财主底儿女们》《青春的祝福》《求爱》等小说及《云雀》等剧本，也都是经胡风之手推出。胡风还先后为路翎的作品写过6篇序、跋和评论。确如路翎自己所说，胡风是他的"导师和友人，并且是实际的扶助者"[1]。正是在这位难得的师友的关心、指导与扶助下，路翎能够很快地在文坛占有一席之地，并留下了一条闪光的轨迹。

---

[1] 路翎:《财主底儿女们·题记》。

一、蒋氏三兄弟的歧路

还是在1940年时，路翎就根据外祖母哥哥家闹财产纠纷的故事为素材，动手创作他的第一部长篇小说《财主的儿子》，1941年完成，全篇20万字。写好后照例寄给远在香港的胡风，不料太平洋战争爆发，原稿遗失在战乱中。1942年，路翎到中央政治学校图书馆任助理员，有了一段相对安静的空间与较为充裕的时间。在胡风的鼓励下，他开始重写这部长篇。此时，他重读了早在少年时代就曾读过的托尔斯泰的《战争与和平》，又读了罗曼·罗兰的《约翰·克利斯朵夫》，这两种名著宏大的构架与气势，尤其是后者对主人公为了美好理想而向社会上的消极势力展开不妥协的斗争的精神历程的刻画，对他的长篇小说《财主底儿女们》的创作产生了深刻的影响。有了第一稿的试练，加上随着时间的推移和阅历的扩大，第二稿便有了远为宏大的规模与沉实厚重的分量。第一部于1943年11月写完，1945年11月由南天出版社在重庆出版，第二部于1944年5月完成，1948年2月由希望社在上海出版。

这部写于抗战期间的长篇小说，人物活动的舞台始终笼罩着战争的氛围。开篇从1932年发生于上海的"一·二八"战争切入，最后在抗战最艰难的时期收束。战争成为人物性格变化的熔炉、情节推进的动力，战争的苦难成为作品萦绕不断的背景音乐。对侵略者罪恶的控诉，是这一乐曲中的悲愤乐章。关于"一·二八"战争，还只是借助人物关于某个老女人在上海的马路上被日本飞机扔下的炸弹炸伤，很快死去等转述，和伤兵医院里呼唤母亲的惨厉声，动物的、痛苦的呻吟声，浓浊的药品与血污的混合气味，僵直的尸体，来表现战争的恐怖。到了卢沟桥事变之后，作者便泼墨般地描写战争的灾难了。最惨烈的一幕是南京的陷落。失陷以后，这座古城新都各处都有屠杀和强奸。日军做着杀人竞赛，集体屠杀手无寸铁的平民百姓和放下武器的中国军人，光是在明故宫里一次就以机关枪射杀了四百个中国兵。野兽一样的日本军人，冲进教堂，冲进教会学校，强奸饿了三天的妇女们。侵略者还使出了毒辣而卑鄙的攻心术，用坦克车装了糖果，分散给中国孩子。这部作品对于战争罪恶的描写，不只在于较早地揭露了日军在南京犯下的滔天罪行，而且在于揭示出战争扭曲人性，使本来应该报效国家、血染战场的中国军人里面出现了与其天职相悖的事情。南京光华门争夺战最激烈的时候，市民首先失去了信心，数万人向挹江门逃亡；其次是军队失去了信心，于是出现惨痛的、可怖的局面：炮火和相互的践踏时常使这些人们里面倒下一些。汹涌的人流在箱笼、车辆和尸体的礁石上冲击，"在礁石四围形成可怕的旋涡，卷去倒下的不幸者"。更可怕的是军人加入了逃难的激流，开始是散兵"徒然地用手榴弹和刺刀开辟道路"，等到军队宣布撤退时，"那些疯狂的兵，是用他们底武器攻击人群，在血底河流尸体底山丘上面咆哮，那些辆剩余的战车是从人们的身体上颠簸着驰了过去……"战车的行为激起了可怕的愤怒，于是一颗手榴弹准确地从城墙上扔到战车里面，使战车和它所压死的那些人一样再也不能动弹。"江边的情形，是和城内的情形同样可怕。为争夺仅有的船只，军队互相开火。"一只负载过多的囤船，因为人们继续从江里向上爬，并且互相恶斗的缘故，竟至覆没。死神临头，道德约束变得极其脆弱，恶魔性随时都可能登场。自暴自弃的溃兵纵火、抢劫，强奸村姑农妇，滥杀黎民百姓。这血腥的真实描写令人痛楚、悲哀，也引发读者对战争的深思。

作品以抗战为背景，自然有对抗日军人的爱国主义精神与铁的纪律的热情弘扬，如在抗击敌机的战斗中英勇负伤、终至殉国的舰长汪卓伦，下令枪决抢劫老妇钱财的溃兵而后被报复杀害的团长等；也有对当局者腐败无能、前方指挥严重失策、后方阔佬醉生梦死的尖锐批评。然而，这部作品的重心显然不在战争本身，而是在于知识分子的生存状态与精神历程。正如胡风在《序》中所说："在这部不但是自战争以来，而且是自新文学运动以来的，规模最宏大的，可以堂皇地冠以史诗的名称的长篇小说里面，作者路翎所追求的是以青年知识分子为辐射中心点的现代中国历史底动态。然而，路翎所要的并不是历史事变底纪录，而是历史事变下面的精神世界底汹涌的波澜和它们底来根去向，是那些火辣辣的心灵在历史运命这个无情的审判者前面搏斗的经验。"

在这部标题上儿女并举的作品里，女儿们所占的比重要轻得多。蒋淑珍、蒋淑媛、蒋秀菊秉承了一点讲究排场的贵族气，要么是丈夫的附庸，满足于不无温情但又庸庸碌碌的主妇生活，要么有了新派女子的派头，追逐着留洋镀金、交际活络的风光。蒋淑华比她们质朴、善良，然而柔弱多病，因短寿而无所作为。倒是庶出的阿芳，由于从小跟着处于姨太太卑贱地位的母亲生活，没有染上少爷小姐脾气，能够吃苦耐劳，靠自己的勤勉，踏踏实实地度自己的人生。其他女性，无论是狂热地追求虚荣与享乐的王桂英、高韵，还是冷峻地对待爱情与事业的万同华姐妹，都是配角。作者不吝笔墨、着力刻画的主人公，是气质相通而个性迥异的蒋蔚祖、蒋少祖、蒋纯祖三兄弟。

苏州富户蒋捷三的这三个儿子代表了知识分子的三条不同的道路。长子蒋蔚祖是父亲的掌上明珠，聪颖乖巧，完全按照因袭的传统圭臬长大，举止温文尔雅，通晓诗琴书画，但其"年青而美丽"的外貌下掩饰着柔弱畏怯的性格，缺乏男子汉的血性与新时代的朝气。使其性格缺陷暴露无遗、命运发生骤然跌落的，是他的妻子金素痕。金素痕出身于一个东山再起的破落户家庭，秉承了其父金小川旧式讼师的狡黠与阴毒。她为了财产踏入蒋家高门深院，利用蒋家对长子的器重，从蒋家贪得无厌、不择手段地索取金钱，弄走了大部分古玩珠宝，并因此结识了一个年轻的珠宝商人，过着放荡的生活。私情暴露、矛盾激化后，金素痕挟蒋蔚祖以与蒋家对阵，甚至趁乱抢走地契。传统诗教熏陶下长大的蒋蔚祖，在阴狠无赖、狡诈善变的金素痕面前，显得越发孱弱无能。他对妻子的荒唐徒有愤怒、热乱、痛苦濒于疯狂，但只能任其胡为，无可奈何，妻子对他巧言抚慰，他便安静下来，继续维持病态的婚姻生活。一俟极不情愿地确认了妻子的放荡时，他气愤得窒息，颓然倒地，终至发疯。他在苏州、南京之间几番颠簸，备受磨难，竟至沦为乞丐，干起了替出殡人家扛二十四孝的下贱生业，最后跳江自杀，完结了这个豪门阔少的一生。蒋蔚祖的性格，是豪门娇宠与传统诗教嫁接结出的酸涩果实，其悲剧性折射出柔弱型传统知识分子在欲望高涨的现代社会所面临的尴尬乃至绝境。饶有意味的是，逼疯丈夫、气死公公、导致簪缨之家倾圮败落的金素痕，已不是传统意义上的善妒易怒的"河东狮子吼"，而是洋味与蛮性集于一身的现代女性，她读过法政学校，敢同人多势众的夫家对簿公堂，敢向父亲争取自己的权利，懂得经营之道，追求现代享乐。在这样一个女性面前，早年曾因打了前任县长一记耳光而闻名南京的公公一败涂地，柔弱的蒋蔚祖更是被玩弄于股掌之间，父子二人都是在她的凯旋门下命丧黄泉。与传统框架内截然不同的力量对比及其结局，不仅隐喻着封建家族制度与封建礼教体系的崩溃，而且以丑恶本性的张狂嘲弄了文雅的无能，反证了原始强力的犷悍。

次子少祖，是蒋家第一个叛逆的儿子。他先是拒绝父亲给他安排的路，逃到上海去读书，大学毕业后办报，接着远渡重洋去日本留学。他一直在传统与新潮之间彷徨：领略着叛逆的快感，却毫不难为情地向姐姐们要钱；不满意家里选定的亲事，却与自己并不爱的人结婚；一方面不得不敷衍家庭生活，另一方面又要偷尝婚外恋的禁果，可是等到情人王桂英生了孩子，他却不敢对其负责。他需要激烈、自由和超拔的个人英雄主义，可是传统文化中的中庸到底对他发生了作用，他的性格中既有刚性的一面，也有柔性的一面，开始时怀着毅然决裂的激情离家求学，后来却常常表现出首鼠两端的状态。当他看到上海学生勇敢地开着火车去南京请愿的壮景时，为青年的精神所打动，消解了一点孤单与冷漠，唤醒了他那已经沉睡了的青春激情，灵魂得到了一次净化。但在抗战爆发以后，他却和往昔激进的旧友分道扬镳，退婴到保守的阵营。对待各种社会问题，年轻时代的苦闷和烦恼，让位于优美的自我感激。生活态度与生存方式上，勤勉为怠惰所取代。文化兴趣，从曾经向往过的欧洲文化，回到传统文化上来，甚至有几分迷恋。他曾经担心自己与青年隔离下去，会走上官僚的道路，后来却果真当上了参政员；然而这个近乎荣誉性的头衔，并没有使他完全失去知识分子的自由思考。

　　蒋少祖这一人物的丰满性与深刻性，不仅在于其性格本身的复杂性，而且在于他的某些思考具有一定的真理性价值。他"反对中国人底固步自封和浅薄的，半瓢水的欧化，颂扬独立自主的精神，说明非工业和科学不足以拯救中国"。他希望中国能建立民主的、近代化的、强大的国家，这个新的国家能尊重往昔的文化。他写文章为陈独秀辩护，认为陈独秀是文化的战士和有良心的学者。他反思自己所受西欧的自由主义、颓废主义以及个性解放等的影响，确乎使他的生命经历了生命所必需的一个阶段，现在达到了新的认识："解放了的个性，应当更尊重生存底价值，并应该懂得别人底个性，和别人底生存底价值。……人应该懂得尊重社会秩序底必要：只有在社会秩序里，人才能完成个性解放。"他不满于有人搬进花花绿绿的洋货来当作创造新文化，主张批判地接受文化遗产，实现学术思想中国化，走中国自己的道路。当表侄陆明栋离家出走投身于抗战工作之后，蒋少祖用来安慰表姐的话却是："比炮火更危险的，将是政治底冷酷无情的机构！在幼稚的幻想破灭以后，年轻人或许会呻唤着逃回家来的——假若他还能活着的话！"当看见自己的弟弟和外甥女走在游行队伍里时，他觉得他心里有无限的忧愁："也许在七年以后，有另外一个人走到街边，而走在目前的这个队伍里的这些男女，却在生活里磨灭了，或在政治底冷酷的风暴里灭亡了，于是他想起了这些人，这些时代底骄儿，想起往昔的，不可复返的热情和恋爱，觉得是这些故人，这些悲惨的灵魂，这些平凡的不幸者，这些中国底痛苦的人民在他底眼前通过！把虚荣和恋爱留下来罢。让粉饰和欺骗长存吧！让他们玩弄权力像玩火，让他们在各种新的方式里去享受荣华富贵吧！让这些新的玩世方法叫做新的社会吧！而让失望的母亲、无父的孤儿、沉默的牺牲伴着真正的中国，伴着我！"关于人民，他想道："人民是一个抽象的字眼……假借人民底名义，各种势力在斗争，每一种势力都要吸收青年。"这些思考，无论是在作品所表现的时代里，还是在后来相当长的时期内，都曾被视为保守、落伍，甚至反动，但实际上，偏颇之中隐含着部分真理，历史演进的某些实情的确被

矜持、静观，甚至显得冷漠的蒋少祖不幸而言中：抗战中，有些进步青年
就被国民党当局以培养干部的名义训练成特务，用来对付积极抗战的共产
党；延安也曾发生过将千里迢迢投奔革命圣地的青年疑为"特务"的"抢
救运动"；抗战胜利后，"五子登科"，腐败公行，贪官污吏大行其道，黎
民百姓仍然挣扎在水深火热之中……叙事者的叙事态度是矛盾的，既有对
人物的认同，也有审慎的怀疑。无论当时及后来的读者是否认同人物的思
考结果，人物思考本身所显示的相对于主流意识形态的知识分子的自由姿
态，文化保守主义的相对价值，对于现代知识分子的角色定位与生存方式
不无借鉴意义。

　　三子蒋纯祖是蒋家儿女在叛逆道路上走得最果决、最执着、最艰辛，
也最远的一个。在第一部第三章里，他在蒋淑媛的生日宴会上刚出场时，
还是一个有着这个年龄通常都有的梦幻般恋爱的少年，但他那"兴奋而粗
野的"动作，"怀着一种敌意"的明亮眼睛，"恼怒地皱着眉头盼顾"的
动作，摆脱众人之后的狂喜的神情，追求悖伦的爱情目标（表外甥女）的
痴迷，非常忧郁和极度欢欣的急剧交替，已经看得出蒋氏子嗣的精神特征
与他所独有的性格端倪。蒋纯祖再次出场时，是在车站与已经疯了的长兄
蒋蔚祖不期邂逅。他明明知道全家都在寻找蒋蔚祖，可他只是匆匆地给了
长兄一点钱，便继续他去看同学的行程。在长兄急需亲情的帮助时，他的
表现是那样的冷淡寡情，显然他还是一个不谙世事而且有点冷酷的少年。
等到战争打响，他的那早熟而幼稚、狂热而冷漠的性格，才有了一个考验
与锻炼的机会。他"渴望从这孤独、悲凉和毁灭底极底里得到荣誉和无所
不容的爱情"，打破现实生活所给他的苦闷与憎恶，走出尖锐地折磨他以
致想到自杀的绝望。他在暗恋无果后迅速地狂热起来，挣脱过去的阴暗和
苦闷，不顾家人的劝阻，毅然奔赴战云密布的上海，投向民族解放战争热
潮。他先是在上海战线后方工作，上海失陷后，被卷入了逃亡的行列，经
南京而走向了那片给他的人格以锤炼与重构的旷野。

二、荒原上的心路历程

在这部作品中，旷野的最早出现，是在蒋家的忠仆冯家贵孤单而凄凉的死之后，冯家贵被埋在积雪覆盖的旷野。坟墓里埋葬的岂止冯家贵，还有这个忠仆所效忠的旧式大家庭。旷野是个多义的象征物，蒋少祖从中感受到的是巨大的空虚和浓烈的凄凉，他想要做的是拼命逃离旷野。而对于蒋纯祖来说，旷野则意味着人格的熔炉、力量的源泉、灵魂的绿洲、生命的归宿。在走进旷野之前，蒋纯祖经受的一次严重的灵魂撞击，不过是父亲去世后金素痕为争遗产的大闹灵堂。那时，一个女人的撒泼就能使他变得有些神经质，"觉得到处有火焰，幽暗的，绝望的火焰"，直到走出灵堂，来到黎明的花园，在自然的安慰下才恢复到清醒状态。更为酷烈的灵魂撞击，则是他在旷野上逃难的险途。旷野危机四伏，让人恐惧不安，也容易使人蛮勇异常、孤注一掷；旷野没有秩序，让人领略高度的自由，也容易使人野性复萌，失去对善良的自然信念；人在旷野上跋涉，容易产生无人响应的孤独与失望，相互集结得更紧，也戒备得更凶。在旷野，他目睹了溃兵兽性大发、烧杀抢掠、强奸妇女的恶行，感受到人性中的邪恶的可鄙可怕，他见识了善恶之间的殊死搏斗与善恶之间的奇妙转化。他曾经是那样的幼稚肤浅，当工人朱谷良把手枪对准再次强奸妇女的溃兵石华贵时，他竟然为石华贵的眼泪所打动，用自己的胸膛挡住了手枪，结果使朱谷良反被石华贵杀害。尽管后来蒋纯祖巧施计谋，刺激起另外几个良心发现的溃兵的仇恨，炸死了罪恶的石华贵，替高尚宽厚、光明正大的朱谷良复了仇，但他的心灵上，却留下了不可磨灭的创伤。在旷野，他也见到了优秀的中国军人是怎样的忠于祖国、恪守军纪，真正的男子汉是怎样的慷慨仗义、侠骨柔肠，亲身体验那种超越血缘关系之上的人间真情是怎样的温馨感人。如此旷野，使他对人性的认识变得复杂起来，对自我的体认清醒一些，个性从幼稚走向成熟，爱心与冷酷结伴成长，信念与怀疑一并增强。

在踏入旷野之前，蒋纯祖"像一切具有强暴的，未经琢磨的感情的青年一样，在感情爆发的时候，觉得自己是雄伟的人物，在实际的人类关系中，或在各种冷淡的，强有力的权威下，却常常软弱、恐惧、逃避、顺从"。而走出旷野之后，他的软弱、恐惧、逃避、顺从则消泯将尽，成为"由冷酷的自我意志而找到了自己所渴望的，成为被当代认为比疯人还要危险的激烈人物"，在"因袭的那些墙壁和罗网中，指望将来，追求光荣"，同各种恶劣的环境做拼死的搏斗。在剧社里，他敢于向权威性的核心组织抗争；在乡下担任石桥小学校长时，他不惜冒犯整个石桥场的富裕阶层，采取激烈的措施，将本来缴得起学费而未在规定的一个星期内缴来的四十几个富裕学生，开除了学籍。

那个充满了危机与血腥、燃烧着爱与仇的旷野，成为蒋纯祖滋润灵魂的清泉。无论是在恋爱中受了挫折，还是在工作中遇到困境，每逢他陷于痛苦与困惑时，他都要情不自禁地追忆旷野。当他不敢接受外甥女傅钟芬的恋爱挑战、处于痛苦而混乱的孤独中时，旷野的回忆给他以激励。当他吻了傅钟芬之后，陷于激情与伦理的冲突时，旷野又变成一面照见他自私狭隘的镜子：在青春的甜蜜里，他梦见旷野，梦见旷野上春夜的急雨、朱谷良刚强的瘦脸、一条染着血污的裤子，同时听见音乐，在庄严中有愤怒的、谴责的歌声。他终于醒了过来，在朱谷良面前感受到了自责。他在单相思的对象黄杏清面前感到自己卑微时，"渴望孤独的，旷野的道路；这个旷野当已不是先前的旷野，这个旷野，是为贝多芬底伟大的心灵照耀着的，一切精神界底流浪者底永劫的旷野"。当他对武汉战役之前一些市民虚荣、放荡的生活感到不满时，在与蒋少祖发生意见冲突时，他都渴望回到旷野去。他认定自己在这个时代注定要在荒野中漂流，在荒凉的旷野上，有他的坟墓。在作品的结尾，他终于如愿以偿，拼尽生命的最后一点力量回到旷野，永远地偎依于旷野的怀抱。

作品在写到蒋纯祖们在旷野上奔波时，有这样一句叙事旁白："和产生冷酷的人生哲学同时，这一片旷野便一次又一次地产生了使徒。"的确，蒋纯祖生涯中的旷野，有如《圣经》里的旷野，蒋纯祖也有着使徒一样的热情，使徒一样的磨难，使徒一样的结局。在《旧约》里，当以色列人走出埃及要寻找新的生路时，在旷野中漂流了40年。旷野多有邪鬼，摩西的姐姐就死在这里。但摩西杖击磐石出水也在这里，从这里出发，以色列人找到了生存之地迦南地。旷野又是耶稣被魔鬼试探的地方[①]，是使徒约翰传道备受磨难的地方。蒋纯祖的热情与孤独很像使徒。他与好友办学，为培育新人而呕心沥血，但却不仅受到地方豪绅势力的攻击，而且也不为一般民众所理解。他曾经竭力帮助女学生李秀珍摆脱被母亲以2000元的代价把她的第一夜卖给一个少爷的厄运，为此他蒙受了谣言的攻讦。然而，后来李秀珍竟然由屈从母命到陶然自得于富家生活。最后，蒋纯祖们所办的石桥小学被人纵火烧去了一半，蒋纯祖的朋友为了复仇，以同样的方式点着了中心小学，结果，传来了凶险的消息，他们不得不落荒而逃。这也很像《圣经》里所写的那无人响应的"旷野的呼喊"[②]。摩西派人探寻迦南地，而多数要回埃及，只有两人力陈迦南地肥美，会众却要用石头砸死他们。

　　蒋纯祖面临的困境，不只在于乡场上处于强势的封建势力，处处同他作对；也不只在于他所钟爱的人民身上戴着重重枷锁，有着被奴役的创伤，并不能真正理解他的高尚追求；而且还在于严酷的现实与狂躁的性情交相作用，使他的精神世界充满了尖锐的矛盾，历史理性与现实感受、道德意志与生命本能时时发生冲突，雷鸣电闪，瞬息万变，心境始终无法得到片刻的安宁。他在爱人民的信仰与爱自己的安慰中剧烈地颠簸，在自诩自足与自怨自责中痛苦地徘徊。他本以为自己在乡场上可以大有作为，然而现实却使他觉得，蹲在这个石桥场，他的才能和雄心会被埋没掉；他又用理性斥责这种感觉是最卑劣的东西，是虚荣、堕落、妥协和对都市生活的迷恋，然而他没有办法排除乡场的现实给他带来的痛苦、厌恶与消沉。

---

① 据《圣经》，魔鬼要耶稣在禁食40天后把石头变成食物，让他在圣城的殿顶上跳下去，又拿世上的万国和万国的荣华来诱惑他。

② 据《圣经》，施洗者约翰在犹太旷野上传道的时候，呼喊着"天国近了，你们应当悔改"。

他为自己的高远理想、牺牲精神与顽强意志而骄傲，同时又为曾有的放荡、肉欲、不道德而忏悔，他面对冥想中的"克力"严厉地解剖自己"是卑劣的种族底卑劣底子民……我来自昏疲而纵欲的江南，贩卖自私的痛苦和儿女心肠"，希冀走向道德的爱情生活。他在经历了几次不成熟的恋爱之后，终于选定了冷静、严肃、磊落、诚实、勤劳、克己、谦虚的石桥小学同事万同华作为意中人。可是，他刚向万同华表白了爱情，随后便"模糊地觉得一切发展得过于迅速"，"模糊地觉得悔恨"。他的恋爱不是平湖秋月里的扁舟荡漾，而是在热情与冷淡、信赖与怀疑、追求与退缩、幸福与苦恼等重重风浪中的剧烈颠簸。他那反复无常的性格与生活环境的酷烈，最终导致了恋爱的悲剧。陷入绝望的万同华，在兄长的强迫下，心灰意冷地嫁给了一个县政府的科长。蒋纯祖在生命的最后时刻，与万同华相见，任何表白都无法削减悲剧的灰暗色调。二人生死诀别的那个荒野中的寺院，倒不失为这幕爱情悲剧与其男主角命运的象征。

蒋纯祖始终是一个特立独行的孤独者，这就难免要与规则、与集团发生冲突，"八一三"之前，他就曾因不守"他们底纪律"而被学校开除。他热情地投入从事抗战宣传的演剧队后，感到了种种不适。"在集团底纪律和他冲突的时候，他便毫无疑问地无视这个纪律；在遇到批评的时候，他觉得只是他底内心才是最高的命令、最大的光荣、和最善的存在。""他最初畏惧这个集团，现在，熟悉了它，朦胧地知道了它底缺点，就以反叛为荣。"在他看来，年轻的人们，为了急于获得团体乃至社会的认同，从而一劳永逸地解脱自身无所归属的痛苦，便在热烈的想象里，和阴冷的、不自知的妒忌里，造出对最高命令的无瑕的忠诚来，并且陶醉其中，抓住时代的教条，以打击别人作为自身纯洁和忠贞的证明，这种投机逢迎表面上可以拯救自己，但最终会毁掉自己。只有拒绝投机逢迎，坚信自己的内心，才能真正拯救自我，在社会上有所作为。蒋纯祖所在的演剧队里，有一个影响最大的带着神秘色彩的小集团存在。他们一致的行动、权威的态度和神秘的作风，具有一种巨大的力量，唤起人们的艳羡与嫉妒，也给人一种威压。蒋纯祖觉得音乐与戏剧工作没有受到应有的重视，而且他虽然名为音乐工作的负责人，可是实际上在队里，甚至在音乐工作上面，他却是一个无足轻重的人。于是他阴沉地逃避这个环境，有时又以极度的骄傲、发怒和故意喧嚣来盲目地反抗这个环境。他与高韵的恋爱更加激起了人们的不满，小集团的成员逐一找他谈话，批评他太忧郁、太幻想、太软弱。接着，一次例行的工作检讨会变成了对蒋纯祖的批判会，变成了对这个敢于坚持个性的青年的一场残酷打击。权威者批判他"在工作和生活里面，带了小资产阶级个人主义的根深蒂固的毒素，并且把这种毒素散布到各方面来"。大帽子一顶一顶朝他扣下来——"要另外组织座谈会，这是机会主义底阴谋"，"表现了取消主义的，极其反动的倾向"，"侮蔑革命，不管他主观意志上如何，客观上他必然要反革命"，"我们要清算这些内部底敌人，这些渣滓"，等等。这些大话、套话、无限上纲等话语形式，以及有备而来、集体围攻的斗争方式，把私愤掩藏在冠冕堂皇的招牌下的伎俩，等等，也许路翎当年在三民主义青年团宣传队里从事抗日宣传的经历中曾经有所领教，若干年后这些东西大为流行，让路翎乃至全民族吃尽了苦头。残酷的历史验证了作家艺术感觉的敏锐性与深邃性。在作品里，沉默的、怕羞的蒋纯祖，在愤怒的激情里面，成了优美的雄辩家。他回击说，有苦闷不是什么见不得人的事，革命运动正是从人民大众的苦闷里爆发出来的；有幻想并非罪过，只有最卑劣的幻想才会害怕别人知道；拿别人的缺点养肥自己的所谓批判，为了寻找批判材料而接近同志的做法，都是出自卑劣的动机。蒋纯祖的反击掷地有声，终于度过了这一难关。当然，这也因为核心组织的成员并不都是扣帽子的"健将"。在剧烈的斗争中经受过千锤百炼、冒过多次生命危险的坚贞的沈白静，如其名字所显示的那样，沉稳而不偏激，纯洁而不卑污，冷静而不浮躁，他对围攻同志的场面感到憎恶，对恶意的批判进行了抨击，对蒋纯祖也给予了中肯的批评。"检讨会"在雷雨止歇后的清澄之夜里结束，繁星在天空中闪耀，一切生命在恬静地呼吸，这种意境表现出叙事者的一种态度。

在叙事者的眼里，蒋纯祖并不是如论敌所批判的那样，是一个绝对自私的极端个人主义者，实际上，他不过是有感于中国文化的缺憾，从个人主义有所借取，注重个人的价值与尊严，强调个性的自由意志，勇于争取并捍卫个人的权利，追求个性的自由而全面的发展。面对机械的、独断的教条和那些短视的、自以为前进的官僚们，他敢于否认人是历史的奴隶和生活的奴隶，敢于反抗束缚个性的桎梏；面对卑污的环境，他无所畏惧，义无反顾地进行决绝的抗争。但同时他也主张"人人应该相爱，人们不应该为个人而仇恨；不应该有'天下人'（宁可我负天下人，而决不让天下人负我）的观点，而应该有历史的观点；不应该有个人英雄主义的观点，而应该有人类的观点"。他也走向了乡间，把人的启蒙与个性的启蒙带到中国最底层的民众，试图改变乡民的平庸、迂腐、保守，扭转他们习以为常的偶像崇拜与圭臬奴从，希冀他们走向"人底完成"。当然，他始终没有全面地了解大众，只看到几千年奴役留下的精神创伤，而没有发现并引导大众中间潜在的巨大力量。蒋纯祖是现代文学史上少有的复杂性格的典型。清醒与迷乱，真实与虚伪，高傲与谦逊，悲天悯人与孤独自私，善良、卑怯、快乐与嫉妒、愤怒、痛苦，紧紧缠绕在一起。他的愤怒与痛苦，绝非单单敏感的个性气质所致，更能代表青年知识分子在那个特定年代的心路历程，体现出这一群体对人民的命运和民族的出路的严重关注和深刻忧虑。他所遭遇的困境，譬如生活里面的麻木的保守主义、权威场里面的教条主义、集团体制对个性自由的压抑，他面对这些困境时的勇敢姿态与深邃思考及性格局限，也都具有典型意义。在民族解放战争的环境中，强调个性解放，表面看起来有点"不识时务"，实际上路翎所理解的个性解放，是在血与火的背景下主体精神的喷发与人格的重建，是走向民族解放的时代大潮的个性解放。他所追求的不止于知识分子的个性解放，而且扩及广大民众的个性解放。个性解放不止于在同封建势力的斗争中进行，而且在严厉的自我解剖中推进。这一艺术视野与境界无疑是对五四传统的继承与发展。

三、心灵史诗的诗性表达

《财主底儿女们》以近80万言的巨幅画面，对现代知识分子的生活道路与心灵历程做了广阔而深刻的描写，其容量与力度在现代文学史上十分突出，曾有评论家称其为"'五四'以来中国知识分子的感情和意志的百科全书"[①]，的确不无道理。而若从心路历程的律动、意象意境的创造等方面来看，毋宁说它更是一部心灵史诗。在这一点上，它与《离骚》[②] 颇有几分相似之处。

《离骚》的抒情主人公出身高贵（"帝高阳之苗裔"），赋予嘉名（名正则，字灵均），追求自修美德，希冀为君尽忠，无奈得不到理解，反被群小嫉恨进谗。他明知耿直不能讨好，但宁可在孤独、痛苦中煎熬，也不肯同乎流俗、屈节卑躬。为了慰藉孤苦的灵魂，他上天入地，寻找意中人，但所求的宓妃、简狄、有虞氏二姚，或徒有美貌而品德不佳，或恐他人已捷足先登，或媒人拙弱而闲言称雄，难以如愿。无论怎样受挫，他都矢志不移，最终志向难酬，他便决意"从彭咸之所居"。《财主底儿女们》虽然时代迥异，文体有别，抒情主人公的忠诚对象"灵修"（君主）被叙事主人公的忠诚对象"人民"所取代，但《离骚》里的那种"长太息以掩涕兮，哀民生之多艰"的博爱情怀，"博謇而好修兮，纷独有此姱节"的特立独行，"岂余身之惮殃兮，恐皇舆之败绩"的社会忧患，"荃不察余之中情兮"的人生挫折，"亦余心之所善兮，虽九死其犹未悔"的精神升华，在自足与烦恼、远行与顾念中彷徨的自我裂变的精神困境，"忽反顾以流涕兮，哀高丘之无女"的失望惆怅，"路漫漫其修远兮，吾将上下而求索"的执着精神，对"时俗之流从"与"溷浊而嫉贤"之世态的厌恶、愤怒与无奈，在这部现代小说里都能找得到，诗中"溘死以流亡"的预设结局，到小说里则变成悲壮的现实。

---

① 鲁芋：《蒋纯祖的胜利——〈财主底儿女们〉读后》，《蚂蚁小集》之四，1948年11月。
② 关于《离骚》的心灵史诗品性，参见《杨义文存》第七卷《楚辞诗学》第一章，人民出版社1998年版。

心路历程如此相似，象喻体系也颇多相通之处。譬如，《离骚》设置了双重精神家园，一个是自然形态的，存在于兰皋椒丘、荷衣莲裳之中，另一个是神话形态的，存在于昆仑神话系统。《财主底儿女们》也有两个精神家园，一个属于蒋纯祖的旷野，另一个是属于蒋家其他人的苏州花园。旷野本身也有多重性，既是蒋纯祖人格重构的熔炉，又是他"从彭咸之所居"的归宿，并且旷野的意义大大超越了蒋纯祖个人的生命历程，堪称整部作品的中心象征——寓含着人与人之间、男性与女性之间、暴力与非暴力之间、个人与集团之间紧张对峙、激烈冲突的关系。又如，《离骚》所求之女，并非共效于飞之乐的配偶，而是指心有灵犀一点通的美人，着眼点在心灵的沟通。《财主底儿女们》的"求爱"，也是寻找心灵安慰的寄托，乱伦禁忌注定了蒋纯祖对表外甥女与亲外甥女之爱的夭折；高韵虽然妖冶热烈，曾经给过他以性的满足，但其毕竟浅薄浮华，如同宓妃一样游乐无度，并非可以比翼齐飞的佳偶；黄杏清清丽可人，却仿佛简狄已有人捷足先登；万同华堪称同道，也因为阴差阳错，终于未能结为连理。求爱一再受挫，恰恰与理想的落空同步共振。再如，《离骚》的抒情主人公在困惑之际向灵氛、巫咸两个神巫求卦占卜，请求指点迷津。《财主底儿女们》里面，设置了一个由蒋纯祖虚拟出来的"克力"，当困顿之际，他便向"克力"倾诉心声，寻求支持。"克力"是谁，叙事者在旁白中说"她大概是一个美丽的，智慧的，纯洁的，最善的女子，像吉诃德先生底达茜尼亚一样"。在我们看来，她又像从教徒在万能的、永恒的耶和华面前自谦的"客旅"（意即匆匆的过客，临时的寄居者）演化而来，是自身人格理想的对象化。但从其具有神秘色彩，并能与主人公对话的功能来看，她的原型恐怕可以上溯到《离骚》里的灵氛与巫咸。

《财主底儿女们》具有心灵史诗的品性，然而，其阅读效果并不是像《离骚》那样，虽九曲回肠但一气贯通，而是在给读者以强烈的震撼的同时，也留下了枯寒瘦硬晦涩的感觉。个中原因何在？大概主角的换位是原因之一。第一部的主角蒋少祖及蒋蔚祖，要么在第一部里生涯就已经走到了尽头，要么在第二部里将第一主角的位置让位给蒋纯祖，第一主角的转换较之那些由一个主角贯通始终的作品，的确显得不是那么集中与连贯。丁字型结构恐怕也对读者的审美造成了一定的阻塞效果。第一部基本上是横剖面，人物群像的刻画围绕着蒋家解体这一中心事件进行；第二部以纵剖面表现年轻一代在血火交迸之时代的嬗变，蒋纯祖成为浓墨重彩地予以刻画的对象。没有第一部的铺垫，嬗变就缺乏对比的基础；没有第二部的延伸，就只能是巴金《家》的另外一种版本。这样看来，前后的叙事语境是相通的。但从横断面到纵断面的陡然转换，使先前给读者以很大阅读期待的叙事线索戛然中断，如泼辣凶蛮、狡诈阴险的金素痕在蒋家的破败中起到了至关重要的作用，但自从她被找上门来的蒋蔚祖惊走以后，只是后来在南京的码头上匆匆露了一面，从此便杳无音讯。现实人物变得像《离骚》里的神话形象一样，招之即来，挥之即去。读者刚才还在为大家庭的崩坍而百感交集，为人物的走向而悬念，到了第二部，眼前的景象蓦然一变，熟悉的难觅踪影，陌生的予以特写般的描绘，这对于一直接受环环相扣、有头有尾的小说传统影响的读者来说，实在是一种审美习惯的挑战。然而，《财主底儿女们》让人觉得难读的根本原因，还是在于其心灵史诗的品性本身。本来，有些通常被小说家作为吸引读者的趣味线的几种因素，譬如大家庭崩溃时的财产纷争、险象环生的冒险经历、狡诈的阴谋与多角的爱情等，在这部小说中都能找得到。但路翎却没有注意去开发其历险的或肉感的刺激功能与趣味功能，而是只要其担当起表现心灵历程的功能。也就是说，作者的擅长与作品的主旨，不是向读者讲述引人入胜的故事，而是要吟诵曲折而磅礴的心灵史诗。从叙事比重来看，叙述大于描写，人物的内心独白和叙事者对于人物心理的旁白占据了相当大的篇幅。[1] 从叙事内容及叙事节奏来看，仿佛人人都被狂热而混乱的激情所驱使，愤怒与痛苦的情绪成为心理舞台上的主角；人物心理起伏跌宕，幅度大、节奏

---

[1]　参见赵园：《蒋纯祖论》，收入《艰难的选择》，上海文艺出版社1986年版。

快，变化突兀，不要说读者难以预测人物的举动，就是人物自身也往往是此刻不知他自己马上会做出什么骇人听闻的事情，恰似气象复杂的山区，刚才还是蓝天白云、风和日丽，转瞬之间就可能变得乌云满天、雷鸣电闪。这对于在中庸、中和文化背景下的国人来说，接受起来总有相当大的阻力。在具体的描写中，往往以诗为文，无论是主人公与虚拟中的神性形象"克力"对话，抑或是描写梦境或半梦半醒的状态，还是直接刻画意识与无意识错杂交织的心理状态，叙事者多用诗性的笔触，将叙事节奏打乱，造成阅读上的阻隔。譬如第十五章里，蒋纯祖去看望同样逃离出来的石桥小学同事张春田，酒后深谈，使他在夜里不能睡眠。作品这样描写人物似睡非睡、似醒未醒的心理活动：

> 他是燃烧着，在失眠中，在昏迷、焦灼和奇异的清醒中，他向自己用声音、色彩、言语描写这个壮大而庞杂的时代，他在旷野里奔走，他在江流上飞腾，他在寺院里向和尚们冷笑，他在山岭上看见那些蛮荒的人民。在他底周围幽密而昏热地响着奇异的音乐，他心里充满了混乱的激情。在黑暗中，他在床上翻滚，觉得自己是在漂浮在波涛汹涌的大海上。他心里忽然甜蜜，忽然痛苦，他忽然充满了力量，体会到地面上的一切青春、诗歌、欢乐，觉得可以完成一切，忽然又堕进深刻的颓唐，恐怖地经历到失堕和沉没——他迅速地沉没，在他底的身上，一切都逆裂、溃散；他底手折断了。他底胸膛破裂了。在深渊里他沉沉地下坠，他所失去的肢体和血肉变成了飞舞的火花；他下坠好像行将熄灭的火把。

在这段心理描写中，"他是燃烧着"——夸张的修辞，"在昏迷、焦灼和奇异的清醒中"——模糊且矛盾的叙述，还有语词的复沓、排比句的运用等，都是典型的诗歌表现手法。诗性的叙事既有《离骚》的忧愤，也有韩孟诗派（韩愈、孟郊、贾岛等）的深险怪僻，从语汇到意境更容易让人想到路翎深受其影响的鲁迅的散文诗集《野草》。"当我沉默着的时候，我觉得充实；我将开口，同时感到空虚。"以此诗句开篇的《野草·题辞》，还有《影的告别》《墓碣文》《希望》《过客》与《死后》等篇，简直就像是预先为蒋纯祖的精神状态做出的传神写照，其精神内蕴，其文体风格，都极为相似。《死火》里运用矛盾的语词构成特殊意象，如已使手指焦灼的冷气等，恐怕是《财主底儿女们》里的酷寒灼烧、灿烂的冷笑等险怪的意象的重要源头。

人物狂热的激情瞬息万变，一个热情冲撞，甚至抵消另一个热情，一个念头替代，甚至反叛另一个念头，这种心理状态凭借路翎敏感而不羁的笔触真实地呈现出来，就使得作品常常像开春时节的黄河：由于上游与中、下游的温差较大，上、中、下游的冰凌开始融化的时间与速度均有不同，河道不畅，上游的冰凌争抢着、冲撞着、挤压着、轰鸣着、咆哮着，汹涌地奔向下游，场面壮观，气势磅礴；然而有时也会形成冰坝，迫使冰凌挤出河道，冲决河堤，毁坏村庄与农田。这种心理容量巨大、推进速度急剧、变化节奏突兀的叙事方式，确有一种逼真的原生相与强烈的震撼力，但有时也造成语调的阻塞粘滞与结构的枝蔓旁生，给人以晦涩、芜杂之感，易于使人产生阅读的疲劳乃至心理阻抗。

以诗为文，有其所长，也自有其所短。缺少节制的诗情，带来了一点浮躁之气，削弱了作品本来应有的深沉；诗性描写的随意插入，多多少少影响了叙事的整体感。这也许与作者当时的创作积累及写作的匆促有关。这部长篇的第一稿动笔时，作者年仅17岁，19岁时重写，到21岁便拿出了如此皇皇巨著，实属难得，同时，年轻人未及沉淀的激愤，技巧的尚未完全成熟、语言的缺少打磨功夫，自然就带来了生涩与粗砺，使得内涵本来就十分苦涩的作品愈增其文体的晦涩。

路翎步入文坛之际，小说界流行着几种倾向：一是庸俗的唯智主义（或理性主义）、概念万能的观念论创作，即以故事演绎某种观念；二是新闻主义创作，一味强调客观写实，而缺少作家主体感情的投入；三是逃避式的神秘主义，远离现实，陶醉在虚拟的田园牧歌或狭隘的自我世界之中。路翎则反其道而行之，他以胡风所倡导的强烈的主观战斗精神突进现实，以生机勃勃的生命力拥抱时代生活，以敏锐的感觉深入探索人的精神世界，因而他在题材的拓展、主题的开掘与文体的建构方面做出了独特的贡献。路翎小说的心理世界较之20世纪20、30年代施蛰存小说的心理世界，要更为广阔，也更具现实色彩。施蛰存主要发掘的是被压抑甚或扭曲了的性心理，路翎则关注人民在几千年的奴役下造成的精神创伤，关注现代知识分子在激烈的社会动荡中的困惑、痛苦与希冀、欢乐。善于表现复杂万端、突兀多变的心理状态，更是路翎独擅胜场的硬功夫，由此形成了一种黄河冰凌般急骤、错杂、雄壮、粗犷的气势美与力度美。确如论者所说，路翎的笔"有更多凝练的流质的华采与飞扬着的从无意识的深渊里突发出来的生命的呼喊与神采"①。

第四节　从中国文学史的背景看赵树理的"三农"文学

20世纪90年代以来，"三农"（农业、农村、农民）问题成为一个社会焦点，"三农"文学理所当然地引起学术界的关注。②其实，中国作为一个历史悠久的农业国，文学中广义的"三农"题材可谓源远流长。在20世纪中国文学史上，自觉而执着地表现"三农"题材的作家，当首推赵树理。本节对中国文学史上的"三农"题材加以梳理，在此背景下审视赵树理的创作，这对于准确认识赵树理的文学特征及其意义或许不无裨益。

一、古代文学的"三农"传统

中国第一部诗歌总集《诗经》有大量表现"三农"题材的诗篇，若

① 唐湜：《路翎与他的〈求爱〉》，《文艺复兴》第4卷第2期，1947年11月1日。
② 如2006年5月14日至15日，中国现代文学研究会与长治学院在山西长治举办"赵树理与'三农文学'"学术研讨会。

按主旨来分，大致可以分为三种：一是正面表现农业生产的兴农，如《定之方中》赞颂卫文公迁徙复国，从事建设，大兴农业，繁殖六畜；《生民》描述周始祖后稷诞生经过及播种五谷的成就；《公刘》歌颂公刘迁徙、定居并发展农业的功绩；《载芟》记述周成王时垦荒耕种、大兴农业的情景；《良耜》叙写一年中从播种、除草到收获、安顿家室再到祭祀以求农事绵长的全过程。二是抒写农村生活情趣的乐农（农家乐），如《十亩之间》描写采桑者乐在其中的陶然自得；《甫田》表现田主与农夫之间的和谐关系；《楚茨》《信南山》写丰收后的祭祀祈福；《七月》写农村四季的生产、生活，有腊月凛冽的寒风，也有春天的艳阳初照、黄莺鸣啭，有辛苦的付出，也有收获的喜悦。三是同情农民劳苦的悯农，如《伐檀》讥刺不劳而获者，《硕鼠》表现农民的无奈、愤懑和以逃亡来抗争的决心。

　　《诗经》中兴农、乐农、悯农三条线索在后来的文学中得到不同程度的继承与发展。历朝历代都不乏勉农之作。东晋陶渊明有《劝农》诗："舜既躬耕，禹亦稼穑。远若周典，八政始食。"保定直隶总督署博物馆至今保留着清朝乾隆三十年（1765年）的《御题棉花图》刻石，上有清圣祖康熙的《木棉赋并序》，乾隆为十六幅描绘棉花种植、纺织、练染全过程的工笔画题写的十六首七言诗，后附直隶总督方观承的十六首七言诗。乾隆《御题棉花图》第十六首题"练染"云"五色无论精与粗，茅檐卒岁此殷需。布棉题句廑民瘼，敬缵神尧耕织图"，表白了乾隆题诗的动机，也体现出对兴农传统的继承。

　　比较而言，古代文学中的悯农远远多于兴农。汉代战争频仍，乐府里多有反映。《战城难》在表现战争惨状的同时，也表现了大批劳动力被征发从军，农业荒废的情景："禾黍不获君何食？愿为忠臣安可得？"《十五从军征》里描写"十五从军征，八十始得归"的老士兵返乡之后看到的家中荒凉景象："兔从狗窦入，雉从梁上飞。中庭生旅谷，井上生旅葵。"东汉桓帝时的一首《小麦童谣》也说："小麦青青大麦枯，谁当获者妇与姑。丈夫何在西击胡。"民歌中也有农家儿女自娱自乐的诗篇，如汉乐府民歌《江南》，即在劳动场景的描写之中寄寓着甜蜜的两情相悦："江南可采莲，莲叶何田田。"中国古代不少文人出身于农村，有的遭贬或辞官后回到乡间，对田园生活熟稔，且不无真情陶醉或聊以自慰，更有对农民的深切怜悯。陶渊明《归园田居》描摹"暧暧远人村，依依墟里烟"的乡村风光与"晨兴理荒秽，戴月荷锄归"的田园生活；《庚戌岁九月中于西田获早稻》表现对于农业生产劳动的艰苦体验；《癸卯岁始春怀古田舍》等描写自己与农人之间的和谐关系。也有对战后农村凋敝景象的铺叙与感慨，如《归园田居》其四："久去山泽游，浪莽林野娱。试携子侄辈，披榛步荒墟。徘徊丘陇间，依依昔人居。井灶有遗处，桑竹残朽株。借问采薪者，此人皆焉如？薪者向我言，死没无复余。一世异朝市，此语真不虚。人生似幻化，终当归空无。"也许正是由于切身感受到农家之苦，他才想象出"相命肆农耕，日入从所憩""春蚕收长丝，秋熟靡王税"的桃花源乐土。

　　唐诗中颇多对于乡村的写照和感兴。生活优裕，带有一点唯美倾向的王维，在诗篇中描绘出"白水明田外，碧峰出山后"（《新晴野望》）与"雉雊麦苗秀，蚕眠桑叶稀"（《渭川田家》）的田园风光。而在更多的诗人笔下，则写出了战争频仍、官吏腐败带给乡村的不幸。有几分仙风道骨的李白悲愤地感叹"行役"对农业的冲击："三十六万人，哀哀泪如雨，且悲就行役，安得营农圃。"（《古风·十四》）执着于现实的杜甫更是以沉郁顿挫之笔写出了多篇表现"三农"苦境的诗章，如《兵车行》："君不闻汉家山东二百州，千村万落生荆杞。纵有健妇把锄犁，禾生陇亩无东西。"《岁晏行》："去年米贵阙军食，今年米贱大伤农。高马达官厌酒肉，此辈杼轴茅茨空。"《遣遇》："石间采蕨女，鬻市输官曹。丈夫死百役，暮返空村号。闻见事略同，刻剥及锥刀。贵人岂不仁，视汝如莠蒿。索钱多门户，丧乱纷嗷嗷。奈何黠吏徒，渔夺成逋逃。"《昼梦》："安得务农息战斗，普天无吏横索钱！"《羌村》其三："群鸡正乱叫，客至鸡斗争。驱鸡上树木，始闻叩柴荆。父老四五人，问我久远行。手中各有携，倾榼浊复清。苦辞'酒味薄，黍地无人耕。兵革既未息，儿童尽东征'。请为父老歌，艰难愧深情。歌罢仰天叹，四座泪纵横。"

新乐府运动中，白居易"文章合为时而著，歌诗合为事而作"的口号落实到文学创作之中，悯农诗如冬夜星斗，于清冷中闪烁着温煦的光芒。如王建《田家行》写劳动的苦乐参半与被盘剥的无奈。张籍《野老歌》写山间老农劳苦一年却不得食的苦境："苗疏税多不得食，输入官仓化为土。岁暮锄犁傍空室，呼儿登山收橡实。"李绅更是以《悯农》为题赋诗，其一："春种一粒粟，秋收万颗子。四海无闲田，农夫犹饿死。"其二："锄禾日当午，汗滴禾下土。谁知盘中餐，粒粒皆辛苦。"白居易讽喻诗中，有多篇触及土地问题和赋税问题，如《观刈麦》："田家少闲月，五月人倍忙。夜来南风起，小麦覆陇黄。妇姑荷箪食，童稚携壶浆。相随饷田去，丁壮在南冈。足蒸暑土气，背灼炎天光。力尽不知热，但惜夏日长。复有贫妇人，抱子在其旁。右手秉遗穗，左臂悬敝筐。听其相顾言，闻者为悲伤：'家田输税尽，拾此充饥肠。'今我何功德，曾不事农桑。吏禄三百石，岁晏有余粮。念此私自愧，尽日不能忘。"《杜陵叟》描写荒年歉收，虽然皇帝发了恻隐之心，颁布免税令，但农家却难以逃避豺狼似的贪官污吏"钩爪锯牙食人肉"。《赠友诗》揭露两税法带给人民的戕害："私家无钱炉，平地无铜山。胡为秋夏税，岁岁输铜钱。钱力日已重，农力日已殚。贱粜粟与麦，贱贸丝与绵。岁暮衣食尽，焉得无饥寒。"

晚唐诗风虽然升腾起感伤与甜腻的氛围，但是，《诗经》即已开启端绪、到新乐府运动发扬光大的体恤民生、鞭挞时弊的传统并未中断，杜荀鹤就有多首悯农刺政之作，如《题所居村舍》："家随兵尽屋存空，税额宁容减一分。衣食旋营犹可过，赋输长急不堪闻。蚕无夏织桑充寨，田废春耕犊劳军。如此数州谁会得，杀民将尽更邀勋。"《山中寡妇》："夫因兵死守蓬茅，麻苎衣衫鬓发焦。桑柘废来犹纳税，田园荒后尚征苗。时挑野草和根煮，旋斫生柴带叶烧。任是深山更深处，也应无计避税徭。"此外，还有《蚕妇》《田翁》《乱后逢村叟》《自江西归九华有感》等，均表达出诗人的悯农情怀。

　　然而，总体看来，在漫长的传统社会里，同"三农"的实际地位——农业是国家的经济命脉，农村是社会结构的基础所在，农民占全社会人口的绝大多数——相比，"三农"题材在书面文学中的比例显然远远不足。小说中，志怪、神魔自不必说，志人、传奇、话本、拟话本、讲史、市人、人情、狭邪、讽刺、谴责诸类[①]，"三农"题材也很少见。话本中偶见农民出现，有的写农民荒年卖妻得些许银子，却被劫财，最后，恶有恶报，杀人劫财的歹徒被雷劈死，在这里，农民的出场只是作为道德批判的因由；有的写农民掘地得宝，突然发迹，表现农民的发财梦幻。倒是一些野史笔记里留下了荒年农村哀鸿遍野、易子而食的记述。"三农"题材的整体性匮乏，其根本原因，在于普通农民地位的低下。士农工商的排序，只是就"业"而言，代表"农"的是农村的上层——乡绅阶级，而非辛苦劳作的底层农民。由于专制社会的层层制驭，口头文学与书面文学的严重隔膜，处于社会底层的大多数农民失去了掌握书面文学的权利，文学的书写几乎成为文人的专利。即便是了解农村、同情农民的文人，由于生存状态等方面的距离，其"三农"题材也往往带有或多或少的士人色彩。书面文学中，颂圣之词、英雄壮歌、边患内乱、官场腐败、宦途失意、打家劫舍、市民生活、怨妇思夫、儿女情长、道德训诫、神仙鬼怪等比比皆是，而农村的画卷却未见大幅展开，农民的心声未能充分表达；"三农"文学没有像文人文学与市民文学那样，取得应有的独立地位。

二、现代文学的"三农"题材

　　鸦片战争以来，口岸的开放、工业与城市的崛起、社会动乱的加剧，

---

① 参见鲁迅：《中国小说史略》分类法。

给传统农业生产方式、农村秩序与农民生活及心理带来了巨大的冲击。五四时期，人道主义思潮与"劳农神圣"观念结伴而来，给国人深入认识"三农"问题带来了契机。1920年前后，《新青年》《东方杂志》等刊物就对"三农"问题给予积极的关注。随着北伐战争的推进，农民问题越发突出起来。1927年"四一二"反革命政变之后，中国共产党领导的土地革命战争主力军即为农民；抗日战争与解放战争期间，农民也始终是夺取最后胜利的重要保障。30年代初，"复兴农村""乡村建设"等名词在报端频繁出现，学术界意识到"三农"问题的重要性与迫切性，认真探寻解决的途径，有识之士发起乡村建设运动，国民政府也设立了农村复兴委员会予以关注。① 从20世纪初开始，俄苏文学与其他外国文学中"三农"题材作品的译介与传播②，为现代"三农"文学的创作提供了范型。在这种社会文化背景下，"三农"问题自然而然地进入了文学视野，"三农"文学迅速萌生，茁壮成长，成为现代文学区别并超越古代文学的重要标志。

就文体形式来看，传统文学表现"三农"题材的主要是诗歌，而现代"三农"文学不仅有抒情诗、叙事诗，而且亦有小说、散文（含报告文学）、话剧及歌剧、地方戏等。

从内容上来看，现代文学的"三农"题材主要有如下几个方面：

一是农民命运的凄苦。农民处于最无地位、最无保障的社会最底层，当现代作家以人道主义眼光审视国人的生存状态时，必然注意到农民。叶绍钧《这也是一个人！》揭开了现代文学舞台上农民悲剧的序幕，这个短篇小说的女主人公连一个姓氏也没留下，15岁出嫁，成为夫家的劳动力。

---

① 30年代初情况参见吴春梅：《近代中国社会对"三农"问题的认识及其规划》，《光明日报》2006年9月4日。

② 如波兰显克微支中篇小说《炭画》，周作人译，北京文明书局1914年版；屠格涅夫《猎人日记》，耿济之译，《小说月报》第12卷第3号—第15卷第11号连载（有中断），上海文化生活出版社1936年版；塞甫琳娜等著《农民小说集》，朱云影译，上海神州国光社1932年版；肖洛霍夫《被开垦的处女地》，周立波译本上海生活书店1936年版，钟蒲译本中华书局1945年版。

因饥饿而痛失爱子，又备受公婆与丈夫的虐待，无奈逃进城里做佣人，当丈夫死后，"伊"又被卖掉，身价用来给丈夫殡葬。天灾人祸的重压之下，卖妻卖子在乡间司空见惯。台静农《蚯蚓们》写荒年民变，遭到镇压，农民李小无奈地卖妻养子。王思玷《偏枯》则描写一对贫农夫妇在卖儿卖女那一瞬间骨肉难舍的悲痛心理。在卖妻糊口的乡村，她们的丈夫的命运又能怎样？台静农《负伤者》里的吴大郎，妻子被乡绅霸占，他的脚面又被乡绅砍伤，还被关押起来，被逼迫在卖妻字据上画押，背井离乡。他只有在酒醉时才有勇气回家探视，结果被加上黑夜行凶的罪名押送到县里。传统文学所表现的农民多为文人同情眼光中折射出来的群体形象，而现代文学则直接描叙农民在压迫、盘剥、灾害、贫困、疾病、礼教与陋俗等多重折磨下所承受的屈辱与苦难，个性形象栩栩如生，悲剧命运感天动地。

二是农村的凋敝。军阀混战、土匪蜂起、地主与官吏的层层盘剥、外国的军事侵略与经济渗透，共同造成了农业的衰微与农村的凋敝。现代文学对此有多方面的表现，如徐玉诺《一只破鞋》写土匪横行乡里，焚烧村庄，乡民惨遭屠戮，主人公海叔叔被土匪打伤后在雨地里挣扎了三天，最终被野狗撕碎，只遗下破旧的鞋子。台静农《新坟》里守寡的四太太，在一场兵变中，女儿被兵强奸，儿子被兵杀害，家产被族人趁火打劫骗走，她沦落为流浪街头的疯癫乞丐，最后以坟为家，自焚身死。而茅盾的"农村三部曲"（《春蚕》《秋收》《残冬》）则以擅长社会分析的眼光展示出外国经济力量的介入对中国农村带来的巨大冲击，描写了农村的凋敝与农民的挣扎以及绝望后的铤而走险。老通宝家曾经有过养蚕致富的历史，十年中挣了二十亩的稻田和十多亩的桑地，还有三开间两进的一座平屋，可是，"世界"到底是变了，他现在已经没有了自己的田地，反欠出三百多块钱的债。春蚕给他以希望，他带领一家老小忍饥熬夜一个月，辛勤地劳作，紧张地期待，谨慎地防范，唯恐丫头出身的近邻"白虎星"荷花给他带来晦气。终于盼来了雪白的蚕花、上好的蚕茧，可是茧厂关门，雪白发光、很厚实、硬鼓鼓的茧子没有人要，借船行了几百里水路到无锡去卖，被压价、挑剔，卖出的钱扣除路上盘缠，还不够买桑叶所借的债。《春蚕》在一幅充溢着江浙民间风情的农家图画中，透露出帝国主义的经济、军事侵略给中国农民带来的沉重打击。这一独特视角与艺术表现的成功，给文坛带来启迪，引出了一系列描写丰收成灾题材的作品，如洪深的农村三部曲（《五奎桥》《香稻米》《青龙潭》）、夏征农的《禾场上》、叶紫的《丰收》、叶圣陶的《多收了三五斗》等。

三是乡村社会批判。彭家煌《怂恿》揭露乡村富豪强梁之间的倾轧。许杰《岔路》《惨雾》等篇描写乡间械斗的恐怖与惨烈。蹇先艾《水葬》鞭挞穷乡僻壤对小偷处以沉河"水葬"的苛酷。柔石《为奴隶的母亲》与罗淑《生人妻》等表现典妻陋俗给女性带来的苦难。《为奴隶的母亲》里的春宝娘为了全家的生计，被丈夫出典给邻村的地主，做生孩子的工具，出典期间苦苦地思念抛在自家的春宝而不得见，而三年期满回家之后，又不能不思念她给地主生的儿子秋宝，母亲的心遭受着撕心裂肺般的痛苦。鲁迅的《风波》与《祝福》、王鲁彦《黄金》、萧红《呼兰河传》、路翎《财主底儿女们》、丁玲《我在霞村的时候》等，从不同侧面表现乡村的闭塞保守和农民的愚昧冷漠，祥林嫂（《祝福》）、小团圆媳妇（《呼兰河传》）等人的凄惨命运，都是对乡村社会闭塞、保守、愚昧、冷漠的强烈控诉。

四是农民的觉醒、反抗及农村的新气象。黎锦明《尘影》、蒋光慈《咆哮了的土地》、叶紫的《丰收》与《星》、端木蕻良《科尔沁旗草原》、周立波《暴风骤雨》、丁玲的《水》与《太阳照在桑干河上》等，描叙农民阶级意识的觉醒与反抗，表现轰轰烈烈的农民运动。欧阳山《高干大》、柳青《种谷记》、康濯《我的两家房东》等，进而展现了在中国共产党领导下根据地和解放区农村建设的新气象。

五是农民进城。天灾人祸逼迫千千万万农民背井离乡，怀着不安与渴望进城寻找生路，在经历重重坎坷的同时，精神世界也发生了形形色色的变化。鲁迅笔下的阿Q是现代文学史上较早的打工者。当他在小镇子未庄遭受冷遇之后，就进城去谋生。中间做过什么工不大清楚，后来是当了一个盗窃团伙的小角色，分得一点赃物。但这一前科，加上辛亥革命消息传来后他公开表示对革命的向往，最终导致以抢劫的罪名被枪毙的"大团圆"结局。《祝福》里的祥林嫂也是一个不幸的打工者。最初，她为了逃避再婚，隐瞒真实身份进城做女佣。当她相继遭受第二个丈夫贺老六伤寒病逝与幼子阿毛被狼吃掉的厄运之后，再次进城做女佣。城里给祥林嫂提供了谋生的机遇，但是文化禁忌更多的城里却也潜藏着更大的精神危机。倘若没有鲁镇人拿她当消遣笑料的冷漠，倘若没有柳妈用地狱里两个丈夫要把她锯断的恫吓，倘若没有雇主鲁四爷一家剥夺她参与祭祀准备的"道学"迷信，祥林嫂怎么会失去人格自尊，精神支柱垮塌，变得木讷、笨拙起来，以至于最后倒在风雪交加的"祝福"之夜？鲁迅以文学家的敏锐与思想家的深邃，注意到游走于城乡之间的打工者，描写了他们的凄苦命运及其隐含的性格悲剧。鲁迅所开创的现代打工者的命运描写与性格刻画这两条重要线索，在新文学创作中延伸下去，有时各有侧重，有时则交织在一起。

王统照的长篇小说《山雨》里，预征多年的税款，名目繁多、层层克扣的捐款，连绵不绝的兵祸，雪上加霜的匪患，农民不堪忍受，农村一片凋敝。"这残破，穷困，疾病，惊吓的乡间，还有甚么依恋？"于是，农民奚大有拖家带口痛苦地辞别了生于斯长于斯的故土，到城市去寻求活路。他先是上街叫卖菜饺子，继而拉洋车。他思念故乡，曾借回乡探望老友的机会看看能否返乡，然而越来越破败的农村让他彻底断了回去的念头。可是，在城市，机械工人的集团他挤不进去，也干不了，只能卖力气拉车，卖一天吃一天，他仿佛断了线的鹞子，任凭半空的风吹雨打。对于奚大有这样的打工者来说，尽管飘摇不定，但城市终究比农村强，起码可以维系生存的希望。

然而，城市潜藏着种种凶险，打工者每每要付出巨大的代价。夏衍的报告文学《包身工》逼真地描写了打工者失去人身自由的种种苦难与屈辱。萧红的《生死场》里，农村被日本侵略者搅闹得鸡犬不宁，金枝到哈尔滨去赚钱。她挤进要饭的人堆去等待小饭馆的施舍，她缝补男人的破袜子借以糊口，在街头受到警察的训斥，在睡觉的女工店里领受女人们对她的集体嘲笑，到独身汉家里去缝补受到被强暴的凌辱。"金枝勇敢地走进都市，羞恨又把她赶回了乡村。"金枝带着羞恨回到乡村来了，可是，还有住在女工店里的周大娘等人却习惯了受辱，为了弄钱，留在城市的污泥浊水中继续挣扎，甚至苦中作乐。城市填饱了她们的肚子，甚至让她们能够给乡下的家人捎回一点钱，但是城市却让她们付出了从质朴清纯变得忘却羞耻的道德代价，有的还付出了更为惨痛的代价——因性病而彻底损毁了身体。到城市去寻求生路，身心却被异化的不只女性，也有为数众多的男性。老舍笔下的骆驼祥子，"生长在乡间，失去了父母与几亩薄田，十八岁的时候便跑到城里来"。他带着乡间小伙子的健壮与诚实，凡是卖力气就能吃饭的事他都做过了，后来选择了拉车。他曾经怀抱质朴的愿望，想凭借自己的力气拉自己的车，然后娶一个淳朴善良的乡下姑娘，可是，命运却偏偏与他作对，自己的车要么损毁，要么被迫卖掉，乡下姑娘娶不到，只能娶进一个狡黠贪婪的虎妞，然而，就是这样一个妻子也被不公的命运夺走。祥子，一个铁打的汉子，一个淳朴诚善的乡下人，最后被城市的种种凶险与腐败击垮，变成一个猥琐无力的孱弱者，一个自私卑怯的告密者，一个善于揩油的堕落者。

与传统文学相比，现代文学雾里看花的农家乐少了，兴农的正面歌颂变为对农业萧条、农村凋敝的社会分析与社会批判，对农业发展与农村建设道路的探讨，对农民的命运寄寓同情的同时，加上了对农村封闭氛围、守旧伦理、鄙风陋俗的批判，尤其是对农民身上的国民性弱点的批判，而且也有了农民的正面形象，农民作为主要角色堂而皇之地走上了书面文学的大雅之堂。

三、赵树理"三农"文学的特色及其意义

在上述文学史背景下来看赵树理的"三农"文学，其特点及其意义就清晰可见了。

赵树理不是像鲁迅那样通过偶然的际遇，接触一点农村的生活，然后站在思想启蒙者的高度洞察农村社会，予以批判性的表现；也不是像许杰、彭家煌等人那样从乡间走向城市之后，对农村寄予遥远的思念和痛彻的批判；而是出身于普通农家，经历过城乡之间的奔波盘陀，始终和农村、农民保持着密切的关联。无论是当乡村小学教师，还是以江湖郎中身份流亡四方，抑或担任地方干部，都属于没有离开乡土的农村工作者；即使后来当编辑、进机关（中共中央北方局党校研究室），也还是没有离开三晋厚土；再后来进了北京并不顺心，只有回到家乡才感到踏实。他的双足总是离不开黄土地，他的眼睛始终深情地关注着"三农"问题。从古到今，很少有像他这样农村底层出身、接受农家精神血脉、具有切实而深厚的农村生活体验与农村工作经验的作家。作品中的农村生活气息在他来说不用刻意追求，而是如同山上清泉自然涌出。同样是描写根据地、解放区与新中国的农村生活，周立波、丁玲要靠深入生活、认真观察，而赵树理靠的则是对农村、农民血脉相连的体悟。

赵树理接受过新式教育，沐浴过五四新文学的阳光雨露，耳濡目染的晋东南乡土文化更是给他以深刻的精神底蕴。中国文学史上的"三农"传统，尤其是五四新文学表现"三农"题材的五条线索，在他这里得到忠实的承传与独具特色的发展。他不是从外部瞭望和从高处俯视"三农"问题，而是从内部与底层来观照"三农"问题。

他十分关注农村错综复杂的社会关系，在他笔下，有传统社会从高利贷到押地，再到写死契的农村经济关系，有贫富之间的敌意与冲突；有农民游走于城乡之间的磨难与成长、颠簸于战争与和平之间的苦难与希望；有在根据地的新形势下，仍然沿袭的"老恒元不死，陋规难除"所象征的农村人治传统，乡村恶霸利用金钱、亲缘、文化、阿谀及权势余威等

手段混进干部队伍，造成基层政权组织不纯的问题；有不同政治体制下的农民负担问题；也有农业生产方式、乡村社会结构的变迁以及这一过程中农民的命运与心态的变化；还有农业生产、农村生活的细节与农民特有的幽默心态及娱乐方式。

农村的伦理秩序也是赵树理关注的热点之一。他的作品反映出带有晋东南特征的农村社会伦理状况与农民的精神面貌，如农村的尊卑秩序，有了纠纷要找有身份者"说理"的习俗，新旧交织的婚姻伦理与婆媳关系中所见出的家庭伦理，还有动不动就捆人、打人的乡间暴力倾向。

五四新文学国民性批判的传统在赵树理这里得到继承与发扬。他以幽默与讽刺的笔调，真实地刻画出农民的弱点——胆怯、圆滑、自私，包括"吃大户"心理（如1948年10月所作小说《邪不压正》里，一些农民就恨不得把中农也分掉），还有对革命的恐惧，而一旦被唤起热情，往往会出现暴力冲动。《李家庄的变迁》表现了农民复仇的残忍：农民活生生撕下李如珍的一条胳膊，脸扭得朝了脊背后，腿虽没有撕掉，可是裤裆子已撕破了。有个愣小伙子故意把李如珍那条胳膊拿过来伸到狗腿子小毛脸上吓唬他。然而，赵树理对农民弱点的批评，不像鲁迅那样冷峻，而是流溢出一股温情。对于染上游民习气的农民，他既写出其可悲可鄙的一面，也显示出可以改造的前景，呈现出与许杰《赌徒吉顺》、路翎《罗大斗底一生》等不同的风貌，表明国民性批判线索在30、40年代的历史性超越。

农村出身的精神渊源，奔波于黄土地的阅历，乡土艺术氛围的熏陶，五四平民文学精神的感召，使得赵树理形成了对乡野风格的通俗文学的执着追求，他宁可进不了文坛，也要占领"文摊"，让文学园地绽放淳朴清新的马兰花。赵树理作品的美学风格，带有浓郁的农民审美趣味，极少哭天抢地的悲剧，多有大团圆的喜剧结局。他的幽默是浑厚的乡土幽默，他笔下的农家乐，不是站在路上或行在船中看田里劳作的农民给予夸大想象的农家乐，而是发自农民审美态度的一种会心的微笑；他很少写大奸大恶，对坏人并不赶尽杀绝，得饶人处便饶人，这一点与老舍息息相通，所以他与老舍一见如故，成为挚友。赵树理自觉汲取传统艺术的营养，上党梆子的忠义精神、戏曲结构、角色功能和语言风格渗透到他的戏曲与小说等多种文体之中。此外，唱本、通俗小说与故事、快板、打油诗等民间文艺也为赵树理所化用。从意象、语汇、叙事语调，到故事体、间杂快板、打油诗等文体形式，从爱起绰号到对女人化妆的贬抑等审美趣味，都属于农民，因而为农民所喜闻乐见。

赵树理是现代文学史上从精神内涵到文体形式、审美风格整体上最能代表农民的作家。今日文坛，有几位作家能像赵树理这样深刻地了解农村、深切地关心农民，在美学风格上又如此贴近农民？

今天，无论是农业生产方式，还是农村社会生活，抑或农民的审美趣味，较之赵树理时代都已经发生了巨大的变化，但赵树理对于文学创作仍有积极意义。农村基层政权建设，计划生育野蛮控制与严重失控并存，"形象工程"严重伤农，农民进城务工带来的一系列社会问题、伦理问题、教育问题等，有多少关系到农村乃至整个社会稳定的重要问题值得去关注。"三农"题材具有无限广阔的空间，期待着千千万万个赵树理式的作家。

第三章

历史还原视角下的抗战文学

第一节　抗战文学经典的确认与阐释

抗日战争是近代以来中国第一次最终获得全胜的反侵略战争，对于民族解放、国家独立、社会发展与民族精神的洗礼之重要意义自不待言，文学作为时代的镜子与心灵的竖琴不可能对这样重大的历史事件无动于衷。事实上，表现中国抗日战争的作品多如夜空中望不尽的星斗、海洋中数不清的生灵。但是，多少年来，关于抗战文学的研究和历史叙述，同其本来的分量与应有的地位相去尚远。蓝海著《中国抗战文艺史》，现代出版社1947年初版，过了三十七年，到1984年才有山东文艺出版社推出的增订本。除此之外，80年代以来陆续出现桂林、重庆、四川、陕西、山西、河北、山东、江苏、武汉、云南等地区的抗战文学史，以及社团、流派、刊物、文体等角度的抗战文学研究成果，而整体性的抗战文学史却付之阙如。为数众多的中国现代文学通史[①]中，抗战文学的地位殊为可怜。究其原因，经典的确认与阐释是一个值得探讨的重要问题。

一、在历史还原中确认抗战文学经典

一部文学史，归根结底是经典生成与承传的历史，从先秦到现代，正是由诗经、楚辞、诸子散文、汉赋、史记、古诗十九首、唐诗宋词、唐宋八大家散文、《红楼梦》、《阿Q正传》等经典连贯而成。判断一个历史时期文学的价值如何，经典是一个重要尺度。没有"三曹""建安七子"与"竹林七贤"诗文，何谈魏晋风度、文学自觉？没有唐诗与唐传奇，何来盛唐气象？没有《窦娥冤》《西厢记》《牡丹亭》《桃花扇》《三国演义》《西游记》《水浒传》《金瓶梅》《红楼梦》《儒林外史》《聊斋志异》《呐喊》《雷雨》，中国戏剧史、中国小说史便无从谈起；没有屈原、陶渊明、李白、杜甫、苏轼、陆游、纳兰性德、龚自珍、黄遵宪、郭沫

---

① 据洪亮刊于《中国现代文学研究丛刊》2012年第7期的《中国现代文学史编纂的历史与现状》统计，至2012年初有500余部。

若、徐志摩、艾青、穆旦，如何敢称中华诗脉数千年不绝？

那么，抗战文学有无经典？历来被视为抗战文学经典的又是哪些作品？多少年来，文学史界有一种很难找到确切出处的看法，认为抗战文学作品浩如烟海，但满目硝烟弥漫，而少有文学色彩，极端一点甚至说抗战文学只见抗战而未见文学。这种似乎不证自明的看法流传甚广，致使许多在这种知识背景下进入现代文学研究界的年轻学子不愿走近抗战文学。文学史叙述中对抗战时期关注较多的一些重要作品，譬如《呼兰河传》（1941年5月）、《北京人》（1941年12月）、《小二黑结婚》（1943年9月）、《白毛女》（1945年4月）等，固然产生于抗战时期，也确有其值得称扬的精神价值与艺术魅力，但并非典型的抗战作品，有的作品题材与抗战尚有不小的距离。而真正称得上抗战文学经典的作品应该是直接表现抗战题材、彰显民族解放之时代精神的佳作。

反抗侵略，关乎民族与国家的生死存亡，血火交迸，中国人民付出了巨大牺牲，敏感的文学对此怎能无动于衷？自古有言，"国家不幸诗家幸"，抗战文学怎么会没有经典？若要确认抗战文学经典，须有实事求是的历史主义眼光。

由于多种缘故，几十年里，在学术界与社会认知中，说起抗战往往都说是八年抗战。然而，实际上，19世纪末台湾地区的集团性武装抗日从时段来说属于近代史，姑且另做探讨；20世纪中国的抗日战争从1931年"九一八"事变激起的武装抵抗，到1945年"八一五"光复，长达十四年之久。1937年七七事变之前，不仅东北白山黑水之间抗日烽火此起彼伏，而且有1932年的淞沪抗战、1933年的长城抗战、1936年的百灵庙大捷。近年来，十四年抗战的历史认知获得的认同度渐次提高，为抗战文学史的重述提供了有利条件。以往的文学史关于1937年7月之前的叙述，只是在述及东北作家群时重点评价萧军的《八月的乡村》与萧红的《生死场》，舒群、白朗等的作品也有所提及，其他文学作品，往往视而不见，或轻轻带过，表现"一·二八"淞沪抗战的黄震遐小说《大上海的毁灭》则多以

"民族主义文学的沉滓泛起"的负面形象被提及。事实上，1930年兴起的民族主义文学思潮，经"九一八"事变的强烈刺激，抗日救亡的涛声非但未曾消歇，反倒愈加高涨，表现东北、淞沪、华北抗战的文学作品次第涌现，且不乏佳作。如端木蕻良的长篇小说《科尔沁旗草原》（1933年完成，1939年出版）、立川的报告文学《血战归来》（1933年5月《新中华》）、田汉的话剧《回春之曲》（1935年）、丘东平的小说《中校副官》等作品，其社会价值与审美价值均可圈可点。尤其是随着1935年5月电影《风云儿女》放映而响彻大江南北，全面抗战爆发之后成为时代最强音，进而走向世界、走向未来的《义勇军进行曲》，其经典地位更是不容忽略。十四年抗战是一个无法割裂的历史进程，只有将卢沟桥事变前后贯通起来，才有利于全面认识抗战的历史及其文学表现。历史时期的划分通常是以某个事件作为标志，但历史本身则要复杂得多，1945年8月15日日本裕仁天皇宣布无条件投降的终战诏书广播之后，日本关东军一度垂死挣扎，甚至于关东军落得惨败，其总司令8月19日率部投降之后，仍有极少数军人在虎头要塞等地负隅顽抗，直到8月26日残存的数十人才缴械投降。文学创作情况更为复杂，有些表现抗战的作品酝酿、起笔于抗战时期，而完成于抗战胜利之后，如巴金的《寒夜》，动笔于1944年冬，完成于1946年底；老舍的百万言长篇小说《四世同堂》，第一卷《惶惑》起笔于1944年，第三卷《饥荒》完成于1948年；路翎的《财主底儿女们》、张恨水的《虎贲万岁》与穆旦的《森林之魅》等与此类似。这样的作品，文学史研究与叙述理当将其纳入抗战文学范畴。

以实事求是的历史主义眼光审视文学史，不仅要打通七七事变前后的抗战文学脉络，而且应该在贯通的抗战文学脉络上确认与阐释经典。1947年面世的蓝海《中国抗战文艺史》[①]，尽管由于抗战胜利过后不久，缺少修史所需的静观时间，而且又处在内战的烽火之中，搜集材料与写作的

---

① 蓝海：《中国抗战文艺史》，现代出版社1947年9月初版。

条件不足，文学史叙述尚未充分展开，但可喜的是其把握了抗战文艺的整体脉络。然而，进入50年代，这一整体性的抗战文学脉络在学术研究与历史叙述中被人为地割裂开来。中国现代文学史学科的奠基之作王瑶著《中国新文学史稿》①，在历史分期上，分为四编，涉及抗战的有三编："左联十年"（1928—1937）、"在民族解放的旗帜下"（1937—1942）、"文学的工农兵方向"（1942—1949）。每一编先述文学思潮，接下来分诗歌、小说、戏剧、散文四种文体进行叙述，书中列为重点的抗战作品涵盖了抗日战争的三个战场——东北战场、正面战场、敌后战场。应该肯定的是这部著作关注抗战文学的视野之广不让其后四十年间的现代文学通史，而且对这些作品的分析不乏精彩之处，但是，在以1942年切分抗战时期的叙述结构里面，抗战文学的整体面貌就受到了冲击，给人以断裂、零碎与模糊之感。这一开山之作对后来的现代文学史叙述框架影响深远，1980年出版的唐弢、严家炎主编的《中国现代文学史》（三）②以及后来的不少著述都看得出这一分期及相应阐释的影响痕迹。1942年5月召开的延安文艺座谈会的确渐次统一了陕甘宁边区及其他抗日民主根据地文艺界的思想，对根据地—解放区文学的发展起到了巨大的作用，尤其是1949年中华人民共和国成立以后，延安文艺座谈会的观念体系更是成为文艺工作的指导思想。然而，抗战期间，延安文艺座谈会对国统区文学的作用则不宜超出实际地高估，在抗战胜利到中华人民共和国成立期间，战火纷飞之际，延安文艺思想对于北平、上海等中心城市呈现"文艺复兴"局面的文坛也没有产生决定性的影响。

也只有将实事求是的历史主义眼光贯彻到底，才能洞察中国人民抗日战争及其文学表现的历史复杂性。经由西安事变的推动，尤其是卢沟桥事变的爆发，终于促成了第二次国共合作。自1937年七七事变到1945年"八

---

① 王瑶：《中国新文学史稿》。上册，开明书店1951年9月初版。下册，新文艺出版社1953年8月初版。

② 唐弢、严家炎主编：《中国现代文学史》（三），人民文学出版社1980年版。

一五"光复，国共两党之间虽有意见分歧甚至武装冲突，但整体上维系了抗日民族统一战线大局。抗战是全民族抗战，国共两党领导的军队及民间抗日队伍同为抗日武装力量，在正面战场与敌后战场、东北战场浴血奋战，抗战将士以鲜血与生命同人民战争汇成伟大的合力，最终取得抗日战争的胜利。正面战场与敌后战场、东北战场都留下了巨幅文学画卷，若就作品数量及其影响而言，正面战场文学显然更大一些。蓝海《中国抗战文艺史》与王瑶《中国新文学史稿》尚提及一些正面战场文学作品，然而，从50年代中期到70年代末，文学史叙述中正面战场文学作品则少见踪影。即使改革开放以后，此前的漠视与遮蔽仍有相当的影响，几部发行量与影响很大的现代文学史著作亦复如此。譬如，同样为桂涛声所作的歌词，表现敌后战场的《在太行山上》早已经典化，而表现淞沪会战、当年影响巨大的《歌八百壮士》却受到冷落。再如文学史著作述及抗战时期的艾青代表作，多谈《雪落在中国的土地上》，这首诗深沉、凝练，的确写出了日本侵华战争给中国人民造成的巨大灾难与苦痛，但若从表现抗日题材的角度看，《他死在第二次》更值得关注。这首350余行的长篇叙事诗通过一名战士负伤入院、伤愈归队、重返战场、最终殉国的描写，揭示出战士丰富的内心世界——初到医院时怀念战场，当春天到来时他的创口已经愈合，"他欢喜/但他更严重地知道/这愈合所含有的更深的意义/只有此刻他才觉得/自己是一个兵士/一个兵士必须在战争中受伤/伤好了必须再去参加战争/他想着又走着/步伐显得多么不自然啊/他的脸色很难看/人们走着，谁都不曾/看见他脸上一片痛苦啊/只有太阳，从电杆顶上/伸下闪光的手指/抚慰着他的惨黄的脸/那在痛苦里微笑着的脸……"他昂首阔步地走着，尽管街上并没有人注意他引以自豪的步伐与羞愧的脸红；他走向春天的田野，品味着泥土与流水给予他的快乐；他在公园门口看见一个残疾的士兵"呻吟着又躺下"，想宁可"在战争中愉快地死去"，也不要"只剩了一条腿回来/哭泣在众人面前/伸着污秽的饥饿的手/求乞同情的施舍啊"；他接到了伤愈归队的命令，"除了为追踪光荣而欣然赴死不再/想起什么"；当燃烧的子弹第二次——也是最后一次——穿过他的身体的时候，他倒在战场上，不久，弟兄们把他埋在他所守卫的河岸不远之处的浅坑里，没有棺椁，没有墓碑，甚至谁也不知道他姓甚名谁。诗人通过心理世界的打开与悲壮命运的书写完成了平凡英雄的形象塑造，也批评了伤兵救济等后方工作的缺陷，抨击了日本侵华战争破坏和谐、戕贼生命的罪恶。战争描写的开阔性、性格刻画的深刻性与诗情韵律的自然性水乳交融，这不仅是艾青抗战诗歌的精品，而且堪称中国抗日战争文学中的杰作。又如被埋没将近半个世纪之久的阿垅的《南京》，这部抗战期间最早描写大型会战的长篇小说，冷峻的现实主义眼光透过激情饱满的诗性笔触呈现出南京会战的悲壮、惨烈、光荣与耻辱，因而于1939年荣获中华全国文艺界抗敌协会征文优秀作品奖，但因对最高当局的南京保卫战部署及守军的军事素质持有批评意见，抗战时期未能获准出版。1949年10月之后，相当长时间内仍然无法出版，因为作品主体部分表现了国民党所属部队官兵殊死搏斗的英勇无畏与悲壮牺牲，作者阿垅又于1955年被打成胡风反革命集团成员，关押判刑，瘐死狱中。直到进入改革开放，作者才获得平反，1985年抗战历史评价发生重要变化之后，《南京》才得见天日，以《南京血祭》为书名由人民文学出版社于1987年首次出版。由于上述缘故，《南京血祭》尚未进入现代文学史叙述框架。诸如此类，表现正面战场的作品未能得到应有的关注，经典的筛选与确认失去了深广的基础。而今，须以实事求是的历史主义精神进行历史还原，重新确认抗战文学经典，书写真实而全面的抗战文学史。

二、以多元视角阐释抗战文学经典

经典在特定的历史背景下产生，被赋予大时代与个性化交汇的特征。姚黄魏紫，固然名贵，战地黄花，亦别有一番风姿。以往对抗战文学经典的漠视，除了历史认知的原因之外，也与视角的单一化有关。战争环境，常常是硝烟夹杂着血腥弥漫天空，抗战文学歌喉难免嘶哑，画卷或有残破，如果只用优雅、柔美、完整的审美标准去衡量，自然难以看到经典，而一旦将视角由单一化转为多元化，就可以看到带有战争烙印的抗战文学经典，看到色彩纷呈、风姿万千的审美景观。

　　审美时欣赏者总是期待完美无瑕，而事实上，经典往往是白璧微瑕。譬如，最早表现东北抗日的长篇小说《八月的乡村》，艺术上确有缺憾，正如鲁迅在《田军作〈八月的乡村〉序》中所指出，"有些近乎短篇的连续，结构和描写人物的手段，也不能比法捷耶夫的《毁灭》"，但是，它以十余万字的篇幅描写了黑土地上日本侵略者铁蹄下的屈辱与反抗，也如鲁迅所说，作品格调"严肃，紧张，作者的心血和失去的天空，土地，受难的人民，以至失去的茂草，高粱，蝈蝈，蚊子，搅成一团，鲜红的在读者眼前展开，显示着整个的一份和全部，现在和未来，死路与活路。凡有人心的读者，是看得完的，而且有所得的"。因此，鲁迅认定"这是一部很好的书"[①]，为之作序推介，并设法助其出版[②]。当左翼文学青年狄克发表《我们要执行自我批判》对《八月的乡村》横加指责时，鲁迅义愤填膺，起而辩护道："我们有投枪就用投枪，正不必等候刚在制造或将要制造的坦克车和烧夷弹。"[③] 投枪自有投枪的价值，投枪未始不可以成为特定时代标记的经典。须知1935年前后中日关系处于怎样一个状态：1931年日军制造"九一八"事变，东北军主体相继整建制撤退至山海关内，翌年3月1日，日本炮制的"满洲国"出笼。1932年，日军制造"一·二八"事变，第十九路军奋起抵抗，淞沪抗战打响，第五军驰援；1月30日，国民政府发表迁都洛阳宣言；5月5日，国民政府与日本签订《上海停战协定》；12月1日，国民政府才由洛阳还都南京。1933年1月，日军攻占山海关，3

---

① 鲁迅:《田军作〈八月的乡村〉序》,《鲁迅全集》(第六卷),人民文学出版社2005年版,第296页。
② 《八月的乡村》作为"奴隶丛书"之一,1935年8月由奴隶社出版,假托"上海容光书局"发行,鲁迅还垫付印刷费用。"奴隶丛书"的另两种为萧红《生死场》与叶紫《丰收》。
③ 鲁迅:《三月的租界》,《鲁迅全集》(第六卷),第533页。

月，中国军队依据长城进行抵抗；5月31日，签订《塘沽协定》；1935年6月
11日，实际形成《何梅协定》；6月27日，签订《秦土协定》；11月25日，日
本策动的"冀东防共自治委员会"成立；12月9日，北平爆发"一二·九"
抗日爱国运动。1935年5月，上海《新生》周刊第2卷第15期发表易水（艾
寒松）的《闲话皇帝》，在泛论古今中外君主制度时言及日本天皇，招致
日本驻沪总领事抗议，国民政府屈从压力，6月24日查封《新生》周刊，7
月9日由法院判处该刊主编杜重远一年二个月徒刑。在民国政府对日本节
节退让的背景下，《八月的乡村》于1935年8月面世，其敏感的抗日题材、
浓郁的生存实感、粗犷的东北民风与刚烈的英雄气概，不啻于挑战寒冬的
一声春雷。作品不仅真实地表现出东北人民在日本侵略者铁蹄下的屈辱、
痛苦与反抗，深情地讴歌中国共产党领导的东北人民革命军艰苦卓绝的抗
日斗争，而且也反映出一度恣肆的极"左"路线对东北抗日斗争的消极影
响[①]，其历史深度令人沉思；萧明与安娜爱情的受挫也见得出人性开掘的
深度。可是，狄克却借"有人"之口指责这部小说"有些还不真实"，作
者"不该早早地从东北回来"。[②] 东北抗日书写的真实与否，难道要几个
生活在上海租界的批评者凭借什么概念、想象与逻辑来认定，而亲历过血
火交迸、从日伪的魔爪下死里逃生的作者反倒失去了发言权？难怪鲁迅会
拍案而起。

　　再如，从创作到出版始终与《八月的乡村》相伴的《生死场》，艺术
上也并非无懈可击。从整体结构来说，前后不大匀称，前半部相对工致，
而后半部则显见疏落；从艺术表现来看，如同鲁迅在《萧红作〈生死场〉
序》所说，从中"看见了五年以前，以及更早的哈尔滨。这自然还不过
是略图，叙事和写景，胜于人物的描写"。然而，也正如序文里接下来所
肯定的那样，"北方人民的对于生的坚强，对于死的挣扎，却往往已经力

---

①　关于极"左"影响问题，参见逄增玉：《东北现当代文学与文化论稿》第一章"东北作家抗战
　　文学作品的若干历史性与思想性问题"，中国社会科学出版社2012年版，第3—20页。
②　鲁迅：《三月的租界》，《鲁迅全集》（第六卷），第532页。

透纸背，女性作者的细致的观察和越轨的笔致，又增加了不少明丽和新鲜。精神是健全的，就是深恶文艺和功利有关的人，如果看起来，他不幸得很，他也难免不能毫无所得"。文末再次强调《生死场》会给人以"坚强和挣扎的力气"①。这部作品出自女性作家之手，产生于文化禁锢、阶级冲突与民族矛盾错杂交织的时代，其中交织着人权女权、阶级斗争与民族解放三条主题线索，构成一部意涵丰富的多重奏。五四文学革命以来，女权呼声之高涨前所未有，胡适、鲁迅、周作人、叶圣陶等男性作家的呐喊当另做探讨，单从女作家的创作来看，就绽放出姹紫嫣红的花朵。冰心以大海般深广的爱心同情失去受教育权、婚姻自主权的女性；丁玲勇敢坦露女性的性爱心理，塑造在爱情生活中打破传统的被动接受之定势的女性形象，描写女性从个人解放走向社会解放的崭新姿态；而在书写女性的生育难关，尤其是遭受贫困与男权之摧折的痛苦方面，在描写"九一八"前后东北女性之阶级意识与国家意识的觉醒方面，萧红堪称现代文学史上第一人；白山黑水养育的质朴与清新、野性与深切、大气与细腻融为一体的女性笔致，构图大胆、色调浓烈、画面感逼人的表现方式，能够使人忽略其结构上的缺陷与细小的瑕疵，领略到精神内涵与艺术魅力的震撼。

《八月的乡村》与《生死场》在抗战文学经典中颇具代表性，紧张匆迫、危机四伏的流亡与战争生活，急切的表达欲望，使得作品如同地下岩浆沸腾汹涌，奔突喷发，冷却凝固之后，粗糙与不规则显而易见，但爆发之时的瑰奇壮观则会给观者留下永恒的记忆，火山喷发带给环境巨大的影响，凝固的岩浆体也蕴含着丰富的信息。带有缺陷的经典仍然是经典，因为它以特有的艺术形式表现出那个特定的时代，犹如米洛斯的维纳斯，断臂无妨其浑厚质朴的自然之美，从中亦可窥见古希腊的审美眼光。

历史还原不仅有助于断臂维纳斯式作品的价值确认，而且同样适用于结构完整的作品之认识。过去，有些阐释背离了特定的历史背景，对文

---

① 鲁迅:《萧红作〈生死场〉序》,《鲁迅全集》(第六卷)，第422—423页。

本提出不切实际的要求。如关于臧克家《古树的花朵》，有一部文学史在述及臧克家抗战诗歌时注意到《古树的花朵》已属不易，但批评诗人未能在长诗中反映蒋介石掀起的反共高潮，"对于蒋介石政府的认识不符时代实际，真正的抗日力量也未得到表现。这些极大地影响了作品的历史真实性。同时创作的还有《向祖国》集，收叙事长诗六首，其得失也同《古树的花朵》相似"①。确认经典需要实事求是，阐释经典也需要实事求是。《古树的花朵》的主人公范筑先，山东省第六区行政督察专员、少将保安司令、第六区游击司令员，年近六旬，举家投身抗战。担任抗日挺进大队队长的次子范树民为国家捐躯不久，他自己在战斗中身负重伤，自戕殉国。范筑先将军牺牲于1938年11月15日，而国民政府颁布《限制异党活动办法》是在1939年6月30日，1939年12月20日，蒋介石又秘密颁布《异党问题处理办法》，国民党顽固派遂掀起抗战时期的第一次反共高潮。如此时间差，诗人怎么可能在歌颂1938年11月殉国的范筑先将军的诗作里反映后来才掀起的反共高潮呢？《古树的花朵》的主题再清楚不过，就是歌颂范筑先所体现的中华民族的不屈精神。范筑先举家抗日，次子与将军自己相继为国捐躯，长子、长女、三子均送延安，怎么还能说没有表现"真正的抗日力量"呢？

《寒夜》无疑是表现抗战时期市民生活的文学经典。总算煎熬着盼来了抗战胜利，可是汪文宣在街上庆祝胜利的锣鼓喧天中咽下了最后一口气，中年早逝，在他个人来说是生命的悲剧。小宣少年失怙，汪母丧子，曾树生亡夫，正所谓家破人亡的家庭悲剧。曾树生从兰州回到重庆家里，竟听到了丈夫的噩耗，而且连丈夫的葬身之处与儿子小宣的去向也无从知晓。这个追求自由、快乐与温暖的现代女性，后来即便得到了她所向往的生活，难道就能够彻底忘掉这寒气逼人的夜晚？就能忘却那甜蜜的初恋与亲生的骨肉？这又是将要折磨她后半生的精神悲剧。多重悲剧交缠，凄

---

① 唐弢主编：《中国现代文学史》（第2册），人民文学出版社1978年版，第53页。

楚悲凉，感人至深！但关于《寒夜》的悲剧根源，以往的阐释却有模糊之处。1961年10月20日，巴金在《谈〈寒夜〉》里说："罪在蒋介石和国民党反动政府，罪在当时重庆的和国统区的社会。"汪家人"都是无辜的受害者"，"两个善良的小资产阶级知识分子，两个上海某某大学教育系毕业生靠做校对和做'花瓶'勉强度日。不死不活的困苦生活增加了意见不合的婆媳间的纠纷，夹在中间受气的又是丈夫又是儿子的小公务员默默地吞着眼泪，让生命之血一滴一滴地流出去。这便是国民党统治下善良的知识分子的悲剧"。① 1980年12月27日写完的创作回忆录《关于〈寒夜〉》，再次强调社会制度对汪文宣一家的戕害："要是换一个社会，换一个制度，他们会过得很好。使他们如此受苦的是那个不合理的旧社会制度。生活这样苦，环境这样坏，纠纷就多起来了。我写《寒夜》就是控诉旧社会，控诉旧制度。"② 学术界普遍接受了巴金对《寒夜》悲剧根源的制度性认定，同时对悲剧的文化成因也在巴金上述二文阐发的基础上做了深入的拓展。有论者说："抗日战争后期，国民党反动集团在经济上加强了掠夺榨取，在政治上更凶恶更残暴地迫害共产党人及其他进步人士。这种经济上的无耻掠夺，政治上的残酷迫害，就形成了'大后方'社会生活的所谓'低气压'。在《寒夜》中那阴郁的情绪，灰暗的色彩，正是这'低气压'的'大后方'社会生活的'折射'。"③ 姑且不论把抗战时期的国民党称为"反动集团"是否符合实事求是的历史主义精神，单说把大后方的社会病完全归结为"国民党反动集团"所致，也显然与历史相悖。1980年，唐金海《"挖掘人物内心"的现实主义佳作——评巴金的〈寒夜〉》注意到"是帝国主义的侵略战争和国民党军队的节节败退及黑暗统治给这些'小人物'带来了灾难，使他们之间充满了矛盾。警报闹得人心惶惶，物

---

① 巴金：《谈〈寒夜〉》，《巴金选集》（第10卷），四川人民出版社2009年版，第141—142页。
② 巴金：《关于〈寒夜〉》，《巴金选集》（第10卷），第234页。
③ 扬风：《巴金论》，原载《人民文学》1957年7月号，收贾植芳、唐金海、周春东、李玉珍编《中国当代文学研究资料·巴金专集（2）》，江苏人民出版社1982年版，第107页。

价飞涨造成了'小人物'的饥寒交迫，腐朽的官僚机构埋葬了也曾有过理想的'小人物'的青春，敌机的吼叫和轰炸，使得他们妻离子散、家破人亡"[1]。把帝国主义侵略看作苦难的根源之一，这已经是认识的进步，但将其与国民党军队的节节败退及黑暗统治等量齐观，也不尽符合作品实际。细读《寒夜》，不难发现，对战争祸患着笔甚多，汪文宣悲剧的加深，正是战争阴霾愈加浓重、日军铁蹄步步逼近的结果。抗战时期大后方社会弊端丛生，蒋介石及其政府固然难辞其咎，然而初始与根本的原因还是在于日本发动的全面侵华战争。

《寒夜》的悲剧无疑是对日本侵略罪恶的血淋淋的控诉。但究其悲剧来源，除了日本帝国主义侵略及民国政府失责等社会因素之外，也有文化上的原因。汪母含辛茹苦，独自把儿子抚养成人，可是深挚的母爱却发生了扭曲，母爱独占欲望愈来愈强，加之儿媳曾树生在外面的应酬触犯了婆母的传统道德观念底线，汪母视儿媳若仇敌，甚至根本上否认儿媳的合法地位，斥骂与汪文宣自由恋爱而结缡的曾树生为"姘头"。汪母本来的动机是为了维护儿子的男性尊严与汪家名誉，然而她对儿媳的怨怒贬损导致婆媳战火愈演愈烈，为儿媳的疏离家庭直至远走兰州，为儿子在身心双重痛苦中凄楚离世起到了推波助澜的作用。曾树生年轻时与汪文宣情投意合，共筑爱巢，且有了爱情的结晶——儿子小宣，可是，当战争袭来，举家背井离乡流亡到人口拥挤的重庆，丈夫变得病弱不堪，婆媳之间越来越水火不相容之时，活力充沛、个性强烈的曾树生，即使身处困境也不愿舍弃热闹与快活，她享受着年轻上司的咖啡、伴舞与甜言蜜语；虽然仍然无法割舍对丈夫的情缘，但她在婆媳对垒中毫不退让的姿态与对上司的些许暧昧以及后来的远赴兰州，事实上也成为压折汪文宣生命之躯的冰凌。汪母软刀子杀人不见血的传统妇德观与畸形母爱，曾树生锋芒毕现的个人主

---

① 唐金海：《"挖掘人物内心"的现实主义佳作——评巴金的〈寒夜〉》，《钟山》1980年第3期，1980年8月。

义，都参与了汪文宣悲剧的制造，婆媳两个既是悲剧的受害者，也是悲剧的不自觉的施害者。《寒夜》的空间里，主线民族主义和副线人的启蒙与反思紧密交织，审美意涵深沉厚重。抗战文学中，救亡并未取代或者压倒启蒙，而是相依相生、浑然一体，由此可见一斑。

《寒夜》不仅真实地反映出浓郁的战争苦难氛围，揭示出复杂的文化冲突，而且开掘了幽邃的心理空间。曾树生与汪文宣伉俪感情在战争爆发前后的起伏跌宕、冷热反差，涉及夫妻关系的性别权利对比的普遍性问题。汪母与曾树生的婆媳对立，在文化冲突的背后潜含着母子之情与年轻一代性爱之情的原始矛盾；汪母掺杂着强烈控制欲的亲子之爱，也是文学的永恒主题，看到汪母，很容易让人想起《红楼梦》里的王夫人。过去，学术研究对抗战文学的文化与心理空间往往重视不够，其实抗战文学经典的文化启蒙与心理开掘的价值阐释大有可为。再如《财主底儿女们》里写出了战争对人性的扭曲，南京沦陷之后，逃过日军残忍大屠杀的蒋纯祖在荒原目睹了从南京撤退的兵痞石华贵兽性发作、裹挟几个溃兵一起戕害同胞。后来，蒋纯祖与几个良知复萌的年轻士兵设计杀死了恶贯满盈的石华贵，军人归队慷慨赴难，蒋纯祖也获得了灵魂的一次洗礼。石华贵在旧式军队里浸染多年，积习难改，在集体作战时或可发挥军人的勇武，而一旦军队溃散，失去长官约束，便旧病复发，不可救药。如果说石华贵尚属极少数的话，那么，那几个迷途知返的年轻士兵则更有普遍性，他们作战时不畏牺牲，堪称英雄，可是当溃败之后，成为失去部队依托与纪律约束的散兵游勇，便容易沦为失德之辈，在英雄与败类之间没有不可逾越的鸿沟，战争犹如熔炉，铁矿石可以冶炼成钢，宝石也能够化为齑粉。吴组缃的《铁闷子》、吴奚如的《夜的洪流》等作品都表现过这样的蜕变或豹变。心理世界，本来就是万象纷纭，战争时期人的精神剧变、畸变更是超乎寻常，抗战文学经典在开掘心理幽邃世界方面的建树值得关注。

以往抗战文学经典的阐释，审美维度较为匮乏，诗歌中偏重抒情诗，而实际上，叙事诗的建树亦不可小觑。这方面，臧克家颇具代表性。他参加过徐州会战、武汉会战、随枣会战、枣宜会战等，写下了不少抗战叙事诗。短篇叙事诗如《烈士墓旁》《国旗飘在鸦雀尖》《韩团长的腿》《和驮马一起上前线》《老媪与士兵》，长篇叙事诗如《他打仗去了》《感情的野马》《走向火线》等，最为突出的是《古树的花朵》[①]，展开了宏大的时代背景与丰富的人物性格，堪称抗战以来第一部鸿篇巨制的英雄史诗。为了表现英雄情怀和英雄与民众的鱼水关系，这部长诗一改诗人素来谨严的用词与韵律，而是笔法跌宕多姿，做了大量的排比、复沓，呈现出恢廓而绵密的风格。[②]

抗战时期，《义勇军进行曲》《歌八百壮士》《在太行山上》《八路军进行曲》《新四军军歌》《露营之歌》《我的家在松花江上》《梅娘》《嘉陵江》《二月里来》《黄河大合唱》等歌曲在启迪民心、鼓舞士气、弘扬民族精神方面曾经起到无可替代的巨大作用。后来，作为优秀历史歌曲被一代又一代传唱，尤其是《义勇军进行曲》成为中华人民共和国国歌，《八路军进行曲》成为中国人民解放军军歌，《黄河大合唱》更是成为唱响世界舞台的经典，犹如《诗经》《楚辞》与古希腊罗马神话、古希腊悲剧，代表了特定历史时期的时代精神与审美高峰，在一定意义上具有不可逾越性，且给后世永恒的影响。在音乐史上，这些作品多得青睐，但在文学史上却没有得到应有的重视。原因之一在于以诗歌的审美标准衡量，歌词似乎显得不够含蓄、朦胧，殊不知战时歌词本来就要求鲜明、清晰、通俗易懂，便于领悟、传唱。将歌词与象征意味浓郁的诗歌用同一个审美标准来衡量，显然有悖于文体的本性。

对于类型不一的作品，如象征意味浓郁的诗歌《森林之魅》、串珠式寓言体长篇小说《八十一梦》、鼓词与诗歌体性兼备的《剑北篇》等，都

---

① 1942年7月25日初发于《诗创造》第12期时题为《范筑先》，1942年12月东方书社出版时改题为《古树的花朵》。

② 参见秦弓：《臧克家与正面战场》，《山东社会科学》2011年第8期；秦弓：《臧克家抗战诗歌的艺术特征》，《抗战文化研究》（第5辑），广西师范大学出版社2011年版。

应该从其文体本身的特点来进行审美分析，这样才能揭示出各种文体经典的独特魅力。从历史还原与审美多元化的角度去阐释抗战文学，会看到一片蓊蓊郁郁的文学生命，也必将会构建出真实而全面的抗战文学史。

第二节　义勇军之歌

1935年5月24日，电通影片公司拍摄的电影《风云儿女》在上海金城大戏院首映，爱国青年前赴后继英勇抗敌的故事情节深深打动了为民族危亡而焦虑的观众，片尾民众与义勇军同声高唱的主题歌《义勇军进行曲》把观众的情绪推向了高潮。《义勇军进行曲》不胫而走，很快响遍大江南北，传到白山黑水之间、密林深处顽强抗日的东北抗日武装，成为鼓舞中华民族抗击日本侵略者的强劲动力；也远播南洋，堪称世界反法西斯阵线的嘹亮号角。当中华人民共和国创立需要国歌时，人们不约而同地想到这首伴随着中华民族走过了血火交迸岁月的战歌，即使到了和平年代，其慷慨悲壮的旋律、不屈不挠的精神，已经融入民族的记忆与传统，永远是前进的动力。1949年9月27日，全国政协第一届全体会议通过决议，在国歌未正式制定前，以《义勇军进行曲》为代国歌；1982年12月14日，第五届全国人民代表大会第五次会议通过决议，撤销1978年3月5日全国人大通过的新歌词，恢复田汉作词、聂耳作曲的《义勇军进行曲》作为中华人民共和国国歌；2004年3月14日第十届全国人民代表大会第二次会议正式将《义勇军进行曲》作为国歌写入宪法。

《义勇军进行曲》是义勇军题材作品的杰出代表，其社会背景远不止于1933年古北口长城抗战，"九一八"以后风起云涌的东北等地义勇军抗战及其文学艺术表现为《义勇军进行曲》提供了深厚而坚实的基础。

一、燎原之势

"义勇"一词，古已有之。南北朝时指州郡乡里自募之兵，宋代也称乡兵为义勇，通指地方或民间自愿组织的武装力量。1903年4月8日，沙俄毁弃《交收东三省条约》，非但不按期从中国东北撤兵，反而向清政府提出妄图长期独占东北的七项无理要求。4月29日，500余名留日学生在东京锦辉馆集会，决定成立拒俄义勇队，准备开赴东北抗击沙俄，当即签名参加者即有黄兴等200余人。5月2日，留日学生又在东京锦辉馆开会，把拒俄义勇队易名为学生军，并制定通过了《学生军规则》，正式组编学生军。几天后，学生军被清政府强令解散。5月11日，学生军易名为军国民教育会。①

　　近代以来，中国公文正式使用"义勇军"一词大概首见于1929年10月4日张学良颁布的《国民义勇军组织条例》："赤羌寇边，首在抗御。""凡属中华民国国民或团体，以奸除侵占我国土，压迫我民族之强敌为宗旨，其有为国牺牲效命疆场之志愿者，投为义勇军。本条例得适用之。""凡属个人者，定名为国军义勇兵；属于团体者，定名为国民义勇军。"这一条例是在中东路事件中武装冲突正在进行时出台的，所谓"赤羌"即指苏联，张学良显然是想借助民间力量保家卫国。张学良的好友、曾任东北军空军少将司令的冯庸大学校长冯庸即率领冯庸大学拒俄义勇军北上抗苏。但由于苏联强大的军事优势，中东路事件于12月下旬以中方失利而告终，国民义勇军事实上并未形成张学良所期待的局面。倒是"九一八"事变的爆发，使得义勇军迅速形成燎原之势。

　　抗日义勇军在辽西地区兴起最早。"九一八"之前，辽宁省警务处长黄显声经请示张学良同意，曾把军队更换下来的大量旧武器发放到各区县公安系统。"九一八"事变爆发后，黄显声与督察长熊飞在率领公安警察部队向锦州且战且退途中，组织民团、警察队，收编绿林，吸纳各界人士，统一改编的义勇军分22路，达6万余人。辽南有张海天（义匪"老北风"）、项青山、吴三胜、王全一、林子生、李纯华、李烈生（李兆

---

① 　1904年2月10日，日俄战争爆发。日本以东亚利益代表者自居，借用中国的"义勇"一词，于4月在中国东北招募"东亚义勇军"（全称"大日本帝国讨露军满洲义勇兵"，"露"即露西亚，俄罗斯的旧译名）以抗击俄军。

麟）、苏景阳等部；辽东南三角地带有邓铁梅、苗可秀等部；辽东有唐聚五、王育文、张宗周等部；辽北有高文斌领导的东北义勇军第五军团，贾秉彝、刘翔阁的第十五路义勇军，于德霖的第九路义勇军，赵殿良的第二十一路义勇军，张士林的第十四路义勇军等；吉林有冯占海的吉林抗日救国军、王德林的中国国民救国军、李杜的吉林自卫军；黑龙江省有马占山的抗日救国军、苏炳文的东北民众救国军等部。张学良通过北平的东北民众抗日救国会与朱庆澜领导的辽吉黑民众后援会对义勇军给予干部、财务、物资与军械弹药等方面的大力支持。中共中央及满洲省委也积极发布指示并派员参与，加强对义勇军的援助与领导。[①]

　　名目繁多的东北抗日义勇军兵力最多时达到30余万人（亦有40余万、50余万二说），活动范围达90余县，占东北三分之二的地区，歼灭了日军大量有生力量。据《满铁档案》记载，1931年11月至1933年8月，日本关东军及朝鲜军在东北被击毙者1896人，其中有第八师团第二十七联队长古贺传太郎中佐等高级官佐，被击伤者4577人，总计死伤6473人，占"九一八"事变时日本陆军总数的三十五分之一。[②] 但由于自身成分复杂[③]，协调不易，东北军大部撤出，日本调集大批兵力实施严酷"讨伐"，义勇军牺牲惨烈，损失惨重。[④] 1932年底起，轰轰烈烈的义勇军

---

① 参见赵冬晖、孙玉玲主编：《苦难与斗争十四年》（上卷），中国大百科全书出版社1995年版，第257—258页。

② 参见赵冬晖、孙玉玲主编：《苦难与斗争十四年》（上卷），第269—271页。

③ 军事科学院军事历史研究部：《中国抗日战争史》（上卷），解放军出版社2005年版，第141—142页。"东北义勇军，是'九一八'事变以后，东北各民族各阶层人民，一部分东北爱国官兵、山林队等为基础自发组织起来的名目繁多的各种抗日武装力量的总称。其人员成分极为复杂，爱国农民约占50%；曾充当东北军警官兵的约占25%；曾当过胡匪的约占20%；知识分子和工人、商人约占5%。此外，愤于日军入侵的一些绿林豪杰、地主武装也参加了这支抗日队伍。据不完全统计，参加武装抗日的人数达50余万，如果包括各阶层利用工作方式进行抗日的可达百万余。"孔令波《东北抗日义勇军人数考》（《军事历史研究》2009年第3期）考证东北义勇军人数为55万。

④ 王承礼主编《中国东北沦陷十四年史纲要》（中国大百科全书出版社1991年版，第73页）说："40余万人的抗日队伍，在战斗中牺牲的有15万多，负伤的有8万多，溃散的有7万多，退入苏联境内的有3万多，撤至热河的有3万多。"

抗日高潮渐次落潮。余部有的退入苏联境内，辗转归国（陆路新疆，水路由海参崴乘船分赴天津、上海等处）①；有的转进热河等地，参加热河抗战、长城抗战、察哈尔抗战与全面抗战；有的在东北坚持独立作战，有的融入后来由中共组织领导的东北人民革命军、东北抗日联军。东北抗日义勇军风起云涌之时，举国称颂，世界瞩目，其爱国情怀和用鲜血与生命赢得的战绩表现出东北军民不屈的骨气，鼓舞了中华民族的抗战意志，因而永恒地铸进了抗战史册。

　　义勇军并非东北所独有。东北是中国之东北，"九一八"事变激起全国的抗日热潮。1931年9月22日《民国日报》报道，冀省党部议决建议中央准各地民众组义勇军，做决战之准备。该报同日报道，自反日会非常会议议决组织抗日救国义勇军以后，风闻而至反日会报名自效应募者，不下百余人之多。出版业公会亦有组织护国义勇军的动议。9月23日，首都南京10余万市民在公共体育场举行反日救国大会，通电全国，要求团结一致，誓死抗日。北平、上海、杭州、苏州、无锡、常州、镇江、济南、安庆等地学生亦纷纷集会并赴南京请愿抗日。9月24日《民国日报》载本报汉口电："各地民众团体二十二日假市党部为日暴行事集议，当决议组织义勇队。"9月25日《民国日报》报道，南京市妇女救济会通电全国女同胞，报告着手组织南京市妇女抗日救国义勇队。9月26日，该报报道"救国义勇军首次会报名投效者逾千余人"，报上刊出《义勇军章程》。9月28日，北平各界20余万人在太和门前举行抗日救国大会，决议中即有"组织抗日义勇军"一项。9月26日，上海23家日商纱厂华工成立工人抗日救国会，发表宣言说："我同胞全体武装，共赴国难。本会全体8万工友，深愿全体加入义勇军，为讨日之最前锋。"10月5日，上海市特区市民联合会

---

① 　参见贾笑笑：《东北抗日义勇军假道苏联归国始末》（《世纪桥》2018年第5期），王晖《东北抗日义勇军来新疆的历史》（《兰台世界》2016年第14期），李琴芳、张海梅《国民政府办理东北抗日义勇军归国史料选》（《民国档案》2016年第4期），胡玉海《东北义勇军抗战的历史地位》（《辽宁大学学报》2005年第9期）等。

第二区分会（即上海福建路商界联合会）率先成立，嗣后各区分会之义勇军相继成立，报名从戎者1600余人，上海市特区市民联合会为统一指挥起见，组织义勇军委员会。1931年10月至11月，黑龙江省马占山率兵抗日时，上海市民义勇军数十人参加援马团北上。① 从日本脱离虎穴的冯庸大学校长冯庸辗转到北平后，集结逃散的学生，组织冯庸大学抗日义勇军，1931年11月1日，在北平召开"冯庸大学抗日义勇军"成立誓师大会，这支队伍后被编为东北义勇军第七路军，冯庸担任总指挥，参加了1932年的淞沪抗战、1933年的热河抗战。11月间，华侨青年组织了"华侨救国义勇军"，原拟赴东北参加抗战，后因"一·二八"事变爆发，赴淞沪战场与第十九路军共同作战。1932年1月28日淞沪事变爆发后，上海市民义勇军迅疾组织起来，开始训练。2月1日，即由屏南率领参加第十九路军抗日作战；2月27日，奉命助守宝山；3月1日，屏南所部200余名义勇军与十九路军官兵一起击退日军进攻，获得蔡廷锴军长嘉奖。4月26日至6月10日，上海市民义勇军由第十九路军七十八师第一五六旅翁照垣旅长，改编为十九路军随营学生义勇军第二大队，严格训练。毕业后，有53人参加上海学生义勇军东北志愿团。冯占海的吉林抗日救国军辗转到达热河，所部尚余3万余人，后被改编为陆军第六十三军，参加了1933年的热河及长城抗战。长城抗战中，还有关内民间武装组成的义勇军积极配合。

二、抒情表现

诗以言志，歌以咏怀，当义勇军星星之火迅速燎原之时，诗与歌中便飘扬起义勇军的猎猎旌旗。1931年9月27日成立的锦州黑山县高鹏振镇北军有《义勇军誓词歌》②，用古曲满江红曲调，歌词为：

---

① 　上海《申报》1931年10月16日。
② 　关于《义勇军进行曲》的来源考，主要参见"中国锦州东北抗日义勇军研究会官方网站"推出的刘生林《〈义勇军进行曲〉发祥地系列研究》。

起来！起来！不愿当亡国奴的人！

家园毁，山河破碎，民族危亡！

留着头颅有何用？拿起刀枪向前冲！

冒着敌人枪林弹雨向前冲！

携起手，肩并肩。

豁出命，向前冲！

用我们身体筑起长城！

前进啊！前进！前进！豁出命来向前冲！

前进啊！前进！向前进！杀！杀！杀！

　　近年来，研究者与记者采访的一些义勇军仍然会唱这首《义勇军誓词歌》，只是歌词略有不同，或许是记忆有误，或许在当年传唱过程中就有了不同的版本。这首歌词出自谁的手笔，说法不一，有的说是这支义勇军的创始人高鹏振，有的说是北平东北民众抗日救国会派来工作的张永兴。二者皆有可能。高鹏振1897年出生于辽西黑山县英城子乡一富裕农民之家，1917年新民县文会中学毕业，又进过沈阳文会书院读书，中辍，文化程度在当时属于较高层次；且少年习武，精于骑射，聪敏机智，血性汉子，完全有能力写出这样的歌词。1931年9月27日揭起镇北军义旗，10月10日正式改称东北国民救国军，人马由初始的200余人骤增到1300余人。后编为东北第四路抗日义勇军骑兵团、第十二路抗日义勇军骑兵支队，能征善战，1937年6月23日为国捐躯。如果是1931年9月或10月即有此歌，那么当时歌名或许不会带有"义勇军"字样，《义勇军誓词歌》当为编入义勇军序列之后所定。若说是张永兴，从前述其阅历与能力来看，也完全有可能写出《义勇军誓词歌》。

　　先秦至明代，长城万里长，长城这一伟大的历史遗迹到现代已经成为国家独立与民族精神的象征。"九一八"事变爆发，国难临头，长城就出现在第一首义勇军歌曲中，此后成为各种文体，尤其是诗歌中反复出现的典型意象。9月30日出版的《文艺月刊》第2卷第9期，扉页刊出编辑部的应急之作《致哀》：

> 致哀：为国难牺牲的同胞致哀
>
> 公理与和平在弱小民族的每个人的翘盼里。强暴者说：这里太多了，我们也不稀罕，去！大批地交给你。来了——是漫无边际的乌烟瘴气，是闪着光的刀刃，是疾飞着的弹粒……结果，公理浸在殷虹的血泊里，和平踏着白皑皑的骨堆。
>
> 骨是我们弱小民族的山，血是我们弱小民族的河；骨血是我们弱小民族的礼赞之歌。去！还给你，这和平，这公理。我们这里还有正在沸腾着的鲜血，还有不死的亿万人的精灵：将血液把所有的狞恶的强暴者易色，把精灵筑成我们弱小民族的一条万里长城。

1931年10月19日，孙铭武、张显铭、李栋材等400多人齐聚辽东清原大苏河城隍庙，宣布成立血盟救国军，众人高唱孙铭武等人创作的《血盟救国军歌》：

> 起来，不愿当亡国奴的人们，
> 用我们的血肉唤起全国民众，
> 我们不能坐以待毙，必须奋起杀敌。
> 中华民族到了最危险的时候，
> 起来！起来！
> 全国人民团结一致，
> 战斗！战斗！战斗！战斗！

有研究者认为，《血盟救国军歌》歌词来源于《义勇军誓词歌》歌词。① 其实，辽东与辽西以及其他各地，义勇军同声相应，同气相求，人员亦有流动、交织，各部军歌相互之间有所影响，当属自然。同时，自出机杼的创作亦不止一二，如东北大学中文系学生苗可秀等组织东北学生军，征写军歌，时在东北大学任教的刘永济作《满江红·东北学生军军歌》：

　　禹城尧封，是谁使，金瓯破缺？君不见，铭盂书鼎，几多豪杰！交趾铜标勋迹壮，燕然勒石威名烈。忍都将神胄化舆台？肝肠裂。
　　天柱倒，坤维折。填海志，终难灭。挽黄河净洗，神州腥血。两眼莫悬阊阖上，只身直扫蛟龙穴。把乾坤大事共担承，今番决。

　　东北民众抗日救国会于1931年9月27日在北平成立，翌日发表的宣言指出："东北3000万民众，数万里国土，今已沦于日人铁蹄蹂躏之下，是真所谓危急存亡之秋，千钧一发之时。倘在此时，犹泄泄沓沓，听其宰割，堕军实而张寇仇，则全国覆亡之祸，即在眉睫。凡我同胞，为主持正义，为保障和平，我民族生存，我国家安宁，应速起作最后一战。"②
　　上海《民国日报》反映"九一八"事变迅捷而激烈，发表了许多诗歌。如1931年9月24日刊出潘寿恒的《赴敌去》：

　　同胞的血迹，洒遍了沈阳城垣，
　　又洒遍了松花江畔；
　　但见血红的火光烛天，
　　日兵在到处焚劫屠宰。

---

① 参见"中国锦州东北抗日义勇军研究会官方网站"推出的刘生林《〈义勇军进行曲〉发祥地系列研究》。
② 参见赵冬晖、孙玉玲主编：《苦难与斗争十四年》（上卷），第242页。

谁个青年没有血性，

谁个青年没有沸般的热情！

我们要奋臂奔赴疆场，

纵然死也须死得光明！

四面洪洪地撞着警钟，

快举起武器向敌人进攻，

我们誓死不做亡国的奴隶，

甘为国家牺牲做赴敌的先锋！

1931年9月25日，《民国日报》刊出江德奎的《战歌》：

我的心战兢，

我的血沸腾；

快准备着我枪，

速秣厉着你马。

勇敢哟！

快快走上战场上。

我的国将亡，

我的家将破，

试问正义在何处？

申诉原不如决战。

勇敢哟！

快快走上战场上。

……

就用我们的满腔热血，

也抗御得住枪林弹雨；

就用我们的雄大呐喊，

也能够使倭奴心胆战。

勇敢哟！

快快走上战场上。

四千年中华的光荣，

沾上了多少倭奴的耻辱；

生存毁灭决在今日，

谁敢不该拼命奋斗？

……

《民国日报》上面以《战歌》为题的诗歌还有多首，如1931年10月3日载柏华杰仿法国马赛曲之《战歌》，其中有："冒死进行。宁做战死鬼，不做亡国民！""凡我同胞誓死直前进！"1931年10月6日刊出蔚然的《前进》，有"碧血在飞溅""头可断！骨可碎！牺牲的壮志不可没！"等语。1931年10月8日刊出苏凤的《战歌》：

雷电在头上咆哮，

浪涛在脚下吼叫，

热血在心头燃烧，

我们向前线奔跑。

瞄准！向着那敌人瞄准，

不许留一个生存。

死的代价是报仇雪恨，

把铁血去换光明。

肉体饥饿了我们需要吃，

那边有敌人的粮秣；

灵魂枯燥了我们需要慰藉，

那边有敌人的鲜血。

只有死是我们的希冀，

把我们的死尸掩护着民族的自由；

生命不是我们自己所有，

永远给我们祖国做光荣的报酬。

战啊，下个最后的决心，

杀尽我们的敌人，

你看敌人的枪炮都响了，

快上前，把我们的肉体筑一座长城。

雷电在头上咆哮，

浪涛在脚下吼叫，

热血在心头燃烧，

我们向前线奔跑。

　　1931年10月15日刊出贾冠群《战歌集》，《军人战歌》里有："那怕他枪林弹雨，/只管前奔！/前奔！/前奔！"《农人战歌》里有："枪弹飞过来不要避，/死了儿子不要气，/前去，/前去，/冲上前去！"1931年10月7日刊出天行的《叫吼！》，诗中写道："叫吼！/飓风挟着海浪的叫吼，/巨雷劈破了火山的叫吼，/四万万众齐声的叫吼，/中华的——崇高的——女神，/散着发，擎着长矛，/监视着——我们——昆仑一脉的灵州！"1931年10月23日，苏凤叙事诗《梦中仿佛遇小白龙》，歌颂奋起抗日的义匪，诗中有："雷电在顶上咆哮，/浪涛在脚下呼号，/亡国的奴隶谁甘心做，/偏恼怒了一位'强盗'。/'好！起来罢！好！好！/有耻必雪，有仇必报！'"1931年10月26日《民国日报》还刊出了配有五线谱的胡敬熙作《义勇军歌》，歌词为：

> 义勇军，血如沸，胆如天，
> 体魄强健意志坚。
> 义勇军，不爱名不爱钱，
> 冲锋杀敌誓争先。
> 我与倭奴不共戴天，
> 上前线，杀倭奴出口气，
> 此身准备为国捐，捐，捐！

另一份大报《申报》，也发表了不少类似的诗歌，如《血钟响了》里有："呵、/起来、/同胞们、/大家起来"，"黄河和长江播动了战鼓、/西风为我们奏着进行曲、/前进呀，这是我们的责任、/剑锋东指扶桑、杀尽倭奴"。1931年10月5日甘豫庆《去战场上去》里有"伟大的牺牲才有伟大的成功、/纪念碑要用血肉来创造"。1931年10月9日《静默》里有"只要我们万众一心、/何难仇人全师尽倾、/只要我们坚持到底、/何难致仇人的死命"，"更何堪在这时候、/已是我中华民族千钧一发的危势"。1931年10月10日《申报》刊出黎锦晖作词曲（配有简谱）的《义勇军进行曲》，共四节，其第一节歌词为：

我国不幸，水灾兵祸，受尽折磨！

暴日乘机，兴兵抢夺，杀人放火。

奋斗救国，动起干戈，我们来尽忠报国。

快把那万恶帝国主义打破！

同年10月13日，《申报》发表李广政写于上海南市义勇军招募处的《献给义勇军》：

兴安岭吹动了惨淡的秋风，

松花江布满了暴日的刀锋，

庄严的河山已经破碎，

同胞们的碧血将大地染红。

和平之女神，哀号悲痛，

可怜啊，这死了的亚洲之龙。

国难到了，

快起，拿破仑所称颂的巨人，

快起，大中华勇敢的英雄，

从昏迷中跳上你的征骑，

从血泊中向敌人进攻，进攻。

看灿烂美丽的云天，

已涌起了无数的烽烟，

历史上一页一页的血泪，

同胞们一日一日在乞怜。

我们的痛恨、耻辱，

涨满了我们的心田，

敌人他们有为国奋斗的青年，

祖国啊，你的孩子们呢？

亲爱的战士们，

男儿一身的肝胆，

谁怕那倭寇的宰割？

数千里山河都失去，

还顾什么红颜和白发？

我们的武器：血、血、血，

我们的职务：杀、杀、杀，

扶桑岛上徘徊着我们的英魂，

鸭绿江边长眠着我们的尸骨，

奏着胜利之歌声，

听着神鬼泣壮烈，

光荣哟，光荣哟，

这便是我们最后的归宿。

走吧，走吧，

我亲爱的义勇军同志，

一致地，前进，前进！

10月18日，《申报》又发表黎锦晖自配简谱的《向前进攻》，里面有："举起刀来，向天大叫，/为全世界杀强盗!""一声前进号，/舍命向前跑，/莫让敌人逃，/只教敌人倒! /快跑! 快跑! 快跑! ……精忠报国向前跑!"

"九一八"激起的抗日救亡成为社会各界的公共话题，义勇军诗词与歌曲如雨后春笋，生机勃勃。虽然义勇军诗词歌曲最初几年由于种种缘故尚未产生广泛影响，但其意旨、格调及其所赖以寄托的意象、语汇、句式，已经为后起的田汉《义勇军进行曲》打下了坚实的基础，诸如

"起来""不愿做奴隶的人们""血肉""长城""中华民族""最危急的时候""吼声""冒着敌人的炮火""前进"等，连《义勇军进行曲》的歌名都已经出现，真可谓"万事俱备，只欠东风"，只等待一位杰出的诗人将其凝练重构，一位伟大的音乐家为之配上音乐的翅膀，再有一部优秀的电影为其做故事的铺垫与影像的演绎。随着1935年5月24日电影《风云儿女》的首映，田汉作词、聂耳谱曲的《义勇军进行曲》响彻云霄：

> 起来！不愿做奴隶的人们！
> 把我们的血肉，
> 筑成我们新的长城！
> 中华民族到了最危险的时候，
> 每个人被迫着发出最后的吼声。
> 起来！起来！起来！
> 我们万众一心，
> 冒着敌人的炮火前进！
> 冒着敌人的炮火前进！
> 前进！前进！进！

如此凝练沉雄、慷慨激昂的歌词固然缘于民族危机的逼促与救亡文艺的酝酿，但出自田汉（1898—1968年）的手笔，并非偶然。田汉出生于富于血性的湖南长沙乡间，敏感颖悟，感情充沛，勇于创新，早年留学日本期间，参加少年中国会，与郭沫若、郁达夫、成仿吾等发起创造社，在新诗与话剧创作、外国剧本翻译等方面领风气之先。其创作既显示出时代弄潮儿的敏锐与勇敢，又展露出舞台诗人的才华情韵。田汉视野开阔，胸襟博大，他熟悉《马赛曲》（原名《莱茵军进行曲》）的"万众一心""不怕牺牲""决一死战""前进前进"，1930年参加左翼作家联盟，1932年加入中国共产党，更使他心中响彻着《国际歌》的旋律："起来，饥寒交迫的奴隶，/起来，全世界受苦的人！/满腔的热血已经沸腾，/要为真理而斗争！/旧世界打个落花流水，/奴隶们，起来，起来！/不要说我们一无所有，/我们要做天下的主人！/这是最后的斗争，/团结起来，到明天，/英特纳雄耐尔就一定要实现。"五四时期，他歌颂个性解放与人道同情；土地革命时期，他表现阶级反抗；"九一八"事变爆发后，他勇做抗日救亡的弄潮儿。田汉是左翼文学阵营最先表现民族危机的作家之一，很快写出独幕话剧《乱钟》。接下来的独幕话剧《扫射》已有"在敌人枪炮声中严肃英勇地前进"的表现；另一部独幕话剧《战友》更是借幕后的工人学生游行喊出了"踏着抗日将士和义勇军的血路前进！""英勇抗日的士兵和义勇军万岁！"的口号。1933年春作新诗《日出之前》里面有："我们做主人或是做奴隶，/就只争这一严重的刹那。/起来吧，两重压迫下的中国人！/为着新的黎明而挣扎！"同年春所作《万里长城》里，再次以沦亡后当奴隶做警示。1934年作《送洪深先生赴青岛》有"民族危机"与"中国千万群众怒吼声闻天"。同年9月，与聂耳合作为电影《桃李劫》作《毕业歌》，"我们要做主人去拼死在疆场"与"我们不愿做奴隶而青云直上"形成鲜明对比。从这样一条脉络上来看，田汉写出刚健雄强的《义勇军进行曲》，可谓水到渠成。1935年，他又与冼星海携手，创作出《救国进行曲》，起首仍然是相近的"起来！/不愿做亡国奴的人们！"，后面则有："起来，同胞们！/要团结得像一个铁人！/不要靠英雄，不要靠真命天子，/不要靠佛和神，/只有觉醒了的老百姓，/才是中国的真救星！/前进，/胜利属于我们！/前进，/前途闪耀着光明！/光明，光明！"这些作品显示出《国际歌》的影响，从中可以看出这位杰出艺术家的左翼底色。左翼并未妨碍田汉爱国情怀与民族意志的生成与表达，反倒使其增添了深度与力度，因而，田汉与聂耳合作的《义勇军进行曲》成为雄踞于同类诗歌之巅的经典，激励中华民族打败侵略者，闯过重重难关，并将伴随中华民族走向未来，走向更为广阔的世界。

三、叙事表现

在正规军主力撤出之后的几年间，义勇军成为东北武装抗日的主角，因而成为民族不屈的象征。一时间，义勇军成了戏剧、小说、诗歌、歌曲、曲艺、散文的热门题材，关外夏日里碧海一般的青纱帐，冬日里朔风呼啸的林海雪原，绿林参与其中的义勇军，揭竿而起时的山呼海啸，秘密联络时的机关暗号，等等，都给文学带来几分粗犷、豪放、瑰奇的侠义传奇色彩。义勇军雷声滚滚时，文坛即回荡着白山黑水间的晴天霹雳；即使当义勇军高潮跌落之后，其英勇而悲壮的抗日，仍如大洋深处的火山喷发，激起的波浪传播久远。

全面抗战爆发之后，国立戏剧学校由南京至长沙再到重庆最后落脚于四川江安，在学校迁徙中由校长办公室秘书而为教师的吴祖光，收到父亲吴景洲寄来的一本《东北抗日义勇军烈士苗可秀传略》，同时还有父亲要吴祖光为这感人至深的人物故事写一个剧本的嘱托。苗可秀，1906年生于辽宁本溪，1926年考进东北大学文学院预科，1928年升本科。"九一八"事变之后，东北大学师生多流亡关内。苗可秀一面在北京大学中文系借读，一面奔忙于抗日救国活动，与东北民众抗日救国会发生了联系，和车向忱等一道组织东北学生军，担任队长。1932年3月，苗可秀受命到辽东三角地带邓铁梅东北民众自卫军了解情况。5月回京向东北民众抗日救国会报告后，参加了在北京复课的东北大学毕业考试。7月，苗可秀投笔从戎，回乡担任东北民众救国军总参议。8月起，为争取一个稳定的阶段扩充救国军实力，苗可秀等受命赴红旗堡、凤城、沈阳同急于"招抚"的日伪谈判周旋。10月13日，苗可秀将被诱到雕窝堡的伪凤城县参事官友田俊章等日本官警及翻译共6人处决，以昭示抗日决心。1934年2月1日，在学生大队基础上成立中国少年铁血军，苗可秀被推选为总司令。苗可秀在战斗中身负重伤，养伤期间被捕，宁死不屈，1935年7月25日英勇就义。[1]吴祖

---

① 苗可秀生平事迹参见中共辽宁省委党校党史教研室编：《辽宁抗日烈士传》，辽宁人民出版社1982年版，第44—63页。

光为苗可秀烈士所感动，又找来泳吉先生著《义勇军》等材料，用四个月的工作之余时间，写成四幕剧《凤凰城》。剧前有《凤凰城本事》概叙苗可秀抗日英雄事迹，以示艺术化的虚构源自史实；第一幕写苗可秀抗日心切，毅然与怀孕的妻子告别；第二幕以义勇军地窖子式指挥部为场景，先是通过苗可秀向义勇军邓铁梅军长报告与敌"谈判"的情况和邓军长向苗可秀通报日本派遣女子"情报班"的敌情，表现斗争的复杂性，继而处决被诱来"谈判"的日本参事官与汉奸，抓住并处决化妆侦察的日本女间谍；第三幕通过田大娘为支援义勇军而遭受日军酷刑和苗可秀受伤后得到群众保护，表现抗日的群众基础、义勇军和民众的鱼水关系；第四幕写苗可秀面对日军种种诱惑岿然不为所动，牺牲前嘱托战友"重整山河""作新中国的主人"，也刻画了两个异国抗日人物——一是为了复仇而嫁给日本中将的朝鲜革命党人金瑛，二是因为儿子成为日本军阀炮灰愤而反战的日本翻译员前山人，借此表现抗日的正义性。《凤凰城》四幕剧中，第一幕、第三幕虽带有铺垫或过场性质，但贯之以情，散中有聚，前者是夫妻情、兄弟情、家庭亲情，后者是军民鱼水情、爱国情；第二幕、第四幕富于悬念，情节紧张，而且前后都有色诱与反转，最后以苗可秀牺牲达到全剧高潮。整部剧起伏跌宕，错落有致，在尚无表现抗战英雄的大型剧目之时确属开创之作。时任国立戏剧学校教务主任的曹禺拿到剧本当夜看完，给予高度评价，立刻召集戏剧学校校友剧团排练。由于战局的迅速变化，这部1937年秋完成于长沙的剧本，待到1938年5月18日始于重庆国泰大戏院上演，四幕剧的导演分别由校长余上沅、曹禺、黄佐临、阎哲梧担任。首演时，正值苗可秀母校东北大学校长王卓然与中国少年铁血军继任司令赵侗在重庆，王、赵二人登台与观众见面，"满场观众热烈鼓掌欢迎他们"①。国立剧校首演之后，《凤凰城》在前线、后方，以至中国

---

① 关于《凤凰城》的写作与演出情况，参见《〈凤凰城〉始末——二十岁写的头一个剧本》，吴祖光《生正逢时忆国殇：吴祖光自述》，浙江大学出版社2018年版，第191—199页。

香港、澳门以及东南亚等广大的地区相继上演，成为抗战期间演出最多的剧本之一，剧中的插曲《流亡之歌》也成为抗战时期的流行歌曲。剧本由重庆生活书店1939年1月初版后也很快再版，吴祖光也由《凤凰城》开启了他的戏剧家之路。1939年6月，《凤凰城》在迁至湘西辰溪的湖南大学上演，早在1931年10月18日曾应苗可秀之请作《满江红·东北学生军军歌》的中文系教授刘永济，观剧感慨万千，作诗《夜观辰溪湖南大学诸生演〈凤凰城〉苗可秀死难事》四首，赞烈士"如子始堪称国士"。刘永济的好友曾运乾对此产生强烈共鸣，和诗有"留得书生真面目，虎贲相对亦欣然"[①]。苗可秀的赴汤蹈火、壮烈殉国令国人衷心崇敬，其英雄叙事见之于多种文体与媒介。1936年春之前，上海中华教育职业社即印成《苗可秀志士遗墨》；1937年4月2日出刊的《民众周报》第3卷第1期，刊出鼓词《苗可秀传》，同月，这篇鼓词由通俗读物编刊社以《抗日英雄苗可秀》之名初版单行本，1938年1月再版，音乐家张曙曾以京韵大鼓曲调为之谱曲；1939年1月15日刊于香港《大风旬刊》第26期，发表谢冰莹小说《东北义勇军英雄苗可秀》，等等。

　　义勇军题材，不仅见之于想象色彩较浓的虚构性作品与《凤凰城》等在事实基础上予以艺术加工的作品，而且有写实性颇强的报告文学予以再现。《血战归来——关外义勇军抗日纪实》[②]即是颇有代表性的作品。作者署名立川，本名张永兴，又名张新生、张惠民、张裕国、王立川、波波夫，1896年生于辽宁宽甸，天津南开中学肄业，1922年加入中国国民党，"九一八"前在商业学校任教。"九一八"当夜，适逢有事住沈阳友人家，见证了日寇的暴行。他逃难到北平，因对当局失望，受东北民众抗日救国会派遣到东北国民救国军高鹏振部工作，1932年春节前夕被救国会调回，当年又几度到义勇军唐聚五部、义勇军第二军团等部工作，1932年

————————
① 参见徐正榜等编著：《刘永济先生年谱》，《刘永济集》，中华书局2010年版，第336—337页。

② 立川：《血战归来——关外义勇军抗日纪实》，中华书局《新中华》半月刊第1卷第9—11期（1933年5、6月）连载。

底加入中国共产党，1933年初到热河长城一带视察从东北撤出的义勇军。后来，张永兴受中共派遣参加共产国际情报工作，1937年1月5日，与胞弟张克兴等在齐齐哈尔壮烈牺牲。《血战归来——关外义勇军抗日纪实》尽管从文体上可以找出明显的弱点，如结构有嫌松散，文字不够凝练，等等，但是，其最大的长处是作者以义勇军中的切身体验与实事求是的历史主义态度真实地表现出义勇军揭竿而起时的民族义愤、浴血抗战的英勇悲壮及国难当头之际鱼龙混杂、义勇军坎坷跌宕的复杂局势。作品从作者在"九一八"之前的东北体验起笔，顺着时间的线索，记述道："九一八"之夜"大约有十点钟的光景，就听有极猛烈的重炮声，和接连不断的机关枪声，以及马路上的马蹄声，足足地响了一夜"。次晨出门，不到百步，就遇到被刺刀刺杀的身穿东北宪兵大衣的死尸；"再往前走，接连不断地发现军人和警察的死尸，横倒竖卧地堆集在马路上"。逃进关内，原以为东北当局必谋反攻，国民政府应负全责，必有办法，结果却大失所望，遂返回东北，"去在劳苦的群众中建立我理想中的民族势力"。朋友介绍给作者的东北国民救国军高鹏振，辽宁黑山县人，读过中学，因不堪官府压迫，落草为寇，报号"老梯子"。十几年中，高鹏振专同官府作对，只找百姓讨厌的阔人绑票，要钱不索命，而对一般民众概不扰害，不曾杀过一个人、放过一次火和强暴过谁家的妇女；在群匪中常做排难解纷之事，深得一方爱戴，连官兵都愿和他做朋友。这支东北国民救国军最初由"胡子"（土匪）聚合而成，举旗抗日，"力矫一切土匪行为，一时名誉大振，人民感德无既！每将家中上品食物，自行献出，以供给救国军。杀猪宰羊，食不绝肉，救国军亦感激人民招待之殷，纪律益加严明"。队伍迅速壮大，成为人民的靠山。天下大乱，匪患严重，民众不堪其扰，"故救国军每至一处，人民均推举代表，要求长驻，以资保护。至救国军移防时，许多难民均尾随于后"，"乡村妇女，每惧见人，非仅土匪，即正式军人亦畏之。说也奇怪，她们独对于救国军不仅不回避，而每至一处，往往有来自数十里外以相随避难"，"更奇者，有身为土匪而不能自保其家者，其家中妇女老幼，逃至救国军所在处避难，久之，彼亦投降救国军"。这一描述让人想到《三国演义》所写的民众追随刘备的情景。但东北国民救国军面临着巨大的压力：外部，日军屡派飞机恫吓，又指使汉奸送来子弹、棉衣，以接受日军改编、放弃抵抗、只维持地方为由进行拉拢；内部，救国军虽然得到撤至锦州的政府及其所属军队的认同，但除了慰劳三千元之外，别无接济。高鹏振司令部及其卫队强忍饥寒，而队伍成分复杂，纪律涣散，难以约束，百姓的信赖渐次消失。驻守新民县腰高台子村的报号"海龙"的"柳子"（土匪）配合县政府，抄了日军的后路，打死二十几多个日本兵，惨遭报复。日军调来三百骑兵、五百步兵、六架飞机及重炮等重武器。海龙部顽强抵抗，打死十余名日军，但寡不敌众，海龙受伤，两个弟兄战死，无奈破墙而退。日军进村，疯狂屠杀留在村里的百余名村民，又唆使一股土匪占领掠夺。救国军赶走这股土匪之后，饥寒情况才稍得缓解。日军又以利诱并刺杀救国军官兵来胁迫救国军打锦州，并派来四个日本人与两名中国翻译来指导军事与监视行动。救国军移驻朝北营子召开烈士追悼会，将四个日本人"剖心献祭"。救国军缺乏军政训练，曾经发生过十六个日本兵吓跑三千多救国军的事情，但拼死抵抗的十几名救国军打死六个日本兵，剩下的十个日本兵被打跑。救国军在战斗中积累经验，勇气与战术日见提高，屡次重创日军。在金家五台子，救国军袭击日军，击毙日军大尉以下七十三人。但后来日伪压迫愈加严酷，救国军损失惨重，1933年2月不得已接受伪满洲国军改编，一支曾经赢得民众支持、奋勇抗日的义勇军终至彻底失败，不能不说是一个催人泪下的悲剧。东北义勇军由盛而衰，盛时山呼海啸，令人振奋，但敌强我弱，政府退避关内，义勇军孤立无援，难以支撑，败如秋风落叶，令人感伤。东北国民救国军的命运，正是东北义勇军的一个缩影。

　　关于义勇军的叙事，还见之于不少纪实性散文。韵绮《三日从军记》以自述的口吻讲述了几个爱国青年参加江桥抗战的一段经历。作者说："九一八的炮声震破了我的繁华梦！把从前做官发财恋爱……的痴想，全都忘掉了！只是把日本人如何用刺刀杀死我的十年老友周君，如何烧了东庄的四十八间房屋，如何强迫'借用'高大哥的新娶的老婆，等等的印象，深深地刻在我的心板上。"去富拉尔基投奔叔父，在嫩江边偶遇从家里悄悄拿出三支手枪跑出来抗日的同学老邓，"我"因为与行伍出身的营长有文化与性格上的距离，未能正式参加军队，但国仇家恨使这几个失去继续求学机会的学生走上抗日战场，经受了日本飞机的轰炸，也目睹了日机被我军击落，几个学生青年在第二道防线的战壕里，打死了两个突袭的日本骑兵，"等我们三人开枪时，日本小鬼，已经有两个真成了鬼了"。但从家里拿出三支手枪投身抗战的同学老邓光荣战死了。"我们看他时，他已与世长辞了！青灰色的月光，照在他的脸上，仿佛浮着一层微笑，右手还紧紧地握着手枪，殷殷的血把身旁的血都融化了。""我们在一棵大树下，用雪把邓君的尸身掩盖好，这就是他最后的归宿！我用手指在他墓前的雪上写了四个大字：'光荣之死'。"[①] 文章写得有些稚嫩，但也多少反映出一般爱国青年自主投身抗日后被打散的情况。诸君《故乡心影录》述及辽宁省法库县的反抗情况："九一八"事变不到一周，继沈阳、长春、吉林沦陷之后，东北铁路沿线邻近法库的铁岭、昌图、开原、辽源、新民悉为敌骑侵占，但法库并非那样顺势落入敌手。"县中公安局长赵梦周素为亲日人物，乃于此时鼓吹自动归日，亲自赴沈阳活动，旋即回法秘制日本国旗。"时值王以哲部骑兵三旅正在彰武，县里爱国绅士赴彰武请兵。骑兵三旅派团长徐英率兵来法库，枪毙通敌的汉奸赵梦周及公安局二科长、县府马科长及一劣绅。1931年底，徐英团奉命调离。1932年4月，日军先遣兵二人在后孤家子村被"土匪"击毙，日军大部队疯狂报复，焚村泄愤。日军在李维堡子遇到民团抵抗，日军以飞机投弹，大炮轰炸，"顷刻间一村成为灰烬，而十余无名英雄及数十村民尽皆死难"。稍后，法库

---

① 《1931—1945年东北抗日文学大系·第四卷·报告文学③》，黑龙江大学出版社2017年版，第1448—1457页。

县城始陷敌手。"日军即入法库，县民悉怀不忿之意，一改昔日态度。事变初起时，四出骚扰地方者，多为原有土匪及无赖。此时则各地乡民均以为天下已乱，家国倾覆在即，生活不可维持，于是少有志气者辄挟枪马奋起，而乡中父老，亦以子弟投义勇军为光荣。九一八周年当阴历秋八月，前农会会长王子庚及刘祥阁树抗日之帜，率众由通江口南开法库，四乡农民，纷起响应，实力浩大，独惜主持者乏良才，而分子复杂，沿途不免骚扰，其与以前各土匪之区别仅为含有民族意识耳。此其失败之主要原因。"义军围住法库县城，城中商人唯恐城破受损，不惜重资招致蒙古军。"义军围城前后二十三日，因有电网设备始终不能入城，旋日军开至将义军击溃，一场事业顿时烟消云散。"①东北全境相继沦陷，但义勇军抗日烽火四处点燃。"栾法章所领导的一部义勇军是开原境内最有力的抗敌者。组织不久，即孙陵部队向孙家台进攻。孙家台距离开原县城最近，乃南满铁路经过开原之大站，亦即日人势力之集中地。栾法章之攻孙家台显然在图消灭该地之日军及破坏该地之建筑。此次攻击颇为得手，攻入孙家台市街掳去日人甚多，而日人所营商店及各种机关亦被焚毁多处。最可惜的是他们把日人的'二叶旅馆'误认为'大衙门'（日人在开原之总管机关），结果只将几个无关轻重的日商捕去，致使负责日本官吏得机逸去，不然当更予日人以较重打击。栾军既攻入街中停留一天，后因实力孤单，恐日军大批援军增至，被人包围，乃即退出，然已予日人以一大打击，其影响固甚重要也。"日军疯狂报复，"栾法章的亲戚朋友家属有一次被日人捕来大小共二十六七人，都在村前大壕内用枪刺刺死，然后又放出军用犬来把尸体吃掉了。惨呼，号叫的哀声，除了行凶的日本军人和吃人的军犬，震动了所有听到此种声音的有生物的心房。村中所有的居民，都在悲哀地落泪"。日军残暴至极，有一次，杀害有抗日嫌疑的三十六名西丰警察，先将其中六名所谓"要犯"，绑在高木桩上，扒光衣服，日军放开惯

---

① 《1931—1945年东北抗日文学大系·第四卷·报告文学③》，第1492—1495页。

于吃人的军犬，活活撕腹掏心，凶犬猖狺，日军狂笑；接着把余下的三十人拴在环形的木柱上，在中心埋下炸弹，将三十人的身体炸得粉身碎骨。被迫来观看的中国百姓备受折磨。[①]

有压迫，必有反抗，压迫愈重，反抗愈烈。《故乡心影录》述及途经巨流河时，听闻不知多少人惨死于检查严苛的日军之手，夏日驶过的列车上都能闻到埋人陷坑的臭味冲鼻，也见到巨流河东某处被义勇军杀死之日军大佐的石碑，这在日军是纪念碑，在中国则是复仇碑。有多少善良温和的平民百姓走上反抗侵略的复仇之路。醒槐《一个无名义军的自述》开门见山地说："我本是一个农夫，是一个继承祖业的懦弱的农夫；可是现在，我变了，变成了一个英勇杀敌的义军！"接下来，叙述自己"逼上梁山"的历程：我还在母亲怀抱里的时候，祖父祖母带着全家从山东逃荒到黑龙江依兰。六十上下的祖父与祖母，由于自然环境的不适与劳作的辛苦，相继逝世。父亲强壮的身体变成了苍老与弯曲，终于开出了属于自己的土地，我也长大成人，娶妻生子，即使辛苦劳作满仓谷粒不抵几匹洋布、几斤洋油的价值，但毕竟还能苦熬下去。可是，日本人占了县城之后，在五六十名日本兵保护下，来了几百名高丽人，强迫村中住户人等火速移出，将土地房舍让与高丽人居住耕种。父亲去与之理论，竟被"那群狠心的倭奴打死了！母亲哭喊地往领父尸，可怜的她，就一去无踪！——后来听说被小鬼用刺刀扎死了"。于是，我与同村的人们加入了义军。"虽然敌人的炮弹打伤了我的手脚和面目，可是为了死去的老人在地下的高兴和活着的黑儿、青儿们的将来的幸福，我不得不鼓勇卖命地干下去！"[②]这样投身抗日的百姓有千千万万，于成泽《东北在动荡中》[③]有一节的小标题就叫"到处燃烧着斗争的火把"，里面写道："就在那东山里，离省城二十里附近的地方，北沙河的山边，就有义勇军三四百人时常在那出没，他们有

---

① 《1931—1945东北抗日文学大系·第四卷·报告文学③》，第1506—1508页。

② 《1931—1945东北抗日文学大系·第四卷·报告文学③》，第1533—1536页。

③ 发表时署名逸凡，《反攻》1939年第1卷第3期。

时候，神出鬼没地出来袭击日本军队，但是等日军来进攻时，他们又钻入崇山峻岭中，逃之夭夭。待日军过去，不知什么时候，这些爬山越岭的英雄们，又都跑出来，仍然照旧地来生活！在他们杀'喜猪'的时候，有时附近的老百姓还会被邀请上山去大吃大嚼！"义勇军来自民间，与平民百姓血肉相连，于此可见一斑。

　　叙事诗里也有义勇军题材，如1931年10月23日《民国日报》载苏凤《梦中仿佛遇小白龙》：

　　　　仿佛有千乘万乘铁骑，
　　　　踹破了敌人的营垒，
　　　　拼着志士的头颅和热血，
　　　　把碎缺的山河补缀。
　　　　马背上据说是一个"强盗"，
　　　　鼓动着雄奇的呐喊，
　　　　尽满眼是凄凉的意味，
　　　　掩不住悲壮的气概。

　　　　可怜他平时埋没在山林，
　　　　也流过忧时的热泪，
　　　　只是这世界遗弃了他，
　　　　没有发展他的雄才，
　　　　忧伤的情绪转为愤激，
　　　　才流浪于世界之外；
　　　　他依然有圣洁的灵魂，
　　　　依然有侠义的肝胆。

　　　　民国二十年九月十九，

倭寇攻破了沈阳城。
像一群虎狼肆无忌惮，
张牙舞爪地到处横行。
松花江流不尽无限的侮辱，
长白山压不住群众的悲愤。
可怜数十万赳赳的武夫，
忘了自己是国家的干城。
大好的山河任人蹂躏，
受尽了欺侮还是忍气吞声。

一刹那国破家亡，
敌人的凶焰更见嚣张，
怎禁得新仇旧恨，
数不清无限的创伤！
但四围依然是一片镇静，
如何听不见抗争的音响？
空有雄师百千万，
似乎都不关痛痒。

雷电在顶上咆哮，
浪涛在脚下呼号，
亡国的奴隶谁甘心做，
偏恼怒了一位"强盗"。
"好！起来罢！好！好！
有耻必雪！有仇必报！"
慷慨的呼声震动了天地，
冲破了死一般的寂寥。

"弟兄们！杀敌人去！

有耻必雪！有仇必报！"

三千个"强盗"胜过千万甲兵，

豪情掩日、壮气凌云，

民族的热血已经沸滚，

强暴的倭寇也大吃一惊。

仿佛有千乘万乘铁骑，

踹破了坚固的敌营，

拼着头颅和热血，

为我们保持一些不屈伏的民族之魂。

    诗中的"小白龙"实有其人，本名白乙化，字野鹤，满族，辽宁省辽阳人，1928年入东北军教导队，后入东北讲武堂步科，1929年考入北平中国大学政治系预科，1930年秋加入中国共产党。"九一八"事变爆发后，获准休学，回乡组织"平东洋抗日义勇军"，任司令。因喜穿白衣，且智勇双全，故有"小白龙"的雅号。此诗写作之时，白乙化抗日活动开始不久，诗人敏感，闻风而动，赋诗礼赞。1931年12月19日《民国日报》还刊出署名唐的散文《忆小白龙边塞的一夜》。白乙化后来进关，卢沟桥事变后，参加八路军，担任晋察冀军区第十团团长，其英雄风采在其他作品里亦有表现。

    描写义勇军抗日的小说也有不少，如1933年10月至12月《文艺月刊》第4卷第4、5、6期连载的秋涛（王平陵）的《期待》①，描写辽南一支义勇军英勇抗日，最后弹尽粮绝、全部殉国的悲壮事迹。再如王寒生长篇小说

---

① 赵伟《〈文艺月刊〉（1930—1941）中的民族话语》（花城出版社2019年版）第三章《东北抗日义勇军肖像》对《期待》有相当充分的论述，此处不赘。

《战血》（汉口一般文化出版社1936年5月），以爱国青年铁侠奔赴黑龙江参加抗战为叙事线索，描写从江桥抗战、退守海伦、哈尔滨保卫战、退守吉东至中东路东线的义勇军大规模组织抗敌阵线的抗日历程。比《战血》问世要早的万国安的《三根红线》（上海《大晚报》1933年10月1日至1934年3月30日连载，上海四社出版部1934年9月初版），约30万字，是截至出版时篇幅最长的表现东北义勇军题材的长篇小说。作品之名承载着情报与反间谍线索：我方情报官员关伟军与联络站的接头暗号"三根红线"被日本特务发现，地下据点遭到破坏。关伟军遂以北满区联合义勇军司令部的名义发动对日军进攻，不幸负伤。住院疗伤期间，这位情报官一度坠入被日本人收买的护理员丽子的情爱陷阱。当发现了丽子身上的疑点，并确认其间谍身份之后，民族意志的铮铮铁骨终于克服了自然本能对软玉温香的缠绵，关伟军击毙丽子，重新回到情报战线。后来又打进伪政权内部，暗中集结义勇军，为抗日救国不惧流血牺牲。比起穿插着性感描写的情报与反间谍线索，更为浓墨重彩表现的主线则是义勇军抗日。东北军连长张禹勋不愿遵命西撤锦州待命，而是不顾新婚妻子的劝阻，执意留下，很快组织起一支七百多人的抗日救国军，最后在吉洞峪同日军恶战中壮烈殉国。赵佩英巾帼不让须眉，当父亲（东北军上校参谋）于"九一八"事变中殉难、母亲悲愤自杀之后，她毅然走上复仇之路，接受北大营黄圣华旅长之命去昌图送情报，不料途中落入胡子（土匪）之手，她渐渐取得"当家的"黑虎的信任，策划了昌图驿抗日行动。黑虎在这次行动中殉难，赵佩英被推举为"当家的"，率部抗日，招致日军疯狂报复；退至游牧区，又受到蒙古兵的追击，损失惨重。后来，赵佩英部与张禹勋抗日救国军相遇，联合抗日。赵佩英也参与情报工作，到沈阳通过担任伪职的亲戚结识了伪满情报处处长吴国辉。赵佩英利用吴国辉对她的垂涎欲滴，打入其内部担任吴的私人秘书，佩英被迫与之订婚，借机把东北大学热血青年王向农安插进情报队。后来，关伟军除掉吴国辉，赵佩英与关伟军一起加入热河的义勇军。战斗中，佩英失踪，生死未卜，伟军受伤，伤愈后重返抗日前线。作品在讴歌义勇军的爱国情怀与牺牲精神的同时，也如实反映出义勇军成分的复杂：有训练有素且立场坚定的东北军官兵，也有出于民族义愤而汇入抗日洪流的士农工商及胡匪，还有为时事所激而投身抗日的知识青年。在日益严酷的条件下，义勇军队伍发生了裂变，有的矢志不渝，有的中途退却，有的甚至叛变投敌。上海某大学出身的美女蓝丽文，曾因爱情受挫而自杀未遂，加入抗日团体"援义团"而获得新生，继而加入抗日情报队伍，以色相为诱饵当上吴国辉秘书，但战友晴珠为国殉难的噩耗给她带来巨大的打击，她意欲放弃抗日事业，去谋求个人的幸福。这一苗头严重威胁到战友乃至抗日事业，因而蓝丽文落得个被救国团暗杀的结局。东北抗日战场，关乎民族与国家命运，得到国共两党不约而同的支持；由于东北与苏俄和朝鲜的毗邻关系，苏、朝两国政党与人民也以各自的方式不同程度地参与抗日。《三根红线》虽然显露出一点作者万国安作为国民党军官的政治色彩，但也客观地折射出东北战场国共两党的积极参与和权力争夺以及中、日、苏、朝国际关系的复杂纠葛。作品视野之开阔、节奏之紧张、心理空间之深邃、对东北抗战的复杂局势与义勇军的燎原之势及其悲壮牺牲表现之真实，在义勇军题材的小说中别具一格。[①] 至于叙事略嫌零乱、人物生动不足等弱点也就瑕不掩瑜了。

　　由于特有的生活体验、炽烈的家国情怀与黑土地养成的文学个性，东北作家群义勇军题材的作品内涵之真实而厚重、艺术表现之自然而多彩，显然更高一筹。

第三节　东北作家群创作意涵的深广空间

　　在中国现代文学史上，具有地域色彩的社团、流派、作家群不止一

[①] 《三根红线》，参见陈思广：《中国现代长篇小说编年史》（中卷），武汉出版社2021年版，第374、417、422—423页；周云鹏：《"民族主义"小说钩沉——以万国安的〈三根红线〉为例》，《湖南科技大学学报》（社会科学版）2013年第2期。

二，但若论创作意涵与民族解放关系之直接、紧密，且历时之长久、空间之深广、特色之鲜明，当首推东北作家群。在中国抗战文学史上，东北作家群矗立起一座大小兴安岭一样巍峨的丰碑，其创作的深广空间值得关注。东北沦陷后，愈益严酷的日伪统治使得文学很难直接表现抗日题材，所以，无论是流亡作家入关之前，还是一直留在东北的作家，表现底层苦难、抒发人间不平，都是他们对所谓"王道乐土"的坚韧抗争。《大同报·夜哨》《国际协报·文艺》《国际协报·国际公园》等副刊所载一些作品，萧军、萧红小说散文合集《跋涉》，孙陵刊于上海《文学》（第6卷第6号，1936年6月）的小说《宝祥哥的胜利》等，即属此类。然而，如下几个方面的书写更能凸显抗战时期东北作家群的个性色彩。

一、控诉与反抗

在明目张胆的军事侵略之前，日本早就对中国实施经济蚕食与政治压迫。发生在长春市郊的万宝山事件表面上看是朝鲜侨民同当地中国农民的经济利益冲突，实际上则是日本一手策划并出警介入，本质是由日本经济侵夺激起的中国民间自发反抗。李辉英的长篇小说《万宝山》就通过万宝山事件的具体描写揭露了日本的幕后黑手与借此扩大事态的狼子野心。穆木天的诗歌则在"九一八"之前就吹响了尖锐的哨音，如1930年7月5日写于吉林的《又到了这灰白的黎明》："朋友！你看谁在伸着他那些毒牙？／朋友！你看谁在计划把你们压迫重重？""朋友，不要再作被榨取的工具啦。／朋友，对于我们的敌人要武装起来。"同月28日在吉林大学写下的《写给东北的青年朋友们》锋芒直指日本侵略者：

> ……
>
> 看吧，南满沿线的公学堂，
>
> 看吧，各地方的满洲银行，
>
> 看吧，垄断舆论的华字外报，

看吧，私贩军火的外国药房；

看吧，那些化装的调查团，
看吧，那些木材的买办，
看吧，是谁占据了吉长、吉敦铁路，
看吧，是谁酿成了本溪湖事件。
……

1931年1月离开吉林之前作《永别了，我的故乡（在吉林车站）——别乡曲之一》吟道："往日啊，我是想把你早早离开，/今日啊，我对你却是眷眷不舍，/往日啊，我非常憎恨那在你里边盘踞的禽兽，/今日啊，我却怕你永沦于腥膻。"诗中直指"日本的利刃，军阀政客的刀锯"造成了东北"农村的破产"。同月所作《奉天驿中》感叹在东北到处"是满面菜色的中国人"，与之相对，"是日本帝国主义的喜气洋洋"，"这帝国主义的支配已完全成型，/民众只知道受压迫但不敢出声，/任他们榨取，任他们垄断金融，/民众啊，只是用他们的血汗度他们的残生"。诗中抨击日本人"任意地生杀予夺""吗啡公卖""杀人放火""哪一声汽笛不是带走无数的血汗""哪一声汽笛不是带来了千万的刀枪""千万的刀枪打入了民众的身躯，/千万的刀枪刺入民众的心上"，希冀"民众总有一天会想到苦痛，/他们那时要举起旗帜向你们反抗"。《啊！烟笼着的这个埠头》里是预见，也是期望、呼吁："那些被压迫者的弹力，/将来要把你帝国主义的支配推翻。"《守堤者》描写日本侵略者在军事侵略的同时进行赤裸裸的经济剥夺，日、朝浪人到太子河西岸，组稻田公司租百亩良田，为其公司利益，竟要掘堤引水，将使中国农民遭受水害。农民哀求无用，数千人吃住在大堤，力求保卫河堤，结果，守堤者遭受日本丧心病狂的机关枪扫射。穆木天抨击日本侵华罪恶时，每每写到日本的经济掠夺及其造成的中国农村的凋敝，《她们的泪坠落在秋风里——忆铁蹄下的那些失掉了儿子的母亲和失掉丈夫的妻子们》就写道，"儿子一去没有了消息，不知是江东还是水西"，是英勇战死，或是英勇地活着；"丈夫自从那天被人捉去，以后就不知是生是死"，"现在，人没有了，也没有了鸡和马，只剩了活的孤孀"，"遗腹的孙子饿死了，小儿子也冻成残废，/田地荒芜了"，"望着被蹂躏的大地，她们的泪坠落在秋风里"。穆木天对日本经济侵夺的揭露与抨击，起于"九一八"事变之前，殊为难能可贵。这一主题脉络延至"九一八"之后，不仅贯穿在诗歌创作中，而且见之于散文随笔。如《我的诗歌创作之回忆——诗集〈流浪者之歌〉代序》①，就在回顾创作历程时，抨击日本控制吉敦路，贪婪盘剥，致使东北城乡加速了破产。《现代》第4卷第5期（1934年3月）刊出的散文《雪的回忆》，也直抒家园沦陷之痛。作品从无忧无虑的童年切入，那时，雪原一望无际，洁白、晶莹、静谧、安详，冰雪世界是那样的美丽、欢快与充实。然而，随着笔锋的移动，语调逐渐变得沉重、混浊和忧郁起来。"厚厚的雪，下了几场，大地上好像披了丧衣。"满铁公所与天主堂君临天下似的矗立着，映衬着昔日的火药厂的废墟愈加苍凉，让叙事者"不觉要泫然泪下了"；农村的凋敝，田夫野老的一年比一年困苦，让人倍感凄凉。曾经何等美丽的江城，此时，"沉默的古城，好像到了死的前夜"，"江桥如长蛇似地跨在江上。像我们的血一天一天地被它吸去"，"江北岸的满铁公所，好像越发高傲地在俯瞰松花江。它那种姿态，令人感到，是战胜者在示威"，"天主堂的钟声哀惋地震响着。是招人赴晚祷呢，还是古城将死的吊钟呢？声音，是凄怆而清脆的"，"包在雪中的古城，吐出来死的唏嘘了"，"在白雪上，洒着鲜红的血，是义勇军的，是老百姓的"，"据说，故乡的情形完全变样了。现在呈出了令人想象不到地变态的景象了。是死亡，是饥饿，是帝国的践踏，是义勇军的抵抗，是在白雪上流着腥红的血。在雪

---

① 穆木天：《我的诗歌创作之回忆——诗集〈流浪者之歌〉代序》，《现代》第4卷第4期，1934年2月1日

的大野中，是另一个世界了"。流亡到霓虹灯闪烁的"魔都"也无法忘怀关外，家乡的被侵夺永远是穆木天难以愈合的心中伤痛。

因为有东北生活的切身体验，所以东北作家群的颇多作品都控诉了日本的经济掠夺与野蛮欺凌。端木蕻良小说《遥远的风沙》里的义勇军队长"双尾蝎"，脸上显出青绿色，那并非生来如此，而是因为他12岁时被"红帽子"（东洋兵）灌了四次洋油，大约损坏了某部分生理组织的缘故。《大地的海》里，日伪当局，又是修路铲苗，又是派捐盘剥，又是抢夺猪羊家禽，稍有不从，便施以镇压，如此一来，必然激起农民强烈反抗。《浑河的激流》里，大总管说"××"（指日本）人"进贡"给（伪满）皇帝一个皇妃，十月初一"过门"，限令二十五天交出五百张狐皮，为了与伪满"国旗"的五色相应，要红、黄、白、黑、蓝（以紫貂充当）五种狐皮各一百张，分配给猎户，若完不成将以"反满"嫌疑处死。可是，此时并非猎狐季节，猎户想尽办法也凑不足数，于是，众人议决反抗总管，投身抗日部队——第五路人民革命军。大总管带大队到了乌烟岗，猎户把大总管领进一间小屋去看狐皮，屋里预埋了炸药，四周都埋伏了敢死队。轰然一声爆炸，把大总管送上了天。《大江》里，铁岭等以狩猎与挖参为生的山里人也是在所有的收获全被豺狼一般的伪军抢掠一空之后才先后走上反抗道路的。

正所谓有压迫，就有反抗，压迫愈重，反抗愈烈。东北作家群在愤怒抨击日本榨取、抢掠、奴役、欺凌与血腥暴行的同时，总是大力表现东北人民强悍、坚忍的反抗。《八月的乡村》等都写到"胡子"（东北土匪的俗称）不堪屈辱与盘剥，愤而投身义勇军；马加《寒夜火种》的农民也是被"逼到死路绝方"，才杀死伪村长，投奔义勇军。《生死场》《大地的海》等，都写出了日本的奸杀掳掠激起了义勇军的风起云涌、前仆后继。《科尔沁旗草原》述及日本经济、文化、科技对中国的渗透与冲击和日本军警的残忍，写到关东军的悍然侵占沈阳激起义匪老北风揭起了"天下第一义勇军"的三尖狼牙旗，锋芒直指日本侵略者，衙门大照壁上贴有毛头纸布告：

> 照得日本帝国，将我土地占据。
>
> 似此禽兽行为，国际人神共嫉。
>
> 本军奋然起义，不毙倭奴不息。
>
> 从前岳飞杀鞑，农民约时而起。
>
> 我辈如有天良，必亦同舟共济。
>
> 否则引颈受死，如何托生一世。
>
> 从今誓师南指，黄龙指日可期。
>
> 汝等如有血气，其各揭竿而起。

老北风的义旗让人们醒悟过来，"人们的眼前都记起了，都幻化出沈阳城里现在也说不定该怎的惨了呢，中国的兵士被人掳去，当土埋了。手还在地皮上伸张，摇动，企求援救，企求苏复。可是一个黄褐色的大皮靴又拖着枪刺在上面踏过去了"。这些可怕的"景象是由'平日他们被黑帽子灌洋油；半夜里在铁道上横过铁道，被巡逻兵打死；铃木的兵在农田里秋操，把差十天就要割的高粱地都践踏了'这些事实上来作根据的，他们的心都哀凉了。大陆气候下的人的特有恚愤，在他们整个生命里展开了，生发了，迸裂了"。"于是，农夫，小贩，年轻人……都啸聚起来了。昨天还套在车上的辕马也变成胯下的坐骑了。生锈的六轮子也擦亮了，想用他的火力击中自己的仇人。快枪，套筒，三八式，左右开弓的香鹤腿，要赛过机关枪的双十响。年轻的人们都脸儿红红的，骑在马上起来了。""人们传来了，说红螺岘比这起来的还早。依乌间山都爬满了，有一棵草就有一个人，有一棵草就有一个义勇军。那儿更生性，把当地卖白面的日本鬼子都插了。山野里漫山漫野都是义勇军，彻夜不睡，都在紧急计议。"作品写出了"九一八"事变激起的民间抗日高潮，末尾最后一句"不久，天必须得亮了"，是作者的希冀，也传达出东北人民乃至全国同胞的心声。

在表现义勇军抗日的同时，也如实地反映了军队的抗战。譬如向来少为人知的东北海军的抗日斗争就见之于舒群的短篇小说。1913年出生于哈尔滨工人家庭的舒群，因家境窘困，费尽周折中学毕业后，在青岛海军学校分校——哈尔滨商船学校——只读了半年便不得已而退学谋生。"九一八"事变爆发，舒群毅然退职参加义勇军，奔赴前线英勇抗日，1932年初回到哈尔滨，参加共产国际中国情报组织工作，同年9月加入中国共产党，成为东北作家群哈尔滨时期的核心人物。曾经就读于海军学校分校和参加义勇军的经历，使得舒群有机会了解、有条件表现海军抗战。东北海军"九一八"之前军舰吨位曾达32000吨，占全国海军军舰吨位的四分之三，"九一八"事变突然爆发，上峰命令不予抵抗，东北海军未能发挥应有作用。即使如此，仍有部分海军撤回青岛，部分官兵就地奋起抗日。《舰上》里面，苏联海军战士苏斯洛夫曾经救过在江中游泳体力不支的中国水兵马斌元，结下深厚友谊。"我"做海军候补副长的时候，"九一八"事变发生了。"在绝大的威胁下，我们的陆军，有的投降，有的退走，有的反抗；我们的海军完全被日本的暴力屈服了，松花江的江防舰队，已经接受了日本指挥的命令。""不久，日本做了一面新的旗子，红、蓝、白、黑，占了全面的四分之一，其余的，完全是黄色，不久，便悬遍了东北的土地，悬在我们的舰上。"舰艇奉命去进攻固守依兰的抗日部队，"依兰的驻军，是为了保卫我们的祖国，宁肯牺牲自己的父母、弟兄、姊妹……以及自己的生命。我们不是疯人，我们的思想非常清醒，我们既不能援助他们取着同一的战略反抗我们的敌人，我们又怎能忍心援助敌人去杀他们？"马斌元指挥士兵向江中发炮，不得已向依兰的一角发炮。最后，"我"与马斌元落下舢板划向苏联红星舰，请求带我们去投奔已经退到苏联境内的中国抗日部队。另一篇小说《松花江的支流》表现的海军抗日更为曲折复杂。"哈尔滨失陷的时候，正是冬天。江防舰队都集中哈尔滨的船坞，停在水面上，没有经过一丝的抵抗，便悄悄地降服了。因此，所有的舰员，都纷乱地谈论着，都有着不同的主张。"舰长只要保留他舰长的地位，副长则认为应该抵抗，可是我们的军舰已经被冻住了，无奈地被俘虏。一位水兵喊道："兄弟们，我们应该请求舰长把我们改编陆战队，干一下，干到死！"也有水兵想趁机发点财。松花江开化了，主力舰江星舰还在原地。甲板上，舰长室的板壁上，写着："我们反对投降，要求抗战！""谁做亡国奴，谁就不是他爹娘养的，那真是他妈杂种的儿子。"舰长气愤了，追查谁写的标语。判马平五十军绳惩罚，且开除军籍。经副长讲情，始得保留军籍。升旗礼上，升起了"满洲国"旗。江防舰队司令部受命征服松花江流域的吉林救国军，准备命令舰队出动，先犒赏水兵以上舰员，每人两元现银、一条毛巾。几个水兵把这份犒赏扔进江中，陈瑞祥扔掉了毛巾，舍不得两块银元。每只军舰都派来两名指导官。舰队司令官由江星军舰舰长兼任，指挥六只军舰，每次训话后都要喊一句口号："效忠'满洲国'！"得到指导官的信任。然而，水兵都鄙视他了。在水兵不情愿的情况下打了两个小时之后，一只军舰上的一部分水兵反正，枪杀了"指导官"，副长强迫舰长指挥向其外的军舰发炮。"于是江防舰队骚乱了，互相开始了射击。结果，反正的水兵，泳过江流，逃脱了些，被捕了些，逃脱者投向吉林救国军去，被捕者立刻遭到了死刑。"江星军舰靠近江岸，舰长命令水兵搬上来大批木箱和纸包，派水兵看守。原来木箱是漠河运来的金粒，纸包是虎林运来的鸦片。陈瑞祥问马平是否还想打死舰长，取得共识之后说服了大部分同伴，决定解决了舰上的重要舰员之后，携带精良武器与所有箱包，逃亡陆地，做最后的选择。暴动者打死了指导官与舰长，争取了副长的支持，要把军舰开出几十里外，才能下舰逃走。两支军舰以旗语并炮击企图阻止江星舰，江星舰一边还击，一边前驶，在被包围中受了重伤，水兵伤亡半数。副长命令水兵集合在甲板上。陈瑞祥带着几包鸦片和救生带跳船，向岸上游去，副长望他很久，终于向他开了两枪。马平取来已经失色的国旗，举行着升旗礼。"军号响着，国旗爬至旗杆顶点的时候，江水已经浸没甲板四尺以上，只让一列人头留在水面，同声地喊了最后的一句：'中国万岁！'"此情此景，何等悲壮！

面对日本侵略者的狂妄、凶暴、狡诈与贪婪，中国人有过恐惧、困惑、懦弱与退缩，但终于在血与火的洗礼中清醒、振作起来，凤凰涅槃，睡狮雄起，民族意识与国家观念从不自觉走向自觉，最终获得了抗日战争的彻底胜利。罗烽短篇小说《第七个坑》里的皮鞋匠耿大，"九一八"之后的第二天，在沈阳这座劫后的大城里，被饥饿所折磨，跑了三个亲戚的住所求借粮食，人家不是下了锁，就是关牢了门，任他拼命敲打，也没有一点回响。在去往舅舅家的途中，突然遭遇了日本兵寒光逼人的刺刀，被逼迫到城墙边挖坑，活埋出来寻找吃食的中国人：一个排字工人、一对年青的夫妇与怀抱里不满周岁的男孩子。孩子的父亲临死前发出的最后乞求——"同胞呵！……你，你救一救这孩子吧！"——像"一把锥子锥着他的心"，"他的眼窝里涌浮着绞着心血的泪水"。耿大在极度饥饿、恐惧和疲累所导致的近于无意识的状态中，听出了舅舅的声音，舅甥彼此向对方发出"快逃吧"的呼喊，可是，日本兵刺穿了舅舅的胸膛，耿大在日本兵刺刀的逼迫下忍气吞声地活埋了自己的舅舅。当他活埋掉第六个——脚脖瘦如麻秆的吗啡鬼之后，以为自己终于可以解脱之时，却听到了让他"坑里边去"的指令。日本兵以残忍的杀人为乐，连不足周岁的婴孩也不放过，对活埋后的孩子母亲还要施之以侮辱，以强迫耿大参与虐杀同胞来折磨其精神，最后还要耿大自己跳进坑去殉葬。耿大生命的本能终于爆发，反抗的意志终于觉醒，"他就运足他全身所有的力量，抡起那锋利轻快的军用锹。突然向那个兵的头部劈下去"，将其填进了第七个坑。挖出舅舅，已经摸不到心跳，耿大又回到第七个坑的旁边，"切着牙齿用刺刀向那个兵的腹部乱戳了十几下"，才扛起枪在夜色中走去。他一时还未决定到什么地方去，但他终于从麻木中觉醒起来，由屈从魔鬼作恶到站立起来做人。端木蕻良1939年创作的长篇小说《大江》也通过主人公铁岭等表现出中国人的觉醒、抗争历程。最初，包括珍贵鹿茸在内的所有财产被伪满搜山队一扫而空，铁岭并没有像血性十足的其他猎人那样投向义勇军，而是选择了退避回家，家里搁不下他那跑野了的身心，出去当过铁路工人、码头工人、"小杠夫"，然后入伍到二十九军三十七师三团一营，不久当上了中士。身为军人，1935年12月还奉命弹压过主张抗日的游行学生，只是因为冲突中丢失了武器而被关了禁闭。直到他阴差阳错地被反日分子救了出去，才真正理解了学生的抗日主张，投身到敌后抗日部队。无论是在敌后战场收编土匪、游击抗日，还是后来回到政府军队参加武汉会战，铁岭都表现出觉醒了的中国人之勇敢与机智。铁岭的战友李三麻子曾是热河逃跑将军汤玉麟的部下，主帅腐败无能，部队涣散放浪，李三麻子养成了兵痞毛病，一度落草为匪，被铁岭支队长收编到抗日部队后曾经逃跑又被捉回，在民族大义与铁岭人格的感召下，他终于定下心来，义无反顾地投身于抗日战火之中。原本对民族、国家这些观念颇难理解的铁岭，最初以"生命的渗透者、失意者、畸零者"[1] 面目出现的李三麻子，后来都变成了英勇无畏的战士，"顽铁"化为"精钢"，原始的野性力量汇入到民族解放的滚滚大江，这是千千万万抗日战士的写照，也是民族觉醒坚韧的典型表征。

东北毗邻俄苏、朝鲜、蒙古[2] 等国，由于地理与历史的多种缘故，东北文化汇入了一些异域色彩，哈尔滨就有"东方莫斯科"之称。独具特色的地域文化体验，尤其是部分作家的海外留学阅历，使得东北作家群拥有开阔的国际视野。舒群小说《没有祖国的孩子》，主人公果里就是一个祖国被吞并、父亲惨死于日本人之手的朝鲜少年，他刺死一个欺压百姓的日本兵，保护同行的中国少年。通过异族主人公命运与性格的描写，表现出作者的故土沦陷之痛与坚韧的复仇意志。《八月的乡村》《大地的海》等作品里，都有与中国人并肩抗日的朝鲜人形象。穆木天的诗歌《外国士兵

---

[1] 端木蕻良：《大江·后记》，《端木蕻良文集》（第2卷），北京出版社1999年，第528页。

[2] 现在隶属于内蒙古自治区的兴安盟、呼伦贝尔盟曾被划归黑龙江、吉林管辖，二盟均与蒙古国接壤。

之墓》，借1932年"一·二八"淞沪战场故地"没人扫问的枯坟"质询那异域孤魂"是不是后悔曾经来杀人"，抨击发动战争而今"拥着美姬们在狂欢"的"将军"。

二、启蒙、左翼、救亡三条线索相交织

新文学自1915年起步，1920年前后，人的启蒙文学在京、沪等地高潮迭起；1927年"四一二"政变的发生给文学带来了浓重的社会色彩，左翼文学声势壮大；1931年"九一八"事变的爆发，又激荡起抗日救亡的民族解放新潮。由于山海关外的地理位置与数年间奉系军阀的独断统治，东北新文学相对滞后。1928年12月29日，张学良通电全国宣布东北易帜，新文学春风劲度山海关，"九一八"事变之后，东北文学青年相继流亡关内，这样，人的启蒙（人性解放、个性解放、女性解放），社会解放与民族解放三大思潮一齐汇入东北作家群的创作，呈现出色彩驳杂的复调现象。

同一时期，一人在不同作品里表现属于三大思潮之一的主题，这种情形在不少流派、不少作家那里都能见到。东北作家群的独特之处在于常常在一部作品里看得到几种思潮的交汇，其中有融合也有冲突，有异轨同奔也有殊途同归，而恰恰是这种未必和谐的杂色扩大了文学的空间。《八月的乡村》展开的叙事里面，陈柱司令的坚毅果决，铁鹰队长的勇往直前，高丽女战士安娜的美丽勇毅，萧明的潇洒与痛苦，唐老疙瘩的痴情与惨死，李七嫂幼子被日本兵活活摔死，惨遭蹂躏的七嫂奋起复仇直至殉国，抗日主旨显而易见，人物、场景多有生动的描写。鲁迅作序禁不住称赞其为东三省被占题材小说中"很好的一部，虽然有些近乎短篇的连续，结构和描写人物的手段，也不能比法捷耶夫的《毁灭》，然而严肃，紧张，作者的心血和失去的天空，土地，受难的人民，以至失去的茂草，高粱，蝈蝈，蚊子，搅成一团，鲜红的在读者眼前展开，显示着中国的一份和全部，现在和未来，死路与活路。凡有人心的读者，是看得

完的，而且有所得的"①。《八月的乡村》不仅真实地反映出侵略者给人民造成的苦难、屈辱与人民的殊死抵抗，而且也表现出社会生活与感情生活的复杂性。第七章"毙了他们必要吗？"写到人民革命军陈柱司令率领部队攻打不肯像其兄长一样携家带口进城的拥有一千垧田产的守财奴地主王三东家，枪毙了王三东家和他的老婆。萧明队长曾向陈柱司令提出质疑："枪毙他们必要吗？"当枪毙成为既定事实之后，萧明的个性思考让位于集体意识与长官意志，"他决定地自语着说：'——这是对的啦！'"第八章"为死者祭"里，冲天鸣枪三声送别牺牲的战友之后，陈柱司令一番慷慨激昂的演说既是政治鼓动，又是对枪毙王三东家夫妇的理由说明。在陈柱司令的演说里，指认"我们当前唯一非扑灭不可的敌人，就是日本帝国主义的军阀、政客、资本家"。可是紧接着又说："为日本帝国主义做走狗的'满洲'军阀、官吏、地主、土豪、劣绅……他们是无耻的东西……他们是企图破坏、阻碍劳苦大众的革命发展；他们企图永久使弱小民族、劳苦工农和士兵阶级，永世千年，子子孙孙，在他们的地狱里生活！为他们做牛马，做奴隶……"加一个限定性的"为日本帝国主义做走狗"，便有了打击地主、土豪等的正当理由。问题在于，在日本侵占东北乃至整个侵华战争期间，并非所有的地主都丧失民族气节去当日本的走狗，倒是颇有一些地主、资本家、士绅深明民族大义，毁家纾难，抗日救亡，甚至牺牲了自己甚或全家人的性命。王三东家被选定为进攻的对象，并不是判定他已经成为日本帝国主义的走狗，而是看中了他家里有几十杆枪，大院子可以用作二十几名伤员的养伤之地。《八月的乡村》这一描写一方面反映了1932年前后中国共产党内王明"左"倾路线对东北抗日产生不良影响的历史真实②，另一方面，也表现出作者作为左翼作家在当时现实认知上的某种偏激。主观与客观的双重真实，恰恰显示出作品文学空间的广而不虚。

---

① 鲁迅：《田军作〈八月的乡村〉序》，《鲁迅全集》（第六卷），第296页。
② 参见逄增玉：《东北现当代文学与文化论稿》，第3—26页。

萧明与安娜心心相印，然而粗莽男子汉的世界容不得部队里唯一的女性与哪怕也是一名抗日战士的文雅男子的两情相悦，陈柱司令带走安娜与大部分战士去找大部队，留下萧明队长负责二十几名伤员的养伤与归队，这不啻于棒打鸳鸯，给萧明与安娜带来深深的心灵创伤。萧明主动把指挥权让给信任的战友，安娜向司令提出回上海的请求，这种态度与其指责为软弱与个人义气，毋宁说是人性解放、个性解放与女性解放之五四启蒙的微弱回声。

　　这样一部真实表现抗日且意涵丰富的作品，当局唯恐招致日本不满而不敢批准出版。在鲁迅支持下，《八月的乡村》才终于钻破文网，轰然出世，未料却遭遇来自左翼内部的指责。时为左翼文学青年的狄克，在1936年3月15日上海《大晚报·火炬》上发表《我们要执行自我批判》，借"有人"之口指责"田军不该早早地从东北回来"，理由是《八月的乡村》里面"有些还不真实"。未曾领略过日本刺刀下生存之况味的19岁青年狄克不知天高地厚，难怪惹得鲁迅"路见不平拔刀相助"，发表《三月的租界》①加以讥刺。《八月的乡村》固然不是不能批评，但以身居上海租界的文学青年对东北的想象来判定东北抗日题材作品的真实与否，显然过于轻率，甚至有几分荒唐。无论何时，对于出自东北沦陷区作家的抗日文学，恐怕不能像对学富五车的学院派作家或从容写作的都市作家之作品那样去衡量、去要求，而是应该将其还原到沦陷区的三九酷寒中去考察，还原到刚从荆天棘地中走出、恐惧未消、复仇迫切的年轻作家的心境去体悟。东北作家群在沦陷区的家乡时刻有生命危险，流亡生活漂泊不定，虽然年轻但阅历不凡，生活的积淀远比文学积累厚重，万千思绪与漫天风雪积郁胸中，急于表达，凭着才气，凭着阅历，凭着激情，写作如开春融化的松花江冰凌，拥挤着、冲撞着，向前奔腾，难免粗犷，却自有难以模仿的自然

---

① 鲁迅：《三月的租界》，初刊《夜莺》月刊第1卷第3期，1936年5月，《鲁迅全集》（第六卷），第532—535页。

野性与生命活力。

　　与《八月的乡村》创作背景密切相关的《生死场》，初版本的封面设计出自作者萧红的手笔，"一条粗暴的斜线劈向中国地图，隔断东三省。'生死场'三字，就写在东三省的位置，其间包含着何等惨痛的寓意"①。然而，换一种视角看，被斩断的黑土地又像一位仰面向天的女性，双手合十，是在向苍天祷告祈求，抑或仰天长啸，控诉上苍无道、天地不仁。《生死场》以简洁明快的构图和女性富于实感与质感的笔触，描绘出东北人民在"九一八"前后的生存状态。这里的底层社会，在层层压榨之下，就连身体也打上了扭曲变形的烙印。麻面婆，是天花肆虐的见证，她的丈夫二里半是个跛子，儿子只有"罗圈腿"的绰号，而不知其是否有正式的名字。在这里，生活是如此贫困艰辛，以至于"农家无论是菜棵，或是一株茅草也要超过人的价值"。难怪金枝只因摘了未熟的青柿子就遭到了母亲的怒骂踢打。世间最温馨的母爱也被贫困而粗糙的生活所消解，"母亲们对于孩子们永远和对敌人一般。当孩子（在酷冷的冬天）把爹爹的棉帽偷着戴起跑出去的时候，妈妈追在后面打骂着夺回来，妈妈们摧残孩子永久疯狂着"。平儿偷穿爹爹的大毡靴子，被母亲王婆像山间的野兽要猎食小兽一般凶暴地夺回，母亲手里提着靴子，而让儿子赤脚走在雪地上，如同走在火上一般不能停留。贫困滋生愚昧，二者交相作用，使人的价值受到蔑视甚至践踏。女人尤其不幸，妇女的生育非但被消解了人类繁衍的庄严，如同狗、猪等家畜的生产，而且不如动物那样自然落地，反而成为一个刑罚的日子：五姑姑的姐姐光着身子趴在土炕上，像一条鱼一样，难产痛苦得脸色灰白、转黄，家人开始为她准备葬衣，丈夫像历次她生产一样怒骂，举起大盆向她抛去。孩子终于落地，不过当即死去。金枝临产前照样做着往常一样的繁重活计，而且被丈夫朦胧地发泄着性欲的本

---

① 杨义：《奴隶丛书三种》，杨义主笔，中井政喜、张中良合著《中国新文学图志》（下册），人民文学出版社1996年版，第473页。

能。这里麻面婆在哭闹声中生下的孩子在土炕上啼哭，那边李二婶子小产，一时闭住了气。生得如此痛苦、低贱，生命就已不当一回事。成业一怒之下竟然摔死刚刚满月的小金枝。王婆的三岁的女儿从草堆上掉下来跌死在铁犁上，当母亲的开始并不当作一回事。"这庄上的谁家养小孩，一遇到孩子不能养下来，我就去拿着钩子，也许用那个掘菜的刀子，把孩子从娘的肚里硬搅出来。孩子死，不算一回事……起先我心也觉得发颤，可是我一看见麦田在我眼前时，我一点都不后悔，我一滴眼泪都没淌下。"后来，看见人家的孩子长起来了，她才感到了难过，从此，也不把什么看重了。当她闻知与第一个丈夫生的儿子当胡子被枪毙的消息后，悲愤难以自禁，服毒自杀。人们对待死亡比对待生育更为草率、粗暴，王婆尚未断气，人们就张罗着要把她抬进棺材，丈夫赵三也好像为了她的死等待得不耐烦似的，困倦得倚着墙瞌睡。等王婆嘴里流出黑血，终于大吼两声，人们说是"死尸还魂"，赵三用扁担压过去，扎实地刀一般地切在她的腰间，血从口腔直喷。大家恨不能立刻把她下葬，以便了结一桩"活计"。终于把她装进棺材，只是王婆命大，竟然死里逃生，活了过来。

在《生死场》痛苦的呻吟与呼喊中，女性的声音最为凄楚、尖锐。打鱼村最美丽的女人月英，温柔而多情，"每个人接触她的眼光，好比落到绵绒中那样愉快和温暖"。可是，当她患了瘫病，请神、烧香、去土地庙讨药无济于事之后，丈夫就对她失去了爱心与耐心，动辄大骂，还嘴分辩，还要动打，最后不再管她。"晚上他从城里卖完青菜回来，烧饭自己吃，吃完便睡下，一夜睡到天明，坐在一边那个受罪的女人一夜呼唤到天明。宛如一个人和一个鬼安放在一起，彼此不相关联。"月英被枕头四面围住，一年没能倒下睡过；被砖头倚住，瘦空了的骨盆淹浸在排泄物里，臀下生了一些小蛆虫，整个下体已经失去了感觉。"她的眼睛，白眼珠完全变绿，整齐的一排前齿也完全变绿，她的头发烧焦了似的，紧贴住头皮。她像一头患病的猫儿，孤独而无望。"几天后，月英被葬在荒山下。只有王婆和五姑姑这些女人们前来看望。王婆服毒自杀后，当要把她钉在棺材里时，村中的女人们坐在棺材边号啕大哭，有哭孩子的，有哭自己丈夫的，有哭自己命苦的，不管有什么冤屈都到这里来送。这哭声，正是女性对人间不平，对政权、族权、神权、男权等重重桎梏的控诉。女性的痛苦何止于此，当国土沦陷、民族遭殃时，女性更是首当其冲，日本人来了以后，半夜三更假装搜查义勇军，实际上为的就是捉女人，十几岁的小姑娘也不放过。在太阳旗招摇的"王道乐土"上，女性成为兽性发泄的对象，抢去奸，奸完杀。金枝为了逃避这种灾难，到城里去靠缝穷谋生。然而，在乱世之中，一个孤寡的年轻女人到底没能逃出同胞中的野性男人"怜悯"的圈套，她勇敢地闯进都市，羞愤又把她赶回了乡村。她从前恨男人，日本人来了恨小日本子，城里受辱的经历又使她恨起了中国人——自然是那些不敢去同侵略者拼搏，却躲在城里欺侮女人的男人。金枝的恨与众妇人守在王婆的棺材旁痛哭一样，分明隐含着女性对男权的愤懑。

　　作品不只表现出底层社会生存的艰难与痛苦，也表现了东北人民"对于生的坚强，对于死的挣扎"①。先前，在同地主加租的抗争中，赵三的打退堂鼓，暴露出农民的怯懦与狭隘。当时，敢于铤而走险的农民只是极少数。日本侵略者的疯狂劫掠、肆意践踏与残暴杀戮，则激起了广大人民的极大愤慨与殊死反抗。"红胡子"把枪口对准了日寇，"人民革命军"揭竿而起，老实巴交的农民积极响应，王婆的女儿拿起了枪，为国殉难，早年组织过反对加租的"镰刀会"的李青山带着寡妇们、亡家的独身汉与年轻人盟誓上山，抗日救国。先前在阻止地主加租的回合中败下阵来的赵三，此时也重新振作起来，把儿子送上抗日第一线，他表示自己也决不当亡国奴，哪怕埋在坟里，也要把中国旗子插在坟顶。就连一向把老羊当作命根子的二里半，当妻儿被杀之后，也终于把羊托付给村民，自己跛着脚，去投奔抗日义勇军。《生死场》启蒙、左翼、救亡三条线索中，当时最为敏感的是抗日救亡，但艺术表现最为充分、后来评价最高的还是启

---

① 鲁迅：《萧红作〈生死场〉序》，《鲁迅全集》（第六卷），第422页。

蒙，三者的衔接虽有突兀、生硬之处，然而现实生活就是如此，生活本身的诡谲突变每每超乎人的想象。

《科尔沁旗草原》也是多条线索相互交织。端木蕻良1932年入读清华大学之后加入"左联"，左翼视角使他在描写科尔沁旗草原时十分关注黑土地上错综复杂的社会矛盾。丁府发家史带有传奇色彩与血腥气味——丁家先人利用民间文化资源与个人聪明狡黠确立了自身在逃荒途中、拓荒初期的优势地位，继而凭借心狠手辣不断扩大产业，买通官府置"北天王"于死地，吞并其大片田产。农民李才只是质疑粮食过斗时念错了斗数，就被丁小爷一马棒打死。小玲的父亲偷了丁家的三匹马，想牵到江北去卖，还没走出十里地，就被丁家的人追上，星夜拿到府里杀头。依了太爷的话，脑袋盛在木笼里挂到发臭，也没有人敢领。财富与权力狼狈为奸，生杀予夺，无法无天。由于外国的强势经济与军事力量的侵入，丁家经济逐渐走下坡路；丁家对佃户的欺压盘剥激起农民的"推地"（退佃）抗争。科尔沁旗草原交织着重重矛盾，空中乌云笼罩，雷声滚滚。

值得注意的是这部作品的救亡线索并非始自"九一八"事变，而是上溯到日俄战争前后。端木蕻良的家乡辽宁昌图早在20世纪初，就曾遭受列强蹂躏。1900年闰八月十九日，沙俄大批军队侵入昌图，驻军一年，奸掠无计。1905年，在中国土地上厮杀的日俄战争终于停火，日军驻扎于昌图城南，俄军驻扎于昌图城北二十里，历时十个月有余。外兵为非作歹，民众"死伤道路者何止数千人，流离失所者何止数千家"[1]。20世纪初年沙俄对中国的两次侵害，现代文学少有提及。而在这一重灾区出生并度过童年时代的端木蕻良，家族乃至乡土记忆给他打上了难以磨灭的烙印。《科尔沁前史》写道，1900年"沙俄铁蹄的残暴，现在还全部在人们的记忆里，他们可以成天成夜讲给你们听，而且还会把哪一屯哪一堡的名

---

[1] 《昌图乡土志》，转引自孙一寒《走进科尔沁旗草原——端木蕻良传记性小说的虚构与真实初探》，白山出版社2012年版，第216页。

字，也毫无遗漏地讲出来"。至今这种"遗迹还可以很容易地寻到。我们家里，有一顶柞木柜，没有柜门，只剩柜的身体，这个柜门就是被哥萨克的大刀劈去烧了火了"。《科尔沁旗草原》揭露了1904—1905年日俄战争期间俄军奸、杀、烧、抢等暴行。小爷的跟班马七，只是要过去看看，就被正在丁家祖坟砍树的俄国军官开枪打死。丁家人能逃的尽逃，逃不动的小姐跳井自杀，大一点的丫鬟也跟着跳井，以免受辱。少奶奶宁姑在逃难途中，遭遇三个兽性沙俄军官，宁姑挥舞马刀抵抗，幸亏小爷及时赶到，刺死三个兽性俄官，才救出妻子宁姑。但是，因为拼死反抗，宁姑早产而无救。宁姑的娘家嫂子黄大嫂以死反抗俄军官侮辱，幸被小爷救活，但因身心严重受创，也不久于人世。对沙俄侵略暴力的揭露，在中国现代文学史上具有特殊意义。对20世纪中国文学民族主义话语之历史观照范畴的拓展，是端木蕻良的独特贡献。东北黑土地的切身体验，抑或还有清华大学历史系的史学训练，使得端木蕻良的文学书写富于历史眼光。

端木蕻良自幼接触思想开放的父亲带回来的新刊物，中学先后就读于天津汇文中学、南开中学，后就读于清华大学，外国文化与五四新文化成为其精神结构的重要影响源。因而，在社会色彩浓郁的《科尔沁旗草原》里面，闪烁着夺目的启蒙之光。丁宁一方面怀有新人理想，对底层的不幸予以同情，另一方面，作为家族利益的代表，同佃户之间存在着难以调和的矛盾，以至于最后不得不远走高飞，到大都市去寻找人生理想。作品也从人道主义出发，对春兄、水水、灵子等女性的命运寄予无限同情。使女灵子因为怀了丁宁的孩子，被丁宁母亲——太太——逼迫喝下鸦片自杀。灵子被大管事救活之后，太太还是不肯放过她。太太的残忍，不仅缘自她要维护丁家血统的高贵和当地首户的荣誉，而且发自她对灵子爱情的嫉恨。太太自己嫁给丁家小爷之后，丈夫花心未改，常年在外奔波，少不了冶游放浪之事，甚至到头来连个最终的下落也成为谜团。丁家的长子丁兰为小爷的第一个妻子所生，次子丁宁为在日俄战争中拼死抵抗洋兵、难产而死的第二个妻子所生，自己倒是有个女儿，可是不幸因病夭折。而现在，侍女灵子不仅未经父母之命竟敢"勾引"少爷，而且还怀上了身孕，倘若任其自由，不久这个由她多年呼来喝去的下人，岂不成了主子！而且是有了孩子的少奶奶！灵子的年轻、享有爱情、即将变成少奶奶的前景，都是对太太的挑战。未婚先孕，丁家历代这样的事情还少吗？可是在太太眼里，灵子却"企图干涉到丁府家运的规律和前进的方向，那便毫无意义的是叛逆和犯罪"。"太太由于自己的一生的痛苦，更锻炼成她的性格，使她残忍而容易疾愤，她决不允许别人对于她有所反击，就是说决不允许别人跑到她跟前来展览他的幸福和娱悦，而将她的悲痛生活完全暴露出来，更加使她痛心，使她难受。"于是，她要严惩，必欲置之死地而后快。所谓儿子的命运，家族的名声，都不过是借口而已。灵子的幸福、少奶奶地位、丁家的家产、灵子的人格力量对丁家上上下下的感召力，才是太太最为恐惧、最为憎恨的敌人。为了维护既定的等级秩序，排除具有挑战性的敌手，本来天性柔弱的太太，也会变成索命的勾魂使者。这一点，与《红楼梦》里要了金钏命的王夫人颇为相似。对丁太太变态暴戾的描写，拓展了启蒙话语的深度。

三、文化场景的意义

以往对东北作家群的关注，多集中在七七事变之前，且主要是《八月的乡村》《生死场》《没有祖国的孩子》等少数作品。近年来，《呼兰河传》等得到重视，但茅盾1946年10月17日发表于上海《文汇报》的《萧红的小说——〈呼兰河传〉》对萧红及这部作品的批评影响深远。文中，茅盾指出并肯定了《呼兰河传》的艺术特色与审美建树："它是一篇叙事诗，一幅多彩的风土画，一串凄婉的歌谣。""有讽刺，也有幽默。开始读时有轻松之感，然而愈读下去心头就会一点一点沉重起来。可是仍然有美，即使这美有点病态，也仍然不能不使你炫惑。"还指出，作者对那些"甘愿做传统思想的奴隶而又自怨自艾的可怜虫"，既"不留情地鞭笞"，又寄予同情。但是，茅盾一再感叹萧红的寂寞——"对于生活曾经寄以美好的希望但又屡次'幻灭'了的人，是寂寞的；对于自己的能力有自信，对于自己的工作也有远大的计划，但是生活的苦酒却又使她颇为悒悒不能振作，而又因此感到苦闷焦躁的人，当然会加倍的寂寞；这样精神上寂寞的人一旦发觉了自己的生命之灯快将熄灭，因而一切都无从'补救'的时候，那她的寂寞的悲哀恐怕不是语言可以形容的"。"读一下这部书的寥寥数语的'尾声'，就想得见萧红在回忆她那寂寞的幼年时，她的心境是怎样寂寞的。"在茅盾看来，"一位解事颇早的小女孩子每天的生活多么单调呵！年年种着小黄瓜，大倭瓜，年年春秋佳日有些蝴蝶、蚂蚱、蜻蜓的后花园……""一年之中，必定有跳大神，唱秧歌，放河灯，野台子戏，四月十八日娘娘庙大会……这些热闹隆重的节日，而这些节日也和他们的日常生活一样多么单调而呆板。"作者写这些缺乏积极性的人物给人们以一种印象："除了因为愚昧保守而自食其果，这些人物的生活原也悠然自得其乐。在这里，我们看不见封建的剥削和压迫，也看不见日本帝国主义那种血腥的侵略。而这两重的铁枷，在呼兰河人民生活的比重上，该也不会轻于他们自身的愚昧保守罢？"[①] 这篇评论1947年6月上海寰星书店新版《呼兰河传》出版时作为序印在前面，影响颇大。这里姑且不说茅盾26岁的爱女即将踏上新的征程时竟因人工流产发生意外而太早辞世给他带来沉重的打击，使他更容易感受寂寞与悲哀，仅从文学批评的角度来看，至少有两点可以展开讨论。一是作家是否一定要写当下的时代才算跟得上时代的脚步，暂且搁置社会批判，而专注于文化批判，是不是就意味着脱离时代？二是文化场景与自然风景的描写有无价值？

20年代后期，有批评家批评鲁迅已经落伍，认为他写的阿Q时代已经过去。作家固然应该与时代同呼吸共命运，但是未必非要追踪当下题材不可。鲁迅可以在20年代写辛亥前后，茅盾可以在1942年写《霜叶红似

---

① 茅盾:《〈呼兰河传〉序》,《茅盾论中国现代作家作品》,北京大学出版社1980年版,第285—293页。

二月花》（未完），《呼兰河传》的人物为什么不能活动在"九一八"之前呢？萧红始终是呼兰河的女儿，流亡异乡之后，呼兰河始终萦绕在萧红心中。她那些出色的小说几乎都是取材于家乡的土地。《生死场》自不必说，《桥》《手》《牛车上》也是，即使在东京寂寞难耐的日子里，所作短篇小说《家族以外的人》，1939年在重庆所作《旷野的呼唤》，写的还是呼兰河人物，呼兰河成为她在流亡生涯中安慰孤寂灵魂的一块永恒的绿洲。完成于1940年12月20日的《呼兰河传》（1940年9月1日至12月27日在香港《星岛日报》副刊上连载，1941年5月由迁至桂林的上海杂志公司印行初版本），以童年与成年二重视角观照童年印象中的呼兰河，如歌行板地写出了一部呼兰河的文化传记。

　　《呼兰河传》第二章集中描写了呼兰河的精神上的"盛举"：跳大神、唱秧歌、放河灯、野台子戏、四月十八娘娘庙大会……大神穿着奇怪的衣裳、围着红色的裙子，哆嗦，打颤，下神，打鼓，乱跳，大闹，等到杀了鸡，便送神归山，打马回朝。大神那云山雾罩的话语，混合着鼓声的唱词与旋律，让那些平素没有什么文化娱乐活动的农民得到一种艺术审美的享乐，于无意识中满足了祖祖辈辈积淀下来的原始宗教感情需求。难怪农民对此怀有那么大的热情，"只要一打起鼓来，就男女老幼，都往这跳神的人家跑，若是夏天，就屋里屋外都挤满了人。还有些女人，拉着孩子，哭天叫地地从墙头上跳过来，跳过来看跳神的"。但这种准宗教活动的效应是多方面的。那混合着鼓声的词调，给人一种冷森森的感觉，让人越听越悲凉。"听了这种鼓声，往往终夜而不能眠的人也有。""若赶上一个下雨的夜，就特别凄凉，寡妇可以落泪，鳏夫就要起来彷徨。那鼓声就好像故意招惹那般不幸的人，打得有急有慢，好像一个迷路的人在夜里诉说着他的迷惘，又好像不幸的老人在回想着他幸福的短短的幼年，又好像慈爱的母亲送着她的儿子远行。又好像是生离死别，万分地难舍。"然而，人们照样为那鼓声而慌忙地爬墙的爬墙，登门的登门，"看看这一家的大神，显的是什么本领，穿的是什么衣裳，听听她唱的是什么腔调，看看她的衣裳漂亮不漂亮"。还有七月十五盂兰会，和尚、道士吹着笙、管、笛、箫，穿着拼金大红缎子的褊衫，在河沿上打起场子做道场。呼兰河上，白菜灯，西瓜灯，莲花灯，无以数计的河灯，金乎乎、亮通通地从河面上拥拥挤挤地浮向下游。岸上有千万人的观众，姑娘媳妇，尤其是"孩子们，拍手叫绝，跳脚欢迎。灯光照着河水幽幽地发亮，水上跳跃着天空的月亮。真是人生何世，会有这样好的景况"。为丰收还愿等原因而举办的野台子戏，在满足人们的娱乐愿望的同时，也成为说亲、相亲与走亲戚的上好机缘。这些民俗文化活动，在代代相传的过程中，已经削弱了它本来所有的人与神、人与鬼交涉的宗教意义，人的生趣浮到表面上来，占据了重要位置。当萧红绘声绘色地描写其热烈的场面与民间生趣时，看得出她对乡土文化的那份如醉如痴的依恋，折射出战争时期流亡异乡者的家国情怀。

　　文化风俗的描写，寄托了作者的绵绵乡情，也寓含了拳拳的爱国情怀。但她对呼兰河的感情是复杂的，有依恋与陶醉，也有反思与批判，在描写家乡的风土人情的审美层面时，童心复萌，喜爱与自豪溢于言表，而一旦触及精神文化的病态层面，则以国民性批判的五四新文学传统予以理性的透视，痛切而冷峻。在整部作品中，文化审视甚至比风俗描写占有更多的比重。第一章开篇所写的能把大地冻裂的严寒仿佛是文化弊端的象征。接下来反复渲染的东二道街上的大泥坑，是小城人精神面貌的一面镜子。大泥坑，不下雨泥浆如粥，下雨成河，翻车陷马，行人落水，淹死过狗，闷死过猫狗鸡鸭，如此大坑，人们说拆掉两边院墙的有，说沿着墙根栽树的也有，可就是没有人主张用土把泥坑填平。人们宁愿按着老样子生活，忍受接二连三的麻烦，也不愿从根本上改变现状。人们的保守与麻木可见一斑。在这个很多人穷得连一块豆腐都买不起、孩子为此立志长大以后开豆腐房的贫困地方，人们的同情心也并不富有。一群狗咬叫化子，主仆看见和听见无动于衷。冰天雪地里，卖馒头老人跌倒在地，路过的人非但不去安慰与照拂，反而会捡来馒头一边吃着一边走去。王家大姑娘未出嫁时，人们夸她大辫子大眼睛长得好看，脸红得像一盆火似的，膀大腰圆的带点福相，"这姑娘将来是个兴家立业的好手"。可是等她嫁给了一无所有的磨倌冯歪嘴子，并且生了个儿子，舆论立马发生了一百八十度的大转弯，同院住的，街坊邻居，有闲的老太太，出苦力的长工，异口同声地说王大姑娘这样坏，那样坏，一看就知道不是好东西。连她的长相、发式都成了不是：眼睛长得不好，辫子也太长，力气又太大，"男人要长个粗壮，女子要长个秀气。没见过一个姑娘长得和一个扛大个似的"。一时间，作传、作论、作日记的，应有尽有，还有人为了取得宣传的材料，冰天雪地地守在窗户外边，偷听消息，捕风捉影，散布婴儿冻死、冯歪嘴子上吊自刎的谣言，招来几十个来看子虚乌有的热闹的看客。

　　如果说王大姑娘等人的际遇还只是反映出冷漠、势利与无定性等国民性弱点的话，那么，第五章中，给小团圆媳妇的"治病"则更是表现出文化"吃人"的残忍性一面。小团圆媳妇过门时是一个多么健康活泼的女孩儿，然而一进了婆家的门就被加上了神权、男权与种种礼教规矩的桎梏。长得高仿佛是见不得人的事情，明明是12岁的年龄，却被告知要对人说是14岁，即使如此，也还是被人怀疑是瞒了岁数。发乎天性的开朗活泼与坐得笔直、走得风快也成为罪过，被视为不知羞，没有媳妇样子，于是婆婆给她下马威，用各种方法折磨她，用烙红的烙铁烙她的脚心，还把她吊在房梁上，让她叔公公用皮鞭子抽她，抽得昏死过去。折磨成病，婆婆说她有病，于是，跳神赶鬼，抽帖占卜，还用些光怪陆离的偏方，并且竟然当着众人之面，将她脱光了身子洗所谓热水澡，实则用滚热的水浇烫，结果，连着浇烫三遍，不久就夺走了这个少女的活泼泼的生命。小团圆媳妇的惨死，是对封建礼教和愚昧迷信的揭露，也是对男权的控诉。婆婆所代表的，正是男权的眼光与力量；最后直接导致小团圆媳妇之死的"洗澡"，其实也是为了满足大神不便明言的观裸癖。小团圆媳妇之死与《生死场》里的月英之死，都是对男权的控诉与批判，这是萧红的一贯立场。作为一个女性作家，萧红从创作一开始就具有的女权主义色彩，在《呼兰河传》中得到继承与发展。第二章在写到唱大戏每每成为订亲的场合时，诉说在弊端丛生的指腹为亲中，女性尤其处于劣势，作者为之鸣不平，情不自禁地插入了关于女权的议论："节妇坊上为什么没写着赞美女子跳井跳得勇敢的赞词？那是修节妇坊的人故意给删去的，因为修节妇坊的，多半是男人，他家里也有一个女人。他怕是写上了，将来他打他女人的时候，他的女人也去跳井。女人也跳下井，留下一大群孩子可怎么办？于是一律不写。只写，温文尔雅，孝敬公婆……"四月十八娘娘庙大会，求子求孙的烧香人，本应先到娘娘庙烧香，却先老爷庙后娘娘庙。作者从这里看出性别歧视的阴影，讥刺地嘲弄说这是因为"人们都以为阴间也是一样的重男轻女，所以不敢倒反天干"。写到塑像男的凶猛、女的温顺时，戏谑中饱含沉重地解释道："那就是让你一见生畏，不但磕头，而且要心服。就是磕完了头站起再看着，也绝不会后悔，不会后悔这头是向一个平庸无奇的人白白磕了。至于塑像的人塑起女子来为什么要那么温顺，那就告诉人，温顺的就是老实的，老实的就是好欺负的，告诉人快来欺负她们吧。"字里行间透射出强烈的女权主义意绪。

当触及社会贫困、审视文化弊端及感叹逝水流年时，作品流露出忧郁苍凉的语调。第四章通篇描写的院子里的荒凉，便是这种语调的集中体现。夜风刮得满院子蒿草成群结队的响，朽木烂柴旧砖散泥，破缸及缸里似鱼非鱼、似虫非虫的活物，破缸外的潮虫，猪槽底上的蘑菇，槽旁生锈的犁头，耗子成群的粮仓，风中作响的房子，院子里那些房客与佃农——他们不知道光明在哪里，可是实实在在地感到寒凉就在他们身上……作品的尾声以一连串的"了"字叙述小城的变故："老主人死了，小主人逃荒去了。那园里的蝴蝶，蚂蚱，蜻蜓，也许还是年年仍旧，也许现在完全荒凉了。"语调里渗透出无限的感伤与怀恋。这种苍凉的语调，与张爱玲的小说颇有些相似之处，但张爱玲专拣人性的阴暗面揭露，抓住人性弱点不遗余力地嘲弄，而萧红在《呼兰河传》里，荒凉中则寄寓着热切的怀乡，况且能在荒凉中找到童趣，能在冷漠中寻觅亲情，能在疲惫中发现坚韧。譬如冯歪嘴子虽然遭受了丧妻的巨大痛苦与人间冷漠的咬啮，但他不向厄运屈服，仍然执着地把希望寄托在孩子身上，顽韧地拉扯着两个孩子艰难度日，叙事者对于这个带有西西弗斯色彩的人物不是给予嘲笑，而是寄予同情和钦敬。张爱玲虽然运笔于炎热的沪港之间，但其作品里的苍凉却是透彻骨髓的冰冷；萧红虽然追忆的是冰天雪地的北国，但活跃其间的童趣、亲情与人物性格中的可爱之处，却多少消解了一些自然与社会的酷寒。温馨与苍凉、热情与冷峻构成了《呼兰河传》的复式语调。

《呼兰河传》的创作正值抗战期间，萧红没有像她的成名作《生死场》及其他作品一样，去直接表现抗战内容，这曾经引起不少人的不满与非议。单从抽象的时代性来说，这种意见似乎不无道理。但实际上，作家创作是一个十分复杂的现象。就作家的创作个性来说，萧红本来不是一个以政治性见长的作家，甚至对社会性也不像很多作家那样关注，她更倾向于而且最擅长的是文化视角的生存状态的表现。家乡沦陷之痛，加上后来《跋涉》被禁，激发起强烈的民族义愤，才有由低沉走向亢奋的《生死场》。《生死场》的轰动效应与抗日题材有关，但最成功的部分还要数"九一八"事变之前的描写。一到后来日本入侵以后的描写，则如同提纲或速写一般，运笔匆促，线条粗放而有几分凌乱，在当时的特定背景下确有震撼人心的力度，但远远谈不上丰满与润泽。在创作《呼兰河传》的前后，萧红未始没有表现抗日的作品，譬如发表于1939年的《黄河》《旷野的呼喊》《朦胧的期待》等小说，以及1941年9月发表的《给流亡异地的东北同胞书》等，就充满了强烈的爱国激情。但在《呼兰河传》里，她则专注于老化与清新杂糅、疲沓与顽韧并存的乡土文化的追忆与解剖，她是以一种特殊的方式来表达自己对时代的态度。作品有意淡化了社会背景，这对于时代性来说，或许是一种牺牲，但对于文学来说，无疑是一种有意义的牺牲。并不熟悉战地生活的萧红，得心应手地创作一部意蕴饱满、风格别具的《呼兰河传》，显然比勉为其难地写一部战争题材的作品要好得多。时代从来都是多元的，应该允许作家有多种表现与各自的姿态。事实上，暂时"躲开"主潮的喧闹，按照自己的创作个性去埋头创作，这并非萧红一个人的觉悟与举措。抗战进入相持阶段以后，抗战之初的亢奋为此时的沉思所取代，不少作家都转向了大后方生活或国民性反思的作品。譬如沙汀，1939年从抗日民主根据地回到家乡四川，就为的是发挥自己之所长，写出扎实厚重的作品。他于1943年推出的长篇小说《淘金记》描写的是川西乡镇"上流社会"尔虞我诈的恶斗，展示人性的邪恶与社会的毒瘤。1945年问世的《困兽记》写的是知识分子在大后方报国受压、感情生活也是危机重重的生存状态。这些作品的主旨都不是抗战与揭露封建剥削，但无疑是成功之作。相反，即使是名作家，在抗战期间表现抗战题材的急就章，诸如茅盾的《第一阶段的故事》、老舍的《火葬》、巴金的《火》三部曲等，激情可嘉可感，但在艺术上却相当粗糙，与他们的艺术水准不相匹配。茅盾抗战时期的小说佳作，当首推江南风情浓郁的《霜叶红似二月花》，这部长篇小说表现的是"五四"前后的历史风貌，而不是抗战的现实生活。老舍表现抗战的成功之作是完成于抗战结束之后的《四世同堂》，这恐怕主要是因为他回到了自己最有把握的北京热土与他所擅长的国民性批判题材。巴金抗战时期完成的最好的小说，是并非抗战题材的《憩园》，当他回到自己熟悉的巴山蜀水与人生人性探索的园地，他才能运斤成风。沈从文于1943年推出的长篇小说《长河》，也是同"主潮"保持相当距离的成功之作。在这一背景中来看萧红的所谓"消极"，实在不能说是消极的退隐，而应该说是顺应了艺术规律的积极的进取。

东北作家群中，长于文化场景描写的还有端木蕻良等，《大江》里的巫术施法描写与《呼兰河传》有异曲同工之妙。《大地的海》第"三一"章，则描写了一幕阴森恐怖的场景。第二句说"有人还想用魔术来变幻出较好的生活来"，接下来就描写了在莲花泡民变当夜发生的荒谬的惨剧：红辣子与四方型汉子迷信"取得阴人手，黄金满地有"的要诀，趁着混乱之机，把那个与白县长和平民习艺所所长路伯吉关系暧昧、有孕在身的寡妇劫持到鬼王庙，放在祭坛上，硬是用草鞋底把寡妇的肚子磨烂，活活把胎儿从腹中扯出,在胎儿未死之前折下其右手,以使自身在未来的白天行窃中,不被人看见。那个寡妇即便有交友不当之失,甚至是巴结权贵、为虎作伥之过,怎能施之以如此酷烈的刑罚!更何况腹中的胎儿生命尚未成熟,怎么下得如此凶残之手!这是邪恶的迷信、变态的复仇、无耻的暴力!作品以鬼王庙作为两个恶棍施虐的舞台,这本身就是一个绝妙的象征,在具体描写中,始终用鬼王庙里手举铁枷的青面獠牙鬼来衬托两个人面兽心者的酷刑,"鬼王在暗中浑身闪着黑光,青面磷磷,头顶喷出红火",随着草鞋的芒刺与腹部肉芽的剧烈切磨,未死的神经在战栗着,淤血散发出腥臭,苍蝇成群地赶来,"鬼王头顶上的红火,狂暴的涌出,火苗摇晃着,火花四散……整个的阴沉的旷野蒸炙在一个广大无边的蒸笼里"。"忽的一股怒血充在六指的眼里,他一切都看不见了,只见前边是无涯无岸的翻滚的红流,后边也是无涯无岸的翻滚的红流——他恐怖的一声大叫",推说切磨孕妇之腹的不是他。"一个鬼卒并不听他的分辩,用狼牙棍向他的头顶狠命一击,他便狼狈的倒在地上了,两手恐惧的抚着头。"其实,哪里是鬼卒塑像在打他,分明是他的内心防线已经被自己与同伙的作恶所击溃。胎儿被掏出来,两个披着人皮的魔鬼又争抢起"阴人手"来,用最难听的词语咒骂,用拳、石,击打着对方的脑袋,"两个人完全堕入了无情的兽性里,像两只狗似的互相的狂噬着、滚转着、撕扭着、吠吼着、搏击着"。红辣子往嘴里填送起碎肉、溃血、粪遗……陷入了迷狂、疯狂状态。四方型汉子从红辣子照见了自己,感到了恐怖,"眼睛便呈出异样的感觉,砖瓦也疯了,树木也疯了,祭桌也疯了,庙宇也疯了,小鬼用铁叉舞着,女魅披散开赤发在半空中打旋……"作品以富于通感的描写,呈现出两个恶魔的残忍、丑恶。本来这部长篇小说的主旨是表现东北人民对黑土地的热爱与对伪满当局的反抗,为什么要插入这一章变态式作恶的描写呢?其中包含着多重意蕴:一则两个恶徒在青面獠牙鬼的鬼火之下施暴,隐喻着日伪肆意践踏黑土地的生灵。二则在端木蕻良看来,在群众性的正义反抗活动中,平素隐藏在阴沟里的毒菌往往会趁机作祟，滋生出变态的暴力。这种社会认识与艺术表现并非始于《大地的海》，早在完成于1933年的长篇小说《科尔沁旗草原》里，就已经初见端倪。

在民族危机日益加重的严峻形势下，抗日救亡大潮汹涌澎湃，卢沟桥事变之后成为时代主潮。但是，抗日救亡并非只是悲愤控诉、奋勇杀敌，制度建设、经济建设、社会发展、精神文明都与抗日救亡息息相关，观照文化生态、民族传统与心理世界的文化场景书写也是抗战文学的题中应有之义。东北作家群不仅最早吹响了警惕与反抗日本侵略的号角，而且在以文化场景书写拓展抗战文学空间、在抗战背景下继承与发展包括五四新文学传统在内的中国文学传统方面也有开先河之功。

第四节　从晋察冀诗群看敌后战场文学风貌

在诸文体中，最敏感的当属诗歌，国难当头之际，遭受蹂躏的屈辱与苦难，奋起反抗的激愤与坚韧，都最先见之于诗。远且不说，从鸦片战争到庚子事变，从"九一八"事变到卢沟桥事变开启的全面抗战，莫不如此。晋察冀不仅成功地创造了中国共产党领导的第一个敌后抗日民主根据地，而且产生了晋察冀诗群① 这一重要文学现象，拓展了抗战诗歌乃至中国现代文学的空间。

一、晋察冀诗群命名的必要性

在20世纪上半叶中国诗歌史上，新诗流派的构成与命名，或缘于社团和刊物，如文学研究会诗人群②、创造社诗人群（亦称浪漫派）、新月诗派、中国诗歌会、七月诗派等，或缘于文体、创作方法与诗集名，如小诗

---

① 许怀中主编《中国解放区文学史》（海峡文艺出版社1994年版）诗歌卷中编第三章、第四章分别为"延安诗群""晋察冀诗群"。

② 参见陆耀东：《中国新诗史（1916—1949）》三卷本，武汉文艺出版社2005、2009、2015年版。

派、湖畔派、象征派、现代派、"汉园"诗人群、九叶诗派、新民歌体诗人群等，而晋察冀诗群可以说是最当得起以地域命名的诗派。

按说，抗战时期，诗人聚集地并非只有晋察冀，为何晋察冀诗群能够独树一帜、彪炳史册，而其他地方少有这种以地域"冠名"的幸运呢？重庆作为陪都，大批新闻出版机构相继迁入，抗战时期文艺界最大的团体中华全国文艺界抗敌协会总会也于1938年9月迁至此地。重庆地理上两江交汇，重峦叠翠，地域广袤，文坛上刊物丛生，诗人云集，但唯其大唯其多，便愈见其杂。胡风周边，集结起"七月诗派"，《抗战文艺》《文艺月刊》等刊物则海纳百川，在统一战线的旗帜下，有携手并进，也有不同倾向的交锋。随着时事的变迁，即使同一位诗人，前后也可能出现较大的起伏跌宕。譬如从正面战场来到大后方的臧克家，就既有《古树的花朵》（《范筑先》）等书写前线生活、歌颂抗战英雄的诗篇，也有《泥土的歌》等交织着乡土回忆与现实批判的诗作。大重庆，大而杂，诗潮澎湃，漩涡翻滚，反倒难以用地域来命名。

桂林自元至清数百年间就是广西的政治中心，民国时期，广西省政府驻南宁二十余年，1936年迁回桂林，直到1944年9月桂柳会战打响之前一直在此驻扎，桂林成为抗战时期西南地区仅次于重庆的政治文化中心，加之桂系当局要比重庆政府开明包容，桂林汇聚了不少新闻出版文化教育机构，诗人众多，诗歌园地与诗集出版颇为可观。但一则人员的流动性较大，二则诗人的倾向与风格比较复杂，正所谓杂花生树，郁郁葱葱，因而，并未形成足以用"桂林"命名的诗歌流派。昆明为西南联大所在地，先生一辈仍有新作，更为可喜的是"九叶诗人"为代表的年青一代诗人成长起来。西南联大诗人，走向战场前后，题材跨度甚大，而创作方法整体上趋于现代主义，所以文学史叙述时宁可用当时其主要园地《中国新诗》或多年以后出版诗歌合集的"九叶"来命名。

中国共产党武装力量八路军、新四军等创建的抗日民主根据地何止一二，威震四方，至于中共中央所在地延安乃至陕甘宁边区更是闻名世界。中国共产党历来重视思想宣传工作，卢沟桥事变之前，在"白色恐怖"的环境里，左翼文艺运动尚且有声有色。到了国共再度合作的全面抗战时期，陕甘宁变成合法的边区，中国共产党的强大感召力吸引了大批包括成名作家与文学青年在内的知识分子涌向延安，延安文学呈现出波澜壮阔的景象。"街头诗运动""朗诵诗运动"红红火火，延安的诗风又传播到其他根据地，绽开了一片又一片的战地黄花。于是，先后有学者提出"延安诗群""延安诗派"① 的概念。"延安诗派"论者把"延安诗派"界定为"以政治为纽带的诗歌集团"，涵盖陕甘宁诗人艾青、柯仲平、光未然、何其芳、萧三、严辰、鲁藜、严文井、公木、刘御、林山、高敏夫、塞克、贾芝、张铁夫、骆文、吕剑、贺敬之、郭小川、朱子奇、井岩盾、赵自评、胡征、白原、侯唯动、孙剑冰、李方立、李季、闻捷、戈壁舟、李冰等，太行山区诗人高鲁、叶枫、陈藏、刘大明、冈夫、袁勃、高咏、柯岗、阮章竞、汪旭前、段芳、蒲火、高沐鸿、洪荒等，还有田间等晋察冀边区诗人。从这份不完全的名单看，队伍之大固然可观，延安、太行山、晋察冀三个地区的诗群之间也确有相通性，但归之于一个"以政治为纽带的诗歌集团"则嫌之笼统。如果不考虑地域、刊物、风格与诗人身份等复杂的因素，而只是以政治倾向或创作方法来划分，那么，华中的陈毅、李增援，华南的黄药眠、黄宁婴，甚至东北抗联的杨靖宇、李兆麟等，岂不是都成了"延安诗派"？

宝塔巍巍，延河潺潺，延安自有一片天地。地处西北，不似正面战场与敌后战场那样承受着巨大的军事压力；与陪都重庆相比，尽管也曾遭受日机轰炸，但毕竟没有那样频繁、猛烈、持久；有军事压力，有经济封锁，但敌后根据地军队可以回援，边区军民大生产可以救急，危机

---

① 继前引1994年版《中国解放区文学史》提出"延安诗群"之后，龙泉明《中国新诗流变论》（人民文学出版社1999年版，第463—468页）又提出"延安诗派"。

总能一一化解，总体上看，延安还是相对安稳的大后方。在这一背景下，延安诗歌，风景独特。30年代登上诗坛的重要诗人艾青，其抗战时期的主要诗歌，如《他起来了》《雪落在中国的土地上》《北方》《反侵略——给日本的士兵》《这是我们的——给空军战士们》《向太阳》《人皮》《我爱这土地》《纵火》《死难者画像》《吹号者》《他死在第二次》《女战士》《旷野》《兵车》《火把》等，在1941年3月到延安之前已经完成；到延安之后所作《雪里钻》《毛泽东》《野火》《风的歌》《向世界宣布吧》《吴满有》《起来！保卫边区》等则颇有边区风格。1939年春，光未然在延安治病期间，奇迹般地完成组诗《黄河吟》，经冼星海谱曲，以《黄河大合唱》组曲轰动延安，走出边区，享誉世界。在《黄河大合唱》大获成功的启迪下，公木与郑律成创作出雄壮的《八路军进行曲》。早年在《预言》里吟诵着象征诗章的何其芳，到了延安完全换了一副歌喉，唱出了延河水一样清澈见底的《我为少男少女们歌唱》《生活是多么广阔》。延安诗人，不论是文化干部，还是学校学员，生活在不同于敌后战场和正面战场的相对安全的环境，诗歌题材以边区生活场景与边区精神状态为主，思想格调越来越步调一致，诗歌风格也渐次趋同——阳光、温煦、明朗、豪迈、通俗、平易、从容、舒展。贺敬之、郭小川的诗歌后来大放异彩，正是此时延安播下的种子。

　　而在晋察冀，到处弥漫着战争的硝烟，哪怕是根据地腹地，也会变成"扫荡"与反"扫荡"的搏击场。无论是肩负作战使命的主力部队与地方部队官兵，还是县区干部与敌后武装工作队队员，抑或隶属于各级报刊、通讯社、剧社等文化机构团体的编辑、记者、编剧、作曲，首先是抗日的斗士，然后才是诗人，一手拿枪，一手执笔。因而，诗人的生存状态与精神面貌，诗歌的生成机制、题材内容、艺术风格、传播方式及接受效应，都带上了硝烟味更浓的晋察冀色彩，质朴而雄浑的审美折射出晋察冀根据地的抗日烽火。

二、战士鲜血染红诗章

"烽火照西京，心中自不平。"[①] "情动于中而形于言，言之不足故嗟叹之，嗟叹之不足故永歌之"[②]，民族义愤与复仇意志自然会化为诗歌。西安事变之后不久秘密加入中国共产党的东北军六九一团团长吕正操，率部于1937年10月重创日军后脱离师旅节制，回师北上晋县小樵镇，改编为"人民自卫军"。胡乃超套用《莱茵河军队战歌》（即《马赛曲》）曲谱，作《人民自卫军军歌》，歌词是：

> 神圣的自卫战争，
> 是民族最后生路。
> 大家向前！
> 倭奴逞强权夺我东北，
> 更无厌蹄进长城关，
> 寇已深，国将亡，家已破，
> 我们要起来，
> 誓收复旧河山！
> 遵守党的铁纪律，
> 团结成救亡血战线。
> 统一意志，冲破一切艰难。
> 为争生存而战！
> 为收复失土而战！
> 勇敢！前进！到东北去！
> 这是人民自卫军！

---

① 引自杨炯：《从军行》。
② 引自《毛诗序》。

歌词虽属急就章，但发乎内心，感应时代，部队很快传唱开来。几十年过去，虽曾不见文字流传，但老战士仍记得那铿锵有力的歌词、旋律与节奏，张口即能唱出，遂有歌词记录下来。词作者胡乃超，吉林德惠人，读中学时即加入中国共产党，刚考入东北大学便遭逢"九一八"事变，流亡到北平。他受党的派遣，到东北军吕正操部从军，部队改编为"人民自卫军"时任排长。后任冀中军区第一军分区团长，1942年12月转任冀鲁豫军区第四军分区参谋长，智勇双全，威震敌胆。1944年5月在保卫麦收的战斗中英勇牺牲。①"上马击狂胡，下马草军书"②，执戈能杀敌，挥笔会作诗，胡乃超颇具代表性。

　　抗战时期，晋察冀边区写作并发表诗歌者人数众多。初有催笛、温拓、韦平、于六洲、新绿、邓拓、舒同、孙毅、塞红、塞风、流笳、耐茵、胡可、路遐、鲁萍、郭苏、黑仔、保申等，继而随着西战团，东北挺进纵队干部队，八路军总政治部前线记者团、前线文艺工作团，华北联大，抗大总校及二分校等单位的迁入与军政机构及剧社等文艺团体的成立，田间、邵子南、史轮、曼晴、方冰、力军、叶频、石群、陈辉、司马军城、谷扬、英子、钱丹辉、叶正煊、蓝矛、郑成武、邓康、雷烨、魏巍、程追、鲁藜、林采、孙犁、王炜、石坚、劲草、蔡其矫、玛金、商展思、章长石、田流、劳森、任霄、徐明、郭起、陈陇、陈乔、李雷、张绍明、陈布洛、柳枉、方璧、张帆、陈新、郭汉城、周奋、洪水、甄崇德、耿金云等亦先后进入晋察冀诗坛，本地也涌现出田流、白水、王黎、张庆云、栗茂章、郭起、和谷岩、刘照红、高良玉、邱陵、贺森、张风芝、李光波、刘振河等诗坛新人。③其中有作品被选入魏巍编《晋察冀诗抄》（中国青年出版社1984年版）的就有38位：田间、邵子南、曼晴、方冰、徐明、史轮、陈辉、孙犁、陈陇、流笳、劳森、任霄、林采、钱丹辉、雷

---

①　参见吕正操：《冀中回忆录》，解放军出版社1984年版，第22页。

②　引自陆游：《观大散关图有感》。

③　参见王剑清、冯健男主编：《晋察冀文艺史》，中国文联出版公司1980年版，第80—82页。

烨、管桦、邢野、商展思、章长石、张克夫、司马军城、胡可、姚远方、王炜、张庆云、孟亚、邓康、郭小川、秦兆阳、鲁藜、远千里、蔡其矫、玛金、于六洲、甄崇德、李学鳌、戈焰、魏巍。晋察冀诗歌无不饱含战士的激情、带着战场的硝烟，甚至浸染上英烈的热血。

史轮，原名马清瑞，1912年生于山东邱县（现属河北威县），30年代初加入中国共产党，1933年6月由上海泰东图书局出版新诗集《白衣血浪》，卢沟桥事变之后奔赴延安，不久参加西战团，1939年1月初抵达晋察冀边区，在边区文化救国会工作。史轮与田间、邵子南、曼晴等一道把街头诗运动带到晋察冀，他在《老百姓摸枪》最后一节写道："五更里，东方明，/武装起来真英雄，/东南西北去游击，/打他汽车收县城。"这首民歌风的短诗被谱曲改题为《武装起来真英雄》，传唱至今。他还有《白山黑水》（秦腔）等戏曲作品，很受观众欢迎。1942年秋季反"扫荡"中，史轮在雁北不幸被捕，遭受酷刑，顽强不屈，英勇就义。

雷烨，原名项俊文，1916年出生于浙江金华，1938年秋延安抗大毕业后，被任命为八路军总政治部前线记者团记者，赴晋察冀根据地工作，1941年末到冀东军区，先后任政治部宣传科长、组织科长等职，1941年被选为晋察冀边区参议员。雷烨勇武踏实，多才多艺，新闻通讯、报告文学与摄影作品多有佳作，诗歌创作亦独具风采。《滦河曲》继承了古典诗歌的顶针手法，又汲取了陕北信天游的比兴："滦河的流水唱着歌，/歌声浮载着子弟兵。/子弟兵的青春——/好像河边的青松林。/滦河的流水含沙金，/金子好比子弟兵的心。/滦河的流水向渤海，/渤海岸上发源子弟兵。/滦河的流水发源长城外，/子弟兵回旋喀喇沁。/……子弟兵，/像飞鹰，/回旋在家乡的河流上，/松林里的人民是好母亲。/青春的鹰！/勇敢的鹰！/冀东年轻的子弟兵！"1943年4月20日，雷烨在反"扫荡"中遇袭，掩护两名战友突围，自己身中数弹，最后关头，砸碎相机、望远镜、烧毁底片，把最后一颗子弹留给自己，壮烈殉国。《晋察冀日报》总编辑邓拓在1943年5月18日《晋察冀日报》上发表《恸雷烨》，文中说道："殷红的热血，洒向北太行碧绿的山原。呜呼，雷烨，民族的深沉和友情的悲痛，永远刻入我的心底于无穷；呜呼，雷烨，不负乎平生又不愧乎死。你的精神永远随伴着斗争而长在！"今天，民族复仇的烈火正在太行山上燃烧，燃向塞外，燃向鸭绿江头，我们边区的文化工作者更将深入的斗争，以你为榜样，更加燃烧这复仇的烈火。我们的火光，将比你的血更要殷红！我们的复仇的战斗的行列更像奔放的洪流，从太行山万千条峻岭之间，冲泻而下，冲向东方，冲灭敌人的阵地，我们边区的文化工作者更将英勇向前，站在行列前哨的岗位上，激扬这战斗的怒涛，愿你的精神就像你故乡钱塘江潮一样，在外面战斗的行列里永远澎湃！"

司马军城，原名牟伦扬，土家族，1919年生于湖北利川，七七事变后赴延安，初入陕北安吴堡战时青年训练班，1938年2月转入陕北公学第二期第十一队学习，4月毕业，5月赴晋察冀边区，任《抗敌报》（《晋察冀日报》前身）编辑、记者，先后担任报社机关自卫队长、印刷厂长，当年11月加入中国共产党，1942年调任冀东《救国报》总编，兼《新长城》主编，后又调到冀热辽区第五地委，任《救国报》燕山版主编。司马军城不仅以战地通讯闻名，而且也写有视野宏阔的《人类的早晨》（长诗）与意气豪迈的《世界是我们的》等诗歌。《山地里的赘语》更是以质朴而超拔的象征表达出雄奇之美的意境：

当太阳刚出山顶的时候

山地，像揭了盖的开锅

蒸腾着牛奶般的白雾

我们的山呀

那拥在白棉被里的战士

恢复了昨夜的疲劳

它微笑着

它要起来

太阳上升了

白雾渐渐稀薄

山起来了

自己更加长大

……

为着守卫这山地

我将战死在山地里

（像千万的战死者一样）

请把我埋葬在这里吧

我知道在那牛奶般的白雾之中

乡土的气息也是浓郁的

我也知道，当明天的太阳一出山头

工厂的汽笛也要第一次鸣叫了

我的灵魂也会跟着这声音醒来

来看这伟大的葬礼呀

这是人类第一次的伟大葬礼

但只有爱好真理的战死者才能享受

　　1943年4月7日，在丰（润）滦（河）地区白官屯附近，司马军城与四位战友遭遇百余名日军包围。激战中，司马军城中弹牺牲，年轻的生命献给他誓死捍卫的祖国山河，清晨的白雾是燕山滦水回赠他的圣洁哈达。司马军城1942年赴冀东游击区办报时，邓拓曾赋诗送别。1943年，司马军城给邓拓信中有一句富于诗意的话："你看，朝晖起处，即我在也。"听到司马军城牺牲的消息，邓拓夜不能寐，赋诗《祭军城》："朝晖起处君何在？千里王孙去不回！塞外征魂心上血，沙场诗骨雪中灰。鹃啼汉水闻滦水，肠断燕台作弔台。莫怨风尘多扰攘，死生继往即开来！"十几年后，念及战友司马军城，邓拓撰文仍予以高度评价："他写的不是寻常的所谓'诗'，而是用鲜血和生命写出的战斗的进行曲。但是，这是真正的诗！这样的诗篇是同天地一样长久的，这样的诗是永生的，这样的诗人才是真正的诗人，这样的诗人也才是永生的！"[①]

　　陈辉，原名吴盛辉，1920年生于湖南常德，1937年读高中时加入中国共产党，1938年赴延安入抗大学习，1939年5月到晋察冀边区通讯社任记者，1940年5月到斗争环境残酷的平西区涞涿县，历任县青年抗日救国会主任、区委书记、县委执行委员、武工队政委等职，在封锁沟交错与碉堡群林立的严酷环境中，"领导反勒索、反抢粮、反抓丁的各种斗争"[②]。形势异常严峻，有时，他在野地隐蔽，要在数日无粮的饥饿中苦熬，有时同敌人正面遭遇，近距离对射；在战斗的间隙，他以炽烈的激情书写抗战诗篇，"无论春夏秋冬，他的衣服上都自缝着一个大口袋，装纸笔、装诗稿、装当时可能找到的书报"。"他的许多诗篇是在地道里、地堡里写成的。"他挚爱晋察冀，《新的伊甸园记》第一首《献诗——为伊甸园而歌》讴歌道：

　　　　……
　　　　我的晋察冀呵，
　　　　你的简陋的田园，
　　　　你的质朴的农村，
　　　　你的燃着战火的土地，
　　　　它比

---

① 邓拓：《国殇·诗魂·诗的永生》，初刊《新观察》1959年12期，收《邓拓文集》（第四卷），北京出版社1986年版，第475页。
② 田间：《十月的歌·引言》，宋俊然编著《陈辉传记》，中国民间文艺出版社1989年版，第193页。

天上的伊甸园，

还要美丽！

……

人民就是上帝！

而我的歌呀，

它将是

伊甸园门前守卫者的枪支。

我的歌呀，

你呵，

要更顽强有力地唱起，

虽然

我的歌呵，

是粗糙的，

而且没有光辉……

我的晋察冀呀，

也许吧，

我的歌声明天不幸停止，

我的生命

被敌人撕碎，

然而

我的血肉呵，

它将

化作芬芳的花朵，

开在你的路上。

那花儿呀——

红的是忠贞，

黄的是纯洁，

白的是爱情，

绿的是幸福，

紫的是顽强。

陈辉以炽烈的爱、坚忍不拔的意志力与年轻生命爆发的创造力，短暂的一生留下了万余行诗。他的诗篇为根据地留下了不朽的文学画卷。《月光曲》写驰骋在妈妈河畔的晋察冀骑兵，《六月谣》写根据地麦收的景象与保卫家乡的信念，《平原手记》写根据地年轻人的情话、小孩子参军的被拒。《平凡事》写边区民众选举军属、妇救会主任菊芬当村长，民主氛围与女性解放跃然纸上。《夏娃和亚当》描写一位纯洁的乡下姑娘，为了掩护听从她的安排躺在炕上假称"发疟子"的区长，在敌人戏要与试验她的命令下，冲破旧礼教的高墙，亲吻了区长，"从你那含羞的短短的一吻里，/我可以断定，我看见了，/那最美丽的最崇高的/红色的爱情的炽热的火光……"《将军》写根据地查路条的一群孩子向聂司令查路条，当发现竟然是聂司令时，情不自禁地唱起来童谣："天上有个北斗星，晋察冀有个聂司令……"有战斗就有牺牲，不少诗篇表达对烈士的怀念。三区青救会主任史文柬牺牲，陈辉写2000余行的《红高粱》，作为写给史文柬的纪念品。1944年11月13日清晨，敌人调集2000余兵力，将我五区区长陈琳、新任六区区长崔光等30余名武工队队员包围在马踏营南河套，陈琳等十余人英勇牺牲，崔光等身负重伤，十余人被俘。在烈士追悼会上，陈辉当场赋诗《正气词》："英雄非无泪，不洒敌人前，男儿七尺躯，愿为祖国捐。英雄抛碧血，化为红杜鹃，丈夫一死耳，羞杀狗汉奸。"不畏牺牲、能文能武的"神八路"陈辉，为群众所景仰，为敌寇所仇恨。1945年2月8日，遭敌人围捕，打尽子弹之后，陈辉拉响身上的最后一颗手榴弹与敌人同归于尽，重伤昏迷，很快为祖国流尽最后一滴血，年仅25岁。①

胡乃超、史轮、雷烨、司马军城、陈辉，还有布于、吕光、任霄等，他们是诗人更是战士，无畏地挺进危机四伏的险境，才有如此密集的壮烈牺牲。也正因为亲身参与敌后战场的开辟、根据地的创建与保卫，才能对根据地、游击区乃至敌后战场有最贴近的观察、最切身的体验，诗歌中也才有最真实的表现、最丰富的内容。

三、敌后战场的深广视野

敌后战场是硬从敌人的"后方"打出来的，诗人把热情的礼赞献给英勇的军民。曾被闻一多誉为"时代的鼓手"的田间就曾写过一组"名将录"，如《偶遇——题聂司令员》写威严而仁爱的聂司令员；《山中——题贺龙将军》写镇定自若的贺龙师长"抽烟闲谈中，打完大歼灭战"（陈庄之战）；《月下——题萧克将军》写料事如神的萧克将军月夜读书，而"敌人虽到沟口，但不敢进沟"；《马上取花——题杨成武将军》写黄土岭一战击毙日军擅长山地作战的所谓"名将之花"阿部规秀。田间，原名童天鉴，1916年生于安徽无为县羊山乡，1934年考入上海光华大学外文系学习，翌年加入"左联"，参加《新诗歌》《文学丛报》的编辑工作，1935年任《每周诗歌》主编，出版短诗集《未名集》（1935年）、《中国牧歌》（1936年）与叙事长诗《中国农村底故事》（1936年），1937年春赴日本，卢沟桥事变爆发后，与郭沫若同船回国，投身抗战。他辗转上海、武汉、西安、临汾、延安，1938年8月加入中国共产党，年底随西战团到晋察冀，参加过陈庄战役、百团大战。进入全面抗战时期，他的创作一反初登诗坛时的阴晦、郁结，走向健朗、豪放。在武汉，写长诗《给战斗者》；在延安，作《假使我们不去打仗》《义勇军》《呵，游击司令》《人民底舞》等；到

---

① 参见戈枫：《他的生命是一首壮美的诗——纪念陈辉同志牺牲四十周年》，《新文学史料》1986年第1期。作者原注："所谓'地堡'，其实是一个只够容三两人的土洞子。能坐、能躺，但不能站立。没有阳光，缺乏氧气，潮湿异常。"

晋察冀后，根据地炽烈的战斗生活激起他高涨的创作热情，也使其诗作充满了实感。《山中——题贺龙将军》《马上取花——题杨成武将军》即源自诗人参加了陈庄战斗与黄土岭战斗。他还在大龙华战斗中目睹了八路军骑兵的歼灭战，战斗接近尾声时，敌军占据老乡的一座房屋，凭一挺机枪负隅顽抗。这时房子的主人站出来说："这是我的房子，烧吧，烧了旧的盖新的！"老乡的高尚情操和爱国热情，深深地感动了战士们，也拨动了诗人的心弦，叙事诗《烧了旧的，盖新的……》即据此而作。① 再如《井》《地道》写地道战，《坚壁》写坚壁清野，《去破坏敌人底铁道》写破坏敌人的交通，《芦花荡》写白洋淀的雁翎队，《我底枪》表现游击队员的牺牲，《下盘》描写风雪中送公粮去根据地的父子，父死子继，《参议会随笔》《多一些》表现根据地的民主生活与农业生产。1944年2月，河北省平山县戎冠秀在晋察冀边区群英会上荣获"北岳区拥军模范——子弟兵的母亲"光荣称号，田间作长篇叙事诗《戎冠秀》，以质朴无华的风格描写了"子弟兵母亲"机智勇敢救治八路军伤员、组织村民生产、开展拥军活动的事迹。

邵子南也是晋察冀诗群的重要成员，原名董尊鑫，1916年出生于四川资阳，初中毕业后流浪做工，1936年到上海进入文坛，1937年开始发表作品。"八一三"淞沪会战爆发后，与欧阳山、草明、东平、于逢集体创作小说《给予者》。10月由沪赴西安、太原，进第十八集团军总部随营学校学习，11月加入中国共产党，1938年初到延安，4月被派赴西战团，12月随西战团到晋察冀。邵子南积极参与西战团战地社油印诗周刊《诗建设》的创刊与编辑工作，并写出一篇篇挂着清晨露珠、带着战场硝烟味的诗歌。他的诗作《死与诱惑》描写一位在游击区组织工会的干部被捕之后，在敌人的威逼利诱面前，矢志不移，英勇就义："他沉静地与死并排走着，/有如农夫伴着他的犁走进地里，/进入渺茫的国土。""他，没有

---

① 参见宋佳:《田间在晋察冀——访诗人田间》,《晋察冀文艺研究》创刊号，第23—37页。

死，/他，变成一道电光，/透穿一切心壁，/照亮黑暗。/他是真理，/大众的精英的真理。"《骡夫》写曾经讨厌军队的六十多岁的老骡夫，被动员跟八路军当了几天骡夫之后，再也不愿离开，把自己的力气与金钱全部拿出来抗战救国。《好样儿》写一个青年农民被进村的敌人抓住，被逼迫指认干部，用绳子勒住颈项，又把人摔在石头上，然而青年坚贞不屈，"这不是血肉受难，/这是钢铁在火里烧炼，/这青年的好样儿，/在各地都传遍"。《模范支部书记》叙写八路军一位年轻的党支部书记，关键时刻穿过铁丝网，用手榴弹炸毁敌军堡垒的火力，独一师终于拔掉大龙华日军的据点。民兵队长李勇大摆地雷阵，令敌人损兵折将，邵子南除了在小说《地雷阵》中塑造这位英雄形象之外，还有诗歌《李勇要变成千百万》《李勇已变成千百万》。流笳的《哨》《武工队》，林采的《黎明》《副排长郭保德的葬歌》，丹辉的《担架上》《红羊角》，管桦的《好村长》《林中待命》，商展思的《游击队里的小鬼》《不准挂个"小"》《抬炮》《学生军游击——华北联合大学文艺学院秋季反"扫荡"剪影》，章长石的《歌手——悼念我们的政治指导员赵烈同志》，孟亚的《传说》，邓康的《刘元贞》，郭小川的《滹沱河的儿童团员》，鲁藜的《树》《夜葬》，远千里的《冀中之歌》《去找吕司令》《她驾着小船》，蔡其矫的《雁翎队》《肉搏》，戈焰的《哭任霄》，魏巍的《伏击》等也都为抗日军民唱出热情的赞歌。

日军对中国共产党开辟的敌后战场万般恼怒，先后掘开滏阳河、运河及漳河堤岸，使冀南30多个县百万亩良田受淹，又实施野蛮至极的"三光"（烧光、杀光、抢光，日军作战命令称"烬灭作战"）政策，旱涝蝗瘟等自然灾害也火上浇油，给我军民造成了巨大的灾难。晋察冀诗人直面苦难，以诗歌揭露日本的战争罪恶。1940年春，日军从河北望都县柳陀村抓走了五十九名男女自卫队队员，凌辱之后又凶残地杀害。邵子南闻之义愤填膺，含泪写下了《五十九个》，李劫夫为之谱曲，迅速传唱开去。不少青年人唱着这首歌曲报名上前线，为死难的同胞报仇雪恨。钱丹辉《敌人与黑夜》揭露日军以"清查户口"为名放肆地闯进民房致姑娘含辱惨死的罪恶。商展思《她变成了疯傻》痛诉年轻的母亲被侵略者夺去娃娃生命之后的疯傻："年轻的媳妇"，"幸福的妈妈"，"明亮的眼睛，/嫣红的脸颊，/永不消逝的憨笑，/一口整齐的银牙……//可是，如今呵！/她变成了疯傻://怔怔的眼睛，/阴凄的脸颊，/没有顾忌的冷笑，/粘液淋漓的黄牙……"。因为"她看见/日寇嗾放出来的大狼狗，/吼跳着，/眼里闪射着绿光！"，"她听见，/日寇劈胸夺去的胖娃娃，/惊呼着，/'妈妈呀！妈妈——啊！！！'"，"像遭到斧劈雷打，/她一声惨叫！/昏倒在地下……"。从此，"她成天价抱着/孩子的小花袄，/亲吻着：/'我的娃呵——亲亲妈妈！'……//她常跪伏在炕上，/拍着空虚的小被窝，/轻哼着：/'我的娃呵——乖乖睡吧！'……她常在深夜中/到荒野里游走，/呼唤着：/'我的娃呵——跟妈来家！'……"。声声呼唤，强烈拨动着读者的心弦。"疯傻"而无法忘记亲生骨肉，足见母爱之深、日寇罪恶之重。方冰也有多篇诗作抨击日军的作恶。《写在断墙上》先叙一个温暖的家——"丈夫很勤劳，/妻子很贤惠。/欢蹦的孩子，/慈祥的老人。/干净的小院子，/一架葡萄撑起绿荫。/我在你家里住过，/你们待我像自家人"。最后突然反转，"——今天走过这里，/鬼子却把你毁灭了。/我把诗句写在断墙上，/好像烈火烧着我的心！"，没有悲剧场面的渲染，但美好的一家却被敌人给活生生地毁灭，悲剧意味油然而生。1943年秋季日军大"扫荡"中，荒井大队"要把平阳造成无人区，杀死我一千多个老乡，水井、地窖都填满了尸体，惨不忍睹"[①]。方冰《过平阳镇》以简洁的笔触叙写了日寇将平阳千余人尸体填满水井地窖的惨剧之后，又表现出人民顽强不屈的坚韧意志，"——我再过平阳镇，/依旧是好春天：//布谷鸟快乐地叫着，/水在麦垄里流，/豌豆花开在地里。/没有一寸土地，/是荒废了的。//平阳镇呵！/你一点也没如荒井的愿"。侵略者制造的悲剧非但没有吓到根据地民众，

---

① 方冰：《过平阳镇》诗序，魏巍编《晋察冀诗抄》，中国青年出版社1984年版，第140页。

反倒激起根据地军民强烈的复仇意志与血战到底的必胜信心。魏巍《好夫妻歌》里，狼山上对八路军伤员有救命之恩的一对年轻夫妻惨死于敌人之手，抒情主人公在乱尸里见到死了还怒目圆睁的朋友与拼死搏斗中掉了一半头发的"大嫂"，不禁发出复仇的誓言："要不用敌人的头来祭你，/我情愿死在狼山里……"

　　诗人生活战斗在晋察冀，创作的根须深深扎在根据地与游击区，边区生活的方方面面，诸如生产建设、民主建设、文化建设、精神建设、军民关系等尽收眼底，生动地呈现在诗歌画卷里。表现根据地工农业生产的，有邵子南的《耕种土地》，邢野的《山歌》《开荒歌》，甄崇德的《秋播》，曼晴的《纺棉花》《打野场》，王炜的《纺车之歌》，流笳的《高粱熟了》《抢收》，劳森的《打头阵，开工去！》《新的"捷克式"——工厂歌谣之一》等；表现根据地民主生活、新型官民关系，有曼晴的《我们选举得很好》《县长病了》，丹辉的《村选》《夜过柿树林》，商展思的《平原恋歌》《卷毛芦花马》，邓康的《咱们永远在一起》，甄崇德的《村干部》，李学鳌的《周县长住在石头家》，戈焰的《豆选女县长》等；表现军民鱼水情的，有流笳的《子弟兵三赞》，商展思的《私语》等。曼晴《打灯笼的老人》写军民关系质朴而生动，颇具代表性：

　　　　从什么时候就等着我们呢？
　　　　在这漆黑漆黑的夜里，
　　　　在这风雪扑打着路人的夜里，
　　　　啊！你打灯笼的老人啊！

　　　　灯光虽然微红而昏暗，
　　　　但毕竟是黑夜长途上唯一的灯光啊！
　　　　它照着被大雪封埋得难以辨认的路，
　　　　它照着前进的我们。

怎么不深深而又深深地感激呢！
当我瞧见你佝偻的背影，
披着破旧而又单薄的棉衣，
还站在路旁打着灯笼。

啊！你打灯笼的老人啊！
现在你该放心了吧！
我们的队伍在你的灯光照耀之下，
统统的走来而又前进了。

《区长》更是以民众冒死保护区长的行动写出了根据地干部群众之间的骨肉深情。在一个冬天的早上，日军荒井部队偷偷包围了村庄。人们被赶到旷场上，四周山坡上，架起了机关枪，荒井逼问谁是区长，一连绑了四个青年，"刺刀尖挨近四个青年的胸膛"。"且慢！/从人群里跳出一个人，/'不要杀他们，/我是区长！'"，"静坐的人群，/突然沸腾起来，/从里边又跳出几个人，/高声抢着喊：/'我是区长！'/'我是区长！'/'我是区长！'"，"所有的人都变成了区长"。诗中没有叙及最后荒井部队是毫无所获悻悻离去，还是造成了野蛮杀戮的惨剧，只是集中描绘了根据地人民舍生忘死保护干部的感人至深的场景，有这样不畏牺牲的干部，有这样生死与共的群众，篇末的"乌云吹过，/天已经大亮，/东方升起了通红的太阳"就能够给人以切实的慰藉了。

这些诗篇绘出了"动人的人民战争的风俗画"，如同诗人魏巍后来编选《晋察冀诗抄》时在《序》中所说："读着它，仿佛又回到我们战斗的故乡，又回到我们的田园。仿佛又看到了狼牙山、神仙山、妈妈河、胭脂河……仿佛又看到铁矛上飘拂的红缨；又看到怀抱着地雷在大道上行进的民兵；仿佛又看见老大娘拿着针线活，坐在村边的柳荫里放哨；小孩子拿着扎枪，仰着脸，睁着机警的眼睛，向你盘查路条；它还使你听见高粱叶哗哗的响声，大豆棵里秋虫的鸣声，在那里埋伏着我们的男士。""浓厚的生活气息和鲜明的战斗风采"[①]穿越时光，给战士以永不褪色的回忆，给后人以鲜活生动的历史。

四、"马兰草"似的文体特色

晋察冀诗歌不仅内涵空间广阔，而且艺术形式丰富多彩。最具特色的文体，是有"街头诗""传单诗""墙头诗""岩头诗""枪杆诗"等多种叫法的短诗，主要的题旨是唤起民族意识、鼓动团结抗战。短诗的域外影响源有"五四"以来先后译介的泰戈尔诗、苏俄内战时期宣传鼓动性的短诗，而中国的民谣、俗白的绝句、元代的小令、五四时期的小诗等更是源远流长的无尽资源。1938年夏，在"保卫大武汉"的抗日救亡热潮中，"曾有青年诗人和画家举行的街头诗画展，以连环图画街头诗加上诗篇，诗和画交织着表现出一个故事，诗画并茂，通俗易懂，别有风味"[②]。田间、邵子南、柯仲平、高敏夫等诗人在延安共同发起街头诗运动，故1938年8月7日被称为"街头诗运动日"，田间的《假使我们不去打仗》就写于这一时期：

　　　假使我们不去打仗，

　　　敌人用刺刀

　　　杀死了我们，

　　　还要用手指着我们骨头说：

---

① 魏巍：《晋察冀诗抄·序》（1958年作），《晋察冀诗抄》，第9页。
② 蓝海：《中国抗战文艺史》，山东文艺出版社1984年版，第91页。

"看，

这是奴隶！"

　　1938年11月，《抗敌报》副刊《海燕》第12期与延安遥相呼应，也提出开展街头诗运动的号召。同年12月，田间、史轮、邵子南等在延安开始创作街头诗的诗人随西战团抵达晋察冀边区，积极推动这项运动，在剧社、文救会、妇救会、民众教育馆、宣传队、学校、部队，甚至农会等全面展开，《海燕》《诗建设》等刊物提供园地，街头诗蔚然成风。仅在1941年7月之前，就印行了多种街头诗集，诸如《战士万岁》（田间）、《在太行山上》（徐雨）、《文化的民众》（邵子南）、《街头》（曼晴）、《力量》（魏巍、邵子南、钱丹辉等）、《在晋察冀》（力军）、《选举》（邵子南、方冰、周巍峙、谷扬）、《可不沾》（魏巍）、《持久战歌》（史轮）等。还有边区选举委员会出版的关于民主的街头诗。[1]街头诗以短小、精悍、通俗、简洁、明快见长，因而大受欢迎。一册街头诗集《粮食》在晋察冀销售就达七千份，足见街头诗的战时威力及前途。[2]1939年，田间在一个村庄的门楼上，看到了自己在延安所作的《假使我们不去打仗》用很大的字写在那里，还配着一幅画[3]，不禁让诗人愈加感到街头诗的力量。

　　在创作街头诗这种瀑布似的精短鼓动诗的同时，晋察冀诗人也有江河奔流一般的长篇抒情诗，如田间的《祝山——为勇敢的人而作并献给十月革命节》（306行），邵子南的《在新的年代的第一个早晨》（240余行），林采的《生与死》（1000余行），陈陇的《给英国参赞斯比烈》（84行），陈辉的《献诗——为伊甸园而歌》、《为祖国而歌》（111行）等。

---

① 参见何洛：《四年来华北抗日根据地底文艺运动概观》，《文化纵队》第2卷第1期，1941年7月。

② 参见田间：《现在的街头诗运动》（原件油印），据张学新、刘宗武编《晋察冀文学史料》，天津社会科学院出版社1989年版，第356页。

③ 参见田间：《写在〈给战斗者〉的末页》，原载《诗刊》1958年第1期，《田间诗选》，作家出版社2016年版，第232页。

开辟敌后战场与建设根据地的艰苦决绝的战斗生活，给叙事诗的创作提供了深厚的沃土。叙事长诗如田间的《亲爱的土地》（3500余行）、《铁的子弟兵》（3200余行）、《戎冠秀》（420余行），魏巍的《黎明风景》（1500余行），蔡其矫的《乡土》，孙犁的《梨花湾的故事》《白洋淀之曲》，陈辉的《红高粱》，方冰的《柴堡》等，或是浓墨重彩描绘开辟敌后战场与建设根据地的壮阔历程，或是聚焦、刻画英雄模范的成长轨迹与人格光辉。数量更多的小叙事诗撷取片段，挥洒自由，明快灵动，有些被谱成歌曲，传播久远。如抗大毕业的方冰，在晋察冀军区三分区剧社工作，他根据生活素材，创作了《歌唱二小放牛郎》：

> 牛儿还在山坡吃草，
> 放牛的却不知哪儿去了，
> 不是他贪玩耍丢了牛，
> 放牛的孩子王二小。
>
> 九月十六的那天早上，
> 敌人向一条山沟"扫荡"，
> 山沟里掩护着后方机关，
> 掩护着几千老乡。
>
> 正在那危急的时候，
> 敌人快要走到山口。
> 昏头昏脑地迷失了方向，
> 抓住了二小要他带路。
>
> 二小他顺从地走在前面，
> 把敌人引进我们的埋伏圈，

四下里呼呼嘭嘭响起了枪炮，

敌人才知道受了骗。

敌人把二小挑在枪尖，

摔死在大石头的旁边。

我们的十三岁的王二小，

可怜他死得这样惨！

干部和老乡得到了安全，

他却睡在冰冷的山巅，

他的脸上含着微笑，

他的血印红了蓝的天。

秋风走遍了每个村庄，

他把这动人的故事传扬；

每一个村庄都含着眼泪，

歌唱二小放牛郎！

　　这首叙事诗由李劫夫谱曲，曲调与内涵高度契合，感伤中更多的是敬佩与怀念，成为一首传唱至今的经典作品。

　　晋察冀诗歌文体多样，风格亦如山地野花，色彩斑斓。有的直抒胸臆，有的寄托于山水，有的平实凝重，有的轻灵飘逸，有的格调沉雄，还有的幽默俏皮。田间作品无论是叙事诗，还是政治抒情诗，也无论篇幅长短，其敏锐的时代感与强烈的节奏感融为一体，形成一种战鼓鼓点式的风格。闻一多在《时代的鼓手——读田间的诗》里，先后征引田间的抒情诗《多一些》与叙事诗《人民底舞》，高度评价其战鼓式的风格。《多一些》："'多一颗粮食，/就多一颗消灭敌人的枪弹！'/听到吗/这是好话哩！/听

到吗 /我们 /要赶快鼓励自己底心 /到地里去！ /要地里 /长出麦子，/要地里 /长出小米，/拿这东西 /当作 /持久战的武器。/（多一些！ /多一些！）/多点粮食，/就多点胜利。"闻一多赞曰："这里没有'弦外之音'，没有'绕梁三日'的余韵，没有半音，没有玩任何'花头'，只是一句句朴质，干脆，真诚的话，（多么有斤两的话！）简短而坚实的句子，就是一声声的'鼓点'，单调，但是响亮而沉重，打入你耳中，打在你心上。"接着征引《人民底舞》鼓点更为急促的片段："你看，——/他们底 /仇恨的 /力，/他们底 /仇恨的 /血，/他们底 /仇恨的 /歌，/握在 /手里。/……"闻一多指出："这里便不只鼓的声律，还有鼓的情绪。这是鄢之战中晋解张用他那流着鲜血的手，抢过主帅手中的槌来擂出的鼓声，是祢衡那喷着怒火的'渔阳掺挝'，甚至是，如诗人Robert Lindsey在《刚果》中，剧作家Eugene O'Neill在《琼斯皇帝》中所描写的，那非洲土人的原始的鼓，疯狂，野蛮，爆炸着生命的热与力。"[①] 这样的诗歌的确远非丝竹的缠绵或悠扬，但反侵略战争需要粗犷急骤的鼓声，田间恰恰是时代所急需的鼓手。闻一多编选《现代诗抄》时选田间六首诗——《自由，向我们来了》《五个在商议》《给饲养员》《多一些》《冀察晋在向你笑着》《人民底舞》——均着眼于这种动感十足的战鼓节奏。陈辉诗风与田间有相似之处，正如田间在《十月的歌·引言》里引述陈辉的"自白"所说："把新的血的战争的现实写入诗里，我要给诗以火星一样的句子，大风暴一样的声音，炸弹炸裂的旋律，火辣辣的情感，粗壮的节拍，为了更好地为世界，为斗争着的世界而歌！"[②] 这种直截、俗白，然而节奏急促、铿锵有力的风格，固然由于戎马倥偬，缺少打磨的余裕，但也确实缘于诗人的主观选择——为了应和抗战的急需，哪怕嗓音嘶哑也在所不辞。

　　诗人创作个性有别，表现抗战的艺术风格便不尽相同。邵子南初期

---

① 闻一多：《时代的鼓手——谈田间的诗》，初刊1943年11月13日《生活导报周年纪念文集》，第25—26页；收《闻一多全集》（第4卷），上海书店出版社2020年版，第262—266页。

② 宋俊然编著：《陈辉传记》，中国民间文艺出版社1989年版，第195页。

诗歌欧化色彩较重，到晋察冀之后，"极力追求自然"，"更喜欢深刻挖掘生活中平凡的事物，习用散文的手法，去绘制战争的风俗画"。"方冰的诗，感情丰富，色彩鲜明，在诗歌艺术上，他是一个线条明朗、色彩引人的画家。"[①] 如果说田间、陈辉代表了气势磅礴、粗犷雄浑的豪放派诗风的话，那么，邵子南、方冰等诗人则在闻一多早年所倡导的诗歌美学——"音乐美""绘画美""建筑美"[②]——方面有所着意，不过晋察冀诗歌的"绘画美"并非闻一多原来所指的辞藻色彩，而是包含色彩在内的画面感，如邵子南《大石湖》、方冰《拿火的人》、曼晴《早晨》、孙犁《梨花湾的故事》、商展思《平原恋歌》、徐明《游击队员》、王炜《小溪之歌》、玛金《风暴，我心中更多音乐》、鲁藜《纪念塔》、蔡其矫《雁翎队》、远千里《她驾着小船》、甄崇德《春天，乡村的声音》等诗，在音律谐婉、结构整饬、意象丰盈方面颇下苦功，呈现出同柳永缠绵悱恻迥然有别的战地"婉约"风致。这方面，魏巍《蝈蝈，你喊起他们吧》可谓出色的代表："战斗了一夜一早晨，战士呵，/用满挂露水的刺刀，/割一枝红酸枣吃下你便睡了！//睡得这样甜呵，/树影在你的军衣上绣起了花朵，/大红枣跳到子弹带上你也不知道。//螳螂，你这个勇敢美丽的昆虫，/也站在战士的脚上，触须轻轻舞动。/你可是在偷看他们的梦？//你可曾看见，在他们的梦里：/手榴弹开花是多么美丽，/战马奔回失去的故乡时怎样欢腾，/烧焦的土地上有多少蝴蝶又飞上花丛！//呵，蝈蝈，你喊起他们吧！/在升起笔直的青烟那边，/早饭已经熟了。"诗作描绘战斗胜利后小憩的场景，吃下一枝酸枣便能睡下，螳螂跑到战士的脚上舞动触须也打不断战士的梦境，以此衬托战斗的紧张激烈与获胜后的轻松安详。让"勇敢美丽的昆虫"螳螂去"偷看"战马奔回故乡的欢腾，焦土上花儿重新绽放、蝴蝶翩翩起舞的梦中景象，让青翠矫健富于战斗力的蝈蝈去唤醒战士去吃早

---

① 魏巍：《晋察冀诗抄·序》，《晋察冀诗抄》，第11—12页。

② 闻一多：《诗的格律》，原载《北平晨报》副刊，1926年5月13日；收《闻一多全集》（第4卷），第277页。

饭，情韵浓郁，意象别致，境界深远，其真其美，寻常而又超拔，见得出晋察冀诗歌的审美高度。

置身于战地烽火之中，诗歌形体语体更接"地气"。语言风格整体上质朴、明朗，文体上自由体诗汲取民谣、曲艺等特点，挥洒自由，晓畅灵动，有些诗作——如陈陇的《神仙山》《金星星》《我有一枝花》，史轮《老百姓摸枪》，邢野《山歌》，胡可《减租小唱》，商展思《青石山》《黎明之前——冀中"五一"反"扫荡"记事》，魏巍《滹沱河》等——颇具浓郁的民谣风。徐明的《青纱帐》即是这种民谣体式和语言风格的鲜明体现：

> 七月里遍地青纱帐，
> 游击队好打伏击仗，
> 好比海洋里涨潮水，
> 鱼儿们喜欢大风浪。
>
> 那怕你鬼子来"扫荡"，
> 瞎渔夫撒下破渔网，
> 捉不到鱼儿翻了船，
> 给咱们送来好干粮。

如同中国最早的诗集《诗经》里面的"国风"，各地民歌都程度不同地经过了文人的加工润色，《晋察冀诗抄》1984年增订本所收一组没有作者署名的民歌，里面也浸透了诗人的心血。

晋察冀等地有一种名叫"马蔺"的鸢尾科鸢尾属多年生草本宿根植物，亦称马莲（花、草）、马兰（花）、紫蓝草、兰花草、箭秆风、山必博、蠡实、旱蒲等。马莲生命力极强，根茎短粗、肥壮，叶长条深绿，十分坚韧，难以折断，甚至在人踩马踏车压之后仍然能够顽强复原；花朵富于质感，花色蓝与雪青居多，绚丽夺目。晋察冀诗人徐明于抗战胜利后的1946年5月作短诗《马兰草》：

马兰草，
马兰草，
紫花像蝴蝶，
绿叶长条条。

长在荒山道，
对着牛羊笑；
不供雅人瓶里插，
倒是造纸好材料。

结实的马兰纸，
印成书和报，
建设人民新文化，
你有大功劳！

马兰草，
野生的草，
有用的草，
你在我眼里最美好！

晋察冀诗歌浓浓的乡土味、呛人的硝烟味，犹如诗人吟诵的马兰草，平凡而坚韧，质朴而美丽，见证了晋察冀的抗日烽火，也融入了"人民新文化"，成为20世纪中国诗歌传统的有机组成部分，其强韧的生命力与独特之美给人以永恒的启迪。

从五四文学革命到七七事变，中国文学主要呈现为京、沪双中心状态，卢沟桥的枪声打破了这种文坛格局，随着全面抗战的展开，中心走向多元化，中心与边缘、都市与乡村的关系发生了巨大的变化。北京沦陷八年冷寂萧条，上海失陷后尚有"孤岛"（租界）的霓虹灯耀眼，而太平洋战争爆发后，孤岛也只余畸形繁华；国统区重庆与桂林、昆明等地遥相呼应，各有千秋；中国共产党领导的区域，延安灯塔光芒万丈，晋察冀、晋绥、山东、华中等抗日民主根据地文学在烽火中大放异彩。待到中华人民共和国成立，包含晋察冀诗群在内的根据地文学堂而皇之地进入"中军帐"，当代文学打开了新的篇章。

第四章

比较文学与跨文化研究

第一节　复归伊甸园的困境——论有岛武郎《一个女人》里的叶子

一、个性：觉醒与蒙昧

一个时代、一个社会的性爱文明程度，大半可从女性的性爱态度与性爱状态看出。《源氏物语》里宫闱之中美丽女性不乏缠绵悱恻之爱，但那爱笼罩着滞重幽怨的氛围，因为她们既无个性的自觉，又无选择的自由。《好色一代女》中的女主人公们倒是颇有主动的姿态，但那多属生计的无奈，而非生命的自觉追求；她们所赖以自豪的，不是足以与男性平等的独立个性，而是妍美的姿色与一味的柔顺，一旦年老色衰，未等男性嫌弃，自己就先颓唐起来。日本女性的性爱自觉，只有到了近代伴随着资本主义发展而来的人的解放才成为可能。

日本近代文学史上，《一个女人》的女主人公早月叶子是最能表现出近代日本性爱历程的典型。叶子性爱的动机自然首先基于强烈的本能欲望，甚至不无贪欢耽乐的倾向，但使叶子迥异于前人，也成为同代人突出代表的，更在于她的自我觉醒与由此而来的桀骜不驯的个人主义精神。美艳动人、才气横溢的叶子身边，挤满了跃跃欲试的追求者，但她竟不可思议地选中了木部孤筇。是由于木部作为"天才记者"的声望，还是他那烈焰腾腾的初恋之火，或许二者兼而有之。更重要的是，自我意识极强的叶子，在本来其貌不扬的木部身上竟看到了自己的风姿，而木部声震遐迩的海外战争报道又引发了她对个人事业的希冀，加上母亲因嫉妒而设置的重重障碍，更是激起了叶子的强烈反抗，于是，热恋5个月之后的结婚也就势所必然了。其实，木部远不是叶子心目中的"白马王子"，而是她的个性之剑开刃的砥石。叶子的初婚与其说是热恋的瓜熟蒂落，毋宁说是对个性力量的一次检验与确认。所以，叶子一旦发现所遇非人时，便果决地弃家而走。木部的被弃，不仅因为他那轰动一时的声名背后掩饰着平庸懦弱、精神萎靡，也不仅因为他孱弱的体质与其贪得无厌的欲求无法相称，徒然撩起叶子的春情而让她虚度不满与失望的黑夜，而且因为木部居然逐渐用监视的眼光注意起叶子的一举一动，同居不到半月，就动辄采取高压态度限制叶子的自由。叶子痛感日本传统女性的柔顺之可怜、可悲、可鄙，她从少女时代就立志做一个自主、自强的新女性，如何能够忍受木部的传统大男子主义式的桎梏？叶子心中的性爱偶像是与她一样独立不羁而带有一点野性的强者。木部不是；有女性性格特征的阿冈也不是，尽管他竟因爱慕叶子而放弃留学美国的计划，与叶子同船返日，如影随形般不离她身边；忠厚近乎蠢笨、忍让流于卑怯的木村更不是。唯独粗犷强悍的仓地，确是叶子的对手，他全身上下无处不迸发出海一样的男性力量，还有那一见钟情的敏感、如火如荼的炽烈、欲擒故纵的谋略、义无反顾的执着……如果说此前叶子在与木部分手后意识到原来在木部身上找到和自己相似的风姿、性格，不过是自然造化的绝大嘲弄，那么，叶子即使后来直到生命的尽头，她也绝不后悔与仓地的热恋。

恣意夺爱，这是个人主义在性爱中的必取姿态。一旦发现心中的偶像，便不管什么社会伦理、家庭责任，无所顾忌地投身于情焰之中。叶子的性爱经历中，有过让她动情也让她失望、让她痛悔也不无留恋的木部，也有过初恋失意之后心灰意懒、来者不拒期间轻率结交的男人们，但像仓地这样令她撼魂动魄地激动、如痴如狂地迷恋、沉浸于殉情者心境的男性还是第一次碰上。于是她以至死不渝的信念卷入爱的海啸之中。时代把叶子造就成一个传统的逆子，她宁肯永远不被传统根深蒂固的社会所接受，也要毅然切断与传统社会和解的索桥。唯恐自己重蹈传统女性的覆辙，唯恐自己混同于少女时代那些肤浅的小姐妹们，唯恐辜负了时代，唯恐苛待了自我，叶子特立独行，终于如愿以偿，在茫茫戈壁上寻到了甘冽清醇的性爱之泉。就此而言，叶子是个成功者。

但到头来，叶子还是感到了失败的悲凉。败在何处？叶子不甚了然，但她的觉醒、挣扎、失败的性爱历程却给人以深刻的启迪。叶子的个性意志不可谓不强，但她始终未能明白个性解放与社会解放有着密切关联。没有经济独立，就没有女性的彻底解放。她把性爱孤立成为一座仙岛，而事实上这不可能。当时的社会还没有发展到不要说赞赏、哪怕是默认他们的"悖德之恋"的地步，所以才有仓地的失业，直至走向盗卖海图的罪恶深渊。就叶子个人而言，她虽然曾经有过当记者立世谋生的志向，但实际上一直是一个经济上的"寄食者"。这种寄人篱下的经济地位必将削弱她在性爱场中的地位，因为当一个女性把自己的生存全部依赖于他人时，她的自尊就势必大打折扣，自主地位也将无法保持。这样看来，叶子向来引为自豪的个性意志其实相当幼稚、单薄，她只汲取了西方文化中精神独立的一面，而忽视了经济独立的重要一面，她摒弃了日本女性懦弱柔顺、听命于人的传统，而重蹈了在经济上依附于男性的覆辙。因而即使没有仓地失业的外来打击，叶子也将会在两性之爱的沙场上败北。

20世纪初，日本文坛兴起个人主义、人道主义思潮，出现了大批性爱主题作品。但绝大多数作品所描写的只是自由意志与传统道德的文化冲突，而忽略了生存质量与生存方式、个性解放与社会解放的关系问题。白桦派有岛武郎视野开阔，曾经接触过社会主义思想，俄国十月革命的胜利更加引发了他对个性解放与社会解放关系的深思，完成于1919年的长篇小说《一个女人》就是通过叶子的悲剧揭示了个性解放单枪匹马的局限性。

嫉妒是人类的本性之一，它在性爱中表现得尤为明显。但成熟的个性总会以独立不倚的意志与基于自立能力之上的自我价值感将嫉妒抑制在不能妨碍性爱健康发展的防线之内。相反，不具备谋生手段与彻底的独立意志，把自己的命运完全托附于性爱对象身上，嫉妒就会异常强烈，甚至达到病态的程度。叶子就是这样。她由始至终恐惧仓地割舍不断对妻子的旧情，后来又防范仓地移情于她的胞妹爱子，防范如惊弓之鸟，嫉妒得歇斯底里。把爱当作生命是可感佩的，同时也是可怕的。把爱视为生命的一切，把一切托附于性爱对象，一旦生命肌体本身发生病变，或者性爱对象移情别恋，那自己岂不会无法生存于世？仓地不是完人，当他把破家的哀怨、失业的狂怒与生理的厌倦一齐倾倒给叶子时，视爱如命的叶子便陷入了绝望，终于一无所有，落得个"白茫茫大地真干净"。

叶子是一个执着追求理想境界的人。但大千世界，芸芸众生，究竟何者为理想的性爱伴侣？理智型的人可以倾心交谈，可以托付要事，但不浪漫，不解风情；感情型的人固然浪漫可爱，可以很快进入炽情相恋阶段，但谁能保证可以相伴终身呢？假若仓地不被辞去绘岛丸事务长职务，叶子也未患子宫疾病，他们会长期保持海上旅行时的亲密关系吗？两性之间的快感体验亦无止境，对象、方式、时间、空间、体质、情绪等，每一个因素的些微变化都会带来不同的体验。性爱无止境，一味地寻求至高至美的境界，只会疲于奔命。

在个性觉醒、寻觅性爱的途程中，叶子是成功者也是失败者，是幸运者也是不幸者。成功与幸运源自其觉醒之早、之速，失败与不幸则由于蒙昧的脉息尚存。她像深秋里的一片枫叶，以其深沉的色彩与萧瑟的颤抖，展示出生命的辉煌与黯淡。

二、心理：冲突与崩溃

复归伊甸园，是人类怀旧与求新双重心理的情结。究竟能在怎样的程度上复归伊甸园，不仅要看时代所提供的可能性，而且要看个体心理结构的素质与构成方式。在时代的舞台上，叶子是一个"春江水暖鸭先知"的个性解放的前驱者，而在心理世界里，叶子却是一个多重矛盾复合体。在诸多矛盾之中，最基本的一对是生命意志与道德意志的对立、冲突与统一。其生命意志主要表现为享乐倾向、性爱要求与征服欲望。避苦趋乐虽属人类的天性，但人们通常总是根据环境与自身的条件适当地加以抑制，令其有节制地发散。然而叶子避苦趋乐的内驱力极大，表现为一种贪图安逸、追求享乐的倾向。比起物欲贪求来，她的性欲渴求显得更为强烈。与仓地从暂时超脱尘世的轮船上的自由浪漫之爱到陆地上身陷重围时近乎变态补偿的过度淫乐，都呈现出叶子性心理上的恣肆，而且其中分明带有较为浓郁的征服色彩。在她与男性的交往中，性欲的满足与征服欲的实现紧密胶结在一起。她把男性既当作性心理发散的现象，又当成征服与猎获的目标。她征服过不少男性，但像古藤这种不解风情、不通世事，对她的好意无动于衷的童贞之身，叶子还从未尝试过。她很想使其就范，以愈加证明自己的蛊惑力与征服力之强。然而她失败了，失望了。因为她试图征服的不是一个能够与她的心灵产生共振的人。而仓地与她才棋逢对手。正因为是难遇的强有力对手，叶子才格外珍视，才恨不能占有对方的一切。为此，叶子把自身的生命意志调动到最大限度。但是她不仅遭遇到强大的社会压力，更为严重的是她的生命意志首先而且主要面对的是无法回避、难以制胜的传统道德。

叶子的道德意志是双重的，一重是西方文化理想的移植，再一重是传统道德的内化。前者与本我冲动基本一致，为自我所乐于接受、自愿追求；后者则与本我冲动恰相冲突，为自我所厌恶，但又无力摆脱。给叶子带来巨大心理压力的正是后者。

本来叶子受时代氛围的熏陶与母亲的专制压迫养成了强烈的反叛心理，对传统道德向来嗤之以鼻，传统道德的压迫愈重，她发乎生命意志的反抗也就愈强。但令人费解的是叶子在母殁之后竟接受了与木村订亲的所谓母亲遗言。为什么母亲在世时叶子敢于同母亲分庭抗礼，毫不考虑是否会玷辱母亲的声名，而母亲去世之后叶子反而屈从所谓遗言呢？自然，这里有家庭责任感的缘故：父母双亡，妹妹年幼，家庭重担落在她一人身上。为求她们姐妹三人能够生活下去，没有独立谋生手段的叶子只好选择嫁人。但这种现实的考虑其实是以两种集体无意识作为心理基础的：一是靠婚姻解决生计的依附心理，另一个是孝道。过去叶子在同母亲的对抗中砥砺自己的个性意志，母亲病故，她于凄凉中突然感悟到母亲生前的不易，自己作为女儿既然没有给母亲一点儿安慰，现在遵从遗言乃不失为一种孝道的补偿。这两种隐微的心理恐怕就是叶子向古藤解释为什么答应做木村的妻子时要用"冠冕堂皇"一词的缘由。的确，在叶子心中，既有强烈的离经叛道冲动，又有"冠冕堂皇"的集体无意识制约，二者时相交锋，各有胜负。与木部的秘密结婚，是前者占上风；与木村的订婚，则是后者得势。两种力量反复较量，无有已时。她虽然接受了与木村的婚约，但内心深处仍有种种不甘。她带着矛盾的心态踏上赴美成亲的行程，遇见或者说终于发现了向往多年的偶像型人物仓地。于是强烈的生命意志喷薄而出，演出了一部全身心投入的性爱浪漫剧。然而，已内化为人格系统中超我力量的伦理意志并不肯轻易认输。船靠码头，叶子无法坦然与木村会面，她"像被追捕的罪人般把两手按住头发，揪住发绺，扑通一声伏倒在铺位上"，等听到随仓地而来的木村的唤声，她更是歇斯底里起来，发疯似的向墙边折腾叫喊。本来，照叶子敢作敢为的性格，她既然讨厌木村的虚伪，不情愿接受与木村的婚约，那么，在获得了她认为属于她的仓地的爱情后，就该像当年毅然离开木部那样果决地斩断这桩婚约，她本该站在人格的高崖上俯视木村，然而她失去了面对木村的勇气，甚至失去了人格的自信。重要的原因恐怕是她那不由自主的道德羞耻感、罪恶感与恐惧感，航行前半程的大半时光，她之所以尽力抑制住生命意志的冲动，除了女性自尊之外，便是内化于人格系统中的道德意志在起作用。生命意志如岩浆般奔突欲出，立刻又有道德意志起来加以冷却、抑制。结交仓地之前，她一直保持对于木村的道德优势，一旦获得了仓地，她便失去了这一优势，陷入了恐惧的深渊。在西雅图港决定了启航之日的那个晚上，叶子做了一个杀人的噩梦，被杀的男子凄厉的狞笑里全是"木村""木村"的喊叫，形成一个无限扩张的重围，让她感到毛骨悚然，将她猛然吓醒。如果说回到日本后受到了传统社会舆论的压力，那么此时的压力则分明来自人格系统中的"超我"。后来，环境的压力更加强化了"超我"的压力，她至死也未能摆脱不可名状的恐惧感。木村的来信不拆不看，与其说是厌恶，毋宁说是恐惧，她心灵深处不敢与木村对话。当着仓地的面撕毁木村的来信，既是对仓地的表白，也是对恐惧的矫饰。恐惧来自罪恶感，罪恶感的产生固然有社会舆论的催化作用，主要的还是源于她的道德意志。

　　道德意志深嵌在叶子的灵魂中间，她与木部诀别后两次邂逅所产生的微妙心理波动，也说明了这一点。去横滨的车上，当她的视线扫到木部时，不禁惊吓得愣了一下。虽然她很快就驱走了慌乱，但双唇紧闭的口角边，抑制不住地流露出抑郁的神情。对木部的厌恶有之，对自己与木部之间曾经有过的恋情悔恨有之，莫名的紧张恐怖亦有之，甚至悲哀凄凉亦有之。紧张恐怖与悲哀凄凉缘何而来？根源之一就是传统道德意志，使她在憎恶悔恨的同时，也隐隐谴责自己抛弃了木部，让女儿定子成了失去父爱的孩子，自己成了无所凭依的浮萍。生命意志与觉醒了的自我使她不能不抛弃木部另寻新途，但道德意志又屡次三番地来折磨她，让她为一个其实不值得为之歉疚的男人歉疚。她思想上感情上热烈地追求变动、新鲜，但集体无意识却依恋"从一而终"的旧巢。每逢与木部不期而遇时，都使她平素深藏不露的恋旧情结显露出来。在滑川畔冶游时，叶子再次遇见木部。此前在海上听到的那种"像是该团圆的没法子团圆……这些人成千上万齐集在海底里"，发出垂死时的"嗬—嗬—"的凄厉之声，刹那间又从叶子耳鼓里掠过。于是，叶子嘴唇有些发白、语声有些发颤了。道德意志是令她不安的强大内驱力。

　　叶子具有决不服输的个性，但在她的心灵深处常有无意识的忏悔在折磨着她，甚至有时这种悔意浮上了意识层面。手术前夕，冷涩的悔恨如泉水般涌出："错了……我不该如此处世为人。但是，这是谁的过错？我不知道。不过，我总有些悔恨，我要尽可能在活着的时候赎此罪过。"于是她叫护士记下她口述给木村、仓地、内田、木部、爱子、贞世、阿冈、古藤等人的信，表达自己的忏悔之意。这种违背叶子个性的忏悔便源自传统道德意志。临终之前，她命令护士烧掉手术前夕的留言，表现出"超我"中另一重道德意志的制约与生命意志的顽强抗争。在叶子的心理世界里，来自本能的生命意志是那样的强烈，来自传统积淀的道德意志是那样的顽固，来自西方影响的理想召唤是那样的富于魅力，而这一切都要由自我来承担、来协调，更何况还有外部世界的种种压力，对于自我来说，这负载实在是过于沉重了。所以叶子总是在挣扎中感到困顿，在获得后感到孤寂与空虚，在幸福时想到死亡。她终于不堪重负，心理世界崩溃，屡屡歇斯底里地发作，昏乱中险些掐死小妹妹贞世。叶子的直接死因固然是子宫后曲症手术穿孔，但心理世界的崩溃则无疑给死神打开了门扉。伊甸园是诱人的，但长路漫漫，关山重重，若要复归，何其艰难！关山挡在眼前，已够费人气力，若是藏在心间，更是令人身心交瘁。

三、象征：月亮的明亮与晦暗

叶子作为个性解放的激进者，呈现出鲜明的时代色彩；作为多重性格复合体，包蕴着丰富的文化内涵；同时，作为波诡云谲、跌宕多姿的形象，也隐含着古老、幽曲的神话意味。

其性爱历程就是十分耐人寻味的：

（日本传统社会）（绘岛丸）（西方社会）

此岸——海上——彼岸

从青春觉醒起，她便向往西方式的自由生活，开始了不无幼稚的尝试。但在日本传统社会这一此岸世界，她的尝试全都以失败告终。乘绘岛丸远渡重洋，给她提供了饱饮性爱甘泉的契机，倘若再向前跨进一步，借助木村作为跳板步入美国社会，她也许会获得更为久长的幸福，然而她没有，而是返回痛苦的渊薮，不到一年便含恨而逝。她在抵达西雅图前就像追怀伊甸园的夏娃般凝视升降的水纹，怀念起遥远的海上旅途，回到日本后，更是不时深情地怀念。其实，她所怀念的与其说是大海，毋宁说是绘岛丸。绘岛丸对于叶子，如同基督教神话中的诺亚方舟。大难后的重生这一原型意义正与叶子相合。据考证，"ark"（方舟）一词与印度语"argha"同源，均指新月。同时也与圆弧（arc）同源，诺亚普渡众生的方舟因此便是月亮船。① 在古埃及神话里，"方舟"也是一条月牙状的小船，不过与诺亚方舟不同的是它的主人是月亮女神。

于是，我们想到"早月"这一日本人中并不多见的姓氏，岂不正是新月之意？当然姓名与舟名的相近，还不足以说明深刻的象征关系，更为重要的是早月叶子这一女性形象与月亮女神实在有其深刻的相似之处，从某种意义上说，叶子简直就是月亮女神的人间化身。月亮女神与自身的成长相伴有三种月相：新月、圆月、黑月。叶子的命运与性格恰恰都能从这三种月相中找到对应。

新月伊始、扁舟初航，新辉清冽，引人注目，而又把人拒之于千里之外。叶子一旦意识到自身的女性美及其对男性的吸引力，便近乎儿童游戏般地放任本能去迷惑异性。但这时的叶子并没有女性意识的自觉，结果很像一条美人鱼，或者像希腊神话中居于地中海一小岛上用美妙歌声引诱航海者触礁的人身鸟足美女塞壬，诱使男人围在她身边转，以满足自己的征服欲，而不给男性以实质的爱，甚至给男人制造祸端。即使后来有了女性意识的自觉，美人鱼本性也仍时有流露。"美人鱼"时期之后，有一个实质性的性本能泛滥期，即"祭司"时期。祭司献"祭"于路人，是在宗教的名义下性本能的实现，也是正式踏入人生的一次洗礼。但路人仅是路人而已，他们只是作为男性这一性别而出现在"祭司"面前，而不是作为个人留在"祭司"心中，所以有些场合"圣婚"的对手既不是陌生的过路人，也不是男祭司，而是男性生殖器模型。在这种"宗教献淫"的场合，"快乐少女"既可作为月亮女神的女儿或仆人，也可以作为月亮女神的化身。既然是献身于神，献身于世，就不影响贞洁。叶子也有过这样一个来者不拒的"献祭"时期，后来她爱仓地爱得那样专一便足见其贞洁之一斑。经过"美人鱼"的娇矜自爱、"祭司"的放纵恣肆，甚至有了孩子，

---

① 参见M.艾瑟·哈婷著，蒙子、龙天、芝子译：《月亮神话——女性的神话》，上海文艺出版社1992年版，第111页。

品尝到非爱的苦果，女儿性、妻性、母性——有了深刻体验之后，月亮女神终于成熟起来，迎来了爱的自觉，即圆月当空、温柔可人的至佳状态。此时，创造力达到顶点，但圆月的时光过于短暂，月亮女神仅仅是性爱之神，而非婚姻之神，她在爱河里纵情嬉戏，却不走向婚姻。绘岛丸上，叶子的性爱体验也呈现为"圆月"状态，但同样倏忽即逝，一离开绘岛丸就进入了黑月时期。这倒不是叶子不追求婚姻目标，而是因为叶子之心理变态与反常行为，终究使婚姻目标无法实现。即使仓地不因盗卖海图事发逃逸，两个人的情缘也已了结。为什么成熟了的叶子寻觅到了理想的情人却不能维持稍长一段情热？除了社会的压迫、传统道德意志的作祟之外，不能不追溯到月亮女神所体现的阴性原则。

所谓阴性原则，是说女性就其本质而言，在温柔多情、慈爱宽容、富于创造性的另一面，又具有情绪易波动、盲目性大、残酷无情的特征。也就是说，温馨的人情味与冷酷的非人性相互交织，柔婉、静谧、详和与尖刻、疯狂、歇斯底里杂为一体。如此月亮女神，可以让男性获得新鲜的生命，到达幸福的极顶，也可以使之遭到毁灭性的打击，跌入不幸的深渊。这是人类社会早期通过月亮女神来寄托的女性认识，确切地说是男性世界对女性世界的认识：既有依恋、尊崇，又有厌憎、恐惧。本来，但凡人性总是善与恶、神话与魔性的复合，为何这种对立统一偏偏强烈地呈现在月亮女神身上？恐怕这里有男性社会对母系社会复仇的因子，进入父系社会以后，男性利用自身的优越地位，强化并固着了神话思维中的女性认识。

女性的阴性原则导致了叶子"黑月"的到来乃至阴影的愈益扩大、浓重。她任性、盲目，性欲放纵无度，以致得了子宫疾患，性吸引力减弱，心理危机加重，加之手术引起并发症，匆匆走完了仅仅26岁的人生。征服欲、嫉妒心的无节制膨胀，反倒摧毁了她的自我形象与张弛有度、临乱不惊的自我控制力。她明明想牢牢地抓住仓地，但岂止她的玉容销损，更是性情的暴怒无常恰恰把仓地从她身边越推越远。她本来喜欢小妹阿贞，但她偏偏陷入了一种偏执的妄念——以为只有牺牲最亲的亲人才能保住她与仓地的恋情，于是残忍地折磨阿贞，甚至于昏乱中险些将其殴打致死。月亮美丽的光辉为阴影所吞噬，叶子真正失去了初见时的光彩。虽然强烈的反差几乎让人难以相信，但你得接受这一心理逻辑与神话逻辑高度重合的性格真实。心理逻辑清晰可辨、有迹可循，而神话逻辑则半隐半现、模糊难辨。上手术台的前夕，叶子静静地望着向西边绕去的月亮出神，"那月亮的轮廓渐渐模糊起来，仿佛在空中飘浮"。叶子无声地流出眼泪，她从月亮体悟到自身那无法排遣的一抹清澄悲哀的寂静。

　　叶子总想主宰自己的命运，但于冥冥之中感到有一股神秘的力量在主宰着她。当船泊西雅图时，她就感到有一只巨手在无情冷酷地操纵着她的命运。"巨手"（或曰"巨指"）多次出现在《圣经》里，带有毁灭性的力量，它属于上帝。而在《一个女人》里，则毋宁说属于月亮女神。作品多次写到叶子"掉了魂似的""像神灵附体不知去向哪里似的"……这"魂"与"神灵"就是月亮女神。在瞠目期待日本出现某些新生事物的年轻人眼中，叶子的丰姿无疑反映出一种出自神授的现象。同样，在不愿看到月容销损的人们眼中，叶子的颓败也反映出一种出自神授的现象。时代潮起潮落，月亮阴晴圆缺，叶子受着时代与"神灵"的双重制约，换言之，叶子反映出时代的演进与月神的周期性变化。叶子自身的生命历程与心理轨迹于无序中呈现出有序的周期性，同时，在月神与时代的大周期中，她又是一个中间环节。母亲从家庭走向了社会，从传统的柔顺变为敢同不贞的丈夫决裂，已经在近代女性解放的路上迈出了第一步。但她在叶子的婚姻问题上，却既暴露出传统道德的根性，又表现出女性原则中阴冷、残忍的一面。叶子比母亲更为激进，走得更远，但也未能摆脱传统根性的折磨与月亮女神的淫威。她对待胞妹甚至比母亲对她更残忍。叶子眼看着爱子成熟起来，尽管她不愿看到因而想方设法去阻拦，但爱子铁定无疑将是又一个叶子。叶子给自己的女儿起名为定子，也许是希望女儿能有一个安静的灵魂、安定的生活吧？但时代大潮不息，月神生命常在，既无父爱又失去母爱的定子，将来能否安妥自己的灵魂也是一个疑问。

希冀是美丽的，但要实现却很难，难在社会压迫巨石当道，也难在自身心理荆棘丛生，来自外部的寒流尚可抵御，潜藏于内部的"鬼气"却实难根除。当月亮女神辉照夜空时，叶子是可爱的；而当月亮女神阴性原则发作时，叶子则变得可厌、可怖起来，而后者竟是叶子本身所意识不到、无法克服的。叶子形象的月亮女神色彩，主要来源于作者对女性历史命运的深切关注与思考，一旦深入到女性世界进行本质的探索，必然会触及女性原则，触及集体无意识，因而人物的象征便与神话的象征联通起来，融为一个信息量颇大的象征载体。而一旦切入女性本质，其意义也就不会只限于女性，一旦切入了敏感的性爱问题，她便触及现代人走出生存困境的问题。对此，作者态度似不乐观。他说他写这部小说是为了叫出生的悲哀。的确，也只能叫出而已，复归伊甸园的梦大概永远也无法实现。

第二节　鲁迅的儿童文学翻译

中国古代虽然也有淳朴稚拙的童谣与作家富于童心童趣的作品，但是，若就儿童文学的自觉意识与独立文体而言，还要说始自20世纪初叶。而现代意义上的中国儿童文学的萌生与成长，与外国儿童文学翻译有着十分密切的关系。在承续近代脉络的现代儿童文学翻译中，鲁迅在对象选择与翻译风格上颇具个性，其儿童文学翻译不仅对中国儿童文学的创建，乃至包括翻译文学在内的整个现代文学的发展起到了积极的推动作用，而且对其自身的创作亦不无影响。

一、鲁迅的儿童文学翻译历程

鲁迅的儿童文学翻译大致可以划分为三个阶段。

第一阶段（1903—1920年）。

早在19世纪，就有把科幻作品看作成人童话的说法，儒勒·凡尔纳创作系列科幻作品时，就是把青少年视为预设读者的。虽然在分类学上把科幻小说归入儿童文学失之简单、生硬，但不能不承认在富于幻想这一点上，科幻小说与儿童文学的确具有密切的亲缘性。这样看来，翻译儒勒·凡尔纳的科幻小说《月界旅行》（日本东京进化社，1903年10月），《地底旅行》（上海普及书局、南京启新书局，1906年3月），除了寄托着科学启蒙动机之外，也未始不蕴含着译者鲁迅那为深沉所掩映的童心。

1909年3月，《域外小说集》第一册出版，收有周作人译淮尔特（王尔德）的《安乐王子》。同年7月，《域外小说集》第二册出版，末页登出将陆续出版的篇目预告，其中有怀尔特（王尔德）的《杜鹃》、安兑然（安徒生）的《寥天声绘》（通译《无画之画帖》）和《和美洛斯坽上之华》（通译《荷马墓上之蔷薇》）。但由于第一、二册销路不佳，《域外小说集》未能继续出版，预告也就未能兑现。在《域外小说集》具体篇目的翻译上，以周作人居多，但在筹划与出版中，作为“纂译”者“会稽周氏兄弟”之长兄的鲁迅，则起着重要作用。周氏兄弟对儿童文学的关注，与1907年前后日本人对儿童的重视亦有不可分的关系。[1]

1913年11月，《教育部编纂处月刊》第1卷第10册刊出鲁迅译文《儿童之好奇心》（日本上野阳一作）；1915年3月，鲁迅译文《儿童观念界之研究》（日本高岛平三郎作）收入《全国儿童艺术展览会纪要》，二文均为儿童心理之研究。1914年2月6日，搜集儿歌6首。这表明鲁迅此时对儿童问题保持着相当的关注。鲁迅1918年重拾译笔，但在1918年至1920年间所译的作品中，并没有儿童文学作品，只是1919年10月所译有岛武郎小说《与幼小者》表现了母亲对孩儿的忘我慈爱与父亲对幼者的殷切期许。无

---

[1]　参见藤井省三著，陈福康编译：《鲁迅比较研究》，上海外语教育出版社1997年版，第214页。

论是从其自身的翻译情况来看，还是与周作人①比较而言，这一时期只能说是鲁迅的儿童文学翻译准备阶段。

第二阶段（1921—1927年）。

随着五四新文化运动的兴起与深入，儿童的特殊性获得重新认识的契机，儿童文学翻译渐次升温。几年前曾经翻译儿童心理论文的鲁迅自然会产生吾道不孤的欣慰，周作人对儿童文学翻译的热心倡导并身体力行，也不能不给鲁迅以积极的影响。②

然而，开启鲁迅儿童文学翻译航程的具体契机，则是1921年5月28日日本放逐苏联盲诗人爱罗先珂，在日本报章上引发的议论。爱罗先珂因同情社会主义而在日本受辱与被驱逐的遭遇，引起了鲁迅的同情，何况诗人主张解放与自由，歌吟爱与美，正与鲁迅同气相求。刊于1921年6月《读卖新闻》的江口涣文章《忆爱罗先珂华希理君》（鲁迅译文后载1922年5月14日《晨报副刊》），谈到讲演会上爱罗先珂给他留下的深刻印象："波纹的一直垂到肩头的亚麻色的头发，妇女似的脸，紧闭的两边的眼睛，淡色的短衣和缀着大的铜片的宽阔的皮带，还有始终将头微微偏右的那态度，以及从这全体上自然流露出来的诚然像是艺术家的丰韵，都在我的心上，渗进了不可言喻的温暖的一种东西去了。尤其是，火一般热的握手，抒情诗的发响的幽静的那声音，便分明的说明了他是一个怎样的激烈的热

① 周作人继1909年的童话翻译之后，于1912年前后，发表《童话研究》《童话略论》《儿童研究导言》等文，对儿童的分期及其身心特征与童话渊源及其分类均有论列。1913年9月在《童话略论》中提及安徒生，1913年12月在《叒社》丛刊第1期发表《丹麦诗人安兑尔然传》，略述安徒生生平及创作简况，对安徒生予以高度评价。于1914年1月在《绍兴县教育会月刊》发表《征求绍兴儿歌童话启》，征集儿歌童话。1916至1917年在《叒社》丛刊第3、4期发表的《一蒉轩杂录》里，有《安兑尔然》《外国之童话》等，后者述及采集编辑自民间的格林童话，"假其旧式，以抒新思"的"文学童话"。1919年1月15日，在《新青年》第6卷第1号发表安徒生童话《卖火柴的女儿》译文。

② 1921年8月6日，鲁迅致周作人信，谈到给《妇女杂志》编辑章锡琛的约稿时说："我以为《无画之画帖》便佳，此后再添童话若干，便可出单行本矣。"再次表现出鲁迅对儿童文学翻译的关注。

情的所有者和美的梦幻的怀抱者。"这或许会让鲁迅情不自禁地想起他在留日期间想办的《新生》杂志准备选用的封面画——G. F. 瓦兹所作的《希望》。① 1921年7月27日，鲁迅在写给当时在北京西山碧云寺养病的周作人的信里谈到拟订购爱罗先珂的《夜明前之歌》。8月30日，鲁迅收到托李宗武在日本购寄的爱罗先珂童话集《夜明前之歌》（丛文阁1921年版），在致周作人信中，称其"虽略露骨，但似尚佳"，表示"我或将来译之"。9月4日致周作人信又说："エロ様（引者注：即爱罗先珂）之童话我未细看，但我想多译几篇，或者竟出单行本，因为陈义较浅，其于硬眼或较有益乎。"1921年9月10日，鲁迅即把意愿付诸实施，据日文版《夜明前之歌》译出《池边》，由此正式开始了其儿童文学翻译。

1922年2月，爱罗先珂辗转来到北京，3月应邀担任北京大学世界语教授，在京期间，住在鲁迅、周作人共居的八道湾家里，1923年4月回国。人未见得是闻人，文也未必是名篇，但这位盲人作家敏感而炽热的博爱之心、激越而深沉的抗争精神，让鲁迅与之产生了深深的共鸣。他先是翻译爱罗先珂的童话，边译边在报刊上发表，1922年7月结集为《爱罗先珂童话集》，由商务印书馆初版印行。这个集子收鲁迅译《狭的笼》《鱼的悲哀》《池边》《雕的心》《春夜的梦》《古怪的猫》《两个小小的死》《为人类》《世界火灾》，还有愈之译《我的学校生活的一断片——自叙传》《为跌下而造的塔》，馥泉译《虹之国》。

1922年4月30日起，应爱罗先珂之请，鲁迅翻译其三幕童话剧《桃色的云》，5月25日译毕。5月15日至6月25日连载于《晨报副刊》，1923年7月北京新潮社初版，1926年改由北新书局再版，1934年由上海生活书店印行。

鲁迅还译过爱罗先珂的童话《"爱"字的疮》《小鸡的悲剧》《红的花》《时光老人》，先在《小说月报》等处发表，除《小鸡的悲剧》之外

---

① 参见藤井省三著，陈福康编译：《鲁迅比较研究》，第183页。

的三篇，连同《世界的火灾》，结集为《世界的火灾》，商务印书馆1924年12月初版。[①]《"爱"字的疮》《小鸡的悲剧》《红的花》《时光老人》，又被收入上海开明书店1931年3月出版的爱罗先珂童话集《幸福的船》。[②]

这一阶段是鲁迅儿童文学翻译的高峰期，另一个重要的翻译成果是荷兰作家望·霭覃的长篇童话诗《小约翰》。早在留学时的1906年，他在东京神田旧书店，从《文学的反响》半月刊上偶然看见《小约翰》第五章德语译本，非常神往，跑了两家书店，没有这书，便托丸善书店向德国去定购，三个月后得以如愿。因为自己爱看，又愿意别人也看，于是不知不觉地就想译成中文。但是，一则为生活而辗转奔波，二则为文学事业与思想启蒙而殚精竭虑，三则德文本翻译起来确有相当的难度，所以，翻译迟迟未能实施。直到1926年，在决定离开北京之前，得到曾经帮他译过《工人绥惠略夫》的老友齐寿山的再度帮助，7月6日开译，到8月13日译出初稿。翌年因营救被捕学生无效，鲁迅愤而辞去中山大学一切职务。1927年5月2日，开始整理《小约翰》译稿；5月26日，译文整理完毕；5月30日，作《引言》；6月14日，作《动植物译名小记》，译稿"全书具成"。1928年1月由北京未名社初版印行，终于了却了鲁迅这桩二十余年的凤愿。饶有意味的是这部译著的翻译初稿与整理成型，都是在决定离开一地、准备奔赴另一地的间隙完成的。这是两次生活道路的选择——1926年离京南下，弃官从教，同时为新的婚姻生活做准备；1927年离穗赴沪，别教从文，也将与许广平步入婚姻生活。生活道路抉择之际，翻译含有选择意蕴的童话，是一种精神上的共鸣，也是一种心理上的慰藉。

---

① 此外，东方杂志社还编有爱罗先珂作品集《枯叶杂记及其他》，收胡愈之译《枯叶杂记（上海生活的寓言小品）》，夏丏尊译《恩宠的滥费》《幸福的船》，商务印书馆1924年4月初版。

② 《幸福的船》，署夏丏尊等译，巴金作序，所收篇目为:《幸福的船》（丏尊译）、《恩宠的滥费》（丏尊译）、鲁迅译四篇题目略、《圣者的头》（希可译）、《金丝鸟之死》（希可译）、《一棵梨树》（希可译）、《无宗教者的殉死》（希可译）、《松孩》（觉农译）、《海公主与渔人》（惠林译）、《木星的神》（巴金译）、《枯叶杂记》（愈之译）、《世界和平日》（愈之译）、《春日小品》（愈之译）。

第三阶段（1928—1936年）。

鲁迅对外国儿童文学作品的关注从其书账便可见其一斑。除了前述《小约翰》《夜明前之歌》等之外，1925年购《支那童话集》。到上海后，所购（或受赠）儿童文学书有：1927年，《日本童话選集》；1928年，《童謡及童话の研究》、《日本童话選集》（二）、《支那英雄物语》、《伊索寓言》画本；1929年，《日本童话選集》（三）、《全訳グリム童話集》（《格林童话》）4本、《グリム童話集》（五）、《ハウフの童話》（《豪夫童话》）、王尔德的《漁夫とその魂》（《渔夫与其灵魂》）；1930年，《グリム童話集》（七）、《千夜一夜》（一至十二，即《一千零一夜》）12本；1932年，《世界宝玉童話叢书》3本、俄译《一千一夜》（一至三）3本；1933年，适夷赠《苏联童话集》；1934年，《金時計》（即《表》）、《海の童話》、黎烈文寄赠《红萝卜须》；1935年，风沙寄赠《给少年者》；还有与儿童文学关系较为密切的作品，如《昆虫记》、《儿童剪纸画》、《儿童的版画》、《日本玩具史篇》、《日本玩具図篇》、《世界玩具史篇》、《西洋玩具図篇》、《鄉土玩具集》（十）、《土俗玩具集》（一至五、九、十）、《土俗玩具集》（六、九）、《玩具叢书》、《南华鄉土玩具集》等。①

在沪期间，他为推动儿童文学翻译做了不少工作。譬如1929年11月6日收到孙用信及《勇敢的约翰》，称赞说"译文极好，可以诵读"，考虑到杂志分期刊登有不便之处，"想可以设法印以单行本"，愿意为之"张罗出版"。② 译著1931年11月由湖风书店出版。印出之后，鲁迅虽然对用纸、装帧设计不无保留意见，但还是觉得"在这书店都偷工减料的时候，这本却还可以说是一部印得较好的书；而且裴多菲的一种名作，总算也绍介到中国了"③。他还亲自操持寄样书之类的杂事。

① 此段书名据鲁迅日记，不影响认知的日本汉字、假名照录，未译。"の"为"的"，"図"为"图"。
② 1929年11月8日致孙用信，《鲁迅全集》（第十二卷），第212—213页。
③ 1931年11月13日致孙用信，《鲁迅全集》（第十二卷），第284页。

　　1934年9月，鲁迅与茅盾发起的《译文》杂志，专事翻译与介绍外国文学。最初三期，由鲁迅执编；随后，黄源接编；1935年出至第13期因故停刊；1936年3月复刊，鲁迅亲撰《复刊词》。鲁迅在执编与支持《译文》时，倾注了对儿童文学的关心。第1卷第6期（1935年2月16日）刊出黎烈文译法国G.亚波黎奈的《动物寓言诗四首》，第2卷第1期（1935年3月16日）特载鲁迅译L.班台莱耶夫的《表》。1936年3月16日面世的新1卷第1期复刊号有特载佩秋、靖华译A.葛达尔的中篇童话《远方》。新2卷第1期（1936年9月16日）载克夫译A.史洛尼姆斯基的《论普式庚的童话》、普式庚的《渔夫与鱼的故事》。与这些作品相关的插图亦有多幅刊出。

　　在翻译方面，有《小彼得》《表》与《俄罗斯的童话》等成果。1929年11月上海春潮书局初版印行的德国女作家妙伦童话集《小彼得》，署许霞（即许广平）译，鲁迅校改，实际上，鲁迅对许广平为学习日语而进行翻译练习的《小彼得》的校改，所花精力颇多，不亚于自己翻译，所以，研究者通常把《小彼得》看作鲁迅的翻译，这部译著也被收入福建教育出版社2008年4月版《鲁迅译文全集》。

　　也许与人到中年、身体发生退行性渐变有关，居沪九年中，鲁迅亲自动手翻译的儿童文学作品没有北京时期多。1934年7月，他从内山书店买来苏联作家班台莱耶夫的中篇儿童小说《表》，1935年元旦根据德文本、参照日文本动手翻译，1月12日完成译稿，并作《译者的话》。由于译得急，以至于累得病了一场。译文初发1935年3月《译文》杂志第2卷第1号，同年4月10日，重校《表》的译文，7月由上海生活书店出版。

　　1934年9月至1935年4月，鲁迅翻译高尔基《俄罗斯的童话》，前9篇陆续发表于《译文》月刊第1卷第2、3、4期（1934年10—12月），第2卷第2期（1935年4月），后7篇因检察官批为"意识欠正确"而未能刊出。1935年8月22日，校毕《俄罗斯的童话》校样，同月上海文化生活出版社出版单行本，16篇全部包含在内。

二、鲁迅儿童文学翻译选择的眼光

鲁迅个性鲜明，不仅创作风采独异，而且翻译也别具一格。其翻译很少选择名家，即使是名家，也未必选名作，晚年译果戈理的《死魂灵》，算是个例。儿童文学翻译，没有选择格林、安徒生、王尔德、卡洛尔等，而是选择了爱罗先珂、望·霭覃、班台莱耶夫等，这固然与鲁迅喜欢独辟蹊径的个性有关，但是，选择无疑源自内心的共鸣，而且也折射出时代的潮声。

1. 个性与博爱

与安徒生童话相比，爱罗先珂童话的构思没有那样童趣盎然，而是带有几分说教意味；与王尔德童话相比，爱罗先珂童话的色彩没有那样斑斓华美，而是显得有些质实朴拙；与卡洛尔童话相比，爱罗先珂童话的语调没有那样诙谐幽默，而是显得十分严肃峻切。爱罗先珂童话带有典型的俄罗斯色彩——粗犷、雄浑、沉实、厚重。比起艺术风格来，更能吸引鲁迅的魅力，还是在于爱罗先珂童话对个体生命自由与尊严的顽强捍卫、对博爱与和平等理想目标的执着追求。譬如:《狭的笼》通过动物园笼中老虎的丛林生活回忆与笼中生存体验的对比，表达对自由的渴望和对奴役的愤懑。《鱼的悲哀》描写鲫儿等动物曾经寄予希望的"那个国土"的"哥儿"是怎样的残忍与荒谬——以捕杀兔、蛙、黄莺、蝴蝶们为乐趣，借以抨击戕害生命的强权，呼唤爱和人与自然的和谐。《雕的心》讴歌爱自由、要向上、义无反顾的"雕的心"，贬斥怯懦、卑下的"人心"。《春夜的梦》展开了一幅色彩斑斓而意味隽永的画卷:春夜里，池塘莲花的妖女"在透明的水里和金鱼游嬉，在花朵上和蝴蝶休息，给寻蜜的蜜蜂去帮忙"，"妖精也在无所不照的月光底下，或者舞着欢喜的舞蹈，或者和火萤竞走着游戏"。在洋溢着爱与美的温馨的春夜里，火萤与金鱼相爱了。莲花的妖女想象着山的精灵若有火萤的翅子该会多美，山的精灵设想莲花的妖女将那金鱼的鳞做冠，便会美妍超群。因为喜欢，公爵的女儿把火萤抓住关进了萤笼，百姓的儿子把金鱼钓来放进了金鱼钵。山精利用火萤与金鱼彼此的挚爱，骗得了火萤的翅子和金鱼的鳞片，金鱼和火萤为了爱情而失去生命。小姐与男孩为了攫取美艳的山精与妖女，双双落水。待到池的王把他们救了出来，告诫他们爱美却万万不可动攫取之心。小姐与男孩从攫取之梦中觉醒，由争吵归于和谐。上述作品代表了爱罗先珂童话的两大主题：一是对个性自由与尊严的追求，二是对爱与美的向往。而这两个主题与五四文学中相辅相成的个性主义和人道主义恰相一致。

　　爱罗先珂童话创作的预设读者与其说是儿童，毋宁说是成人；作为童话而言，它也许算不得上乘之作。以鲁迅对文学的敏感与造诣，何尝不知。但他之所以要翻译，"不过要传播被虐待者的苦痛的呼声和激发国人对于强权者的憎恶和愤怒而已，并不是从什么'艺术之宫'里伸出手来，拔了海外的奇花瑶草，来移植在华国的艺苑"①。并且，鲁迅从爱罗先珂童话紧张而凝重的情境和语调中，确也发现了童话的本质性因素："我觉得作者所要叫彻人间的是无所不爱，然而不得所爱的悲哀，而我所展开他来的是童心的，美的，然而有真实性的梦。这梦，或者是作者的悲哀的面纱罢？那么，我也过于梦梦了，但是我愿意作者不要出离了这童心的美的梦，而且还要招呼人们进向这梦中，看定了真实的虹，我们不至于是梦游者（Somnambulist）。"②

　　鲁迅的译介，引发了读者对爱罗先珂的共鸣。1922年12月14日至17日《晨报副刊》连载齐天授的评论《读爱罗先珂的童话》。文中说："温柔而近于母性之泪珠结晶的词句，富于美丽的诗趣的形式，可以说是他的作风的特具的一种性格。……假如中国人尚有泪，我想这几篇童话，不能不引起青年人们之同情的泪。……我是一个青年——我读了诗人的作品，他的泪引起我的泪，而且我的生命之园里的花之叶，受了泪珠之光之照耀，有

---

① 1925年6月16日作《杂忆》，初收《坟》，《鲁迅全集》（第一卷），第237页。
② 《爱罗先珂童话集·序》，商务印书馆1922年版，收入《鲁迅全集》（第十卷），第214页。

些活泼的样子。并且使我知道'泪之文学',是何等伟大呀!他引着我找了另一个世界,这个世界,不是现实,不是精神,是超出这二个的另一的世界呵!青年们!假如你们有泪,而且读了诗人之作品泪更多,那么我希望你们潜藏着;大家起来,聚泪成海,澎湃着,流泻着,浇可怜的民众呵!"五四文学一方面对扼杀人性与个性的专制与礼教进行"血与泪"的控诉与反抗,捍卫人性与个性的自由与权利,另一方面弘扬人道主义精神,倡导博爱与和谐,鲁迅从爱罗先珂童话中感受到这两个相互交织的主题之合力,积极翻译与推介,上引读者齐天授的感想证实了鲁迅翻译选择与时代要求的深深契合。

2. 童心、童趣、自然

《爱罗先珂童话集》虽然整体上社会色彩较为浓郁,但其中也不乏《春夜的梦》那样如梦如幻、富于童心的作品。到了《桃色的云》里面,有了更多动物、植物与风雪等自然精灵的参与,而且童话剧的体裁也使其多了一点灵动之气。荷兰作家望·蔼覃的长篇童话《小约翰》更能见出中国传统文学中所匮乏的童心童趣。

德文本赛赫博士序文说,《小约翰》是一篇"象征写实底童话诗"。鲁迅在《〈小约翰〉引言》里对这一评价表示认同,并进一步阐释说它是"无韵的诗,成人的童话。因为作者的博识和敏感,或者竟已超过了一般成人的童话了。其中如金虫的生平,菌类的言行,火萤的理想,蚂蚁的平和论,都是实际和幻想的混合。我有些怕,倘不甚留心于生物界现象的,会因此减少若干兴趣。但我预觉也有人爱,只要不失赤子之心,而感到什么地方有着'人性和他们的悲痛之所在的大都市'的人们"[①]。远古的传说、武侠小说与神魔小说都可以说是广义的成人童话,《小约翰》则是中国传统文学中未曾见过的富于童心童趣的成人童话。旋儿身材娇小、苗

---

① 最初刊于1927年6月26日《语丝》周刊第137期时,题为《〈小约翰〉序》,收入单行本时改题为《小约翰·引言》。

条，穿着浅蓝的衣裳，白的旋花的冠戴在金黄的头发上，肩旁还垂着透明的翅子，肥皂泡似的千色地发光。小约翰遇见旋儿，自己跟着变得很小而轻了，能够抓住旋儿的透明的蓝衣，轻易地、迅速地飞上去；能够在一根芦干上爬上去，"安静地挂在碧绿的芦干之间的，苇雀的摇动的窠巢里睡眠，虽然苇雀也大叫，或者乌鸦抱凶似的哑哑着。他在潇潇的大雨或怒吼的狂风中，并不觉得恐怖，他就躲进空树或野兔的洞里去，或者他钻在旋儿的小氅衣下，如果他讲童话，他还倾听他的声音"。小约翰还能够让火萤带路，去野兔的洞里赴会——蝙蝠倒挂在大堂进口充当装潢兼报信者，蜥蜴充当司仪，虾蟆和老鼠站起后脚来高高地跳舞，树蜗牛与土拨鼠也来凑热闹。旋儿蓝色的小氅衣，能够盖了他自己与约翰，野兔主动让他俩枕着它蒙茸的毛上。野兔会把长耳朵当手巾，用右前爪将它从头上拉过来，拭干一滴泪……

　　同奇诡的构思与曼妙的意境相谐，文中有朝露般新鲜的比喻、诗一样的语言与情愫："于是树林显得很疲倦，——它只是还能够沉思，并且生活在古老的记忆里。一片兰色的雾围住它，有如一个梦挟着满是神秘的绚烂。还有那明晃晃的秋丝，飘泛在空气里懒懒地回旋，像是美丽的，沉静的梦。""单在莓苔和枯叶之间的湿地上，这是就骤然而且暧昧地射出菌类的奇异的形象来。许多胖的，不成样子而且多肉，此外是长的，还是瘦长，带着有箍的柄和染得亮晶晶的帽子。这是树林的奇特的梦。""于是在朽烂的树身上，也看见无数小小的的白色的小干，都有黑的小尖子，像烧过似的。有几个聪明人以为这是一种香菌。约翰却学得一个更好的：那是烛。它们在沉静的秋夜燃烧着，小鬼头们便坐在旁边，读着细小的小书。"

　　如此新奇美丽的形象世界，蕴涵着多重意味。如小约翰与旋儿、荣儿、穿凿的结识，其实是一个人从童年到青年再到中老年的生命历程。儿童天真纯洁，希望并相信世间一切都是美丽无瑕的；青年充满了生命活力，渴求炽烈的爱情；中老年世事洞明，领略到人间的诸多不如意。穿凿虽口恶，但揭示了人间真实的丑恶：貌似可爱的微笑背后，可能潜藏着虚浮、嫉妒、无聊、诓骗和作伪。

再如作品对成人世界的某些价值体系提出质疑，打破人类中心主义的一统天下，还自然以与人类平等的主人地位——"女人们手里拿着篮子和伞，男人们头上戴着高而硬的黑帽子。他们几乎统是黑的，漆黑的。他们在晴明的碧绿的树林里，很显得特殊，正如一个大而且丑的墨污，在一幅华美的图画上。""灌木被四散冲开，花朵踏坏了。又摊开了许多白手巾，柔顺的草茎和忍耐的莓苔是叹息着在底下担负，还恐怕遭了这样的打击，从此不能复元。""雪茄的烟气在忍冬丛上蜿蜒着，凶恶地赶走它们的花的柔香。粗大的声音吓退了欢乐的白颊鸟的鸣噪，这在恐怖和忿怒中唧唧地叫着，逃向近旁的树上去了。"歌声吓跑了乌鸦、野兔。旋儿说那苍白男人，"凡他所说的，都是谎"。那男人说，上帝为了他们的聚会，使太阳这样快活地照临。唱歌之后，人们从篮子、盒子和纸兜里，拉出各种食物——面包、香橙、瓶子，摊开了许多纸张。旋儿召集他的同志们——蝇、胡蜂、虾蟆、青虫、蚂蚁、十字蜘蛛，联手进攻这宴乐的团体。于是，男人们和女人们都慌忙从压得那么久了的莓苔和小草上跳起来，最后狼狈地退走，留下了一堆纸、空瓶子和橙子皮，"当作他们访问的无味的遗踪"。有些人还要恶得多，坏得多——"他们常常狂躁和胡闹，凡有美丽和华贵的，便毁灭它。他们砍倒树木，他们的地方造起笨重的四角的房子来。他们任性踏坏花朵们，还为了他们的高兴，杀戮那凡有在他们的范围之内的各动物。他们一同盘踞着的城市里，是全都污秽和乌黑，空气是浑浊的，且被尘埃和烟气毒掉了。他们是太疏远了天然和他们的同类，所以一回到天然这里，他们便做出这样的疯癫和凄惨的模样来。"这些描写简直就是作者对践踏自然的现代社会弊端的揭发与指斥。"在人类里忍受着你的无穷的悲哀，烦恼、艰窘和忧愁。每天每天，你将使你苦辛，而且在生活的重担底下叹息。他们会用了他们的粗犷，来损伤或窘迫你柔弱的灵魂。他们将使你无聊和苦恼到死。"这对自然的哀怜之中其实也隐含着对人类自身的悯恤。"一个不可解的，不能抗的冲动，就引着人类向那毁坏，向那警起他们而他们所不识的大光的幻像那里去。"这分明是对人类的警告。约翰为自己生为人类而自惭形秽，伤感哭泣。旋儿劝慰他可以永远和她在一起，在最密的树林里盘桓，在旷野和森林上、远方的陆地和海面上飘泛，穿着蜘蛛织成的带翅的丝衣，靠花香为生，在月光下和妖精们跳舞。这又是人类与自然和谐相处的美好前景。《小约翰》从一定意义上说，是一部关于选择的童话——选择什么样的生活态度，选择什么样的生存方式，选择什么样的发展前景。作者早在1887年就发表了如此美丽而寓意深刻的童话，可见其高度的敏感与深邃的洞察。鲁迅之所以对它"一见钟情"，20年之久难以忘怀，翻译出来才于心宽慰，恐怕不仅是喜爱它的童心童趣，而且缘于深层意味的强烈共鸣吧。五四时代思潮对传统文化一度表现出强力的批判态势，但在儿童文学翻译的世界里，和老子的"道法自然"、万物和谐思想，庄子的物我一体、安时处顺的思想则获得认同与回归。文化生态的丰富性与历史演进的复杂性由此可见一斑。

孙用翻译裴多菲的长篇童话叙事诗《勇敢的约翰》得到鲁迅的支持，也是因为"这一篇民间故事诗，虽说事迹简朴，却充满着儿童的天真，所以即使你已经做过九十大寿，只要还有些'赤子之心'，也可以高高兴兴的看到卷末"[①]。鲁迅在1931年4月《〈勇敢的约翰〉校后记》中说："对于童话，近来是连文武官员都有高见了；有的说是猫狗不应该会说话，称作先生，失了人类的体统；有的说是故事不应该讲成王作帝，违背共和的精神。但我以为这似乎是'杞天之虑'，其实倒并没有什么要紧的。孩子的心，和文武官员的不同，它会进化，决不至于永远停留在一点上，到得胡子老长了，还在想骑了巨人到仙人岛去做皇帝。因为他后来就要懂得一点

---

① 鲁迅:《〈勇敢的约翰〉校后记》，初载孙用译《勇敢的约翰》，上海湖风书店1931年版。

科学了，知道世上并没有所谓巨人和仙人岛。倘还想，那是生来的低能儿，即使终生不读一篇童话，也还是毫无出息的。"鲁迅之所以大力推动儿童文学翻译，正是鉴于中国历史上不把儿童当作儿童看待，没有自觉意义的儿童文学；现代社会，儿童的特性应该予以承认与尊重，而儿童的健康成长，需要富于童心童趣的儿童文学的陶冶；儿童与自然保持着更多的联系，儿童的想象力是创造性的源头，所以，《勇敢的约翰》的意义"并不专限于儿童"。

3. 社会关注

少年坎坷生活的磨难、浙东学派经世致用传统的熏陶，在鲁迅的精神世界与艺术个性上打下了深刻的烙印——敏感，务实，社会责任感强，关注底层命运，富于历史洞察力。所以，他连翻译童话也首先选择社会色彩浓郁的爱罗先珂童话。《桃色的云》里，人与其他自然之物的对照结构，也能清晰地看出作者的社会文化批判精神，年青土拨鼠追求理想的执着与献身分明折射出作者的生命价值取向。在1925年6月16日所写的《杂忆》中，他说当时翻译爱罗先珂童话，"不过要传播被虐待者的苦痛的呼声和激发国人对于强权者的憎恶和愤怒而已，并不是从什么'艺术之宫'里伸出手来，拔了海外的奇花瑶草，来移植在华国的艺苑"[①]。

1927年4月国共合作破裂的惨剧使得中国历史进入了一个阶级矛盾加剧的阶段，文坛笼罩着浓重的社会风云。鲁迅利用离穗赴沪的空档，很快完成了《小约翰》译稿的校改整理，这仿佛是对前期儿童文学翻译的总结、对奇幻而清新型儿童文学的告别，从此步入折射着浓重社会风云的质实朴素型儿童文学世界。《小彼得》《表》《俄罗斯的童话》的翻译，都折射出鲁迅深沉的社会关注。

《小彼得》像一组拼图，而且说教色彩较重，多少会影响儿童的接

---

①　鲁迅:《杂忆》，《鲁迅全集》（第一卷），第237页。

受；《俄罗斯的童话》由独立的十六篇组成，"虽说'童话'，其实是从各方面描写俄罗斯国民性的种种相，并非写给孩子们看的"①；而《表》则是一个一脉贯通的故事，而且符合儿童心理特征，富于童心童趣。《表》的主人公——11岁的流浪儿彼蒂加，饥饿难耐，偷了小贩的鸡蛋饼，被抓住送到警察局。在拘留所里，同样被拘留的醉汉库兑耶尔在酒醉状态下把他当成局长，拿金表贿赂他以换取出去的自由，彼蒂加抓过表来，却只还回去银链，而把金表藏了下来。在被带去少年教养院的途中，他本来已经逃离了警察的视野，但回来寻找跑丢了的金表，正赶上警察从茶店里出来才又被带到少年教养院去。换衣服、洗澡，几经"风险"，金表终于得以"保存"下来，埋在院子里。彼蒂加曾经被带回警察局，与失去了金表的市民库兑耶尔对质，搜身，先前带彼蒂加去少年教养院的卷发警察说明他是个"要好的小浮浪儿"。库兑耶尔被警察局长怀疑是"诬蔑"，流泪走去。在警察放心地让彼蒂加独自回少年教养院的途中，库兑耶尔跪在他的脚下，恳求他还表。"我的孩子们饿着哩……我的女人在生病！……我一生一世不忘记你的好处……我送你三卢布……还我罢，小宝宝。""彼蒂加大笑了起来，并不答话，又是走。库兑耶尔发疯似的跳起，跟着他跑。他追上他了，抓住了他的肩头。"贫困与流浪生活养成的残酷性在作祟，彼蒂加"开心而且放肆起来。他的忧愁和苦恼，已经不算什么一回事了"。金表被新运进来的木头压住。他半夜出去，试图搬开木头，结果木头又堆了下来，他因惊恐且受寒而得了很重的肺炎，失去知觉，在生死关头躺了整整三礼拜。院长、卫生负责者与同学给予他无微不至的关怀。即使这样，他也没有放弃等待机会拿出表来逃走的念头。对他友善的"黑孩子"米罗诺夫告诉他，因为他那个夜里弄乱了木头，原来曾经偷卖过木头

---

① 鲁迅：《小引》，初以《后记》为题随第一篇载1934年9月《译文》月刊第1卷第2期，结集出版时征引在《小引》里，见《鲁迅译文全集》（第六卷），福建教育出版社2008年版，第405页。

的毕塔珂夫被怀疑再度偷窃而被送进了感化院。黑孩子要彼蒂加去向院长说明是他弄乱了木头。他不愿意毕塔珂夫因他而坐牢，同意小伙伴的建议，去找院长。可是，当他得知毕塔珂夫已经从感化院逃了出去的消息之后，就改变了主意，继续掩饰自己"弄乱木头"的事情。然而，在一个亲属探视日，库兑耶尔再次找上门来，索还金表，当众揭露他"这流氓抢了我的表！偷了表去了！"库兑耶尔被当作疯子给赶走了。有一次，他在街上看见了醉醺醺的库兑耶尔，忽然起了同情心，阻止了孩子们继续捉弄欺负醉汉。醉汉认出了彼蒂加，怒吼"你这流氓，你偷了我的表"。此时，彼蒂加第一次感到了羞耻——"垂着头"，不再与小伙伴一同唱歌。"羞耻正在苦恼他。他羞耻自己偷了醉汉的表。""他自己诧异：这是怎么一回事呢？怎么会羞耻的？……他自己也不明白。"大概是少年教养院的教育起了作用，加上几次看见库兑耶尔，被他反复追问，良知开始苏醒了。先前，彼蒂加一心想早日腾空院子里的木头，好实现他挖出金表的计划，而现在他有点担心院里的木头剩得太少了，他害怕木头搬光自己会去挖出表来，变得"很吝啬"起来，建议教室的火炉可以停了，节省起木头来了。院子的木头到底用光了，彼蒂加挖出了金表，却没有了逃走的欲念，没有了重新获得似的喜悦，而是感到了沉重与讨厌。他想抛弃金表，但觉得"太糟蹋了"；要还给库兑耶尔，又不知道他住在哪里。走过市场，遇见人们抓贼，他认出那个飞跑的少年正是独眼毕塔珂夫。他跟了上去，承认是自己弄乱了木头。而毕塔珂夫说自己的确偷了木头，被抓并不冤枉。然而，他想起了曾经同住半年监牢、至今还在牢里的醉汉库兑耶尔对他说起过彼蒂加偷表的事，向他要表。市场上的人们与警察赶来抓走了毕塔珂夫，彼蒂加才得以脱身。他更为身上的金表所痛苦、悲哀。忽然，遇见曾经与他愉快玩耍的金发女孩儿正在向人求售东西，女孩儿不想让人看见她在求售什么，在他激将之下，才得知竟是那只金表的表链，是狱中的父亲写信要她出售的。"彼蒂加觉得，在他脚下的地面好像摇动了起来。他快要跌倒了。他跑了许多工夫，原已疲倦了的。毕塔珂夫又在胸膛上给了他沉重的一击。而现在链子又在这里了，一个人怎么能受得这许多呢！他拿过链子来，定睛的看着。五分或是六分钟。"于是他去掏袋子，拉出那表来。用了忙乱的手指，把表挂在链子上，递给那泰沙。"他跑开去，跑着，头也不回。"到市立颜料店了。买了绿颜料。"他终于从贪欲的沉重负担下解放出来，完成了心灵的洗礼，心里充满了绿色。这个故事一波三折，意蕴丰富，既歌颂了苏联流浪儿教育的成功，也触及了道德与欲望的纠葛，既有鲜明的社会色彩，也具有人性成长的普世价值。

　　十月革命之后，苏联在流浪儿教育方面做了不少工作，取得了显著的成绩，先后涌现出一批描写这方面题材的作品，电影有《生路》（1931年）等，文学有涅威洛夫的《丰饶的城塔什干》（1923年）、葛陵别尔格的《流浪儿童自述》（1925年）、洛帕金娜的《流浪儿思杰普加怎样成了少先队员》（1925年）、诺维柯娃的《流浪儿舒尔卡》（1927年）[①] 等，班台莱耶夫的中篇儿童小说《表》即是其中的代表作之一。1927年"四一二"政变后，鲁迅思想逐渐向左转，30年代步伐加快，对苏联社会文化的发展十分关注，对苏俄文艺理论与作品翻译量大增，如长篇小说《毁灭》（1930年1—5月初刊《萌芽》月刊第1—5期、《新地》月刊第一本，上海大江书铺1931年9月初版），短篇小说集《竖琴》（含鲁迅译7篇、柔石译2篇、靖华译1篇，上海良友图书印刷公司1933年1月版），长篇小说《十月》（1929年初—1930年8月30日译，前四章初刊于《大众文艺》月刊第1卷第5、6期，上海神州国光社1933年2月版）等。1932年12月12日中苏恢复邦交以后，苏联电影次第引进公映，1933年2月16日在上海首映的苏联儿童教育片《生路》，对鲁迅触动很大。苏联社会发展的成就令鲁迅为之向往，苏联流浪儿童教育的成功当是促使他翻译《表》的重要

---

① 参见胡琳琳：《一枚闪闪发光的文艺金表——苏联小说〈表〉在现代中国的传播与转化》，清华大学人文社会科学学院2009届硕士学位论文（指导教师：解志熙教授），第1页。

动因。①

　　30年代初，中国军阀混战，加上南方大水灾等自然灾害，使流浪儿童成为一个庞大的群体，流浪儿童问题成为一个严重的社会问题。《文学月报》发表的沙汀的《码头上》（1932年第1期）、金丁的《孩子们》（1932年第4期）等，就反映了流浪儿童问题。早在五四时期，鲁迅在《随感录二十五》②里曾经注意到"穷人的孩子蓬头垢面的在街上转"，但那时是一般性地就忽略下一代的教育而言，并非强调流浪儿童的教育问题。30年代，流浪儿童的社会问题突出，而苏联儿童文学提供了解决问题的启迪，鲁迅便自然而然地选择了《表》的翻译。

　　现代儿童应该读一点表现新生活、新观念的儿童文学，这也是鲁迅翻译《表》的动因。日译者槙本楠郎在《表》的日文本《金時計》的译者序言中说道："虽是旧作品，看了就没有益，没有味，那当然也不能说的。但是，实实在在的留心读起来，旧的作品中，就只有古时候的'有益'，古时候的'有味'。这只要把先前的童谣和现在的童谣比较一下看，也就明白了。总之，旧的作品中，虽有古时候的感觉，感情，情绪和生活，而像现代的新的孩子那样，以新的眼睛和新的耳朵，来观察动物，植物和人类的世界者，却是没有的。""所以我想，为了新的孩子们，是一定要给他新作品，使他向着变化不停的新世界，不断的发荣滋长的。""由这意思，这一本书想必为许多人所喜欢。因为这样的内容簇新，非常有趣，而且很有名声的作品，是还没有绍介一本到日本来的。"③虽然说其中不无绝对化之嫌，但新时代读新作品的逻辑大致站得住脚。鲁迅在《译者的话》里译引了日译者的这些话，表示了自己的认同态度。他还明确地说："在开译以前，自己确曾抱了不小的野心。第一，是要将这样的崭新的童

---

①　李昌庆在《关于〈表〉的二三事》（载1942年9月5日《昆明周报》第4版"文艺"栏），参见胡琳琳：《一枚闪闪发光的文艺金表——苏联小说〈表〉在现代中国的传播与转化》，第3页。

②　《新青年》第5卷第3号，1918年9月15日。

③　鲁迅：《译者的话》，《鲁迅译文全集》（第六卷），第341—342页。

话，绍介一点进中国来，以供孩子们的父母，师长，以及教育家，童话作家来参考。"

鲁迅的翻译也是出于对中国儿童文学发展的关心。他在《译者的话》里说："十来年前，叶绍钧先生的《稻草人》是给中国的童话开了一条自己创作的路的。不料此后不但并无蜕变，而且也没有人追踪，倒是拼命的在向后传。看现在新印出来的儿童书，依然是司马温公敲水缸，依然是岳武穆王脊梁上刺字；甚而至于'仙人下棋'，'山中方七日，世上已千年'；还有《龙文鞭影》里的故事的白话译。这些故事的出世的时候，岂但儿童们的父母还没有出世呢，连高祖父母也没有出世，那么，那'有益'和'有味'之处，也就可想而知了。"① 而《表》的确蕴含着新的"益"与"味"，也正因为如此，《表》在中国儿童文学界与几代儿童中产生了深远的影响。

4. 儿童话语

由于身体发育、生活阅历、知识积累、认知能力与感悟能力等方面的原因，儿童对文学读物有其特殊的要求。早在清末，已有人对此有所认识。1908年，《小说林》杂志主编徐念慈在《余之小说观》第八节"小说今后之改良"中，就对当时所出小说没有可以供小学生阅览的状况表示不满，希望"今后著译家所当留意，宜专出一种小说，足备学生之观摩。其形式，则华而近朴，冠以木刻套印之花面，面积较寻常者稍小。其体裁，则若笔记，或短篇小说，或记一事，或兼数事。其文字，则用浅近之官话；倘有难字，则加音释；偶有艰语，则加意释；全体不愈万字，辅之以木刻之图画。其旨趣，则取积极的，毋取消极的，以足鼓舞儿童之兴趣，启发儿童之智识，培养儿童之德性为主"②。孙毓修在《童话》丛书编译与编撰过程中，曾经在适应儿童需求上做过努力。"每成一编，辄质诸长乐

---

① 鲁迅:《译者的话》,《鲁迅译文全集》(第六卷)，第342页。
② 1908年10月《小说林》第9、10期。

高子，高子持归，召诸儿语之，诸儿听之皆乐，则复使之自读之。其事之不为儿童所喜，或句调之晦涩者，则更改之"，以期使儿童"甘之如寝食，秘之为鸿宝"。① 但从总体来看，清末民初儿童文学翻译未能充分体现儿童特点，如硬加上去的成人化教训色彩、有违儿童趣味的译法、背离原著神韵的改编等。

五四时期，随着对儿童体认的逐渐深化，儿童文学翻译吸取过去的经验教训，从选材到翻译方法、装帧印刷诸方面越来越贴近儿童世界。儿童文学翻译所用的语体，早在清末就已有讲故事的口语体，当然那时的白话语体，一方面因刻意追求俗白而少了文学应有的醇厚韵味，另一方面时或夹杂着一点文言，或留有文言语调。到了五四时期，白话语体全面取代了文言语体，"译笔务使浅显，使适宜于才读过几年书的孩子的自阅"②。这已经成为儿童文学翻译界的共识。儿童文学较之一般的成人文学，往往多一点拟声词、拟态词，翻译中尽量予以呈现出来。

白话取代文言作为文学载体是五四新文学的重要标志之一，但作为文学语言的白话并不等同于作为日常言语的白话，文学语言从日常言语中汲取鲜活的养分，并且加以提炼，同时从古代文学语言中有所继承，古今雅俗融会一体，才有清新活泼与典雅醇厚兼而有之的新文学语言。翻译文学与新文学创作携手相援、同步发展，儿童文学翻译所用的语体便能见出新文学语言的丰富多彩。

从外文到中文的翻译转换，存在着语言自身的障碍。鲁迅意识到这一困难，但迎难而上，尽力做到既贴近原作的风格，为中国文学输入新的养分，又使得儿童读者易于接受，进入五光十色、天真烂漫的儿童文学世界。鲁迅初识爱罗先珂童话时，即注意到其"陈义较浅，其于硬眼或较有

---

① 孙毓修：《〈童话〉序》，转引自朱自强《中国儿童文学与现代化进程》，浙江少年儿童出版社2000年版，第131页。

② 调孚：《一个广告——"世界少年文学丛书"》，《文学周报》第255期，1926年12月17日。

益乎"①。所谓"陈义较浅",并非意义之"浅",而是包括语言在内的表现形式清浅,平易好懂。初译爱罗先珂童话时,语言贴近原著风格,真挚里不无凝重;译童话剧《桃色的云》,则因小动物与植物担任舞台角色,语言变得自然灵动起来;译《小约翰》,清新而典雅的语言呈现出原著奇幻而美妍的风姿,如关于光的描写:"那光是怎样地华美呵!这涨满了全树梢,并且在草莽间发闪,还洒在黑暗的阴影里。这又充满了全天空,一直高到蔚蓝中,最初的柔嫩的晚云所组成的处所。""从草地上面望去,他在绿树和灌木间看见冈头。它们的顶上横着赤色的金,阴影里悬着天的蓝郁。"如果说《桃色的云》的语言风格切近了儿童天真未凿的原始态审美心境的话,那么,《小约翰》的绚丽风格则可以启动儿童的诗性思维。

到了上海时期,鲁迅的儿童文学翻译在语言上更加趋于质朴。他在《表》之《译者的话》里说自己开译之前的第二个"野心"便是:"想不用什么难字,给十岁上下的孩子们也可以看。"虽然他自谦说"孩子的话,我知道得太少,不够达出原文的意思来,因此仍然译得不三不四"②,但是,实际上,其儿童话语的努力相当成功。譬如原文"defekt",是"不完全""有缺点"的意思,日译本大概觉得不好译,将它略去,鲁迅觉得若译为"不良"的话,"语气未免太重",斟酌再三,译为"不够格"。虽然鲁迅自谦说"仍然觉得欠切帖"③,但实际上已经很准确而且口语化了,符合儿童话语色调。

鲁迅本来是主张直译的,但在翻译儿童文学时,为了准确而生动地传达原作的意韵,也用意译,如《小约翰》里的Wistik译为"将知",Pleuzer译为"穿凿",小姑娘Robinetta译为"荣儿"。每当遇到一些生僻的名物时,往往要加上注释,译者在这方面颇为费神。如为爱罗先珂童话剧《桃色的云》作《记剧中人物的译名》,解释了一些动植物名称及"递

---

① 1921年9月4日致周作人信,《鲁迅全集》(第十一卷),第416页。
② 鲁迅:《译者的话》,《鲁迅译文全集》(第六卷),第342页。
③ 鲁迅:《译者的话》,《鲁迅译文全集》(第六卷),第342页。

送夫"的翻译来由，并顺便介绍了土拨鼠的习性及其在作品中的地位。《小约翰》也有相类的《动植物译名小记》，译者为了译得准确而且易懂，不惜气力，多方查询。这些文字不仅具有知识性，有助于读者开阔视野，理解作品，而且平添一种自然的生趣，使读者获得丰富的审美润泽。

中国素有插图传统，所谓"图书"，即缘自书中有图，小说、戏曲中的插图尤为丰富多彩，图文并茂，相映成趣。近代以来，随着西方印刷技术与插图出版物的传入，中国的插图传统得到继承与发展。儿童对图画有一种天然的亲缘关系，在识字以前便能够看图，学会阅读之后仍喜欢图画，从中领略妙不可言的审美情景。因而外国儿童文学作品中有大量的插图。鲁迅翻译作品，向来注意插图，儿童文学翻译更是尽可能地搜集插图。《小彼得》有插图6幅，《表》的插图多达22幅，简洁、稚拙、生动传神，对童话的传播与接受有如虎添翼之效。

三、儿童文学翻译与鲁迅创作的关联

外国儿童文学的翻译产生了多方面的积极效应：一则为中国儿童打开了童心绽放、童趣盎然、童语叽喳的儿童文学天地；二则为中国儿童文学提供了的样板与动力；三则对于儿童文学之外的文学创作也带来或隐或显的影响。儿童文学翻译对鲁迅创作的影响主要表现在如下三个方面：

1. 借鉴形式

童话翻译最显眼的影响是形式的借用。如前所述，1934年9月至1935年4月，鲁迅翻译高尔基《俄罗斯的童话》，前9篇陆续发表于《译文》月刊，单行本于1935年8月由上海文化生活出版社出版。最早将日语的"童话"概念引进中国的周作人，1952年看到《翻译通报》第3期上对丰华瞻所译《格林童话集》的批评文章以及《人民日报》评论员文章之后，撰写《童话的翻译问题》（未刊稿），指出，在国外，童话并非完全为教育儿童而作，英文所谓的fairy tale，其实称作folk-tale，原因是里面的故事并非都与神仙有关，其中也有关于历史的记载。童话正当的说法是民间故事，一

面是民俗学上的资料，一面是民间文艺。① 这样看来，高尔基所作《意大利的童话》《俄罗斯的童话》，当属偏重于风土人情等社会性的一种，其预设读者既有儿童，也有成人。鲁迅在翻译《俄罗斯的童话》时，对此十分清醒，他在《译文》上第一回发表时在《后记》里特别说明："虽说'童话'，其实是从各方面描写俄罗斯国民性的种种相，并非写给孩子们看的。"高尔基以"童话"命名，既是一层保护色，也未尝不是一种反讽——属于儿童的童话本来应该是天真而富于幻想的，可是俄罗斯的现实是多么的沉重阴晦。

鲁迅1936年4月作《写在深夜里》②，第一部分题为《珂勒惠支教授的版画之入中国》，由珂勒惠支版画言及当初介绍这版画的柔石之死；第二部分题为《略论暗暗的死》，以处死方式之明暗来续说烈士被暗杀之悲惨与杀人者之残忍卑怯；第三部分题为《一个童话》，借用勃莱兑勒（通译布莱德尔）为纪念海涅逝世80年所作的《一个童话》之题，以被捕的木刻青年曹白的书信做材料，叙述在一个专制国家里，一个美术学校的木刻青年仅仅藏有木刻工具材料与《铁流》《静静的顿河》等书就被逮捕；第四部分题为《又是一个童话》，接下来写木刻青年因其刻苏俄文学家卢那察尔斯基头像在拘留所里所受的审讯。以童话来反讽社会政治，不只海涅、布莱德尔做过，高尔基也有《意大利的童话》《俄罗斯的童话》。鲁迅的杂文《写在深夜里》用的也是这种手法，以"童话"的名义来揭露白色恐怖的真实，而他所翻译的《俄罗斯的童话》可以说是最切近的模板。

2. 外国儿童文学作家与意象引入创作之中

科普作品与科学小说，其对象虽然不止于儿童，但儿童是其基本读者群，因而往往被纳入儿童文学范畴。鲁迅从科幻小说的翻译开始其文学生涯，五四时期对法国昆虫学家法布尔生动描写与精辟阐释昆虫生活状态

---

① 参见刘全福：《翻译家周作人论》，上海外语教育出版社2007年版，第27—28页。

② 载1936年5月上海《夜莺》月刊第1卷第3期，为上海出版的英文期刊《中国呼声》而作，英译稿载1936年6月1日该刊第1卷第6期。

与生存本领的十卷《昆虫记》（1879至1910年出版）很感兴趣，从1924年起，就通过各种方式陆续购置《昆虫记》十余次，现存鲁迅藏书中，《昆虫记》仅日译本就有三种。生命的最后一年，他还从欧洲邮购英译本，计划与三弟周建人合译出来，可惜未能如愿。但《昆虫记》给他留下的深刻印象不时浮现于他的文字世界。

在1925年4月24日《莽原》周刊第1期上发表的杂文《春末闲谈》中，鲁迅征引法布尔《昆虫记》第1卷里关于细腰蜂用神奇的毒针麻痹青虫以给幼蜂作食料的描述，证实中国考据家有别于汉代经学家想当然之辞的"异说"；接着以"神经过敏的俄国的E君"（即爱罗先珂）的担忧——"不知道将来的科学家，是否不至于发明一种奇妙的药品，将这注射在谁的身上，则这人即甘心永远去做服役和战争的机器了"，进一步强化细腰蜂的比喻效果，来批判堪称人世间精神麻痹术的愚民文化。1925年3月29日，鲁迅在写给徐炳昶的信中谈到思想启蒙时，仍然念念不忘法布尔。他说，思想启蒙当从知识分子开始，而"要看皇帝何在，太妃安否"的民众，则"俟将来再谈。而且他们也不是区区文字所能改革的"。"单为在校的青年计，可看的书报实在太缺乏了，我觉得至少还该有一种通俗的科学杂志，要浅显而且有趣的。可惜中国现在的科学家不大做文章，有做的，也过于高深，于是就很枯燥。现在要Brehm（勃莱姆，德国动物学家——引者注）的讲动物生活，Fabre（法布尔——引者注）的讲昆虫故事似的有趣，并且插许多图画的。"[①] 1933年8月28日所写的杂文《新秋杂识》，再次谈到爱罗先珂的担忧，并指出"外国为儿童而作的书籍，玩具，常常以指教武器为大宗"，其实就是"从天真烂漫的孩子们入手"，"制造打仗机器"；进而引述《昆虫记》里关于武士蚁掠夺别种蚂蚁的幼虫和蛹以养成永远的"愚忠的奴隶"之描写，批判愚民政策。饶有意味的是，前一篇杂文题为《春末闲谈》，时隔八年的后一篇杂文题为《新秋杂识》，季节的不同不只

① 鲁迅:《华盖集·通讯二》,《鲁迅全集》（第三卷），第26页。

标示着时光的流转，也蕴含着历史的演进，前者还只是谨防麻痹青虫以作幼蜂的食料，而后者则指斥直接掠夺他者幼子养成自家奴才了，细腰蜂与武士蚁的方略不同，而鲁迅投射其中的立人启蒙思想脉络则一以贯之，且愈加深沉。

爱罗先珂是鲁迅翻译最多且保持深厚友情的作家[①]，在鲁迅的文学世界里不时可以见到爱罗先珂及其文学形象的身影，听见其发自内心的声音。1922年4月9日所作杂文《为"俄国歌剧团"》所说："有人初到北京的，不久便说，我似乎住在沙漠里了。"接着，便引申开去，批判中国社会的迟钝、呆板、沉默与低俗，召唤诚实而美妙的工作、勇猛而执着的"反抗"。这感叹寂寞的人便是爱罗先珂，小说《鸭的喜剧》里，他再次出场，而且成了主角："俄国的盲诗人爱罗先珂君带了他那六弦琴到北京之后不多久，便向我诉苦说：'寂寞呀，寂寞呀，在沙漠上似的寂寞呀！'"他以"遍地是音乐"的缅甸夏夜做比较，更加叹息北京的寂寞。于是买了蝌蚪子，又买来了小鸭，不料小鸭吃光了蝌蚪子，爱罗先珂回到其母国去寻找精神慰藉，而留在北京的叙事者"我"则要继续品味友人远别的寂寞。这篇小说回环往复的"寂寞"旋律，实际上是对爱罗先珂的思念，对其平等博爱理想的共鸣，同时，也有对其内部矛盾的揭示。1935年3月2日写讫的《〈中国新文学大系〉小说二集序》，在评价王鲁彦别样的乡土文学作品时，又联想到爱罗先珂，认为二者的悲哀"仿佛相像"，"然而又极其两样。那是地下的土拨鼠，欲爱人类而不得，这是太空的秋雨，要逃避人间而不能"[②]。爱罗先珂及其童话，已经化为鲁迅创作生命的有机组成部分。

3. 儿童文学翻译对创作的启迪

为了说明鲁迅的儿童文学翻译对其创作的启迪，姑且先将翻译与明

[①] 1923年1月13日，鲁迅作《看了魏建功君的〈不敢盲从〉以后的几句声明》，为爱罗先珂的被曲解而鸣不平。

[②] 《鲁迅全集》（第六卷），第256—257页。

显受其影响的创作篇目分列如下：

翻译	创作
	短篇小说集《呐喊》：
	《风波》，1920年8月
	《故乡》，1921年1月
《池边》，1921年9月10日	
《狭的笼》，1921年9月16日	
《春夜的梦》，1921年10月14日	
《鱼的悲哀》，1921年11月10日	
《雕的心》，1921年11月	
《世界的火灾》，1921年12月1日	
《两个小小的死》，1921年12月26日	
《古怪的猫》，1921年12月	
《为人类》，1922年1月	
《桃色的云》，1922年5月	《白光》，1922年6月
《小鸡的悲剧》，1922年7月5日	《兔和猫》，1922年10月
	《鸭的喜剧》，1922年10月
	《社戏》，1922年10月
《时光老人》，1922年12月1日刊	
《"爱"字的疮》，1923年3月10日刊	
《红的花》，1923年4月21日	
（未标"刊"者为译毕日期）	
	短篇小说集《彷徨》：
	《长明灯》，1925年2月28日
	散文集《朝花夕拾》：
	《狗·猫·鼠》，1926年2月21日

	《阿长与山海经》，1926年3月10日
	《二十四孝图》，1926年5月10日
	《五猖会》，1926年5月25日
《小约翰》，1926年7月6日开始翻译	《无常》，1926年6月23日
《小约翰》，1926年8月13日译成初稿	《从百草园到三味书屋》，1926年9月18日
	《范爱农》，1926年11月18日
《小引》，1927年5月1日	
《小约翰》，1927年5月2日开始整理	**散文诗集《野草》**
《小约翰》，1927年5月26日整理完成	《秋夜》，1924年9月15日
作《小约翰·引言》，1927年5月31日	
为《小约翰》作《动植物译名小记》，	《好的故事》，1925年2月24日
1927年6月14日	
	《一觉》，1926年4月10日
	《题词》，1927年4月26日

　　就构思与主题来说，《世界的火灾》之于《长明灯》，火的意象，反抗者与疯狂者的交汇或有意无意的误指，《为了人类》之于《二十四孝图》，在冠冕堂皇的名义下实施虐杀，都不难找到影响的烙印。但是，儿童文学翻译对于鲁迅创作的启迪，更为突出还要说是自然描写、动物描写与儿童描写。

　　鲁迅性格中社会色彩颇重，收入《呐喊》的前六篇小说，从《狂人日记》到《头发的故事》，少有对自然的主体性描写，《狂人日记》里的"月光"，《药》里"乌蓝的天"、杨柳的新芽、乌鸦、枯草，《明天》里的曙光，不是作为时间的标志，就是承载某种意义的象征。从《风波》开始，有了一点展开的自然描写。《风波》的开篇关于乡场景象的描写，在承载象征意义的同时，其自身也展开了相当完整的画面。《故乡》有一组对比鲜明的自然场景描写，一是开篇第二段透过航船篷隙望见萧索荒村的粗线条勾勒，二是叙事主人公回忆中闪出的"神异的图画"——"深蓝的天空中挂着一轮金黄的圆月……那猹却将身一扭，反从他的胯下逃走了"。然而，到了译出后来收入《爱罗先珂童话集》的大部分童话与童话集《桃色的云》之后，自然描写的比重明显增加。《白光》里，陈士成看过第十六次县考的榜，没有找到自己的名字，失魂落魄地回到家里，院里的杂姓及早关门熄灯，接着是自然景物的描写："独有月亮，却缓缓的出现在寒夜的空中。""空中青碧到如一片海，略有些浮云，仿佛有谁将粉笔洗在笔洗里似的摇曳。月亮对着陈士成注下寒冷的光波来，当初也不过像是一面新磨的铁镜罢了，而这镜却诡秘的照透了陈士成的全身，就在他身上映出铁的月亮的影。"接着以诡秘的笔触描写他眼里的白光。爱罗先珂《桃色的云》里，自然界动物、植物（花草）、风、雪等性格化十足，活灵活现，尤其是第二幕第五节开篇对于春场景的描写美轮美奂，一定是强烈地打动了鲁迅，他才在几个月后写下了其小说自然描写最为丰富的《社戏》。

《社戏》在北京两次不愉快的看戏经历背景下，描写了儿时在故乡看戏的美好回忆。"夹着潺潺的船头激水的声音，在左右都是碧绿的豆麦田地的河流中，飞一般径向赵庄前进了。""两岸的豆麦和河底的水草所发散出来的清香，夹杂在水气中扑面的吹来；月色便朦胧在这水气里。淡黑的起伏的连山，仿佛是踊跃的铁的兽脊似的，都远远地向船尾跑去了……"接下来，随着赵庄依稀现出，似乎听到歌吹了："那声音大概是横笛，宛转，悠扬，使我的心也沉静，然而又自失起来，觉得要和他弥散在含着豆麦蕴藻之香的夜气里。""最惹眼的是屹立在庄外临河的空地上的一座戏台，模胡在远外的月夜中，和空间几乎分不出界限，我疑心画上见过的仙境，就在这里出现了。这时船走得更快，不多时，在台上显出人物来，红红绿绿的动，近台的河里一望乌黑的是看戏的人家的船篷。""月还没有落，仿佛看戏也并不很久似的，而一离赵庄，月光又显得格外的皎洁。回望戏台在灯火光中，却又如初来未到时候一般，又漂渺得像一座仙山楼阁，满被红霞罩着了。吹到耳边来的又是横笛，很悠扬；我疑心老旦已经进去了，但也不好意思说再回去看。""这一次船头的激水声更其响亮了，那航船，就像一条大白鱼背着一群孩子在浪花里蹿，连夜渔的几个老渔父，也停了艇子看着喝采起来。"在这里，皎洁月光，戏台灯火，航船夜行，动静交织，有声有色，富于通感。1925年2月24日《好的故事》也有这部童话剧与《春夜的梦》的印痕。《小约翰》虽是1926年译出初稿，1927年定稿，但此前深为鲁迅所喜爱，阅读不知几遍，其自然描写也会对鲁迅小说、《从百草园到三味书屋》等散文与《秋夜》等散文诗的自然描写有所影响。

《呐喊》的前十一篇小说里，动物出场很少，如《狂人日记》第一节让主人公疑惧的"赵家的狗"，《药》的结尾"哑——"的一声大叫着飞走的乌鸦，《明天》里为了加强孤凄氛围而设定的躲在暗地里呜呜叫的狗，《阿Q正传》里吓跑偷萝卜之阿Q的静修庵的黑狗，这些动物没有独立的性格，只是作为一种道具发挥其强化氛围或推进情节的作用。而在翻译完《小鸡的悲剧》之后不久，鲁迅写下了《兔和猫》《鸭的喜剧》，小动物更大程度地进入了作品，甚至成为主角。《鸭的喜剧》里，爱罗先珂对缅甸"遍地是音乐"的激赞，唤醒了对自然没有那样敏感的叙事者之北京声音的印象："到夏天，大雨之后，你便能听到许多虾蟆叫，那是都在沟里面的，因为北京到处都有沟。"这个细节象征性地表现了翻译爱罗先珂童话启迪了鲁迅小说对包括动物在内的自然的关注。《鸭的喜剧》里，蝌蚪的游泳，鸭子的玩水，孩子的开心与失望，都写得生动有趣。《兔和猫》里，栩栩如生地描写了小狗S对主人的认同，兔子护食时对乌鸦喜鹊的防范，护子回洞时的坚决，繁衍时的辛勤、受挫与复兴，大黑猫恶狠狠的窥视与伤害小兔之嫌，等等，在这里，动物不再是简单的背景道具或象征物，而是具有自身个性的生命体。正是在对这些动物及人与动物关系的描写中，寄予了对生命价值的尊重、对弱小者的同情和人与自然和谐相处的愿景。

在翻译外国儿童文学之前，鲁迅就曾经写过儿童。如1912年创作的文言小说《怀旧》里，那个9岁学童，自有其痛恨沉重课业和迂腐先生的自由个性，不过，他的出场主要是作为叙事主人公，对虚伪、做作、刻板、冬烘的秃先生予以犀利的讽刺。再如《孔乙己》里的小伙计，以世俗的眼光观察孔乙己，参与了对落魄读书人的嘲讽。《故乡》里的闰土，以回忆中的灵气，衬托现在的呆滞，不能不让读者感叹生活磨难对人性的戕贼。到了1922年10月，鲁迅一连气写下的《兔和猫》《鸭的喜剧》与《社戏》，儿童在作品里的权重增加了，不仅是启动、推进情节发展的动因，而且童心、童趣得到正面的描写与充分的展开。《社戏》里，乡下少年，功夫了得，掘蚯蚓，钓虾，凫水，划船，个个不让人，性格天真无邪，对城里孩子不敢走近黄牛水牛的胆怯开心嘲笑，然而对客人热忱大度，对同伴多有体恤，少年与大自然浑然一体，惹人喜爱。而到了《彷徨》里面，儿童的本色角色又让位于社会角色，这不能不让人想到1922年10月的小说创作受到刚刚翻译的爱罗先珂童话影响之深。儿童本色在《朝花夕拾》里得以复归，尤其是《从百草园到三味书屋》更为浓墨重彩，而后者的写作时间恰在《小约翰》初稿译成之后，也不能不让人想到二者之间的密切关联。

中国古代小说里自然描写向来匮乏，动物的本色描写也不算充分，在中国古代文学里，儿童一直未能确立其应有的主体地位。这种情形到了"五四"之后，有了根本性的改观，其中儿童文学翻译起了重要的作用，在这方面，鲁迅就是一个典型的例证。

第三节　鲁迅与芥川龙之介在小说世界的遇合

日本作家芥川龙之介（1892—1927年）比鲁迅年轻十一岁，鲁迅在东京从事文艺运动时，芥川龙之介尚在读中学。20世纪初叶，尤其是步入大正时期（1912—1925年），日本民主主义、个性主义、人道主义等社会文化思潮汹涌澎湃，敏悟早慧的芥川龙之介可谓时代的弄潮儿，成为"新思潮派"的代表作家。他在东京帝国大学英文科读书期间，于1914年5月以小说处女作《老年》登上文坛，1915年11月发表《罗生门》，1916年2月发表《鼻子》，赢得了文坛前辈夏目漱石的激赏，确立了新锐作家的地位。1917年5月出版第一部创作集《罗生门》，同年11月，第二部创作集《烟草与恶魔》问世。鲁迅1909年回国，虽然将近九年期间除了一篇文言小说《怀旧》与少许译作之外，很少与文坛发生关系，但是，与其说他改变了从文的志向，毋宁说在默默地积聚能量。1911年5月鲁迅为敦促周作人夫妇回国而赴日逗留半月，加之周作人对日本文坛，尤其是白桦派的热情关注，鲁迅对日本文学新潮不会一无所知。1918年春，在刘半农、钱玄同等人的动员、激励下，鲁迅重新焕发起文学激情，积极投身新文化运动，在创作一发而不可收的同时，也重拾起文学译笔，此时日本文坛新星芥川龙之介进入了他的视界。

　　鲁迅是中国最早翻译芥川龙之介的译者，于1921年芥川龙之介访华期间将《鼻子》与《罗生门》翻译并刊载出来。而后，虽然没有继续翻译，但是芥川龙之介始终在鲁迅的关注之中。1929年开明书店出版《芥川龙之介集》，鲁迅所译两篇收入其中，肯定是得到鲁迅支持的。木刻艺术爱好者方善境曾经寄给鲁迅刻有芥川龙之介等作家像的几枚石质图章，鲁迅一直挂在心上，1930年在他执编的《文艺研究》季刊（版权页标注1930年2月15日出版，实际上延后，仅出一期）上刊出了其中的芥川龙之介像。日本《芥川龙之介全集》出版后，鲁迅在1935年4月末至8月末的四个多月内购齐（4月28日购6本，5月24日购八卷1本，6月22日购四卷1本，7月26日购九卷1本，8月31日购十卷1本）[①]。鲁迅在人性审视、生存思考与历史趣味、冷峻幽默等方面与芥川龙之介的息息相通，在他的翻译与创作中留下了清

---

① 鲁迅购买日本作家全集或文集的并不多，只有夏目漱石、有岛武郎、厨川白村与芥川龙之介等。

晰的印痕。

一、翻译与阐释

芥川龙之介自从1916年短篇小说《鼻子》受到夏目漱石的热情鼓励与广为介绍后，在日本声名鹊起。但在中国文坛，则有姗姗来迟之感。周作人1918年4月19日在北京大学文科研究所小说研究会做题为《日本近三十年小说之发达》的讲演里，由于时间划定的缘故，最近只说到白桦派1912、1913年的活动，没有提及芥川龙之介。直到1921年3月，芥川龙之介作为《大阪每日新闻》的海外视察员到中国采访，才引起中国文坛的关注。芥川龙之介于3月28日从日本门司出发，30日抵达上海。因肋膜炎复发住院三周多，4月23日始出院。离开上海后，游杭州、苏州、南京、洞庭湖，登庐山，经汉口、长沙、郑州、洛阳等地到北京，后经由朝鲜于7月返回东京。正是在中国媒体跟踪报道芥川龙之介行程的背景下，鲁迅于1921年5、6月翻译了《鼻子》与《罗生门》，译文分别发表于5月11至13日、6月14至17日《晨报》第七版。

1918年5月，鲁迅就已经得到半年前芥川龙之介出版的第二部创作集《烟草与恶魔》，到1920年底，芥川龙之介已有四部创作集问世，鲁迅有机会读到他的几十篇作品。为什么单单翻译了《鼻子》《罗生门》这两篇呢？鲁迅早在日本留学期间就喜读夏目漱石的作品，夏目漱石对芥川龙之介的肯定和期许或许会多多少少地给鲁迅以影响。但之所以做出如此选择，恐怕自有其内在原因，这或许从译者附记可以窥知一二。

刊于1921年5月11日《晨报》第七版的《〈鼻子〉译者附记》，在指出"芥川氏是日本新兴文坛中一个出名的作家"之后，引述日本评论家田中纯语称道其人物乃至作品的完整性，又说"他的作品所用的主题，最多的是希望已达之后的不安，或者正不安时的心情，这篇便可以算得适当的样本"。另外也说道："不满于芥川氏的，大约因为这两点：一是多用旧材料，有时近于故事的翻译；一是老手的气息太浓厚，易使读者不欢欣。"[①] 刊于1921年6月14日《晨报》第七版的《〈罗生门〉译者附记》，说明其性质是"历史的小说（并不是历史小说）"，"取古代的事实，注进新的生命去，便与现代人生出干系来"。[②] 上述关于主题与"不满"原因的分析，是日本文坛的批评意见，还是鲁迅自己的看法？或许二者兼而有之。1923年6月，这两篇译作收入商务印书馆出版的《现代日本小说集》时，作为"附录"的作家介绍《芥川龙之介》里，除了"谐味"较之中国滑稽小说算得上"十分雅淡"的肯定之外，大部分重复了译文初刊时《〈鼻子〉译者附记》里的意思，添加的内容是征引芥川龙之介的话语，进一步说明把新生命注入旧材料的创作动机和在创作中捕捉艺术生命之脉息的必要性。由此看来，鲁迅对芥川龙之介的接受，至少基于以下五个方面的认同：一是希望达成前后的不安；二是取古代的事实，注进新的生命去，与现代人生出干系来；三是艺术的完整性；四是自觉捕捉艺术生命的脉息；五是"十分雅淡"的"谐味"，即幽默。

芥川龙之介属于自然主义与人道主义潮流之外崛起的新思潮派，以理智主义著称。所谓理智主义，就是理性的清醒，对人性复杂的解析，对人性恶的揭露。《罗生门》里，自然灾害，兵荒马乱，民不聊生，遍地饿殍，于是，人的恶本性便暴露出来。皮包骨头的白发老妪从死人头上拔头发做假发，其理由是如果不这样做自己将饿死，况且被拔头发的女子曾经将蛇切成四寸长，晒干后当作干鱼卖。被主人遣散的家将（武士）从中找到了做强盗的理由，剥下老妪身上的衣服，又将挽住了他的脚的老妪猛烈地踢倒在死尸上，扬长而去。作品的主旨与其说是描写自然与社会灾变给人间带来的苦难，毋宁说是要揭示人性中本来就存在着令人恐惧的恶，一旦条件具备，恶魔就会出来作祟，即使是平素戴着道德面具的武士也不例外。家将脸上那个被反复描写的"通红的在颊上化了脓的大颗的面疱"正

---

① 《鲁迅全集》（第十卷），第250页。

② 《鲁迅全集》（第十卷），第252页。

是人性恶的象征。

《鼻子》的主人公禅智内供的长鼻子给他带来诸多不便，也影响他的自尊，于是他多方寻求缩短鼻子的良方，当他不失尊严地由弟子施之以热烫踩踏法，终于缩短了鼻子之后，一度是多么的方便与快意，但是却遭受到身边人与来访者的嘲弄。禅智内供心绪大乱，脾气变坏，竟至"后悔弄短鼻子为多事了"，事遂所愿，一夜之间，又长鼻如故，"和鼻子缩短时候一样的神清气爽的心情，也觉得不知怎么的重复回来了"。这是因为"既这样，一定再没有人笑了"。作品的锋芒所向，首先是禅智内供从僧俗的态度感受到的"旁观者的利己主义"。作者唯恐读者的视线被冷色幽默所遮挡，径直以叙事者的旁白直击人类心理的阴暗性："人类的心里有着互相矛盾的两样的感情。他人的不幸，自然是没有不表同情的。但一到那人设些什么法子脱了这不幸，于是这边便不知怎的觉得不满足起来。夸大一点说，便可以说是其甚者且有愿意再看见那人陷在同样的不幸中的意思。于是在不知不觉间，虽然是消极的，却对于那人抱了敌意了。"其次，也婉讽了主人公性格中首鼠两端的怯懦与摇摆，召唤个性独立精神。禅智内供的长鼻子苦恼，一部分是由他以别人的评价为基准，不断地折磨自己所造成的。

日本大正文学在高扬人道主义与个人主义旗帜之时，也有夏目漱石、芥川龙之介、有岛武郎等思想型的作家注意到人道主义与个人主义既有协调统一的一面，也有矛盾冲突的一面；既应该尊重人性、维护个性，同时，也应该防范人性阴暗面的恣意泛滥、个性的极度膨胀。中国五四文学的主旋律是人性觉醒、个性解放，主要抨击对象是封建专制制度和与之相适应的封建礼教，需求最为迫切的是人道主义与个性主义，因而，日本自然主义文学与白桦派人道主义文学的接受与传播热浪滚滚，而对揭示人性深层之复杂性，尤其是揭露人性之恶的理智主义则多少有些怠慢。芥川龙之介作品在1926年4月之前仅有鲁迅翻译的两篇而已。1926年4月10日《小说月报》第17卷第4号刊出夏丏尊译述的《芥川龙之介氏的中国观》，是芥川龙之介1921年访华写下的游记与人物印象记，有《第一瞥》《上海城内》《戏台》《章炳麟氏》《郑孝胥氏》《南国的美人》《沪杭车中》《西湖》《苏州》《南京》《芜湖》《北京雍和宫》《辜鸿铭先生》《什刹海》。1926年7月25日《东方杂志》第23卷第14期刊出丐尊翻译的《秋》。1927年2月10日《小说月报》第18卷第2号刊出汤鹤逸翻译的《山鹬》。截至1927年7月24日芥川龙之介自杀，大概仅此而已。

这位杰出作家的自杀倒是一石激起千层浪，人们似乎此时才认识到芥川龙之介的价值，中国文坛掀起一阵"芥川龙之介热"。1927年8月21日出刊的《文学周报》第5卷第3期，在刊出黎烈文翻译的小说《蜘蛛之丝》的同时，还发表了他7月27日写于日本的《海上哀音——闻芥川龙之介之死》，文中说："在新思潮派的三柱（菊池宽、久米正雄、芥川龙之介）中，我最景仰的是芥川氏。不但如此，在现代日本许多作家中，我最爱读的也就是芥川氏的作品。""芥川氏创作很谨严，在日本现代一般作家中，从量的方面说，芥川氏要比较算少的。但因此他的作品差不多篇篇都成为有价值，简直有世界的价值。他不曾像菊池宽一样滥造出许多无聊的通俗的长篇，这是他的幸事，同时也愈成其伟大。"这一看法在一定程度上代表了中国文坛对芥川龙之介认识的转折。同年9月出刊的《小说月报》第18卷第9号，开辟了"芥川龙之介专辑"，集中推出"芥川氏创作十篇"，含小说：江炼百译《地狱变相》，郑心南、梁希杰译《开化的杀人》，顾寿白译《影》，谢六逸译《阿富的贞操》，胡可章译《龙》，周颂久译《开通的丈夫》，夏辑玉译《奇谭》，夏丏尊译《湖南的扇子》，郑心南译《南京的基督》，黎烈文译《河童》（第10号续完）；谢六逸译"芥川氏小品四种"：《尾生的信》《女体》《英雄之器》《黄粱梦》；"芥川氏杂著两种"：切生译《小说作法十则》、宏徒译《隽语》；另有芥川龙之介像、芥川龙之介家庭、芥川龙之介遗墨、郑心南《芥川龙之介》、芥川龙之介年表、介绍《芥川龙之介集》的补白等。郑伯奇也在《洪水》第3卷第34期（1927年9月16日）发表《芥川龙之介与有岛武郎》。1927年12月，上海开明书店推出鲁迅等译的《芥川龙之介集》，收《鼻子》《罗生门》《秋》《袈裟与盛远》《薮中》《南京的基督》《湖南的扇子》《手巾》等小说与《中国游记》《绝笔》等散文。而后，有《芥川龙之介小说集》（汤鹤逸译，北平文化书社1928年7月，收《一块土》《秋山图》《黑衣圣母》《阿格尼神》《魔术》《山鸭》《金将军》《弃儿》《女》《蛛丝》及《芥川龙之介自杀时致某旧友的手札》），《河童》（黎烈文译本，商务印书馆1928年，上海文化生活出版社1936年；冯子韬［冯乃超］译，上海三通书局1941年），《芥川龙之介集》（冯子韬译，上海中华书局1934年9月，收《母亲》《河童》《将军》《某傻子的一生》），《某傻子的一生》（冯子韬等译，上海三通书局1940年）；除此之外，丘晓沧译《现代日本短篇杰作集》（上海大东书局1934年）亦收有芥川龙之介的《猴子》《三个窗》。

　　在芥川龙之介的自杀引起芥川龙之介译介热潮之际，最早翻译芥川龙之介的鲁迅却表现出异乎寻常的冷静。这或许同鲁迅与日本人之生死观的差异有关。日本是一个岛国，台风、海啸、地震与火山喷发时有发生，在仅凭经验预测气象变化的时代，渔民出海的风险难以预料，所以养成了日本人独特的生死观。日本人奉樱花为国花，就是因为他们欣赏樱花开放时绚烂极致、落下时倏忽而逝的品格，换言之，日本人在樱花那里找到了生死观的对象化，或曰象征性表现。日本古往今来，骚人墨客也罢，官吏武士也罢，庶民百姓也罢，自杀率在世界各民族中均在前列，恐怕与此相关，而非现代心理学所能够完全解释得通。鲁迅性格中有一股浙东的硬气，不服输、不退缩，热爱生活[1]，顽强地生存，哪怕死去也要化为厉鬼

---

①　1936年8月23日作《"这也是生活"……》（初刊1936年9月5日上海《中流》半月刊第1卷第1期）中述及自己病情有所转机之后的一天夜里，醒来后喊醒了夫人许广平。"'给我喝一点水。并且去开开电灯，给我看来看去的看一下。'""'为什么……?'她的声音有些惊慌，大约是以为我在讲昏话。""'因为我要过活。你懂得么? 这也是生活呀。我要看来看去的看一下。'""街灯的光穿窗而入，屋子里显出微明，我大略一看，熟识的墙壁，壁端的棱线，熟识的书堆，堆边的未订的画集，外面的进行着的夜，无穷的远方，无数的人们，都和我有关。我存在着，我在生活，我将生活下去，我开始觉得自己更切实了，我有动作的欲望……"鲁迅对生活的热爱与生存的执着于此可见一斑。

进行复仇，他之欣赏绍剧里的女吊即是这种性格的表现。1923年6月9日，白桦派代表作家有岛武郎与情人波多野秋子殉情，周作人虽然痛惜，但撰文表示理解，尊重个人选择的权利。而对有岛武郎有着深度契合并译介过他多篇创作的鲁迅却一言不发。后来对待芥川龙之介的自杀，鲁迅也持同样的态度。

鲁迅之所以保持沉默，或许还因为在他看来，文坛对芥川龙之介的翻译、介绍、评论看起来热热闹闹，而实际上对芥川龙之介深刻之处的认识尚未到位，甚至以中国当时的社会文化氛围，还缺乏深入理解芥川龙之介的条件。对芥川龙之介的误解，即使到了多量翻译之后仍然存在。侍桁在开明书店1929年6月初版的《现代日本小说》序文《现代日本文学杂感》中，嘲讽说："夏目漱石称赞他的《鼻子》之后，假若他肯再看第二次或第三次的时候，他不会后悔么？"在侍桁的眼里，"大概现代日本的文学作家中没有一个人是当得起艺术家这种名称。假若说是稍有例外时，第一个那便是有岛武郎了"。有岛武郎固然值得称许，但是芥川龙之介难道只是文字美好、构造精练，而艺术态度除了《南京的基督》之外别无可取，甚至让人怀疑他是否具有艺术家的良心吗？侍桁批评说："这位作家对于艺术的缺少真实的态度，也表现得清清楚楚。他的作品是很能给读者一时的兴奋的，但是它们决经不住深思。你若是一细细地琢磨起来，它们的架子将要完全倒毁。"这种批评实在让人不敢苟同。冯子韬在作为《芥川龙之介集》序言的《芥川龙之介的作品作风和艺术观》中，也对夏目漱石对他的认识与期待表示怀疑，谐谑地说"的确像他自知之明一样，也许有人因读他的作品而打哈欠呢"。1935年，巴金在《几段不恭敬的话》中说："除了形式以外他的作品还有什么内容吗？我想拿空虚两个字批评他的全作品，这也不能说是不适当的。"如果说五四前期的误读与漠视主要是出于历史文化进程的差异的话，那么30年代的尖锐批评则恐怕还有另外的原因，诸如芥川龙之介的《中国游记》《长江游记》中存在着有伤于中国人自尊心的文字，日本普罗文学否定芥川龙之介的影响①，等等。

芥川龙之介对社会的关注远不如对人性与生存本身的关注那样执着、深刻，而中国文坛在五四新文化运动落潮之后，社会色彩渐浓，其中激进一翼逐渐走向左翼，有一翼更加关注国家与民族的命运，后来形成民族主义文艺运动，也有一翼继续沿着"五四"开辟的道路前行，抨击扼杀人性与压抑个性的社会势力与文化传统。无论哪个部分，人性的深层探寻与生存的哲学探究至多只限于个别作家个别作品，至于在文坛形成一种氛围，还要等到步入改革开放进程的80年代。

在如此背景下，鲁迅的认识与选择应该说是难能可贵的。最初选择翻译的篇目时，他一定是感悟到芥川龙之介人性深层探寻与生存思考的深刻性，但在译者附记和关于作者的说明里并未言及前者，只是对后者有所触及："他的作品所用的主题，最多的是希望已达之后的不安，或者正不安时的心情。"② 这一认识与鲁迅1920、1921年的心境有关。新文化运动在狂飙突进之后，渐趋平缓，新文化阵营内部的矛盾也就逐渐显露出来。先是1919年7月前后发生了胡适与李大钊关于"问题与主义"的争论，继而1921年初，围绕着《新青年》的性质问题，又产生了较大的分歧，鲁迅意识到分裂的不可避免，难免引起心中的波动。学校风潮此起彼伏，1921年3月14日，包括鲁迅兼职的北京大学等学校的教职员因经费支绌而举行同盟罢工，鲁迅停止在各校授课，直到下学期才重返讲台。从家庭生活来看，1919年11月搬进了新居，12月返回故乡绍兴，举家迁到北京，其中自然包括1906年奉母亲之命娶进家门的妻子朱安。生活安定下来，院子里有了孩子，也热闹了起来，但与被视为母亲给他的礼物的妻子共同生活，正所谓如鱼饮水，冷暖自知。1921年3月29日，周作人住院治病，两个月后

---

① 参见王向远：《二十世纪中国的日本翻译文学史》，北京师范大学出版社2001年版，第145—146页。

② 《现代日本小说集·附录　芥川龙之介》，引自《鲁迅译文全集》（第二卷），第100页。

去西山碧云寺般若堂养病三个半月，为二弟的担心、筹款的费神与探视奔波的辛苦相互交织，加重了鲁迅的疲劳感。比较一下前后几年的创作量或可见出鲁迅1920—1921年处于创作的低潮期。1918年，鲁迅投身新文化运动，当年发表小说1篇、新诗5首、杂文9篇（含有评论内容的书信1篇）；1919年发表小说4篇、新诗1首、散文诗7篇、杂文28篇（含有评论内容的书信1篇）；1920年发表小说2篇；1921年发表杂文5篇、小说《故乡》，《阿Q正传》12月4日开始连载，1922年2月12日载完；1922年连同《阿Q正传》在内小说6篇、杂文12篇。1920—1921年创作量较少，也可能与1920年8月被聘为北京大学、北京高等师范学校讲师，讲授中国小说史有关。但是，由社会文化氛围与家事而产生的不安心境恐怕是更为内在的原因。

二、借鉴与创造

翻译并非单纯的语言转换，其中既应有深入的理解，也需要创造性的表达。鲁迅早在20世纪初留学日本时就以翻译开始了他的文学历程，由于有了那一时期及稍后断断续续的文言翻译实践的积累，加之1919年以白话翻译武者小路实笃《一个青年的梦》、有岛武郎《与幼小者》等作品的尝试，到1921年翻译芥川龙之介作品时，理解已经相当透彻了，文笔也变得自如起来。对于身为作家的鲁迅来说，翻译外国名家名作，必定会给其创作带来深刻的影响；在此前后，即使未曾亲手翻译，但以其出色的日语能力和对芥川龙之介的持续关注与深深共鸣，仍能从芥川龙之介那里获得创作的灵感与构思的启迪，自然，鲁迅的文学创作总是显示出其独特的个性色彩。

鲁迅最早受到芥川龙之介影响的作品是哪一篇呢？日本学者藤井省三认为《孔乙己》是鲁迅第一篇成熟的作品，之所以成熟，与受到芥川龙之介的《毛利先生》的影响有关。这一看法首先面临着创作时间的质疑。《毛利先生》初刊于东京新潮社出版的《新潮》1919年1月号，并收入同年1月15日出版的芥川龙之介第三个小说集《傀儡戏》。据藤井省三考察，鲁迅看到过这一期《新潮》杂志，在3月19日周氏兄弟也收到了邮购的《傀儡戏》。据此，他猜测"肯定鲁迅先看过《毛利先生》以后再写《孔乙己》的"[①]。鲁迅在《孔乙己》初刊于1919年4月《新青年》第6卷第4号时，篇末有作者写于1919年3月26日的《附记》说是"去年冬天做成的"，人民文学出版社2005年版《鲁迅全集》第一卷第462页的注释中据此认定写于1918年冬天。鲁迅博物馆鲁迅研究室编《鲁迅年谱》（人民文学出版社2000年增订版）也认同这一说法。笔者认为，把"去年冬天"理解为"1918年冬天"，或多或少有一点混淆公历与农历的意味。1919年1月1日是农历戊午年十一月（冬月）三十，1月31日是农历十二月（腊月）三十，2月1日为农历己未年正月初一，2月5日为立春。在人们的习惯上，说到农历，十月、冬月、腊月，都视为冬天。鲁迅己未日记1919年1月16日有"上午寄家信并泉六十，为齐寿山作衣费及年莫（通'末'）杂用"。这里的"年末"显然是指农历年的年末。鲁迅1919年发表《孔乙己》写的附记说的"去年冬天"，当是农历年的冬天，包含十月、冬月、腊月三个月，《孔乙己》的写作可能是在1919年1月。这样看来，藤井省三说鲁迅写作《孔乙己》之前看到了芥川龙之介1月发表的《毛利先生》，并受到启发，从时间上看，是有可能的。

从人物与情境来看，两篇作品确有较为明显的相似性。《毛利先生》里，借助"我"的朋友评论者回忆中学代课一学期的英语老师毛利先生，其人衣着不讲究，穿一件古怪的晨礼服，有点脏的翻领下面，郑重其事地系着一条极其鲜艳的紫色领带，英语发音虽然惟妙惟肖，但翻译起来，"他所知道的日语词汇竟然少得令人难以相信他是日本人"。学生们看到老师的窘相，从哧哧地窃笑，很快变成肆无忌惮地哄堂大笑。课堂上讲解朗费罗诗歌时，突然岔开去向不谙世事的中学生诉说起自家生活的艰辛与

① 藤井省三：《鲁迅与芥川龙之介:〈呐喊〉小说的叙述模式以及故事结构的成立》,《扬子江评论》2010年第2期。

苦恼来，一个剽悍的学生气势汹汹地起身质疑，毛利先生无比难堪，"像遭了雷击，半张着嘴，呆立在炉旁"，"过了一会儿，他那家畜般的眼睛里，闪过一丝低三下四乞求的神情"，低了两三次头，郑重道歉。七八年过去，已经大学毕业了的讲述者在一家咖啡馆又见到了毛利先生，他还是穿着那件"古色古香的晨礼服"，以"尖声细气"的声音，"一杯咖啡坐上一整晚"，热心地教那些服务员英语。这个不得志的落魄者，能力有限而渴望他人承认，在校园里得不到认可，就到咖啡馆里通过给侍者义务讲解而寻求自尊的满足，怪异的衣着正是其性格与命运的象征。孔乙己也是个不得志的读书人，身穿长衫，虽然显示他与短衣帮并非同类，但其长衫"又脏又破，似乎十多年没有补，也没有洗"，他只能站着喝酒，而不能进到房子里，要酒要菜，慢慢地坐着喝，这就显出了他的落魄。孔乙己与毛利先生都是周边人嘲笑的对象，遇到诘问时都一脸窘相。然而，孔乙己的处境比毛利先生更加困窘，毛利先生尽管在服务员领班眼里被视为不受欢迎的"老朽"，但毕竟咖啡店服务员对他是尊重的，"个个聚精会神，目光炯炯，老老实实地听着先生那匆忙的讲解"。而孔乙己却没有赢得一个人的尊重，孩子们聚拢来，不是尊重他的学问，而是看中了他碟子里的茴香豆。孔乙己的结局也比毛利先生惨得多，腿被打折，再也不能穿着长衫站着喝酒，再也无法向小孩子们炫耀自己的博学，从其有钱即还的信用人格与人在必来喝酒的常规来看，长久杳无音讯，"大约孔乙己的确死了"。比较而言，《毛利先生》的结构稍微复杂一点，人物的生活舞台有两个，一个是教室，一个是咖啡馆，《孔乙己》相对单纯一些，人物的舞台只有一个小酒店；《毛利先生》结尾主人公还在重复他的功课，咖啡馆侍者的尊重及叙事者的理解给作品带上了一丝暖色，而《孔乙己》则是彻底的冷酷，以简劲的笔触、精短的篇幅刻画人物性格，揭露科举制度对人的摧残与人间冷漠的苛酷。在艺术的凝练与主题开掘的深度上，《孔乙己》无疑要超出《毛利先生》，这正所谓"青出于蓝而胜于蓝"吧。

　　总体上看，芥川龙之介属于冷峻的作家，但也有对人性美的温馨描写。《橘子》里，二等车乘客"我"，有一种"难以名状的疲劳和倦怠，犹如雪前的天空般阴沉"，在"我"的视野里，刚上车的十三四岁的小姑娘，是个地道的乡下姑娘，发髻老式，"红得扎眼的两颊上横着道道皲裂的痕迹。脏兮兮的浅绿色毛围巾一直耷拉到膝盖，膝上放着一个大包袱。抱着包袱的手满是冻疮，十分珍惜地紧紧捏住一张红色的三等车票。我不喜欢小姑娘那粗鄙的长相，她那邋遢的衣着也令我不快。她甚至愚蠢得连二等和三等车厢都分不清，就更令人气恼"。因此，"我"对她表现出不屑一顾的样子，把她与反映琐细的世俗生活的晚报视为庸俗现实的象征。加上乡下小姑娘偏偏在火车过隧道时打开了车窗，煤烟倒灌，让患咽喉炎的"我"咳嗽得气儿都喘不上来，而她对"我"的痛苦却毫不关心。"我"的厌恶里更添加了气愤。可是，当车出了隧道之后，看见三个红脸颊男孩挤着站在一起，向着列车举手尖叫，忽然间，车上的乡下小姑娘探出半个身子，一下子伸出长着冻疮的手，使劲地摆动应和，而且"沐浴着和煦阳光的五六个橘子，从窗口一个接一个地飞落到送行的孩子们的头上。我不禁屏住气息，顿时恍然大悟。小姑娘，恐怕是前去当佣人，把揣在怀里的几个橘子从窗口扔下去，以慰劳特意到道口来为她送行的弟弟们"。"暮色中镇边的道口，小鸟啼鸣般的三个孩子，还有散落到他们头上的橘子那鲜艳的颜色——这一切从车窗外转瞬即逝。然而，此番情景却痛切地铭刻在我的心上。我意识到自己不由得产生了一股莫名其妙的豁然开朗的心情。"此时，眼前的乡下小姑娘，虽然依旧是刚才那副衣着，浅绿色的毛围巾依旧围着她那满是皲裂的脸颊，抱着大包袱的手里，也依然紧紧捏住那张三等车票，但在"我"的心目中，俨然换了一个人。"这时，我才聊且忘却那难以名状的疲劳和倦怠，还有那无法理喻的卑贱而无聊的人生。"《橘子》写于1919年4月，5月在日本《新潮》杂志刊出。这一构思给鲁迅以启迪，他于1919年11月作《一件小事》，虽然叙述的人物与场景有别，但同样是卑微小人物让人意外的一个细节，改变了叙事主人公对卑微人物的负面印象，并且促使叙事者心境陡转。《一件小事》的情节比《橘子》要简单，人物描写与心理刻画也不如《橘子》细致丰满，但感情脉络、主题都与《橘子》息息相通。

1919年是鲁迅从事现代小说创作的第二个年头，尚属尝试阶段，所以借鉴的色彩较为明显。而后，随着时间的推移，借鉴色彩逐渐淡化、内化，创作走向自觉，不大容易找出《孔乙己》与《毛利先生》、《一件小事》与《橘子》这种一对一的影响关系。较多的情形是灵感激发，心弦共鸣，杂取兼收，为我所用，新翻杨柳，别开生面。譬如，《阿Q正传》第三章"续优胜纪略"里，阿Q"醉醺醺的在街上走，在墙根的日光下，看见王胡在那里赤着膊捉虱子，他忽然觉得身上也痒起来了"。"阿Q也脱下破夹袄来，翻检了一回，不知道因为新洗呢还是因为粗心，许多工夫，只捉到三四个。他看那王胡，却是一个又一个，两个又三个，只放在嘴里毕毕剥剥的响。""阿Q最初是失望，后来却不平了"，终至愤怒而相骂、动起手来。这很容易让人想到芥川龙之介1916年所作的《虱子》，两个武士在奔赴战场的航船上，为着养虱子还是吃虱子大打出手，险些闹出人命。作者对人间的无谓争斗予以辛辣的讽刺。鲁迅早就读过《虱子》，对此细节一定留有印象，后来创作《阿Q正传》时便信手拈来，加以生发改造，生动地呈现出阿Q的生存状态与心理状态。然而，有的相似性，则从鲁迅创作在先即可判定并未受到芥川龙之介的影响，而是两位作家的异轨同奔，不谋而合。譬如，芥川龙之介的《阿吟》，女主人公阿吟信仰佛教的父母早逝，她便跟随养父母信仰了天主教，当局镇压异教徒，逮捕、酷刑，直至要施以火刑，最后关头，为了留条活命，她终于屈服变节，重新皈依佛教，不再为了将来去天堂而殉天主教。在生命欲求同信仰的冲突中选择生命，这本属人情之常，道德评价另当别论。但是，围观者却义愤填膺，他们未必是为了维护天主教，也不是崇尚信仰的一贯性，而是"或许那只是因为痛失良机，没能亲眼目睹到火刑场面而萌生的遗恨吧"。这个结尾与《阿Q正传》十分相似——"而城里的舆论却不佳，他们多半不满足，以为枪毙并无杀头这般好看；而且那是怎样的一个可笑的死囚呵，游了那么久的街，竟没有唱一句戏：他们白跟一趟了"。《阿吟》写于1922年8月，而《阿Q正传》则连载于1921年12月4日至1922年2月12日，不存在着鲁迅借鉴芥川龙之介的问题，只是两位作家均洞察到东亚人乃至人类的共同弱点，遂加以表现而已。关于这一弱点，鲁迅早在1919年所作的《随感录六十五　暴君的臣民》说得更为直接："暴君的臣民，只愿暴政暴在他人的头上，他却看着高兴，拿'残酷'做娱乐，拿'他人的苦'做赏玩，做慰安。"①

　　芥川龙之介出生八个月后，母亲精神失常，他被舅父收养。特殊的家境，愈增其天生的敏感。聪慧与敏悟，使得他对生活观察细腻，对人生百态多有别致而深刻的描写。诸如《大葱》里爱情的幻想不敌世俗生活的琐细；《十元纸币》里教员经济的困窘，借款的尴尬，对稿费的期待；《阿律和孩子们》里再婚家庭的复杂关系；等等。但他更擅长刻画光怪陆离的精神现象，揭示人之心理世界的重重矛盾。《秋》里的信子，在爱情上为了妹妹照子而做了自我牺牲，可是，妹妹爱情的美满与自己婚姻生活的失意之反差，却让她品尝着深秋的寒意。《文明的杀人》主人公为了压抑的爱情，先是神不知鬼不觉地药杀了放浪的银行经理，接下来难以抑制药杀好友本多子爵的冲动，良知和欲望激烈冲突，最后自杀了之，留下遗书向友人坦白实情。《竹林中》扑朔迷离的案情，也在很大程度上缘于人之难以蠡测的心理。《母亲》里，幼子不幸夭折的母亲，听到住上海旅馆时隔壁一家的婴儿也病逝之后，一方面表示同情，另一方面暗自庆幸，眼睛、嘴角，"无不充溢着微笑"，"那是一种幸福得几乎丧失了平静的微笑"。丈夫从中感觉到"某种刻薄而冷酷的东西"，"仿佛有一种远非人力所能企及的东西正巍然耸立在面前一样"，妻子也怀疑自己"是不是很可恶"。作者写道："它与那种隐藏在阳光下的草木深处，一直监视着人类的可怕

---

① 唐俟：《随感录六十五　暴君的臣民》，《新青年》第6卷第6号，1919年11月1日，收《鲁迅全集》（第一卷），第384页。

力量是那么相似。"芥川龙之介写出了潜藏在人性深层的恶毒。

日本文学的近代化启程比中国要早，从科学启蒙到政治启蒙再到人的启蒙，到20世纪第一个十年，已经出现了夏目漱石小说《我是猫》、田山花袋小说《棉被》、岛崎藤村小说《破戒》、与谢野晶子诗集《乱发》等相当成熟的"人的文学"。第二、三个十年，日本文学一方面继续高张人道主义与个性主义旗帜，另一方面在人性的深层探索上不断突进，夏目漱石、有岛武郎等作家均有佳作，新理智主义代表作家芥川龙之介尤为突出。中国文学到五四时期才进入"人的文学"阶段，1917年至1927年间，新文学的主旋律是人性解放与个性解放，抨击家庭专制、礼教束缚乃至社会黑暗，召唤人性觉醒与个性解放。至于人性深层的解剖，心理世界重重矛盾的揭示，则只有鲁迅等少数先驱者才有所触及。鲁迅的一些作品与芥川龙之介构成了回声与共鸣的关系。

在鲁迅第一部小说集《呐喊》里，主要的冲突发生在个人与社会（制度、伦理、风俗、社会心态、散沙状的群体、冷漠的他者等）之间，人物的心理层面大多比较单一。《阿Q正传》是个特例，其中既有个人与社会的尖锐冲突，阿Q的对头如乡镇阔人赵太爷、赵秀才，仗势欺人的地保，大权在握的把总，凭借革命上位的假洋鬼子，王胡等一干闲人，因阿Q要"困觉"而羞愤得欲寻短见、阿Q游街示众时充当看客的吴妈等；也有阿Q自身的多重矛盾，如自尊自傲与自轻自贱，保守与对新鲜事物的钦佩，无师自通的正统观念与耳濡目染的民俗观念，社会理想与无赖习气，革命欲求与生命意志，画押的颠顶与灵魂被"眼睛们"咬啮之痛的自省，等等，阿Q身心交织着错综复杂的矛盾，留给读者无尽的思考。因而，阿Q也才能成为步入世界文学人物长廊的经典形象。

第二部小说集《彷徨》对人性开掘的深度有所加强，对精神矛盾揭示得更为深邃。《祝福》里的祥林嫂，虽然经受过"抱郎妇"的煎熬，可还是一度想要从一而终，被婆婆出于经济目的强迫再嫁，她才享受到几年幸福的时光。可怜她连遭不幸，第二个丈夫也病逝，孩子又惨遭狼噬。然而，更让她难以承受的是无论她怎样努力做活，甚至拿出全部积蓄到庙里捐门槛，也得不到雇主家的信任，失去了参与过年摆放祭祀器具的资格，她怀着巨大的恐惧向回乡的读书人发问："一个人死了之后，究竟有没有魂灵的？""那么，也就有地狱了？""死掉的一家的人，都能见面的？"读书人无法回答，支支吾吾。祥林嫂终于带着无解的疑问与无边的恐惧倒毙于祝福之夜的风雪之中。芥川龙之介作于1919年6月的《疑惑》里面，主人公中村玄道在1891年浓尾大地震时，自己从倒下的房檐下面挣扎着爬出来，发现妻子被压在房梁下，帮助她搬开檐板。突然，不知从哪儿冒出滚滚的黑烟，扑面而来，中村玄道拼命往出拉妻子，可是妻子的下半身纹丝不动，很快火势挟着火星猛袭过来，他担心妻子被活活烧死，捡起一块瓦片，砸在妻子头上。全镇笼罩着浓烟和烈火。他一直不敢说出自己亲手砸死妻子的真实，不敢考虑再婚的事情。后来看到震灾画报，陷入抑郁之中，怀疑自己震灾中杀掉妻子是真的出于不得已，还是因为妻子小夜身体有缺陷，利用震灾实现了摆脱那个女人的机会。同事谈论震灾时，有人说起一家酒馆的老板娘压在房梁下，身子动不了，多亏大火烧断了房梁，才捡回一条命。中村玄道听罢顿时失去知觉，醒来愈加怀疑自己。婚礼上，他迷狂到极点，声嘶力竭地喊出："我是杀人犯！罪大恶极的杀人犯！"婚自然是结不成了，从此不得不背上疯子的名声。《祝福》与《疑惑》，两篇小说的题材差异甚大，但是，细加考察，两个主人公那种因灾难而形成的恐惧感与自责感，他们向前来讲学的伦理学者或回乡的读书人求解的迫切性，学者与读书人给不出答案的尴尬及其带给求解者的痛苦，却是一脉相通。中村玄道那种痛彻骨髓的忏悔与恐惧，似乎也走进鲁迅的《伤逝》，化为涓生的悔恨与悲哀。五四文学的婚恋题材，多数是写家庭专制与封建礼教给人造成的痛苦与年轻人的反抗，至于自由恋爱成功地步入婚姻殿堂之后如何，少有表现。《伤逝》的深刻之处在于，即使是打破家庭与社会重重束缚，从自由恋爱走进婚姻生活的青年男女，如果只是一味地沉浸于爱情的甜蜜之中，而忽略了别的人生要义，在阴霾密布的社会里爱情生活也很难持久；如果只是强调个人利益，只是希望获得，而不愿承担风雨同舟的义务，不愿付出，那么，爱情也不会维系下去；虽然自己可能走上新路，但抛弃爱人，甚至导致爱人死亡的悲剧，必然带给他永生的悔恨。《伤逝》揭示出涓生身上个性主义与人道主义的深刻矛盾，这一点与夏目漱石、有岛武郎、芥川龙之介取得了共振。涓生要在忏悔中度日，这一点又很像芥川龙之介《蜘蛛之丝》中的大盗犍陀多，因他曾放生一条蜘蛛，佛陀给他一次脱离地狱的机会，让蜘蛛来报答他。但他选择了独自解脱，抛弃了同类，结果被佛陀抛弃。涓生抛弃了先前的爱侣子君，也必然要堕入精神地狱，让地狱的毒焰猛烈地烧尽他的悔恨和悲哀。

芥川龙之介1918年9月创作的《枯野抄》，描写弟子们在恩师松尾芭蕉濒危时的复杂心态，一方面焦虑，见无救而悲哀，但另一方面，又有一种松口气的感觉。"只不过这种如释重负的心情十分微妙，以致谁也不愿意承认自己有过这念头。"弟子其角临到要给师傅点送终水，心情"简直是冷漠之极"，师傅瘦成了皮包骨，"那瘆人的样子，让他生出一种强烈的嫌恶之情，甚至忍不住要背过脸去"。他为此而在心里掠过一丝自责，嫌恶之情在道德上理应有所忌惮，但实在是太强烈了。另一个弟子去来曾经为自己能够尽心尽力照料师傅而自得，随后又对这种自得进行自责，觉得自己卑劣不堪。当师生情遇到变故时竟然引发弟子如此复杂的心理变化，这不能不给鲁迅以深刻的烙印。周作人1917年5月患麻疹，鲁迅甚急，四处寻医，自己请假在医院陪护。1921年周作人又因病情恶化，住院两个月，出院后赴西山疗养，鲁迅都为之奔波。不料，兄弟之情到1923年7月突生变故，竟至决裂，鲁迅异常痛苦，大病一场。1925年6月29日，他作散文诗《颓败线的颤动》，以梦境写一位母亲以自己的屈辱卖身养家糊口，女儿成家之后，母亲却遭受女儿与其丈夫及孩子的鄙夷与诅咒。诗篇以母亲无言的出走表达对背叛的愤怒，个中传达出一些鲁迅对周作人一家的责难。同年11月3日完成的小说《弟兄》，意涵更为丰富，一方面，有对兄长在弟弟病中复杂心理的剖析，其中不无对自私心理的揭露，另一方面，也隐含着对实际生活中作为受关照者的弟弟忘恩负义的谴责。解剖亲情背后的阴暗心理，这一点与《枯野抄》颇有相通之处。

《枯野抄》是古代题材，给古代题材注入新的生命，即富于个性色彩的现代感情与感悟，是芥川龙之介的长项。芥川龙之介读初中时曾想当一名历史学家，后来读过日本与中国的许多古代文学作品，他的一些小说即从古人、古事与古代作品中取材。但他着意表现的，与其说是古人古事，毋宁说是现代情思与个人感悟。1916年2月，他在刊出其《鼻子》的《新思潮》（第四次出版）创刊号上的《校对之后》中直言："我打算今后仍采用与本月作品相同的素材进行创作。我的小说被归入历史小说之列，令我无法忍受。"[1] 1917年6月，他在《我与创作——〈香烟与魔鬼〉代序》中进一步说，单有古代的素材，还远远不够，必须使自己的表现欲望与古代素材浑然一体，才能写出小说。[2]

深受浙东史学背景熏陶的鲁迅，也富于历史兴趣与历史感觉，因而他选译的芥川龙之介的两篇小说，都是古代题材。从1922年11月起，鲁迅也开始从古代取材写小说。他同样把"新的生命"投入到古人古事中去，着力于写成"故事新编"，而非历史小说。"叙事有时也有一点旧书上的根据，有时却不过信口开河。而且因为自己的对于古人，不及对于今人的诚敬，所以仍不免时有油滑之处。……不过并没有将古人写得更死"。既然是"故事"而非历史，是"新编"而非复述，自然可以"只取一点因由，随意点染，铺成一篇"[3]，也就是允许古代的杂取、现代的插入与艺术的虚构。鲁迅对古代题材之创作的文体体认与创作实践，可谓芥川龙之介的异域知音。

芥川龙之介有一类古代题材作品，如《基督徒之死》《圣·克利斯朵夫传》等，描写圣贤的道德完善与自我牺牲。但饶有意味的是，圣洁的形

---

① 高慧勤、魏大海主编：《芥川龙之介全集》（第4卷），山东文艺出版社2005年版，第601页。

② 高慧勤、魏大海主编：《芥川龙之介全集》（第4卷），第606页。

③ 《鲁迅全集》（第二卷），第353—354页。

象皆与基督教有关，其中不乏外邦人，圣·克利斯朵夫即为3世纪的叙利亚人。然而，以颇多夸张、奇幻的民间传说的文体讲述圣·克利斯朵夫的非凡经历与高尚品格，看似尊崇，实则不无消解效应。这在一定程度上表明芥川龙之介对日本传统文化的态度与国粹主义者大相径庭，对于世间常见的偶像崇拜也不予认同。单纯颂歌式的作品在他笔下并不多见，以其冷峻而犀利的眼光，更乐于在描写英雄与贵族时透露出其光环下的阴翳，给人以一点幽默感。《素戈呜尊》描写了盖世英雄素戈呜尊遭受嫉妒、出卖、酷刑、诱惑等痛苦的磨炼与腐蚀的摧折之后，终于成熟、振作起来，出走、漂泊，为救公主，迎战巨蟒。如果说《素戈呜尊》是写英雄的成长史的话，那么，其续篇《老年素戈呜尊》则写他成就英雄伟业之后的蜕变以及最终觉悟。素戈呜尊除掉巨蟒后娶栉名田公主为妻，成为足名椎部落首领。他把武艺与魔法都传给性格最像他的须世理公主。然而，当他发现公主有了意中人后，对"那小子"使出种种毒计，必欲置之死地而后快。素戈呜尊在梦中为自己的所作所为辩解，惊醒。追到海边，要射杀女儿与意中人远去的小舟，但箭在弦上却难以射出，最终素戈呜尊选择了放弃，祝福年轻人幸福。故事的表层似乎是父亲不愿放女儿出嫁的原始嫉妒，实际上，深层含义则在老一代如何将权力移交给年轻一代，这不仅是现代政治的良性发展问题，也是人类发展的普遍性、永恒性问题。

与芥川龙之介相比，鲁迅对中国传统的态度要热情得多，《故事新编》八篇中有四篇是肯定性的描写。《补天》倾情表现传说中的中华始祖之一女娲的伟大创造力与无私奉献精神。之所以取女娲炼石补天的神话来做描写古代题材的试笔，固然是缘于作者从弗洛伊德的精神分析学受到启发与刺激，意欲描写性的发动和创造以至衰亡，但大概也缘于作者从女娲的觉醒与创造发现了与五四精神的相通之处。这篇小说的特出之处，不仅在于以典雅凝练的笔触，出色地完成了文学史上要么竭力回避要么恣意张扬的性描写，以象征的手法出神入化地把生命历程与历史进程叠印在一起，而且在于作品没有就此止步不前，而是进一步表现了女娲以天下为己任的宽阔胸襟和敢于同灾难抗争的无畏勇气。她急公好义，为了早日补上残破了的天，消弭战争带来的祸患，日日夜夜堆芦柴，柴堆高多少，她也就瘦多少，等到终于将天补成一色青碧，她却吐出了最后的呼吸。天边那一轮光芒四射的太阳，另一边生铁一般冷且白的月亮，谁是下去，谁是上来，先前，她是忙于发散生命的活力，无暇理会，现在，她已为天下献出宝贵的生命，无法知晓。女娲从觉醒的亢奋到悲壮的献身，犹如包在荒古的熔岩中的流动的金球，无论是喷发还是陨灭，都给世间留下永恒的辉煌。在这一神话中的巾帼英雄身上，分明看得见启蒙先驱者的身影。同时，在民族文化受到西方文化的剧烈撞击、显露出种种罅漏的背景下，鲁迅作为冲决传统堡垒的骁将，也许会从女娲这位被中华民族世世代代视为人类始祖的伟大母亲身上获得心理上的慰藉。《理水》歌颂了中国传说中的治水英雄大禹。鲁迅自幼崇敬大禹，不仅自己的感情色调与行为方式上有大禹的投影，而且在《〈越铎〉出世辞》等著述中多次表露对大禹的崇仰之心，《理水》更是精心剪裁了几幅剪影，生动地刻画了大禹克己奉公、脚踏实地、开拓进取的英雄形象。大禹太太对丈夫过家门而不入恶咒式的抱怨，舜的评价与民众的反映，是侧写；面貌黑瘦，足不穿袜，满脚底都是栗子一般的老茧，行动风风火火，言语简洁明快、直率坦诚，是直写；作品的大部分篇幅用来描写大员们的懒惰、保守与学者的无聊、玄谈等种种丑态，则是为了反衬大禹的光彩人格。《非攻》讴歌了主张"兼爱""非攻"，并有"摩顶放踵利天下，为之"的实践精神的思想家墨子。鲁迅早在1917年曾录写过《墨经正义》，后来在杂文中也多次提到墨子，他自身的务实精神与埋头苦干就同墨子息息相通。《非攻》选取墨子化解楚国攻宋危机的历史故事，形象地展现了墨子的思想光彩、聪明才智与人格风范，也褒扬了宋国的墨家弟子不惧强国、屏弃玄虚、切实备战的明智之举。

　　《故事新编》通过"神话，传说及史实的演义"[①] 等古代题材的描

---

① 　鲁迅:《〈自选集〉自序》，收《鲁迅全集》（第四卷），第469页。

写，一方面旨在刻画"中国的脊梁"①，另一方面则着眼于历史精神的澄清。社会腐恶、文化弊端与奴性人格，一直是鲁迅的现实题材创作的锋芒所指，当他笔涉古代题材时，亦复如此。《补天》里二王为争王位殃及人间，学仙的逃生者的卑怯，愚忠者的昏昧，道学家的无聊；《奔月》里逢蒙的忘恩负义、狂妄自大，嫦娥的自私、懒惰、庸俗；《理水》里官场、学界，乃至整个社会的种种恶习流弊；《铸剑》里大王的残忍、贪婪，王后、王妃、大臣、太监的愚忠与蠢笨，闲人们的无聊、刁钻；《非攻》里曹公子的空谈"民气"，等等，均在讥刺婉讽之列。但较之《呐喊》《彷徨》，《故事新编》的批判性特色主要的还是在于对传统文化精神源头的澄清，创作于1935年12月的后三篇作品就是其集中的体现。伯夷、叔齐互让王位继承权，且反对武王"以暴克暴"，宁死不食周粟，在历史上颇有美名。《采薇》则采取了反传统的视角，对这两位儒家推重的贤人予以重新审视，揭示其性格中的喜剧性。伯夷、叔齐的性格，一是僵化、迂阔，既然已经确知商王无道，却又以所谓"仁""孝""先王之道"来阻挡讨伐昏君的正义之师，被甲士推得踉踉跄跄跌倒，正是其咎由自取；二是自欺欺人，明知天下大乱，却不问世事，以自我封闭来保持内心平静，但官民们都不肯给他们超然，不时传来令其烦恼的消息，想要去华山吃些野果树叶打发残年，也被武王的"归马于华山之阳"与小穷奇的"敬老"剪径踏坏了梦境；三是虚伪做作，既要与世无争，又禁不住牢骚满腹，言称"不食周粟"，但仍以薇活命，一旦被他人点破，生计难以维持，上天派母鹿来给他们喂奶，一向以仁义自诩的贤人却打起了鹿肉的主意，于是，老天爷发怒，饿死就成了他们的必然结局。"通体矛盾"的揭示，消解了流传几千年的孤竹君二子的贤者神话。

《出关》则把幽默的笔锋指向了道家鼻祖老子，一方面，借关尹喜

① 鲁迅：《中国人失掉自信力了吗》，《太白》半月刊第1卷第3期，1934年10月20日，收《鲁迅全集》（第六卷），第122页。

之口批评他"真是'心高于天，命薄于纸'，想'无不为'，就只好'无为'"，借众人之反应来婉讽其表达幽曲、令人费解的"玄之又玄"；而另一方面，对老子也不无称许之意——老子对孔子拿六经这种"先王的陈迹"当鞋子的迂腐与固执的批评，对人情世故的洞察入微。老子之高雅与小吏们之伧俗，关尹喜对人才、学问的尊重与对老子的哂笑，孔子的"知其不可为而为之"与老子的"无为而无不为"，对照之中饶有深意。篇末关尹喜把老子的书稿"放在堆着充公的盐，胡麻，布，大豆，饽饽等类的架子上"，更是绝妙的一笔，老子之玄言有用还是无用，引人深思。个中的复杂意蕴，恐怕作者创作之初与稍后写《〈出关〉的"关"》时也未必十分清晰。

《起死》把澄清传统文化精神的目光指向了道家的另一位重要代表庄子。作品的情节源于《庄子·至乐》里的一个寓言，原典借助骷髅拒绝使其复生的提议，表达庄子的"齐生死"观。鲁迅就此重构生发，创作了一出动作性很强的喜剧：复活的赤裸汉子执着地向庄子索讨衣服、包裹和伞子，直至要抢夺庄子的道袍。庄子极为受窘，叫来巡士、亮明身份才得以脱身。作品的主旨已不再是"齐生死"观念的展现，而是对"彼亦一是非，此亦一是非"的"唯无是非观"的讽刺。30年代上半期，由于民族危机加剧，社会氛围沉重，老庄得以流行，用作排解苦闷的工具。在文化积淀深层，鲁迅何尝没有老庄的印痕，但在当时，他不能不起而抨击"唯无是非观"了，因为当务之急是要明辨是非，行动起来，拯救民族危亡。

在古代题材的创作中，芥川龙之介多取材于"小历史"，而鲁迅则多关注"大历史"；芥川龙之介偏重于分析性、批判性、讽刺性的表现，而鲁迅则弘扬与批判并重，正剧和喜剧的笔调交织。在分析性、批判性、讽刺性的表现方面，鲁迅对芥川龙之介的借鉴与共鸣更多一些。《理水》里学者无谓的争论，类似于《神秘的岛屿》中关于蔬菜优劣判断的荒谬性。《采薇》里叔齐与伯夷的心口不一，神似《丝女纪事》爱摆架子、爱听奉承的女主人临难之际见到年轻武士时的脸上飞红。《两个小町》，由黄泉使者与两个小町的对话构成，小野小町对生命的留恋，以怀孕骗取黄泉使者的同情，让侍女做她的替死鬼的自私；玉造小町回答黄泉使者是否得罪过小野小町时模棱两可的回答"像是有，又像是没有……哎，没准有也说不定"。几十年后，两个年迈的女乞丐——小野小町与玉造小町——在布满枯草的荒原上又遇黄泉使者，恳求把她们带走，黄泉使者对她们的拒绝与斥责，两个小町无奈的伏地哭泣，等等，恐怕是给《起死》的创作提供了模本。《起死》中，庄子在荒地上遇到骷髅，庄子与鬼魂的争吵，司命的出场，骷髅的复活，对前生的确认，向庄子讨要衣物，庄子的"彼亦一是非，此亦一是非"，令汉子恢复为骷髅的失效，汉子与庄子的争执，巡士的调解，巡士与汉子的冲突……文体及其内涵，均有较为明显的借鉴。

　　以往论及《故事新编》在古代题材中加入一点现代细节、插曲和话语，或称许鲁迅为原创，或上溯至中国戏剧传统。元杂剧中的许多历史剧，无论是以历史事迹为主，还是以个人事迹为主，都有不少丑角的插科打诨，有的见之于上场诗、自报家门，有的见之于插话旁白，有的见之于独白、对白或唱曲，有的巧用谐音或歇后语，有的肆意夸张，有的托于俗事，有的借用胡语、科诨的内容或自嘲，或滑稽，或鞭挞，或荒谬，插科打诨之中往往寄寓着微言大义。[①] 这一喜剧传统在鲁迅家乡绍兴的地方戏曲里多有表现，诸如"二丑艺术"等。鲁迅博览群书，又熟悉绍兴地方戏曲，这一传统自然会给他以潜移默化的影响。[②] 其实，芥川龙之介的古代题材小说里，多有这一类的插入。这样看来，鲁迅也会受到芥川龙之介的影响。自然，从创作个性来看，鲁迅富于幽默才情与创新意识，杂文写作又极大地拓展了其文学空间，古今杂糅、庄谐交织在他来说实乃水到渠成之事。

---

① 参见郭伟廷：《元杂剧的插科打诨艺术》，中国社会科学出版社2002年版，第97—109页。

② 参见王瑶：《〈故事新编〉散论》，收《中国现代文学史论集》，第64—117页；林非：《中国现代小说史上的鲁迅》，陕西人民教育出版社1996年版，第108—125、230—307页。

第五章

现代文学研究的历史性

第一节　中国现代文学研究的三重使命

中国现代文学研究作为一门学科，滥觞于20世纪20年代，正式建立于50年代，经过几代学者的不懈努力，至今已经颇具规模，成绩可观。在高等院校中国文学课程中，现代文学作为必修课地位稳定；截至2005年底，中国现当代文学博士学位授权点已经超过30个，硕士学位授权点更是数倍于此；学科队伍人才济济，中国现代文学研究会会员已有1980余人，从事现代文学教学、研究及编辑等相关工作者，在4000人左右；关于现代文学的著述可谓汗牛充栋，单是各类现代文学史著作就有230种之多。于是，不时听到其他学科的学者议论，现代文学研究对象的时段只有几十年，在学科分类中不过是一个三级学科，队伍却如此庞大，成果又如许丰硕，还有什么可研究的？现代文学界内部也有人对学科前景感到茫然：我们究竟还能做些什么？在我看来，现代文学研究的使命远远没有终结，社会使命、学术使命、教育使命，重任在肩，前程远大，正需要我们迎接挑战，把学科建设推向新的阶段。

一、社会使命

现代文学从其诞生到发展，每一个重要环节都与20世纪上半叶的中国社会文化历程息息相关。一方面，现代文学受动于社会文化语境，反映风云变幻的历史进程、纷纭复杂的社会生活与气象万千的文化生态，表现国人的憧憬和欲望、困惑与焦灼、喜怒哀乐的感情体验与执着深邃的理性思索，传达出民主、科学、个性解放、女性解放、社会解放、民族救亡等时代信息。另一方面，现代文学也在历史进程中发挥了应有的作用，千千万万青年投身于时代大潮，为个性权利、国家独立、民族解放与人民翻身而英勇奋斗，整个民族的精神面貌潜移默化地与时俱进，都直接或间接地同现代文学的启迪与激励相关；现代白话的成熟与普及，新的审美风尚的萌生与确立，中国文化从传统向现代的转型与发展，都有赖于现代文学的巨大贡献。现代文学已经成为中国现代性的重要标志。

由于现代文学这一鲜明的时代性，学科建立之初，就被赋予重大社会使命，即以现代文学史来证明反帝反封建的新民主主义革命的必然性与合理性。国家行政力量直接参与学科建设。1950年5月，教育部颁布的《高等学校文法两学院各系课程草案》，规定"中国新文学史"为高校中国语文系的主要课程之一。1951年5月，教育部又颁发了由李何林、老舍、王瑶、蔡仪草拟的《〈中国新文学史〉教学大纲》。[①] 在50年代已有十几种现代文学史面世的情况下，中共中央宣传部于1960年1月召开的"加强理论批评工作会议"上，还专门做出由中国科学院文学研究所负责编写一部中国现代文学史的决定。1961年初开始，中共中央宣传部副部长周扬主持全国高校文科教材（总数达200余种）的编写工作，对现代文学史尤其重视。担任领导职务的其他老作家亦对现代文学史编写工作寄予厚望。在一次座谈会上，夏衍提到外国一些尚未取得政权的共产党的领导人访问中国时，经常表示中共当年能在国民党的严酷统治下，领导左翼文学运动蓬勃发展，希望中国能多介绍一些这方面的历史经验。他认为这也是编撰现代文学史的职责。[②] 文学史是否应该和能否承担起这样的政治任务，另当别论，但现代文学史被赋予的社会使命之重大于此可见一斑。

改革开放使历史翻开了新的一页，现代文学研究呈现出百花齐放的局面。也许是出于对80年代以前文学研究政治化的反拨，如今社会使命意识变得淡薄了。有些著述，若论学术规范，可谓中规中矩，但是广博的征引代替了自身的思索，旧材料的罗列并未提供有价值的信息；有些著述，思辨色彩浓郁，但强烈的主体性同现代文学的客体性之间有着不小的距离，甚至大相径庭；有些著述，在肯定作家艺术个性与作品审美价值的同时，忽略了其特定的历史语境与社会意义；有些著述，为

---

① 李何林等著：《中国新文学史研究》，新建设杂志社1951年版。

② 樊骏：《编撰〈中国现代文学史〉的若干背景材料》，《新文学史料》2003年第2期，收《中国现代文学论集》，人民文学出版社2006年版。

了追逐时尚与经济利益，而毫不顾惜社会价值。现代文学研究，固然要讲究学术规范，要发扬研究者的主体性，要尊重研究者的特长与兴趣，也不能不考虑学术著述发表的市场效益问题。然而，这些都不应以牺牲社会使命为代价，因为中国现代文学的性质，决定了这门学科义不容辞地要承担重要的社会使命。

我们今天所理解的社会使命与学科初创时已经有了显著不同。政治选择的必然性与合理性之证明，与其交给文学研究来分担，毋宁还给政治研究自身更为适宜。文学可以启迪民众，激励民气，推动历史，见证历史，但不能扭转乾坤。鲁迅1927年4月8日在黄埔军校演讲时说得好："一首诗吓不走孙传芳，一炮就把孙传芳轰走了。"[①] 今天强调现代文学研究的社会使命，主要是在于充分发挥现代文学的历史认知功能与思想启蒙作用。

黄宗羲曾经注意到诗史互证的问题，为时人只知以史证诗，未闻以诗证史而遗憾。真正具有诗史互证方法论的自觉意识并成功地付诸实践的首推陈寅恪。前人的认识与实践理当成为现代文学研究的方法论典范。

"文章合为时而著，歌诗合为事而作"（白居易《与元九书》）的中国文学传统，与五四时期大力引进的西方思潮交相作用，使现代作家在整体上养成了自觉的社会意识，无论是执着于现实主义，还是钟情于浪漫主义，抑或偏爱现代主义，都摆脱了消遣与游戏的旧文学观，旨在推动社会进步。一部现代文学史，折射出20世纪上半叶中华民族的苦难史、抗争史与心灵史。正史所无法表现的广阔视野、历史细节与深邃幽曲的心理世界，以及由于各种缘故被正史有意遮蔽甚或歪曲的历史真相，在现代文学世界里反倒清晰可见。譬如，李劼人的三部曲——《死水微澜》《暴风雨前》《大波》，以四川为窗口，真实地展现出从庚子事变前后到辛亥革命爆发这一历史阶段中国社会的巨大变迁，其中既有跌

---

① 鲁迅：《革命时代的文学》，《鲁迅全集》（第三卷），第442页。

宕起伏的社会风波，也有《清明上河图》似的民间风俗场景，还有开掘深邃的心理世界，历史原生态栩栩如生，确实当得起郭沫若所称赞的"小说的近代《华阳国志》"[①]。又如关于第一次国内革命战争的失败原因，以往每每归咎于陈独秀右倾主义对国民党右派的软弱退让。而亲身经历过这次革命的高潮与失败的茅盾，在中篇小说《动摇》里则充分表现出历史的复杂性。投机派胡国光本是地地道道的劣绅，但每当革命来临之际，他总是装出一副激进的样子，捞取好处。大革命到来，他以极"左"的面目投机得逞，身居要职，唯恐天下不乱，煽动过激行为，乘机浑水摸鱼。除了投机派作祟、反动派反扑之外，革命党人中间普遍存在的激进盲动情绪与民众盲目的复仇情绪和不加节制的无限欲望，也是导致大革命失败的原因。再如关于抗日战争，在几十年间的宣传教育中，只注重敌后战场而忽略正面战场，给几代人留下的印象是：只凭八路军、武工队、地道战、地雷战、麻雀战就打败了日本侵略者，而国民党掌握的国民革命军主力部队或是畏战逃跑，或是围击八路军、新四军，能够奋起抗战的充其量不过是一些士兵与中下级军官。可是，当我们展开弥漫着硝烟、浸透了鲜血的抗战文学图卷，就会发现远为复杂的历史真实。抗日战争是在战线长达5000公里的正面战场与幅员130余万平方公里的敌后战场进行的，两个战场彼此需要，相互配合，协同作战，才最终赢得了抗日战争的伟大胜利。抗战文学对国民党在抗战中战略与政略的种种失误确有尖锐或委婉的批评，但主要还是正面表现了正面战场的战绩及其意义。从最初的卢沟桥抗战到最后收复广西的反击战，从5000公里战线的本土抵抗到远征军两次赴缅作战，从陆军殊死拼杀到海军空军多兵种协同作战，重要战役在文学中均有程度不同的表现，卢沟桥抗战、淞沪会战中的八百壮士、台儿庄大捷等题材，有多种文体予以表现。著名作家在抗战文学创作中不甘人后，田汉有以长沙会战为背景

---

① 郭沫若：《中国左拉之待望》，《中国文艺》第1卷第2期，1937年6月15日。

的剧本《胜利进行曲》，老舍有赞美第33集团军总司令张自忠上将的四幕话剧《张自忠》，洪深有表现空军英雄的话剧《飞将军》，臧克家有颂扬山东第六区保安司令范筑先少将的5000行长诗《范筑先》（后改题《古树的花朵》），阿垅有描写首都保卫战的长篇小说《南京》，张恨水有描摹常德血战的长篇小说《虎贲万岁》，等等。这种文学作品，无疑有助于复原历史的真实。

中国文学的载道传统源远流长，现代文学又是缘于启蒙的需求而诞生，这些"遗传密码"在现代文学的成长过程中始终如一地发生作用，给其肌体与品格打上了鲜明的烙印。现代文学的启蒙具有崭新的时代内涵，诸如：肯定人性的自然权利，否定虚伪的礼教束缚；主张个性的权利，反抗形形色色的专制制度；号召女性解放，争取男女平等与女性的自由发展；传播科学精神与科学知识，扫除愚昧迷信；唤醒阶级觉悟，争取底层的翻身解放；启发国民性自省，重构国民精神；培养与强化现代民族国家意识，维系多民族的和谐共处与国家的统一和主权；等等。这些启蒙价值，曾经得到不同程度的关注：改革开放之前，阶级启蒙尤受重视；80年代，人性启蒙与个性启蒙升帐挂帅；90年代以来，民族国家启蒙的关注度有所升温。但总体看来，多重启蒙价值发掘得远远不够。虽然如今已经到了21世纪，但根深蒂固的负面传统，诸如专制遗风、官僚气息、家长作风、男权阴影、陈规陋习等仍然存在，严重妨碍着中国的现代化进程。富于启蒙内涵的现代文学，不失为除旧布新的利器与现代化建设的精神资源。深入发掘其多重启蒙价值，具有不容低估的现实意义。

二、学术使命

社会使命的实现程度与学术使命的自觉程度有着密切的关联。如果没有坚实的学术基础，学科的生命力就会枯萎，自身尚且难保，何谈社会使命。

1950年6月，教育部《高等学校文法两学院各系课程草案》将"中国新文学史"的内容界定为："运用新观点，新方法，讲述自五四时代到现在的中国新文学的发展史，着重在各阶段的文艺思想斗争和其发展状况，以及散文，诗歌，戏剧，小说等著名作家和作品的评述。"① 后来，虽然课程与学科的名称改为"中国现代文学"，但其作为文学史的性质并未改变。

　　既然是文学史，文学理应成为研究与评述的主要对象。但在教育部最初的内容界定中，文艺思想斗争却占据了主要地位，这就导致了50、60年代绝大多数文学史著述中，叙述文艺思想斗争的章节所占比重在30%以上，王瑶的《中国新文学史稿》所占最少，也有25.57%。到了80年代，这种情况仍有遗痕。② 思想斗争的刀光剑影遮蔽了文学世界的气象万千，本该绚丽多姿的文学史变成了枯涩瘦硬的斗争史。90年代以来，政治色彩减弱，文学史向文学本体复归。但文化研究的走红，在拓宽现代文学研究视野的同时，也多多少少产生了一定的负面效应，分散了对文学本身的注意力。仿佛只有涉及文化才见得出广度，谈思想史才显得出深度，如此深广才堪称大家闺秀，而文学研究只配做小家碧玉。作为学者个体，出于文化建设的战略，或个人的兴趣与知识背景，侧重文化史思想史自然无可厚非，而且值得钦佩，但是，如果要以一种睥睨一切的霸气，用抽象的思想史来排斥、取代鲜活的文学史，则煞是可笑。

　　无论如何，关注文学应是文学史的本色，作家作品应是文学史的细胞。经典的深入解读、重新确认及其审美魅力的分析，作家、流派的艺术个性及其成因乃至相互之间的比较，现代文学文体、语体的形成与发展，雅文学与俗文学、作家文学与民间文学、新文学与旧体诗词、传统戏曲之间的互动、互渗关系，翻译文学的建树及其影响，现代文学与传统文学、外国文学的关系，等等，均属现代文学研究的题中应有之义。

　　文学史由文学的横轴与历史的纵轴交叉而成，历史品格是其基本要

---

① 　任天石主编：《中国现代文学史学发展史》，江苏文艺出版社2002年版，第123页。

② 　任天石主编：《中国现代文学史学发展史》，第211页。

求之一。随着时光的流逝，复原历史原生态的工作愈来愈显得重要与艰难。老作家渐行渐远，白报纸印刷的书籍报刊越来越难以保存，抢救资料迫在眉睫。现代文学期刊目录汇编的充实工作正在进行，而报纸文学副刊目录的整理工作却困难重重。这些基础工作需要财力投入与高科技支持，更需要具有奉献精神的学者积极参与。

新的史料亟待发掘，已知史料需要重新审视，以便搞清我们究竟有多少家底、什么样的家底、家底缘何而来。而发掘、重审与梳理、分析都需要历史主义眼光。七十多年来，关于现代文学主潮的认定随着观照视角的转换而变化：最初是新民主主义政治，接着是人性与个性启蒙，然后是现代性，近来民族国家又有看涨之势。此外，还有从创作方法着眼的归纳，诸如现实主义、浪漫主义、现代主义、现实主义与浪漫主义的结合等。历史本身极为复杂，要给多路向、多层面、多色调、多变化的历史过程一个统一的命名，简直如同古时的蜀道之难。

在我看来，与其费尽心思去寻找关于主潮的命名，不如下苦功夫呈现历史的复杂性。

从历史阶段来看，"五四"之前，应该关注新文学的发生学问题：古代白话文学传统，近代诗界革命、小说界革命、新文体等五四文学革命预演，清末民初的启蒙运动与白话文运动，外国文学的译介及其影响，科举废除与新学勃兴，留学热潮，新文学先驱者的养成等。如果没有这样的背景，单凭陈独秀、胡适等人登高一呼，很难出现应者云集的局面。

五四时期，既要肯定激进主义的历史功绩，也要认可文化保守主义与折衷主义的合理价值；既要承认新旧文学之间的对立，也要注意二者之间的互动；既要分析新文学阵营内部的差异，也要看到其个体与整体的前后变化。这样看来，"整理国故"就需要重新评价，各种思潮、流派的作用及其关系也有待于深入分析。

关于30年代，左翼主潮说盛行多年，几乎成为文学史常识，近年虽然有所突破，但其影响广泛。左翼文学在30年代固然颇有声势，然而，从作家队伍、作品数量、经典比重、发表阵地、读者认同程度、在当时以及后来对文坛的影响等方面来看，左翼主潮说很难让人信服。①事实上，30年代的文学思潮，左翼之外，还有民主主义文学、自由主义文学、三民主义文学与民族主义文学。以李劼人、巴金、老舍、曹禺、张恨水、丰子恺、臧克家等所代表的民主主义文学，继承并发扬了五四新文学的平民文学传统，关注社会风云，贴近平民阶层。以胡适、徐志摩、梁实秋、沈从文、施蛰存、杜衡、戴望舒、穆时英、胡秋原等分属新月派、京派、现代派等流派的自由主义文学，继承并发扬了五四新文学的个性主义传统，向往英美自由主义风范，关注个人的自由。这两种思潮并不着意造势，但其文学成就及其影响明显超过左翼。左翼与民主主义、自由主义三种思潮之间，程度不同地存在着矛盾冲突，但都源于五四新文学传统，锋芒所向均为专制社会与封建礼教，所以更多的是协同关系。官方三民主义文学未成气候，姑且不论。带有官方色彩的民族主义文学，实际上是现代文学对30年代黑云压城般民族危机的必然反应。反抗侵略的民族主义文学，可以追溯到晚清。1928年发生的济南惨案、皇姑屯事件愈加暴露了日本的侵华野心。1931年"九一八"事变之后，涌现出一批表现抗日题材的作品。老舍的寓言体长篇小说《猫城记》里，也能够看出作家对民族命运的深深担忧。在这种背景下出现的"民族主义文学运动"，体现出官方意志与民族意志的一致。在一定意义上，说"民族主义文学运动"是后来抗战文学时代大潮的先导亦不为过。抗战全面爆发以后，王平陵等在中华全国文艺界抗敌协会的发起与运作中发挥了积极作用，理当追溯到此前他们所代表的"民族主义文学运动"。30年代的文学思潮如此多元复杂，怎么可以归结为左翼主潮或左翼主导呢？

抗战文学整体关注不够，已有的研究又有畸轻畸重之弊。通常在谈过抗战初期的救亡文艺热潮之后，就转入了国统区、根据地—解放区、沦

①　秦弓：《中国现代文学研究的进展、任务与期待》，《江西社会科学》2005年第9期。

陷区、孤岛等分区叙述，其中重点在根据地—解放区。文学史所叙述的抗战文学竟然很少见到关于正面战场浴血奋战的题材。是正面战场根本不成其为战场吗？显然不是；是作家都去揭露政府无能、官吏腐败，而置枪林弹雨的前线而不顾吗？事实也并非如此。原来是历史主义的阙失造成了这种无视历史真实的荒谬结果。启蒙与救亡密切相关，救亡需要启蒙，启蒙为了救亡，两条线索在抗战文学中始终交织在一起，哪里有什么救亡压倒了启蒙？

抗战胜利以后，文学呈现短暂的复兴景象，具有发展的多种可能性，只是由于政治局势的急剧变化，1949年10月起才出现大一统的局面。政治的结果应该用政治来解释，而不能过分强调文学的作用，也不能跨越抗战与40年代后期两个历史阶段，认定50年代的革命文学升帐挂帅是30年代左翼文学主导的结果。

为了摸清家底、复原历史，必须勇于向陈旧观念挑战，向不良学风挑战，不为那些违背史实但已经习以为常的"常识"所迷惑，不为权威的论断所束缚，不唯上，不唯书，只唯实，有一分材料说一分话。

中国现代文学的发生发展，曾经从外国文学、外国文化获得启示与动力；现代文学研究的学科建设，也曾经并正在接受海外学术的影响。但是，中国现代文学是在中国的土地上诞生与成长的，有着鲜明的民族性格。产生于异域的观念与方法未必全都适合于中国国情。因此，对于海外观念与方法，不能盲目跟风，而是应该分析其长短利弊，有选择地加以利用。在对本土的充分把握和对异域的积极借鉴中，逐渐摸索适用于中国现代文学研究的学术方法。

三、教育使命

现代文学与现代教育有着深刻的因缘，文学革命的直接动因，即源自思想启蒙的迫切需求，现代文学在其发展中始终肩负着教育使命，同时从教育中源源不断地汲取新的动力。1920年1月，民国政府教育部颁令全国国民学校一、二年级国文教材改用语体文（白话文），这标志着白话文学在学校教育上的合法化，也等于向全社会发放了新文学的通行证。从此，新文学作品陆续进入中小学与高等学校课堂。随之而来的是新文学研究作为一门学科的雏形也开始进入高等教育。1928年，陈子展应田汉之邀，在南国艺术学院讲授具有新文学前史与发生史性质的《中国近代文学之变迁》。1929年至1933年，朱自清在清华大学文学院院长兼中国文学系主任杨振声的支持下，开设具有现代文学史性质的"中国新文学研究"。不少作家在创作的同时，或以编辑身份参与中小学与大学课堂教材与补充教材的编写工作，或以教师身份登上讲台讲授新文学作品。50年代以后，现代文学确立为一门学科进入高等教育，与此同时，鲁迅、郭沫若、茅盾、叶圣陶、冰心、巴金、老舍、曹禺、艾青、李健吾、吴伯箫、赵树理、刘白羽等现代作家的作品，较之20—40年代更多地进入中小学教材。80年代以来，在雨后春笋般的对外汉语教学中，现代文学作品也成为教材的重要内容，留学生通过这些作品不仅学习汉语，并且进而了解中国。这些情况无疑给现代文学研究提出了新的课题。

然而，现代文学研究界流行着一种偏见，觉得学术研究高于教育，教育不过是普及，而学术研究才能见出深度。偌大国家，除了屈指可数的几位教授乐于在中学兼课、少数学者应邀参加教材编写工作之外，多数学者对中小学教育则"无暇顾及"。中小学语文教材，无论是篇目的选择，还是注释的分寸，抑或讲授方法，都与学术前沿保持了过大的距离。譬如，鲁迅的优秀杂文那么多，可是，一篇《文学与出汗》在中学教材中直到90年代末才被替换掉，难怪给许多中学生留下的印象是鲁迅好斗且未必说理。关于鲁迅批评过的作家，有些教材的注释长期沿袭着80年代以前的偏颇看法。中学语文的讲授方法习惯于答案整齐划一，不允许学生有自己的独到见解，而像鲁迅《野草》里的《秋夜》那样的作品，象征意域宽广，非要让学生遵从老师单一性的理解，怎么能不激起学生的反感呢？这样看来，中学生对鲁迅的异议，并非只是出于一般性的青春逆反心理，关于鲁迅作品的选择、注释及讲授方法恐怕应负相当大的责任，其中，现代文学研究界难辞其咎。盲目自尊的学术界没有尽到对中小学教育应尽的责任，是对五四文学传统的偏离。中小学教育之于学术，并非只是普及的问题，其中也潜藏着不少值得探究的学术问题。譬如中小学的现代文学教学史，又如在今后的教材编写与讲授中，怎样才能充分利用现代文学的资源，在社会历史认知、现代文明修养与审美水平提高等方面，发挥其更大的作用，等等，都值得学术界认真探讨。

大学的现代文学教育也不容乐观。突出的问题是教材版本陈旧，有的学校多年一贯制地使用漏洞百出的自编教材，有的教材虽然曾经具有一定的权威性，但二十几年不加修订，原封不动地一印再印，知识、观点与方法上的舛误，通过教材、课堂及网络，广泛流布，误人子弟。教材的稳妥持重不应等同于一成不变，争议较大的观点是否引进教材固然应该慎重，但基本上得到公认的学术成果（知识、观点与方法）应在教材上有所体现，尽快转化为教育成果。

研究生教育固然要培养具有大气的专家学者，在目前研究生"批量生产"，许多硕士、博士不能从事现代文学专业工作的情况下，更要注重培养通才，使学生能够通过现代文学这门学科的训练，掌握现代文学的精髓，具备敏锐的眼光、独立思考的个性、开放的知识结构，较强的审美能力和语言表达能力，在广阔的社会舞台上展现出现代风采。

现代文学教师的继续教育，有的通过攻读学位来实现，有的在工作岗位上通过学术研究与汲取新的学术成果来进行，但是吃老本的现象也相当严重，所讲授的是自己若干年前学生时代所接受的知识、观念与方法，所做的研究是低水平的重复。后一种状况亟待改善，否则会影响现代文学的知识再生产，背离现代文学的创新本色。

现代文学前驱者曾经以"铁肩担道义，妙手著文章"的志向与行动创造了现代文学的辉煌业绩，我们作为现代文学研究者，理当自觉地承担起社会使命、学术使命与教育使命，永葆这门学科的生命力。

第二节　现代文学研究六十年

把中国现代文学作为历史对象来叙述，最早可以上溯到1922年胡适所写的《最近五十年中国之文学》；作为一门课程进入大学课堂，较早者有1929年清华大学朱自清教授的"中国新文学研究"，但是，成为高等院校中文系普遍开设的一门必修课，则始于1950年5月。在这个意义上，可以说现代文学作为文学史分支的一门学科，其确立与发展，始终与新中国的历史进程相伴随。历史的经验教训，值得认真总结，当前来自外部与内部的压力，需要予以积极的回应，如此，才能推动学科不断发展。

一、"十七年"的经验教训

现代文学学科正式确立之初，就被赋予要反映新民主主义革命历史进程并证明其必然性与合理性的政治使命。这一使命使得学科队伍迅速组成，集中了一批知识积累丰厚、思想敏锐的学者投入现代文学研究与教学。为新文学史课程建构基本框架的《〈中国新文学史〉教学大纲（初稿）》，即由作家老舍、美学家蔡仪与文学史家李何林、王瑶在三份大纲草稿基础上修订而成。学术界以对新中国建设的巨大热情，积极响应时代的急切召唤。1951年9月，王瑶《中国新文学史稿》上卷率先问世，1953年8月，推出下卷。50、60年代，相继出版现代文学史著作17种以上。现代文学学科发展迅捷，很快成为显学，时间跨度仅为三十余年的现代文学与涵盖三千年历史时空的古代文学并列为同级学科。①

50、60年代的现代文学史著述，系统地梳理了三十余年现代文学的发展脉络及其与近代文学、当代文学的历史联系，在经典作家作品的阐释上面也不乏深刻精致之处。新中国开启了新时代，人民群众社会地位空前提高，外部资本主义势力封锁重重，在这种背景下确立的现代文学学科，无

---

① 后来随着时间的推移，当代文学逐渐纳入其中，定名为"中国现当代文学"，与古代文学同为中国文学（一级学科）下面的二级学科。

论是历史脉络的梳理，还是作家作品的评述，都显示出鲜明的人民性与民族性。现代文学不仅初步形成了自足性的学科体系，为后来的发展奠定了基础，而且在参与社会主义文化建设中亦发挥了积极作用。在学术史与教育史上，将永远铭记着20世纪50、60年代现代文学研究的筚路蓝缕之功。

但是，在以阶级斗争为纲的社会氛围中，现代文学研究不可避免地受到干扰，曲折的行程中留下了深刻的教训。

一是简约化。现代文学本应是一个历史时段各种文学现象的总名，内容丰富多彩，关联错综复杂。但是，学科建立之初，承续并强化了五四时期新旧对立的认知模式，以"新文学"作为学科的命名。后来，虽然著作也有题名"现代文学"者，然而，强烈的排他性延续多年，总是以新文学遮蔽现代文学多元共生的现象，在整体上将通俗文学、旧体诗词、传统戏曲、文言作品与非纯文学的传统文体排斥在外。多数场合，它们都是作为新文学的对立物出场；只有述及鲁迅等作家的生平、创作与根据地—解放区文学时，才有一点旧体诗词的正面引用，以及对平剧（京剧）、秦腔等传统戏剧之改编、利用的肯定，等等。

二是概念化。相当多的著述不是建立在对大量文学现象的发掘、梳理与分析上面，而是从新民主主义理论的基本概念出发，用以梳理文学史，演绎出一些与历史事实不合的结论。譬如，有的著作在述及新文学的特性时，肯定新文学是新民主主义文学的同时，却连其"白话文学""国语文学""人的文学""平民文学"的特性也要加以否定；既然新民主主义革命是无产阶级领导的，那么，作为新民主主义文学的新文学，就被认定一直是在无产阶级思想领导下发展的。作家的阐释也存在着大量的概念演绎现象。譬如鲁迅的定位，毛泽东曾经称赞鲁迅不但是伟大的文学家，而且是伟大的思想家与伟大的革命家，于是，大量的鲁迅研究努力为这一论断做注脚。再如鲁迅的思想发展问题，在瞿秋白未被否定之时，一般的论述都尽力套用瞿秋白在《鲁迅杂感选集序言》中的论断："从绅士阶级的逆子贰臣到无产阶级和劳动群众的真正的友人，以至于战士"，"从进化论进到阶级论","从进取的争求解放的个性主义进到了战斗的改造世界的集体主义"。至于鲁迅思想与文学的复杂性,则缺少深入细致的分析与准确清晰的定位。

三是政治化。50、60年代是一个社会生活与文化生活都高度政治化的年代,在这种氛围中,现代文学的政治性得到过度强调,就连资料丰富、作家作品颇有精彩之处,而且建构起一个较为完整体系的王瑶《中国新文学史稿》,也免不了在《绪论》中强调:"五四"以来的新文学是"中国新民主主义革命三十年来在文学领域上的斗争和表现,用艺术的武器来展开了反帝反封建的斗争,教育了广大的人民;因此它必然是中国新民主主义革命史的一部分,是和政治斗争密切结合着的"①。当时出版的多种现代文学史,被演绎成轰轰烈烈的运动史、剑拔弩张的斗争史,文学史染上了浓郁的政治色彩。衡量社团、流派、作家、作品,说是政治标准第一,艺术标准第二,实际上政治标准往往取代了艺术标准。如果政治标准通不过,其文学建树就失去了被考察的资格;政治地位不高,艺术评价随之要打折扣;即使是首肯的对象,也是把笔墨主要用在政治倾向的判定与思想意义的阐发上面,而对审美风格的分析与艺术价值的评价则要简略得多;审美风格上看重金戈铁马,轻视小桥流水。在这样的评价机制下,胡适、梁实秋等新月派成员受到贬抑,沈从文的文学价值大为遮蔽,张爱玲更是连提都不提。政治标准随着现实政治的变化而变化,不断剔除被打入另册的作家,譬如冯雪峰、丁玲、艾青、胡风等,本来在50年代初的文学史评价中曾经占有相当重要的地位,而一旦被政治冲击波击倒,评价则立刻一落千丈。抗战时期的区域文学,根据地高度评价,国统区有所保留,沦陷区几乎不屑一顾。

四是模式化。因为总的框架基本确定,评价标准整齐划一,学者能够自由发挥学术个性的空间很小,所以,一些文学史著作结构大同小异,

---

① 王瑶:《中国新文学史稿》(上册),第1页。

叙述方式颇为相似，少有个性风格。

二、改革开放以来的主要收获

十年动乱期间，现代文学难逃厄运。改革开放以来，在思想解放的时代背景下，学科建设由拨乱反正起步，逐渐走上实事求是的正轨，不断开疆拓土，获得长足进展；与此同时，现代文学研究还为整个人文学科提供了创新的动力。现代文学研究的主要收获表现在以下几个方面：

一是历史主义成为自觉的追求。

现代文学学科具有史学与文学研究的双重属性，因而，历史主义是其必须遵循的一条基本原则。以前，为了演绎某种既定概念或证明先验逻辑，曾经以牺牲历史真实为代价。随着改革开放与现代化建设的推进，这种现象日益减少，回到作家作品本体、返回历史现场、呈现历史原生态等，愈益成为学术界的共识与行动。曾经被遮蔽或者一味贬斥的文学现象，诸如学衡派及其代表的文化保守主义思潮，新月派、京派及自由主义思潮，"民族主义文学运动"，现代都市文化色彩浓郁的海派，现代诗、象征诗与新感觉派小说等现代主义文学，胡风及七月派等，陆续得到了宽容而非刻酷、公正而非褊狭的评价；整理国故得到重新审视，被认为是民族文化顽强生命力的内在要求，是文化转型过程中对外来影响与民族传统关系的自行调整[①]；左翼文学在其价值得到充分肯定的同时，几成定论的左翼文学为30年代主潮说则受到质疑[②]；根据地—解放区文学的复杂性与抗战胜利之后文学发展的多种可能性也得到揭示[③]。

[①]　参见冯光廉、谭桂林：《中国现代文学史研究史概论》，南京大学出版社1995年版；胡明：《胡适传论》，人民文学出版社1996年版；秦弓：《整理国故的历史意义及当代启示》，《文学评论》2001年第6期。

[②]　参见秦弓：《如何重写中国现代文学史》，《中华读书报》2005年8月3日。

[③]　参见刘增杰：《一个被遮蔽的文学世界——解放区另类作品考察》，《文学评论》2003年第6期；段美乔：《投岩麝退香——论1946—1948年间平津地区"新写作"文学思潮》，北京出版社2008年版。

　　30、40年代，由于日本帝国主义的侵略，中国大陆形成了沦陷区、国统区、根据地（后来发展为解放区）、太平洋战争爆发前的上海租界"孤岛"等政治、文化生活差异明显的地区，抗日战场分为正面战场与敌后战场，各个地区与战场均产生了相应的文学。过去抗战文学研究多为敌后战场文学，而正面战场文学研究严重缺失，近年来，这种偏枯的局面开始打破，关于正面战场的正面表现、正面战场问题的表现、作家与正面战场的关系、正面战场高级将领的文学叙事等，均有论文推出。过去认为沦陷区只有汉奸文学与靡靡之音，因而沦陷区文学研究几乎成为禁区。改革开放以来，禁区逐渐打开，人们注意到沦陷区文学内含着被奴役的屈辱、压抑的愤懑与曲折的反抗。钱理群主编的《中国沦陷区文学大系》，凡7卷8册，逾540万字，文坛大事纪略1268条，涉及文艺社团466个、作家611人、报刊1200种、书籍1645种。[①] 这套丛书具有填补空白的意义，为深入研究沦陷区文学提供了厚重的资料基础。徐迺翔、黄万华、张泉、陈青生等学者推出了关于东北、北京、华北、上海等地沦陷时期文学的专著。

　　黄子平、钱理群、陈平原于1985年提出了"20世纪中国文学"概念，尽管近几年有学者对其阐释历史的有效性提出质疑，但不可否认的是这一概念的确有助于打通过去壁垒森严的近、现、当代的界限，增强文学史研究的整体性。作为中国现代文学研究会会刊的《中国现代文学研究丛刊》，开辟了近代文学与"十七年"文学栏目。许多论著在20世纪背景下研究现代文学，或者在近代、现代、当代文学的历史联系上选题，书名标明20世纪的中国文学通史、文体史、地区文学史著作至少在15种以上，如陈鸣树主编《二十世纪中国文学大典》，黄曼君主编《近百年中国文学理论批评史》，易新鼎主编《二十世纪中国小说发展史》，孔范今、黄修己

---

① 参见张泉：《20世纪中国新文学史料建设的圆满终结——〈中国沦陷区文学大系〉评介》，《中国现代文学研究丛刊》1999年第3期。

分别主编的《二十世纪中国文学史》，朱栋霖、丁帆、朱晓进主编《中国现代文学史：1917—1997》等。世纪框架的确立，不单单是时间的延长，重要的是贯穿了历史的眼光，正是在历史的脉络中，现代文学的特点及其意义才得到了更为清晰的认识。与此相应，许多高等院校中文系的现代文学教研室与当代文学教研室合二而一。在20世纪的框架内，近代与现代、40年代与70年代的承接与转折问题得到关注。2002年揭晓的首届王瑶学术奖的获奖成果中就有"打通"之作：刘纳专著《嬗变——辛亥革命时期至五四时期的中国文学》。

历史意识的自觉也使学术界努力发掘现代文学的传统文化渊源，作家如鲁迅与先秦、魏晋，周作人与晚明，郭沫若与庄子、屈原，现代作家与传统士人；作品如《红楼梦》对现代文学的影响；文体如现代散文与古代散文，现代小说与古代小说，新诗与古典诗词，现代批评与传统的诗文评；思潮如五四启蒙思潮与明末清初、晚清的启蒙思潮；再如现代文学与儒家、道家、佛教的联系，等等，均有厚重的成果问世。

二是学科空间愈益广阔。

改革开放以前，新文学与传统文体之间被描述成水火不相容的绝对对立关系。其实，新与旧之间，不只有对峙、冲突、阻遏的一面，也有竞争、互渗、互动的另一面。旧体诗词与通俗小说，不仅在历史时段上属于"现代"，而且其创作动因、社会与心理内涵、审美形式的变异及其影响，都程度不同地具有现代性，因而，尽管目前仍有学者坚持绝对排斥的立场，但现代文学界越来越趋于将其视为现代文学的组成部分。有的现代文学史著作开始尝试将旧体诗词纳入视野，研究现代旧体诗词的论文时有发表，专著至少已有两种问世[①]；"民国文言小说史"也已获得2009年国家社科基金立项。多种文学史著作为通俗小说列出专章专节，梳理通俗小说与新文学小说交织并行与互渗互动的历史关系，阐释前者或隐或显的现代性

---

① 吴海发：《二十世纪中国诗词史稿》，中国文史出版社2004年版；胡迎建：《民国旧体诗史稿》。

因素，在文化生态平衡的框架中与20世纪中国文学的历史脉络上，肯定从张恨水到金庸所代表的通俗小说的历史地位。范伯群主编的《中国近现代通俗文学史》，更是以丰赡的史料与多重视角描绘出通俗文学全景图，为整个现代文学的历史叙述拓展了视野，因此，获得中国现代文学研究会第二届王瑶学术奖优秀著作一等奖。

几乎与改革开放同步，台、港文学纳入现代文学的视野。80年代台湾与大陆开放探亲，90年代香港、澳门的相继回归，进一步促成了台、港、澳文学研究热潮。中国社会科学院文学所与厦门大学、暨南大学、汕头大学等高等院校专门设立台港澳文学研究机构，相关学术活动十分活跃，专刊与专栏纷纷问世，学术成果如雨后春笋。张毓茂主编的一部著作题名即为《二十世纪中国两岸文学史》，多种文学通史也把台湾文学、香港文学分别列为专章，梳理两岸四地文学之间的血缘关系。现代文学进而与大洋洲、美洲、欧洲、东南亚等地区华文文学做相关性的整体观照。

三是研究方法多元化。

在现代文学研究中，马克思主义的历史—美学方法仍然发挥着重要作用。除此之外，引进心理分析、原型批评、地理学、生态学、图志学、语言学、新历史主义、结构主义、解构主义、女性主义、性政治、文化政治等多种观念与方法，架构起一个开放性的方法论体系，进行探索性的运用。杨义主笔的《中国现代文学图志》，继承古代图志学传统，汲取现代视觉文化营养，视野涵盖现代文学的文字与图像，"以史带图，由图出史，图史互动，图文并茂"[1]，不仅发掘出现代文学史的新材料、新意义、新趣味，而且开创了文学史写作的新形式，带起了文学图志热。该著自身也颇受好评，继中国台湾与大陆的四个版本之后，又在日本被译为日文版。

---

[1] 杨义主笔，杨义、中井政喜、张中良合著：《中国现代文学图志》，生活·读书·新知三联书店2009年版，第9页。

　　多重文化视角的引入，极大地拓展了现代文学视野。现代文学发展中外部的文化关联与内涵的文化因子，经多重文化视角的审视，得到颇为开阔而深刻的揭示。物质文化方面，有稿费制度与文学发展关系的研究，有邮政、通讯、生活方式对文学影响的研究；制度文化方面，有关于30、40年代政治审查制度的研究，也有关于"十七年"审查内在化——如人民文学出版社"绿皮书"出版前作家对旧作的修改——的研究，以及微观的政治文化心理与宏观的制度文化研究；传媒文化方面，有商务印书馆、泰东图书局、北新书局、开明书店、生活书店、上海文化生活出版社、新华书店等出版机构与文学关系的研究，也有《申报》及其《自由谈》副刊、《晨报副刊》、《京报副刊》、《大公报》文艺副刊、《益世报》文艺副刊、《解放日报·文艺》、《新青年》、《小说月报》、《礼拜六》、《紫罗兰》、《新潮》、《语丝》、《现代》、《论语》、《抗战文艺》、《文艺复兴》、《文学季刊》、《文学杂志》、《万象》、《文艺报》、上海小报、东北期刊等报刊与文学关系的研究；地域文化方面，仅湖南教育出版社出版的严家炎主编的"二十世纪中国文学与区域文化丛书"，就包括吴越文化、三秦文化、三晋文化、巴蜀文化、上海城市文化、东北黑土地文化等与文学关系的研究；教育方面，有北京大学、清华大学、北京女子高等师范学校、西南联大、延安鲁迅艺术学院、东南大学等与新文学之关系的研究；宗教方面，涉及道教、萨满教、佛教、伊斯兰教、基督教及其传教士等；民族文化视角，有关于老舍与满族文化、沈从文与苗族等的研究；性别文化，主要是女性主义视角，有对冰心、庐隐、丁玲、萧红、张爱玲等女性作家的解读，也有对男性作家文学世界中的性别歧视的批评，还有男性性别视角的研究，体察文学所表现的现代生活中男性的种种困境。

　　四是审美研究得到重视。

　　改革开放以来现代文学研究的拨乱反正，一是努力回到历史现场，尽量呈现原生态；二是返归文学，以文学的眼光来看待文学史。新批评、叙事学等方法的引进，有助于审美研究的深入展开。小说方面，有文化原型的追溯，有叙事模式的研究，也有诗化、象征化、音乐性、绘画感的探索；诗歌方面，有意象、情调、语言、节奏、音律与内在结构的分析，有戏剧化与摄影化等手法的索解；话剧方面，有广场剧与剧场剧、心理剧与社会剧、写实剧与象征剧的辨析，有"动作"、潜台词、结构艺术、灯光舞美与表演导演的研究；散文方面，有絮语体、对话体、讲演体、抒情体、闲话体等类别的区分，也有语汇、语调、意象、意境、幽默、反讽等细致的解读。

在微观的审美分析基础之上，宏观的文体研究成果丰硕，各类文体史纷纷问世，如林非《中国现代散文史稿》，俞元桂主编《中国现代散文史》，张华主编《中国现代杂文史》，姚春树、袁勇麟《20世纪中国杂文史》，赵遐秋《中国现代报告文学史》，杨义《中国现代小说史》（三卷本），陈平原《20世纪中国小说史》第一卷，孙玉石《中国现代主义诗潮史论》，陆耀东《中国新诗史》，龙泉明《中国新诗流变论》，罗振亚《中国现代主义诗歌史论》，王泽龙《中国现代主义诗潮论》，王荣《中国现代叙事诗史》，陈白尘、董健主编《中国现代戏剧史稿》，黄会林《中国现代话剧文学史略》，葛一虹主编《中国话剧通史》，马俊山《演剧职业化运动研究》，胡德才《中国现代喜剧文学史》，冯光廉主编的《中国近百年文学体式流变史》等，则对小说、诗歌、戏剧、散文、批评各种体裁内部的多种体式的艺术特征做了深入细致的阐释。

五是经典的重新确认与深入解读。

文学研究的功能之一就是发现与阐释经典，在这个意义上可以说，文学研究史就是不断发现与阐释经典的过程。在政治甄别作为文学史编述之基本原则的时期，诸如徐志摩、梁实秋、沈从文、师陀、朱光潜、萧乾、李健吾、张爱玲、李长之、徐訏、穆旦等人，因其自由主义立场或被视为有瑕疵的经历，评价大打折扣，甚或根本回避不提。

改革开放以来，在回到历史、返归文学的学术进程中，人们不断发现被遮蔽了的经典，徐志摩、戴望舒、梁实秋、林语堂、施蛰存、李健吾、钱锺书、张爱玲等过去评价不高或视而不见的作家，得到应有的重视与充分的评价。50年代起即隐入文物研究之中的沈从文，终于复出文坛，在读者中广受欢迎，在一些文学史中与茅盾、老舍、巴金同样被列为专章。穆旦曾经因为抗战期间参加中国远征军赴缅甸对日作战，在50年代被判决为"历史反革命"，他虽然没有在有生之年看见自己的平反，但在他含冤去世数年以后，其诗歌创作与翻译的评价越来越高，而今被视为40年代新诗的代表诗人。张爱玲更是名气暴涨，其人其文，成为研究的热门。张恨水的《春明外史》《金粉世家》作为通俗小说的经典价值——其社会生活的广阔性、家庭文化的洞察性——得到确认，《八十一梦》社会讽刺的犀利和寓言体小说艺术的继承创新得到充分肯定。

鲁迅、郭沫若、茅盾、巴金、老舍、曹禺等作家尽管程度不同地遭遇诸如"文学大师重排座次"等挑战，但其经典地位并未发生根本性的动摇，反而加深了对于经典的认识。尤其是鲁迅，通过一次次的论争，经过学术界多角度、多层面、多渠道的阐发，愈加显示出其思想家的深邃与文学家的伟大。郭沫若的人格矛盾与多重建树，茅盾的文学贡献与种种缺憾，巴金早期的无政府主义思想的价值与晚年"讲真话"的意义，老舍的幽默风格、语言艺术、历史洞察力、文化批判性与满族文化特色，曹禺30、40年代话剧的成就与50年代以后的变化等，都有了全面而深刻的认识。

经典的发现与细读相辅相成，近年经典细读蔚然成风，推出一大批细读成果，使经典的确认有了扎扎实实的审美基础。正是在重新确认与深入解读的基础之上，大批作家传记纷纷问世。仅北京十月文艺出版社出版的作家传记系列就有约30种，大陆总共为现代作家立传的约110人，出版现代作家传记约在240种以上，其中，鲁迅传记就有40余种。

六是中外文学关系得到认真梳理。

中国现代文学的诞生与发展同外国文学乃至外国文化有着密切的关联，要想全面而准确地把握现代文学的历史脉络与精神内涵、审美形式，必须理清中外文学关系。近年来，这方面取得了显著的成绩。有中国作家接受外国文学的影响研究，如鲁迅与俄苏文学、日本文学，郭沫若与惠特曼、歌德，茅盾与左拉，老舍与狄更斯、康拉德、威尔斯，曹禺与易卜生、奥尼尔；屠格涅夫与中国，普希金与中国，泰戈尔与中国等；也有外国文学流派、思潮与中国文学的关系研究，如日本白桦派与中国作家，日本新感觉派与中国新感觉派，苏联、日本左翼文学思潮与中国左翼文学思潮，英国浪漫派与中国浪漫派；还有某个历史时期中国文学与外国文学的关系，如五四时期新文学与外国文学，抗战文学与世界反法西斯文学；宏观性的研究有范伯群、朱栋霖《1889—1949中外文学比较史》，王锦厚《五四新文学与外国文学》，钱林森《法国作家与中国》，陈建华《20世纪中俄文学关系》，汪剑钊《中俄文字之交》，王向远《中日现代文学比较论》，张大明《西方文学思潮在现代中国的传播史》，宋炳辉《弱势民族文学在中国》等。

　　翻译既有原文意义与韵味的忠实传达，也有必不可免的中国色彩投射，因而现代翻译文学既不同于原本的外国文学，也有别于本色的中国文学，而是中国文学与外国文学的结晶，可以视为中国现代文学的一个特殊组成部分。80年代翻译文学研究尚嫌薄弱，但1989年版陈玉刚主编的《中国翻译文学史稿》已经开始显示出翻译研究的实绩与前景。90年代以来，对翻译文学越来越重视，论文明显增多，关于胡适、鲁迅、周作人翻译的个案研究均有专著问世，宏观性的专著亦有郭延礼《中国近代翻译文学概论》、王向远《二十世纪中国的日本翻译文学史》、谢天振主编《中国现代翻译文学史》、赵稀方《翻译与新时期话语实践》、张中良《五四时期的翻译文学》、李今《三四十年代苏俄汉译文学论》等。

　　七是资料建设成果丰硕。

　　文献资料是学科建设的基础。改革开放打破诸多禁忌之后，文献资料的发掘、整理、出版工作就提到了重要日程，学术界共同努力，成果丰硕。1979年由中国社会科学院文学研究所现代文学研究室发起编纂的《中国现代文学史资料汇编》，分甲、乙、丙三种，甲种为《中国现代文学运动、论争、社团资料丛书》，30卷；乙种为《中国现代作家研究资料丛书》，含170多位作家的专集或合集近150卷；丙种为工具书，有《中国现代文学期刊索引》《中国现代文学总书目》，总计约6000万字。这套汇编除了一小部分因经济原因在出版社搁浅之外，多数已陆续面世，并在学术研究中发挥了较大的作用。最近，80年代初版的上述甲、乙、丙三种丛书开始修订重印，此前搁浅的部分也已列入出版计划，有望继重印本之后陆续推出。

其他资料著作也是数量可观，如《鲁迅生平史料汇编》五辑、《上海"孤岛"时期文学资料丛书》、《抗战时期桂林文化运动史料丛书》、《1923—1983年鲁迅研究学术论著资料汇编》、《中国人民解放军文艺史料丛书》、《新文学史料丛书》、《江苏革命根据地文艺资料汇编》、《鸳鸯蝴蝶派文学资料》、《中外文学关系史资料汇编》。《新文学史料》《中国现代文学研究丛刊》《鲁迅研究资料》《鲁迅研究月刊》《东北现代文学史料》《抗战文艺研究》《延安文艺研究》《晋察冀文艺研究》等刊物也发表了许多珍贵的文献资料。①

《中国新文艺大系》第2编（1927—1937）、第3编（1937—1949），《中国新文学社团、流派丛书》，《延安文艺丛书》，《上海抗战时期文学丛书》，《抗战文艺丛书》，《中国抗日战争时期大后方文学书系》等，从原始报刊汇集作品，为研究提供了便利。

随着资料工作的深入，作家文集、全集的编辑出版也出现了新的局面，仅延安时期作家全集、文集就有百部左右。新版《鲁迅全集》已经出版，增加了若干佚文；郭沫若、茅盾、巴金、老舍、曹禺、冰心、丁玲、张天翼、周扬、赵树理、孙犁、徐志摩、戴望舒、师陀、何其芳、废名、

---

① 樊骏：《中国现代文学史料工作的总体考察》，收《论中国现代文学研究》，上海文艺出版社1992年版。

穆旦、贾植芳等作家的全集或文集纷纷问世；有争议的人物的文集及其他资料也能够推出，如《周作人自编文集》《周作人集外文》《周作人年谱》《穆时英小说全集》等；《胡适全集》《郑振铎全集》《阿英全集》等收入了其译作，表现出对翻译文学的重视；《朱自清全集》等收入了日记，呈现出作家真实的心理轨迹。

史料学、文献学、版本学的学术价值越来越被现代文学界所认可，老中青几代人中都有学者从事这些方面的研究，代表性的成果有朱金顺《新文学史料学引论》、陈子善《捞针集：陈子善书话》、刘福春《中国新诗书刊总目》、金宏宇《中国现代长篇小说名著版本校评》等。

八是学科自省意识不断增强。

现代文学发端于对传统文学的质疑、对峙，怀疑精神与批判精神是现代文学的重要特征。当现代文学成为一门学科之后，对象的属性反射到研究中来，内化为学科的一种品格。所以，当思想获得解放之后，现代文学界在开拓创新的进程中，时时反顾，不断自省。

1982年9月至1983年1月北京师范大学受教育部委托举办的现代文学进修班上，唐弢的《关于中国现代文学史的编写问题》、王瑶的《关于现代文学的民族传统问题》、樊骏的《关于中国现代文学研究的考察和思索》等报告，表现出改革开放之初学术界清醒的自省意识。《上海文论》1988年第4期开设"重写文学史"专栏，推动了学科自省意识的发展。此后，不仅有了形式多样的"重写"实践，而且回顾学科历史、总结经验教训的著述不断问世。微观的有关于作家作品研究的回顾与总结，涉及作家至少有60人，其中尤以鲁迅最为突出，专著有十种以上，如袁良骏《当代鲁迅研究史》，王富仁《中国鲁迅研究的历史与现状》，杜一白《鲁迅研究史稿》，张梦阳《中国鲁迅学通史》，徐鹏绪《鲁迅学文献类型研究》，王吉鹏等关于鲁迅小说、杂文、散文诗研究，鲁迅和外国文化、中国文化比较研究的历史梳理。介乎微观与宏观之间的回顾总结，对文体、话题、报纸、杂志、社团、流派、思潮等方面的研究均有涉及。宏观性的学科总结也推出多部专著，如许怀中《中国现代文学史研究史论》，冯光廉、谭桂林《中国现代文学史研究概论》，黄修己《中国新文学史编纂史》，徐瑞岳主编《中国现代文学研究史纲》，刘勇《现代文学研究》，温儒敏等《中国现当代文学学科概要》，黄修己、刘卫国主编《中国现代文学研究史》等。

三、现代文学学科面临的任务与挑战

现代文学学科已经取得了长足进步，成果积累相当厚重，仅文学史著作就有260种以上，博士论文不少于1000篇。学科队伍内外对现代文学研究的前景产生了程度不同的担忧或质疑。有人担心，在三四十年的时段上聚集着三四千人的研究队伍，学科人口密度在文学史研究中大概数一数二（平均一年一百人，每人均摊三四天），近年来又取得了如上所述的成绩，究竟这个学科还能坚持多久？也有人把近年来价值失衡、道德滑坡的根源归结为传统文化的失落甚至颠覆，而把五四新文化运动视为始作俑者。甚至有人提出，中学教材中应该剔除白话文，而全面恢复文言文，因为中华文化的精髓全都承载于文言文之中。如此看来，现代文学不仅存在着学科内部亟须创新的压力，而且面临着来自外部的严峻挑战。

一个学科能否延续下去，主要的不是取决于研究对象的大小（宇宙之大、细菌之微，都可以成为研究的对象），也不在于已经积累了多少成果，而是在于对象是否具有研究价值、对象还有多大的探索空间、研究本身是否具有旺盛的生命力。与几千年的古代文学相比，现代文学虽然时段不长，但这是一个从传统向现代的转型期，前面承接着悠久的历史，后面贯通于活跃的当下，内部扎根于深厚的中华沃土，外面连接着广袤的异域文化。传统到现代没有断根，而是通过嫁接获取新质，经由创造增添活力；现代文学也没有因为新中国的成立便戛然而止，而是注入新中国的文化血脉之中，对几代人乃至未来都有深远的影响。文言文学承载着古代文明，而现代白话文学则承载着对传统革故鼎新的现代文明。这样一种文

学，怎么可能失去研究的价值呢？新文学诚然高举过反传统的旗帜，但新文学并非如以前所误解的那样是所谓彻底反传统，而是对传统加以分析，有批判也有认同，有摒弃也有继承，有改造也有创新；况且现代文学史上并非仅此一家，在新文学阵营之外，还有传统文学阵营，在新文学阵营内部，有激进派，也有保守派，还有折衷派。当下的价值失衡、道德滑坡原因十分复杂，决不能让现代文学背黑锅。

比起外部的挑战来，更严峻的考验是来自内部的压力。有了成绩容易沾沾自喜、故步自封、形成惰性，大量重复性的、泡沫化的"成果"就是证明。要想保持学科的旺盛生命力，必须继续解放思想，开拓视野，苦练内功，夯实基础，具体来说要在如下三个方面加强建设：

一是强化历史性。

历史是由无数细节构成的，其本身具体而鲜活。而目前所见的多数文学史著作，在梳理过程中，舍去了丰富的细节，使文学史变成干巴巴的几条筋。这固然有写法问题，但根源在于文学史观。文学史的研究与撰述，首先是要告诉读者现代文学是怎样一种存在状态，然后才是总结经验教训、提炼发展规律。这就需要发掘历史原生态，选取具有代表意义的典型细节，以使文学史丰满起来。譬如：作家的生计与文学的生产流通处于怎样的关系，报纸、杂志等媒体在文学创作与传播中起到了哪些作用，经典作品的发行量究竟有多少，不同层面的读者是怎样接受现代文学的，现代文学在社会文化发展中究竟产生了怎样的效应，翻译与创作的互动关系，翻译文学在现代文学史上占据何种地位，等等，都需要以真实的细节来说明。

历史叙述，不仅要有丰富的历史事实，而且应该梳理出历史发展的线索，对文学现象做出分析与评价。如果说选择本身已经能够见得出编著者的历史态度的话，那么，梳理与分析评价更能显示出编著者的历史眼光。在这方面，实事求是应该成为基本准则，但这一准则说起来容易做起来难。譬如，迄今许多著作都把左翼文学称为30年代（文学史上通常指

1927—1937年）文学主潮，事实果真如此吗？当时，左翼文学确实十分活跃，有左翼作家联盟及其分会，有鲁迅、郭沫若、茅盾、洪深、田汉等知名作家，有《北斗》《文学月报》等刊物，有《子夜》等影响广泛的作品，并且一些非左翼作家也在一定程度上受到左翼思潮的影响，带有左翼色彩的作品受到青年知识分子的欢迎。左翼文学当时处于地下或半地下状态，为了争取自身的生存权利，也缘于其政治背景的需要，不能不大造声势，若论声势，左翼确实相当可观。但是，确认一个历史时期的文学主潮，主要凭借的不应是声势，而应是文学观念与文学创作的建树及其影响。30年代，非左翼的民主主义思潮与自由主义思潮，无论是作家阵容与地域覆盖面，还是理论建树与创作成就，都不比左翼思潮逊色。从刊物来看，《新月》《现代》《论语》《文学季刊》《文季月刊》《大公报·文艺》等，虽然其中也发表左翼作家作品，但总体来看，仍属于非左翼刊物；从代表作家来看，小说方面有叶圣陶、许地山、张恨水、巴金、老舍、李劼人、废名、沈从文、师陀、萧乾、施蛰存、穆时英等，戏剧方面有曹禺、李健吾等，诗歌方面有徐志摩、闻一多、冯至、孙大雨、饶孟侃、陈梦家、朱湘、方玮德、戴望舒、卞之琳等，散文方面有周作人、林语堂、何其芳、李广田、缪崇群、陆蠡等，理论方面有梁实秋、朱光潜等，其阵容、成就及影响，无疑要超过左翼。诚然，左翼文学在社会解放题材的幅度与深度及文学大众化等方面，做出了积极的努力与显著的贡献，但从整体上看来，30年代文学基本上还是沿着五四文学开辟的道路向前推进，人性解放、个性解放与国民性剖析占主要地位。即使抗战爆发以后，民族解放成为时代大潮，堪称经典的作品大多还是出自上述主体题材。1949年以后的文学格局固然可以追溯到始于20年代后期的左翼文学，但其根本原因还是在于社会历史的进程，不能用1949年以后左翼的升帐挂帅来"追认"30年代的左翼主潮。如果一定要从复杂的历史现象中寻绎出一个主潮的话，那么不妨说左翼与民主主义、自由主义、民族主义共同构成了社会解放、个性解放与民族救亡交织并进的30年代文学主潮。

现代文学是在民国背景下诞生、发展起来的，而过去较多地强调新民主主义革命的背景，忽略了民国史，现在这一问题开始引起学术界的注意，今后当加强现代文学史与民国史的关联性研究。

抗战正面战场文学的研究刚刚起步，还有许多工作要做，诸如：1. 国民政府军事委员会政治部对战区文化工作的总体部署，各个战区司令长官部及其下属军师的文化工作，《阵中日报》等战区报刊的文学副刊及相关版面，战区演出、出版等活动，正面战场文学作品在大后方的发表、出版与评论。2. 作家与正面战场的关系。3. 正面战场题材的作品，可分阶段（战略防御、战略相持、战略反攻），也可分战区，分兵种（陆军、空军、海军），还可以分战役（22次会战、重要战役等）。4. 作家创作、新闻报道、政府表彰与民间传说中的抗战英烈叙事，包括高级将领叙事。5. 前方与后方、战略与政略的关系。6. 正面战场与敌后战场的关系。7. 正面战场文学与日本侵华战争文学的比较。8. 中国正面战场与世界反法西斯战场的关系。9. 正面战场文学与世界反法西斯文学的比较。10. 正面战场文学的文体、风格等。为了推进研究，有必要搜集、整理、编选出版一套多卷本的《正面战场文学总集》，同时加强对正面战场相关文物——墓碑、墓志铭、纪念碑、英烈祠堂、对联、书信、日记等——的调查与研究。

只有解放思想，拓展视野，切实努力，才能全面把握正面战场文学的基本风貌与审美特征，进而绘出完整的抗战文学地图，并借此增进对抗日战争的认识。这样，才能不辜负文学史研究的学术使命，也才能无愧于历史和未来。

二是保持文学性。

过去文学史被政治化，近来又面临着文化史、思想史的压力，仿佛只有在文化的广阔原野上任意驰骋，才显得气魄宏大，似乎只有言必称思想史，才见得出眼光的深邃。文学史固然要关注制约文学发展的社会文化背景与文学所表现的社会文化内涵、精神世界，但既然是文学史，就不能写成社会史、文化史与思想史。现代文学史最应关注的现象应该是作家作品，应该有创作现象的生动描绘，点出经典作品的神韵所在，说出现代文学较之传统文学在艺术形式、审美情趣等方面增添了哪些新质，较之同时代外国文学显示出哪些民族性特征，现代文学在艺术上存在哪些问题，等等。文学史叙述的笔墨最好也应该有一点文学色彩，通史在司马迁等史学大家笔下尚且能够写得有声有色，为什么现代文学史著作反倒失去文学的灵气与韵味，板着一副枯涩的面孔呢？

三是坚持民族性。

在日益高涨的"全球化"声浪逼促下，民族文化身份认同的焦虑有增无减，精神文明与制度文明、物质文明协调发展的态势愈加明显，无论是心理需求还是文化建设，都不能不向民族传统回溯。正是在这一背景下，现代文学与传统文化关系的研究渐呈上升之势。传统文化同现代文学关系的研究今后将会吸引更多的学者参与，并将成为一种普遍的背景意识。

近年来，现代文学研究颇受海外思潮影响，正负效应均很明显，亟须总结。拿负面效应来说，中国本来是一个历史悠久的多民族国家，从秦代起，帝国即是多民族一体的国家，后来虽然屡有变迁，但多民族一体的民族国家性质始终如一。辛亥革命推翻了清朝统治，结束了绵延几千年的帝制，但帝国时代的国家版图基本上得以维系，这与欧洲随着帝国的解体、民族国家纷纷诞生的情形截然不同。可是，一些学者丝毫不顾国情，认定"民族国家"概念前卫，便拿来任意搬用。譬如，有人把新中国的诞生视作中国作为一个民族国家历史的开始，有人似乎"宽容"了一点，把中国作为民族国家的历史开端提前到辛亥革命，等等。再如"想象共同体"概念，本来是安德森在"千岛之国"印度尼西亚考察的结论之一，而我们有些学者拿来套用，说中国也是一个想象出来的共同体。如此等等，已经到了荒唐可笑的地步。认真总结与清理海外思潮对中国学术界的影响，已经迫在眉睫，今后一段时间，将成为现代文学乃至整个学术界的前沿问题。

　　现代文学学科因其承载的社会使命、学术使命与教育使命，一直在整个人文学科中占有重要的地位。从2006至2009年，四年间共有119项现代文学课题获得社科基金立项，在一级学科中国文学里，年均占25%，其重要性的公认度可见一斑。对于现代文学学科，我们完全不必自卑、自馁，而是有理由相信：现代文学研究在21世纪的中国现代化进程中将有更大的发展，在中国与世界的文化对话中发挥更大的作用。

第三节　现代文学与民国史视角[①]

　　中国现代文学，是在民国的历史时空中发生发展的。无论是对现代文学史的梳理，还是对作家作品的解读，都应当引入民国史的视角，予以民国文学生态环境、生态结构与生态要素的还原。但是，在很长时间里，现代文学的历史叙述却自觉不自觉地回避或排斥民国。现代文学的内容刚刚进入历史叙述时，因为属于"现在进行时"，还没有正式的名分。胡适1922年所作《五十年来中国之文学》，陈子展1929年的《中国近代文学之变迁》、1930年的《最近三十年中国文学史》，都是把新兴文学附在历史流脉的末端。从1932年开始，"新文学"成为周作人的《中国新文学的源流》、王哲甫的《中国新文学运动史》、伍启元的《中国新文化运动概观》等文学史著述的醒目标志，而民国则成了毋需特别标明的常识。等到中华人民共和国成立，初名为"中国新文学史"的现代文学学科正式创建，民国又成为过往的历史。[②] 按说要对现代文学的历史进行研究与叙述，理当正视民国史背景。但是，在长达七十多年的学科史上，民国仿佛一个幽

---

① 作者自2006年起以民国史视角考察现代文学，第一篇论文为《从民国史的视角看鲁迅》，载《广东社会科学》2006年第4期；第二篇论文为《现代文学的历史还原与民国史视角》，载《湖南社会科学》2010年第1期，其增订稿收《2010年海峡两岸华文文学学术研讨会论文选集》，台湾秀威公司2010年版。

② 国民党退守台湾，虽然沿用"民国"之名，但实际上只是一个特殊的地方政权。

灵，要么隐身不见，要么妖形怪状，结果现代文学的历史叙述出现了一些愧对历史的空白与扭曲。究其原因，自然不止一二，主要的恐怕是在于人们的意念中把国家等同于政府，正视民国史似乎意味着认同被推翻了的民国政府，于是，避之唯恐不及，哪个人还会斗胆以民国史视角来阐释与叙述现代文学。

　　然而，政府只是国家主权的代表，并不能涵盖国家政治、经济、文化、教育等全部社会生活，一个政权的最终败亡也并不意味着它由始至终一无是处，民国在中国社会文化的现代化转型中所起的作用，在抵御外敌侵略、捍卫国家民族的战争中的功绩，是不应也无法抹杀的。民国不单是一个充满坎坷的历史时期，更是一种具有"民国机制"①的国家形态。事实上，民国的政治、法律制度，民国的经济、教育、新闻出版等，给文学发展提供了动力与舞台，正是在民国的社会文化生态环境中，才生长出生机勃勃的现代文学，作家的生存方式与作品的内蕴外型，无不折射出民国的要素。在现代文学研究与叙述中引入民国史视角，绝非为败亡政府召唤游魂，而是为了还原现代文学的真实面貌、历史脉络与丰富内涵。

一、民国文学的生态环境

　　1912年1月1日起，南京临时政府改用西历，《临时大总统改历改元通电》宣布："以黄帝纪元四千六百九年十一月十三日，为中华民国元年元旦。"在传统社会，历法是作为天子与上天联系的重要标识，每逢改朝换代都要重新颁定年号，计算历法，稍有差池，承办者将有杀头之祸。这次改历改元同有史以来的任何一次截然不同，以拥有五千年文明史的堂堂中国，竟然放弃老例，认同西历，这反映出皇帝专制的彻底坍台，传统文化向现代的全面过渡与转化。南社诗人蒋信在除夕夜赋诗《饯除》中就热情

---

① 李怡：《"民国机制"：中国现代文学的一种阐释框架》，《广东社会科学》2010年第6期；《从历史命名的辨证到文化机制的发掘——我们怎样讨论中国现代文学的"民国"意义》，《文艺争鸣》2011年第7期。

歌颂道："留得统历编推表，喜听雄鸡唱晓天。"的确，改历改元是一个信号，也是一个象征，民国自初年起便出现了很多新的社会文化景观。

民国史若以政府为标志，大致可以划分为三个阶段：一是南京临时政府阶段（1912年1月—1912年3月），二是北洋政府阶段（1912年4月—1928年6月），三是南京政府阶段（1927年4月18日—1949年9月30日）。①无论民国存在着多少缺陷，也无论三个阶段的政府存在着怎样的稚嫩、弊端，甚至是致命伤，但是，民国毕竟是中国历史上，也是亚洲历史上第一个名义上的民主共和国。

辛亥革命结束了二百多年的清朝帝制，而且推翻了延续两千多年的封建专制制度。如果说辛亥革命是对民众民主精神的最现实的启蒙，那么可以说民主共和制度则是社会发展的基本保障。1911年12月29日，十七省代表，在三名候选人中投票选举孙中山担任中华民国临时政府首任临时大总统。在1912年1月1日举行的临时大总统就职典礼上，孙中山在《就职宣言书》中明确提出建国之根本方针："国家之本，在于人民。合汉、满、蒙、回、藏诸地为一国，即合汉、满、蒙、回、藏诸族为一人。是曰民族之统一。"后述"领土之统一""军政之统一""内政之统一""财政之统一"均建立在第一个统一基础之上。翌日，各省代表会修正并颁布《中华民国临时政府组织大纲》，然后据此组织立法机关参议院。②3月11日颁布的《中华民国临时约法》又对参议院的构成、职权与议事细则等做了进一步修订，使之趋于完善。③虽然在民主共和建设的进程中险阻重重，不少美好的设想大打折扣，但正如胡绳所指出："从此以后，任何违反民主的潮流，要在中国恢复帝制和建立独裁统治的人和政治集团，都不能不遭

---

① 南京国民政府于1927年4月18日举行成立典礼，"安国军大元帅"张作霖于1928年6月3日离开北京，南京国民政府于1928年6月15日宣布统一完成。
② 后来，冰心、梁实秋等作家曾经担任过参议员。
③ 参见张宪文等：《中华民国史》（第一卷），南京大学出版社2005年版，第96页。

到人民的反对而归于失败。"[①] 当袁世凯在民主共和国的招牌下，一步步加强他的独裁统治时，有1913年反袁的"二次革命"，《民国日报》也连载钱病鹤的百余幅《老猿百态》，把袁世凯比拟为"老猿"，揭露了袁氏专制的丑恶嘴脸。待到袁世凯于1915年12月开始使用皇帝的称号，全国一片反对声，使得预定在1916年元旦举行的"登基大典"未敢如期举行，而且一再推延，终于在3月23日自行宣布撤销帝制。所谓举国一致拥戴帝制的"民意"，不过是袁氏父子以及企图沾光者自欺欺人的把戏，他们误以为只要龙袍加身，就会自然得到黎民百姓的拥戴。殊不知经历了辛亥革命，黎民百姓发现没有皇帝的日子不但能过，而且还可以过得更加自在。因此，自然不会怎么去膜拜无论是谁重新披挂起来的皇袍。结果袁世凯不但皇帝梦只做了短短八十三天即宣告破灭，而且连他费尽心机窃取来的大总统位子也势不可保，最后于1916年6月6日在一片讨袁的呼声中一命呜呼。梁启超在《辟复辟论》中说："国体违反民情而能安立，吾未之前闻。今试问全国民情为趋向共和乎为趋向帝制乎？此无待吾词费，但观数月来国人之一致反对帝制，已足立不移之铁证。"[②] 军阀张勋借进京调停黎元洪与段祺瑞的"府（总统府）院（国务院）之争"的机会，于1917年7月1日，请出了前清逊帝溥仪，"重登大宝"，宣布中国重新为"大清帝国"。结果，这幕复辟丑剧上演了仅仅十二天就草草收场。1923年10月，直系军阀曹锟收买国会议员，以贿选得任中华民国总统，至1924年11月，也是以灰溜溜的失败告终。复辟倒退者屡屡碰壁的历史证明，民主意识已经逐渐深入人心，政治文化心理的巨大变迁不能不上溯到辛亥革命，不能不归因于共和国的民主体制。

民国最初以五色旗为国旗，标志着汉、满、蒙、回、藏五族共和，实际上，民族大家庭远非只有五族，民国维系着中国几千年以来的多民族

---

① 胡绳：《从鸦片战争到五四运动》（下册），人民出版社1981年版，第905页。
② 梁启超：《辟复辟论》，《饮冰室专集》之三十三，第118页。

统一的国家格局。1927年4月18日，南京国民政府宣告成立，改以青天白日满地红旗为国旗，多民族多元一体的国家格局则始终如一。1928年6月初，国民革命军攻势凌厉，张作霖无奈地退出北京，意味着北洋政权的终结。同年12月29日，张学良向全国发出"易帜通电"，宣布东三省即日起"遵守三民主义，服从国民政府，改易旗帜"①，至此，除了此前香港被割让给英国、澳门被割让给葡萄牙、台湾被割让给日本之外，中国大陆/内地基本上得以统一。抗战时期，全国一盘棋共同抗日自不必说，即便是土地革命战争时期与解放战争时期，国共两党虽然血肉相搏，但是都认同一个中国。民国以一个主权国家与外国对话，各民族在一个大家庭里相聚相依。少数民族作家没有因为自己的民族身份妨碍文学创作与文坛地位；只要没有特殊的政治原因，天南地北、边地中心，各地作家来往自由；当置身海外时，中国作家不仅有中华文化可以依恋，而且有一个国家实体可以依赖。

中华民国临时政府成立伊始，便着手制定法治社会所必需的一系列法律法规，如《中华民国临时政府组织大纲》《中华民国临时约法》（以下简称《临时约法》，带有宪法性质）等。《临时约法》规定"中华民国之主权，属于国民全体"，人民享有人身、住宅、财产、言论、集会、结社、书信、迁徙、信教等方面的自由权，享有请愿、诉讼、任官考试及选举和被选举等方面的权利；同时，亦有纳税和服兵役之义务等。② 约法、法律、法规，涉及社会生活的方方面面，上至立国原则、民族统一、领土范围、机构组成、官民权利，下至禁烟、禁赌、剪辫、革除缠足、官民称谓等，为全面展开现代化进程打下了基础。北洋政府阶段，虽然出现过袁世凯称帝、张勋复辟的闹剧，国家元首频繁更迭，内阁走马灯一般变幻不定，但是，"也还保存了相当一部分民主共和制度"③，法制基础得以

---

① 参见张宪文等：《中华民国史》（第二卷），第33页。

② 参见张宪文等：《中华民国史》（第一卷），第97页。

③ 张宪文等：《中华民国史》（第一卷），"导论"第9页。

维系。南京国民政府阶段，尽管其间曾有大动干戈的派系斗争，一党专政、个人独裁趋势逐渐加剧，最后政治严重腐败，民主共和功能变质，因而理所当然地被新中国取而代之；但是，不能否认，在南京国民政府执政的22年中，国民党、国民政府内部乃至整个社会，始终存在着民主与独裁两种力量的矛盾、冲突。在自由主义知识分子与国民党内反蒋政治派别和地方实力派的呼吁下，1930年5月国民大会通过了《训政时期约法》。这部新的约法继承了《临时约法》的基本精神，规定国民拥有"结社集会之自由""发表言论及刊行著作之自由"等20多项权利义务。① 1914年、1930年还分别由北洋政府、南京国民政府颁布了与文学关系密切的《出版法》。当然，在具体实施中，法律原则大打折扣，不时发生党部、军阀、特务及外国势力践踏法律的事件②，但毕竟有这样一个基本的法律框架，使文学的发展得到了起码的法律保障。

文学爱好者自由结社，文学社团数量之多、分布之广泛、色彩之丰富，前所未有。将五四时期文学社团喻之为雨后春笋，并不嫌夸张。茅盾仅据《小说月报》1922年至1925年《国内文坛消息》统计，这期间先后成立的文学社团及刊物，就不下一百余，而实际上的数字"也许还要多上一倍"③。范泉主编的《中国现代文学社团流派辞典》（上海书店出版社，1993年）收录总条目1082个，其中介绍较为详细的正目为667个，参考目415个。

作家的人身权利与著作权能够多少有所保障。陈独秀数次被捕，均因政治原因。影响较大的有两次：1919年6月11日，陈独秀在北京城南新世界游艺场被捕，是因为散发《北京市民宣言》——要求罢免北京政府步兵统领王怀庆等人。南北和谈之际，孙中山提出放出陈独秀；1919年9月16日，警察厅同意安徽同乡会以陈独秀胃病为由，保释出狱；1932年10月

---

① 参见张宪文等：《中华民国史》（第二卷），第85—89页。
② 1935年5月，国民党当局屈从日本压力，将《新生》杂志主编杜重远判处一年二个月徒刑。
③ 《〈中国新文学大系·小说一集〉导言》。

15日，再次被捕；1933年4月14日公审，章士钊担任辩护律师为之辩护，因其坚持政治立场而被判刑罚，抗战爆发后得以减刑释放。奉行自由主义的新月社同仁为维护民主体制而公开发表文章批评当权者，当局十分恼火，施加种种压力，但也不敢全然撕破民主共和的脸皮。如胡适在《新月》月刊1929年第2卷第2号上发表《人权与约法》，抨击政府机关或假借政府与党部的机关对人权的践踏，强调"党的权限也要受约法的制裁"，"如果党不受约法的制裁，那就是一国之中仍有特殊阶级超出法律的制裁之外，那还成'法治'吗？"接着，《新月》上，胡适又发表《我们什么时候才可有宪法》、《知难行亦不易》（2卷4号）、《新文化运动与国民党》（6、7号合刊），梁实秋发表《思想统一》（2卷3号），罗隆基发表《论人权》（2卷5号）、《告压迫言论自由者》（6、7号合刊），锋芒指向当局。胡适还把《新月》人权舆论运动的文章辑为《人权论集》出版。国民党当局一方面组织文章进行舆论围剿，另一方面由教育部于1929年10月4日发出训令，警告胡适，又查禁《新月》第2卷第6、7号合刊与《人权论集》，胡适虽然受到压制，但并非无路可走，重新回到北京大学担任教授。[1] 1925年8月14日，鲁迅被教育总长章士钊非法免除教育部佥事职，8月22日，鲁迅向平政院投递控告章士钊的诉状；1926年1月17日，鲁迅控告胜诉，教育部取消免职令。1929年8月，鲁迅因北新书局拖欠巨额版税，聘律师拟诉至法院，经北新书局老板李小峰一再请求，协商解决，拖欠的版税18000余元拟分10个月付清（实际上分20个月还清），新版税每月付400元。30年代，据说浙江省党部呈请通缉鲁迅，但始终未见批复执行。当时，鲁迅常去内山书店，几乎是公开的秘密，若是真要缉捕，怕是几次避难也难以避免。张恨水的《春明外史》《啼笑因缘》对官场、军界多有辛辣的讽刺，并未因此而遭受查禁。抗战期间，《八十一梦》讽刺当局贪贿成风、摩擦有术，十分犀利，当权者也只是派人威胁性地劝说，并未将作者真的送进

---

① 参见胡明：《胡适传论》（下卷），第677—678页。

息烽集中营。

当局从维护其统治出发，不时查禁左翼出版物，但也不敢做得太过，有的禁了一段又开禁，有的加以修改或换一个名目之后亦能重新登场。1934年3月14日《大美晚报》载，沪市党部奉中央党部电令，"查禁书籍至百四十九种，牵涉书店二十五家、其中有曾经市党部审查准予发行、或内政部登记取得著作权、且有各作者之前期作品、如丁玲之《在黑暗中》等甚多"，经请愿，"解禁了三十七种，应加删改，才准发行的是二十二种"。① 现代书局曾发行过《拓荒者》《大众文艺》等左翼刊物，遭到当局禁止之后，又出过带有官方色彩的《前锋》杂志，反应冷清。1932年5月1日创刊的《现代》杂志，基本贯彻了中间色彩的办刊原则。在截止1935年5月停刊的三十四期《现代》杂志（另有两期改为综合性）中，既有自由主义文学理论文章与现代派诗歌小说，也有左翼文学理论与创作，如《马克思、恩格斯和文学上的现实主义》、鲁迅纪念左联五烈士的《为了忘却的记念》、茅盾的《春蚕》、洪深的《香稻米》、艾青的《芦笛》；还有民主主义作家锋芒毕露的作品，如老舍对时政与政党政治左右开弓的寓言体小说《猫诚记》。1933年5月14日，左翼作家丁玲在上海被捕，舆论一片哗然，《现代》杂志于1933年7月1日出刊的第3卷第3期上刊出"话题中之丁玲女士"一组四张照片，寄托急切的关注。第3卷第4期，又借一封读者来信猛烈抨击"黑暗的强暴无理的"社会，读者来信的语气十分激烈，直言"法西斯蒂的毒雾，已从德到日本，再由日本到中国了"，呼吁"应该认清了目前的大势，执着一个目标，向前奋斗"。自由主义者胡秋原也在《现代》第3卷第2期发表杂文《中日亲善颂》，以迭出的反语、逼人的锋芒，抨击当局"攘外须先安内"的方针。也许正是由于这些缘故，当局后来派员来"革新"，《现代》销路大减，"无疾而终"。但在《现代》存续期间，能够发表上述作品，如果没有一定的法律保障是不可想象的。

---

① 转引自鲁迅《且介亭杂文二集·后记》，《且介亭杂文二集》，上海三闲书屋1937年7月初版。

　　民国成立不久，适逢第一次世界大战爆发，民族经济有了一个快速发展的机缘，"现代大工业、现代教育、现代法制等，均初步出现于北洋时期，体现了社会进步"[①]。由于方方面面的共同努力，中国进而度过了20世纪30年代初的世界性经济危机冲击的难关，1936年达到了20世纪上半叶国民经济的顶峰，为新文学的成熟与发展提供了相应的条件，也为随即到来的全面抗战打下了物质基础。[②] 在经济增长与法律保障的基础上，新闻出版业大规模发展。民营资本的介入，使民间机构、同仁刊物增多。通讯社1912—1918年不下于20家，1926年增加到155家；1923年中国人自办的广播电台诞生；1937年6月，已有官办与民营广播电台70余座。1921年，全国共有报刊550种；1936年，报刊达1700余家；1946年，国统区报刊1832家。出版机构数百家，1911—1949年共出版图书10万余种，其中文学书籍有2万余种。从文学期刊来看，1927年4月—1937年7月，共创刊1186种[③]，比此前12年创刊的350种超出两倍多，仅1934年新出版的期刊，就约有400余种，故有"杂志年"之称；副刊总计5000余种，其中半数以上是文学类；文学类期刊3500种以上。有了这样的文化市场，加之版权法的实施，才有作家大批产生，版税与稿费成为其重要的，甚至唯一的生活来源。30年代初，张恨水凭借版税在北京大栅栏购买一所大宅门四合院，内里包含大大小小七个院子；1946年2月，他回到北京，在北河沿胡同购买一个有30多间房的四进四合院。鲁迅1927年10月到上海，同年12月至1931年12月除了著、译与编辑收入之外，尚有每月300元的大学院（后改属教育部、中央研究院）"特约撰述员"酬金；从1932年起，则全靠版税、稿费与编辑费维持并不算拮据的生活。身为职业革命家的夏衍，30年代也能靠版税维持生活。除了抗战时期经济秩序被严重打乱的特殊情况之外，民国经济与作家生活的关系于此可见一斑。

----

① 张宪文等：《中华民国史》（第一卷），"导论"第9页。

② 参见张宪文：《再论民国史研究中的几个重大问题》，《江海学刊》2008年第5期。

③ 参见刘增人等纂著：《中国现代文学期刊史论》，新华出版社2005年版，第4页。

民国教育为文学的勃兴提供了丰厚的人力资源。1945年，专科以上学校已经发展到141所，在校学生人数达83400余人。1946年，以推行国民教育制度的十九省统计，国民学校与其他各类小学237000余所，学龄儿童接受教育的将近3000万。民国教育培养了新型知识分子，源源不断地为作者队伍增加新鲜血液，也培养了大批新文学读者。蔡元培所主持的北京大学的改革，无疑促成了五四新文化运动的发生，也为新文学的出场搭建了坚固而开阔的舞台。1920年1月，教育部训令全国各国民学校本年起将一、二年级国文改为语体文，又以教育部令修正《国民学校令》及其施行细则，正其科目名称为"国语"，确定了初等小学四年间纯用语体文，并将国语教材编写列入日程。① 叶圣陶、夏丏尊、杨振声、沈从文等主持教材的编订，新文学作品批量进入教材。教育部的一系列举措等于确认了新文学的合法性，也促进了国语的统一与推广，为中华民族的统一、团结与中国的现代化进程提供了巨大的动力。

女子在实现女权——参政权、财产继承权等法律权利，职业机会与工资均等权，婚姻自由权，教育平等权②——的道路上迈出了坚实的步履，其中与文学发展最为直接的是教育权。中国的女学，源于西方文化的影响。1834年，英国传教士古特拉富的夫人在澳门开设女塾；1844年，英国传教士阿尔德赛女士在宁波创立近代中国第一所正规的女子学校；1898年，上海出现国人兴办的第一所女学——"经正女学"。进入20世纪，民间兴办女学一时掀起热潮，1907年统计已有428所。民国成立后，虽因多重阻力，出现过波折，而且城乡之间、中心与边地之间，存在着不平衡现象，但总体上女子教育乃大势所趋，得到长足发展。据统计，1931年度，全国小学女生有159万人，全国中学女生有56851人，师范学校女生有226112人；1930年度，职业学校女生有7000人；1931年度，女大学生有4535

---

① 参见李杏保、顾黄初：《中国现代语文教育史》，四川教育出版社2000年版，第67—68页。
② 参见何黎萍：《西方浪潮影响下的民国妇女权利》，九州出版社2009年版，第26页。

人；1944年度，各类高校女生达14743人。正是在这样的教育背景下，涌现出成批的女作家，如陈衡哲、冰心、庐隐、冯沅君、石评梅、陆晶清、白薇、许广平、袁昌英、方令孺、苏雪林、谢冰莹、林徽因、丁玲、凌叔华、安娥、罗淑、葛琴、彭慧、关露、杨刚、沉樱、白朗、萧红、草明、赵清阁、林海音、罗洪、曾克、菡子、张爱玲、苏青、柳溪等。

二、民国文学的生态群落

生态学意义上的生态系统，指的是生物群落（动物、植物、微生物）及其与地理环境相互作用的自然系统。自然生态系统有两个基本特点，一是通过相互协调的网状结构处于动态平衡状态；二是以多级营养结构转化、分解、富集与再生各种营养物质。简而言之，就是以具有协调性的结构来达成动态平衡、以具有层次性的结构来产生多重效应。譬如雅鲁藏布江大峡谷，平均海拔3000米以上，险峻幽深，侵蚀下切达5000余米，总共8000余米的高度，分布着高山冰雪带到低河谷热带雨林九个垂直自然带，从低等生命——地衣和苔藓——开始，有亚寒带高山草甸地带的点地梅、银莲花、龙胆，有灌木区的高山杜鹃，有暖温带针叶林（落叶松、冷杉等），有亚热带阔叶林（楠木、桂、栲等），还有热带季风雨林等。不仅各自的生物群落与环境相互依存，而且九个自然带之间也存在着复杂的联系。对如此丰富的植物垂直分布，如果仅仅注意到其中的一两种，说雅鲁藏布江大峡谷只有美丽的杜鹃、高大的冷杉，或以杜鹃、冷杉为主，显然不符合实际。

如同自然界同一环境下具有物种多样性一样，民国拥有丰富的文学形态，新与旧，雅与俗，激进与守成，市民文学与乡土文学，左翼与自由主义、民主主义、民族主义，文人文学与民间文学，左翼文学的正统与另类，延安文学的正统与另类，创作与翻译，大陆文学与海外华文文学等，正是这些矛盾冲突、相互依存、或有融通的文学形态，构成了民国文学的生态系统。

我们曾经以为五四文学革命势如破竹，不仅很快攻下了文言文学的堡垒，而且把通俗文学打得一败涂地，从此新文学称雄文坛，一统天下。而实际情况却要复杂得多，在新文学蓬勃发展的同时，文言文学与通俗文学仍然顽强地向前推进。旧体诗词的作者与篇数难以计量，许多现代作家擅长此道，如柳亚子、梁启超、陈独秀、鲁迅、周作人、吴虞、郭沫若、郁达夫、田汉、欧阳予倩、朱自清、俞平伯、吴宓、吴芳吉、王统照、老舍、顾仲彝、穆木天、周瘦鹃、张恨水、闻一多、臧克家、施蛰存、芦荻、聂绀弩、卢前、杜衡、何家槐、苏凤、端木蕻良、胡风、光未然、塞克、王亚平等；还有一些政治家、艺术家与学者也留下了不少旧体诗词，如孙中山、廖仲恺、何香凝、于右任、杨沧白、程潜、毛泽东、朱德、邓中夏、董必武、叶剑英、陈毅、徐特立、吴玉章、林伯渠、谢觉哉、李根源、冯玉祥、萨镇冰、蒋光鼐、吉鸿昌、张治中、王冷斋、黄炎培、张学良、沈钧儒、续范亭、陈叔通、邓拓、王国维、陈寅恪、蔡元培、吴梅、马君武、王季思、夏承焘、叶恭绰、胡绳、吴世昌、吴昌硕、潘天寿、齐白石、徐悲鸿、张大千、苏步青、刘永济、钱仲联等。旧体诗词的创作显示出传统文学的强大生命力，其中折射出气象万千的时代风貌，透露出现代人幽深的内心世界。饶有意味的是1958年，当几乎所有的新诗人都在为"三面红旗"大唱赞歌之时，在50年代的现代文学史著述中被视为守旧派代表人物的吴宓，却以旧体诗抨击了社会生活中的巨大荒谬。旧体诗词中的杰作，如鲁迅的《自嘲》、毛泽东的《沁园春·雪》等，其深邃内涵与精湛艺术浑然一体，足以同新文学经典作品相媲美。殷夫用旧体译裴多菲的《格言》"生命诚宝贵，爱情价更高；若为自由故，二者皆可抛"，比起几种白话体译本更容易领悟与记诵。但是，在足足七十多年的现代文学史叙述中，除了述及鲁迅、郭沫若等生平思想时偶有征引之外，旧体诗词作为一种文体通常是不予理会的。直到今天，仍有学者强烈反对旧体诗词进入现代文学史，理由是为了捍卫现代文学史的现代性。问题在于，难道真如五四文学革命先驱所说，现代社会生活与现代精神只有新文学才能表达，而传统文学形式一无所用吗？难道现代社会生活与现代精神完全是另起炉灶，同传统生活与传统文化没有关联吗？难道人类精神与文学艺术没有亘古长存的脉息吗？实际上，传统在现代中延伸，不仅传统文学中的经典作品作为艺术瑰宝具有永恒的魅力，而且传统文学形式也仍然具有难以完全替代的艺术表现力，在现代社会葆有顽强的生命力，有些仍然为人们所沿用，有些以变体形式承传下去，有些则与新体杂糅呈现出另外一番面貌。

除了旧体诗词之外，民国时期还有大量的文言创作。从刊物来看，有专门的文言杂志，也有一些文言与白话兼收的刊物；从创作主体来看，有作家的日记、散文（如张恨水抗战时期在重庆创作的文言散文集《山窗小品》）、小说，编辑记者的通讯、评论，学者著述，民间写作，政府文体（如抗战期间政府旌表抗战英烈的文章，感情充沛、形象生动，堪称名副其实的文学）等；此外，还有许多用文言书写的序跋文、墓志铭、碑记、联语等。中小学与大学的文言文教育同文学创作之间的关系也值得关注。

现代通俗文学，因其巨大的创作量、丰富的社会文化内涵与新旧交织的艺术特征及其广大的读者群，自80年代后期以来，逐渐被文学史界所正视，小说史、文学通史中列入专章，而且有了几种现代通俗文学史。即使如此，通俗文学的价值也不能说已经得到充分估价，比如，就表现社会生活的广度与揭露社会黑暗的犀利程度而言，现代很少有作家能够与张恨水比肩。个中原因何在？除了张恨水个人的观察、立场与才分之外，恐怕和通俗文学的文体特点、通俗文学的传统、通俗作家的阅历与姿态、读者对通俗文学的阅读期待都有关联。曾有学者将新文学作家与通俗文学作家对比来看，指出："新文学作家由于其出身教养和生活世界的局限，他们作品的取材面也比较过于狭小与单薄，从所反映的生活场合与人物类型看来，最成功的往往是知识分子与农民这两大类形象，对于范围广阔、结构复杂的中国社会的各式各种生活领域，由于接触面不广不深，留下了许多空白之处。而通俗作家却是另一类人，他们出身教养和求职谋生手段的复杂性与多样性，正像他们所涉足的社会领域的复杂性多样性一样，这就为他们的作品取材开拓了广阔领域，因此，他们笔下出现的生活场景和人物形象的多样性、丰富性和复杂性往往为新文学作家所望尘莫及。"[①] 通俗文学不仅题材广阔、反映真实，而且注重趣味，尤其是市民趣味，这无疑满足了读者认识社会和娱乐生活的要求，因而才能拥有广阔的市场。新文学在发展进程中与通俗文学既有对峙、冲突的一面，也有互动、交汇的一面。张恨水的通俗小说不仅表现出现代启蒙精神，而且吸纳了新小说的叙事结构、心理描写与意识流手法等；张爱玲现代意味十足的小说时而流露出通俗小说色彩；赵树理的小说，叙事结构、白描手法和语言风格，是通俗小说文体与新文学精神在三晋乡土上的糅合，可以称之为晋版乡土通俗小说。山药蛋派正是赵树理文学的发扬光大。

论及30年代，几十年间都认为左翼文学是主潮，这种观点几乎成为地球围绕太阳公转一样毋须今人论证的常识。直到现在，不少文学史仍然通行这种观点。但是，一旦回到30年代历史现场，就会发现未必如此。诚然，当时左翼文学确实十分活跃，有"左联"，有鲁迅、郭沫若、茅盾、洪深、田汉、台静农、丁玲、王任叔、夏衍、白薇、艾青等知名作家，有《北斗》《文学月报》等刊物，有《子夜》等影响广泛的作品，左翼文学在社会解放题材的幅度与深度及文学大众化等方面，做出了积极的努力与显著的贡献；并且一些非左翼作家也在一定程度上受到左翼思潮的影响，带有左翼色彩的作品受到青年知识分子的欢迎。左翼文学当时处于地下或半地下状态，为了争取自身的生存权利，也缘于其政治背景的需要，不能不大造声势，若论声势，左翼确实相当可观。但是，确认一个历史时期的文学主潮，主要凭借的不应是声势，而应是文学观念与文学创作的建

---

① 贾植芳：《反思的历史　历史的反思——为〈中国近现代通俗文学史〉而序》，范伯群主编《中国近现代通俗文学史》，江苏教育出版社2000年版，第2—3页。

树及其影响。30年代，左翼之外，民主主义思潮与自由主义思潮，无论是作家阵容与地域覆盖面，还是理论建树与创作成就，都不比左翼思潮逊色。从刊物来看，《新月》《现代》《论语》《文学季刊》《文季月刊》《大公报·文艺》等，虽然其中也发表左翼作家作品，但总体来看，仍属于非左翼刊物；从代表作家来看，小说方面有郁达夫（加入"左联"不久，即自行退出）、叶圣陶、许地山、张恨水、巴金、老舍、李劼人、废名、沈从文、师陀、萧乾、施蛰存、穆时英等，戏剧方面有曹禺、李健吾等，诗歌方面有徐志摩、闻一多、冯至、孙大雨、饶孟侃、陈梦家、朱湘、方玮德、戴望舒、卞之琳等，散文方面有周作人、林语堂、何其芳、李广田、缪崇群、陆蠡等，理论方面有梁实秋、朱光潜、梁宗岱等，其阵容、成就及影响，无疑要超过左翼。

除了上述文学思潮之外，民族主义文学也值得充分注意。鸦片战争以来，民族话语就已经成为文学的重要题材。五四时期有所发展，1928年"五三"济南惨案、"六四"皇姑屯事件（张作霖被炸）之后，民族话语愈加突出，遂有30年兴起的"民族主义文艺运动"。1931年"九一八"事变，1932年"一·二八"淞沪抗战，1933年长城抗战，紧接着是步步紧逼的华北危机，逐渐把民族话语推向高潮，这样，"七七"卢沟桥事变之后才迅疾掀起了抗战文学的高潮。全面抗战爆发之前，民族主义文学并非只有"运动"一种，左翼与非左翼作家，包括通俗作家，在这方面均有贡献。鲁迅在"左联"刊物《文学导报》第1卷第6、7期合刊（1931年10月23日）上发表的《"民族主义文学"的任务和运命》，把苏凤的《战歌》作为"'民族主义'旗下的报章上所载的小勇士们的愤激和绝望"来讥刺。《战歌》唱道："战啊，下个最后的决心，/杀尽我们的敌人，/你看敌人的枪炮都响了，/快上前，把我们的肉体筑一座长城。/雷电在头上咆哮，/浪涛在脚下吼叫，/热血在心头燃烧，/我们向前线奔跑。""小勇士们的愤激和绝望"固然有嫌稚嫩，但确也表达出绝望中的抗争精神。鲁迅认为，"民族主义文学"青年的"发扬踔厉，或慷慨悲歌的文章"，是对"不抵抗主义，城下之盟，断送土地这些勾当"，尽着掩饰与忘却的任务。如此断语，大有"非我族类，其心必异"的意味——只要是来自民族主义文学阵营的声音，必然都是当局的帮闲或帮凶。其实，《战歌》这样的作品真实地表达出年轻一代救亡图存的慷慨激情。1935年4月，田汉作词、聂耳谱曲的电影《风云儿女》主题歌《义勇军进行曲》唱道："起来，不愿做奴隶的人们！/把我们的血肉，/筑成我们新的长城！/中华民族到了最危险的时候，/每个人被迫着发出最后的吼声。/起来！起来！起来！/我们万众一心，/冒着敌人的炮火前进！/冒着敌人的炮火前进！前进！前进！进！"两相比较，意趣，甚至包括句子是何等相像！这恰恰说明，左翼文学与民族主义文学虽有时间差，有矛盾冲突，但毕竟共生于同时代，有相通性。

这样看来，30年代文学主潮并不是单一色调的，而是多种色调的复合，也就是说，左翼文学与自由主义文学、民主主义文学、民族主义文学同时并存，各应所需，各有所长，相互碰撞，相互交织，共同构成了30年代文学主潮。

以往对现代文学史的叙述为什么会容易出现遗漏与扭曲呢？一个很重要的原因就在于不是从历史出发，而是先入为主地以某种概念去剪裁与评断。譬如，当人们要用新民主主义理论来烛照文学史之时，排斥非新民主主义的成分自不必说，就连本来属于新民主主义革命力量但并非处于核心地位的成分，也加以排斥，过分夸大30年代左翼文学的权重，夸大《在延安文艺座谈会上的讲话》对国统区的影响；当人们要用现代性来统领文学史之时，就会排斥所谓非现代性的成分，诸如并非尽失价值的传统道德、历史悠久的民间习俗、文学艺术的娱乐观，旧体诗词、文言文、通俗文学及墓志铭、书信等"杂文学"样式；诸如此类，不一而足。如果本着实事求是的历史主义精神，切切实实地返回历史，以民国史视角来重新考察，就会发现在一个新鲜与缺陷并存的民主共和政体下，在一个由传统向现代转型的历史时期，民国文学是一个由多种精神风貌、文体样式、艺术风格构成的生态系统，各种文学形态不是百鸟朝凤、众星捧月的关系，而是百花齐放、百舸争流的局面；不是鸡犬相闻、老死不相往来的隔膜，而是相互依存、相互交织的融通。

三、现代文学中的民国风貌

以往，人们一方面说文学是反映社会生活的一面镜子，另一方面在阐释作品与叙述现代文学史时，却对镜子多有遮蔽，有选择性地折射一点自己想看、也要别人去看的场景。譬如，五四时期强调个性解放与人性解放，30年代渲染阶级斗争所表征的社会解放，抗战时期则突出敌后战场与陕甘宁边区，解放战争时期主要是"火光在前"，如此等等。那么，现代文学史果真像盆景一样有如此明显的人工痕迹吗？难道现代文学对民国生活的诸多方面都视而不见吗？实际上不是这样，只要我们从民国史的视角来看，就会看到五光十色的民国政治生活、经济生活、风俗场景与精神风貌。

譬如，江红蕉的《交易所现形记》、茅盾的《子夜》等描写证券交易所，以往我们只是注意证券交易所"投机"与"害人"的一面，而忽略了它在现代经济运行中的必然性与有效性。再如周文的小说，我们过去只是说揭露了军阀混战的恶果与旧军队的腐败，其实从民国史的视角来看，其中也透露出康巴边地的政治问题。关于个性解放，我们过去一味强调其合理性，但是，忽略了在教育、就业、思想等方面男女不平等、不平衡的情况下男性只顾自己寻找个人的幸福，会给配偶或未婚妻带来多大的伤害，吴芳吉的《婉容词》在这方面表现深挚，可惜不为人所注意。

张恨水长达近百万言的《春明外史》(1924年4月12日—1929年1月24日连载于《世界晚报》副刊《夜光》)，简直就是20世纪20年代中国政治、经济、文化、教育的《清明上河图》。作品连载之时，读者去报馆门前排队等候，以期先睹为快。魅力之所以如此之大，不仅缘于张恨水的言情功夫，而且更在于作品带有风俗画特征，展开了广阔而细致的世态描写。

"春明"本是唐代都城长安的东三门之一，后人以此泛指京都，所谓"春明外史"，实际上就是京都野史。作品以报人杨杏园的所见所闻为线索，描绘了民国初年的社会百态。风俗场景有戏园子里热闹场面背后的把戏：有钱人抛洒金钱捧角走红，戏子巴结有权有势有钱者，"拆白党"混迹其中，寻机诈骗。也有八大胡同等级分明、装饰各异的妓院，老鸨盘剥的伎俩，嫖客豪横欺人或者聊解积郁的行止，妓女无奈苦熬或者麻木度日的生存况味。还有汗臭、油味、烟香五味俱全，抽烟声、打呼声、摔鼻涕声、喁喁细语声声声入耳，瓜子皮、烟卷头、鼻涕浓痰满地狼藉的大烟铺；众议员与开窑子的龟奴、私贩烟土的小流氓沆瀣一气的赌场，等等。道德场景光怪陆离：前清遗老们整日哀叹帝制推翻后人心不古、道德沦丧，而他们自己个个都罗致了不少年轻漂亮的坤角做"干女儿"，一听说干女儿坤角来电话，立刻就胡子先笑着翘起来。退职将军冉久衡捧角捧得精力不够，自有儿子冉伯骐接脚，老子认下的干女儿，儿子要讨了做姨太太，儿子捧戏子囊中羞涩，竟设计盗取老子保险箱里的金钱珠宝。官僚甄大觉花重金捧女伶餐霞仙子，抛弃了姨太太，等到仙子飞走，姨太太覆水难收，甄大觉竟然与姨太太一样，抛弃了两个年幼的女儿，逍遥自在地出京去了。铁路局长得知一个二等科员与他同嫖一个妓女，一个电话就将其裁掉，可怜的小职员丢了饭碗还不知道哪儿出了错。男权社会的主人狭斜冶游、寻欢作乐，作为男权奴仆的女性也就有了变态的报复，或是假扮名门闺秀骗取钱财，或是寂寞难耐的太太与女戏子沉溺于恋情。文化场景有新闻界的堕落：把舆论当作满足私欲的工具，敲金报记者柳上惠与坤角"互利互惠"，一从坤角手里拿到钱，柳上惠便有吹捧文章见报，而且还为坤角捉刀作诗。某报记者利用某部参事三个儿子都与父亲的姨太太有染的隐私，拟订十二回回目，先在报上发表，竹杠一敲，500块大洋到手。又有文化教育界的逆流：下野的官僚大搞扶乩闹剧，扶乩的批字尽是强制性的"着汝捐款千元赈灾，另捐五百元，为本会服务人员津贴"之类。在位的教育总长竟然主办刊物反对白话文，给腐败校长做后台镇压学生风潮；学生仅仅由于自由恋爱，就落得个双双被开除学籍的结局。不过，也有些不含褒贬的如实描写，譬如人体素描课上，女模特与学生第一次面对裸体女模特时的各种心态、情态的真切刻画，让人们看到风气初开时的一些文化景观。笔锋最尖利的要数对政界腐败风气的揭露：十六七岁的改良外蒙毛革督办甄宝荫，除了谈些嫖经赌经而外，就是谈哪位总长的近况如何，哪位阔人的靠山奚似。范统总长花一千元赁个妓女当临时姨太太参加选美大会。下了台的财政总长闵克玉为了官复原职，授意姨太太向魏大帅的红人秦彦礼"运动"，宴请时他托故走开。秦彦礼只因为擅长为主子洗脚，便荣任出纳处长要职。卫伯修把自己的妻子与妹妹送到鲁大帅的专车上解闷陪乐，作为回报，大帅把他由铁路上的一个小段长破格提升为副局长。现任巡阅使鲁大昌手下几十万兵，管辖两省地盘，靠强行派发公债搜刮民脂民膏，一个月就"发行"3000万公债；钱来得方便，出手也大方，赏两个察言观色会说话的妓女，一出手就是一人4000元，韩总指挥看不过去，为月饷十元的护兵鸣不平，连两个护兵也叨光每人得了4000元。鲁大帅花钱如流水，任官唯乡亲，童谣云"会说夕县话，就把洋刀挂"，夕县只有两种半人与官无缘，一是仇人，二是未出世者，半种是未解世事的孩子。筹边使边防军营长朱有良仗势欺人欺到了武功高强者身上，栽了面子，改换门庭投靠鲁大帅，一口夕县话，便弄来个知县。王化仙靠给大帅算命，算来个管十几个县的道尹。内政部长陈伯儒，假造永定河水位上涨、即将淹没北京的谣言，以美人计讨得总理欢心，换来了十五万元河工款的批复，扣除分给中间人秦彦礼的两万，他还至少可以捞取八万元的好处。统率数十万兵马的督理关孟纲，上京进见总统，动用十八辆汽车，接来四五十个妓女，解开成捆的钞票开赏。为了把妓女"公平"地分配给前来凑趣的督理、总司令、参谋总长、内阁总长，采取抓阄的古老办法。总理章学孟嫖妓，高兴时的"花头"一掏就是500多元，至于讨来做姨太太的价，打算付出一万两银子。为官者横征暴敛，巧取豪夺，穷奢极欲，而另一方面，内务部发不出薪水，发代用券，四川甚至有以鸦片代薪水的咄咄怪事。学校因为欠薪过久，以至影响正常授课的，则已见怪不怪。《春明外史》展开的视野相当广阔，风俗、道德、文化、社会，各种场景相互交错，构成了一幅民国初年北洋军阀统治下的京城全景图，就其反映生活的真实性与广阔性而言，在同时期的文学创作中无可匹敌。其批判锋芒也十分尖锐，总统、总理、议长、总长等尽现丑态。这在当时殊为难得。

　　民国期间最大的民族危机莫过于日本的全面侵华。中国忍无可忍，奋起抵抗，"七七"卢沟桥事变引发的全面抗战是中国最大的政治，中国举国家之力，殊死抗击日本侵略者。作为时代镜子与心灵征象的文学，自然而然地描绘了恢弘壮丽的抗战画卷。一般的文学史叙述，对抗战初期爱国激情高涨的抗战文学热潮与空前的文坛统一，都会给予积极的肯定，对于正面战场文学，通常只是限于抗战初期的卢沟桥抗战、淞沪会战、台儿庄大捷，至于抗战进入相持阶段之后（以1938年10月27日武汉沦陷为标志）的叙述，则强调敌后战场文学，而对正面表现正面战场的作品很少提到，要提及也是对部队军阀作风、军纪废弛、作战溃败的愤懑与抨击。在如此叙述框架中，若想真正了解正面战场，全面认识抗日战争的历史进程，恐怕会有不小的遗憾。换言之，如果仅凭文学史著述中的抗战文学，很难想象中国现代史上曾经发生过一场惊天地泣鬼神的抗日战争。事实上，抗日战争是在长达5000公里的正面战场与幅员130余万平方公里的敌后战场进行的。两个战场彼此需要，相互配合，协同作战，才最终赢得了抗日战争的伟大胜利。正面战场是抗日战争的主战场，正面战场大型会战有22次，其中武汉沦陷之后有16次，此外，还有中国远征军两次赴缅甸作战。国民革命军作为国家的正规军在正面战场投入兵力最多时达到350余万。陆军伤亡、失踪达321万人（其中阵亡132万人，负伤176万人，失踪13万人），因病消耗93万人，逃亡32万人，两项合计416万人。[①] 空军

---

① 参见郭汝瑰、黄玉章主编:《中国抗日战争正面战场作战记》，江苏人民出版社2002年版，第45页；宋波:《抗战时期的国民党军队》，华文出版社2005年版，第460页。

消耗飞机2468架，牺牲4000余人，海军几乎全军覆没。牺牲的少将以上高级将领120余名，其中，生前有上将军衔和殉国后被追封上将军衔的至少有8位，将领以下团、营、连、排长校尉1.7万。正面战场歼灭日军约53万人（击毙或击落飞机使其毙命的日军将领40人以上），连同受降日军128万人、伪军104万人，正面战场共消耗日伪军285万多人。

　　作家以多种方式投身于抗战洪流，有的作为记者赴战地采访，有的到前线部队慰劳、访问，有的参加抗敌演剧队、宣传队，抑或隶属于各地方各部队的文艺团体，深入战火纷飞的前线，有的到正面战场部队从事文化工作，有的参加战斗部队，担任下级军官，一边工作、战斗，一边从战场汲取素材创作；即使未曾上过前线的作家也努力通过各种渠道了解正面战场，赋之以文学形象。作家饱含激情，创作出大量正面战场文学作品。报告文学结集出版者有60种以上，剧本140余部，诗歌、散文、中短篇小说几乎难以数计，长篇小说有《南京》《虎贲万岁》等，此外，还有不少旧体诗词、鼓词、快板、评书、电影等作品。文学以新闻似的敏感追踪前线的战况与战局的发展，如实地表现出战争的惨烈，让人为之震撼，在血与火的交迸中，热情讴歌抗战将士的爱国情怀与牺牲精神，表现正面战场的广阔场景与各个侧面，其中包括对其阴暗面的犀利揭露与深刻剖析，而且也有对于战争与生命的哲学沉思。正面战场文学真实地描绘出民国面对危机时挽狂澜于既倒的英勇姿态，与边区根据地文学、大后方文学、沦陷区文学、上海"孤岛"与香港的文学以及日据下的台湾文学，一道构成了抗战时期中国社会生活全景图；而且也推进了文学审美的发展，报告文学的文体艺术步入了成熟期，话剧的表现功能与演出空间大为拓展，小说的史诗性结构与心理开掘深度等更上层楼，诗歌的叙事功能、现实与象征的融合等均有长足进步。

　　正面战场文学是中国现代文学史上不应回避，也无法回避的客观存在。但是，过去由于政治方面的原因，曾经遮蔽几十年之久，不要说文学史上不讲，就连当年描述过正面战场的作家也竭力回避，仿佛曾经干了怎样不光彩的事情，尽量忘却自己的正面战场经历，不得不提时也要在回忆录的后面缀上对当年的抗日英雄、后来的政治对头的批判；文集一般不收正面战场作品，即使选收，也要加以删削或改头换面。进入改革开放的新时期以来，实事求是的历史主义精神得到恢复，正面战场的历史逐渐浮出水面。但同文学、影视、出版、历史学界相比，文学史界较为滞后，抗战文学是迄今现代文学史叙述中最为薄弱的环节，因而有必要进一步解放思想，引入民国史的视角，还原抗战文学的原生态，并借此认识民国应对危机时的姿态。

文学仿佛一面宝镜，可以折射出民国政治、文化、教育、风俗与社会心态，它提供的整体性、丰富性及细腻性可以超过任何一部通史或专史。以往的文学史叙述中，说到民国往往是把政府与国家混为一谈，且多以负面形象出现，这不仅因为中华人民共和国是对民国政府的否定，而且因为知识分子与文学——尤其是左翼作家及其文学——本来对现实就多持批判立场。时至今日，我们应该拥有更大的自信，站在新的历史高度，正视民国史的历程，将民国史的视角引入现代文学研究，以历史主义的眼光重新审视、梳理与评价现代文学，借此真实地认识民国历史，也彰显现代文学学科的成熟风范；也只有这样，才能无愧于历史，无愧于良知，也无愧于后人。

第四节　中国现代文学的民族国家问题

一、缘起

改革开放以来，中国现代文学研究取得了十分可喜的进展，其动力之一便是海外思想文化观念与方法的启迪。但海外影响具有多重性，既有适用对象、明目强身的一面，也有生吞活剥、消化不良的一面，甚至还有用错药方，以致头晕眼花、迷失方向的情况。复杂的效应，理当加以分析，以便澄清迷惑，更好地汲取营养，推动学术健康发展。中国现代文学研究中西方民族国家理论的引用，就是一个值得审视的问题。

西方民族国家理论的引入，给中国现代文学研究带来了新的视角，以前曾被忽略的民族话语和国家话语的发生背景与演进脉络得到关注，20世纪30年代的"民族主义文艺"与40年代初的"战国策派"获得贴近历史的重新评价。然而，在运用西方民族国家理论的过程中，也出现了生搬硬套、不伦不类甚至判断失误等问题，这不能不引起足够的警惕。

如一部探讨文学史写作问题的著作认为："传统'中国'是一个依据文化认同建立的共同体，而现代'中国'则是一个依靠政治认同建立起来的民族国家。""作为一个民族国家范畴，近代以后的中国认同都建立在对以文化认同为基本内核的传统中国认同的超越之上。也就是说，'中国'是一个人造的事实，一个'想象的共同体'，是西方全球化的产物。这意味着在民族国家的框架内出现的所有'中国问题'必然也是西方问题，所有的中国理论都必定是西方理论。""中华民国标志着一个民族国家的建立，体现了国家是由领土、人民、主权三要素组成的，并开始按照现代国家操作。'中国'作为一个独立主权国家而立于世界。""民族国家本身实际上主要是19世纪的产物，是欧洲帝国所缔造出来的，但是，在对民族国家的虚幻想象中，它却被描述成一种统一的、内部整合的，甚至是单一的自古就有的实体。现代中国的建构也完整地体现了这一过程。尤其在中国这样一个几千年完全靠文化立国的国家，借用传统文化认同来达至认同政治文化当然是事半功倍的捷径。这就是有关现代中国的表述常常与传统中国缠绕不清的原因。建构一个现代民族国家的努力甚至被形象地表述为'救亡'，政治使命被表述为文化使命，这种偷梁换柱的手法一用再用，屡试不爽。""民族国家需要被解释为有着久远历史和神圣的、不可质询的起源的共同体，只有这样，民族国家历史所构成的幻想的情节才能被认为是曾经发生过的真实的存在。"①

　　该著把中国作为民族国家的历史起点放在了民国时期，这种观点具有相当的代表性。而把中国作为现代民族国家的起点推迟到1949年10月中华人民共和国成立的论者也不止一二。有著作认为，新中国成立初期"十七年"革命历史长篇小说的指归就在于建构"民族国家想象"。②中国作为一个民族国家的历史，究竟起始于何时？中国是历史悠久的国家实体，还是现代才建构起来的"想象的共同体"？此问题不仅关系到现代文学如何阐释，而且关乎对中国历史的基本认识，对这样的问题不可视而不见。

二、外来观念与中国国情之辨

　　大凡以民族国家理论来阐释中国现代文学的论述，源头主要有二：一是西方民族国家理论本身，二是海外华人学者对该理论的运用。

　　就世界范围而言，民族与国家作为实存的社会现象，可谓古已有之。当然，概念的界定有一个因地而异的演进过程。就欧洲而言，民族主义观念以及与此相适应的民族国家实体属于近代以来的产物。它主要起源于中欧和北欧那些分崩离析的国家与诸侯国。古罗马先是经历了从城邦到共和国的原始国家时期，然后到了罗马帝国时期：前期为公元前27—公元284年，版图最大时，西起西班牙、不列颠，东达两河流域，南自非洲北部，北迄多瑙河与莱茵河一带；后期为284—476年。395年，帝国正式分为东罗马帝国与西罗马帝国。476年，西罗马帝国灭亡，东罗马帝国或称拜占庭帝国则存至1453年。西罗马帝国崩溃以后，由于地缘、血缘、文化与经济利益等多重因素，新王国不断地产生、重组，部族相对集中、扩大，形成了一定区域、经济、文化上的共同体。经历文艺复兴的洗礼、资本主

① 李杨：《文学史写作中的现代性问题》，山西教育出版社2006年版，第108、298、117、303—304、310页。

② 杨厚均：《革命历史图景与民族国家想象——新中国革命历史长篇小说再解读》，湖北教育出版社2005年版。

义市场的发育，民族体认的自觉意识逐渐加强。15世纪末，法国和西班牙建立民族国家，16世纪，瑞士与荷兰等步入民族国家行列，到1870、1871年，意大利和德意志也先后建立起民族国家。① 欧洲民族国家的形成大多是从分散和分裂走向统一的过程，到资产阶级革命完成，这些民族国家才有了成熟的形态。资本主义的生产与流通促进了民族的认同与新兴国家的成型，国家与民族进程同步，因而西文中常将民族—国家（nation-state）连用。正是在此背景下，产生了西方民族国家理论。不过，欧洲诸民族国家的国情不尽一致，由此民族国家理论也是歧义纷出，有的承认多民族国家，有的则只认可单一民族国家。

20世纪两次世界大战的爆发，根本起因是殖民主义势力范围的重新划分，但其最终结果却适得其反，殖民主义势力走向崩溃，被压迫民族奋起反抗，纷纷独立，导致民族运动的新一轮高涨。这无疑是历史的进步。但历史的进步总是要付出血的代价，这不单指被压迫民族反抗压迫和奴役的血与火的搏斗，而且也包含着民族国家要求的过分膨胀。民族国家本来包括单一民族国家与多民族国家，两种情况是不同民族历史的产物，均有其历史根据与现实合理性。民族国家问题的讨论与解决，应该尊重历史，以利于民族和谐、世界和平与社会发展为目的。但近年来，有些多民族国家的民族分离主义者为了实现褊狭的民族利益，只把民族国家理解成单一民族国家，大造声势甚至开展武装斗争，导致所在国家与地区的剧烈动荡，给经济建设与社会发展带来巨大的破坏，造成了不止一个民族的生命财产的惨重损失，也给世界和平与发展的总格局带来了威胁。一些西方学者由于西方中心主义的惯性，或者出于种种动机，竭力将民族国家理论狭隘化，以单一民族国家模式统观世界，对多民族国家的历史与现实合理性说三道四。

---

① 法国、西班牙、瑞士、荷兰、意大利、德国建立民族国家的时间，参见王希恩：《民族过程与国家》，甘肃人民出版社1998年版，第176—177页。

单一民族国家理论凭借经济、科技与文化强势，向多民族国家辐射，也波及中国，造成了一定的负面影响。如《民族主义》一书在谈到中国民族主义问题时认为："'中国'这一概念，在中国典籍中历来是一个模糊的文化概念，与现代国家意义上的'中国'没有政治上的关联。""古代的'华夏'在疆土的界限、种族的构成和政治主权上，都与现在的'中华民族'没有必然的联系。""中国的皇权完全不知道'主权'为何物。""中华人民共和国是建立'中华民族'概念的主要依据。没有这个国家，就没有关于'中华民族'的社会学意义上的神话。""'中华民族'的概念是中国共产主义革命运动锻造成型的……以其发生的根据而言，中华民族是一个政治概念。是政治大一统合法性的重要理论基石。……作为神话所创造的文化符号，它可以整合各个种族，从而达到维护价值的统一。作为一个'臆想'的共同体，它为民族身份和情感提供了完整结构和内容。……总而言之，中国的民族主义、对'中华民族'的解释、形象的塑造、民族认同，等等，都被马克思主义意识形态化了。""现代中华民族的民族意识就是在一百多年来的社会运动、政治运动和革命运动的过程中诞生的，在这个意义上说，它不仅与中国传统文化没有关联，甚至是在批判儒家文化基础上的新文化，是在吸取了帝国主义时代的先进意识形态和国家理论后所构造出来的。"[①] 该书2005年2月修订再版，观点有所调整，但基本保留了这种从观念体系到表述方式都源自西方狭隘民族国家理论的说法。在铺天盖地的民族主义论著中，这种照搬西方理论的情形并非绝无仅有的个案。这显然违背了中国多民族统一国家的历史事实以及在此基础上逐渐形成的中华一统的思想谱系。

先秦时的"华夏""中国"，固然并不等同于现代意义上的华夏、中国，但谁都无法否认的历史事实是："诸夏""诸华""华夏""中国诸华""中华"等，都曾用来指称古代中华民族及其生活的区域。正是由于

---

① 　徐迅：《民族主义》，中国社会科学出版社1998年版，第129—131、147—150页。

"中华"与"四夷"的互动、交融，才有中华民族的发展壮大，以及中国疆域的今日格局。参照西方民族国家理论关于三种国家形态的划分——原始国家、君主帝国、民族国家，夏、商、周大概可以看作天子象征性管理的原始国家，而秦始皇则开创了实质性统治的君主帝国时代。秦朝实行郡县制，车同轨，书同文，货币与度量衡均天下一统，其统治南起岭南，西至流沙，民族构成不止于最初的华夏，也包括夏、商、周时的方国、戎狄及肃慎、氐、羌、濮等远夷，可以说，秦朝牢固地奠定了中国作为多民族统一国家的基础。秦始皇不辞劳顿，不惧危险，巡视东南西北。公元前210年，其南巡"上会稽，祭大禹，望于南海，而立石刻颂秦德"[①]。而后，天下分分合合，疆域或有变化，但多民族统一的国家形态没有根本性的改变。正如顾颉刚所说："自从秦后，非有外患决不分裂，外患解除立即合并。"[②]在几千年的历史进程中，虽然关于中国的称谓因朝代而异，亦有一统"天下"与分治时的"国家"大小之别，但是，悠远的三皇五帝传说，尤其是秦皇汉武以降的切实历史，通过历代典籍与口耳相传，通过日常的行政管理与戍边御敌或开疆拓土，在国人心中打下了深刻的烙印。不仅中原人有明确的中华认同，而且"四夷"也以中华认同为荣。"中国"，逐渐从指称京师、国都、王畿、周天子直接统治区域、诸夏国家、中原诸国发展到指称中华全域，从较单一的地域标识、精神文化意涵[③]扩展到精神文化、物质文化与政治文化三位一体，尤其是主权意味明显的国家意涵。《明史·外国传》中，中国作为明朝的代名词，与朝鲜、安南、日本、苏禄等国并称[④]。在东西南北的交流中，中国也得到异邦的确认。早在1615年

① 《史记》卷六，中华书局1959年版，第260页。
② 顾颉刚：《续论"民族"的意义和中国边疆问题》，《顾颉刚全集·宝树园文存》（卷四），中华书局2010年版，第127页。
③ 韩愈《原道》："孔子之作《春秋》也，诸侯用夷礼则夷之，进于中国则中国之。"（韩愈撰，马通伯校注：《韩昌黎文集校注》，古典文学出版社1957年版，第10页）
④ 关于"中国"意涵的演进，参见胡阿祥、宋艳梅：《中国国号的故事》，山东画报出版社2008年版，第246—258页。

初版的《利玛窦中国札记》中，作者向西方人解释的"中华帝国"名称的含义，就明显包含了国家的义项。在1689年签订的中俄《尼布楚议界条约》中，"中国"作为一个主权国家的术语见诸拉丁文、满文、俄文三种文本。1842年签订的中英《南京条约》里，主权国家意义上的"中国"有了明确的中文表述。中国概念确定的国家意涵，在梁启超的著述中有清晰的表现。早在1892年的《读书分月课程》中，梁启超即有"今日中国积弱，见侮小夷，皆由风气不开"的叙述。他在1896年所著的《变法通议》里称："中国立国之古等印度……""中国自古一统，环列皆小蛮夷，但虞内忧，不患外侮。"[1] 在1902年所著的《论中国学术思想变迁之大势》中，他以"中华"指代中国："立于五洲中之最大洲，而为其洲中之最大国者谁乎？我中华也。人口居全地球三分之一者谁乎？我中华也。四千余年之历史未尝一中断者谁乎？我中华也。"[2] 19、20世纪之交，梁启超在运用近代国家意义上的"中国"概念时已驾轻就熟，毫无滞涩之感。

中国历史与欧洲历史迥然有别。法、英、意、德等欧洲国家是从帝国分裂而来的现代民族国家，国家形态、版图、主权、国民的主体较之帝国时代都发生了根本性的改变；而在中国，民族国家则与君主帝国同时开启，辛亥革命推翻了清朝统治，结束了延续两千余年的封建帝制，中华民国的建立，只是标志着君主帝国转变为现代民族国家，而并未改变多民族统一的国家形态，国家版图、主权、国民的主体一仍其旧，所不同的只是封建帝王让位于标举民主共和旗帜的政府。民国继承了历朝的遗产，才有了今天的中国版图。从夏商周到秦汉直到明清，经中华民国再到中华人民共和国，绝非没有必然性的关联，而恰恰是一脉相承的历史演进，是合乎历史逻辑的必然发展。

---

① 《梁启超全集》（第一册），北京出版社1999年版，第4、11—12页。

② 《梁启超全集》（第二册），第561页。

　　安德森关于民族国家是一种想象出来的社群的观点①，也有被直接搬用的情况。有学者试图在中国现代文学中寻找"现代民族国家的共同体是一个想象之物"的例证。②《文学史写作中的现代性问题》说道："安德森把包括'中国'在内的现代民族国家称为'想象的共同体'，其实是很有道理的。""所谓一个民族休戚与共的感情，在他看来不过是印刷资本主义在特定疆域内重复营造的'想象'。也就是说，靠什么把这些不认识的，甚至是不同人种和血缘、语言、文化的人相互连接起来呢？安德森认为靠的就是小说和报纸。每天阅读报纸，那些报纸上讲述的都是与你有关的故事，虽然可能离你非常遥远。报纸拉近了这个距离，使你觉得这些事情就发生在你的身边，而小说却可以把你讲述到一个共同的故事里边去。所以，小说和报纸都是现代性的发明，都是为了民族国家的认同才发明出来的。"③该著显然把安德森的观点作为重要的理论支点，安德森问题意识的明敏和对研究对象的隔膜均在此留下了明显的投影。而中国的历史事实表明，无论是中华民族的自我认知，还是把中国作为国家来体认，都有赖于多民族统一历史的深厚积淀，有赖于精神文化、物质文化与政治文化的强大凝聚力，而绝非托庇于"印刷资本主义"的"恩赐"。

　　将西方民族国家理论用于中国现代文学研究，海外华人学者走在前面。其中，刘禾是较早的一位。她在《文本、批评与民族国家文学——〈生死场〉的启示》里提出："'五四'以来被称之为'现代文学'的东西其实是一种民族国家文学。这一文学的产生有其复杂的历史原因。主要

---

① 安德森在《想象的社群》中认为，民族国家是一个想象出来的政治社群。"这样的社群是想象出来的，这是因为即便是最小的民族国家，绝大多数的成员也是彼此互不了解，他们也没有相遇的机会，甚至未曾听说过对方，但是，在每一个人的心目中却存在着彼此共处一个社群的想象。"（转引自汤林森著，冯建三译，郭英剑校订：《文化帝国主义》，上海人民出版社1999年版，第154页）

② 旷新年：《第一篇　现代文学观的发生与形成》，韩毓海主编《20世纪的中国：学术与社会·文学卷》，山东人民出版社2001年版，第78页。

③ 李杨：《文学史写作中的现代性问题》，第300、301页。

是因为现代文学的发展与中国进入现代民族国家的过程刚好同步，二者之间有着密切的互动关系。""严格地讲，民族国家是西方中世纪以后出现的现代国家形式。在中国，这一现代国家形式应该是由辛亥革命引入的。关于民国以前的国家形式，史家的说法不尽相同，如，持马克思主义历史观的中国内地学者把它叫做封建制；西方史家则通常使用帝制这个概念。我本人以为殷海光提出的'天朝型模'似乎更能说明中国传统国家观念的特点。'天朝君临四方'的思想在中国具有悠久的历史传统，它使中国与外国在1861年以前根本不曾有过近代意义上的外交，是西方列强的'船坚炮利'最先摧毁了'天朝型模的世界观'，使之不得不让位于'适者生存'的现代民族国家意识。""在民族国家这样一个论述空间里，'现代文学'这一概念还必须把作家和文本以外的全部文学实践纳入视野，尤其是现代文学批评、文学理论和文学史的建设及其运作。这些实践直接或间接地控制着文本的生产、接受、监督和历史评价，支配或企图支配人们的鉴赏活动，使其服从于民族国家的意志。在这个意义上，现代文学一方面不能不是民族国家的产物，另一方面，又不能不是替民族国家生产主导意识形态的重要基地。""萧红小说的接受史可以看做是民族国家文学生产过程的某种缩影。"其实，刘禾这篇论文对《生死场》女性视角的解读，比起西方民族国家理论的运用来要更有说服力。当她试图用西方民族国家理论来解释现代文学史时，明显地暴露出其历史知识基础的薄弱，一是对中国独特的民族国家历史模糊不清，二是对中国现代文学历史并不熟悉。如称"凡是能够进入民族国家文学网络的作家或作品，即获得进入官方文学史的资格，否则就被'自然'地遗忘。少数幸运者如萧红，则是在特殊的历史条件下被权威的文学批评纳入了民族国家文学，才幸免于难"①。实际上，萧红之所以能够进入"官方文学史"，不仅仅因为

---

① 刘文初刊于《今天》1992年第1期，其修订稿收入唐小兵编《再解读：大众文艺与意识形态》（牛津大学出版社1993年版）；此书增订版2007由北京大学出版社推出，本文引文据后者，第1—3、5页。

被"纳入了民族国家文学"，还因其具有表现底层社会不幸的左翼色彩与
国民性批判的五四传统，当然也因其特有的艺术表现力；而与萧红同时代
的"民族主义文艺"与稍后的战国策派反倒很长时间在"官方文学史"中
处于被排斥的地位，这恰恰是对刘禾关于现代文学是民族国家文学的界说
的证伪。但是，因其海外学者的身份与不无新异的眼光，刘禾关于现代文
学是民族国家文学的观点得到了中国大陆不少学人的响应。如《民族国家
想象与中国现代文学》一文就在此框架内展开论述，认为："建立一个现代
的民族国家以抵抗西方帝国主义的殖民侵略成为了现代中国最根本的问题，
有关现代民族国家的叙事于是居于中国现代文学的中心地位。中国现代文
学所隐含的一个最基本的想象，就是对于民族国家的想象，以及对于中华
民族未来历史——建立一个富强的、现代化的'新中国'的梦想。""在抗
战文学中，由于抗日民族统一战线的建立，民族国家成为了一个集中表达
的核心的，甚至唯一的主题。'国家'成为了意义的来源，成为了几乎唯
一的叙述与抒情对象。"① 这样的论断貌似合理，实则多有与史实相悖之处。
现代中国始终交织着反帝反封建的双重任务，民国初期，社会发展的主要
任务是反对帝制及形形色色的封建专制复辟，文化领域的主要任务是与社
会进程相互配合的新文化启蒙，倡导人性解放与个性解放；"九一八"事
变后，民族危机日益加重，民族与国家话语权重增加，但是，从北伐战争
前后到卢沟桥事变之前，由于社会矛盾激化，文坛笼罩着浓郁的社会批判
色彩，同时，人性解放与个性解放主题深入展开，这一时期写作或出版的
小说《故事新编》（鲁迅）、《二月》（柔石）、《啼笑因缘》（张恨水）、《家》
（巴金）、《子夜》（茅盾）、《边城》（沈从文）、《死水微澜》、《暴风雨前》、
《大波》（以上三部均为李劼人作）、《骆驼祥子》（老舍），剧本《名优之
死》（田汉）、《雷雨》、《日出》、《原野》（以上三部均为曹禺作）、《上海
屋檐下》（夏衍），新诗《志摩的诗》、《翡冷翠的一夜》、《猛虎集》（以上

---

① 旷新年:《民族国家想象与中国现代文学》,《文学评论》2003年第1期。

三部均为徐志摩作）、《烙印》（臧克家）、《望舒草》（戴望舒）、《大堰河》（艾青），杂文《南腔北调集》、《准风月谈》、《且介亭杂文》（以上三部均为鲁迅作）、《打杂集》（徐懋庸）、《推背集》（唐弢），散文《缘缘堂随笔》（丰子恺）、《大荒集》（林语堂）、《泪与笑》（梁遇春）、《画梦录》（何其芳）等，主旨均非所谓"民族国家的想象"。即使到了抗战全面爆发以后，在抗日救亡主题充分展开的同时，人性解放与个性解放的启蒙主题和社会批判主题也并未消歇，且涌现出一批堪称经典的作品，如话剧《北京人》（曹禺），小说《呼兰河传》（萧红）、《憩园》（巴金）等。

　　由此看来，无论是西方的民族国家理论本身，还是上述以这种理论对中国现代文学的阐释，都同中国历史与中国现代文学有着不小的距离，此中的差异甚至扞格不通之处不可不辨。

三、中国近代史上"国家""民族"概念的使用

　　近代以来，在列强步步进逼与西方民族主义思潮的影响下，中国人的国家意识与中华民族意识加快了自觉的进程。1837年，德国传教士、汉学家郭实腊创办的《东西洋考每月统记传》谈及"以色列民族"。此后，在中国，"民族"一词的近代意义逐渐取代了宗族之属与华夷之辨的传统意义。[①] 1902年，梁启超在《论中国学术思想变迁之大势》中提出"中华民族"概念。[②] 1903年，在阐释政治学家伯伦知理的学说时，梁启超更认同"合国内本部属部之诸族以对于国外之诸族"的"大民族主义"，即"合汉，合满，合蒙，合回，合苗，合藏，组成一大民族"[③]。1905年，梁启超在《历史上中国民族之观察》中指出："现今之中华民族自始本非一

---

① 参见郝时远:《中文"民族"一词源流考辨》,《民族研究》2004年第6期。
② 梁启超在《论中国学术思想变迁之大势》"全盛时代"第二节"论诸家之派别"中说:"齐, 海国也。上古时代, 我中华民族之有海思想者厥惟齐。"《梁启超全集》(第二册), 第573页。
③ 梁启超:《政治学大家伯伦知理之学说》,《梁启超全集》(第二册), 第1069—1070页。

族，实由多数混合而成。"[1] 到了辛亥革命之际，中华民族已经成为各派政治力量与各族人民所认同的统一的、整体的族名。孙中山《临时大总统宣言书》明确指出："国家之本，在于人民。合汉、满、蒙、回、藏诸地为一国，即合汉、满、蒙、回、藏诸族为一人。是曰民族之统一。"[2] 最初的国旗设定为五色旗，即象征着汉、满、蒙、回、藏等多民族的统一共和。1912年2月12日正式公布的《清帝退位诏书》也称"仍合满、汉、蒙、回、藏五族完全领土为一大中华民国"[3]。两种文献所表述的国家统一、民族统一的主旨一致，差异只在于汉满的顺序不同。

在认同中华民族统一性的前提下，如何看待内部各民族间的关系，存在着不同的观点。民国初年，列强瓜分中国的危险有增无已，列强及国内极少数民族分裂主义者企图从"五族共和"中寻找"民族自决"乃至分裂的罅隙。因而，孙中山从1919年起重新阐释民族主义，不再提五族共和，而是主张"把我们中国所有各民族融成一个中华民族"[4]，即像美国那样的国族。20世纪30年代，日本假借"民族自决"的名目行分裂中国之实，先是在1932年炮制了伪满洲国，在1933年又策动察哈尔的德王发起内蒙自治运动。在此背景下，顾颉刚就中华民族的统一性问题发表一系列文章。1937年，《中华民族的团结》一文区别了"种族"与"民族"，认为"姑且循着一般人的观念，说中国有几个种族；但我们确实认定，在中国的版图里只有一个中华民族。在这个民族里的种族，他们的利害荣辱是一致的，离之则兼伤，合之则并茂。我们要使中国成为一个独立自由

---

① 转引自王柯：《民族与国家——中国多民族统一国家思想的系谱》，中国社会科学出版社2001年版，第193页。

② 中国社会科学院近代史研究所中华民国史研究室、中山大学历史系孙中山研究室、广东省社会科学院历史研究室合编：《孙中山全集》（第二卷），中华书局1982年版，第2页。

③ 参见萧一山：《清代通史》（第四卷），华东师范大学出版社2006年版，第1084页。

④ 孙中山：《修改章程之说明》，转引自王柯《民族与国家——中国多民族统一国家思想的系谱》，第205页。此文为1920年11月4日孙中山在上海中国国民党本部会议席上的演讲，演讲中将"融成"解释为把"满、蒙、回、藏，都同化于我们汉族，成一个大民族主义的国家"。

的国家，非先从团结国内各种族入手不可"①。1939年，他在《中华民族是一个》里更加强调中华民族的整体性："我们只有一个中华民族，而且久已有了这个中华民族！"②虽然人们在如何看待中华民族内部各民族（或曰"种族"）的关系上一直存在着不同意见，但在以国家统合民族的基点上毫无二致。

近代以来的文献与作品中，尽管曾出现过"民族国家"的提法，但并不多见。即使有之，也往往并非合成词，而是两个词的并用，民族不是国家的定语，二者是并列的关系。而大多数场合则用"国家"与"民族"，或"国家民族"，"国家"列于"民族"前面。30年代开始，尤其如此。1935年8月1日，中国共产党驻共产国际代表团以中华苏维埃临时中央政府与中共中央的名义发表的《为抗日救国告全体同胞书》指出："近年来，我国家、我民族已处在千钧一发的生死关头。抗日则生，不抗日则死，抗日救国，已成为每个同胞的神圣天职！"史称《八一宣言》的这份文献最后呼吁道："同胞们起来：为祖国生命而战！为民族生存而战！为国家独立而战！为领土完整而战！为人权自由而战！大中华民族抗日救国大团结万岁！"③1937年7月17日蒋介石在庐山发表的演说，也是"国家"与"民族"分列，称："我们既是一个弱国，如果临到最后关头，便只有拼全民族的生命，以求国家的生存，那时节再不容许我们中途妥协。"④1938年4月1日发表的《中国国民党临时全国代表大会宣言》中，用的是"国家民族"："持急功近利之见者，往往以道德之修养，视为迂谈，殊不知抗战期间所最要者，莫过于提高国民之精神，而精神之最纯洁者，

① 顾颉刚：《中华民族的团结》，《顾颉刚全集·宝树园文存》（卷四），第49页。
② 顾颉刚：《中华民族是一个》，《顾颉刚全集·宝树园文存》（卷四），第105页。
③ 据中共中央文献研究室、中央档案馆编：《建党以来重要文献选编（一九二一——一九四九）》（第十二册），中央文献出版社2011年版，第262—263、267页。
④ 蒋介石：《庐山谈话会讲辞》（1937年7月17日），军事委员会政治部编印《第一期抗战领袖言论集》；转引自郭汝瑰、黄玉章主编《中国抗日战争正面战场作战记》（上册），第328页。

莫过于牺牲……而牺牲之精神，又发源于仁爱……国民若无此仁爱之心，则必流于残忍，习于自私自利，强则穷兵黩武，弱则偷生苟活，视国家民族之存亡，曾不以动其念，个人人格已不存在，国家元气，因此丧失，何以抗战，更何以建国。"[①] 1938年7月6日在汉口开幕的第一届国民参政会，确定了"抗战到底，争取国家民族之最后胜利"的国策。[②] 1939年3月12日，蒋介石通电全国，发布了《国民精神总动员纲领》。《国民精神总动员纲领》提出，国民精神总动员共同目标有三：国家至上民族至上、军事第一胜利第一、意志集中力量集中。所谓国家至上民族至上，就是"巩固民族生存应先于一切，然民族生活之最高体系为国家，无国家则民族生活不能维持与发展……国家民族之利益应高于一切，在国家民族之前，应牺牲一切私见私心私利私益乃至于牺牲个人之自由与生命亦非所恤"。所谓军事第一胜利第一，就是"在此解决国族存亡之军事期中，国家民族之最大利益为军事利益，是以国民一切之思想行动，均应绝对受国家民族军事利益之支配，为达成军事之利益，为增进军事之利益，国家民族得要求国民为一切之牺牲……"所谓意志集中力量集中，就是"全体国民的思想，绝对统一集中于国家至上民族至上与军事第一胜利第一两义之下，不容其分歧与怀疑，不容作其他的空想空论"。《国民精神总动员纲领》提出"救国之道德"，即"忠孝仁爱信义和平"八德。蒋介石认为，"中国民族昔日之绵延光大，实赖有此道德，今日之衰弱式微，实由丧此道德，故非要求吾国民一致确立此救国道德不可"。八德之中，忠孝为本，"对国家尽其至忠，对民族行其大孝"，维护国家民族独立自由。[③] 从这些文献的表述中可以看出，民族是国家的主体，国家是民族的依托，中

---

① 《中国国民党临时全国代表大会宣言》（1938年4月1日），中国第二历史档案馆编《中华民国史档案资料汇编》第5辑第2编"政治"（1），江苏古籍出版社1998年版，第414—415页。

② 参见张宪文等：《中华民国史》（第三卷），第237页。

③ 参见张宪文等：《中华民国史》（第三卷），第272—274页。

国即为中华民族之国，这早已成为国人的共识，无须乎特别强调民族国家。

这种政治认同，在社会生活的各种场合中都能见到。1932年淞沪抗战中，第19路军与新组编驰援的第5军英勇抗敌。有大量文艺作品对此予以表现。大中影片公司于1933年4月推出淞沪抗战题材的影片《孤军》，广告词说："国产电影军民合作之第一声，国府要人题字，褒奖之荣誉伟构，电影明星为艺术而牺牲之第一片。有请缨杀敌的武装同志，有投笔从戎的热血男儿，他们都能战胜环境，抵抗欲念，有牺牲的精神，更有伟大的爱，他们爱国家，爱民族！有艳若桃李的脂粉英雄，有光明磊落的巾帼翘楚，她们满充着尚武的精神，国家的观念，她们明了国民的责任，所以都来执干戈，卫社稷！"[①]1937年8月，业余实验剧团排演曹禺《原野》，故事情节本来与抗战没有直接关联，但海报以"《原野》精神"动员抗敌："以眼还眼以牙还牙！有仇不报枉为人！血账从个人的到国家的应当彻底清算！自由从个人的到民族的都是由拼死争来！"[②]

徐盈报告文学《战长沙》中记录的长沙街头一张布告，亦可见"国家民族"概念运用之一斑："为布告事：倭寇怙恶罔悛，以六师团之众，犯长沙，企图打通粤汉路，以遂其独霸东亚之美梦，本长官遵奉委员长蒋之指示，为保卫国家独立，争取民族自由，伸张国际正义，维护人类和平，自定必死决心，必胜信念，毅然率军痛剿，大举围击，今倭寇已歼灭过半，残余败窜，我继续扩大战果，仍在猛烈围剿追击中，惟此酋未尽灭绝，余孽仍多，仰本战区党政军民，确认今日乃我国家民族存亡继续之最后关头，亦为我国家民族争取独立自由之唯一转机，戒□恐惧，勿惰勿□□骄，服从命令，尽忠职务，遵守纪律，严守机密，力遵迭次布告所示，安居乐业，淬励奋发，矢信精忠，同济艰巨，有厚望焉！切切此布。

---

① 转引自王晓华编著：《抗战海报》，河南大学出版社2005年版，第94页。
② 转引自王晓华编著：《抗战海报》，第120页。

中华民国三十一年元月六日。"①

　　在现代作家的创作中，国家民族的概念比比皆是。如顾颉刚《祭阵亡将士文》写道："维中华民国二十有七年七月七日，甘肃夏河县各界七七抗战建国纪念大会谨以清酌庶羞之奠致祭于抗战建国阵亡将士及死难同胞之灵曰：呜呼，自卢沟桥肇变以来，迄今一年矣。此一年中，倭寇肆其武力，毒痛我国至矣尽矣。夺取我土地，惨杀我人民，摧残我资产，焚炸我城市，用以达到其颠覆我国家，荡夷我民族之目的……"② 再如闻一多在《在鲁迅追悼会上的讲话》《给西南联大的从军回校同学讲话》和《八年的回忆与感想》等中，用的要么是"国家"，要么是"国家民族"。老舍在《努力，努力，再努力!》中说："我们必先对得起民族与国家；有了国家，才有文艺者，才有文艺。国亡，纵有莎士比亚与歌德，依然是奴隶。"③ 他在《哀莫大于心死》一文批评"与世隔绝"的文人："自己停止了文艺工作，对社会即停止关心，心既不动，静如止水，自然的会渐渐的讨厌社会。于是一听到'社会'，一听到'运动'等名词，便感到头疼，不能不发出谬论：文艺是个人坐在屋子里的事呀，要什么运动？其实他自己也许知道，因为配备（'备'似为'合'之误——引者注）抗战而发生的文艺运动，正是必不可少，正是文艺者爱国与爱民族的正当表现。怎奈自己已经与世隔绝，便不好不说些风凉话，既可遮丑，复足掩威，悲哉!"④ 臧克家在《给他们一条自由的路》写道："中国的作家，属于全世界最英勇/同时也是最可怜的一群，/他们有眼睛，却并不近视自身的穷苦，/而向着一个远景，/苦，苦死了也不抱怨，/这不是抱怨的时候。/他们是铁，在一只神圣的锤子下，/锤炼，发光，炼到了国家民族的整体上/成了不可分

① 徐盈：《战长沙》，碧野主编《中国抗日战争时期大后方文学书系·报告文学》（第2集），重庆出版社1989年版，第1375页。

② 顾颉刚：《祭阵亡将士文》，《顾颉刚全集·宝树园文存》（卷六），第271页。

③ 老舍：《努力，努力，再努力!》，《大公报》1939年4月9日，收《老舍全集》（第十四卷），人民文学出版社1999年版，第208页。

④ 老舍：《哀莫大于心死》，《文风》第2期，1942年6月1日，收《老舍全集》（第十四卷），第299页。

的一个！"①

近年有人从西方民族国家理论出发，想当然地把"抗战建国"之"建国"理解为建立民族国家，其实并非如此。抗战期间，虽有部分国土沦陷，但国民政府没有投降，中国军民一直在顽强抵抗，中国作为多民族一体的国家没有灭亡。"抗战建国"不是要建立西方意义上的民族国家，而是指民国的全面建设。抗战时期的"建国"，可以溯源至孙中山的建国思想。早在1912年1月1日发表的《临时大总统宣言书》中，孙中山就说"建设之事，更不容缓"②。1917—1920年，孙中山撰写的《建国方略》，更是从心理建设、物质建设与社会建设三个方面描绘出一幅中国现代化建设的宏伟蓝图。1924年4月12日公布孙中山起草的《国民政府建国大纲》，侧重在"社会建设"方面体现了《建国方略》。1938年4月1日中国国民党临时全国代表大会通过的《抗战建国纲领》，继承了孙中山的遗志，"建国"指的主要是：军事上加强军队与民众的政治军事训练，前方正式军队与敌后游击战共同抗敌，并做好优抚工作；政治上建立健全民主制度，整饬纲纪，严明纪律；经济上以军事为中心，同时注意改善民生，实行计划经济，扩大战时生产，发展农村经济，开发矿产，树立重工业基础，鼓励轻工业经营，发展手工业，整理交通，改进税制，安定金融，平稳物价；还有教育、科研的加强等等，以保障抗战胜利。③边抗战，边建国，建国为了抗战胜利，而抗战归根结底是为了建设国家。1943年5月5日《解放日报》所载《中国思想界现在的中心任务》说的是政治方面："将来的建国，建立三民主义的新中国，而不是法西斯的中国……"④而朱自清的《诗与建国》，则是侧重于工厂、公路、铁路与都市建设等经济方面："我们现在

---

① 《臧克家全集》(第一卷)，时代文艺出版社2002年版，第606页。
② 中国社会科学院近代史研究所中华民国史研究室、中山大学历史系孙中山研究室、广东省社会科学院历史研究室合编：《孙中山全集》(第二卷)，第1页。
③ 参见张宪文等：《中华民国史》(第三卷)，第228—232页。
④ 1943年5月5日《解放日报》。

在抗战，同时也在建国；建国的主要目标是现代化，也就是工业化。"① 从
文献的界定到社会各界的理解再到具体实施及文学表现，都显而易见"抗
战建国"之"建国"是建设现代国家而非建立民族国家。

四、中国现代文学中的国家与民族之表现

中国，从其悠久的历史到近代国家意义的明确，都给文学打上了深
刻的烙印。近代以来，中国文学中关于国家与民族的认知清晰可见。如
"痛国遗民"编《最新醒世歌谣》②所收的31种时调中，有的从标题上即
可看出国家情思，如《爱国乡歌》《爱国歌》《警世歌》《叹中华》《破国
谣》《国民歌》等；有的从题目上虽然无法直观，但内容有着浓郁的国家
意味，如《童子调》："正月瑞香花儿开，想起中国眼泪来。埃及印度并越
南，个个做奴才。暖兄弟吓，前船榜样后船看。"《近体紫竹调》拿亡了
的七个国家做殷鉴，来警示国人。《近体四季相思》最为激越沉雄："春季
里相思困人天，江山呀已被势力圈，警烽烟。我民呀，国事日已非。人人
皆婢膝，个个尽奴颜。可怜吾独立国旗何日建？莫不是奴隶根性已天然？
忘却当初呀，我祖羲与轩，吾的民呀，你是中国的人，怎么把心肠变。你
是中国的人，怎么把丑态献？""冬季里相思雨雪飞，二十呀世纪风会移，
尽披靡。我友呀，大局共支持，出洋到日本，留学往太西，可怜吾千钧一
发相维系。吾不见少年做成意大利，到如今，五洲呀，处处扬国旗？吾的
友呀，你是黄帝的孙，还须争点黄帝气，你是中国的人，还须做点中国的
事。"③作品中，国民性反省与国家主权意识交织在一起，彰显出救亡图存
意识得到强化的现代特征。

民国建立之后，在列强咄咄逼人的情势下，诗词、笔记、小说等体
裁中多见国家话语，新兴的学堂乐歌中也出现了一批表达国家意识的作

---

① 《朱自清全集》（第二卷），江苏教育出版社1988年版，第351—354页。
② 光绪三十年群益书局初版。
③ 参见《阿英全集》附卷，安徽教育出版社2006年版，第133—136页。

品，如1907年前后即已流行的歌曲《从军新乐府》，在辛亥革命后改为《从军乐》，国家意念得到进一步明确。其第一首为："汉旗五色飘飘扬，十万横磨剑吐光，齐唱从军新乐府，战云开处震学堂。"[①] 再如《中华国土》："大地混如球，劈分五大洲，中华民国震亚洲。满蒙处北陲，回藏介西隅，东西环海形势优。南北七千里，东西八千余，物产饶富人烟稠。那怕欧非美，那怕海洋洲，中华国土冠全球。"[②] 林天民1913年作独幕剧《国民捐》，剧中主人公为年约八十的中华，从"中华第一关"走出，面黄肌瘦，长吁短叹。列强觊觎中华，各有打算。族人甲前来鼓励中华老伯："我们兄弟四万万人，从去年七月[③] 以后，已从睡梦中醒了。他们难道到了这样危急之秋，还不肯把钱搭儿放松点替全族出力，要蒙羞忍耻等着做印度、朝鲜么？我不相信他们是这等冷血动物！"他提议去募国民捐，众老外讥笑甲想"螳臂当车"，甲说这是低估了"中华男子四千余岁的古族"。甲进关游说，良久复出，向中华老伯报喜："上自白头老人，下至三尺童子，都愿把自己全产报效。"关内炮声轰鸣，五色旗从万道金光中现出，中华变得身高体胖，俯取大斧拦关，众老外惊愕。关内大呼："中华族万岁！""中华民国万岁！"[④] 作品在艺术上固然颇为幼稚，但明确表现出民国初年国人对中华民族与民国的认同。

　　到了五四时期，人性解放与个性解放的歌声在文坛响彻云天，但国家话语并未沉寂，而是表现出多种形态，如直接描写五四运动的包天笑小说《谁之罪》、张春帆小说《政海》，把国家问题背景化的郁达夫小说《沉沦》、冰心小说《斯人独憔悴》，形象地表现出对五族共和国体的准确认识的闻一多诗歌《醒呀！》《七子之歌》《长城下之哀歌》，国家话语与

---

① 转引自陈一萍编：《先行者之歌——辛亥革命时期歌曲200首》，武汉大学出版社2009年版，第30页。
② 华航琛编：《新教育唱歌集》，上海教育实进会1914年版，转引自陈一萍《先行者之歌——辛亥革命时期歌曲200首》，第9页。
③ 1912年7月8日，日俄订立第三次密约，再次瓜分中国内蒙古之利益。
④ 参见董健主编：《中国现代戏剧总目提要》，南京大学出版社2003年版，第41页。

阶级话语、社会话语交织在一起的刘梦苇诗歌《写给玛丽雅》等。

　　1931年"九一八"事变之后，国家与民族话语呈高涨之势。张恨水《健儿词之七》吟道："背上刀锋有血痕，更衣裹剑出营门。书生顿首高声唤，此是中华大国魂。"[①] 为了捍卫"中华大国魂"，他写下一系列表现国家民族话语的作品，结集为《弯弓集》出版。他在《弯弓集·自序》中写道："……今国难临头，必以语言文字，唤醒国人，必求其无空不入，更又何待引申？然则以小说之文，写国难时之事物，而供献于社会，则虽烽烟满目，山河破碎，固不嫌其为之者矣。……吾不文，然吾固以作小说为业，深知小说之不以国难而停，更于其间，略尽吾一点鼓励民气之意，则亦可稍稍自慰矣。"[②] 在徐卓呆的小说《往那里逃》中，熊先生与其同事谈话时说："……牺牲虽大，我们所得到的结果也很大：第一，我们可以知道，内乱了二十年的中国，到了一朝外侮到来，几位政治家，竟会站在一条战线上对外。第二，我们可以知道：中国的军队，的确有勇猛到御外侮而有余。第三，我们可以知道：中国人的爱国心，是会达到沸点的。你们想：这三件事情，不是金钞都买不到的么？现在不过牺牲一些房屋财产，买得了这三件可贵的东西了。"[③] 这番话在有的批评家眼里，似乎过于乐观，但的确表现出国人之国家意识的提高与淞沪抗战的真实。

　　全面抗战爆发后，国家与民族话语触目皆是。如一副春联所表征的那样，国家与民族话语已经进入黎民百姓的日常生活："万家一心保障国家独立；百折不回争取民族平等。"横批是"抗战到底"。[④] 较之卢沟桥事变前，抗战文学里的民族团结氛围更浓，国家认同意识更强。如老舍

---

① 《上海画报》第798期。

② 张恨水：《弯弓集·自序》，《社会日报》1932年4月21—22日。

③ 徐卓呆：《往那里逃》，《时报夕刊》1932年2—3月连载，转引自钱杏邨《上海事变与鸳鸯蝴蝶派文艺》，初收《现代中国文学论》，合众书店1933年6月，《鸳鸯蝴蝶派文学资料》（下），福建人民出版社1984年版，第873页。

④ 转引自王晓华编著：《抗战海报》，第148页。

与宋之的合著的四幕话剧《国家至上》描写了回族与汉族捐弃前嫌，合作抗日、为国出力。老舍在三幕话剧歌舞混合剧《大地龙蛇》里，认同中华民族多元一体的特色，强调中华文化的包容性。《序》里说："拿过去的文化说吧，哪一项是自周秦迄今，始终未变，足为文化之源的呢？哪一项是纯粹我们自己的，而未受外来的影响呢？谁都知道！就以我们的服装说吧，旗袍是旗人的袍式，可是大家今天都穿着它。"[①]第一幕第二节，描写绥西战场上，印度医生竺法救、蒙古兵巴颜图、回教兵穆沙、陕西人李汉雄、投诚的原日本兵马志远、来慰问祝福军队的西藏高僧罗桑旺赞、朝鲜义勇兵朴继周、南洋《华侨日报》驻绥通信员林祖荣、来绥西慰劳军队的南洋华侨代表黄永惠等携手抗战。军中才子赵兴邦在绥西前线教给战友们唱的歌是："何处是我家？/我家在中华！/扬子江边，大青山下，/都是我的家，/我家在中华。为中华打仗，/不分汉满蒙回藏！/为中华复兴，/大家永远携手行。/呕，大哥；/啊！二弟；/在一处抗战，/都是英雄；/凯旋回家，/都是弟兄。/何处是中华，/何处是我家；/生在中华，/死为中华！/胜利，/光荣，/属于你，/属于我，/属于中华！"歌咏队在后台唱："绥远，绥远，抗战的前线，/黄帝的子孙，/蒙古青海新疆的战士，/手携着手，/肩并着肩，/还有壮士，来自朝鲜，/在黄河两岸，在大青山前，/用热血，用正气，/在沙漠上，保卫宁夏山陕，/教正义常在人间。/雪地冰天，莲花开在佛殿，/佛的信徒，马走如飞，/荣耀着中华，荣耀着成吉思汗！/来自孔孟之乡的好汉，/仁者有勇，驰骋在紫塞雄关！/还有那英勇的伊斯兰，/向西瞻拜，向东参战！/都是中华的人民，都为中华流尽血汗！/炮声，枪声，歌声，合成一片，/我们凯旋！我们凯旋！/热汗化尽了阴山的冰雪，/红日高悬，春风吹暖，/黄河两岸，一片春花灿烂！/教这胜利之歌，/震荡到海南，/传遍了人间，/教人间觉醒，/中华为正义而

---

① 老舍：《大地龙蛇》，国民图书出版社1941年初版，收入《老舍全集》（第九卷）。《序》里的这段话见第377页。

争战！／弟兄们，再干，再干，／且先别放下刀枪，／去，勒紧了战马的鞍，／从今天的胜利，像北风如箭，／一口气打到最后的凯旋！／中华万岁！中华万年！"① 在历史上，蒙古族与满族曾经以先前的边疆民族身份问鼎中原，为中国的国家统一与民族繁兴做出过巨大贡献。但是，由于传统的夷夏之辨与晚清政治腐败激起的辛亥革命的影响，民国时期人们对蒙古族与满族的历史认识尚存模糊之处。老舍作为一位满族作家，以往在作品里较少表露自己的民族身份，而到了抗战时期，中华民族同仇敌忾抗日救亡的时代大潮，使他十分乐于表现少数民族对中华民族的认同，如他的新诗《蒙古青年进行曲》："北风吼，马儿欢，／黄沙接黄草，黄草接青天；／马上的儿女，蒙古青年——／是成吉思汗的儿女，有成吉思汗的威严！／北风吹红了脸，雪地冰天，／马上如飞，越过瀚海，壮气无边！／蒙古青年是中华民族的青年！／国仇必报，不准敌人侵入汉北，也不准他犯到海南！／五旗一家，同苦同甘。蒙古青年，是中华民族的青年，／快如风，人壮马欢！／把中华民族的仇敌，东海的日寇，赶到东海边！／蒙古青年，向前！／守住壮美的家园，成吉思汗的家园！／展开我们的旗帜，蒙古青年！／叫长城南北，都巩似阴山，／中华民族万年万万年！"② 联想到历史认识的错综复杂与老舍的民族身份，就更能理解这些作品表现中华民族认同的特殊意义。

在抗日战争中，中国以弱敌强，打得惨烈悲壮。作家纷纷走上前线，以带着硝烟味的作品为抗战写实，满怀激情讴歌为国家与民族流血牺牲的抗战将士与百姓。在正面战场坚持四年有余的臧克家，在表现抗战上颇具代表性。其叙事诗《国旗飘在鸦雀尖》真实地表现了武汉会战中的一次激战，师长黄樵松预做国旗数面，在战局危急时，团长请求支援，师长"没有兵力给他增援，／给他送去的是国旗一面，／另外附了一个命令，／那是悲痛的祭文一篇：／有阵地，有你，／阵地陷落，你要死！／锦绣的国

① 《老舍全集》（第九卷），第403—404、406—407页。

② 老舍：《蒙古青年进行曲》，《政论》第2卷第6期，1940年1月，收入《老舍全集》（第十三卷），第583页。

旗一面，/这是军人最光荣的金棺"。"敌兵已经冲到了山前，/特务连里十个决死队，/一个命令跑下了山。/他用完了所有的兵，/而且，把他们放在必死的当中，/头顶上悬起了同样的国旗，/他从容地在听候着电话的铃声。"① 置诸死地而后生，敌人终不得逞。诗篇真实地再现出鸦雀山殊死搏战的紧张氛围，由衷地赞美了中国将士的爱国激情与牺牲精神。国家的危难激发起民众极大的爱国热情，舍小家保国家的国家意识由此得以确立并化为行动。《锄头与枪杆》描写农人半夜收麦，他们"从旱涝里，/从虫子和黄丹的侵害里，/从血汗和担心里"抢出来的收成，"一粒麦子，/是一颗汗珠/一颗黄金"，"可是，他们自己舍不得吃它，/一斗一斗地，/一石一石地，/往布袋里装，/他们那么辛苦地/吝啬地收进来；/这么舒心地/慷慨地/拿去做军粮。/千百万大军在火线上/手握着枪，/有更多的手把着锄头/在后方"。② 在《送军麦》中，农人视麦子如孩子，但还是慷慨地送给国家作军麦："军麦，孩子一样，/一包一包/挤压着身子，/和衣睡在露天的牛车上。"③《和驮马一起上前线》主人公川人陈海清爱驮马，以驮马为生，可是抗战爆发，上面"下了命令，征调驮马上前线/去打日本兵"，他不像有的人那样藏起驮马，待日后做自己的好买卖；他也不像有的人那样明明有三匹驮马却只是拿一匹去应征，他带着全部家当——四匹心爱的驮马，还有长工，一起投奔了军营，当上了运输连的马夫。他的"飞毛腿"与"照夜白"被敌机炸死，"他牵着他的'老来娇''一锭墨'，/随着大军，三个年头，/走了三个省份。/他参加过保卫大长沙，/也曾经在汉江里饮过他的驮马，/他无法计算清，从他的马背上，/卸下来的大炮弹，/打死多少日本兵"。他眼看他的"老来娇"又在敌人的迫击炮底下丢了性命。最后一匹驮马，他像爱独子一样爱他。"最后，他害怕的/活现了，/他心爱的/死去了，/陈海清，他的四匹驮马/全献给了国家，/剩了一条穷身

---

① 《臧克家全集》（第一卷），第341—342页。

② 收入《泥土的歌》时改题为《收成》，《臧克家全集》（第一卷），第422—425页。

③ 《臧克家全集》（第一卷），第465页。

子，/他的胆子变得更大！/他和他的长工/告别了驮马队，当了战斗兵。"
父亲在前方冒着生命危险，承受着接连失去爱马的巨大创痛，但他写家信
说："我很好，驮马也结实。"儿子来信说："家里一切都很安好，/爸爸在前
线放宽心。/有两件事他没写在纸上：/老祖母死了，家里很穷困。"① 父子默
契，为了让亲人宽心，独自忍受着艰难困苦。在此，民众的国家意识、牺
牲精神与坚忍的生活态度才表现得淋漓尽致和感人肺腑。

　　抗日战争是近代以来中国抵御外国侵略规模最大的战争，也是首次
取得全局性的伟大胜利。中华民族在血火交织的抗战中经受了一次精神洗
礼，增进了民族凝聚力。抗战文学真实地反映了民族的精神历程，表现出
中国之凤凰涅槃似的痛苦与新生。

　　左翼作家长于表现底层社会的苦难与反抗，这早已成为人们的共
识，其实，对于民族危机的关注，左翼作家也从来不让人后。1928年5
月济南惨案发生后，冯乃超迅疾做出反应，5月8日到11日四天之内连续
创作了三首表达抗日激情的诗歌。② "九一八"事变后，李辉英参加上
海学生赴南京请愿活动，呼吁政府停止内战，出兵抗日，并于1932年1
月《北斗》第2卷第1期发表抗日小说《最后一课》；1933年3月出版的长
篇小说《万宝山》，及时反映1931年日本挑起侵犯中国人权益的万宝山事
件。1933年7月，艾芜在《文学》第1卷第1号发表小说《咆哮的许家屯》，
表现"九一八"之后不堪屈辱的东北人民对日本的愤怒反抗。1936年4
月，夏衍在《文学》第6卷第4号发表的大型历史剧《赛金花》，以庚子事
变前后的人物讽喻政府当局对"友邦"的软弱，表达"国境以内的国防主
题"③。1936年5月，舒群发表于《文学》第6卷第5号的短篇小说《没有祖

---

① 《臧克家全集》(第四卷)，第321—334页。
② 《民众呦，民众》《诗人们》，1928年5月《文化批判》第5期；《夺回我们的武器》，1928年5月30
　日《流沙》第6期。参见冷川：《济南"五三"惨案的文学表现及其意义》，《中国现代文学研究
　丛刊》2007年第3期。
③ 夏衍：《历史与讽喻》，《文学界》创刊号，1936年6月。

国的孩子》，借助朝鲜少年主人公果里咀嚼亡国之痛与奋起反抗的性格刻画，表达"九一八"事变后这位东北作家的失土之恨。丁玲到陕北写的第一篇小说《一颗未出膛的枪弹》（1937年4月《解放》周刊创刊号），描写东北军官兵为小红军抗日情怀所感动、化敌为友的新气象。全面抗战爆发之后，左翼作家有的奔赴前线，在枪林弹雨中书写抗战，如何其芳、沙汀带领21名鲁艺学员随120师贺龙师长在晋西北、冀中敌后战场活动五个月；张天虚在60军184师政治部；贾植芳在中条山战场3军7师政治部；阿垅在淞沪会战中负伤；丘东平先是在正面战场作战，1938年参加新四军，1941年7月28日在苏北战场壮烈牺牲。有的留守在后方与根据地，表现前后方同仇敌忾抗日救亡。如周文在1938年5月24日出刊的《新民报·百花潭》第11期上发表的新诗《游击队之歌》中吟唱道："我们是群众游击队，/我们是国家民族的护卫，/谁要无理来向我们欺侮，/我们便拼命将他杀退。……"[1] 光未然作词、冼星海谱曲、完成于1939年的《黄河大合唱》，更是以悲壮的旋律和雄浑的气势卓越地表现出民族救亡的时代精神，成为跨越时代和地域的经典作品。

五、西方民族国家理论运用的误区与可行性

中国现代文学研究中民族国家理论的运用存在一些亟待澄清的误区，学术界对此已有所认识[2]，但仍需深化。在笔者看来，中国现代文学研究中民族国家理论的运用误区首先表现在前面所述及的情况——背离了中国的历史实际，以欧洲近代民族国家的历史进程来硬性框定中国数千年的多

---

[1]　收《周文文集》（第四卷），作家出版社2011年版，第45页。

[2]　如杨剑龙、陈海英的《民族国家视角与中国现代文学研究》（《中国现代文学研究丛刊》2011年第2期），张中良承担的中国社会科学院重点课题"中国现代文学的民族国家问题"的阶段性成果《中国现代文学研究中的民族国家问题》（《中国社会科学院院报》2008年6月26日）、《关于五四文学的"国家"话语问题》（《天津社会科学》2010年第4期）、《近年来海外资源对中国现代文学研究的双重效应》（《中国社会科学院研究生院学报》2011年第1期）等。

民族国家历史，以源自异域的西方民族国家理论任意裁剪个性鲜明的中国现代文学复杂现象，其荒谬结果和负面影响应引起足够的警惕。如果任其泛滥，不仅无助于准确地把握中国现代文学，而且还会造成对中国历史的错误认知，以至于增加妨碍民族团结与国家统一的不利因素。

其次是模糊了政体与国家形态的界限。在一些论述中，谈到20世纪20、30年代自由主义作家的创作时，说是为了建构现代民族国家；谈到民族主义作家的创作时，也说是为了建构现代民族国家；谈到30、40年代延安作家的创作以及"十七年"文学时，还说是为了建构现代民族国家。其实，这三类作家创作所指向的国家目标、政体性质是有所不同的：在自由主义作家心目中是英美式民主主义国家；在民族主义作家心目中是摆脱殖民地半殖民地困境、能够自立于世界民族之林的国家；而在延安与"十七年"作家心目中则是新民主主义乃至社会主义国家。只笼统地谈"现代民族国家"，恐怕难脱大而无当之嫌。

最后是混淆了国家与国民性的区别。有的论者在运用民族国家理论以及"形象学"方法时，把阿Q视为中国形象，实在是大谬不然。如果简单地把二者等同起来，岂不是说批判国民性弱点即否定国家了吗？实际情形恰恰相反，国民性批判正是为了唤醒民众，改造国民性，重构国魂乃至救亡图存。对国民性弱点、文化弊端与政治专制总是持批判态度，并不妨碍鲁迅始终如一地爱国。中国幅员辽阔，人口众多，国民素质参差不齐，即使在全面抗战爆发后，民众中仍能见到国家意识薄弱的现象，因而，抗战文学中不乏对国家意识欠缺的批评。有的论者从民族国家理论出发，认为民众之国家意识的缺失正是尚未进入民族国家的表征。其实，国家意识的缺失属于国民性问题，而国民性与民族国家是两个虽有关联但性质不同的范畴。在欧洲率先进入民族国家行列的法国，在世界反法西斯战争中，却出现了麻木不仁，甚至投降资敌者，这里既有人性弱点与国民性弱点的原因，也有战争的残酷与复杂情势等方面的缘故，但无论如何，都得不出法国不是民族国家的结论。

　　这些误区的出现，反映出心态与学风的问题。百余年来，西风东渐，促进了中国社会变革与文化转型，也养成了一些学者崇洋媚外的心态。表现在学术上，一些人对西方的理论与方法一味趋新，盲目敬畏，不管自己是否真正理解其要义，也不管其是否适应中国，不顾及用过之后可能会产生哪些副作用，新鲜即取，拿来即用。加之近年来学科分工越来越细，通识教育欠缺，一遇到跨学科问题，很容易暴露知识的短板，又不肯努力拓展视野，因而缺乏鉴别域外理论与方法的能力。心态浮躁，学风粗疏，强作解人，势必多有遗憾。

　　既然当今现代文学研究中的民族国家问题已不容回避，我们理当做出学术性的回答；这种回答不应是为西方理论寻找对应物，或为某种先验的观念拼凑例证，而是仅把西方理论作为一种参照，从中国多民族一体的悠久历史与现实境遇出发，从中国现代文学意蕴深广、千姿百态的实情出发，寻绎中国独有的生命信息，拓展文学研究的视野。

　　以往的中国现代文学研究关注启蒙话语（人性解放、个性解放）与社会话语（社会批判、暴力反抗）较多，而国家话语和民族话语的关注度不够。事实上，文学的脉动始终与国家的命运、民族的危机息息相关。20世纪30年兴起的"民族主义文艺运动"与其说是为了阻挡左翼文艺，莫如说是文艺对民族危机的必然回应。以前的文学史著述几乎众口一词地称"民族主义文艺运动"在左翼的抨击下很快就销声匿迹了，其实由于时代的需求，"民族主义文艺运动"日渐高涨。最初激烈批判"民族主义文艺运动"的左翼文学阵营，到1936年前后，不仅提出了"国防文学"与"民族革命战争的大众文学"等口号，也涌现出《义勇军进行曲》等大批表现救亡图存主题的作品。有些作品的创作动机与主题意蕴同民族危机关联密切，非以国家民族视角观照则无法得到清晰而充分的阐释，如孙毓棠描写汉武帝征讨大宛国的叙事长诗《宝马》，其主旨何在？以前不少研究者强调对汉武帝"穷兵黩武"与"好大喜功"的批判，而当我们采取国家民族话语的视角将其置于1937年初夏的创作背景时，就会发现更为重要的意涵是诗人对20世纪30年代境外势力介入后动荡不安的新疆局势与日本侵华步步进逼态势的焦虑和重振民族雄风的渴求。涉及国家主权、民族尊严的历史事件，如五四运动、五卅惨案、济南惨案、中东路事件、长城抗战等在中国现代文学中均有反映，卢沟桥事变之后，国家民族话语更是在抗战文学中得到充分的表现，此脉络值得系统考察。

　　中华民国在政治、法律、经济、军事、文化、教育、新闻出版诸方面，自有其区别于传统帝国的民国机制，现代文学在中华民国的历史时空中发生发展，带有鲜明的民国色彩。若要准确地把握现代文学的历史脉络，须从民国史视角出发，探究制约文学发展和折射于文学之中的民国机制。[①] 中华民国固然有其对外行使主权、对内实行统治的政府，但其首先是一个国家，是拥有数千年历史的中国在现代的表现形态。在20世纪20、30年代，当发生济南惨案、中东路事件等一系列外交事件之时，部分作家发生了国家认同与政治态度的矛盾，对政府的政治批判多少妨碍了对国家民族利益的认同。甚至到了抗战时期，对战国策派的批判，也染上了相当浓重的政治色彩，其实战国策派归根结底是要强化民族意志，捍卫国家独立、民族尊严。时光已过去一个甲子有余，历史烟尘早已散去，今天应该从学术的角度对这种矛盾展开分析，这不仅具有认识历史的学术价值，而且对于当下文学如何处理国家意志与社会批评的微妙关系亦有现实意义。

　　中国作为多民族一体的国家虽然已有数千年的历史，但是，华夷之辨影响深远，在向执掌中央政权的原边疆民族争夺权柄之际，其常常被当作一种动员群众的思想武器，辛亥革命发动之初亦然。章太炎、蔡元培等革命前驱者身上，就曾有过鲜明的种族革命的烙印。鲁迅曾师从章太炎，也曾参加过光复会，早期言论中便带有种族革命色彩。到了20、30年代，鲁迅在杂文中批评有的人还存有把越南、朝鲜看作中华番邦的痴想，称赞

---

① 参见张福贵《从意义概念返回时间概念——关于中国现代文学史的命名问题》(《文学世纪》2003年第4期)、李怡《民国机制：中国现代文学的一种阐释框架》(《广东社会科学》2010年第6期)、秦弓《三论现代文学与民国史视角》(《文艺争鸣》2012年第1期)等。

越南、朝鲜的民族独立精神，这表明鲁迅的认识发生了重大变化，其中也含有对章太炎的"谢本师"之意。然而，在谈及元朝等问题时，仍流露出有悖于多民族一体谱系的汉族中心意识。鲁迅的这一矛盾，在陈独秀等人身上也有不同程度地体现。我们应正视而非回避这种矛盾，予以历史的、辩证的分析，由此才能全面而准确地认识经典作家。在老舍、沈从文等少数民族作家那里，中华民族多元一体的认同，伴随着历史的发展，也有其各自的特点。对此深入研究，有助于认识中华民族多元一体思想谱系的必然性与复杂性。

丰富多彩的现代文学，蕴涵着中华民族大家庭内多民族、多地域个性鲜明的文化相互影响、交融共生的线索与风韵，这是多民族国家历史与文化的佐证，理应属于本题关注的范畴。如老舍、端木蕻良等满族作家出神入化的小说叙事、生动活泼的语言，并非无源之水、无本之木，而是有着从曹雪芹的《红楼梦》到文康的《儿女英雄传》所代表的满族文化传统渊源；又如沈从文小说粗犷与瑰奇交汇的风格，自有其荆楚原始巫风与苗族土家族风土人情的支撑；再如富于地域特色的台港澳文学，其旧体诗词、文言文学、各类散文与儿童文学等所表现出的民族立场与中华文化传统，所承担的向民族精神文化回归的文化功能，现代诗、戏剧等艺术形式所内含的两岸文学艺术的血脉联系，国语的推广等，这些问题都值得深入研究。

有生命力的理论应成为人类共同的精神财富，从异域汲取学术话语本身绝非过错，相反，这是给中国学术乃至思想、文化、政治、经济增添活力的重要渠道。自汉末进入中国后，佛教对中国思想文化所起的重要作用，早已成为一种常识。清末以来，尤其是五四新文化运动开启的新的时代，西方话语对中国社会产生巨大影响，这也是人所共知的事实。改革开放以来，西方话语再次成为激活民族思维的动力，功不可没。[①] 问题在于，域外理论自有其特定的背景与适用空间，我们不能毫无保留地接受、鹦鹉

---

① 　参见秦弓：《学术时髦的陷阱》，《人民政协报》2000年9月15日。

学舌般地附和，把中国的学术当作西方话语的演习课堂；依样画葫芦地照搬西方民族国家理论，必然会造成种种可笑复可悲的荒谬。对于西方民族国家理论及其他理论，我们应该立足于中国的历史与现实，有所取舍，有所借鉴，进行深度的转化与吸收，借以寻觅学术生长点，开发出具有原创性的学术话语，建立本民族充满活力的学术体系，以话语的多元性取代西方话语的一元性，以对话的平等性克服话语的霸权性。本节对相关问题的探讨，希望有助于澄清迷惑，增进对中国现代文学的全面而深入的把握，也希冀对建构中国特色的多民族国家理论有所裨益。

张中良著作一览

1.《艺术与性》，河北人民出版社，1990年。

2.《觉醒与挣扎——20世纪初中日"人的文学"比较》，东方出版社，1995年。

3.《荆棘上的生命——20世纪三四十年代中国小说叙事》，春风文艺出版社，2002年。

4.《20世纪中国翻译文学史》（五四时期卷），百花文艺出版社，2009年。

5.《五四文学：新与旧》，（台湾）秀威公司，2010年。

6.《张中良讲现代小说》，湖南教育出版社，2011年。

7.《抗战文学与正面战场》，社会科学文献出版社，2014年。

8.《民族国家概念与民国文学》，花城出版社，2014年。

9.《走近鲁迅：由崇拜到对话》，社会科学文献出版社，2017年。

图书在版编目（CIP）数据

中国现代文学的历史还原和视域拓展 / 张中良著 . — 北
京：商务印书馆，2022
（上海交大·全球人文学术前沿丛书）
ISBN 978 - 7 - 100 - 21792 - 7

Ⅰ.①中…　Ⅱ.①张…　Ⅲ.①中国文学—现代文学—文
学研究　Ⅳ.① I206.6

中国版本图书馆 CIP 数据核字（2022）第 194599 号

中国现代文学的历史还原和视域拓展

张中良　著

商 务 印 书 馆 出 版
（北京王府井大街 36 号　邮政编码 100710）
商 务 印 书 馆 发 行
上海盛通时代印刷有限公司印刷
ISBN　978 - 7 - 100 - 21792 - 7

2022年11月第1版　　　开本 670×970　1/16
2022年11月第1次印刷　　印张 26.5　插页2

定价：136.00元